银河之子崛起

王西平

著

中国海洋大学出版社

·青岛·

图书在版编目（CIP）数据

银河之子．崛起／王西平著．一青岛：中国海洋
大学出版社，2019.5
ISBN 978-7-5670-2361-1

Ⅰ．①银… Ⅱ．①王… Ⅲ．①科学幻想小说－中国－
当代 Ⅳ．① I247.5

中国版本图书馆 CIP 数据核字（2019）第 172326 号

银河之子：崛起
YINHE ZHI ZI：JUEQI

出版发行	中国海洋大学出版社		
社　　址	青岛市香港东路 23 号	邮政编码	266071
出 版 人	杨立敏		
网　　址	http://pub.ouc.edu.cn		
电子信箱	shirley_0325@163.com		
订购电话	0532 - 82032573（传真）		
责任编辑	王　慧	电　话	0532 - 85901984
装帧设计	青岛汇英栋梁文化传媒有限公司		
印　　制	日照日报印务中心		
版　　次	2020 年 10 月第 1 版		
印　　次	2020 年 10 月第 1 次印刷		
成品尺寸	185 mm × 260 mm		
印　　张	25		
字　　数	548 千		
印　　数	1~2000		
定　　价	79.00 元		

发现印装质量问题，请致电 0633-2298958，由印刷厂负责调换。

写在前面

　　"银河之子"是一个宏大的宇宙，拥有许多来自不同奇幻的种族的角色。所有的这些设定，凝聚了许多像我一样的少年幻想家的想象力。若没有伙伴们为我提供灵感，也不会有今天的《银河之子：崛起》。

小龙的胡言乱语狂想

许多科幻爱好者一定都设想过：在人类已知的宇宙之外，存在着比人类文明强大数倍的星际文明。它们也许是科技与社会体系都比人类先进太多太多的"神族"，也可能是拥有极端强大的环境适应力、躯体力量无比强大的"虫族"。而我们人类在他们面前则显得异常弱小，无论是科技的进步，还是肉体的进化，都无法与强大的外星生命抗衡。

人们普遍认为人类文明是地球上的第一个高等文明，但我相信，读者当中一定有与我一样的人。多年前曾在各种网站或杂志上看到过一些让人细思恐极的文章。比如说，在地层中掩埋了几十亿年的煤矿中，挖出了各种保存完整的钢铁器具。比如在南美洲某处的一座铀矿，挖开后却发现是一座不知在地下埋藏了多少岁月的核反应堆。

当然，有人会说，许多杂志和网络公众号上的文章，可信度太低。那么，沉没在大西洋底的亚特兰蒂斯古城以及其他许多在世界各地发掘出的古老遗迹，又如何解释呢？

有太多的秘密，我们能顺着已知的信息思考，从而看出其中的端倪。但在我们的有生之年，这些脑洞大开的猜测都无法被证实。即便我们阴差阳错地猜中了事实，甚至，世界各地科研机构中的科学家们也有同样的想法，但很少有人动用巨大的人力、物力与财力去证实这种猜测。

有些事，是不能被人们知道的。很多真相一旦被众人知晓，人们的认知也许会被颠覆。没有任何人能够承担得起颠覆全人类的认知所带来的后果！

是否有这样一种可能：在人类诞生之前，银河系中曾有无比强大的古老星际文明存在。但后来，这些文明都在战争中毁灭消亡。这些昔日的"旧神"陨落之后，银河系各处的"凡人"才有了生存与发展的机会。而人类文明，恰恰是"凡人"当中最出色、最成功的一种文明。

当然，上述的一切都是一个"疯子作家"的胡思乱想。无数疯狂的灵感汇聚在一起，就有了这部小说……

因为一系列的变故，人类不得不离开地球，在茫茫星海中寻找新的家园。由此，人类在银河中建立了属于自己的星际文明，并逐步发现，自己在星海中并不孤独。

《银河之子：崛起》所讲述的，就是"凡人"们为了使自己的种族得以生存，文明得以延续，在突如其来的危机之中，抗衡昔日"旧神"遗留下的造物。也许，只有当"旧神"真真切切地站在"凡人"面前时，"凡人"社会中的领导者们才愿意承认，在自己的文明诞生之前，"旧神"的文明就已经存在了。

如果"凡人"赢了，那么当这一切结束后，"凡人"的文明将超越"旧神"的文明，迎来一次突飞猛进的进化。

《银河之子：崛起》——或者说，银河之子系列作品，采用的并不是严谨的硬科幻世界观，它更像是一部讲述未来星际时代的神话。在这部作品中，你将见到政治家之间的明谋暗算；见到拥有超能力的古老人种以及他们的神秘信仰；见到昔日"旧神"在银河系各处留下的神秘遗迹；见到高贵的精灵族为了求生不得不把自己变成畸形的怪物。

如果说，这茫茫星海就像游戏场，每个种族都是这游戏中的玩家，能够活到最后的玩家，就是游戏的胜利者。那么，为了种族与文明的延续，你愿意牺牲什么？或者更简单点，为了活下去，你愿意牺牲什么？而在这之后，面对无垠的宇宙，这场游戏的赢家又该何去何从……

这个世界，是银河。
这个世界的每个生命，都是银河之子！

小龙
2019 年 8 月 6 日

目 录

楔子

彼岸的回音

"它其实是一种技术,不是魔法,只不过……它太完美了。"

讲故事的人披着一件灰色的破旧斗篷。灰布上点缀着褪色的补丁以及不知何时沾上的脏兮兮的白色羽毛。他低着头,斗篷的兜帽垂下来,遮住了他的大半张脸。一只苍白的手时不时从斗篷中露出来,随着语言在半空中比画着。

"……所有的技术,都是帮助使用者掌控力量的工具。既然是工具,就要方便使用,越方便越好……如果你想使用一种工具,将远处的一瓶饮料拿过来,怎样做最方便呢?"

他说着,轻轻笑着抬了一下头。白炽灯柔和的暖光照着他,映出半张覆盖着白色绒毛的脸。他面前坐着一群十岁上下的孩子。孩子们全都以好奇的目光凝望着这位有趣的流浪汉。

"我知道!"一个小男孩张开嘴,露出一排有两个空缺的牙齿,"我听说在埃尔坦恩合众国的大城市里,家家户户都有服务机器人!让它们做什么它们就做什么,可方便了!"

"嗯。"讲故事的人点点头,他的脸又隐没在了兜帽的阴影里,"你使用机器人时,怎么才能让它帮助你呢?"

"对它说话就行。"

"没错。但你对它说完话,机器人还要移动,活动机械手,拿来你想喝的饮料。"说到这里,讲故事的人稍稍停顿了一下,"这仍然不够方便,如果能仅仅动个念头,饮料就能自动飘到你的面前呢?"

他说着,一个老旧、灰黄的竹筒从房间的角落飞来,被他的一只苍白的手稳稳握住。他挺了挺佝偻的后背,这具隐藏在斗篷下的躯体立刻高大了不少。即便是隐约的轮廓,也足以使人感受到他的迅捷与力量。他拔开竹筒一端的塞子，仰起头，将其中猩红如血的液体灌入口中，隐约可见的喉结上下蠕动了几次。随后他放下竹筒，擦擦嘴角溢出的液体。

"再想象一下……"他刚刚开口，浓烈的酒精味就扑面而来，"曾经的白羽龙族——银河系中最早的神灵，同样只需动个念头，就能驱使各种物质为自己建造新的家园，或引导取之不尽、用之不竭的能量化作武器，消灭敌人……这就是'灵能'——白羽龙族的祖先留下的最古老、最完美的造物。在漫长的岁月中，灵能随着白羽龙族在银河系中扩散，直到融入万物之中，成为任何生命都有机会使用的自然恩赐，无论是龙族这样的'神'级种族，还是人类、精灵、矮人等'凡人'种族。

"可惜，后来啊，时空的洪流冲走了许多东西。除龙族外的神灵都在永恒之战后绝迹了。而五大龙族中的一族消失了，其余四族也都在漫长的自然选择中退化了，都变成了半人半龙的'异人龙'。"

"可是……"另一个孩子问道，"古老的神灵那么强，为什么现在他们都消亡了呢？"

讲故事的人轻声一笑，眼角隐约折射出一抹湛蓝的光。"所谓神和凡人，只是称呼。他们都是生命。凡人变得强大了，就成为神。神被凡人超越了，就变成了凡人……"

话音刚落，他的嘴角微微颤抖了一下。异样的色彩忽然涌进了他的脑海。随之而来的，还有一个熟悉的、令他恐惧的声音——

那是纯粹的混沌，笼罩着放眼望去空无一物的深空。虚无缥缈的黑色物质，就像冬日清晨挥之不去的雾霾，似一张帷幕，笼罩在每一个虚空生物身边。

现实世界的凡人们，将这里称作虚空，也叫彼岸世界。极少有人能触及这里。而那些触及虚空之人，大多在高维度物质的碰撞中瓦解，化作无形的鬼灵，永远飘荡在永恒的黑暗中，再也回不到现实宇宙。

在虚空的一个角落中，游荡着最黑暗的阴云。它在虚空中游走。它漫无目的地翻涌着，冲撞着，像是一条巨大的蓝鲸惊扰了沙丁鱼群，冲开那些四散缥缈的雾。

"我来了……"

黑云中闪亮了一个暗紫色的光点，那点光微弱得就像雨夜中的一根火柴。它虽暗淡，却是这黑暗虚空中唯一的光。

但很快，又一团光点亮了。这一次，整片黑云都剧烈地震颤起来，发出醒目的白光。"你，见到了什么？"

"吞噬者海拉感知到了异象，我随她去，见到了通向现实位面的裂隙。"暗淡的紫光闪烁。

黑云沉寂了片刻，那紫光又一次闪亮起来，"位面之钥启动了！"

"如我所料……"黑云又一次震颤，随之又翻涌起来，发出闪电一样耀眼的光芒。"凡人对未知的向往，对知识的渴求，对力量的贪婪，终究会让他们握住位面之钥，打开裂隙之门。"

"裂隙已经闭合,海拉也回到了虚空。"暗淡的紫光已经完全被黑云翻涌出的电光掩盖,"下一次裂隙开启,不知是何时了。"

"只要有一次,就会有第二次。"黑云开始膨胀,从近似椭球的外形,膨胀成一个无比巨大的、不规则的球。苍白的电光也渐渐变成亮蓝色与幽绿色。"我们不会等待太久的。只是下一次,我们必须抢在海拉之前穿过裂隙!"

黑云又沉寂了片刻,忽然,那原本暗淡的紫光也变得明亮起来。"你要前往彼岸的银河了吗?"

"我已融入虚空,没有能力再离开这里。离开黑暗,我将瓦解。但……你不同。"黑云又一次闪亮地翻涌,"六翼的艾尔索伦……我的影子,我需要你!"

"需要我做什么?"

"我是影翼之主尼德霍格,诸世界的征服者,主宰银河的龙皇。"黑云变得愈发躁动,四周的黑雾似风一样惊恐地逃走,消散得无影无踪。"影,融合我的心志,携我的造物,待裂隙之门再次开启……"

浓密的黑云开始收缩,云团中忽然点亮了无数白色的光点。随着一声声闷雷般低沉的轰响,一条条漆黑的巨龙摆动着巨翼,眼中闪亮着苍白的光芒,从云团中缓缓飞出。

"斩裂时空的壁垒!瓦解凡人的世界!逆转我们的未来!"

讲故事的人摇晃了一下脑袋,抬起一只手搓了搓额头,几片羽毛从他的斗篷上飘落。短短几秒钟,复杂而混乱的海量信息涌入他的大脑,刺痛他的神经。幸运的是,痛感很快就如海潮一样退去。他用麻木的手指擦掉额头上的汗珠,缓缓呼出一口气。

"大天使……"那个缺牙的男孩向前凑了凑身子,"人类也能成为神吗?"

"应该能的……"讲故事的人的语气忽然沉重了许多,在漫长的停顿后,他用力吐出一句话,"不……你们必须拥有超越旧日神灵的力量!"

第一章

赤色黎明（上）

这是一个辉煌的时代，也是一个混乱的时代。

距离银河议会的成立已经过去了 120 个标准地球年，在我们的前辈——来自地球的特兰人的主导下，新的大航海运动正如火如荼地进行着。经过整整两代人的努力，议会六大国的经济与贸易发展迅速，工业与科技也得到了显著提升，无数未开化的原始生物有幸跨入高等文明之流。

尽管我们已经取得了无数成就，但银河议会的管辖范围在星图上仍然小得可怜。95% 的生命星系仍然处于无秩序的外环星域中。那里的生物仍然十分落后、愚昧、迷信。它们固守着自己落后的传统而不愿改变。还有太多落后的大脑需要进化，太多的污浊需要被净化。我们必须继续我们的征程，为蛮荒的外环星域带去文明、自由与秩序。

——议会纪元 0120 年 1 月，埃尔坦恩合众国总统汉斯·冯·隆施坦恩的演讲

干燥的风吹过冷清的街道，吹开盘踞在低空的红雾，让地面上的人有机会欣赏一眼美丽的太阳。不过，铺满红褐色尘土的街道上并没有人，居住在这里的人也不喜欢太阳。

伊塔夸一号行星的大气主要成分是氮氧化物与硫化物。棕红的二氧化氮气体充斥着大气层。温室效应使得这颗行星仿佛人间地狱……不，如果这宇宙中真的有地狱，那大概就是这里了。

由于伊塔夸星系中没有气体行星，因此人们所需的核聚变燃料只能从 14 光年外的莫格尔星系运来。而在其他星系中 20 星币一吨的重氢或氦 -3 燃料，在伊塔夸就要卖到140 星币。当地家庭每年收入中的 40% 都要用在购买燃料上。

没有聚变燃料时，居民只能通过煤炭、石油、天然气等化石燃料获得能源。但这些

东西消耗得很快，而且伊塔夸一号行星上的化石燃料匮乏。

16岁的伊尔萨·霍提普骑在一辆敞篷的电动拖拉机上。他的座驾熄了火，停在不见尽头的车队的中央。他低着头，耷拉着眼皮，右耳上挂着一个小巧的圆罩形耳机。他的手臂压在方向盘上，双手握着一款外壳已经老旧破损的游戏机。尽管游戏机屏幕显示的颜色经常失真，但还勉强能玩，而且，这也是伊尔萨能找到的唯一的玩具了。

一阵机械震动的嗡嗡声在这个男孩耳旁响起，他疲倦地抬起眼皮，棕黑的眼珠也跟着眼皮翻上来。他一边看着前面的车子向前缓缓爬动，一边轻轻踩动油门，让自己的拖拉机缓慢地跟着向前挪动。当前面的车子停下时，伊尔萨也踩下刹车。在这段时间里，他的双手仍然飞快地操作着游戏机。

在游戏中击败了一个对手后，伊尔萨看了一眼手表。现在是下午三点，他从凌晨五点就开着这辆破烂拖拉机，拉着两个沉重的燃料罐，加入了这估计有上百千米长的车队。他要前往这附近唯一的有重氢燃料的地方，也有可能是北半球唯一一个有重氢燃料的地方。

就在昨天，伊尔萨从广播中听到，一支魅影舰队入侵了伊塔夸星系，并击溃了蔷薇帝国的守军。这对于伊尔萨这种常年蜗居在难民营的孩子来说没有什么影响，毕竟蔷薇帝国统治这个行星时，自己与身边的人过得就相当悲惨了。换由魅影来统治，这个已经充满了暴力、瘟疫、混乱与死亡的世界也不见得会变得更差。

恰恰相反，魅影组织宣称会为伊塔夸的居民提供"人道主义援助"，其中包括发放大量食物与淡水，还有医疗用品与燃料。听到这条消息的人们立刻加入排队领取救济物资的长龙中，伊尔萨就是其中之一。

"刚才那局不算！"另一个男孩的声音在耳机中响起，"我刚才要腾出手来开车跟上队伍！"

"我也要开车跟上队伍。"伊尔萨懒懒地一笑，"输了就输了，别耍赖。"

"算了不玩了。"那男孩说道，"快要没电了。"

"好吧。"伊尔萨耸耸肩，打了个哈欠，"我的也快没电了。"

伊尔萨可以用拖拉机上的电源给游戏机充电，但那太浪费了，车载电池的剩余电量也不多了。他还要靠这点电力行驶到魅影的营地。

刚才与他通话的男孩名叫威尔，是一个地地道道的特兰人。大约四个标准地球年之前，威尔乘坐的游轮小钻石号被星际海盗劫持，威尔与船上其他60多名儿童都被人口贩子贩卖到了外环星域。威尔曾对伊尔萨讲过，他被拉去了一个矿场，吃住都在地下暗无天日的矿井中。他每天除了吃饭、睡觉，就是拿着原始的镐子挖洞。

幸运的是，威尔逃了出来，偷走了一艘飞船。后来，他来到伊塔夸星系，在这个唯一有人生活的行星上安了家。

"嘿，伊尔萨！"威尔忽然叫道，"我刚才想到了一个好主意！"

"什么主意？"伊尔萨假装很感兴趣地问道。威尔的"好主意"他已经听过无数个了，经验告诉他，威尔的主意往往都不怎么好。

"我听说魅影正在招募人手。"威尔兴奋地说道，"我们报名加入魅影，迟早能坐魅影的飞船离开这颗见鬼的行星。"

伊尔萨冷冷一笑，"要去你去吧，我可不想和一群亡命之徒整天混在一起。"

"难道我们现在不是吗？"威尔反问道，"你觉得难民营中的哪个人不是亡命之徒？"

"至少他们都是好人……"

"好人？呵！"威尔十分嘲讽地笑道，"你忘了这里有多少小偷和强盗了？前些日子你不是刚被人抢过一次吗？"

"可是……"伊尔萨一时语塞，"至少……他们没有魅影的人那么坏。魅影可是一群毫无原则、没有人性的人。"

"只是某些媒体喜欢这样说吧。"威尔说道，"现在我们不就是去领魅影发的救济品吗？"

伊尔萨轻轻哼了一声。"他们发放物资的目的就是制造一个友好的假象，吸引你这样没脑子的人给他们卖命。"

"我已经受够了这样的生活了。"威尔说道，"我宁可冒险去尝试新的可能，也不愿意一辈子在这颗见鬼的行星上呼吸二氧化氮。"

伊尔萨没有说话，这时车队又往前挪动了一段距离，随后又停下来。

"好好考虑一下吧。"威尔嘻嘻笑了两声。

"这么说你是考虑好了咯？"伊尔萨问。

"当然，我明天就去报名。"威尔说道，"如果我走了，我领的物资可以分给你。还不快感谢我！"

伊尔萨叹了口气，心中默默祝威尔好运。

不过威尔说得没错。从某种意义上讲，加入魅影的确是件好事。哪怕只是为了离开这颗肮脏的行星，远离可怕的洛索德尔瘟疫，呼吸一口不含二氧化氮的新鲜空气，吃一些不是黑蘑菇做的食物。

特别是洛索德尔瘟疫，这种疾病一旦染上，基本上就没治了！它先会让人的皮肤上显露出暗红色的疮印，之后会让人由内而外慢慢变异，变得更像野兽而非人类。最后，洛索德尔会彻底把人变成一只失去自我意识的面目可憎的畸形怪物。

这简直是一种可怕的诅咒……

虽然伊尔萨一直表示自己不想加入魅影，但他在心里也承认，星际海盗的生活对他来说很有吸引力。驾一叶扁舟，闯星辰大海，用一生的时间去流浪、探险，挖掘上古文明留下的宏伟遗迹，寻找幽灵船中失落的金银财宝。这是每个男孩心中最完美的冒险生活。

不过伊尔萨是真的不想，或者说不敢去过这样的日子。这些天来，每天都有"某某国舰队在某某星系击毁多少艘海盗船"的新闻。他可不希望自己在舰船被击毁后飘在太空中因失压而死，或者被政府军逮住，在监狱中受尽折磨，然后在众目睽睽之下被吊死在绞刑架上。

伊尔萨已经见识过一次象征"正义"的大国列强们会对那些阻碍他们的小人物做出什么事来，他不想再见识第二次了。

"嘿，伊尔萨！"威尔的声音又在通信器中响起了，"我已经领到我的这一份了。别灰心，你大概再排一个小时的队就到了。祝你好运！"

伊尔萨苦笑了一声。"好啊，谢谢你的好意……"只听威尔那贱兮兮的声音，伊尔萨就能想象出他得意的表情。

威尔离开了，现在只剩伊尔萨自己了。他孤独地仰着头，靠在拖拉机的座椅上。这座椅本来是有人造皮革坐垫的，但它早就被腐蚀干净了，只剩一个塑料框架还和拖拉机车身连在一起。

由于空气中充斥着二氧化氮，每逢下雨时，裸露在地上的一切金属都要遭殃。雨水的腐蚀性就和化工厂里的硝酸一样。正因如此，这里的居民都尽量不用金属来建造住房和车辆。伊尔萨驾驶的这辆拖拉机就是主要用塑料和工业陶瓷制作的。

伊尔萨抬起手，擦了擦那个被灰尘遮挡的后视镜，欣赏着自己在镜中的模样。他对自己的外表还是很满意的，而这也是他唯一拥有的能让自己"感觉不错"的东西了。

他将头发留长，染成红色，挡住他认为不漂亮的眉毛和额头，只露出下面颇有明星相的脸。一双又尖又长的耳朵从他脑袋两侧伸出，颇为帅气地向后掠去，标志着他拥有精灵的血统。伊尔萨并不强壮，但他瘦削的体型却很好地将他不发达的肌肉凸显出来。而这样的身材也符合很多女孩的审美。

曾几何时，伊尔萨也能凭着自己的颜值和幽默感博得许多漂亮姑娘的芳心。而现在，他只能苟活于这个肮脏的世界，一点点让这里的一切消磨着自己的生命，摧残着自己的心灵。但他无可奈何，他已经一无所有。他第一天来到这里时，为了从某个奸商手里买一片能让自己适应这颗星球环境的基因药就花光了身上所有的钱。

黄昏时分，伊尔萨终于见到了他期待已久的魅影营地。四架货运穿梭机停在路旁，十多个大大小小的箱子堆在一边。排在伊尔萨前面的那辆皮卡车车门被打开，一名身材格外敦实的矮人跳下车。旁边几个身穿黑色外骨骼护甲的家伙明显是魅影的人。伊尔萨看着他们将各种乱七八糟的东西递到那矮人手中，又看着矮人将那些东西装上皮卡车。

就在这时，一阵低沉的汽笛声在伊尔萨身后响起。伊尔萨转过身，只见一辆重型卡车像一只发狂的野兽一样从后方冲过来。两米多高的车轮扬起滚滚沙尘，它的汽笛与引擎一起大声咆哮着。很快，那大家伙飞速驶过伊尔萨身边，滚滚黄沙立刻淹没了他。

伊尔萨双手捂住眼睛。细小的砂砾被车轮扬起，抽打在伊尔萨脸上，他感觉脸就像针扎一样疼。卡车引擎的轰鸣声和人群的叫骂声在他耳边回荡着。

沙尘退去之后，伊尔萨跳下拖拉机，拍打着自己身上落满的尘土。刚才那位矮人早已飞快地跳上自己的车，一溜烟不见了踪影。

重型卡车的驾驶室和货斗两侧都被粗暴地焊接上了沉重的金属栅栏——很显然，这是防御空心装药破甲弹用的。坑坑洼洼的车身上布满了大大小小的炮弹和子弹留下的弹痕。车头前固定着六根一米多长的向前伸出的粗壮的金属刺。腐臭发黑的血污涂满了整个车头。一具严重腐烂的只剩下上半身的人类尸首插在车头前的尖刺上。黑压压的一群昆虫在腐肉上嗡嗡作响。

伊尔萨看见卡车的车门打开，两名凶神恶煞的赤炎异人龙从车上跳下来。传说这些身高三米多的野蛮种族已经在外环星域活跃了几千年，他们就像是从地狱的熔岩中爬出来的恶魔。钢铁一样坚硬的鳞片和骨板构成了它们粗犷的外表，一双网球一样大的眼睛中翻滚着金色的火焰，即使闭着嘴，几枚粗糙发黄的牙齿也露出嘴外。

人群围了上来，有人拎着铁棍，有人拿着扳手和榔头，还有人握着简易的枪械。但更多人都像伊尔萨一样赤手空拳。他们除了一肚子毫无作用的怨言与怒火外，一无所有。

突然到来的不只是这辆可怕的重型卡车，还有两辆被暴力改装过的"解放者"装甲车。其中一辆搭载着一台重型磁轨炮，另一辆则搭载着两门45毫米速射炮。一群衣衫褴褛的人从装甲车里钻出来，他们都有着血红的双眼和又尖又长的耳朵，裸露的皮肤上都有或多或少的伤疤，而那些伤疤周围则留下了一块块暗红色的疮。

毫无疑问，这些人是洛索德尔的感染者。他们中有些人只是部分皮肤开始变红，还有些人已经明显变异了，长出了猛兽一样强壮的手臂和锋利的骨爪。更有甚者，已经完全没有了人的模样，从装甲车里爬出来的简直就是一只会讲话的异形生物。

伊尔萨知道这些人，他们就是特瑞亚人。在某个星域的方言中，"特瑞亚"意为"堕落的红精灵"，这用来形容他们真的再好不过了！

四个赤炎异人龙端着体积巨大的枪械，站在人群前警戒着。那些枪简直和大炮一样，口径比人的拳头都大。人们尽管非常气愤，但面对这些恐怖的火器，还是老老实实与它们保持距离，没有人敢靠近。

两个男性红精灵爬到卡车顶上，拉动两条粗大的铁链将货箱盖打开。其余红精灵搬起地上大大小小的物资箱，不由分说便往车上装。

那些守在一旁的魅影队员都纷纷端起各自的步枪，枪口朝向这群掠夺救济物资的家伙。

"都住手！"这句命令并没有人服从，那些红精灵依然肆无忌惮地将物资箱搬上车，一边搬，一边用不知来自哪个星系的语言大声交谈着。

"我说住手！"领头的魅影队长提高了嗓音，"都停下！不然我就开枪了！"

然而这句话依然起不到任何作用。那名魅影队长终于忍受不了，抬起枪口，对空鸣了一枪。

红精灵们都停下来，20多双猩红的眼睛齐刷刷地盯住那名魅影队长。空气仿佛凝固了，远处那一群吵闹的难民也安静下来，不再喧哗。大家屏息凝神，静静地看着。

"那个开枪的伙计要死了。"站在伊尔萨身边的一个人压低声音说道。

"愣什么！都给我继续搬！"

那声咆哮像一声惊雷，彻底打破了现场的沉寂。一个红精灵从卡车顶上飞身跃下，落地的瞬间完成了一个前滚翻，随后稳稳地站了起来。

"伊露娜！"那魅影队长一眼便认出了这位迎面走来的红精灵。她沾满污渍的白色长发披在肩上，暗红的疮印从她的胸前顺着脖颈一直蔓延到嘴角。和他上次见到的一样，伊露娜仍然像从火坑里爬出来的一般。她的皮肤上沾满了臭烘烘的劣质机油，又沾上了厚厚的一层灰，一块沾满血污的破布缠在胸前。

还有她最特别的一点：一块浅灰色的薄布蒙着眼睛。无论走到哪里，伊露娜总是要将眼睛蒙住。即便如此，隔着这块布仍然能让人感觉到那双猩红的眼瞳在熊熊燃烧。

"伊露娜！我就知道是你在捣乱！"魅影队长向卡车上望了一眼，硕大的货箱里几乎装满了各种物资。很显然，他们在来这里之前已经洗劫过不止一个魅影营地了。

"嗯……"伊露娜上上下下打量着他的外骨骼护甲。"我想想，你是塔里斯队长吧。"

"没错。"塔里斯用枪口在伊露娜胸前撞了一下，但伊露娜不慌不忙抬起右手，按住塔里斯的步枪，将他的枪口按下去。塔里斯说："赶紧让你的人停手！不然你就等着被我们处决吧！"

"嘿嘿嘿，这么凶干什么！"伊露娜抬起自己已经开始变异的左手，用指尖短小的黑爪在塔里斯的头盔上敲了三下，"你们魅影不是在发救济物资吗？我们这些重度贫困的难民，难道不能领吗？"

"想领救济就排队去！"塔里斯一把推开她。

"哦，我本来是想排队的……"伊露娜仰着头，轻蔑地一笑，"可是你看啊，大家都自愿让我排在最前面，那我也就恭敬不如从命咯。"

"胡说！"人群中有一人大喊道，"是你们这群强盗抢的！"

"谁？"

伊露娜的声音沙哑而尖厉，仿佛一只愤怒的母狼。

那大胡子矮人原本以为自己一句话能激起大家的反抗意识，但他没想到，伊露娜的一声嘶吼彻底镇住了人群。现在，这个可怕的女鬼瞪着猩红的双眼，愤怒的目光扫过每一个人的脸。

这时候，灰布后的眼睛所透出的不仅仅是那种无法形容的气场了，愤怒的目光仿佛要射穿这层布的阻挡。这不是夸张的形容，那块灰布上真的透出了两块红色的光斑，好像燃烧着火焰，仿佛浓雾后有一只恶魔用它无法捉摸的眼睛注视着什么。

"刚才是谁？"她又吼了一声。她用手势示意其他红精灵继续干活，同时一步步向一旁的难民人群走去。"站出来让我看看！"

那大胡子矮人瑟瑟发抖，躲到其他人后面。随后他又慢慢趴下来，头朝前，从别人双腿之间的缝隙中看着伊露娜一步步向自己走来，于是小心翼翼地向后退去。

伊露娜显然是看见了什么，她的双眼锁定了一个方向，并快步走去。那矮人吓得都尿裤子了！是的，伊露娜就是朝他的方向去的。

伊露娜的脚步停了下来，但她并没有注意到人群中那个瑟瑟发抖的矮人，而是盯上了人群最前面的一个红头发的男孩——伊尔萨。

"呃……"伊尔萨仰头看着这个比自己高半个头的红精灵女性，脸上挤出一个僵硬的笑，"刚才不是我喊的……"

伊露娜抓住伊尔萨的一只手臂，将他从人群中拽出来。此时的伊尔萨赤裸着上半身，只穿了一条短裤。伊露娜粗糙的手掌扼在他的喉咙上，迫使他仰起头。她无比惊讶地盯着伊尔萨棕黑的眼睛，仿佛是看到了什么不可思议的超自然现象。

"放开我！"伊尔萨惊恐地喊道，"别抓我啊！刚才真不是我喊的！"

伊露娜放开了他，伊尔萨大声咳嗽起来。伊露娜则绕着他走了三圈，将他全身上下每一个地方都仔细看了个遍。

"你是从哪儿来的？"伊露娜问。

"我……"伊尔萨想了一会儿，"我家原来在莫罗斯星系，但那儿已经被柯拉尔人'净化'掉了。"

"你怎么没有染上洛索德尔？"伊露娜歪着头，死死盯着他，"每个特瑞亚人都背负的诅咒，为什么你没有？！你的耳朵是假的吗？"她抓住伊尔萨的右耳，用力拧了一下。

伊露娜身材并不粗壮，但她这手劲儿简直和液压扳手一样。伊尔萨痛得大叫，眼泪一下子涌出了眼眶。伊露娜轻轻哼了一声，松开手。伊尔萨赶紧小心翼翼地揉着自己的长耳朵，声音细得像蚊子一样："我……我以前也有的。但在我小时候，我爸妈用白羽龙血治好了我。"

伊露娜的眼睛猛地一瞪，灰布上映出的光斑更亮了。"在哪儿？！"她冲伊尔萨吼道。

"什么在哪儿？"

伊露娜转头看了一眼一旁围观的人群，众人的目光正齐刷刷地向自己这边看来。他们的目光中有好奇，有同情，还有恐惧。她皱了皱眉，紧紧拽住伊尔萨的左臂，拽着他向卡车走去。

"跟我走！"

"为什么？"伊尔萨用力挣扎，但他越挣扎，伊露娜粗糙的手就抓得他越痛。"放开我！喂！我是无辜的！"

"货物都装完了，老大。"一个已经完全异形化的红精灵站在卡车车顶，向伊露娜喊道。

"好！"伊露娜抱紧伊尔萨，纵身一跃，带着他跳到卡车顶上，"我们回家！"

其他红精灵纷纷钻进自己的装甲车里，但装甲车内部的空间有限，大部分人只能坐在炮塔顶上或车身后面的发动机盖上，或者抓着卡车货箱两侧的铁链，攀在卡车两侧。巨大的车轮扬起滚滚风沙，转了个弯，向着日落的方向径直驶去。

"老大，这小子是谁啊？"那异形凑到伊尔萨面前，四个大鼻孔一张一合地嗅了嗅。

伊露娜微微一笑，"一个对我们来说很重要的人。"

"有多重要？"

"重要到可以拯救我们所有人！"

"哈！"异形的下颚向两侧张开，三排交错致密的细小尖牙显露出来。扑面而来的恶臭使得伊尔萨本能地将身子向后仰，躲开异形那张吓人的嘴。

伊露娜的右手卡在伊尔萨的后颈上，强迫他靠近那异形。"好好看看，巴洛达克，这小子的诅咒被解除了！"

巴洛达克？大概是这只异形的名字吧。或者说，只是他的外号？在特瑞亚人的语言中，"巴洛达克"是"穿甲弹"的意思。巴洛达克以前应该是个男人，但伊尔萨已经完全没办法根据他现在的模样想象他曾经的样子了。

"哦？"巴洛达克又凑近了一点，在伊尔萨身上来回嗅了嗅。随后他抬起头，猩红的双眼瞳孔好像放大了。"银河中只有一种治愈洛索德尔的办法……"

"是的，用白羽龙血。"伊露娜点点头，"而这小子刚才交代了一些东西，他一定知道什么。"

伊尔萨心说我知道个鬼啊！那都是多少年前的事了，当年那只白羽龙早就不知道跑哪儿去了！没准已经被不知道什么人逮走了，运到哪个星系去了。这茫茫星海，去哪儿找啊？

"啊！真的吗？"巴洛达克瞪圆了眼睛。他抬起一只手臂，用骨爪的背面小心地触摸伊尔萨干瘦的身躯。"这个稻草人，真的能拯救我们？"

"无论如何，值得一试。"

"呃……"伊尔萨又本能地缩了缩身体，"我的名字不是稻草人……"

"我们可没那么多精力记住你这小人物的名字。"巴洛达克呵呵一笑——如果那种声音能被称作笑的话，"你看看你，瘦小枯干，弱不禁风，不堪一击。随便一只镰刀爪龙都能咬死你。你难道不是个稻草人吗？"

伊尔萨仿佛狠狠挨了一拳头，巴洛达克的话让他很难受，但他却无法反驳。伊尔萨以前也打过不少架，他的个头和力气在同龄人中都算是比较弱的，更别说和一群嗜杀的异形疯子比较了。

"那么，稻草人，"伊露娜的一只手搭在他的肩膀上，搂住他的脖子，好像搂着一只温顺的小狗，"现在，你是我的人了。我要你干什么，你就老老实实地干什么。我不指望你这个废物能做多少工作。我只要你听我的话，百分百服从我的命令！明白吗？"

"明……明白……"伊尔萨战战兢兢地点点头。

"很好。"伊露娜微微一笑，"稻草人……"

太阳渐渐落山了，红雾后的那一团模糊的光晕缓慢地与西边的地平线融为一体。寒冷的风从东方深不可测的黑暗天空涌来，在布满枯骨残骸的荒漠中呼啸着。燥热的白昼过去了，寒冷的夜晚像锤子一样砸向了这片土地。

巨大的昼夜温差造成了伊塔夸一号行星昼半球和夜半球的大气压严重不平衡。每当凌晨或黄昏时，风速接近音速的狂风便会席卷大地，扬起恐怖的沙暴。现在，就在南方的地平线处，一堵向两侧延伸到天边的"墙"正在以肉眼可见的速度追上来，那便是死亡沙暴！伊尔萨见过它有多可怕，坚硬的金属房屋连同地基都会被连根拔起，卷到天上去。正因如此，这颗行星上的居民大多选择将住所建造在地下。

伊尔萨蜷缩着身体，打了个哆嗦。伊露娜用左臂搂着他，右手捏着一个污浊的塑料瓶，里面装着某种浑浊的、散发着浓烈酒精味的饮料。尽管温度已经下降到接近零摄氏度，但她好像完全不觉得冷。

"喂！"黑暗中有一人喊道，"看着点稻草人，别让他冻死了！"

伊露娜看了伊尔萨一眼，将手中的空瓶子随手一扔。她不知从哪扯来一大块破旧的麻布，裹在伊尔萨身上。"真是麻烦……"她将左手伸到伊尔萨的腋窝下，试了试他的体温。随后，她贴着伊尔萨的后背坐在他身后，用双手将他完全抱在自己怀里。

"喂，小子！你没事吧？"伊露娜凑到伊尔萨耳边，让他能在卡车引擎的咆哮声中仍然能听清自己说什么，"喂！你还活着吗？活着就吱一声！"

"吱！"伊尔萨很不情愿地吱了一声。如果说伊尔萨在与这群异形相处的这一个小时中学到了什么，那大概就是一定要少说话。自己只要一直不说话，他们大概会暂时无视自己，那样就不必听他们那种令人反感的噪音了。

"嗯。"伊露娜将麻布裹得更严实了一点，"你要有什么事就说。千万别给我死喽！"虽然伊露娜的话语仍然不友好，但她的声音至少平缓下来了。

蜷缩在一个异形女人怀里并没有让伊尔萨感到多少温暖，恰恰相反，伊露娜体内某些脏器蠕动的轻颤让伊尔萨脊背发凉。伊尔萨尽量镇静下来，大脑能够正常思考。

伊尔萨可不想被这些红精灵拐到什么地方去，他需要想办法逃走。现在，红精灵的车队正行驶在一条被风沙淹没了一半的公路上，路边一块锈迹斑斑的路牌显示这条路是 18 号公路，前方通往北极堡垒。

伊尔萨这才意识到，自己已经远离住所大约有 170 千米了。哪怕自己现在逃脱，想要回到聚居地也不太容易。伊塔夸一号行星寒冷的深夜会要了他的命，他的尸体会成为残暴的巨型沙虫的美食。而且，伊尔萨也不知道现在该如何不被察觉地从伊露娜怀里逃出去。

大概七百万个标准地球年以前，一颗彗星撞击了伊塔夸一号行星，将它推离了原先的公转轨道，推向了恒星。幸运的是，这颗可怜的行星并没有撞上它的恒星，只是在更加靠近恒星的轨道上开始了新的公转。而它原先受到撞击的地方，便留下了一个巨大的陨石坑。

现在，深 14 千米、直径 68 千米的北极陨坑已经被改造成了一座庞大的城堡。巨大的弧形的金属穹顶覆盖在陨石坑上方，像一个巨大的锅盖将它整个罩了起来。这，就是北极堡垒。

红精灵的车队沿着曲折蜿蜒的砂土路向环形山顶部驶去，虽然路面很不平坦，但颠簸的程度却比伊尔萨想象的小许多。从远处望去，环形山看上去不怎么陡峭，因此会让人产生一种山并不高的错觉。实际上，环形山顶端的海拔高度至少也有 4000 米了。当车队接近山顶时，伊尔萨明显能感觉到空气变得稀薄了。这让他有些呼吸困难，但刺鼻的二氧化氮气味也几乎消失不见了。

回头向山下望去，棕红色浓雾与风沙一起汇成一片暗红的海洋，在狂风中汹涌着。死亡沙暴席卷着大地上的一切，但当它不得不面对坚不可摧的环形山时，却只能选择从两侧绕开了。这大概也是红精灵们选择将家园建在这里的原因吧。

一圈用钢筋混凝土筑成的高墙在环形山顶部耸立，一座座用金属外壳加固过的哨塔锈迹斑斑。红精灵们将巨型沙虫体内的脂肪熬成一种胶状物，将它涂在金属表面，以此减缓酸性大气对水泥和金属的腐蚀。每个哨塔顶部都架设着外形威武的防御武器，指向环形山的四面八方。

在绞盘的驱动下，四根粗大的铁链将围墙上半米厚的金属闸门吊起。车队减慢速度，从宽敞的城门驶入这座伊尔萨曾听说过无数次却从来没有亲眼见过的城堡。当大门在伊尔萨身后沉重地落下时，伊尔萨觉得自己没希望逃出去了。

城堡内部的构造，仿佛是世界颠倒过来了一样。14 千米深的巨坑被这里的居民用钢铁和水泥分成了无数层。站在第一层——也就是巨坑的最顶层的边缘向远处望去，这才让人完全体会到这个陨石坑究竟有多大。

现在，卡车和装甲车在一个勉强能称之为停车场的地方停下了。旁边还有许多同样庞大的钢铁巨兽。那些坐在车顶或是扒在车身两侧的红精灵纷纷跳下车，伊露娜右手抱紧伊尔萨的腰部，从货箱顶上一跃而下。

“你们今天收获不小啊。”几个赤炎异人龙打开卡车货箱，将一箱箱补给品从车里搬出来。

“何止是不小。”伊露娜将伊尔萨往前一推，伊尔萨一个趔趄差点摔倒。当他马上就要掌握好平衡时，他又一头撞在了前面一位赤炎异人龙的手臂上。不巧的是，那异人龙正搬着箱子要转身，手肘磕在伊尔萨脸上时，伊尔萨感觉自己好像被一个铅球砸到了。他侧身摔倒，趴在地上一动不动。

伊露娜连忙大步走上前，将伊尔萨从地上揪起来。手指按在他的脖子上试了试他的脉搏。确定伊尔萨还活着后，伊露娜悄悄松了一口气。

“这是你的人？”赤炎异人龙转动着金色的眼珠，打量了一番骨瘦如柴的伊尔萨，似乎对这个弱小生物的存在感到十分意外，“你手下居然有这么废的小玩意儿！”

“现在他顶多算是我的宠物吧。”伊露娜脸上掠过一抹不含任何喜悦的笑，“他对族人们很有价值，我需要让他活着。”

“价值？”那赤炎异人龙呵呵一笑，“我看不出一个稻草人有什么价值。”

脑袋晕乎乎的伊尔萨听见这句话，心里相当不高兴，为什么那赤炎异人龙也这么称呼自己？在他们的语言中，“稻草人”和“废柴”大概是一个意思吧，他试着挣扎了一下，但又接着昏过去了。

“是啊，以你这种赤炎龙的智商应该看不出来。”伊露娜白了他一眼，“亚斯在哪儿？”

那赤炎异人龙显然有点生气，原本缩成一条线的瞳孔猛地瞪圆了。但面对体型比他瘦弱不少的伊露娜，天性好战的赤炎异人龙居然没有动手打架，只是很不服气地哼了一声，"亚斯大领主应该在地宫里。如果他不在，就去角斗场找他吧。"

"嗯。"伊露娜摆摆手，"巴洛达克和伊薇尔跟我来，其他人去休息吧。"

伊露娜并没有选择去地宫找亚斯，而是直接去了角斗场。以她对亚斯的了解，这位大领主只要能找个地方打架，就绝对不会在他的王座上老老实实坐着。

"我赌五星币，亚斯这个莽夫又在角斗场里打人呢！"巴洛达克喊道。

她一只手抱着伊尔萨，抓住一根从顶层垂下的铁链，向陨石坑的下层世界滑去。受限于铁链的长度，十几千米的下滑路程不能一次滑到头。

"这还用问？"伊露娜在空中轻盈地一荡，从一根铁链跃向另一根。她伸出右手，稳稳抓住了旁边的铁链，双腿立刻交错盘在上面，稳定住自己的身体，顺势继续向下滑。

昏迷中的伊尔萨被晃醒了，他皱着眉头轻轻晃了晃头，感到一阵失重。伊尔萨猛地睁开眼睛，映入眼帘的是身边飞速掠过的岩壁，他意识到自己正在下坠，求生的本能让他大声呼救起来。

"救命啊！"

"瞎嚷嚷什么！"伊露娜的左臂稍稍用力，将伊尔萨的身体向上挪了挪，方便自己抱得更紧，"你现在老老实实地闭上嘴就好了，我不会让你死了的。"

"我要被吓死了啊！"伊尔萨不知怎么回事，突如其来的刺激让他忽然恢复了贫嘴的能力，"把我吓死了你负责啊！把我吓失忆了找不到白羽龙了你怎么办嘛！"

"你小子怎么话这么多了！"

很快，伊尔萨跟着伊露娜进入了下层世界，熔岩从陨石坑四周石壁的缝隙上缓缓淌出来，在陨石坑底部汇成一片岩浆湖。远远望去，一列列黑色的金属棒吊挂在一个平台上，深入下方火红的熔岩中。这种简易的热交换装置为许多台大型地热发电机提供能量，北极堡垒的电力供应就是这样来的。

"听见了吗？"伊露娜在铁链之间一次次飞跃，"角斗场里热闹着呢！"

伊尔萨什么也没听见，他耳边只有呼呼的风声。

"嗯，不过这动静不像是亚斯大领主的。"伊露娜的嗓音好似钢铁履带碾过石子路一样，"听这动静，应该是……巴卡尔吧。"

骨爪重重踏在潮湿的砂土上，被鲜血浸透的黄沙的颜色，就如每个赤炎龙种的鳞片一样猩红。

巴卡尔，苏尔特氏族人，如今即便沦为阶下囚，这位曾经的赤炎龙皇体内的每一个细胞都仍然充斥着不羁与桀骜。他抖动残破的双翼，双手紧握一柄四米长的巨斧，六只赤金色的眼瞳在熊熊燃烧，向角斗场另一端的高台怒视。在那个用巨型沙虫骨骼制成的宝座上，年轻的大领主亚斯正跷着二郎腿，满目鄙夷地打量着角斗场中央的巴卡尔。

"看样子他已经准备好了，大领主。"亚斯身边的赤炎异人龙随从走到他身边。

"嗯。"亚斯轻轻点点头，"开始吧。"

一般人很难想象为什么亚斯这样体格比一般雄性赤炎异人龙要瘦小很多的家伙能当上大领主，他的身上没有一块突出的骨板，而其他雄性赤炎龙的身上都长满了骨板，仿佛坦克上挂满了各种附加装甲模块，比如身高四米、体重3.5吨的巴卡尔。

随着亚斯一声令下，角斗场四边的金属栅栏被吊起。巴卡尔的六颗眼球立即看向不同的四个方向，警惕着栅栏后即将出现的东西。

角斗场四周看台上的观众们一齐叫嚷起来。时尖锐时低沉的嘶吼声交织成一篇暴力与混乱的乐章。当那一双双猩红的眼睛从兽栏中爬出来时，人群更加沸腾了。

镰刀爪龙，体长1.5米左右。它们用于奔跑的四肢灵巧而强壮，两只镰刀一样弯而长的巨大骨刃从背部前侧伸出，骨刃的长度几乎赶上了镰刀爪龙的体长。为了平衡如此不协调的巨大骨刃，镰刀爪龙身后长着长而粗壮的尾巴。它们爬行前进时，骨刃与尾巴左右一甩一甩，嘴巴半张着，露出六颗锋利的獠牙。

一只镰刀爪龙并没有多大的战斗力，但这些猛兽喜欢成群出动。巴卡尔一边警惕着身边的敌人，一边小心地向角斗场的一角退去。这些镰刀爪龙已经七天没有进食了，它们很饿，却并没有饿到失去理智。饥饿感驱使它们去捕食任何看得见的猎物，而理智使它们仍然懂得合作捕猎。

从兽栏中放出的镰刀爪龙越来越多，它们走到场地中央，肩并肩聚集到一起。后面的镰刀爪龙则移向两侧，形成一个月牙状的弧形包围圈。狩猎阵型已经展开了，镰刀爪龙群准备发动攻击了。

巴卡尔手中的巨斧适合对大块头的敌人进行致命的劈砍，面对成群出击的体型小巧灵活的镰刀爪龙却力不从心。亚斯显然是故意如此安排的，将这个难题丢给了巴卡尔。

四扇铁栅栏门"咣当"落下。40只镰刀爪龙全部被放进了角斗场。高坐在宝座上的亚斯嘴角露出了微笑，他很期待欣赏接下来的表演。用不了多久，巴卡尔就会被饥饿的镰刀爪龙群撕成碎片。对于亚斯来说，这样的景象再好不过了。

数年之前，亚斯在伊露娜的帮助下踏上这颗贫瘠的行星。但作为一个赤炎龙族与娜迦龙族混血种，没有任何一个赤炎龙部族愿意接纳他。于是，亚斯与特瑞亚人结盟，组建自己的部族，并在这群红精灵的帮助下征服了伊塔夸星系。大获全胜的亚斯称自己是上古女武神赛罗娜的后裔，自创赤鬼族群，开始了自己的领袖生涯。

而让这位年轻的大领主最头疼的，莫过于巴卡尔了。女武神赛罗娜的威名并不能吓倒这位曾经的外环星域龙王。即使亚斯将他锁进地牢，让他成为奴隶，巴卡尔也始终没有放弃挑战亚斯。

毕竟，巴卡尔真的是上古时期的赤炎龙皇苏尔特的后裔。如今的整个赤炎龙群中，只有他仍然拥有双翼。即使他的翅膀早已被踩躏得残破不堪，他在他人面前仍然坚持将双翼张开，即便在角斗场上面对成群的镰刀爪龙时也是如此。

这是血统的象征，证明他是龙皇苏尔特的后代，由自己来统治赤炎龙族，当之无愧！而亚斯并没有这样的骄傲，亚斯自己心里也清楚，所谓女武神的后裔什么的都是他编出来的。

也许就是出于这个原因，巴卡尔非常鄙视亚斯。而亚斯手里却没什么能和他较量的筹码。特别是在极度崇尚力量的赤炎龙部族中，证明实力最好的方法就是一对一决斗。而亚斯心里也很清楚，自己打不过巴卡尔。

因此，最好的办法，就是快点把这个对自己的王位有威胁的家伙除掉。而除掉他最好的方式，就是让族人们亲眼看着他被一群瘦小的镰刀爪龙肢解。想一想，拥有龙皇苏尔特血统的强者怎么会被一群不起眼的镰刀爪龙击败？只要巴卡尔输了——他一定会输的，他在族群中的声誉将荡然无存，彻底身败名裂！

巴卡尔与镰刀爪龙群对峙的时间不算长，也不算短。精彩的搏斗很快开始了。右侧的两只镰刀爪龙率先冲上去，飞身扑向巴卡尔的侧颈。而在同一瞬间，左侧也有一只镰刀爪龙跳了上来。

巴卡尔抢起巨斧，向右侧拍去。他没有用斧刃劈砍，而是用宽阔的斧面拍击。镰刀爪龙这样的小型敌人不容易被击中，适当牺牲武器的杀伤力，放大打击面积来攻击它们往往更有效。当右侧的两只镰刀爪龙被拍飞时，左侧的那一只已经逼近了巴卡尔的后背，锋利的骨刃直向他的后心刺去。

巴卡尔撑起左翼，迎向那只镰刀爪龙。随着一声凄厉的惨叫，翅膀中央的单指爪捅进了镰刀爪龙的腹部。刚才被击飞的两只镰刀爪龙重重撞在墙壁上，其中一只瘸着腿爬了起来，另一只则躺在沙地上一动不动，它的头骨已经在撞击中严重变形，脑浆和鲜血一起渗到砂砾下，顺着排污槽流到下层的熔岩农场去，成为熔岩菌菇生长的养料。

观众们欢呼起来，为巴卡尔精彩的反击喝彩。与此同时，十几只镰刀爪龙一起扑了上来。巴拉尔反向挥舞战斧，试图将它们击退。但这一次，只有为数不多的几只可怜虫尖叫着从镰刀爪龙群中飞了出来。越来越多的长而锋利的骨刃扎进巴卡尔身上的骨板，就像钢刀刺进木头。

巴卡尔将巨斧的长柄横过来格挡，并用双翼上的单指爪向前刺击。更多的镰刀爪龙倒下了，它们被甩落在地上，抖动了几下便很快断气了。

"您认为巴卡尔能赢吗？大领主。"亚斯身边的侍从问道。

亚斯轻蔑地一笑。"巴卡尔坚持不了多久了，镰刀爪龙数量太多，他被打败只是时间问题。"

场上的情况似乎也印证了亚斯的判断。在此起彼伏的镰刀爪龙的撕咬下，巴卡尔身上坚固的骨板也支撑不住了。他右侧大腿上的一块骨板被从他身体上硬生生扯了下来。巴卡尔大声咆哮起来，他用力将自己手中的巨斧掷出，砸倒了几只镰刀爪龙。随后，他从腰间拔出两把巨大的霰弹枪，对着周围的镰刀爪龙快速扣动扳机。

口径比篮球还大的重型枪械发出震雷一样的巨响，红热的金属碎片高速飞出，切割着镰刀爪龙的身体。它们的血在高温下沸腾，冒出刺鼻的棕红色浓烟。巴卡尔身边的镰刀爪龙暂时被击退了，但更多的镰刀爪龙还在扑上来。

亚斯在宝座上伸了个懒腰，他的神情完全放松下来。"巴卡尔完蛋了。"

很快，巴卡尔的霰弹枪打空了弹药。他不得不丢下自己最后的武器，赤手空拳面对镰刀爪龙的攻击。然而，这位曾经的王者似乎不愿意看着自己这样流尽鲜血倒下。他向前一步，拔起插在地上的巨斧，横在胸前，迎接镰刀爪龙群的又一次冲锋。

观众们再次沸腾起来，有的在为巴卡尔喝彩，有的在为镰刀爪龙加油。当镰刀爪龙群冲到巴卡尔身前时，大家又异口同声地喊："杀！杀！杀！"

巴卡尔并没有再次抢起巨斧，而是身体稍稍放低，张开嘴。一股力量从他腹中自下而上涌来，炽烈的火焰从他口中喷涌而出，笼罩着每一只向巴卡尔冲来的镰刀爪龙。而在几千万年的进化中，镰刀爪龙也拥有了一定的抵抗力。在上千摄氏度的烈焰中，镰刀爪龙仍然疯狂地冲锋，将被火焰包裹的骨刃刺进巴卡尔的身体。

烈焰与浓烟渐渐覆盖了整个场地，观众们也看不清场内的情况究竟如何。大家只知道，现在巴卡尔与镰刀爪龙群全部身处火海之中。看来，决斗的双方要同归于尽了啊。

"结束了。"亚斯打了个哈欠，放下自己跷了很久的二郎腿。他左手扶着脑袋，双眼漫无目的地直视着渐渐黯淡的火焰。亚斯在思考自己待会儿该向族人们说些什么，自己该如何恰到好处地宣布巴卡尔的死亡呢？

时间在人群的嘈杂声中流走了。当烈焰平息、浓烟散尽之时，角斗场中央只剩一堆焦黑的残骸。被烧焦的镰刀爪龙的外壳裂着一条条不规则的裂纹，丝丝青烟从裂纹中冒出来，散发出熟肉的香味。

"好了……"亚斯从宝座上站起来，他的声音被环绕在角斗场四周的扩音器放大，"看来，勇猛的巴卡尔已经被他自己的火焰烤熟了……"

"咚！"

一声闷响，只见一截焦黑的手臂从无数焦黑的尸骸中伸出来。那只手紧握一柄巨斧，左右一挥，扫开周围的尸骸。那个焦黑的身影沉重地起身，两只骨爪支撑着它沉重的身躯重新站起来。

亚斯皱起眉头，脸上的肌肉紧绷起来，牙齿不知不觉地咬紧了。当他看见那六只赤金色的眼睛睁开，眼眶周围焦黑的残片剥落时，亚斯不自觉地向后退了一小步。

巴卡尔张开他的双翼，高傲地仰着头，直视着看台上的亚斯。观众们彻底沸腾了，大家一齐从各自的座位上站起来，高举双臂呼喊着他的名字。

"巴卡尔！巴卡尔！巴卡尔！"

"亚斯！我通过了你的考验！"巴卡尔举起战斧，指向亚斯，"我是一名骄傲的赤炎龙战士！我要向你发出挑战！"

亚斯深深吸了一口气，他的眉头皱得更紧了。"我……接受你的挑战。"亚斯不紧不慢地回应道，"不过……按照族群的律法，晋升者在晋升三日后才有权发起挑战。"

"那好！"巴卡尔立起战斧，将斧柄尾端往地上一戳，"三天后，我们在这里决斗！你可不准反悔！"

第二章

赤色黎明（下）

·········

·······我们并不是失去了伊塔夸，这应该叫作有选择地放弃。资源匮乏，人口稀少，天文上也非战略要地，这样的星系不值得浪费时间和资源去死守。我们宝贵的兵力应该投入更重要的战斗中去······

——蔷薇帝国国防部长约瑟夫·莱斯特在接受记者采访时说道

"亚斯！我正找你呢。"

正在低头赶路的亚斯停下脚步，他不用抬头就知道那人是谁。烦躁不安的大领主正在气头上，被人这样无礼地拦下，气得差点将对方一脚踹进熔岩湖里。

但他不能这样做，因为拦下他的人是伊露娜。整个族群中只有两个人有胆量也有资本这样对亚斯大领主讲话——一个是巴卡尔，另一个就是伊露娜。

毕竟，红精灵一族并不受亚斯直接领导。他不得不借伊露娜之手来统治这颗行星上的红精灵们。虽然亚斯是大领主，伊露娜名义上是他的属下，但实际上，伊露娜手中的权力并不比亚斯小多少。

"伊露娜！······什么事啊？"亚斯强压下心中的火气，但他的脸色依然很难看。

"我有事要出一趟远门。"伊露娜面无表情地和亚斯对视着，"我需要三艘巡洋舰。"

亚斯深深吸了一口气，再次试着压制自己心中的恼火与不安。但这次不怎么成功，他烦躁地扭过头去，侧身从伊露娜身边走过。"我现在烦得很！有事明天再说！"

伊露娜咧起嘴，嘲讽一般轻轻一笑。她不慌不忙地跟上亚斯，"亚斯大领主这么心烦的时候可真少见啊。"

"对！"亚斯瞪了她一眼，"所以你能不能闭上嘴？别给我添烦！"

"王座还没丢呢，你这个大领主就坐立不安了。"伊露娜针锋相对地瞪了回去，两团红光在她的蒙眼布上点亮，"你这样只会让自己显得更失败！"

亚斯停下了脚步，脸上的肌肉越绷越紧，脖颈上一层层细密的鳞片竖起又闭合。

"要不是因为你对我很重要，你早就死了！"亚斯冲伊露娜低吼，口中涌出一股灼热的风，吹起伊露娜污浊的白发，口水像雨点一样落在她脸上。但面对愤怒的大领主时，伊露娜却没有一丝一毫的畏惧，那双涌动着红光的眼睛甚至眨都没眨一下。

"你这话可就说错了。"伊露娜轻轻一笑，抹掉脸上黏糊糊的唾液，"我和我的族人们已经死了好久好久了……"

"闭嘴！"亚斯不耐烦地推了她一把，"你要巡洋舰干什么？"

"去找解救我族人的办法。"

亚斯叹了口气，相当反感伊露娜提起这个话题。这不是伊露娜第一次提到这个老生常谈的问题了。"这事儿还是去地宫里说吧。"

"嗯。"伊露娜转过头，对身后的巴洛达克和伊薇尔摆摆手，"你们去组织一下，今晚就把物资送到星港去。"

"遵命！"伊薇尔拍了拍巴洛达克的肩膀，一晃脑袋，"我们走吧！"

当伊尔萨第一次听到"地宫"这个词时，他自动脑补了一下它的样子：一座深埋于地下的金字塔构成它的外壳，内部是一座用砖石砌成的宏伟的地下宫殿，用流淌的熔岩为它照明……就像很多魔幻电影中展现的地下神殿一样。

然而，当他跟着伊露娜走进地宫大门时，他简直不敢相信这就是大领主的地宫。铁门后的房间比普通人家的客厅大不了多少，一张桌子，六个低矮的石凳，一张看上去不怎么舒适的床。

这就是大领主的地宫？寒碜得有点过分了吧！

一根老旧的聚变灯芯用尼龙绳绑在天花板上，昏黄的灯光让人勉强能看清屋内简陋的家具。亚斯在石桌后正对大门的石凳上坐下，从桌下摸出一个与他手掌相比小太多的遥控器。亚斯对着天花板上的灯泡按下一个键，聚变灯芯嗡嗡地轻响起来。暗橙色的光变成了明亮的黄色，地宫内顿时亮堂多了。

"不用了，房间里还是暗点的好。"伊露娜说道。

"好吧。"亚斯说着，按下遥控器上的另一个键，地宫一下子又变得像刚才那样昏暗了。

伊露娜松了一口气，将蒙在眼睛上的灰布摘下来。她微微低下头，小心翼翼地睁开眼。那双猩红的眼瞳紧缩着，好像在害怕什么东西。

"怎么样？没事吧。"亚斯稍稍压低了声音，似乎是怕惊扰到什么。不过很幸运，他担心的情况一直没有出现。伊露娜的瞳孔慢慢舒张开，那双猩红的大眼睛恢复了原有的灵气。

站在一旁的伊尔萨打量着亚斯的神情，又打量着伊露娜。他完全不明白他们在害怕什么，但他本能地向后退了一步。房间里有鬼吗？伊露娜摘下眼罩到底会看见什么……无论如何，能让这两人有所忌惮的，一定是什么异常可怕的存在。

"我没事。"伊露娜在亚斯对面坐下来，转动眼球环顾四周，"地宫足够暗了。"

伊尔萨更摸不着头脑了。"足够暗"是什么意思？难道有什么鬼怪喜欢亮光，害怕黑暗吗？真是滑稽。

"喂！稻草人！"

"啊？"伊尔萨立即回过神来，连忙回应道。

"在那儿傻站着干什么！赶紧过来！"伊露娜朝他招招手，拍了拍自己身边的石凳。

"哦……"伊尔萨点点头，机械地一小步一小步走到伊露娜身边。随后，他小心翼翼地在两人的注视下坐下。伊尔萨已经不是特别害怕伊露娜了。但目露凶光、满脸横肉的亚斯还是让他的双腿不停地打战。伊尔萨坐在伊露娜身边，恨不得在自己的座位上蜷缩成一团。

"这个废物是从哪来的？"亚斯很厌恶地皱起眉头，"宰了他炖肉吃都不够塞牙缝的！"

伊露娜轻轻一笑，"他叫稻草人，是指引我们找到白羽龙的关键。"

"哈！"

"我没开玩笑。"伊露娜一手搭在伊尔萨肩上，"据他自己所说，他的病就是被白羽龙血治好的。"

亚斯的两个大鼻孔哼哼喷出两股热风，吹起石桌上薄薄的一层灰。两只金色眼球盯着伊萨尔，毫不掩饰地露出鄙夷的神色。

"就他？"亚斯又轻轻哼了一声，朝伊尔萨扬了扬下巴，"来，你说说，你都知道什么？"

"这是特瑞亚人的内部问题。"伊露娜冷冷地看着亚斯，"你只要让你的人开放北极星港，让我拿回我的巡洋舰就行。"

亚斯看上去更不高兴了，他的身子向后仰去，双手交叉在胸前，跷起二郎腿。"既然是你们的内部问题，你们就自己解决吧。"

"别忘了是谁帮助你登上的王位，亚斯。"伊露娜轻轻眯起双眼，右臂撑在桌子上，身体慢慢前倾，"你欠我一个大人情，我现在就要你还！"

"王座？呵！你真是哪壶不开提哪壶。"亚斯忽然一跃而起，一手掐住伊露娜的脖子，像拎一只鸭子一样攥着她的脖颈将她从地上拎起来，"再这么下去，再过三天，老子的王座就要丢了！你知道吗？！"

伊露娜没有回答他，只是瞪大了眼睛，龇牙咧嘴，愤怒地盯着亚斯。实际上，她现在连呼吸都做不到，更没办法讲话。

亚斯继续瞪着伊露娜，右手一点一点地攥紧，丝毫没有要放过她的意思。"你给我听好了，"亚斯在伊露娜耳边一字一顿地低吼着，"如果我的王座丢了，那你也别想活！"

一声清脆的咔嚓声给亚斯的这段话点上了句号。伊露娜的脑袋无力地向左歪下去，喉咙中溢出的血重新染红了她毫无血色的嘴唇。亚斯松开手，心满意足地看着她倒在地上。

伊露娜侧身躺倒着，瞪着眼，大张着嘴，有些急促地喘着气。她的头以一个很怪异的角度歪着。毫无疑问，她的颈椎已经彻底碎掉了。但伊露娜暂时还没有断气，伊尔萨仍然听见空气穿过她喉咙时发出的噪音，仿佛有人在吹一支吹不响的破笛子。

"稻草人！"

伊尔萨的双腿明显抖了一下，他后退了一步，试图装作没听见，然而伊露娜却一直死死盯着他，让他没办法回避。

你自己要死了就赶紧咽气了吧！叫我干什么？想拖我垫背不成？

"把我的脑袋摆正了！"伊露娜的胸腔剧烈起伏着，"快点！"

"什么……什么？"伊尔萨愣愣地站在原地，丝毫没有要上来帮忙的意思。

"我的脖子断了，我动不了，我需要你帮我把脑袋摆正了。"伊露娜怕伊尔萨听不明白，于是她又仔细重复了一遍。

伊尔萨小心地向伊露娜迈了两小步。"我……我要怎么做啊？"

"把我的脑袋摆正了！"伊露娜似乎没多少耐心了，她虚弱地咆哮起来。

"我……等等……"伊尔萨在伊露娜身边蹲下，他试着扶起伊露娜的头。当伊尔萨的手指与她不停渗着冷汗的皮肤接触时，他的手不自觉地颤抖起来。"怎么才能给你摆正啊？"

"托着我的头……对！保持这个姿势……往上抬……再往上一点……"

伊尔萨照做了，他心想反正这是你让我这么干的，我也不是医生，到时候出了什么问题你也怪不了我。当他的双手托着伊露娜的脑袋向上移动大约五厘米时，伊露娜的左半边身子突然剧烈抽动了一下。

"哇啊！"伊尔萨尖叫着松手，双腿像猎豹一样灵敏地一弹，向后跳去。伊尔萨一跳走，伊露娜的脑袋又落回了地上。

"啊！"伊露娜大声咆哮。在一旁看热闹的亚斯幸灾乐祸地哈哈大笑起来。幸好这时候伊露娜的颈部神经已经接上了几根，她的左臂在一阵麻木后恢复了知觉。

伊露娜用左手抓住自己的头，将脑袋往断裂的颈椎上推。神经愈合时的剧痛让她呻吟起来。几秒后，她的身体又猛地抽搐了一下。这一次，她的右臂终于也能动了。她双手抱着自己的脑袋，用力向后一掰。几次连续的咔嚓声响起，伊尔萨能看见她颈部的肌肉正快速蠕动，将破碎的颈骨一块块送回原来的位置上。

"我的天啊！"伊尔萨连连后退，躲在一座粗糙的石像后面。

终于，伊露娜的双手松开了。她左右晃了晃脖子，有些享受地听着愈合的骨骼和肌肉咯咯作响。"你应该为自己还活着感到庆幸，亚斯。"

伊露娜的声音很平静，也许是被亚斯打怵了，或者是她的喉咙有些不舒服。她那比正常女性都要明显好多的喉结上下蠕动着。几秒后，她将一口血痰啐在地上，猩红的双眼中弥漫上一股浓浓的杀意。

"对付你，我还是很有数的……"亚斯与她对视着，大领主的气势竟被逼退了不少，

"好了，不胡闹了，我们来做个交易吧。"

"说吧，什么交易？"伊露娜在亚斯对面坐下，双臂平放在桌面上。

亚斯没有立即开口，只是端坐在伊露娜面前，用余光扫视整个房间，最后，他的目光停在了缩在墙角瑟瑟发抖的伊尔萨身上，"叫那个废物滚出去。"

"嗯，"伊露娜轻轻一点头，她的视线仍然停留在亚斯脸上，"稻草人，出去吧。"

伊尔萨一声不吭地照做了，他走到紧闭的地宫大门前，试着推开它。他用力推，又试着用肩膀去顶，但无论他怎么做，厚重的大门仍然纹丝不动。亚斯看见了他狼狈的样子，面无表情地踩下石桌后的一个踏板，大门随之打开，紧随其后的是一声尖叫，失去平衡的伊尔萨连着几个跟跄摔出了门外。

"哎哟！"

伊尔萨原本以为自己能够保持平衡，但他被什么东西绊了一下，这一次，伊尔萨彻底失去了平衡，他飞扑出去一段距离后，从地宫大门外的长台阶上顺势滚了下去，直到撞上一块红色的大石头后才停下来。

一阵阵粗犷的笑声在伊尔萨身后响起，地宫门口的两个赤炎龙卫兵正在捧腹大笑。几秒前，两个卫兵的其中一个伸腿绊倒了伊尔萨。

"啊哈哈哈哈哈！有戏看了！"

伊尔萨忽然发现，自己并不是撞上了石头，而是撞倒了一个路过的赤炎异人龙。这只体态臃肿的肉体坦克刚才捧着一大块烤沙虫肉——没错，要不然地上这一大块烤肉是哪来的，而这块肉的主人很明显地在为自己损失的晚餐感到愤怒。

"小兔崽子，想死啊！"不等伊尔萨爬起来，那赤炎龙已经揪住了伊尔萨的一条腿，像拎一只兔子一样把他拎起来。他用伊尔萨听不懂的语调咒骂着什么，并将这只可怜的"兔子"重重地摔在旁边的墙上。

这个动作引来了周围几个路人的目光，但当他们发现斗殴的双方力量如此悬殊时，又失望地转头走开了。一场单方面的殴打实在没什么看头。

伊尔萨晃晃悠悠地爬起来，擦了擦从额头流到眼角的血。他感到地面正轻轻颤动，模糊地看到一个庞大的身影正在向自己冲来。伊尔萨一个激灵，本能地侧身扑向一边，卧倒在地上。

于是那赤炎龙打向伊尔萨的拳头重重地砸在了墙上。水泥墙面应声崩裂，两秒后，整面墙哗啦一声向后倒下。

又是一阵震耳欲聋的怒吼，不过这一次的声音与刚才的有点不同。一块巨大的石块从水泥墙的废墟中飞了出来，撞碎在刚才那赤炎龙的脑袋上。当他后退一步，揉搓自己被砸疼的脑袋时，另一只赤炎龙跳了出来。他的身高比前者稍微矮一点，但体型更结实，身上的骨板也更多。

高个子的赤炎龙对他挤了一个鄙夷的鬼脸，随后便抡着拳头冲上去。但矮个子赤炎龙不慌不忙，他树干一样粗大的脖颈像青蛙的腮一样膨胀了一下，随后向对方张开嘴，烈焰从他口中喷薄而出。

这种剧烈燃烧的火能够产生 1500 摄氏度的高温，更可怕的是，它还有难以置信的腐蚀性。伴随火焰喷溅出的液体好像是活的一样，一旦粘在人身上，它会一边燃烧一边穿透皮肤往身体里钻，最后由内而外将整具人体烤到八分熟。

高个子赤炎龙显然被烧疼了，但他的鳞片和骨板能够保护他不会严重受伤。只见高个子赤炎龙用左臂挡住脸，顶着烈火奔跑。两秒的工夫，他已经冲到了对方面前。高个子赤炎龙的拳头重重砸在矮个子赤炎龙的头顶，随后他从侧后方勒住矮个子赤炎龙那和脑袋一样粗的脖子，用力一扭。

矮个子赤炎龙的脑袋被迫转向一边，他喷吐的火焰在半空中画出一个弧形，落向四面八方。围观的人多了起来，人们围成一个圈，后来的人就只能站在圈外，将脑袋挤过人墙来观看。

围观的人们都在下注，现在高个子在打斗中占优势，但矮个子会喷火。大家在嘈杂的议论声中争先恐后地将一把把铜币丢进刚刚摆好的两个铁盆中。

伊尔萨放低身子，利用自己体型矮小的优势穿过混乱的人群。然而，就在这时，糟糕的事发生了。矮个子赤炎龙用脑袋狠狠顶了高个子赤炎龙的肚子，于是高个子向围观的人飞了过去。他撞到了两个人，但此时后面的人正试图挤上来。突如其来的撞击使四周的好多人像多米诺骨牌一样倒下。

众多赤炎龙的怒吼声一齐爆发，谁不小心踩到了谁的腿，或者挤到了谁的脑袋。不过这些都已经不重要了，好斗的赤炎龙们需要的只是一个愤怒的理由——随便什么理由，只要能让自己有机会找别人的茬，好好打一架！

于是，原本一对一的较量眨眼间便变成了几十人的群殴。赤炎龙们胡乱地抡着拳头，随意击打身边的其他斗殴者，并享受着对手被自己击倒的乐趣。伊尔萨连忙爬起来。在这样一群疯子当中逃窜，他感觉自己就像一群犀牛中的一只老鼠。无论是谁，只要其中的某个赤炎龙打到了自己，那自己一定会当场变成一团肉酱。

卷入这样一场混战是十分致命的，但它同样能带来优势。对于伊尔萨来说，混乱是最好的掩护。如果他想从伊露娜的魔爪下逃脱，那么现在就是最好的时机。

伊尔萨尽量贴着墙壁前进，躲开拥挤的地方，但墙边也不是一定安全的。一秒前，一个正在喷火的赤炎龙被另一个大块头一脚踹在墙上。很快，三个人围上来，用拳头轮番击打他的脑壳，直到他完全失去意识，僵硬地躺倒在地上。

不得不说，赤炎龙打架也挺有意思。这群好斗的疯子身上大多带着各种枪械武器，但打起架来，他们却都异常自觉地不用任何武器，只用拳头互殴。

伊尔萨跨过昏迷的赤炎龙，继续向前移动。他看见了一台升降机，那可以帮助他回到地面上。他记得自己来时坐的卡车停在最顶层的停车场。尽管他不知道赤炎异人龙的车辆该如何驾驶，但既然都是车，开起来应该差不多……

突然，伊尔萨感觉自己的屁股被什么东西猛地撞了一下。他尖叫一声，像一个皮球一样飞了出去。这下惨了！要是掉进赤炎龙堆里，再把谁撞到了，自己恐怕是真要死在这儿了……

他看见自己飞过了混战激烈的地方,掠过一堆杂乱堆积的机械零件,好像要掉进一个废品站了。扑通一声,伊尔萨感觉自己的脸撞到了什么软绵绵的、有弹性的东西。好吧,看来自己很幸运,没有撞上哪个赤炎龙的脑袋,而是落进了一堆轮胎里……

伊尔萨扶着自己有点晕乎乎的脑袋,重新睁开眼睛。当他看见一双猩红的眼睛盯着自己时,他的心都要凉了。他距离那一堆黑乎乎的轮胎还有一米。伊尔萨并没有一头栽进轮胎堆里,而是撞上了伊露娜的胸膛。

伊露娜冲伊尔萨咧嘴一笑,伸手轻轻拍了拍他的脸,"你看起来没缺胳膊没少腿啊。"

也许是因为来到这里后被惊吓了太多次,伊尔萨已经对恐惧感到疲倦了。他看了看伊露娜,又看了看伊露娜身后的升降机。该死!还差几步就跑到了!

"我没事。"伊尔萨僵硬地撇了撇嘴,耸了耸肩,"你和亚斯……大领主谈完话了?"

"嗯。"伊露娜抬起右手,轻轻擦了擦伊尔萨额头上的伤口,"你这小子不在门口好好站着,自己跑出来也不怕死在这儿。"

伊尔萨心说:"我也不想啊,是你们突然开门把我甩出去的啊。"

"别想着现在溜走,稻草人。"伊露娜的表情忽然严肃起来,"哪怕逃出去了,巨型沙虫也会吃了你的。而且,为你的族人们着想一下,好不好啊?"

"咳咳!有件事我要讲明白。"伊尔萨微微皱起眉头,"那是你的族人,这事儿和我本来一丁点关系都没有!是你把我绑架到这儿,强迫我'拯救'你们这些恶魔的!"

伊尔萨也不知道自己哪儿来的勇气,敢跟这女魔头这样对着干。伊尔萨知道自己对伊露娜有多重要,伊露娜无论如何也不会弄死他的。但就在伊露娜嘴角露出一抹微笑时,伊尔萨吓得腿哆嗦了一下。

伊露娜不会弄死自己,但女魔头肯定也有的是办法把他折磨地生不如死。

"呃……"伊尔萨向后退了一步,"你笑什么?"

伊露娜的手抚过伊尔萨的额头,又轻轻摸了摸他肩膀和胸前的擦伤。忽然,她趴到伊尔萨身上,伸出舌头舔他胸前的伤口。

"喂喂喂,你干什么……"伊尔萨想后退,但他已经被伊露娜抱紧了,"你舔我干什么?我不好吃啊!"

"就你?你身上这点肉还不够我塞牙缝的。"伊露娜抬起头,轻轻一笑,笑得像只老练的母狼一样狡猾,"你不是不想跟我走吗?嘿嘿!用不了很久,你就……"

"咚!"

又一只被踹飞的赤炎龙,惨叫着扑了过来,正好撞到了伊露娜身上。伊尔萨只听咚的一声响,伊露娜就在他面前消失不见了。当那赤炎龙重新爬起来后,伊尔萨在扭曲变形的金属隔离栏后找到了伊露娜。她侧身躺倒在地上,脑后的石头上沾满了血迹。

伊露娜的身体轻轻颤动了一下,她缓缓翻了个身,想要爬起来。而就在这时,伊尔萨做了一件他自己都没想过的事。仿佛身体不受大脑控制了一样,他迅速冲到伊露娜身边,顺手抄起一根从铁栅栏上脱落的铁管,在伊露娜还没完全爬起来之前,他几乎用上全身力量抡起铁管，重重地向伊露娜脑后砸去。

虽然伊尔萨看起来弱不禁风，但他的力量却出奇的大。

预料之中的反作用力从铁管传到了伊尔萨手上，他的手被震得有点疼，但他不在乎，他又一次抡起铁管，对着伊露娜的脑袋猛砸。

伊露娜没有尖叫，也没有呻吟。她只是拼命地想要爬起来。伊尔萨有些惊慌，他握着铁管的手也开始发抖了。

伊露娜用来蒙住双眼的灰布从她头上滑落了。她轻叫了一声，伸手去抓地上的灰布。但就在这时，刚才那只矮个子赤炎龙开始喷火了。当灼目的火光从伊露娜眼前闪过时，伊露娜异常恐慌地向后跳开。她害怕地捂住双眼，以至于落地时没有站稳，摔进了旁边的废品堆里。

伊露娜继续捂着自己的双眼，她不停地大声哀号，身体抽搐着。伊尔萨不知道她到底怎么了，但这也不重要，无论如何，现在女魔头失去了行动能力。

伊尔萨又一次握紧铁管，向伊露娜的脑袋猛砸。他一次又一次地击打，每一次都几乎用上了他全身的力气。直到他气喘吁吁地撑着双腿站在原地，实在没有力气继续挥舞铁管时，他才停下来。

他一直没有听见预想中伊露娜的惨叫，或者她的叫声被淹没在赤炎龙混战的嘈杂声中了。现在，伊露娜趴在地上，一动不动。伊尔萨长舒一口气，看着伊露娜的白发被鲜血完全染红浸透。他把沾血的铁管扔到一边，转头看向远处混战中的赤炎龙群。他不知道是谁帮他撞倒了伊露娜，但说实话，他也并不关心这个问题。

"呼……谢了！"

伊尔萨踏上升降机，用力扳动升降台上的拉杆。锈迹斑斑的金属齿轮转动起来，四条铁链拉着他向上层移动。他向自己脚下望去，赤炎龙们似乎还没打够，而伊露娜仍然趴在那儿一动不动，不知是死了还是昏迷了。伊尔萨希望这个女魔头已经死了。但在见到伊露娜在被掐断脖子后仍然能自我复原的本领后，他怀疑自己是否真的能杀得掉她。

很快，升降机停下了。伊尔萨环顾四周，确定了自己并没有升到顶层，陨石坑顶部的金属穹顶距离他还很远。但伊尔萨很快找到了第二台升降机。当一个红精灵用手推车推着一箱货物走上升降机时，伊尔萨跟着他一起走了上去。那红精灵只是无精打采地看了他一眼，随后便扳动拉杆向顶层升去。

伊露娜说过要往星港运输东西，这是一个逃走的好机会。令伊尔萨有点惊讶的是，赤炎龙们的斗殴丝毫没有影响到红精灵们的工作，而红精灵们似乎也对此不感到稀奇。

伊尔萨打量一下与自己同乘电梯的红精灵，他的身高和自己差不多，但他身上的肌肉比自己更结实。伊尔萨稍稍向前倾了一下身子，打量了一眼对方身上的红斑，对方的右肩和右臂上的部分皮肤有红色的异化迹象。

"那个……这些东西都是要送到星港去吗？"伊尔萨问。

"嗯。"那红精灵双臂撑在手推车上，懒懒地答道。

"晚上外面那么危险，为什么不等天亮了再运？"

红精灵慢悠悠地转过头，瞟了一眼伊尔萨，打了个哈欠，"你是新来的吗？"

"是的。"伊尔萨点点头。

那红精灵又打了个哈欠，"魅影舰队正在占领这个星系，等到他们封锁了行星外空轨道，我们就飞不出去了。"

伊尔萨一边听着，一边留意周围的环境。他装作漫不经心地侧过身，看了一眼身后。升降机轨道下方就是熔岩湖，怪不得这台升降机不能直接从顶层一直通到底层去。

"好吧。"伊尔萨说着，又抬头观察了一下由金属杆组装成的升降机框架的结构，"听说伊露娜她……伊露娜大人找到了治愈洛索德尔瘟疫的办法。"

"听说是这样的。"那红精灵说道，"反正不管有什么事，伊露娜大人都会在起航前告诉我们的。"

"嗯。"伊尔萨悄悄退到对方身后，攀上升降机边缘的支架。40千克的体重使他能够灵巧而悄无声息地攀爬。他缓缓吸一口气，拍了拍对方的后肩，"嘿，你看那边是什么？"

"什么？"红精灵回过头，但伊尔萨却不见了。正当这个没睡醒的红精灵犯迷糊时，他的后背被什么东西猛击了一下。于是，他惨叫着从升降机中摔了出去，笔直坠向下方的熔岩湖。

伊尔萨松了口气，"抱歉。"他向那红精灵坠下的地方望去。

伊尔萨咬牙撕开自己右肩处正在结痂的伤口，让血流下来。他痛得轻轻哼了一声，沾着自己的血在右臂上涂出异化红斑一样的图案。随后，为了防止被人认出来，他又在右半边脸上涂了不少血。

随后，他拿起货箱上的一块油布，蒙在头上，遮住自己这一头显眼的红发。嗯，这样应该就没问题了吧。

随着电梯的上升，伊尔萨越来越感觉到寒冷。现在外面的气温为零下25摄氏度左右，而用来覆盖金属穹顶的铁皮早就残缺不堪。外界的寒风肆无忌惮地穿过千疮百孔的金属穹顶，带走了熔岩湖升腾而上的热流。

大大小小的齿轮在一阵尖锐的嘎吱声中停止了转动，升降机已经到达了顶层。伊尔萨推着手推车，跟着最近的一个红精灵工人向停车场走去。冰冷的风从金属穹顶破损的盖板中灌进来，吹在伊尔萨身上，冻得他直打哆嗦。

"沙暴已经过去了！"伊尔萨听见有个粗嗓门在远处喊道，"货物装好了没？"

"最后两箱了！"伊尔萨身后的一个异形喊道，"你们两个！快点！"

伊尔萨回头看了一眼那个大家伙。异形不紧不慢迈着步子跟在他后面，时不时抬起他那骇人的骨爪抠抠耳朵。忽然，伊尔萨感觉这只怪物好像在哪见过。

等等……他是……巴洛达克？！

没错，就是他！伊露娜的手下，巴洛达克。

伊尔萨猛地倒吸一口凉气，他的心脏简直要跳出来了，仿佛有一只鹿想要撞出来一样。但很快，他的心跳又放缓了，取而代之的是一种说不出的奇怪感觉。他感觉自己胸前的伤口正火辣辣地疼，一秒后，这种疼痛开始在他的胸口蔓延。他觉得好像有什么东西正在慢慢渗入他的胸骨，向他的心脏钻去。

他擦了擦额头上的冷汗。真是奇怪，只有胸口的伤口疼得出奇，而额头和肩膀上的伤却没什么反应。

走在伊尔萨前面的红精灵将他的货物装上了一辆皮卡车，伊尔萨随后做了同样的事情。两个货箱刚好装满了皮卡车的货斗。

"喂！你！"巴洛达克用一根骨爪戳了戳伊尔萨的后背。

伊尔萨的心脏又猛地搏动了一次。这一次，他明显感觉到了那种疼痛从胸口涌出，随血液流向全身各处，额头和肩膀上的伤此时也火辣辣地烧了起来。伊尔萨觉得自己活不了多久了。

哪怕巴洛达克没有认出自己，自己也活不了多久了。刚才剧烈心跳带来的血压升高应该已经让自己脑出血了，大概是这样吧。现在，猩红的血色一点点侵占了伊尔萨的视野，现在他看什么东西都像是隔了一层红雾。

"叫你呢！"巴洛达克又用骨爪轻轻磕了磕伊尔萨的脑袋，"把箱子给我绑紧了！然后赶紧滚到方向盘那儿去！"巴洛达克说着，又敲了敲车上的两个金属箱，"这可是伊露娜大人的东西！千万别搞砸了！"

"呃……知道了！"伊尔萨手忙脚乱地在货箱旁找到了用来捆绑货物的绳子，将箱子固定好。当伊尔萨钻进皮卡车驾驶室时，巴洛达克已经从他身边走开了。

伊尔萨靠在硬邦邦的座椅上，冷汗像瀑布一样从他背上流下。

"沙暴过去了吗？"

"过去了，但风还是不小，你们都小心着点儿！"

"后车跟好前车的尾灯！别开太快！"

伊尔萨打量了一下自己的这辆皮卡车，与其说这是一辆车，不如说它就是一个能动的铁笼子。简陋的金属框架下垫着四个轮胎，驾驶室几乎是完全敞开的，连挡风玻璃都没有。车上大部分金属部件都被从沙虫体内提炼出的油脂包裹着，以此抵抗大气中强酸物质的腐蚀。

伴随着隆隆的震动，沉重的金属门向外放倒下去，刺骨的寒风从门缝中涌进来。伊尔萨打了个哆嗦，他连忙抓起放在副驾驶座上的一件厚皮衣裹在身上。不等他扣好皮衣的扣子，堡垒大门就完全放倒了，寒风如决堤的洪水一样涌进来。

"车队出发！"伊薇尔在风中吼着，挥舞着两条畸形的粗壮手臂，"都给我小心点儿！保持十米间距！"

老旧的燃油引擎接二连三地咆哮起来，排气口喷出滚滚黑烟，好像在抗议空气中过低的含氧量。领头的重型货车驶出了堡垒，后面的货车随即跟了上去。很快，队伍最后的一辆装甲运兵车和伊尔萨驾驶的皮卡车也跟了上去。

伊尔萨戴上皮衣的兜帽，用原本裹在头上的油布遮住口鼻。伊尔萨的鼻头被冻得生疼，他必须想办法保暖。但他又不能裹得太紧，不然油布会闷得他呼吸困难。

车队沿着盘山公路向环形山山脚下驶去。在没有沙暴的午夜，伊塔夸一号行星的北极地区有着不错的能见度。伊尔萨可以清晰地看见前方曲折的道路，12辆货车排成一条长蛇蜿蜒前行。

伊尔萨处在车队的最后，这对他来说是件好事。他可以比较轻松地在不被察觉的情况下从车队中溜走。唯一的一个麻烦，大概就是前面那辆装甲运兵车的车顶上坐着一个红精灵。那个家伙手里捏着一块肉，不停地撕咬着。

伊尔萨深深吸了一口气，开始了自己的计划。冰冷的空气刺激着他的神经，驱散了所有的困倦，他眼前血红的雾也在不知不觉中消散了，仿佛这颗行星在帮助运货的红精灵们，这个夜晚，北极地区来自高空的下降气流冲走了地表的氮氧化物浓雾。不知从哪里折射来的光映在远方的土地上，伊尔萨向地平线尽头望去，清楚地看见那条通向南方的道路——几个小时前，他就是从那条路过来的。

很快，那将是他回家的路，如果贫民窟中的一切能称得上是"家"的话。

大概十分钟后，车队接近环形山的山脚。贴近地面的气流吹起细碎的沙，叮叮当当敲打着暴露在外的汽车引擎齿轮。坐在运兵车顶上的红精灵扯起他的披风，想要遮住手中的肉。他可不希望自己的晚餐上沾满沙粒。而就在这时，运兵车却忽然颠簸了一下。

那红精灵嘴里吐出一句很难听的脏话，因为他手里的肉掉了。他只能看着自己的晚餐落在地上，被后面那辆皮卡车的轮子碾过。

他在车顶上站起来，变异为骨爪的脚掌嵌进车顶的铁皮里。随后，他又失望又气愤地掀起装甲车的顶部舱门，钻进车舱里，又重重地把舱门扣上。

伊尔萨心中窃喜，现在，最后一个阻碍他逃跑的因素也消失了，自己可以神不知鬼不觉地脱离车队了。

车队来到了一处三岔路口，领头的货车驶上了连接通向北极星港道路的桥梁，后面的车辆一辆接一辆跟着它向北极星港驶去。但伊尔萨继续沿着盘山公路向山脚下行进，当他调转车头溜走时，他回头看了一眼桥梁上的车队。很好，那些红精灵司机都没有注意到自己，没人发现队伍最后面那一辆不起眼的皮卡车已经消失了。

伊尔萨松了一口气，他下意识加大了马力，让皮卡车尽快离开这个危险的地方。万一伊露娜还活着，她醒来后的第一件事一定是把自己抓回去。

这样一想，伊尔萨觉得贫民窟里也不安全了。只要自己还在这颗行星上，伊露娜早晚都要找到自己。但除了北极星港，伊尔萨想不到第二条离开伊塔夸一号行星的路了。

北极星港现在被赤炎龙族和红精灵占领着，想从那里偷一艘飞船几乎是不可能的。现在自己只能回贫民窟，但伊露娜一定会追过来。哪怕她死了，也许她的手下也会来找自己寻仇。

"真倒霉！怎么让我撞上这么个遭天杀的疯婆子！"伊尔萨忍不住痛骂伊露娜，痛骂所有红精灵，痛骂洛索德尔瘟疫。之后，他又痛骂柯拉尔人和至高秩序，痛骂银河议会……他感觉整个银河系都在和自己作对。凭什么那么多倒霉事儿全让自己撞上了？！没有一个人愿意帮自己，自己唯一一个朋友威尔就算想帮忙也肯定帮不上……

等等，威尔？

伊尔萨忽然想到了什么。威尔……威尔说他想要加入魅影的。魅影！对！如果自己也加入了魅影，那自己就和其他魅影成员一起坐运输机离开这颗行星了。而伊露娜就算拿到了她想要的三艘巡洋舰，也肯定没办法对抗魅影舰队。

自己曾经厌恶的魅影，现在竟成了自己最后的一根救命稻草。

伊尔萨一边这样想着，一边驾车驶向了通往南方的公路。风沙渐渐模糊了地平线，已经是后半夜了，当自己回到家时，估计天已经要亮了。

当阳光映红东方的天空时，伊尔萨回到了他最熟悉的地方。断壁残垣之间，无数破败的简易板房随意堆砌在道路两侧。

清晨五点，昼夜交替时的巨大温差引起的沙暴刚刚过去。气温从零下 16 摄氏度上升到了 19 摄氏度。气温还会继续上升，冰窖正渐渐变成烤箱。到中午时，气温会达到 45 摄氏度以上。

伊尔萨停下车，他在一处废墟上找到了自己的家。一个两端打通的集装箱被掩埋在碎石之中，而箱体本身就代替了早已不存在的楼房大门，成为进出这座建筑的通道。

伊尔萨穿过光线昏暗、破败不堪、堆满垃圾的一楼大厅，顺着一处楼梯爬上只剩下一半的二楼，敲响了二楼唯一一处完整的房间的门。

"威尔！"伊尔萨贴近门缝，压低声音喊道，"威尔！"

"谁啊？"塑料制门板的另一侧传来了威尔不耐烦的声音。他好像还没睡醒，声音有些迷迷糊糊的，"外面是谁啊？"

"是我！伊尔萨！"伊尔萨继续敲着门，"快开门！我有麻烦了！"

屋里的人似乎一下有了精神。"什么鬼？！"威尔尖叫了一声。脚步声扑通扑通地由远及近直到房门口。当房门被呼的一声拉开时，威尔的眼珠简直要从眼眶里瞪出来了。

"威尔……"伊尔萨摘下裹在头上的油布。当他看见威尔时，心里紧绷着的一根弦稍稍松了下来。他舒了口气，将了将自己额前垂下来挡住了眼睛的头发。"我们快走！"

"伊尔萨，你还活着？！"威尔抬起双手，用力抱住伊尔萨的肩膀，"我听说你被那些强盗怪物掳走了。"

"没错，但我逃出来了。"伊尔萨的心跳又开始加快了，他不知不觉喘起了粗气，"而且我还杀了他们的一个老大。"

"你小子怎么做到的？！"

"现在不是吹牛的时候，那些怪物现在肯定在疯狂地追杀我！"伊尔萨紧紧抓住威尔的手臂，"他们随时都可能追过来，我们快逃！"

威尔和伊尔萨对望着，好半天没说一句话。也许是伊尔萨闯的祸太大了，威尔不想因此受牵连；或是威尔不明白伊尔萨现在是什么处境，不知该如何帮助自己的哥们儿。

"拜托！威尔！"伊尔萨抓着他的手臂，用力摇晃了几下，"那些强盗都是嗜血的异形！他们如果追到这里，所有人都要遭殃！我们必须逃走！威尔！"

"逃去哪里？"威尔呆滞的目光中终于点亮了一丝灵气。

"去找魅影！"伊尔萨说道，"这是我们逃出这个星球的唯一希望了！"

"怎么去找？"

"你知道哪里有魅影的驻地吗？"伊尔萨问。

"奥格特盆地。"威尔说。

"好！"伊尔萨用力一点头，"我们去偷光头尼克的直升机，飞去奥格特盆地。"

光头尼克是住在威尔楼下的阿玛克斯人，因为在升格挑战中失败而被驱逐出境。他拥有一架带有聚变引擎的直升机，加满重氢燃料能在天上连续飞几个月不降落。

"我收拾一下东西！等我两分钟！"威尔说着转头跑回屋里去。

"好。"伊尔萨点点头，"我先去把直升机发动起来。"

伊尔萨转身向楼下跑去，他感觉自己和威尔的对话已经消耗了五分钟的时间——当然，这只是他的心理作用，时间其实只过去一分钟多一点。对于伊尔萨来说，现在每过一秒，红精灵们追上来的可能性就多一分，他必须抓紧每一分每一秒来执行自己的逃亡计划。

伊尔萨跑下了楼，穿过了那个集装箱，他前脚刚跨出门外，屁股上就狠狠挨了一脚。

"浑小子想偷我的直升机，我揍不死你！"

光头尼克的身材并不算特别强壮，但在众多骨瘦如柴的难民中绝对算得上数一数二的壮汉了。他这一脚让伊尔萨在空中划出一条标准的抛物线，从道路左边一直飞到道路右边，最后一头扎进墙边堆放的一堆水桶里。

"老子前几天丢了粮食和燃料，怕也是你这浑小子偷的！"尼克恶狠狠地攥着拳头，气势汹汹地向伊尔萨大踏步地杀过来，古铜色的脸上绷起一条条青筋，"你今天不把老子的东西还回来！老子就把你活吃咯！"

光头尼克的东西并不是伊尔萨偷的，但尼克也许不在乎，他很可能只是想抓着这么个借口吃一顿人肉大餐。毕竟在这个贫民窟，人吃人的事儿伊尔萨见得多了。特兰人吃矮人，阿玛克斯人吃雅典娜人……不同人种之间的人互相捕食，这种疯狂的事已经成了常态。路边的每个垃圾堆里都会有不少吃剩的人骨。

伊尔萨的第一反应是向尼克解释，但他很快否决了这个几乎不会成功的办法。他的第二反应是赶紧跑路，打不过至少跑得过啊。但现在伊尔萨的脑袋还扎在水桶里，很可能不等他爬出来，尼克已经把他拎出来了。

也许是金属制的水桶经受腐蚀的时间太长了，伊尔萨一头撞进去时，看似坚硬的水桶竟像纸糊的一样哗啦哗啦全被撞破了。伊尔萨灌了一口酸水进肚，难受得要命。就在这时，他担心的事发生了。尼克拎着他的一条腿，将他这只落水狗从破碎的铁桶堆里拎了出来。

"啊！"

不知为何，尼克忽然惊恐地大叫起来，好像胆小的女孩看见了蟑螂。他将伊尔萨丢在地上，害怕地连连后退。

"有人长红斑了！这儿有人长红斑了！"

伊尔萨慢慢爬起来，由于刚才他是头着的地，现在他的脑袋还是晕乎乎的。当他重新睁开眼，看向光头尼克时，他的视野中又开始弥漫猩红的血雾。

这时，光头尼克身边已经站了差不多有十个人，所有人都惊慌地大呼小叫。伊尔萨透过血雾勉强看清了那群人的样子，他们远远地站着，伸手指向自己，不停在向自己喊话。

"赶紧滚出村子！"

"滚出去！滚越远越好！"

"别待在这儿祸害别人！"

伊尔萨有些疑惑地看了那些人一眼，他在人群中看见了威尔。威尔也站在人群中，手里抱着他准备带走的行李。他没有尖叫也没有像其他人一样向自己喊话，只是默默站在那儿，可是他的眼睛里也有一样的惊恐。

"威尔，我们……"伊尔萨向威尔伸出手，他本想拉着威尔赶紧走。但当他看见自己手腕上的红色疮疤时，伊尔萨的表情凝固了。

那块暗红的疮印像是凝固的血痂，但那更像某种生长在皮肤上的异物。它的边缘与皮肤融为一体，甚至四周的皮下毛细血管都清晰地泛着那种诡异的暗红。

伊尔萨的视线沿着自己的手臂一点点移动，从手腕移到肩膀，又移到胸口。刚才扎进水桶时，他身上的血污被冲掉了一些，他之前在北极堡垒受的伤全部显现了出来。

他的伤口已经愈合，但愈合的伤口并没有长出新的皮肤，而是长出了暗红的疮。伊尔萨连忙用力去挠那一条暗红的疮印，他希望那只是一条结了痂的血污。他想要把它抠下来，但他做不到。他越来越用力地去挠这条红疮，却只看见暗红的东西顺着自己的皮下血管快速扩散。

伊尔萨的腿软了，他无力地跪倒在地上。他知道这是什么东西，他更知道为什么所有人都忽然这么害怕自己。因为人一旦染上这东西，就只有死路一条了！

这就是洛索德尔，银河系中最恐怖的瘟疫。

伊露娜……没错，是伊露娜！这个毫无人性的禽兽……"她舔了我胸前的伤口，故意将这种病传染给我！"

伊尔萨能想象到如果伊露娜看见了自己现在的样子，她脸上该有多么得意的笑。哼，幸好她已经死了！

一阵闷热的旋风从头顶吹下，伊尔萨抬起头，只见一架直升机从自己头顶掠过。伊尔萨目送那直升机远去，随后他又望向人群，威尔已经不见了。毫无疑问，一定是他趁乱偷走了尼克的直升机。

终于，威尔也抛弃了自己吗？伊尔萨叹了口气，他并不怪罪威尔。如果是威尔感染了洛索德尔，自己又会怎么做？大概自己也会做同样的选择吧。

　　人群中开始有人向伊尔萨扔石子,捡起地上的碎砖头向伊尔萨扔来。伊尔萨一开始试着躲避,但后来他放弃了,任由大大小小的石块砸在自己身上。大部分人都有枪械,但没有一个人对伊尔萨开枪。毕竟,没有任何人愿意让带有洛索德尔病原体的血液喷溅得到处都是。

　　几分钟后,有个矮人抱来了一桶燃油,人群立刻为这个矮人让路,不停地大喊着"烧死他"。伊尔萨抬头瞥了一眼那个矮人,一瞬间,一股无名的怒火在伊尔萨心中燃起。

　　"好啊!曾经就是你喊了一声,把伊露娜引过来了!原来我倒了这么大的霉,到头来还是该怪你啊!"

　　猩红的血雾愈来愈浓,渐渐覆盖了伊尔萨的全部视野。但伊尔萨透过血雾,却能更清晰地看见自己周围的一切。每一个拥有体温的动物,在伊尔萨眼中都有着醒目的轮廓。他站起来,向那矮人走过去。不知怎的,他觉得自己的身体忽然间不受控制了。他真的恨那个矮人吗?恨到自己必须杀掉他吗?还是说,自己只是像赤炎龙找理由打架一样,只需要一个借口,来发泄忽然涌上大脑的嗜血杀戮的欲望。伊尔萨无力地思考着,像一个旁观者,看着自己的身躯以难以想象的速度向那矮人冲去,下一瞬间,锋利的骨爪从他的指间伸出,贯穿了那矮人的喉咙。

　　人群在一阵尖叫中散开,人们立刻四散奔逃。光头尼克抽出腰间的手枪,对着伊尔萨连开三枪,随后他也飞速溜走了。

　　三发子弹中只有一发打中了伊尔萨,子弹从他的左腹部射入,从身体另一侧穿了出去。伊尔萨倒下了,他捂着自己的伤口,仰面朝天躺在地上,感受着自己的血液从指间一点点流走。自己就要死了……伊尔萨多想在这时候大哭一场,但他却偏偏挤不出一滴眼泪。

　　"要不是因为你对我很重要,你已经被我碎尸万段了!"

　　朦胧中,一只手掌忽然狠狠地扣住了伊尔萨的喉咙。伊尔萨能感觉到对方的力量,这个力量足够掐死他,但对方却并没有真的在手上用力。

　　伊尔萨睁开眼,又是那一张熟悉的脸,灰布后那一双猩红的眼睛像往常一样凝视着他。伊露娜咧开嘴,露出狼一样锋利的四颗犬齿,做了一个发狼的表情。随后,她轻轻叹了口气,将自己的火气强压了下去。

　　"你没事吧?"伊露娜扶着伊尔萨坐起来,在他面前蹲下,上下打量着他。这个女魔头居然温柔地用手背轻轻蹭了蹭他的脸。

　　伊尔萨看着伊露娜,愣了一会儿。忽然,他扑进伊露娜怀里,号啕大哭起来。他不知道自己为什么会突然哭,更不知道为什么要扑在自己最恨的人怀里大哭。

　　自己已经是个怪物了,能理解怪物的,大概只有怪物了吧……

　　"我恨你……"伊尔萨咬牙切齿地抽泣着,"我的一切都被你毁了!"

　　"也许吧,我同样有恨你的理由,有憎恨这世间万物的理由!"伊露娜平静地说道,"但无论你多么不情愿,现在我们是一条船上的了。"

"你不会知道我有多想杀了你！"

"我也不需要知道。"伊露娜站起来，向伊尔萨伸出手，"你觉得，现在我们还有别的选择吗？"

伊尔萨与伊露娜对视着，过了很久很久，终于，他拉住伊露娜的手，拉着这只结实的手站了起来。

"特瑞亚一族欢迎你的加入，稻草人。"伊露娜向他轻轻点点头。

稻草人……是的。伊尔萨·霍提普已经死了。现在，自己是稻草人了。

朝阳升起，在东方的半边天空映出血色的黎明……

第三章

幽冥战舰

自从银河议会建立以来，人们都认为人类早已取得了对银河系的绝对统治，将自己的文明视作银河系中的最高等文明。但随着无数探险家在外环星域的许多发现的公开，我们已经可以确定，人类文明不是第一个统治银河系的文明。

我们早已习惯了无神论的观点，将我们所掌握的科学视作最强力量。但现在，我们必须重新思考这个曾经困扰我们的祖先很长一段时间的问题：宇宙中是否有"神"存在？

——纪录片《星云的彼端》节选

盖瑞卡·冯·隆施坦恩在镜子前打好领结，仔细整理好西服的衣领。三天前，他刚刚度过了自己的 20 岁生日。对于他来说，那次生日宴会并没有给他留下什么喜悦。他只记得自己在饭桌上机械地重复着礼貌的用餐动作，还必须时刻都做出一种看上去像是喜悦的表情。

并不是每个男孩都能在传说中的明德斯山顶的王子城堡举办自己的生日宴会。但对于盖瑞卡来说，这是他与生俱来的权利。生为隆施坦恩家族的一员能带来很多好处，比如享受最优越的生活环境以及无上的权力与财富。

据说，在几千年前，隆施坦恩家族的祖先——鲁内尔·冯·隆施坦恩乘坐的移民飞船来到了现在的施坦恩斯堡星系。鲁内尔在施坦恩斯堡二号行星上开垦出了特兰人的新家园，并建立了属于自己的国家。随后的几千年中，特兰人在隆施坦恩家族的领导下积极扩张领土，打下了现在埃尔坦恩合众国的江山。

而现在，隆施坦恩家族在银河议会中就是"权力"与"财富"的代名词。这一个家族拥有的财产总和,相当于银河议会其他所有人口拥有的财产总和。

但盖瑞卡并不喜欢这样。也许是从小就在钱堆里长大的原因,现在他早已视金钱如粪土。而且,如果人完全变成了金钱和权力的奴隶,那活着还有什么意思?

20岁的他已经是"家族的男人"了。因此,盖瑞卡必须服从家族族长,也就是自己父亲汉斯·冯·隆施坦恩的意志"为家族做贡献"。盖瑞卡有两个哥哥——大哥埃里希和二哥埃尔文。埃里希将会被培养成一位商业家,他的职责是接替隆施坦恩家族的家族企业。埃尔文将会被培养成一名政客,未来他将会成为埃尔坦恩合众国的总统。

而对于盖瑞卡,他的父母则有不同的观点。母亲希望送盖瑞卡去高等精灵的学府深造,将他培养成一名优秀的学者。但父亲希望盖瑞卡成为一名外交官,并希望他与统治凯洛达帝国的诺瓦家族联姻。这两条路盖瑞卡都不喜欢,但他没有任何反抗的权利,他甚至不能在长辈面前表达不满。

就在前一天晚饭时,这一家人又因盖瑞卡的前途问题而展开争执。一番争吵后,汉斯以家族族长的身份将盖瑞卡的母亲和两个哥哥请出了餐厅,为了"与自己的小儿子进行一次男人之间的谈话"。汉斯用无可辩驳的逻辑向盖瑞卡阐述了一个事实:你只有去和诺瓦家族联姻,你对家族才是最有价值的。

谈话进行了半个小时,谈话的气氛一直很平静,但盖瑞卡感觉被人一脚踹到了内脏。终于,很久以前就在他心中出现的那个悲惨的猜测被证实了——每个隆施坦恩家族的成员都不得不舍弃自由,乃至背叛自己的灵魂,去为家族谋取各种利益。

"盖瑞卡,打理好了没有?"母亲在房门外的呼唤通过室内的扬声器传到盖瑞卡耳边,"我们已经抵达泰拉多了。"

"呃,已经弄好了。"盖瑞卡最后打量了一眼擦得锃光瓦亮的皮鞋,推开门走出去,"哥哥们呢?"

"你的两个哥哥正在下层会客厅。"盖瑞卡的母亲卡特琳娜说道。

"哦。"盖瑞卡有些僵硬地点点头。

卡特琳娜曾是一位著名影星,是被无数男人朝思暮想的女神。盖瑞卡听说过,自己的父亲年轻时非常崇拜她。也许,这就是生在隆施坦恩家族的好处吧……汉斯手中拥有的财富与权力,能轻而易举地将这名被全银河系崇拜的美女影星揽入怀中。

但母亲是真的爱父亲吗?

盖瑞卡不禁开始思考自己与诺瓦家族的联姻对家族政治意味着什么。银河议会中的两大强权家族合并,埃尔坦恩合众国与凯洛达帝国将会结盟。诺瓦家族将借助隆施坦恩家族扩大自己的影响力,而隆施坦恩家族也将拥有具有灵能潜力的优秀后代……

这个任务就交给了盖瑞卡。现在他对于家族的意义,就是与诺瓦家族挑选出的某位公主繁育混血人种。这个任务为什么落在了自己头上!对于盖瑞卡,这已经是他记忆中父亲第五次提出让他与诺瓦家族联姻了。埃里希和埃尔文都很羡慕盖瑞卡能得到这样的安排,尽管盖瑞卡自己并不喜欢联姻。

"打起精神来。"卡特琳娜说道，"给海莲娜公主留下个好印象。"

"嗯。"盖瑞卡面无表情地答道。

"海莲娜公主很漂亮，你会喜欢她的。"

"嗯。"

"我知道你父亲的命令让你很不舒服，但他也是为了你好。"

"嗯。"盖瑞卡不知道该说什么，他也什么都不想说，只有不停地用"嗯"来回应母亲的话。

"即将进入泰拉多二号外空轨道。"走廊两侧墙壁上的小型喇叭时不时播放来自舰桥的消息，"护航舰队变换防御阵型。"

"有多少战舰给我们护航？"盖瑞卡忽然来了精神，好像刚才的消息把盖瑞卡的某根神经唤醒了。

"唔……"卡特琳娜想了一会儿，"海军第四舰队应该都到这个星系了吧。"

"护航舰船都会停在外空轨道吗？"

"应该是的。"

"他们应该分散开的，至少应该在恒星另一侧也部署一艘船。"盖瑞卡说道，"如果有敌人从恒星另一侧接近泰拉多二号，我们的舰队发现不了。"

卡特琳娜叹了口气，小儿子盖瑞卡对于军事知识的执着经常会把她搞得焦头烂额。"这些不是你该考虑的问题，盖瑞卡，我相信舰队指挥官考虑得比你更周到。现在你不如思考一下待会儿在宴席上该注意些什么。"

"哦，"盖瑞卡的表情又恢复了冷漠，忽然提上来的那点儿精神也消失得无影无踪，"好吧。"

黄金大陆号豪华游轮，曾经是埃尔坦恩国防部泰坦级战舰招标中的落选产品。竞标失败后，已经建造了一半的舰体经过重新设计，最后建成了现在这艘宛如一座太空都市的豪华游轮。

现在，黄金大陆号正在慢慢调整姿态，引擎进入最低功率运转状态。在数艘护航战列舰使用牵引光束的帮助下，这艘庞然大物终于准确入轨。

"黄金大陆号已完成入轨。"

"收到，护航战机已就绪。"

"VIP 已离开游轮，重复，VIP 已离开游轮。"

一切都在井然有序地进行着，一艘雨滴形状的穿梭机飞出游轮后，两架轻型战斗机立刻跟上去，在穿梭机两侧飞行。如今，这种轻型舰载机大多是无人机，但人工智能处置突发情况的能力毕竟有限，因此为总统专机护航的任务仍然交给经验丰富的飞行员来完成。

"即将进入黑障①。"

"收到。"护航舰队的指挥官站在舰桥上,看着穿梭机与两架战斗机渐渐消失在大气层中,留下三条流星一样闪亮的尾迹。

穿梭机中的盖瑞卡将脑袋靠在窗边,望着窗外白茫茫的一片。那是穿梭机护盾与空气高速摩擦产生的高温等离子体。盖瑞卡一直在等待穿梭机成功穿过大气层。减速后,包裹着穿梭机的"火球"会很快消失,而这颗行星表面的景色便会呈现在他面前。

"啊,这是我第一次来泰拉多二号。"埃尔文脸上露出了期待的微笑,"听说这里的风景很美,当地的特色铁板烧也很棒。"

"是的。"汉斯淡淡地笑了一下——他的笑不过是让原本紧绷的脸微微舒张了一下,"我们很快就能品尝到了。"

埃尔文是隆施坦恩家族三兄弟中最活跃的一个,他对一切都充满了热情。虽然他从小受到的教育要求他遵守无数烦琐的礼节,但埃尔文却丝毫没有因为礼节而变得拘谨。即便是在自己父亲——这个连睡觉时都会严肃地绷着脸的男人面前,埃尔文仍然能放松地开玩笑。

年长一些的埃里希有着远超同龄人的成熟与稳重,或许是他心里清楚自己将来会接替父亲的位置成为家族族长。这种即将握在手中的权力使他的气质中添了一份威严。埃里希很少说话,也从不在他人面前显露自己的情绪。即便面对自己的亲人,他也永远带着一副庄重的面具。埃里希在有意识地训练自己,他已经在按照家族族长的标准来要求自己了。

年龄最小的盖瑞卡是三兄弟中最特别的一个。如果他只是性格孤僻,经常一整天宅在屋里不出来,这些倒是还可以接受。父亲经常说盖瑞卡"眼神总是很奇怪""不知道他在看什么东西",以至于怀疑他有自闭症或者什么其他的精神问题。

但个性奇特的盖瑞卡是个不折不扣的战斗天才。与那些娇生惯养从小在钱堆里长大的贵公子不一样,盖瑞卡小学时就经常在假期跑去埃尔坦恩国防军的基地看士兵训练。他也经常站在一边像模像样地跟训练的士兵一起做战术动作,在基地里一待就是一整天,天黑了才被父亲严厉的呵斥声赶回家里。国防军教官常夸盖瑞卡是个"难得的好苗子",但汉斯不希望盖瑞卡参军。

不过,有一点,只有盖瑞卡自己知道,他能够看到其他人肉眼看不到的东西。

很快,穿梭机开始减速。与空气剧烈摩擦而产生的火焰消失了。穿梭机就像一颗银色的雨滴,优雅地滑过海面。在夜晚,无数浮游生物浮在海面上,时隐时现地泛着淡淡的绿光。

---

① 航天飞行器在以超高速进入大气层时会产生激波,使返回舱表面与周围气体分子呈黏滞和火烧状态,温度不易散发,形成一个温度高达几千摄氏度的高温区。高温区内的气体和返回舱表面材料的分子被分解和电离,形成一个等离子区。它像一个套鞘包裹着返回舱。因为等离子体能吸收和反射电波,会使返回舱与外界的无线电通信衰减,甚至中断。这种现象称为黑障。

"我们要到了吗？"埃尔文也好奇地凑到窗边向下望去，"哇！好美啊！快看快看！"

太阳即将沉入西方的地平线之下，泰拉多二号行星美妙的夜色正在酝酿。盖瑞卡一直注视着下方的海面，但他没有吭声。他轻轻闭上眼睛，片刻后，他重新睁开双眼，绚丽到难以言表的景象在他面前展开。

原本泛着点点绿光的海面，在他眼中成为一片深不可测、翻涌着迷人的蓝光的海洋。海面倒映着五颜六色璀璨的星空。

盖瑞卡眼中的星空永远那么多彩。他拥有一个特别的能力：使自己的眼睛随意调整接受的光波波长。当他通过远红外波段遥望星空时，他的双眼就成为最精密的射电望远镜。

"盖瑞卡！"

"啊？"盖瑞卡转过头，只见父亲正严厉地盯着自己。

"该走了。"

盖瑞卡这才意识到穿梭机已经着陆了，他"嗯"了一声，跟着父亲站起来。片刻的准备过后，穿梭机舱门打开，一家人在四名随从的陪同下走下穿梭机，踏上苍蓝酒店门前的停机坪。

"您好，隆施坦恩先生。"一名身穿深蓝色仪式礼服的侍者向汉斯微微一鞠躬，"阿瑞雅女皇正在恭候大家，请这边走。"

汉斯轻轻一点头，短短一秒钟内，他那张严肃的脸上立刻浮现出和蔼的微笑，"好，我们不要让女皇陛下久等。"

一行人在侍者的带领下向酒店走去，汉斯脸上仍然挂着那种他在家里永远不会露出来的微笑。呵，真是有趣。盖瑞卡瞥了自己老爹一眼，老爹这张脸简直就和马戏团里的变脸小丑一样，想怎么变就怎么变。

这次会面只作为两个家族之间的私人聚会，并非正式的国事访问，因此酒店外并没有华丽的仪仗队迎接隆施坦恩一家人，但整个苍蓝酒店以及周边的所有区域都加强了警卫。北侧那几个陡峭的山头受到了重点照顾，那里简直就是狙击手实施暗杀的完美位置。

泰拉多星系位于凯洛达帝国的边疆地区，风景秀美的泰拉多二号行星每年都吸引着无数游客来此度假。为了保护游客的安全，避免星际海盗和偷渡者在这里出没，同时也为了防御与此星系相邻的泽塔工业区，凯洛达帝国在这里驻扎了一支拥有50多艘战舰的巡洋舰队。

以往随父亲一起出行时，盖瑞卡总是被安排走在最后面，但这一次，父亲却要求他与自己一起走在前排。这让习惯了躲在哥哥们身后的盖瑞卡很不习惯。

"你得好好表现，盖瑞卡。"汉斯轻声在盖瑞卡身边说道，"现在你是家族未来的希望，你可不能在这时候给我掉链子！"

盖瑞卡冷冷地"哦"了一声，他对父亲安排给自己的使命一点兴趣都没有。他只想着怎么熬过接下来这几个小时的宴会,然后窝回船舱里打游戏去。

"欢迎你们的到来,雅典娜之光照耀着你们。"

站在酒店门口迎接他们的正是凯洛达帝国的最高统治者——女皇阿瑞雅。她穿着一身镶嵌着银饰的紫色长袍,长发穿过外形奇特的头饰束在脑后。她手持一根两米长镶满五颜六色宝石的银制法杖,象征着她对凯洛达帝国的最高统治权。

"受到您的亲自迎接,我感到很荣幸。"汉斯与阿瑞雅握手,"您今晚格外的美丽,女皇陛下。"

阿瑞雅轻轻笑了两声,不知是她真的高兴,还是只想附和一下汉斯,"您的气色也不错,总统先生。"她说着,微微侧过身,让站在自己身边的那位女孩走到前面来,"这位是我的女儿,海莲娜·诺瓦。"

"很高兴认识你,海莲娜公主。"汉斯仍然保持着微笑,和海莲娜握手,"你看上去和你的母亲一样美丽。"

"我比我妈漂亮多了!"海莲娜调皮地吐了下舌头。

经过一秒钟尴尬的沉默,阿瑞雅和海莲娜都放松地哈哈大笑起来,汉斯和卡特琳娜也连忙赔笑。埃尔文也笑了,他是真的感觉这挺好笑的。但盖瑞卡和埃里希一直沉默着,继续保持着严肃而庄重的表情。

"啊哈哈……"汉斯停下了笑声,"海莲娜公主很幽默啊……这位是我的夫人卡特琳娜,这位是我的小儿子盖瑞卡。"

经过几分钟的介绍与相互问好后,众人在说说笑笑中走进酒店。踏过大厅中央的红地毯,走进雍容华贵的宴会厅,大家在长餐桌两侧坐好,两名侍者各自手持一份菜单,递给汉斯和阿瑞雅。菜单上有厨师长精选出的27道菜肴,贵宾们只需要指出其中是否有忌口即可。

"各位对酒水有何需求?"侍者又问。

"雅典娜人酿造的'紫光'可是闻名星海。"汉斯说道,"既然来了,怎能不尝一尝呢?"

"总统先生的品位不错啊。"阿瑞雅微微一笑,"只是,这'紫光'的味道,您的身体恐怕消受不了。"

"不尝一尝怎么知道呢?"

"既然总统先生这么有兴趣,那就满足您的心愿吧。"

侍者用激光器点燃了白蜡烛,随后退了下去。两分钟后,几道开胃小菜被送到了桌上。刚才的那位侍者端着一瓶"紫光"回来了。他在阿瑞雅和汉斯面前的高脚杯中各倒了一点酒。两人拿起高脚杯,将鼻子凑上去,嗅了嗅杯中淡紫色的液体,示意侍者酒水没有问题后,侍者将二人的杯子倒满。

而这时盖瑞卡正在观察自己这次出行的任务目标,那便是坐在他面前的海莲娜公主。他们俩被安排坐在彼此的对面,这显然是有意为之。

海莲娜的身材和容貌虽然算不上完美,但和其他女人相比,也称得上绝世美女了。

她穿着一身紫色的长裙，不如她母亲的长袍那般华丽，但看上去更简洁，让人觉得很舒服。只是她脸上仍化着很浓厚的妆，一眼看过去，根本看不出这层妆容下的脸是什么样子。

但这位公主并不是盖瑞卡喜欢的那种类型的女孩，说实话，可能盖瑞卡也不清楚自己到底喜欢什么样的姑娘。真是滑稽，自己活了20年了，还从来没有和任何异性交往过，甚至从来没想过这些事。

盖瑞卡对自己即将面临的政治联姻没有任何兴趣，但就像他看过的许多战争纪录片中说的那样：士兵与将领无法决定战争是否开始。现在自己就是父亲手中的一枚棋子，父亲将自己推向了这片陌生的"战场"，自己也不得不服从。

大家先是闲聊了些无关紧要的琐事，比如泰拉多二号上的著名景点。这些话题虽然没用，却不可或缺。这种委婉的铺垫被看作一种礼貌，但最后，话题还是转移到了与这次政治联姻相关的问题上。

"盖瑞卡，你和海莲娜公主年龄相仿。不如，这几天就由你陪公主出游吧。"汉斯对盖瑞卡说道，"想必你们这样的年轻人，对我们要交谈的政治话题也没有什么兴趣。"

"嗯。"盖瑞卡轻轻点点头。

"那么，这几天你就与盖瑞卡一起行动吧，海莲娜。"阿瑞雅跟着附和道。

海莲娜抬起眼，对着盖瑞卡微微一笑，"好啊。"

看到诺瓦家母女都答应了，汉斯心里紧绷的一根弦微微放松下来，至少计划的第一步已经完成了。"既然如此，祝我们两家人友谊长存。"汉斯举起酒杯。

"友谊长存。"阿瑞雅女皇与其他在座的人都纷纷举起酒杯。

汉斯小饮了一口杯中的"紫光"——他差点被呛着！这看似柔而静的淡紫色液体竟是如此的烈，酒液刚与口腔接触，便火辣辣地烧灼着舌头和口腔壁。汉斯忍着这种奇异的烧灼感，将一口酒吞下肚中。很快，他的喉咙、食道都火辣辣地烧了起来，好像有什么东西穿透了他的消化道，直接钻进了他的血液中。

阿瑞雅笑了，"感觉如何，总统先生？"

"啊……"汉斯缓缓放下酒杯，并竭尽全力让自己看上去不至于失态，"这……真是奇特！难以形容！"

很快，在阿瑞雅与海莲娜的注视下，汉斯的眼中泛起了淡蓝色的微光，仿佛微风吹过湖面的涟漪。

埃尔文饮下一杯"紫光"，他转头看了看身边的父母和哥哥，"呃……我的眼睛里也有蓝光吗？"

"有。"海莲娜嘻嘻一笑，"你要是喝得再多，就不止有眼睛会发光了，嘻嘻嘻……"

"啊？"埃尔文一脸惊讶，"这是怎么弄的？"

"酿造'紫光'的原料是雅典娜神树的树叶，它含有许多灵能元素。"阿瑞雅不慌不忙地说道，"对灵能不敏感的人，身体不会储存灵能，所以灵能就以发光的方式发散了。"

"原来是这样啊。"埃尔文点点头，果然，阿瑞雅和海莲娜的眼睛里一点蓝光都没有，

"哇哦,你们雅典娜人真是厉害。"

正聊着,海莲娜将目光转向了沉默的盖瑞卡。盖瑞卡刚刚也喝下了一杯"紫光"。他的眼睛没有发光。他紧皱眉头,拼命抿着嘴巴,脸色煞白。盖瑞卡的双手放在餐桌下面,上半身像石碑似的直立着,头却低下来。虽然盖瑞卡纹丝不动,但是海莲娜能感觉到,这个男孩的五脏六腑都在剧痛。

"盖瑞卡?"海莲娜在他低垂的双眼中捕捉到了一抹暗红的微光。那光芒,仿佛一颗濒死的红巨星在挣扎,又仿佛地狱的烈焰烧穿了现实的壁垒降临人间。"盖瑞卡,你……不舒服吗?"话音未落,盖瑞卡忽然深吸一口气,抬起头。他脸上的表情刹那间恢复了自然。他一个深呼吸,将那种不可名状的恐怖全部吸进身体,稳稳吞下了肚。"我没事。"盖瑞卡轻轻咳嗽了一声,"雅典娜人酿的酒,劲儿也太大了点。我只喝了一杯,就醉得快睡着了……"

大约两个半小时后,晚宴在和平的气氛中结束了,但盖瑞卡明显感觉没有吃饱。在宴席上必须保持绅士风度,还要注意各种使他很厌恶的礼节细节,就算是吃下嘴的食物,也得细嚼慢咽来保持"优雅"。盖瑞卡必须非常小心,稍有不慎,事后一定又会受到父亲的责骂。因此,两个半小时的宴会把盖瑞卡累得够呛。尽管服务员端上来一盘盘美味佳肴,但实际上自己都吃不到几口。持续紧张的神经又加速了体力的消耗。事实上盖瑞卡吃了这么一顿饭后,他反而更饿了。

生在这个家族里看来也不是什么好事啊!

他的两个哥哥正在各自的房间歇息,他们说待会儿要和母亲一起去云顶雪山游玩。大家在来的路上已经在飞船上睡足了觉,现在精力都很充沛。盖瑞卡也一样,但他现在并不知道自己接下来该干什么。自己的任务是陪海莲娜公主游玩,但在见到海莲娜之前,他还从来没有和异性交往过。

盖瑞卡试着从记忆中搜寻言情小说或电视剧中的情节对自己提供帮助,但他忽然想到从小对军事和历史着迷的自己,似乎从来没看过这类影视剧。

"噗……哈哈哈哈哈哈哈哈哈哈!"

"你笑什么啊?"

盖瑞卡转过头,看着坐在自己身边的海莲娜。大约五分钟的时间里,两人一直坐在酒店的高层阳台,望着星空一言不发。但就在刚才,不知为何海莲娜忽然哈哈大笑起来。

"哎哟……"海莲娜捂着肚子缓了口气,"你也太废了吧!活了20多年一个姑娘都没碰过?"

"什么?!"盖瑞卡的眼珠子差点瞪出来,"你……你从哪儿听到这些的?"

"我还用听?你脑子里想的我一清二楚!"说着,海莲娜又捧腹大笑起来。

"啊?!"盖瑞卡一拍脑门。糟了!早就听说过某些灵能者能够"窃听"其他人脑中所想,某些谍报机构还专门训练拥有这种能力的特工。该死!这种事儿居然让自己撞见了!

"行了,在我面前你也别装什么绅士了。"海莲娜伸了个懒腰,从椅子上站起来,"走吧，我们出去转转。"

"去哪？"盖瑞卡问。

"既然你觉得这里很无聊，那我就带你去见识见识雅典娜人的另一种生活吧。"海莲娜冲盖瑞卡神秘地一笑，"哦对了，去那儿不能穿得这么正式，我们得回去换一身便装。"

"好。"

盖瑞卡很庆幸自己来的时候带了一身运动装，虽然与那些平民服装比起来仍然价格不菲，但至少比那身昂贵的定制西装低调多了，暗灰色与黑色相间的色调也不容易引起人的注意。

盖瑞卡走出了酒店大门，准备去停车场找海莲娜。他轻轻松了口气，不知为何，脱下正装后，好像把沉重的包袱也从自己背上卸下来了一样。

"盖瑞卡少爷，您要出行吗？"一名西装革履、戴黑色战术墨镜的保镖走到盖瑞卡身前。

"是的。"盖瑞卡点点头，"我要陪雅典娜公主出去游玩。"

"明白，需要战斗机护航吗？"

"不用了。"盖瑞卡连忙做了一个制止的手势。

"明白，那我们会派遣地面小队护送你们。"

"也不用了。"

"可是……"保镖有些为难地看着盖瑞卡，"汉斯族长要求我们保护好您的安全。"

"不用这么小题大做，凯洛达帝国的军队能保证这个星系中不会有一个坏人出现……"海莲娜一边说着，一边走到那保镖面前，"而且，有诺瓦家族第二强大的灵能者陪着你们的盖瑞卡少爷，你们还不放心吗？"海莲娜说着，竖起大拇指指了指自己胸口，一幅相当自信的表情。

"可是……"

"别可是了。"海莲娜微微一皱眉头，"别人谈个恋爱都要被无数双眼睛监视着，你们给人家留点隐私好不？"

"嗯，对。"盖瑞卡附和着海莲娜说道，"你还是回去吧。"

"是，盖瑞卡少爷。"保镖点点头，退了下去。

盖瑞卡转过头，打量着站在他面前的海莲娜。老天，他简直不敢相信这是刚才宴席上见到的海莲娜公主。卸掉一层层妆容后，海莲娜褪掉了她所有的雍容华贵，一件白色背心，一条牛仔短裤，再披上一件有点褪色的牛仔衬衣，齐腰的长发随意地披在肩上。这一切都将她点缀成了一个来自普通家庭的城市女孩。

"怎么？看起来不像吗？"海莲娜微微仰起头，冲盖瑞卡狡猾地一笑。她又在"窃听"盖瑞卡的思想了。

"呃……我是想说……"盖瑞卡慌张地挠了挠头，"其实你不化妆更好看。"

海莲娜和他对视了片刻，那双灵动而狡黠的眼睛不知又在盖瑞卡心里窥探着什么。

也许她又从盖瑞卡心中看到了什么,她淘气地眨眨眼,"走吧。"她冲盖瑞卡轻轻一笑。

两人坐上一架浅灰色涂装的 FMR-5 直升机,但它的机身和尾翼上涂满了五颜六色的各种涂鸦,已经几乎看不出它以前是什么样子的了。

"这是你的飞机?"盖瑞卡坐上副驾驶位,熟练地系上安全带。

盖瑞卡以前经常在国防军基地里见到这种飞行器,尽管 FMR-5 只能在大气层内飞行,但它造价低廉,维护保养方便,而且通用性极强,改装空间大。因此,这型矮人制造的飞行器被大量出口到各国使用。看来,海莲娜公主也喜欢这种外形简洁的工程学精品。

"对呀。"海莲娜灵巧地钻进狭窄的驾驶舱,"它是不是很酷?"

"呃,的确很酷。"

海莲娜扣上座舱盖,三下五除二将飞机发动起来。当两台升力涡轮嗡嗡旋转起来时,海莲娜轻轻一拉操纵杆,直升机在猛然变得尖锐的引擎声中迅速升高。

"啊呼……现在老妈终于管不住我了。"海莲娜放松下来,右腿抬起来,脚搭在操纵杆上,双手从座椅下方摸出两个带着紫色包装的小罐子。她将一罐递给盖瑞卡,"来,吸一罐吧。"

盖瑞卡接过海莲娜的礼物,仔细看了看这个易拉罐大小的罐子,罐子的一端有一个吸管口,还有一个小阀门。紫色的包装纸上没有多少图案,印着盖瑞卡看不懂的文字,"呃,这是什么?"

"龙族祖先的遗产,雅典娜人的灵能之源,第一代灵能引擎的燃料……现在的人们叫它月蚀。"海莲娜说着,将嘴巴凑到吸管口上。食指压住罐子顶部的凸起,用力一按,嘶嘶的声音响起。几秒后,海莲娜推开身旁的玻璃窗,将空罐子抛了出去。

"月蚀?"盖瑞卡挠挠头。

"因为现在人们掌握了从月蚀中提取以太物质的方法。高纯度的以太可以用来灌注灵能。你们国家想要用这种方式生产拥有灵能的超级战士。"海莲娜张口说话时,盖瑞卡能看到一团团若隐若现的紫色雾气从她的嘴巴和鼻子里飘出来。"传说在数百万年前,银河各地的宜居行星都拥有丰富的灵能元素。后来,在漫长的生命演化过程中,灵能元素富集到了生物体内,特别是食物链顶端的人类体内。自然界中的灵能元素就越来越少。"

盖瑞卡耸了耸肩,掂量了一下自己手中的月蚀罐子。"呃,照你这么说……既然它是生命演化中的一部分,为何那么多国家都把它列为违禁品呢?"

"两个原因。"海莲娜从座椅下方又摸出一罐月蚀。现在,她将自己的两只脚都搭在直升机的操纵杆上,心不在焉却又驾轻就熟地驾驶着直升机。"第一,很多人类,特别是你们特兰人——"说到这里,海莲娜的话语中浮起了一丝愤怒,还有一丝轻蔑与鄙视,"不具备任何灵能潜质,却莫名其妙地占据了银河系中最高的人口比例!这类人如果吸入高浓度灵能物质,轻则死亡,重则不受控制地化作灵能炸弹就地爆炸。这也是你们合众国至今无法人造灵能战士的原因。"

盖瑞卡轻轻地咳嗽了一声。"你是不是对我的国家有什么意见啊？"

这件事情还真的被盖瑞卡说对了。毕竟在历史上，没有任何信仰又高傲自满的特兰人经常做一些玷污雅典娜人信仰的事情。但海莲娜没有回应盖瑞卡的这个问题，而是接着上一个问题往下说了："第二，现在月蚀是银河中为数不多的灵能物质之一，是重要的战略资源。如此宝贵的东西，你说的那些国家怎么能让平民滥用？"

海莲娜嘴里吐出的紫色气体飘到了盖瑞卡的鼻孔中，刺激得盖瑞卡打了个喷嚏。"你作为公主就可以滥用吗？"

"这怎么能叫滥用？！我是在拼命提升自己的灵能！"海莲娜转过头来怒视着盖瑞卡，"而且凯洛达帝国的法律不禁止这个，雅典娜人将所有接触灵能物质的过程都视作与神的交流。"

两人目光相遇的时候，盖瑞卡呵呵笑了。他突然觉得海莲娜气鼓鼓的样子莫名的可爱。海莲娜也通过灵能感应知道了盖瑞卡的内心活动。"你……"她的后半句话"脑子里想什么呢"还没说出口，又看见盖瑞卡拿着的月蚀罐子了。"你也尝尝这个！快点儿！"

"我……我不敢……"

"不敢就算了！"海莲娜白了盖瑞卡一眼。她利用灵能读心读到的结果表明盖瑞卡很难劝得动。"走吧，我们吃点宵夜去。"

就像海莲娜说得那样，豪华的苍蓝酒店周围展现的一切并不是雅典娜人真实的生活。每颗行星上的贵族区或风景区都会尽力将"完美"的一切展现给那些有钱来此消遣的游客。但对于当地人来说，最舒适的生活并不在这些经过仔细包装的地方。一条小吃街，就足以成为他们的乐园。

几分钟后，他们降落在一座灯火通明的小城市中。虽然时间已近午夜，但喧闹的夜生活才刚刚开始。

"怎么样，这儿的东西好吃吧？"

两人对坐在一张置于露天广场上的小方桌旁，身边散落着数不清的酒瓶和沾着油污的金属餐盘。东西吃完了，只要敲一敲桌子，体型小巧的无人机就会立刻吊着新的食物和酒水送过来。但过不了几分钟，这两人肯定又要敲一次桌子。

"好吃！"盖瑞卡带着塑料手套，抓着一块比巴掌还大比拇指还厚的烤肉片往嘴里塞，"这才……嗝……吃得饱嘛！"

"就是啊！"海莲娜往自己的烤肉上撒着调料。他们吃的是长颈水兽的背肉，很嫩，烤出来之后肥得流油，吃下去却不觉得多么腻。"这多爽嘛！"

"海莲娜……"盖瑞卡咽下一块肉，又罐了几口酒，"我大概……有点喝多了……"

"不多，这才哪儿到哪儿嘛！"海莲娜又拿出来两瓶酒，透明的玻璃瓶中装满了亮紫色的液体。制造这种饮料的人将月蚀气体注入酒精度数高得吓人的白酒中，酒精能够摧垮人的理智，而灵能物质注入人体内的能量可以让饮用它的人放肆地彻夜狂欢。

海莲娜用牙齿拔掉瓶塞，可以看出来她不是第一次做这个动作，"既然来了就要好好享受！"她抬起手，一种无形的力量使酒瓶飞到盖瑞卡面前，"来，继续！"

她的双眼汹涌着明亮的蓝光，仿佛她的眼球是两颗蓝色的恒星。她皮下血管中的血液也在发光，嫩白的皮肤上映着模糊的光斑。而她眼角和嘴角处简直就像裂开了一样，汹涌的蓝光在闪电状的裂痕中流淌。

周围的人都是如此，每个来此狂欢的人都变成了发光的魔鬼。盖瑞卡知道，自己现在也是这副模样。自己身边的人，除了海莲娜，都是凯洛达帝国社会底层的雅典娜人。他们贪婪地饮下雅典娜神树树叶中提取出的物质，享受着灵能之力流遍自己的全身。

之后，这些人仰头高歌，用各种各样盖瑞卡听不懂的语言歌颂他们信仰的灵能女神，也就是"雅典娜"，就像几千年前，他们刚刚接触到雅典娜神树的祖先一样。这种力量终于变成了一种象征，变成了一个宗教。直到今天，所有雅典娜人都狂热地信仰着传说中赐予他们灵能的女神。

"老天……"盖瑞卡跟着海莲娜又罐下一瓶酒，"如果我爸妈见到我现在这样子，他们肯定要剥了我的皮的。"

海莲娜轻轻哼了一声，好像是在笑，"既然你这么不喜欢你的家族，为什么没想过反抗？哪怕逃走也行啊。"

"反抗？我……哪儿来的力量去反抗？"盖瑞卡敲敲桌子，让无人机继续送烤肉过来，"逃走？我要是逃了，我父亲能调动全国的军事力量搜捕我。"盖瑞卡苦笑了一下，"你说得轻巧……"

"所以你选择死心塌地地给你爹当一枚好棋子，给你的家族当一辈子奴隶？"海莲娜冷冷一笑，"和一个你根本不喜欢的女孩子结婚？"

盖瑞卡轻轻摇了摇头，醉意消散了几分，"海莲娜……"他的声音听上去极其沉重，"一小时前，我还不知道自己究竟喜欢什么样的女孩。但现在……"他有些吃力地抬起垂下的头，与海莲娜对视着，"我已经确定，你就是我喜欢的那种人了。我真希望我们之间的关系是单纯的男女朋友，而不是带着各自的政治使命，被家族安排着走到这一步的……"

"啊呸！"海莲娜凑到盖瑞卡面前，喷了他一脸唾沫星子，"你以为我看得上你啊！我能陪你玩一晚上就已经很给你面子了！你心里有点数儿好吧！"

盖瑞卡本能地向后仰起头，躲避海莲娜的口水。就在他的双眼朝向天空时，他的眼睛又不自觉地开启了特异视觉。浩瀚的星空在他眼前展开，而在他的视野中央，是一个漆黑的影子。

"那……那是什么？"

"什么？"海莲娜的目光中有一丝惊讶，"你看见什么了吗？"

"那个东西……"醉醺醺的盖瑞卡抬起手，指向天空，"那个……很大很大的东西，像一条大鱼……像一艘船……老天！那是颗小行星吗？"

"你……"海莲娜缓缓站起来，走到盖瑞卡身边，"你能看到它？"

"当然了……哦天哪,可能是月蚀弄乱了我的脑子,让我出现幻觉了……"

海莲娜和站在盖瑞卡身边,和他一起望向天顶,"不,它是真实存在的……"海莲娜缓缓说道。

"哦?你也能看见?"盖瑞卡晃晃悠悠地站起来,"那……那是什么啊?"

"幽冥战舰。"海莲娜的语气中再也没有半点醉意,"纳格法尔号。"

"那个东西是从哪儿冒出来的?!"

47岁的萨利德·雷迪尔上将——埃尔坦恩海军第四舰队总指挥兼舰队旗舰丘吉尔号舰长——站在舰桥上,盯着窗外,时不时看一眼身旁全息影像中的雷达扫描视图。大概十秒前,泰拉多二号的一颗月亮忽然在星空中消失了,什么东西挡住了它。与此同时,引力探测器忽然有了剧烈反应,有什么很庞大的东西在外空轨道上出现了。

"抱歉,将军。我们的主动探测器对它没有反应,那东西好像……不反射任何光波。"

"联系舰队中的其他舰船。"雷迪尔上将命令道。

"无线电和量子通信都受到了严重干扰!未知力场正在封锁我们!"

"那就用灯光通信!"

雷迪尔继续望着窗外,他怀疑是旗舰上的设备故障了。重力感应器显示那东西的密度比中子星还大,在这么近的距离上,别说是几艘战舰,恐怕泰拉多二号行星都要被它的引力撕成粉末了。

但这一切并没有发生,那个漆黑的影子在星空中霸占了一大片视野。光学探测器将各种波段成像整合在一起,汇聚成一幅五彩斑斓的星空图画。而现在,图画的中央是一块巨大的、外形不规则的、不和谐的黑斑,仿佛是劣质的电子游戏出现了贴图错误一样。

很快,舰队中的其他战舰传来了信息。看来各艘战舰的舰长都想到了同一个原始而有效的通信手段:用探照灯打出莫尔斯电码。

"报告将军,所有战舰都发现了那个东西。"

"我知道了!"雷迪尔上将的脸色更难看了,"首先,立刻派人登陆到地面,警告总统先生!另外,我要知道更多关于它的信息!它是由什么物质组成的?它是个自然天体,还是人造的东西……还有,尽快给我恢复通信!明白吗?"

"是!"

"命令舰队全体进入战斗状态!锁定那个东西!"雷迪尔又命令道,"用所有已知的语言向它发送广播,警告它离开这个星系!广播三遍后,若它不离开,立刻开火!"

"可是将军,我们的火控雷达仍无法正常工作……"

"蠢货!那么大的目标摆在你面前!难道你们不能用眼睛瞄准吗?快去!"

"是!"

在频繁的灯光通信中,各战舰都纷纷调转方向,将主炮瞄准那个漆黑的不明物体。无线电与引力波通信器开始广播警告信息,但对方没有任何回应。那东西仿佛是个无底洞,无论是雷达波还是警告信息,进去就出不来了。

　　这个时代的埃尔坦恩海军战列舰普遍采用杆式设计。主要武器是一台很长的功率巨大的粒子束加速器。粒子束主炮的末端直接与舰载反应堆相连,反应堆另一端连接着推进器与折跃引擎,这便是战列舰的核心结构。舰船上的其他结构全部围绕着核心结构在建造,由于长长的粒子束主炮就像一根长杆,因此这种战列舰就被称为杆式战列舰。

　　虽然长杆状的主炮每次瞄准都必须要整艘战舰随着一起转向,但它极远的射程以及巨大的杀伤力使这种设计的优点盖过了缺点,当然,那是在远距离交火时的情况。根据舰队的作战配置,近距离遭遇敌人时,舰队中的巡洋舰和驱逐舰应该保护战列舰。

　　不过,现在眼前这个大家伙出现得实在太过突然。雷迪尔将军下达命令后,舰队中的战列舰足足用了十分钟才完成舰体转向,瞄准目标。

　　"对方到底有没有收到我们的警告?"雷迪尔的眉头皱得更深了。

　　"应该是收到了。"他的副官说道,"但对方没有任何回应,也没有采取任何行动。"

　　雷迪尔刚想说什么,忽然,他的另一名副官气喘吁吁地冲进了舰桥。

　　"将军!将军!"

　　"什么事?慢点说!"

　　那副官大口喘着气,他努力做了两个深呼吸后,终于能勉强正常说话了,"我们与前往地面联络总统的穿梭机失去了联系!它们……被击毁了!"

　　雷迪尔的第一反应是问"如何被击毁的",第二反应是问"被什么击毁的"。但这两个问题现在都没有价值,所以他问了第三个问题:"我们附近发现其他敌人了吗?"

　　"有!"

　　"在哪?"雷迪尔瞪大了眼睛。

　　副官又深深吸了一口气,他抬起手指,指向雷迪尔身后的窗外。

　　那是一艘巡洋舰或者是一艘轻型航母。在行星蓝色大气层的衬托下,数不清的黑色轮廓在雷迪尔的视野中渐渐变大。那些东西有着扁平而尖锐、棱角分明的机身和锋利无比的镰刀状机翼。哪怕是隔着不传声的太空,雷迪尔都能想象出那些小东西刺耳的尖啸。

　　"迅猛龙机群!"雷迪尔大喊,"是魅影!快开火!快开火!"

　　他的反应很及时,但这道命令来的太慢了。由于通信手段受限,雷迪尔的开火命令被很多舰船误以为是向那个巨大的不明物体开火。此时此刻,还有很多舰船根本没有发现迅猛龙机群正在向舰队逼近。

　　丘吉尔号上的小型自卫火炮开始了射击,但由于火控计算机仍处于半瘫痪状态,人工操作近防炮射击的命中精度很低。迅猛龙机群加速冲来,两秒后,其中几艘迅猛龙机伴随着一道道闪光,忽然消失不见了。

　　"它们在进行短距空间跳跃!"

　　"跳跃出口在哪里?"雷迪尔问。

　　"正在计算,等等!"电脑屏幕前,副官的表情一下子凝固了,"跳跃出口……在我们的船舱里！"

镰刀机翼嵌进了船舱走廊的墙壁，随着机身向前冲撞，机翼在墙上也留下两条火红的割痕。走廊中的士兵大声尖叫，四散躲避。有些人趴在地上躲过一劫，迅猛龙机翼从头顶上掠过。但有些人就没这么走运了，锋利的镰刀机翼将人类脆弱的肉体齐刷刷地割断，就像镰刀割韭菜。

一艘迅猛龙机直冲走廊尽头的舰桥指挥室而去，强化过的防爆门没能挡住它。它撞穿了大门，冲到指挥室中央，但撞破防爆门使这艘迅猛龙机失去了大量动能。终于，在一片惊恐的尖叫声中，它的机腹与地板摩擦了一阵子，然后停下了。指挥室中的卫兵立刻端起枪，对准了这架正在冒烟的不速之客，十几束黄橙色的光束集中向迅猛龙的座舱射击。

这样的压制射击持续了两秒，直到"停火！停火！"的声音在船舱中响起。

"举起手来！"一个陌生的声音响起。

卫兵们慌忙转过身，只见雷迪尔将军身旁站着一个人。不，准确地说，他不是人。他的背后生有飞龙一样的双翼，冰蓝色的眼瞳冷漠而锐利地扫视在场的每一个人。

那是一个异人龙，准确地说，是一个光速猎手。毕竟，除了传说中的光速猎手，还有什么人能驾驶迅猛龙突击舰准确折跃进敌方战舰内部，还能在迅猛龙机撞破指挥室大门的一瞬间从座舱中跳出来，无声无息地出现在雷迪尔上将身后，并将一柄光刃架在他的脖子上？

"命令舰队停止开火，立即投降。"那异人龙的声音很淡定，冰冷而平静，语气中没有一丝起伏。

卫兵们打量着这位光速猎手，他赤裸着上半身，露着微微泛着深蓝色的皮肤。许多粗细不一的黑色尼龙绳带固定在他身上、手臂上以及双腿上。各式各样的小型轻武器、弹匣以及其他杂七杂八的装备借助这些带子挂满全身。遮住半张脸的灰色面罩上方，一双锐利的眼睛闪烁着冰蓝色的冷光。而他深蓝色的头发像一根根尖刺般刺向四面八方，凌厉如刀剑。一双精灵一样又长又尖的耳朵从深蓝色的长发中伸出来，警惕地听着周围的声音。

"不要听他的！"雷迪尔上将大喊，"我命令你们开火！消灭他！"

异人龙的左手抽出一把手枪，随手指向雷迪尔身旁的一位军官，毫不犹豫地扣下扳机。人们尖叫了一阵，但很快安静下来。大家双手抱着头，蹲在桌子后面不敢动弹。

"命令舰队停止开火，立即投降。"光束猎手重复了一遍他刚才的话，他的声音冰冷而平静，就像复读机重播。

雷迪尔将军沉默了，他看了一眼那个牺牲的军官，又看了看周围的其他人。有卫兵握着枪想要靠近，但异人龙只是将右手握着的光刃向将军的喉咙靠近了一厘米，那几个卫兵便气愤地咬着牙退了回去。

异人龙见将军长时间没有动静，便开枪射杀了第二个人。"命令舰队停止开火，立即投降。"

这一次，异人龙没有等太久。他见雷迪尔三秒内没有同意他的要求，便射杀了第三个人。终于，一名卫兵忍不住了，他咆哮着向异人龙开枪。但那异人龙的手枪轻轻一甩，枪管下挂的那手电筒一样的东西闪过一道蓝光，又一束光刃点亮。步枪射出的激光束被光刃稳稳挡住，激光束在光刃上反射，贯穿了射击者自己的脑门。

"命令舰队……"

"好了！都停下！"雷迪尔将军嘶哑地大喊道，"我命令第四舰队全体停止抵抗！立刻投降！"

异人龙熄灭了手枪下挂的光刃，收起了手枪。他抬起左手，摸向耳边的通信器。"雷迪尔上将已被控制，敌方舰队已停止抵抗。"

就在他说完这句话的几秒后，窗外那个巨大的黑色轮廓慢慢显出了自己的模样，仿佛有一张盖住了它的黑布被一只无形的大手扯掉了。与此同时，各种探测器纷纷有了反应。

首先映入眼帘的是一个巨大的龙头。它应该不是真龙，被无数纤维状的东西包裹着，但龙头的轮廓依然隐约可见。龙头的后方，是这艘鬼船的船身，梭鱼一样的细长身子。但它的后方没有鱼尾，只有不规则的断层，好像这里被硬生生掰断了一样。七台闪烁着幽绿色微光的推进器时亮时灭。

纳格法尔号，幽冥战舰。传说中，只有死者的灵魂才能登上这艘船。

刚才战列舰的主炮射击一定是命中了许多次，纳格法尔号表面鳞片状的护甲有着明显的破损，但与其巨大的身躯相比，这样的损伤只算是伤到了一点皮毛。

龙嘴缓缓张开，牵引光束将埃尔坦恩的战舰一艘艘拖进嘴里。它的嘴里似乎有一个漩涡，隐约显出了一颗亮橙色的恒星。它打开了一道临时星门，将被俘获的战舰送去另一个遥远的恒星系。

"阿克洛玛，外空轨道上怎么样了？"一个女性的声音在异人龙的通信器中响起。

"敌方主力舰队已被我方俘虏。"名叫阿克洛玛的异人龙回答道，"纳格法尔号正在转移舰队。"

"好，我也抓到了'金鹰'。"那个女人说道，"预计十分钟后抵达外空轨道。"

"收到。"

第四章

伊塔夸的落日（上）

　　……根据埃尔坦恩合众国与凯洛达帝国发表的官方声明，目前已确认盖瑞卡·冯·隆施坦恩与海莲娜·诺瓦在泰拉多二号行星上失踪。目前没有任何组织与个人声称绑架了他们，但根据多方推测，这两人的失踪有很大的可能与魅影组织有关……

——埃尔坦恩自由电视台午间新闻报道

　　盖瑞卡大口喘着气，暴躁地从床上爬起来。他还没有完全睡醒，但室内的温度高到令他实在无法忍受了！他感觉呼吸困难，四肢无力，汗水不停地从额头上滚落。

　　他用力摇了摇头，让自己清醒一点。毫无疑问，自己昨晚喝了太多烈酒。要不然，自己也不会莫名其妙地来到这个奇怪的地方。现在自己在哪里？这个墙壁和地板全部是灰黑色的房间可不是自己住的豪华酒店。难道海莲娜带自己来到了哪个偏僻的小旅馆？

　　盖瑞卡走到房门前，那扇厚实的黑色的门好像活过来一样，粗糙的金属变成了液体，流淌起来。一扇门迅速化作无数根细小的纤维，那些黑色的纤维向门框四周缩了回去。

　　门开了。

　　"哇哦！"被吓了一跳的盖瑞卡后退了一步，他愣了一下，随后小心翼翼地穿过这扇门。外面是一条截面为圆形的漆黑的走廊。它的四壁都很粗糙，盖瑞卡感觉自己钻进了一个被放大了几百倍的蚂蚁洞。

　　漆黑的通道内寂静无声，只有那些杂乱镶嵌在通道内的发光体散发着幽绿色的光，让人能勉强看清通道的朝向。不过这些光对盖瑞卡来说也是多余的，他的眼睛天生就有夜视仪的功能。但拥有一双特殊的眼睛，不意味着能在这个错综复杂的迷宫里找到路。

天啊，这是什么鬼地方啊！海莲娜跑哪去了？

周围的温度还在升高，盖瑞卡感觉自己快要被蒸熟了。"海莲娜！"他一边跑，一边大喊海莲娜的名字。但回应他的除了通道尽头的回音以外，什么都没有。

盖瑞卡开始害怕了，这里的一切都让他想起了各种恐怖电影中的情节。仿佛自己跌进了一个没有尽头的迷宫，无论怎么跑，最后都会回到原地，等待自己的，只有缓慢而痛苦的死亡。

但比起坐在原地等着被蒸熟，盖瑞卡更愿意尝试寻找出口，哪怕是碰巧碰上出口呢？

盖瑞卡面前的墙在咕噜噜的声音中融化，纤维状的组织收缩，一扇门打开了。盖瑞卡立刻跑出去，沿着一条向上的斜坡前进。他看到了光，有光，就意味着自己要出去了。

一个平台，不，这面积算得上一个广场了……或者说……一片平原？总之，一片略有起伏的广袤平地。盖瑞卡放眼望去，自己面前以及左右两侧都有陡峭无比的山峰，好似一排排锋利的牙齿。老天，自己好像是站在某个巨大的爬行动物的口腔里。

而在他面前，是一团无比耀眼的光。盖瑞卡抬起一只手，遮住迎面而来的强光与热浪。终于，他勉强看清了那个巨大的发光体，那是……太阳？！

盖瑞卡双腿一软，差点摔倒在地上，但求生的本能驱使他做最后的挣扎。他转身向"喉咙"的深处跑去，离开被阳光直射的地方。

"救命啊！有人吗？"

盖瑞卡一直向前跑着，但这个地方实在是太大了！大到他一直在飞奔，却像海市蜃楼一样怎么也跑不到头。盖瑞卡也不知道自己跑了多久，跑了多远，也许几百米，也许几千米。现在盖瑞卡十分确信自己正站在什么动物的嘴巴里了，他抬起头，就能看见另一半腭骨高悬在自己头顶上。

"盖瑞卡，快跟我来！"一个声音忽然在从盖瑞卡身后传来。

"谁？"

盖瑞卡转过身，在一片刺眼的光芒中，他看见了一个人——一个长着翅膀的人，正在朝自己飞过来。不等他回过神来，那人已经像老鹰抓老鼠一样轻而易举地迎面抱起他飞离地面。

"哇啊啊，你是谁啊？"盖瑞卡惊叫着，"你是个异人龙吗？这儿是什么地方？"

"这是纳格法尔号。"深蓝色头发的异人龙淡定地答道。

"纳格法尔号？一艘船？"

"是的。"

"船要撞上恒星了也没人管吗？"盖瑞卡鬼哭狼嚎一般的声音在龙头中回荡着。

"纳格法尔号不会受损，你不必惊慌。"

空荡荡的大厅中央，一个巨大的水晶晶簇连接着地板与穹顶，它发出的冷光照亮了灰黑色的大厅。在大厅前方是一个至少有 50 米高、300 米宽的弧形落地窗台。正对着窗台另一端，大厅的尽头，27 个台阶之上，是以会流动的黑色金属砌成的王座。

纳格法尔号的主人正坐在王座上，望向对面的窗外。她的幽冥战舰正行驶在泰拉多恒星的表面，汹涌的火浪在船头两侧不断地腾起，而纳格法尔号就像一把漆黑的匕首一样，劈开炽热无比的恒星表面，在这没有尽头的火海中劈波斩浪。

"啊，总算接入通信了。"王座上的女人看着水晶投影出的九幅全息影像，其中八幅是八个人的脸，全部贴着墙壁投影在大厅的四周。还有一幅巨大的影像悬浮在大厅中央，显示出一个恒星系的星图。"我想，你们应该见到我的战利品了。"

"嗯。"一个皮肤黝黑的矮人点点头，"你的收获真是不小啊，天煞女王。"

王座上的女人抬手扶了一下自己的头盔。那头盔显然是某一套外骨骼护甲的一部分，它漆黑的面罩上画着一个影翼飞龙的头骨，头骨上带着一个闪电状的裂痕。不过，这位天煞女王没有穿外骨骼，只是裹了一身黑袍，戴了个头盔。她娇小的身体上顶着个大脑袋，乍一看上去，这身打扮颇有些滑稽。

"好了，拍马屁的话就先别说了。"天煞女王轻轻咳嗽了一声，"这次的战利品有 14 艘战列舰，21 艘巡洋舰，护卫舰有……呃，多少来着？"

"28 艘。"女王身边的一位异人龙回答道。

"对，28 艘护卫舰，还有一艘轻型航母和一艘无畏舰。"女王说完，又扶了一下歪掉的头盔。

"嗯，所以我们怎么瓜分这支舰队？"一位移植了一只电子眼的男人在全息影像中说道。

"航母和无畏舰分给英仙座，剩下的七个，每人分两艘战列舰。"女王抬起一根手指，在半空中来回划拉着。代表不同种类战舰的符号随着她的动作移动到每个人的头像前。"巡洋舰……除了金牛座，其他人每人分三艘。护卫舰每人两艘，金牛座分六艘……"女王一边说，一边扳着手指头数着。"还剩下八艘护卫舰……嗯……那剩下的护卫舰就由我指挥了。这样分配没有问题吧？"

全息影像中的八个人头互相眼神交流了一番，但没人说话。

"不说话就是默认了。"女王扶着头盔从王座上站起来，"你们分完舰船，就赶紧给我想办法招募船员！我分给你们这些船不是让你们摆星港里晾着的，要尽快形成战斗力！明白吗？你们有 12 个标准地球日的时间完成所有准备工作，我们离万事俱备只差这最后一步！很快，蔷薇帝国的疆域内的一切都将被我们魅影征服！"

"明白。"八个人的语调几乎一致，带着点"丰收"的窃喜，也带着点慵懒，有些无精打采。

"好了，各位海盗老大，赶紧去领你们的船！第一时间拆了船上的电子设备扔到恒星里去！要是埃尔坦恩海军追踪到了这些船的位置，我们可就倒大霉了！"

"知道了……"

天煞女王结束了通信，全息影像在她面前熄灭。她立刻摘下头盔往王座上一丢，扯下身上裹着的黑色长袍。"为什么我们一定要在恒星上航行？我快热死了！"

汗水已经完全浸透了她的白色背心和浅灰色短裤，她的脸上和四肢上挂满了不断往下淌的汗珠。一眼看上去，好像她刚刚淋过一场暴雨一样。

"这样能够隐藏纳格法尔号的行踪。"她身旁的那名异人龙平静地说道，"这是您第17次问这个问题了，女王。"

"啊，我知道了。"年轻的女孩叹了口气，轻轻拧了拧自己湿透的长发，热乎乎的汗水从她的指缝间渗出来，流到凹凸不平的地板上，"唉……还是在星级酒店住着舒服啊……"

海莲娜伸了个懒腰，瘫坐在她足够当作床躺的王座上。

就在这时，阿克洛玛抱着盖瑞卡飞进了大厅。他轻盈地降落在王座前的地板上，将盖瑞卡放下来，"女王，您让我把盖瑞卡带来。"

王座上的海莲娜"嗯"了一声，这时她的胳膊肘正撑着王座扶手，脑袋靠在胳膊上发呆呢。过了一秒，她才反应过来什么。"呃……盖瑞卡？"她立刻抓起手边的头盔扣在自己头上，"咳咳……你就是隆施坦恩家族的三公子盖瑞卡·冯·隆施坦恩吧？"

盖瑞卡挠了挠头，"海莲娜你在干什么？"

海莲娜愣了一会儿，又无奈地将头盔摘了下来。果然，喜剧电影里的桥段，在现实中是不好用的，"唉……让你看见了。"

"看见什么？"

"好吧……"海莲娜站起来，走下王座。一边走，一边用手指轻轻搓着下巴，思考着怎么对付他。"我是海莲娜，但在这里，你就不要当我是诺瓦家族的公主了。实话告诉你吧，这些年来，银河系中的一部分魅影是服从于我的……嗯，你应该叫我天煞女王，OK？"

"呃……"盖瑞卡半张着嘴，呆呆地和海莲娜对视着，"你是……魅影两大势力之一天煞的老大？"

"嗯。"海莲娜面无表情地点了点头。

盖瑞卡又愣了一秒，他忽然扑哧一声笑了，"啊哈哈哈……装得和真的一样，哎哟，海莲娜你可真有意思……"

海莲娜抬起右手，拍在自己的额头上，"萨瑞洛玛……"

"在。"之前一直站在海莲娜身边的那个异人龙走上前来。

"你测一下他的DNA，确保我们没抓错人。"海莲娜叹了口气，"阿克洛玛，你帮我拿瓶冰镇可乐来，我快要热死了。"

"是。"两个异人龙立刻行动起来。

盖瑞卡打量着那两个异人龙，他们俩的身材和容貌几乎一模一样，好似一对双胞胎——实际上，他们就是一对双胞胎。不过阿克洛玛的两只眼睛都是冰蓝色的，但萨瑞洛玛右眼是冰蓝色，左眼是暗红色，而且他的双眼周围也文着与他的瞳色相对应的刺青。

　　萨瑞洛玛将一根纤细的针管扎进盖瑞卡的手臂，抽了一小管血后立刻拔出来。尽管这过程只有不到一秒，但被刺痛的盖瑞卡还是本能地叫了一声，"哎哟！你这是要干什么？"

　　"检查一下你的DNA，确保你真的是隆施坦恩家族的三少爷。"海莲娜脸上挤出一抹苦笑，"我好不容易把你绑架来，如果抓的不是我想要的人，那可就太糟了。"

　　盖瑞卡看着萨瑞洛玛将装有自己的血液的针管插在一个平板电脑一样的小装置上，他又看着海莲娜诡异的笑容，盖瑞卡的表情渐渐凝固了，"你……你真的是天煞女王？"

　　"嗯。"海莲娜点了点头，她的眼神中没有半点玩笑的意思。

　　盖瑞卡像一座石像一样凝固在原地，过了半晌，他才僵硬地挤出一个似笑非笑的表情，"所以这就是你的计划？带我去喝酒，把我灌醉，然后把我绑到这里来？"

　　"是的。"海莲娜点了点头，"我很抱歉对你做了这样的事，但我有我的目的，只好委屈你了。"她说着，轻轻耸了耸肩，不带任何同情，但也不带任何讽刺地放松笑了一下。

　　盖瑞卡僵硬了大概半分钟，随后他低下头，微微闭上眼睛片刻，又很快抬起头，"如果你执意这样做，埃尔坦恩的军队会消灭你的。"盖瑞卡的声音异常冷静，他也没想到自己能把情绪控制得这么好。虽然这空洞的威胁不会有什么用，但这是盖瑞卡唯一能做的努力。"你没办法用一艘纳格法尔号和整个埃尔坦恩军队抗衡。所以为了你好，你还是放我走吧。你也回去当你的公主，等着继承你母亲的王位，多划算的事。"

　　海莲娜轻轻叹了口气，这时候阿克洛玛已经把冰镇可乐送来了。"我永远也继承不了我母亲的王位，盖瑞卡。"她咕咚咕咚灌了两口可乐，长长嗝了一口气，"凯洛达帝国只能由最强的灵能者统治，自从我的妹妹出生后，我就不是诺瓦家的最强灵能者了。所以，我的命运就是去领导诺瓦家族的另一面，也就是魅影。"

　　"你是说……魅影是诺瓦家族的一部分？"

　　"嗯哼。"海莲娜点点头。

　　"所以……这么多年来，是你们一直在进行侵略战争？！"

　　"别把话说得那么难听！这种……国家利益什么的，你这个隆施坦恩家族的三少爷比我明白得更多。"海莲娜微微皱起眉头，"别以为我愿意过这样的日子，但我没有选择！既然我不得不走这条路，我也只能想办法把这条路走好。"

　　"出了点问题，女王。"萨瑞洛玛忽然说道，"我们的基因库中没有盖瑞卡·冯·隆施坦恩的数据。但是……"

　　"那就黑入隆施坦恩家族的私人电脑系统，找他们家族成员的医疗档案。"海莲娜打断了萨瑞洛玛的话，"盖瑞卡，如果你愿意把你的密码告诉我，我会感激不尽的。"

　　盖瑞卡愣愣地和海莲娜对视着，没有任何反应。

　　"我们放走你之前会清除你近期的记忆，所以你回到家族后不会有任何愧疚感。"海莲娜微微一笑。

　　"如果我不想告诉你呢？"盖瑞卡倔强地抿起了嘴。

　　海莲娜脸上又露出了那种邪魅的笑容。"密码是31415926535。"她转过头对萨瑞洛玛说道。

"收到。"

盖瑞卡的脸色很难看，居然忘了她有"窃听"人思想的能力了。海莲娜看着盖瑞卡的表情，颇为得意地笑了。她喝着可乐，对身后的阿克洛玛摆摆手。阿克洛玛心领神会，立刻扇动翅膀，充当一台人力风扇。

"啊，凉快多了……"海莲娜心满意足地伸了个懒腰。

盖瑞卡打量了一番海莲娜，又打量了一番那两个对她唯命是从的异人龙，默默叹了口气。终于，他选择相信海莲娜说的一切，她是魅影的天煞女王，银河议会的几大头号通缉犯之一。

"女王，隆施坦恩的家族成员医疗档案中没有盖瑞卡的 DNA 数据。"萨瑞洛玛又说道。

"什么？！"海莲娜站起来，"肯定出了什么差错！"她转过头，死死盯着盖瑞卡。

"梦灵系统搜索了所有的数据，结果显示盖瑞卡曾经录入过六次 DNA 数据供医疗使用，但这些数据在使用后都被人清除了。"萨瑞洛玛继续说道，"我怀疑是隆施坦恩家族内部的人在搞鬼。"

海莲娜左手的食指和中指动了一下，盖瑞卡立刻被一种无形的力量从地上揪起来，吊在半空中。"哇啊啊啊，我不知道怎么回事啊！"盖瑞卡立刻失去了刚才的镇静，"那些什么数据和我没关系啊！"

"女王，您冷静点……"萨瑞洛玛走到海莲娜身边，"我之前想告诉您，我将从盖瑞卡的血样中检测的基因数据传给了梦灵，让她将其与纳格法尔号的数据库进行比对。结果发现，盖瑞卡的基因中有相当多的一部分源于伊塔诺族与影翼龙族。他是一个上古神灵的后代。"

海莲娜眼睛转了一下，眉头皱得更紧了。束缚着盖瑞卡的无形之力也消失了，他脸朝下趴着摔在地上，摔了个狗啃泥。

"我又将盖瑞卡的记忆与他父母的进行比对，能够确定他的一半基因是来自他的母亲，但他的另一部分基因与他父亲的对不上。"萨瑞洛玛的手指在屏幕上点了几下，一幅全息影像浮现在海莲娜面前。"他的另一半基因应该来自一个龙族与伊塔诺族的混血体，但这样的基因，目前在任何物种身上都找不到，除非……"

"除非是某个永恒的生物来到了这个时代，和盖瑞卡的母亲一起生下了他。"海莲娜缓缓呼了一口气，眉头紧紧锁在一起，她将盖瑞卡上上下下仔细地打量了一遍，"你到底是谁啊……"

"我不知道你们在说什么，但我很确信我就是盖瑞卡，就是隆施坦恩家族的三少爷。"盖瑞卡揉着脑袋，从地上爬起来。他已经彻底受不了这群人了。"你们赶紧开价，叫我爸带人把我赎走吧！你们……就算想拿我换 1000 吨黄金都没问题！"

阿克洛玛的眉头微微皱了一下。"女王，他很有可能是盖瑞卡·冯·隆施坦恩的替身。隆施坦恩家族有能力雇佣一名光速猎手，并让那名猎手伪装成盖瑞卡的模样。"他在说这些话时，双翼仍然平缓而有力地扇动着空气制造一阵阵微风来为他的女王带去些许凉爽。

"同意。"海莲娜向萨瑞洛玛伸出手，掌心向上，食指和中指翘了翘。萨瑞洛玛立刻将一罐月蚀递到女王手上。"但我在读心时没有察觉到这些。"

"可能这名猎手有相当高的反读心技巧。"阿克洛玛说道，"或者，他被洗脑过，自己也不记得自己曾经是谁。"

"有道理，可是……"海莲娜喝完了可乐，吸了一口月蚀。泛着蓝光的眼珠轻轻一转，她又想到了什么别的东西，"好吧，我暂且相信你是盖瑞卡。但，盖瑞卡，我能看出你心中埋藏的痛苦以及你对自由的渴望。你就心甘情愿地回到那个被你厌恶的家族，继续给你的父亲当一枚棋子吗？"

这一句话让惊慌的盖瑞卡一下子冷静了下来，他耸了耸肩，"我觉得我落到你们手里迟早会被你们折磨死，与其这样我还不如回家呢。"

"不。"海莲娜摇摇头，"我在想，无论你是谁，你的血统注定了你应该是个不可多得的人才。拥有一半上古神灵的基因，这看上去的确很厉害。不管是不是真的厉害，至少你很稀有，所以我想把你留在我的队伍里。也许你可以和我一起成就一番了不起的事业。"

说完，海莲娜略微一停顿，又放松地哼笑了一声，"就算你没什么用……至少我无聊时能在你这个稀有物种身上找点乐趣。反正，在我天煞女王身边，我能给你的东西，比你的家族少不了多少。"

"给我一个相信你的理由。"盖瑞卡面无表情地盯着海莲娜，目光冰冷。

"你不会放过这样一个摆脱你家族控制的机会的。而且你心里很清楚，伤害你，对我没有任何好处。相反，有很多你渴望的东西，你的家族是不允许你接触的，而我不一样。"

海莲娜的脸上带着一抹淡淡的笑，很难说清她的微笑到底是什么意思。她的眼神就像星空一样神秘，深邃而迷人。"你希望你喜欢的海莲娜不是诺瓦家的公主，那么，身为天煞女王的海莲娜，你会喜欢吗？"

盖瑞卡久久地与她对视，终于，来自她目光中的一支无形利箭射中了盖瑞卡的心。

"好吧，我同意。"盖瑞卡微微低下头，他承认，自己的心已经被这位天煞女王征服了。

"你做了明智的选择，盖瑞卡。"海莲娜一个后空翻，稳稳地落在自己的王座上，"现在！让我们离开这个星系吧！"随着她的命令，纳格法尔号的船身猛烈地晃动了起来，盖瑞卡甚至难以在地上站稳了。"纳格法尔号，开始下潜！"

"下潜？"盖瑞卡不解地问道，"怎么下潜？"

就在这时，盖瑞卡看见窗外的火光越来越高，很快漫过了船头。纳格法尔号冲破越来越炽热的火浪，而出现在火浪后的，是无比灼眼的白色强光。纳格法尔号从恒星表面沉了下去，冲入了恒星内部。

盖瑞卡已经忘记了呼喊，他的大脑一片空白。这怎么可能？！进入恒星内部，自己应该已化作一堆基本粒子了。但这一切都没有发生，几秒后，盖瑞卡发现前方出现了一团黑色的斑点。斑点在膨胀，越来越大，很快便吞没了纳格法尔号。

“导航系统正在重启，初始化完成。当前位置，伊塔夸星系。”一个有些模糊的电子合成语音在大厅中回荡着。

这时候，盖瑞卡发现太空又在自己眼前了，炙热的恒星已经被纳格法尔号甩到了身后。一分钟前，自己冲进了恒星泰拉多，现在却在几秒内跨越了百万光年，从恒星伊塔夸中冲了出来……

“天啊……这……怎么可能？”

与此同时，在伊塔夸一号行星北半球上，老旧的无线电通信器滋滋地响了起来，伊露娜慢慢转动电台上的两个旋钮。一番调节后，巴洛达克沙哑的声音终于能听清了。“伊露娜！伊露娜！收到请回答！”

“伊露娜收到。”她拿起一个缺了一半外壳的话筒，凑到嘴边，又侧着脑袋将耳朵贴在扩音器上。坐在飞奔的装甲车里，好多固定不牢的零件都在颠簸中叮叮当当地响，再加上嘈杂的引擎声，想听清巴洛达克在说什么非常不容易。

“巴卡尔刚刚离开了他的住所，带着一群人去了地宫。”巴洛达克的语气给人一种刻不容缓的感觉。“我们恐怕保不住亚斯了。”

“那就进行B计划！”伊露娜通过大喊来盖过引擎的噪音。

“我们还有B计划？”

“现在有了！你带上我们所有人前往北极星港！”伊露娜命令道，“既然亚斯不给我们放行，那我们强攻星港！把所有能飞的船都抢过来！”伊露娜说着，身子向后仰了一下，从座椅前下方伸腿，在驾驶员的肩膀上踹了一脚，“改变方向！往北极星港前进！”

“北极星港至少驻扎着1500名赤炎龙士兵。”巴洛达克说道，“我们发起强攻会损失惨重的！”

“你还有更好的办法吗？”伊露娜大声反问道，“一旦巴卡尔夺权，他肯定会下令屠杀我们所有红精灵，到时候我的族人们可能连堡垒都冲不出去！”

“好吧！我这就组织族人们行动！”

稻草人噘着嘴，打量着坐立不安的伊露娜，“呃……我们是遇上麻烦了吗？”

“因为你！我的族人们有大麻烦了！”伊露娜狠狠瞪了稻草人一眼。

北极堡垒中的气氛变得格外热闹起来。几分钟前，巴卡尔与他的支持者们来到了地宫大门前。地宫的守卫拒不开门，双方很快爆发了战斗。巴卡尔的支持者数以千计，但亚斯手下的兵力也不少。各种重武器接连咆哮起来，一时间，堡垒下层区域火光冲天。

红精灵们的撤离行动也开始了。无论男女老幼，超过37000名红精灵陆续向堡垒上层转移。他们没有带多少家当，因为他们除了各自防身的武器，几乎一无所有。巴洛达克调集了92名精英，前去收集一切能用的载具和武器装备。

"你们不能出去！"守卫停车场的卫兵挡住了巴洛达克等人的去路，"巴卡尔有令！今天任何人不得进出堡垒！"

"今天这事儿你们说了可不算！"巴洛达克的右臂膨胀，变形，生出一条粗壮而锋利的巨大骨刃。巨刃一挥，赤炎龙卫兵胸前的骨板被击得粉碎。他向后飞了出去，撞倒了一条铁栅栏后躺在地上不动了。

旁边的几个赤炎龙立刻端起枪准备开火，但这群红精灵抢先开枪了。大口径枪械发射的热熔破甲弹轻而易举地击穿了赤炎龙的鳞片。

"伊薇尔！我是巴洛达克！"巴洛达克从腰间摸出一个方盒子样的通信器，"行动不太顺利！我们已经和赤炎龙交火了！"

"好吧，你带大家上车，我带一队人去打开军火库！"伊薇尔狠狠一咬牙，激增的肾上腺素使她背部的肌肉膨胀了一小圈。

伊薇尔话音未落，一队赤炎龙已经乘着升降机上来了。十几把口径比拳头都大的霰弹枪指过来，喷射出无数熔融态的金属碎片。此时红精灵们正背对着升降机，根本没察觉到敌人在自己身后。一轮射击后，20多个红精灵倒下了。鲜红的血被熔融的金属加热到沸腾。

"快隐蔽！"伊薇尔大喊。

赤炎龙们走出升降机，一边射击，一边大步向红精灵们走去。红精灵们也在反击，但小口径枪械的子弹打在赤炎龙的身上就像挠痒痒一样。雄性的赤炎龙种简直就是一辆辆天然的坦克。

虽然赤炎龙用的霰弹枪杀伤力巨大，但射击间隔也很长。他们往往开两枪，就要抓一把金属碎屑塞进枪膛里。有时候自己带的铁屑打光了，赤炎龙们便就地抓一些能够导电的东西塞进枪里。无论他们往枪膛里塞什么，这些外表粗糙的枪都能把它们射出去。

尽管赤炎龙部队在几轮开火后，有30多个红精灵倒下了，但这场战斗并不是单方面的。一位红精灵的双腿已经不见了，只剩两截鲜血淋漓的断骨。但他的上肢迅速变异，变得强壮无比。与此同时，他的腹部开始膨胀，膨胀成一个直径一米多的巨大肉瘤。忽然，变异的双臂支撑着他倒立起来，向扎堆的赤炎龙飞奔过去。腹部膨胀成的肉瘤一颤一颤地蠕动起来，半透明的表皮下透着橙红的微光。

一位赤炎龙向他开枪，将他的一条手臂彻底轰碎了。他翻倒在地上，但惯性还是使他滚到了三个赤炎龙战士中间。下一瞬间，那个膨胀的肉瘤像充气过度的气球一样炸裂了。炽烈的火光迅速吞没了周围的几名赤炎龙，肉瘤喷出的剧烈燃烧着的强腐蚀性液体很快烧穿了赤炎龙身上的骨板和鳞片，被烈火吞噬的赤炎龙们只能在剧痛中哀号着，慢慢感受着自己化作一摊暗红色的黏液。

"反攻！"伊薇尔咆哮着，从掩体后面冲了出去。伊薇尔先冲到那些阵亡的红精灵身边，将他们的尸体堆在一起。随后，她让尸体半埋住自己。"给我争取一点时间！未来的族人们会铭记你们的牺牲！"

"大家顶住！"另一名红精灵大吼着，"特瑞亚人从不会白白牺牲！冲啊！"

前排的红精灵们沸腾了，他们不惜一切代价地向赤炎龙部队冲过去。但在对方的一轮密集射击后，他们无一例外地变成了一块块碎肉。但后排当中又有至少十个重伤的红精灵将自己变异成了可怕的自爆滚球，继续疯狂地向赤炎龙群翻滚着冲过去。

最前排的一队赤炎龙刚刚进行了一轮射击，笨重的霰弹枪需要重新装填弹药。但此时那些自爆滚球已经近在眼前了！他们只能连忙向后撤。但这时，后面的赤炎龙又想冲到前面去，两拨人在半路上撞到了一起。

"快后退！"一名赤炎龙战士惊恐地大喊。但此时已经太晚了，后撤的赤炎龙犯了一个严重的错误！他们与后面刚冲上来的队伍挤在了一起，不宽敞的道路上现在挤了太多的人！

一颗自爆滚球爆炸了，更多的滚球冲过熊熊燃烧的火焰，跳跃到赤炎龙部队的后方，随后又是几声爆炸的闷响。

此时此刻，伊薇尔身边的那些尸体忽然像复活了一样。碎肉中生出无数暗红色的细丝，那好像是一种菌丝，又好像不是。这些细丝将伊薇尔里三层外三层地包裹起来，就像毛虫结茧。很快，她变成了一个巨大的虫蛹。浅棕色的外壳蠕动着，虫蛹以难以置信的速度迅速长大，渐渐变得透明起来。那些死去红精灵的尸体几乎完全被蛹吞吃掉了，成为宝贵的营养。

红精灵们一拥而上去吸收营养，特别是那些受伤的红精灵。他们很快就在战场上生长出更坚韧的身体与更健壮的四肢。死掉的同胞与敌人都成了为变异提供营养的资源。他们生长出锋利的爪子与牙齿，能够将赤炎龙身上的骨板整块整块地撕扯下来，或是变异出分泌不稳定化合物的腺体，让自己拥有喷吐燃烧浆液的能力。

十几个肚子明显胀大的女性红精灵缓缓蹲下来，随后腹部剧烈收缩，几百个只有乒乓球大小的胚胎从她们身下喷出来，落在已经完全被鲜血染红的水泥地上。那些胚胎一下子活了过来，自己伸出一根根触须，贪婪地吸收着自己能触及的养分。不到20秒的时间，它们像被吹大的气球一样膨胀到一米多高。最后，锋利的镰刀状骨爪撕开包裹着新生命的薄膜。

几百只小体型的镰刀爪龙在一声声凄厉的尖啸中开始了自己来到这世界上要做的第一件事，也是它们一生中要做的唯一一件事，那就是杀戮！这样被飞速"克隆"出来的生命无法像真正的镰刀爪龙一样拥有完善的内脏，它们甚至没有消化器官、生殖器官和发育完整的大脑，它们体内储存的养分只够维持不到两个小时的新陈代谢。但它们有被极端强化过的肌肉与骨骼以及发达无比的心脏与肺。这些生物诞生出来的唯一目的，就是在这非常有限的生命中，杀掉尽量多的敌人。

终于，伊薇尔撞破薄薄的蛹壳，从蛹中冲了出来。现在，她已经变成了一只身高五米的巨兽。她的右手仍然保持着便于抓握的正常形状，但她的左手已经异化成一只一米多长的巨钳。两条钳刃上布满了细密的小齿，能够随肌肉高速震动。伊薇尔进化出这只拥有37吨剪切力的手臂只有一个目的，那就是剪碎赤炎龙坚韧而沉重的躯体。

"巴洛达克！告诉伊露娜，我们已经与敌人展开激战！无法按原计划离开堡垒！"

伊薇尔右手两只骨爪的指间捏着对她来说只有蚂蚁大小的通信器。"让伊露娜改变战术！"

"知道了！"巴洛达克在通信器另一端吼道，"等我先解决这群敌人！"

巴洛达克的手下抢到了一辆坦克，但它刚刚开上战场，一枚穿甲弹就像筷子捅豆腐一样将它打了个对穿。坦克趴在道路中央动不了了，但它的主炮与其搭载的机枪仍然能继续开火。

"啊！真麻烦！"巴洛达克从坦克上跳下来，"伊露娜！我们与巴卡尔的手下打起来了！撤不出堡垒！"

"好吧！我们用C计划！"伊露娜说道。

"C计划是什么？"

"把所有族人撤到堡垒顶层！守住一块阵地！"伊露娜命令道，"我亲自去攻打北极星港！到时候我会带一艘飞船接应你们撤离！"

"你别自己死在星港就行喽！"巴洛达克一边说，一边探出掩体向远处的赤炎龙扫射。

"你管好自己就是了！"伊露娜切断了通信。

赤炎龙部队还在向前推进，他们开着一辆加装了不知道多少层额外装甲的坦克慢悠悠地顶上来。巴洛达克的手下操作他们那辆抛锚的坦克，瞄准敌方坦克开火。一阵烈火与浓烟过后，敌方坦克上那些简单粗暴地焊接在主装甲上的钢板都散了架。但正是这层不经打的简易装甲挡住了炮弹，弹头的碰炸引信被提前引爆，炮弹没能击穿坦克的主装甲。

敌方坦克正在调整火炮角度，准备给那辆已经抛锚的坦克进行最后一击。但这时候巴洛达克从掩体后面冲了上来。他将变异成巨型骨刃的右臂挡在身侧，挡住一部分飞来的子弹。很快，他冲刺到了坦克的侧前方，进入敌方坦克主炮的射击死角。他挥舞右臂的骨刃，重重凿在坦克车身侧方，厚实的金属装甲竟被凿出了一个三角形的洞。接下来，他张开嘴，贴近那个洞，将燃烧着的黏稠浆液喷了进去。

驾驶坦克的赤炎龙很快没了动静，坚硬的金属复合装甲在烈火中扭曲变形，像被扔进沸水的冰块一样融化了。但在这辆坦克后面，赤炎龙在一处矮房的屋顶上架起了一座双联装机炮。这种本是设计用来防空的武器同样可以用来攻击地面目标。

双联装机炮瞄准了巴洛达克，开始向他高速倾泻火力。25毫米口径的穿甲高爆弹敲打在地上，崩起无数尘土与水泥碎块。巴洛达克向后撤，但右臂上中了一弹。弹头没有穿透他的手臂，而是击穿了他皮肤表面的鳞板后，卡在了骨头里。巴洛达克感到一阵剧痛，这时，炮弹的延时引信点火了。伴随着一声闷响，火焰与血雾一起喷到了巴洛达克脸上，而他的手臂不见了。

他连忙转身跑回去，用左手捡起自己断掉的右臂。他一边跑，一边试着将手臂断裂的地方接到一起，巨大而沉重的骨刃此时给他添了点麻烦。很快，他跑到了掩体后面，蹲下来。他将断臂放在地上，将断裂的创口贴在一起，等待手臂重新生长，连接在一起。

"大家准备后撤！"巴洛达克对周围的红精灵喊道，"我们必须撤到顶层去！"

伊露娜一手拿着电动扳手，一手拿着螺丝刀，嘴里叼着一根手电筒，趴在装甲车的自动装弹机旁，头探进一个复杂的杠杆装置后面。

"呃……"稻草人坐在一旁看着伊露娜，"我能帮什么忙吗？"

就在这时，装甲车颠簸了一下。伊露娜的头磕到了装弹机的杠杆上。她轻轻呻吟了一声，缩回头，扶着腰直起身来。"自动装弹机坏了，这破车颠得要命，我没办法修好它。"

"那怎么办啊？"稻草人半懂不懂地挠挠头。

伊露娜掀开旁边的一块盖板，36发包裹在六棱柱形外壳中的弹药呈现在稻草人眼前。"黑色的是穿甲弹，黄色的是常规高爆弹，红色的是燃烧弹……"伊露娜指着不同弹药上涂的颜色标识，"待会儿我让你装什么弹，你就抱着它，从这儿塞进炮膛里。"她说着，又敲了敲身边的那一台重型磁轨炮的尾部炮闩，"明白了吗？"

"呃……明白了。"

"到底明白了没有？"伊露娜用她坚硬的手指在稻草人脑门上磕了一下。

"明白了！明白了！"稻草人连忙点着头答道。

"好。"伊露娜点点头，"现在，你装一枚高爆弹进去。"

高爆弹……是黄色的……对！是这个。稻草人从弹药架上取下一枚带有黄色标志的弹药，有些笨拙地将它塞进磁轨炮的炮尾，炮弹比他想象中重多了。炮弹装入，炮尾的挡板竖起，炮膛自动密封。磁轨炮已经完成了开火准备。

"好，待会儿我让你装弹，你就这么装。"伊露娜说着，爬上了旁边的炮手位，"动作要麻利点！要比刚才更快！"

"知道了。"

这辆改装过的重型装甲车虽然用的是轮式底盘，却安装了一台坦克的主炮。伊露娜把头探出炮塔顶部的舱门，向远处看了一眼。那一根竖直通向天顶的太空电梯已经远远能望到了。她坐下来，扣上舱门，摘下蒙眼的灰布，从口袋里摸出一块很有弹性的黑色布条蒙在眼上。

"呃，你为什么要一直蒙着眼？"稻草人问。

"恐光症，一见强光眼睛就疼得不得了。"伊露娜凑到炮手的观瞄镜前，似乎在通过观瞄镜观察外面的环境。但稻草人怀疑她蒙住眼睛后是否能看见东西。

"你这样还看得见东西吗？"稻草人忍不住问。

"你的问题怎么这么多？我要是看不见我还坐在这儿干什么？"伊露娜显然对他没什么耐心，"你老老实实地待在这儿，闭上嘴，仔细听我的命令！懂吗？"

"呃，我知道了。"稻草人叹了口气。想到自己要在这位女魔头手下工作很长一段时间，他顿时感觉自己的人生充满了悲凉。

"轰！"

一声雷鸣般的巨响，主炮尾部的密封栓两侧迸出两团电火花，稻草人感觉整辆车都晃了一下。随之而来的，是伊露娜刺耳的吼声。

"高爆弹！"

稻草人愣了一瞬间，这才意识到刚才是主炮开火了。他迅速抱起一枚黄色标记的高爆弹塞进炮膛，"装好了！"

稻草人话音未落，又是一声巨响。弹药在炮膛内加速到九倍音速，炮弹出膛的瞬间，轻质材料制成的六棱柱形外壳破碎散落，被包裹在其中的弹药抛掉多余的外壳，继续向目标飞去。

"向左转！继续装高爆弹！"伊露娜的双眼警惕地盯着星港大门及其周围，她瞄准大门左侧的一处碉堡掩体，按下了开火按钮，"驾驶员！联络之前进入星港的运输队，通知他们我们正在强攻星港！要他们接应！"

"收到！"

"装燃烧弹！"

装甲车从被炸开的星港大门冲了进去，在敌人的扫射下冲过一片开阔的广场。最后，装甲车一头撞破星港主建筑的正门，在大厅中央停下了。伊露娜按下开火按钮，一枚燃烧弹向前方敌人聚集的位置飞去，下一瞬间，那里就炸成了一片火海。

"装高爆弹！"伊露娜转动炮塔将主炮瞄准战车后方，"驾驶员下车掩护！"

来回搬动炮弹已经累得气喘吁吁的稻草人强迫自己打起精神，抱起一颗炮弹装进主炮。一声巨响后，伊露娜愤怒地吼了起来。

"黄色的是高爆弹！你装错了！"

"啊！"稻草人还没来得及喘口气，只能继续回过身去搬运炮弹，"不好意思！现在装好了！"

伊露娜控制主炮仰起，瞄准正门左侧的支柱顶端开火。随后她命令稻草人再装一枚高爆弹，向右侧开火。两根支柱全部应声倒塌，门口处的一整块天花板连同上面的几层楼全部塌了下来，死死堵住了大门。

此时，驾驶员已经打开了后车厢，取出了备用的枪械。伊露娜推开头顶的舱盖，爬出装甲车。"稻草人！快下车！"

刚转过身准备搬炮弹的稻草人一脸懵。什么？下车？外面可有不少敌人啊！不在装甲车里待着，跑出去挨枪子吗？但稻草人在这个节骨眼上很明智地选择不去质疑伊露娜的命令，而是乖乖地听话。

稻草人跟在伊露娜身后，从顶部舱门爬出去。装甲车外面并没有像稻草人想象的那样打得热火朝天。只有零零散散的几个敌人在两侧向稻草人开枪。大厅中有明显的交火痕迹，看来自己不是第一批冲进这里的红精灵，之前来到这里的运输车队队员一定先于伊露娜发起了袭击。

炽热的熔融态金属碎片在稻草人身边划过，叮叮当当地敲击着装甲车的装甲，又危险地弹向四面八方。"拿着这个！"伊露娜丢给稻草人一把步枪，"跟着我走！快！"

伊露娜提着一挺重机枪——对于赤炎龙类来说，它大概只能算轻机枪，一个赤炎龙战士可以轻而易举地抱着这个大家伙冲锋陷阵。但伊露娜做不到，她架起两脚架，趴在地上，"稻草人！掩护我！"

"怎么掩护？"稻草人趴在伊露娜身后。

"到右边的掩体后面蹲下！然后朝我面前的敌人开枪！"

伊露娜说的应该是她右边的碎石堆，没错……稻草人连忙跑到碎石堆后面去。数不清的子弹在他身边飞过，穿过空气留下一声声尖锐的音爆。当敌人向稻草人射击时，伊露娜瞄准了离自己最近的敌人。赤炎龙红色的大脑袋在灰白色为主色调的房间中非常显眼。

稻草人躲在两块混凝土碎块中间的缝隙中，那里看上去比较安全。他将步枪架在缝隙中，小心翼翼地瞄准、射击。但一番开火后，他射出的子弹都偏离目标很远。确切地说，稻草人根本不知道自己把子弹射到哪里去了。

就在这时，伊露娜扣下了扳机。25毫米口径的磁轨机枪看起来很笨重，但射速却一点都不慢。她扣下扳机的一瞬，三发热熔破甲弹就已经冲着赤炎龙的脑袋飞过去了。其中一发没有命中，在对方身后的墙壁上烧出一个焦黑的窟窿。但其余两发打在了那名赤炎龙的脑门和鼻梁上。那赤炎龙抽搐了一下，随后僵硬地趴倒在了地上。

伊露娜抱着机枪，向前移动了一小段距离，在另一处掩体后架起枪来。"稻草人！向前移动！"

稻草人服从了命令，尽管他很不愿意这样做。他端起步枪，想要翻过面前的碎石堆，但一连串飞来的子弹将他压回了掩体后面。此时伊露娜又开枪了，仍然是稳稳地三连发点射，又一名敌人应声倒下。

一名赤炎龙察觉到了伊露娜这个巨大的威胁，他在步枪口上插了一发大号的枪榴弹。但他刚刚将半个身子探出掩体准备开火，伊露娜就率先开枪了。这一次，三发破甲弹全部照着面门飞了过去，将那赤炎龙的脑袋炸成了马蜂窝。

"继续前进！"伊露娜吼道，"敌人的援兵源源不断！我们不能一直在这儿耗着！"

此时，稻草人翻过了碎石堆，跑到了伊露娜身边。之前的装甲车驾驶员一直在侧面对敌人进行压制射击，伊露娜抱起机枪，准备向前再冲一段距离。但她刚要站起来，一枚子弹便尖啸着冲了过来。

稻草人听到了一声闷响，随后他看见伊露娜倒在了掩体后面。一缕白发从她头顶滑落，红色的血一点点渗出来，染红了她的半边脸颊。

女魔头死了？老天！伊露娜都死在这儿了，那自己岂不更别想活着出去了。稻草人靠着被子弹磨得越来越薄的掩体半躺着，双眼空洞地望着天花板，大脑一片空白。

"伊露娜！"装甲车驾驶员俯下身子，穿过密集的弹雨爬到伊露娜身边。他扶着伊露娜的脑袋，仔细检查了一下她的伤口。"还好，子弹只是擦伤了颅骨，没有损伤到脑组织。"

"啊！停停停！别动！"伊露娜皱着眉，龇牙咧嘴地嚷嚷起来，"疼死了！"

突然，又是一声闷响。驾驶员中弹身亡。"这可就不是擦伤了……"伊露娜狠狠咬了一下牙，伸手去拿自己的机枪，"我们后面有敌人！"

当呼啸的子弹在伊露娜身边激起一团团尘土时，稻草人本能地向墙边一个侧滚翻，到了两根倒塌的支柱后面。而伊露娜抓住已经阵亡的驾驶员挡在身前作为掩护。赤炎龙的霰弹枪射出的熔融金属碎片成功地被尸体挡了下来，但面对穿透力强的长钉子弹，人肉盾牌就不起作用了。那些子弹轻而易举地穿透了这层血肉，又同样轻而易举地穿透了伊露娜的身体。

"稻草人……"伊露娜抬起脚，将机枪蹬到稻草人身边，"拿着这个，待会儿我让你开枪你就开枪！"

伊露娜正在吐血，血止不住地从她喉咙里涌出来。稻草人也不知道她被打中了多少枪。她伤得很重，但她好像又没什么事。现在，伊露娜慢慢放平了身子，抱着驾驶员已经被打成了蜂窝煤的尸体，双手悄悄撕开弹孔，伸进尸体内。

"好了，现在他们应该觉得我死了……"伊露娜躺平了，"你不要出声，等我的命令。"

赤炎龙的枪声渐渐停了，他们呜里哇啦地一番交流后，沉重的脚步声慢慢逼近了。与此同时，伊露娜身前的那具尸体开始飞快地腐烂，枯萎了，变成了一具干枯的空壳。

"这家伙应该死了。"一名赤炎龙战士仍然将枪口对着伊露娜，小心翼翼地走上来。

"真是个难缠的混蛋！我们好多兄弟都死在她手里！"

脚步声越来越近了，稻草人屏住呼吸。他抱起机枪，想要瞄准敌人即将出现的方向。但这挺机枪实在是太重了，他勉强将它端起来，但手臂上的力气稍微一松，机枪就从他手中滑了下去，咣当一声磕在了地上。

"什么声音？"赤炎龙们的脚步声忽然停下来了，随之而来的是他们粗重的呼吸声，"这儿还有人！"

稻草人的心脏狠狠跳动了一下，骤升的血压让他的脑袋疼了一下。他的心跳正在加快，越来越快，血红色的雾又在他的视野中蔓延。

稻草人不敢再搬动机枪，他悄悄拿起自己的步枪。一名赤炎龙战士已经走到了稻草人的视野内，半个红呼呼的身子就在他面前晃来晃去。稻草人小心地瞄准，但他也不知道自己正在瞄着对方的肩膀还是肚子，他只看见暗红色的鳞片和骨板。

"开火！"伊露娜压低声音对稻草人命令到。

当瑟瑟发抖的稻草人认为自己已经瞄准了目标时，他颤抖的手指扣下了扳机。步枪一共射出了六发子弹，由于稻草人控制不住枪械的后坐力，其中两发子弹击中了目标，剩下的四发都射向了天花板。但击中目标的两发子弹也没有伤到敌人，小口径枪弹在赤炎龙结实的骨板上跳开了。

赤炎龙立刻开枪还击。稻草人惊慌地尖叫着，抱着头缩到掩体后面。看似结实的混凝土在大口径枪弹的轰击下，就像脆弱的沙雕一样瓦解了。

一声凄厉的尖啸掠过稻草人的头顶，霎时间枪声大作。在赤炎龙战士们的吼声中，那让人毛骨悚然的尖啸声一次次在周围回响着。渐渐地，各种枪械开火的声音稀疏了。稻草人听见赤炎龙们的哀号，听见了重物落地的闷响。终于，一切尘埃落定之后，一只锋利的手掌将他从角落中拖了出来。

"目前我们安全了，但敌人肯定还会有增援。"伊露娜拖着稻草人的一只胳膊，将瑟瑟发抖的他拖了出来。

稻草人过了好半天才敢睁开眼睛。他眼前的伊露娜变了不少，她长出了四条手臂。原本的手臂像分叉了一样，变成了一双短臂和一双长臂。长臂的手背出伸着一根长而锋利的骨刺，那两条骨刺上沾满了黏稠的血。

"伊露娜……你这是……"稻草人想试着站起来，但他发现自己做不到。他低头去看自己的腿，却发现自己双腿膝盖以下的部分都消失了。被烧灼得焦糊的肌肉与白花花的腿骨清晰可见。"啊！我的腿！"

"你的腿被大口径子弹打碎了。"伊露娜不慌不忙地将周围赤炎龙的尸体拖到稻草人身边，"你必须长出新的腿来。"她拍了拍自己刚刚完成变异的双反曲式腿关节，"就像我一样。"

伊露娜用长臂上的骨刃切掉赤炎龙喉咙处的鳞片，将赤炎龙尸体凑到稻草人眼前。"对着这儿咬一口！快点！"

"什么？这……"

"别废话！咬一口！"伊露娜抬起手指在稻草人脑门上敲了一下。

稻草人皱起眉头，艰难地将嘴巴凑上去，但赤炎龙尸体的腥臭味还是让他退缩了，"伊露娜，这……"

伊露娜忽然从后面掐住稻草人的脖子，将他的脸按在尸体的喉咙上。稻草人呜呜地呻吟起来。她的一根手指在稻草人下颚处轻轻一掐，随后放开了他。伊露娜将被稻草人咬过的尸体丢在他断裂的双腿前，"你要是想活下去，你就得听我的。"

稻草人歪过脸去，哗啦哗啦吐了好几口。很快，那尸体开始飞快地腐烂，生长出畸形的触须，与稻草人断裂的双腿连接，融合在一起。

"老天！这是怎么回事？"

稻草人想抽开他的腿，但那触须缠得很紧，他怎么也抽不出来。稻草人挣扎了一分钟，惊恐地叫嚷起来。终于，他双腿用力一抽，从那团恶心的触须中抽出来时，他发现自己膝盖以下的腿生长出了和伊露娜一样健壮的肌肉和关节。

"这是我们的生存之道。"伊露娜从赤炎龙的尸体边捡起两把能用的枪械，递给稻草人一把，"这里不宜久留，我们快走！"

稻草人还有很多问题想问，但无论有什么问题，也不值得站在这儿挨枪子儿。他跟在伊露娜身后，跑向大厅后面的楼梯。"太空电梯就在前面，希望他们没有把电梯锁了。"

"如果电梯被锁了怎么办？"稻草人问。

"我们沿着轨道爬上去！"伊露娜回答。

第五章

伊塔夸的落日(下)

当地时间上午 10:20,蔷薇帝国皇帝凯瑟琳·莱斯特抵达施坦恩斯堡星系,开始对埃尔坦恩合众国进行为期三个行星日的国事访问……

——埃尔坦恩自由电视台晚间新闻报道

　　伊露娜的尾巴尖忽然膨胀了一下,像是吹起了一个猩红色的小肥皂泡。很快,尾巴尖周围的肌肉和鳞板迅速收缩了。不到一秒的功夫,那一截尾巴就变得像一截枯木一样。

　　现在,伊露娜已经完全变成了一个身体轻盈而健壮的异形猛兽。她的双腿和两条长臂攀在太空电梯轨道两侧,小心翼翼地向上爬。攀爬太空电梯轨道可是个技术活。若稍有不慎触到了通电的结构,上千安培的电流会瞬间让伊露娜化作天空中的一团火焰。

　　海拔 26000 米,在这个高度上,大气层几乎不存在了。伊露娜的身体生长出坚韧的纤维状鳞板,束缚住自己身体,对抗真空中的负压。但她的这具新躯体并不是无敌的。鳞板之间有一些薄弱的缝隙。肌肉稍微一松弛,一部分体液就会窜出去,吹起一个巨大的血泡。

　　伊露娜抖掉了因失压而坏死的尾巴尖。新的鳞板已经生长出来,完美地填补了坏死组织留下的缺口。当然,只是暂时是这样。暴露在太空中,她只能逼迫自己的身体无氧呼吸。现在,她体内储存的营养已经消耗殆尽了。伊露娜只能分解自己体内暂时没有用处的组织和器官来为肌肉供能。她在地面上长出长长的尾巴,主要就是将它当作躯体的能量储备。用不了多久,伊露娜还会再褪掉一截被榨干养分的尾巴。

　　稻草人已经休眠了,他变成了一个坚硬的茧。伊露娜用两条短臂抱着他。伊露娜不想让他爬完这段路程。一是信不过他的身体素质，二是担心他会因为不小心触到了通电的加速线圈而被烤焦。

伊露娜继续向上攀爬，轨道星港已经近在眼前。最后这段路程让伊露娜感到很疲惫。但现在她也不需要非常用力地攀爬了。在这个高度上，万有引力已经衰退了一部分。当她爬到星港下方与太空电梯连接的那部分轨道时，她五米长的尾巴只剩下不到两米了。

伊露娜爬上空间站的外壳，找到了一扇舷窗。挡在她面前的是一米多厚的抗压玻璃。伊露娜的嘴巴咧开一条小缝，将一种淡褐色的液体喷到玻璃上。液体与玻璃接触，立刻沸腾了起来，在玻璃上冒出无数气泡。淡褐色的液体也渐渐变成无色。很快，玻璃被腐蚀出了一个小凹坑。

伊露娜等待了一会儿，她要分泌更多的溶解液。她的身体加快了代谢速度，两截尾巴坏死脱落，它们的养分变成了用于溶解玻璃的液体。这一次，她向玻璃喷了更多的溶解液。一阵无声的沸腾后，玻璃已经被腐蚀了大约一半的厚度。

伊露娜停了下来，她将头凑近玻璃，脑袋在上面蹭了蹭。随后她的四肢抓紧舷窗周围的凸起的部分，脑袋对准玻璃中央的凹坑，忽然张开了嘴。

一根锋利的骨刺从她喉咙中射出来，狠狠地扎进了玻璃中央。尽管在太空中听不到声音，但伊露娜的四肢感受到了明显的震动。不到一秒的功夫，一条裂纹在玻璃上出现，很快又出现第二条、第三条。伊露娜爬到舷窗边。剩下的几截尾巴以肉眼可见的速度快速坏死、脱落。她尽力将自己体内一切可用的能量集中到自己的腿部肌肉上。

一阵剧烈的震动，舷窗玻璃崩碎成许多小块，飞向了外面的太空。空间站舱室中的空气也迅速涌向太空。伊露娜以最快的速度钻向破损的舷窗，双腿用力一蹬，随后她打了个滚，稳稳落在了地板上。

空间站检测到了舱室失压，刺耳的警报立刻响起。一扇厚重的金属板在破损的舷窗前闭合，封住了这个缺口。维生系统给舱室充入备用空气加压，迅速恢复了舱室中的稳定。

伊露娜趴在地上，大口呼吸着空间站里的空气。她体表的鳞板迅速腐烂脱落，流下一摊透明的黏液。她挪动自己的短臂，将自己后背上的外壳像掀被子一样掀下来。之后，她的长臂也随着这些组织一起褪掉了。

伊露娜渐渐变回人形，重新拥有自己与正常人类相差无几的身体。但完成这次蜕变后，她皮肤上的一些地方还是留着暗红色的疮疤。

伊露娜并不想褪掉这具坚固的躯体。空间站里可能有敌人，一身坚固的鳞板可以很好地保护自己。但这具连消化道和呼吸系统都没有的临时躯体已经达到了它的最大使用寿命。伊露娜将它生长出来的目的只有一个，那就是抵抗外太空的真空环境和宇宙射线，现在这个目的已经达到了。

现在，伊露娜就像刚出生的婴儿一样，赤身裸体。刚刚生长好的皮肤还很稚嫩，肌肉也没有完全生长成形。她刚刚失去了尖牙和利爪，周围也没有任何的武器能供她使用，赤手空拳孤立无援。

稻草人的茧也慢慢蠕动了起来。坚硬的外壳开始瓦解，渗出浑浊的液体。很快，稻草人的双臂和脑袋从茧里伸了出来。他大口喘着气，抹掉脸上的黏液。当他的脑袋开始清醒过来时，他将自己的下半身从茧里抽出来。但现在他仍然无法行走，只能趴在地上，用双臂在地板上爬动。

伊露娜已经基本上恢复了，她已经能站起来了，但她还是不敢睁开眼睛。她的双手在自己抛掉的躯体外壳中摸索着，过了一会儿，她从中扯出了一条被黏液浸透的黑布。

"稻草人，你没事吧？"伊露娜嗅到了稻草人的气味。她尽可能将黑布上沾着的黏液擦干净，然后将它蒙在眼上。终于，她能睁开眼睛了。

"我没事。"稻草人活动了一下双腿，终于能从地上爬起来了，"啊，我感觉自己就像一条恶心的虫子。"

伊露娜环顾四周。她以前来过这座空间站，她记得这里的构造。现在，她和稻草人位于下层机库外的环形走廊。

"啊，伊露娜……"稻草人扶着墙站着，冲伊露娜咧嘴一笑，"你现在的样子真是太性感了！"

"我很想揍你，但现在我没那个闲工夫！"伊露娜做了个发狠的表情，白了一眼稻草人，又向走廊前后两个方向瞟了两眼。虽然如此，但她还是走到稻草人身边，扶着他慢慢站起来，"你还好吗？"

稻草人仍然有些吃力地呼吸着，他和伊露娜对视了一秒，"我没事。"他很诧异伊露娜会这样关自己。更诧异自己能这么自然地依偎在这个女魔头身上，甚至享受着接触她身体的感觉。

果然，出生入死地并肩战斗最容易让人建立信任。此时此刻，稻草人已经不再对伊露娜有恐惧了，甚至产生了某种奇怪的依赖情绪。跟在她身边，稻草人能感受到自己是安全的。

"下层机库里应该有备用的作战服，应该也有枪械。我们必须找武器装备来武装自己。"伊露娜扶着稻草人站直，等到稻草人能自己站立行走后才放开他。

"呃……"稻草人挠挠头，"如果找不到呢？"

伊露娜从自己褪下的躯壳上拔下两根半米多长的骨爪，握在双手中抡了两圈，"如果没有武器装备，那就就地杀几个敌人，收集些营养。我们大不了再变异一次。"

"这么折腾，我怕我的身体会吃不消啊……"稻草人跟着伊露娜向走廊的一端走去。

"你很快就会适应的。"伊露娜话音未落，他们面前的走廊舱门忽然打开了。伊露娜暗叫一声不好，立刻把稻草人往墙边推。舱门完全打开，三个人影出现在伊露娜面前，她抬起右手，骨爪在手中转一圈。她瞄准了中间那人的脑袋，下一瞬间，她就可以将骨爪向他掷出去。

"不要开火！"中间的那个人忽然放下步枪，抬手挡住他身边的两名同伴，"不要开火！是伊露娜大人！"

伊露娜紧握骨爪的右手停下了："詹姆斯？"

"是我！"那三人连忙跑到伊露娜身边，"我以为是赤炎龙杀过来了。"

伊露娜长长松了一口气："你们已经占领这里了？"

"是的，"詹姆斯点点头。他是个身材矮小敦实的红精灵战士，"我率领运输队攻占了这里，之后我们锁住了太空电梯，防止赤炎龙追上来。"

"也把我们锁在下面了。"稻草人从伊露娜身后走出来。

伊露娜拍了稻草人一下，示意他不要说话。"你们做得很好。"她向詹姆斯点点头，"我们必须赶快启动一艘战舰！"

"好！我马上叫其他人在港口区集合！"

很快，红精灵们发动了一艘掠夺者级巡洋舰。激活了舰船上的武器系统。老旧的掠夺者级巡洋舰是埃尔坦恩海军在 20 年前就退役的舰艇。而这艘魅魔号被海盗接收后一直得不到很好的后勤维护。原来的设备受损了，就只能找凑合能用的二手货顶替。

伊露娜和稻草人也各自找了一身衣服穿好了。现在，伊露娜站在舰桥上，望着全息影像中北极堡垒的三维结构图。锈迹斑斑的舰桥指挥室四周挂着没有灯罩的 LED 照明灯。而舰桥中央的全息投影仪还用着极其"复古"的棱镜式投影。不怎么清晰的全息影像通过一个金字塔形状的正四棱锥透镜显示在伊露娜面前。

詹姆斯站在伊露娜身边，指着结构图说道："巴洛达克和伊薇尔分别位于第一层和第二层。巴卡尔的部队还在从下层向上追击。我们还有不少族人分散在下层区域，正在想办法向上移动。"

"我们有多少人撤到顶层区域了？"伊露娜问。

"有 20000 多人。"

"呃，船上应该有无人机吧。"稻草人用一种询问的眼神看着伊露娜，"我们可以用无人机支援他们。"

"应该可以，但无人机还没来得及运行激活程序，也没有补充燃料和弹药。"詹姆斯说道，"我们需要至少半个小时才能完成这些准备。"

伊露娜双手撑着指挥台，注视着全息影像，轻轻叹了口气："没那么多时间了，立刻对堡垒下层地区进行覆盖式轨道轰炸。"

"什么？！"稻草人惊叫道。

"可是……伊露娜大人，我们还有一部分人在下层没上来……"詹姆斯有些为难地看着伊露娜。

"未来的族人们会铭记他们的牺牲。"伊露娜仍然看着全息影像，刻意让自己的语气听起来轻一点，但说出口后，她自己仍能听得出那份难以掩盖的沉重。

"但我们明明可以不让他们牺牲的！"稻草人有些激动地叫起来，"只要我们等半个小时……"

"20000 多人在顶层坚守着阵地！他们每分每秒都在承受伤亡！"伊露娜脸上的肌

肉一块块绷紧，她对着稻草人大声咆哮起来，"我不可能为了等那么几个人，就让更多的族人承受那么多损失！"

稻草人沉默地和伊露娜对视着，他缓缓低下了头。

"星港中的所有舰船加起来，也够呛能带走这 20000 多人。有一部分人只能留在这颗行星上了。"伊露娜说着，嘴角的肌肉又忽然绷紧了。她忽然短促地大吼了一声，拳头用力捶在控制台的外壳上，将薄薄的铁皮砸出一个坑。经过这样的发泄后，伊露娜又无奈地叹了口气，轻轻摇摇头："詹姆斯，开始轰炸吧。"

亚斯蹲在一辆重型坦克的残骸后面，不紧不慢地给自己的霰弹枪装填弹药。他的卫队已经伤亡过半，但巴卡尔的手下们也是如此。坦克主炮有节奏地轰鸣着，向正在冲锋的敌人倾泻火力。

情况并不乐观。巴卡尔的拥护者们人数众多，而亚斯手下的兵力已经屈指可数了。对于亚斯来说，战斗拖得越长，形势越对自己不利。他必须想办法杀出去。

四辆坦克与四辆装甲车作为先锋，向堡垒上层区域推进。亚斯本来想在卫队的掩护下，自己乘坐升降机溜出去。但十分钟前，红精灵们炸毁了所有通向上层的升降机。伊露娜的人要跑路了，而自己很明显被他们抛下了。

亚斯见前方的坦克停下了，连忙抓起无线电通信器命令道："不要停下！继续前进！快动起来！"

"敌人把桥炸断了！"坦克兵立刻回应道，"前方没有路了！"

"什么？！"亚斯冲到阵线前面去。他并不是怀疑坦克兵说的话，而是难以接受这个事实，因为这座桥连接着他离开北极堡垒的唯一通道。

但他亲眼所见的场景不会骗人，那座铺着硅化物的桥面，不会被酸性大气腐蚀的桥梁的确不复存在了。扭曲断裂的金属梁还在冒着烟。大口径炮弹从陨坑对面飞来，落在拥挤的桥头。一辆坦克被直接命中，随后在一团烈火中不见踪影了。更多的炮弹落入了人群，亚斯手下英勇的战士们只能绝望地等待着自己被炸得血肉横飞。

"亚斯！你无路可逃！"巴卡尔的声音在堡垒中回荡着。这声音并非出自他自己的粗嗓门儿，而是要归功于那些扩音器。这意味着亚斯没有办法确定巴卡尔在什么地方。

巴卡尔喊话时，可怕的炮击也停下了。"我给你一个体面的死去的机会！站出来！和我决斗吧！"

亚斯眉头一皱，他将通信器调整到公开频道。"你违背了赤鬼族群的法律！巴卡尔，你是个可耻的叛乱者！"

"你不是个喜欢遵守规则的人，亚斯。"扩音器很快又响了起来，"而我也不是。但为了不让赤炎龙战士们做更多无谓的牺牲，我认为，应该由我们两个人来终结这场闹剧。你觉得呢？亚斯大领主。"

亚斯沉默了好久，他皱着眉头，下巴抵在枪托上来回摆了几下。巴卡尔还在喊话，用各种尖酸的词语嘲讽着他。但亚斯现在没工夫听巴卡尔瞎嚷嚷，他招呼了一下自己身边的一位战士，和他耳语了几句。

"这……有点冒险吧，大领主。"那位战士有些犹豫。

"现在没别的法子了，"亚斯倒是显得镇静很多，"不出点下策，我还真干不过巴卡尔。老子可不想死在这儿！"

"可是，大领主。您要是当着所有人的面耍赖打败了巴卡尔，您在族中的荣誉可就荡然无存了。"那位战士的表情沉重起来，"这样一来，赤鬼族群可就不会接受您了，您可要三思啊……"

"谁要他们接受了？老子能白手起家在这儿称王，也能白手起家在别的地方称王！"亚斯擤了擤鼻子，"快点儿！别让伊露娜的人跑了！这次伊露娜可是欠着我的了！我非得让她给我打下一整个星区来不可！"亚斯说着，用胳膊肘戳了戳那名战士，"快去准备！"

"是！"

亚斯看他弯着腰，绕道装甲车后面跑走了。亚斯从腰带上的小包中摸索出一根和他大拇指一般粗的雪茄，往烫得发红的枪口上一戳，点着了。"好吧！巴卡尔！我接受你的挑战！"亚斯抽了一口雪茄，捏着通信器靠到嘴边，"你要是真心和我决斗，就让你的人都退下！我也让我的部队全部停火！"

"好！"扩音器中巴卡尔粗犷的吼声回荡着，"你先站出来！"

亚斯不担心巴卡尔会要诈，那不是他的作风。巴卡尔渴望的是把亚斯的头砍下来，挂在地宫大门顶上，向全氏族的人炫耀自己的厉害。亚斯将四把短管霰弹枪装满弹药，插在双腿和后背的枪套中。随后，亚斯又从坦克后悬挂的工具箱中找出了一把"冲压阔剑"工兵铲。一旦巴卡尔冲到他面前了，他需要一件称手的近战兵器来防身。

做完这些准备后，亚斯吐掉吸了一半的雪茄，拎着工兵铲从坦克后走了出来。"所有人都退后！"亚斯转过身对自己的部队喊道，"我要和巴卡尔一对一打一场！"

步兵都陆续向后退去，但他们的手指还压在扳机上，所有人都紧张地盯着亚斯。坦克和其他装甲车辆也开始向后退，剩下一些失去动力或履带被打断的装甲车辆抛锚在原地，默不作声地陪亚斯站在这里。

部队还在继续后退，他们进入了一个下坡，从坡上继续退下去——至少在巴卡尔看来是这样的。然而，当各装甲车辆的轮廓完全被斜坡前的地面遮挡住时，它们立刻停了下来。坦克在斜坡上展开阵型，主炮全部瞄准上方地面偏上一点的位置。步兵将各种庞大的重武器从装甲车中取出来，就地架设好，同样做好了开火准备。

"我来迎接你的挑战了！巴卡尔！"亚斯右手拎着工兵铲往前一挥，"你也别当缩头乌龟了！赶紧出来吧！"

断桥对面的赤炎龙士兵们也后退了。一片火红的潮水中，一双火红的双翼徐徐展开，六颗赤金色的眼球翻腾着欲望的烈焰。梦寐以求的权力就在眼前！现在，巴卡尔只要用最威武的姿势跳过断桥，然后抡圆了战斧，用最威武的姿势把亚斯的脑袋斩下来，然后高举着亚斯的头颅，向整个氏族宣布自己的胜利……

是的，就是这样！巴卡尔已经抢起了战斧，他的一只脚踏上了桥面，残破的双翼扇动着。他双手将战斧横握，双腿弯曲，蓄力向前一跃。

虽然巴卡尔的双翼已经残破不堪，但滑翔过这 30 米的断桥对他来说仍然是易如反掌。可是，就在巴卡尔张开双翼的一瞬间，他脸上的冲动与喜悦一下子凝固了。在亚斯身后的斜坡上，几十台重型磁轨炮的炮口正对着自己。

巴卡尔看见亚斯的部队时，亚斯的部队同样看见了他。就在这时，亚斯抬起左手，一把短管霰弹枪瞄准半空中的巴卡尔。一声枪响，细小的弹珠像雨点一样砸在巴卡尔脸上，但它们的确也像雨点一样软弱无力，伤不到巴卡尔一分一毫。

但这一枪并不是为了杀伤巴卡尔，而是为了向坦克炮手们传递一个信号。下一瞬间，大小不同口径的磁轨炮几乎同时开火。巴卡尔在半空中炸成了一个巨大的火球。

尽管巴卡尔将自己身上的骨甲进化得很好，但在大口径高爆弹和穿甲弹的集火射击下，这些防御显得不堪一击。很快，一团熊熊燃烧的烈火伴随着大大小小的碎片，从断桥中央坠了下去。

一片惊呼声中，亚斯将手中的工兵铲向前一挥，"给我打！"

一切都按刚才亚斯计划好的实施，坦克抬起炮管，向上一层平台下方猛轰。两轮炮击后，上层平台的一整段垮塌下来，引起了山崩地裂般的颤动。垮塌下来的碎石与泥土基本填平了断桥中央的空隙，亚斯第一个冲了上去，后面的装甲部队也开足马力冲了上来。

亚斯在短短几秒内冲过了断桥，巴卡尔的部队全力向他开火。但敌人刚才为了那场决斗，都按照巴卡尔的指示后退了至少 100 米，停在一片菌菇农场上。步兵都自发地挤在前面围观，而装甲车辆都停在了后面。当他们发现情况不对时，只有六辆坦克的主炮能够向亚斯射击，而步兵手中的各种枪械在这么远的距离上完全没有精度可言。

炮弹在亚斯身边落下，爆炸掀起的气浪将亚斯掀到半空中，可怕的震动震落了更多的碎石。亚斯在半空中飞了一秒后，以不怎么优雅的姿势趴着摔在了烟尘弥漫的土地上。此时，12 辆坦克已经冲过了断桥，迅速在对岸展开弧形的进攻阵型，后续更多的装甲车辆继续驶过断桥。

亚斯爬起来，满意地笑了。敌人的第一轮火炮射击是朝自己来的，因此坦克和装甲车几乎没有受到任何威胁就冲过了断桥。亚斯顺手扒住一辆从自己身边经过的坦克，爬到坦克炮塔顶上，"进攻！"

敌人的步兵看见了站在坦克顶上的亚斯，他们近乎癫狂地咆哮着，发了疯一样冲上来。他们渴望将亚斯碎尸万段！为巴卡尔报仇！

但只凭借勇气和鲁莽是打不赢仗的，这群步兵面对的是亚斯的坦克部队。当他们像火红的潮水一般汹涌而来时，反步兵高爆弹在他们当中一颗又一颗炸响。不等他们接近坦克，他们已经损失了一半多的兵力。但这些勇敢的战士誓死也要捍卫自己的尊严。他们不愿后退，迎着越来越密集的枪炮火力继续冲锋。

亚斯将工兵铲在手中抢一圈，用力一拍铲柄底部的按钮。大而厚的铲刃一段一段展开，形成一柄两米长的重剑——当然，只是亚斯把它当剑来用，它的这个功能本来是用于插进地面里作为固定桩，帮助陷进泥泞的装甲车脱困的。但这并不意味着它无法成为一件称手的近战兵器。亚斯第一下挥动冲压阔剑，就拦腰劈中了一名敌人。虽然它没有锋利的剑刃，但巨大的冲击力还是砸断了敌人的肋骨和脊柱。

亚斯收回阔剑，挥动这个200多千克重的大家伙可不是一件容易的事。这时，有另外五名敌人向他冲了过来，其中三名被大口径机枪放倒了。亚斯抡起阔剑砸碎了一个家伙的脑壳，此时另一人从侧后方向亚斯扑了过来。亚斯扔下阔剑，从腰间抽出霰弹枪，反身顶在对方的喉咙上，果断扣下扳机。一声闷响，亚斯看见对方的脖颈膨胀了一下，黏稠的血立刻从他的嘴巴和鼻孔里涌出来。

敌人的步兵几乎在冲锋中死光了，坦克碾压着无数尸体继续推进。敌人的装甲部队数量虽然更加庞大，但大量坦克在相对狭小的堡垒平台上并不能完全展开。

"装甲部队都顶在前面！掩护步兵！"亚斯大声吼道，"坦克损失了无所谓！冲过这100米！步兵就有机会去炸了敌人的坦克！"

亚斯话音未落，他就见一枚炮弹向自己飞来。他能看见炮弹飞行时在空气中留下的波纹，但他已经来不及做出反应了。穿甲弹击中了他脚下的坦克，细长的穿甲弹芯在坦克的正面装甲上留下一个小洞，亚斯感觉自己脚下的钢铁巨兽颤抖了一番，看见炮塔与车身的连接缝隙中喷出一阵阵黑烟，随后它便不动了。

还有几辆坦克死得比较悲壮，穿甲弹击中了它们的弹药舱，整辆坦克在弹药殉爆中瞬间被瓦解成一堆金属碎片。

"继续！别停下！"亚斯命令道。但情况却不像他想象得那么好，被击中损毁的坦克残骸阻挡了后面的装甲部队的道路。当亚斯意识到这个问题时，他的装甲部队已经在自己身后挤成一团了！敌人的炮弹在他身边落下，一辆又一辆装甲车被击毁了，他脚下的土地正在颤抖。

这下糟了……

"大领主！快看上面！"

亚斯抬起头，他看见一条条火光穿透堡垒顶端的金属穹顶。一颗颗火流星落在一层层平台上，那些坚固的建筑顷刻间土崩瓦解。金属穹顶在尖锐而震耳的金属撕裂声中倒塌，径直向堡垒最下方的熔岩湖坠去。

亚斯犹豫了一秒，随后迅速从坦克上跳下来，不顾一切地向前跑去。"快跑！从坦克里出来！重装备都扔掉！快跟我来！"

亚斯身边的战士们立刻执行了命令，他们跟着亚斯向上层的坡道冲去。但后面的队伍反应慢了一点，当他们反应过来发生了什么，陆续跟着亚斯撤离时，一枚动能弹头砸塌了平台。20多人和几辆坦克一起摔进了熔岩湖，后面的十几人虽躲过一劫，但他们眼前撤离的道路已经被切断了。

亚斯没工夫去管那些落在后面的队伍，现在任何的犹豫都可能是致命的！被击毁坍塌的平台落在下一层上，正好搭起了一个通向上层的斜面。亚斯立刻跳上去，沿着斜面向上层攀爬。随着更多弹头落地，整个地面也随着一阵一阵地震动。不结实的斜面正在一点点坍塌，亚斯加快了速度，连跑带爬冲上了上一层平台。

他贴着陨石坑最外侧的崖壁奔跑，以此躲避从天而降的火流星。巴卡尔的手下也在四散奔逃，即使亚斯从他们身边跑过，他们也不再向亚斯开火了。

"巴卡尔的队伍被打散了！"巴洛达克站在一座仓库的屋顶上，对着周围的红精灵们大吼着，"机会来了！我们冲出去！"

一呼百应，红精灵们听到了命令。他们引爆了埋在大门两侧的炸药，将堡垒北侧和西侧的总共四座大门炸开。载满物资和人员的重型卡车驶出堡垒，随后是各种型号的坦克和装甲车。

所有车辆上都坐满了人，车顶和车身两侧也爬满了体态各异的红精灵。但即便如此，大部分红精灵都享受不到搭便车的服务。他们迅速生长出用于高速奔跑的四肢，像野兽一样四肢着地飞奔起来，赶上车辆的速度。

巴洛达克站在一辆卡车的车顶上，回头看着正在从北极堡垒中撤出的红精灵们。他们从正在熊熊燃烧的堡垒中涌出来，沿着环形山外的盘山公路向山下飞奔，汇成了一片猩红的海洋。

"伊露娜，我是巴洛达克。"他用巨大而沉重的骨爪小心翼翼地捏着通信器，凑到嘴边，"我们损失惨重，但大部分人都撤出来了，我们正在向星港前进。"

"我们还剩下多少人？"伊露娜问。

"我不清楚，现在看上去还有很多人。"巴洛达克说道，"但很多族人为了战斗做了自杀式的变异，过会儿很多人都会耗尽生命而死。"

所谓自杀式的变异就是将身体内的所有对战斗没有帮助的器官全部退化分解掉；心脏和肺脏则过度生长；同时他们的身体会生长出坚硬的甲壳和利爪，或是生长出能够分泌和喷射杀伤性物质的腺体。经过这种变异相当于把自己完全变成一台肉体战争机器，但榨干体内所有营养，意味着自己的生命将只能继续维持不到两个小时。

"我知道了，"伊露娜的语气很沉重，"我们未来的族人将铭记他们的牺牲。"

"是的，"巴洛达克说道，"我们急需繁殖更多的族人，我们必须尽快填补战斗力的空缺。"

"那要等族人们都安顿好了再说。"伊露娜说道，"你们尽快到外轨星港集合，我有事要商量。"

"明白。"

大部分行星的星港都修建在与行星赤道平行的同步轨道上。环绕行星公转的空间站是失重的，因此太空电梯的轨道不需承受重力。但伊塔夸一号行星的低纬度地区在日出和日落时分都会刮起恐怖的"末日风暴"，太空电梯的轨道会在这样的恶劣天气中损毁严重。因此，伊塔夸一号行星的星港建在了北极，用结构坚实的支柱将它支撑在太空中。虽然在修建过程中费了许多工夫，但这样也正好免去了安装人造重力装置。

当巴洛达克和伊薇尔用骨刃凿开堵住星港大门的碎石堆，带着20000多名红精灵冲进北极星港的大门时，星港地面站中残存的赤炎龙守军见势不妙，全部溜走了。红精灵们在广场上休息，等待着登上太空电梯。

人数实在太多，24台太空电梯不停地在轨道上来回运转，以求尽快将所有人员送上空间站。除此之外，许多穿梭机和轻型运输机也来往于地面与空间站之间运输人员和物资。

就像巴洛达克之前说的那样，许多变异过的红精灵开始死亡。他们原本和其他人一样坐在地上休息，但慢慢地，他们变异的躯体却已经没有心跳和呼吸了。20000多人的队伍中，有5000多人被留在了废墟中。等到下一个夜晚降临时，他们将被风沙淹没，这颗行星最终会无声地将他们埋葬。

撤离到空间站上的红精灵们都聚集在港口区和上下层的机库，他们被陆续安排登上各艘舰船。巴洛达克和伊薇尔去了二层的会议室，他们在那里见到了伊露娜。

"我们损失了一半的人，"伊薇尔看上去很沮丧，"很多优秀的战士为此献出了生命。"

"现在不是悲伤的时候！哪怕我们整个族群只剩下一个特瑞亚人，我们的族群也将延续！"说这些话时，伊露娜的眼罩后透出了猩红的微光，"废话等以后再说，现在谈正事。稻草人，过来。"

一直缩在墙角的稻草人迟疑了一下。他已经不害怕伊露娜了，但他还是对巴洛达克和伊薇尔心生畏惧。不服从伊露娜的命令一定会让这位女魔头勃然大怒，所以他乖乖走到伊露娜身边。"什么事？"

"你最后一次见到白羽龙是什么时候？"伊露娜问稻草人。

"呃，我没见过白羽龙。我见到的只是一小瓶白羽龙血。"稻草人挠挠头，"当时……大概是两年前吧，当时我还和爸妈一起住在莫罗斯星系。"

巴洛达克和伊薇尔面面相觑。"莫罗斯星系……两年前？"伊薇尔摇了摇头，"就算两年前有白羽龙在莫罗斯星系，现在它也有可能出现在银河系的任何一个角落了。而且他接触到的也只是一瓶血而已。"

伊露娜深深吸了一口气，又缓缓呼出来。"是谁给你治愈的洛索德尔？"她继续问稻草人。

"我爸妈。"

"只有你爸妈吗？你爸妈都和什么人有来往？"

"呃……"稻草人又挠了挠头，"我也记不清。除了邻居和他们的同事外，应该没有别人了……"

"仔细想想！"伊露娜抬起双手，重重搭在稻草人的肩膀上，捏住他的双肩，"仔细想想，把你能想到的每一点细节都告诉我！想想在你得到白羽龙血之前，你爸妈都见过什么人？"

稻草人低下头，眉头紧皱起来。他努力地挖掘自己回忆中的每一个角落。自己的父母，自己父母的朋友，但每每想起这些时，他的记忆里都会闪过一束无法回避的强光。

在那束光芒中，他看见半边天空化作一片火海，光柱落在地面上，大地随之崩裂，城市沉入了熔岩中。无数人来不及发出一声哀号，就在烈焰中化作飞灰。

"无论他们见过什么人，那些人都已经死了。"稻草人摇摇头。"而且……你知道的，没有正常人愿意来到有特瑞亚人生活的行星。"

"真的没有吗？"伊露娜一只手扶着稻草人的脑袋，迫使他抬起头与自己对视着。伊露娜的声音很轻，却带着没人敢反驳的坚决。"好好想想！想想每一个细节，每一个你有印象的东西！不管他是不是人！"

不管他是不是人……

稻草人被强光吞没的记忆中，忽然闪过一个异样的影子。那个人影好像永远披着灰色的斗篷，遮蔽着自己的身体，让人看不见他的容貌。但稻草人仍然记得，在斗篷的兜帽之下，有一双天空一般澄澈的蓝色眼睛。

"等等！我想起来一个异人龙！"稻草人几乎是喊出来的，"我爸妈在那几天和一个异人龙见过两次面。"

"什么样的异人龙？"伊露娜一下子激动起来，他捏住稻草人的双手也无意中用上了力。

"啊！"稻草人一声惨叫，"我的肩膀……"

伊露娜连忙松手，扶着稻草人在旁边的椅子上坐下。"告诉我那个异人龙是什么样子的。"

"身高不到两米，眼睛是天蓝色的，很清澈的天蓝色……"稻草人由于疼痛轻声呻吟着，"呃……他一直披着一件斗篷，我看不清他的样子。"

巴洛达克耸了耸肩，将锋利的骨爪伸过后背挠挠痒。"这么说，这个异人龙应该知道白羽龙血是从哪来的了？"

"如果这个人不知道，我们就再寻找与他接触过的任何与白羽龙相关的人。"伊露娜扶着稻草人站起来，"现在只有这一条线索，我们就从这里入手吧。"

"在整个银河系里找一个异人龙，这比大海捞针都难。"伊薇尔又摇了摇头，"稻草人的描述也不是很准确。"

"但这是我们特瑞亚一族唯一的机会了，"伊露娜说道，"错过这个机会，我们可能就永远不能摆脱洛索德尔的诅咒了。"

巴洛达克轻轻哼了一声。"伊露娜大人，我无意冒犯，可是……"

"说吧。"

"我认为洛索德尔赐予了我们宝贵的力量！我们的族人正因为有它的力量，才能在银河中繁衍生息，永不灭绝。"巴洛达克说道，"如果我们治愈了洛索德尔，岂不是自毁长城？"

"正因为我们染有洛索德尔，其他人种才会忌惮我们，歧视我们，敌视我们，视我们特瑞亚一族为灾星。正因如此，柯拉尔人才会不择手段地'净化'我们，生怕我们将这种瘟疫传播到其他世界去。"伊露娜的话语平静而有力，"如果我们能摆脱它，我们就能像银河系中的其他生命那样，在自己的土地上建立自己的家园，过和平安宁的日子。我们可以免于在星际间流浪，可以正常地繁育自己的后代，可以享受我们的祖先曾经享受过的那种日子。"

巴洛达克和伊薇尔又交换了一下眼神，然后点了点头："还有一个问题，伊露娜大人。伊塔夸星系已经不安全了，族人们需要一个新家。"

"这个问题我刚才已经想过了，"伊露娜说道，"我们去伊格赫伦德星系，我有一个老朋友叫奥维肯，伊薇尔认识他的。他的族群现在定居在那里，我相信他会接纳我们的。"

"嗯，"巴洛达克点点头，"目前也只能这样了。"

"如果没有其他什么问题的话，就去准备舰船吧。"伊露娜说道。

四人走出了会议室。但他们没走几步，詹姆斯和其他两个红精灵就迎面走过来。他们端着枪，枪口对着一个赤炎异人龙。那赤炎龙被铁链捆着双手，他看起来很不高兴，金色的眼瞳正熊熊燃烧。

"亚斯？"伊露娜打量了一番面前的赤炎龙。一瞬的惊讶后，她的表情很快恢复了冷淡。"你来这里干什么？"

亚斯看上去更不高兴了，但他的不高兴却让伊露娜很享受。伊露娜轻轻一笑。"我以为你已经掉进熔岩湖里了。"

亚斯彻底愤怒了，他怒吼一声崩断了捆住自己的铁链，抢起拳头迈步向前。

但他的拳头并没有打出去，巴洛达克抬起他巨大的骨刃挡在了亚斯面前。亚斯虽是赤炎龙种，是天生勇猛的战士，但在已经变异成完美的肉体杀戮机器的巴洛达克面前，亚斯只能克制自己。

"你没有完成你的承诺！伊露娜！"亚斯低吼着，狠狠瞪着伊露娜，"这是你欠我的！我失去了我的一切！我要你还给我！"

伊露娜冷冷地笑了一声，白了他一眼。"我拜托你自己找地方待着去，别在这儿碍事。我没工夫理你，如果你自己不愿意走，我只能找人把你扔出气闸去。"

"你敢！"亚斯咬紧了牙，又向前迈了一步。这一次，巴洛达克用骨刃硬生生把他顶回了原地。

伊薇尔将亚斯打量了一番。"伊露娜大人，我有一个建议。"

"说。"

"亚斯在战场上的指挥能力很强，是个不错的指挥官。"伊薇尔说道，"如果能把亚斯留在我们的队伍里，我们会如虎添翼。"

伊露娜点了点头，随后她朝亚斯扬了扬下巴："喂，亚斯！刚才伊薇尔说的话你听见了吗？"

"我是女武神赛罗娜的后裔！我不会忍受你对我的侮辱！"亚斯双臂忽然发力，推开了巴洛达克的骨刃，但伊薇尔大步向前，化作巨钳的左手稳稳夹住了亚斯的腰。骨钳中间锋利而细密的小齿刺破了亚斯的鳞片，扎进了他的肉里。

"别自欺欺人了，亚斯。"伊露娜轻轻摇了摇头，"五年前，如果不是我在那堆残骸里找到了你，你的命运就是死在一堆废铜烂铁中！你的命是我救下的！是我带你来到伊塔夸星系的！北极堡垒是我的人打下来的！你做的唯一一件事就是站在地宫门口宣称自己是胜利者，编造了一个所谓女武神的谎言！而你也一直用它统治着我的领地！"

亚斯仍然咬牙切齿地瞪着伊露娜，但他说不出一句话反驳她。

"你能登上王座是因为我！你能指挥赤鬼族群的大军也是因为我！你最早的赤鬼舰队用的是我的三艘巡洋舰！"伊露娜每说一句话，就向前走一步，直到她几乎和亚斯脸贴着脸，"你本来就一无所有！就像你现在一样！"

"你不要狗眼看人低！"亚斯沉默了许久，终于从牙缝里挤出这么一句话。

"你想证明你的能力？那好，加入我的队伍，你会有机会的。"

"证明？我凭什么要向你证明？"亚斯咬牙切齿地说道，"我只想夺回我失去的一切！"

"那好，你去吧！"伊露娜对他吼道，"我倒要看看现在的你，能凭借什么把北极堡垒夺回来！"

又是死一般的沉默。伊露娜眼中翻涌着猩红的光芒，仿佛要把眼罩烧出窟窿来，而亚斯眼中也喷涌着炽烈的金光。

"好吧，"僵持了一分钟后，亚斯终于软了下来，"我愿意和你合作，但我有个要求，让我指挥一支部队！"

"没问题，"伊露娜面无表情，"红光号巡洋舰和船上的部队由你指挥。我现在任命你为红光号舰长，去船上报到吧！"

亚斯点了点头，没有说话。他转过身，在詹姆斯的陪同下离开了。

"我们能相信亚斯吗？"巴洛达克转头看着伊露娜。

"也许亚斯有时候很疯狂，但他不是个傻子。"伊露娜平静地说道，"我们都赶快登船吧，魅影的人很快就会来了。"

第六章

冰天雪地

阿玛克斯帝国公民有权利在任何时间、任何地点对自己的上位者发起升华挑战。若挑战成功，挑战者即取代被挑战者的阶位。升华挑战中的胜利者有权以任何手段处置失败者。

——阿玛克斯帝国宪法，第一部分第 14 条

"你的这次行动可真是大胆啊，海莲娜。"

全息影像中的男人摘下涂画着狼头图案的外骨骼头盔，露出一张颇为俊俏的脸。只不过由于长时间穿戴外骨骼，他的皮肤显得有些苍白。男人的年纪比海莲娜大不了多少，但他的眼神中充满了侵略的味道，透出与他年轻的外貌极不相称的野心与老练。

哈迪斯·诺瓦，阿瑞雅女皇的长子。曾经是凯洛达帝国王位继承人的他，有着与海莲娜一样的遭遇。哈迪斯的大妹妹取代了他的位置，而他的大妹妹又被小妹妹取代了。

就这样，兄妹两人迎来的共同的命运：成为魅影的领导者。他们率领各自的舰队，在不受任何法律限制的世界中，用一切他们能想到的手段，为自己的家族扩大势力范围。

"我的胆量不止这点儿，你知道的。"海莲娜得意地咧嘴一笑，"如果没什么意外，再过几天，老妈会用 100 吨黄金把我赎回去。我在媒体前露个面，随便说几句……在魅影舰船上的遭遇什么的。然后老妈会宣布加大反恐和打击海盗的力度……总之差不多就是这样。"

哈迪斯点点头，他不由得佩服自己的妹妹。这一次，海莲娜俘虏了埃尔坦恩海军的一整支舰队，绑架了隆施坦恩家族的三少爷。诺瓦家族平时很少会直接给予魅影组织帮助。为了隐藏他们的关系，必须援助的资金和武器装备都需要中间人转手十次以上

才能送到魅影手里。而这一次，海莲娜只要陪母亲演一出戏就能顺利拿到100吨黄金，而那个盖瑞卡还不知道能卖多少钱呢。

但就像海莲娜说的，这不是她最冒险的一次行动。两年前，17岁的她与12名光速猎手冲进纳格法尔号，摧毁了这艘传说中的战舰上残留的所有上古守卫者，夺取了幽冥战舰的控制权，将传说中的位面之钥握在了自己手中。

"嗯，这笔钱能帮助你继续扩建舰队。"哈迪斯忽然发现，海莲娜领导魅影的天煞部队仅仅三年，但天煞的战斗力已经快要赶上他的天狼部队了。"话说，你接下来有什么打算吗？"

"启动'主宰'作战计划，攻占蔷薇帝国全境。成功后，魅影将成为魅影帝国，而我将是魅影女王！"说到这里，海莲娜那张充满了野心的笑脸忽然变得平静，"哦，对了……盖瑞卡·冯·隆施坦恩。"海莲娜念出了这个名字，"你有关于这个人的情报吗？"

"汉斯·冯·隆施坦恩的幺子。"哈迪斯说道，"怎么了？"

"他不是人类，至少不是个正常的特兰人。"海莲娜拿起一台平板电脑，将盖瑞卡的基因数据发送给哈迪斯，"我和他见面后试探过他，给他灌下去好几瓶注入了月蚀的酒，而他除了醉酒外毫发无伤。这个人绝对有非常高的灵能天赋！我怀疑他是个光速猎手，一个伪装得非常好的光速猎手。"

哈迪斯微微皱起眉头，沉默了十秒钟之久。"我不知道，我对生物学不是很了解，我不知道这些数据意味着什么……但若他真是个隐藏身份的光速猎手，他怎么会不知道在接触灵能物质后隐藏自己的力量？"

"盖瑞卡——这个人可能会是我碰到过的最强大的灵能者，一个能力远超凡人的战士。他有着一半神灵的血统！想象一下，他可能拥有着神级生物的灵能……"海莲娜的语气不自觉地变得激动起来，嗓音也渐渐提高。

"理论上，无论是我们雅典娜人，还是特兰人、矮人、精灵……我们都是龙族和伊塔诺族的后代。"哈迪斯耸了耸肩，"但我们并没有传说中描述的那些神力，这个盖瑞卡，很可能是遗传了神级生命的基因中比较废的那一部分。"

海莲娜一手扶额，低下头叹了口气。"所以我该怎么办？做笔买卖，让隆施坦恩家族把他赎回去？"

"如果你不想失去这个……珍稀动物。"哈迪斯又耸了耸肩，"你可以先改写他的记忆，让他服从于你。反正你接下来有的是时间慢慢观察他，看看他到底是个什么货色。"

"好吧，那就这么办吧。"海莲娜点点头，"还有一件事。"

"什么事？"

"我的一部分部队到伊塔夸星系了。部队很快就会对蔷薇帝国发动全线进攻。"海莲娜再次邪魅地一笑，"这一仗不需要你帮忙了，我们兄妹两人很快就能对半瓜分外环星域了，嘿嘿……"

哈迪斯勉强地呵呵一笑，脸上没有多少喜悦的味道。"我看你是来和我抢底盘的吧……罢了，你准备怎么做？"

"纳格法尔号会直接进入瀛洲星系,我将开启位面之钥,打开裂隙之门。"海莲娜拿起一罐月蚀,吸了一口,"接下来就交给吞噬者海拉了,瀛洲星系被完全毁灭后,蔷薇帝国的舰队会很快向我投降的。"

哈迪斯又皱起了眉头。"我记得你召唤海拉只成功过一次啊,这次能行吗?"

"因为我只召唤过她一次,一次就成功,成功率100%。"说到这里,海莲娜邪恶地一笑,"如果不成功,我就跑路。如果成功了,蔷薇帝国一定会立刻投降。"

"好好好……这次就随便你玩,我会让我的舰队在边疆星系待命。"全息影像中的哈迪斯轻轻叹了口气,低下头不知道在看什么东西。很显然,作为魅影的天狼王,他有很多事情要处理,而且他现在也拿自己这个调皮的妹妹没办法。

"好的,你就等着看好戏吧!"

海莲娜切断了通信,离开了纳格法尔号的指挥室。她哼着小曲儿,向自己的舰长室走去。盖瑞卡被关在里面,她的光速猎手正看守着他。

在被海莲娜"胁迫"着加入魅影不到12小时后,盖瑞卡就开始后悔了。现在他茫然地待在海莲娜的舰长室里,一个目光冰冷的异人龙站在墙角,像一尊蜡像一般一动不动地盯着他。

舰长室的空间很大,镶满发光晶体的墙壁照亮了整个房间。房间里有一张足够睡下五个人的豪华大床,一个摆满了盖瑞卡说不出名字的各种化妆品的梳妆台,一个由那种会流淌的黑色金属组成的、与墙壁融为一体的衣柜。除此之外,房间里还摆满了各种稀奇的小玩意儿。看来这位天煞女王很喜欢收集艺术品啊。

盖瑞卡走到房间左边,异人龙的目光也跟着他瞄向左边。盖瑞卡走到房间右边,异人龙的目光也跟着他瞄向右边。盖瑞卡无奈地叹了口气,走到那异人龙面前,和他面无表情地对视着。

异人龙微微低着头,俯视着盖瑞卡。这名异人龙不是阿克洛玛,也不是萨瑞洛玛。他的体型非常健壮,有着石头一样结实的肌肉,山峦一样威武的身躯。他的皮肤是灰黑色的,四肢上覆盖着粗糙的细鳞。他仿佛一个巨人站在盖瑞卡面前,压得盖瑞卡说不出话来。

"你是个光速猎手吗?"盖瑞卡终于开口了。

"是的。"异人龙点点头。

"好吧。"盖瑞卡双手一摊,"我就知道是这样。"

异人龙没有说话,只是面无表情地盯着盖瑞卡。

就在这时,舰长室的门开了,海莲娜和那一对双胞胎异人龙走了进来。海莲娜看着盖瑞卡,她右手拿着一瓶啤酒。"阿克洛玛,带盖瑞卡去做记忆复刻。萨瑞洛玛,你陪我洗澡吧。"

"什么?"盖瑞卡一脸茫然地看着刚走进来的三个人。不等他反应过来,阿克洛玛已经抓着他的手臂,将他拖出了舰长室。

"喂喂喂！放开我！"盖瑞卡大呼小叫起来，"我自己会走！"

阿克洛玛并没有理会他，只顾继续拽着他向前走去。两人穿过一条走廊，来到一处没有人造重力，四周一片漆黑，只有零星发光物的开阔地。阿克洛玛呼啦一声张开双翼，抱起盖瑞卡便往前飞。一片漆黑中，只有那些遥远得如星光一般的光点指引着阿克洛玛的方向。

"喂喂喂！这是什么地方啊？"盖瑞卡又尖叫起来，"你要带我去哪啊？"

"去带你做记忆复刻。"阿克洛玛冷冷地说道。

"记忆复刻？那是什么？"

"消除你大脑中的一部分记忆，并填补一部分新的记忆。"阿克洛玛说道，"你会忘记自己是谁，并记住一个自己的新身份。为了确保你对魅影是忠诚的，只能对你进行记忆复刻。"

"什么？"盖瑞卡崩溃地喊道。他拼命晃动四肢，想将阿克洛玛推开，挣脱他的束缚，"我已经向海莲娜保证过了！我保证我会为她效命的！喂！你不用这样做！你听见了吗？"

阿克洛玛没有回答，继续执行着天煞女王的命令，丝毫不理会盖瑞卡的喊叫。果然，和光速猎手讲道理是没用的。他们一旦收到了命令，就会不惜代价坚定地执行命令。

算了，就这样吧……

盖瑞卡心里紧绷的那一部分忽然松了下来，他感受到了一种解脱。也许这是一个最好的机会，彻底忘记自己的过去，抛下自己心里所有的包袱，让自己重新变成一张白纸，一切重新开始吧。

不过，自己到底会变成什么样子呢？

终于，这个世界上有了黑暗……

在最初的最初，这个世界上连黑暗都没有，只有虚无，空无一物的虚无。而现在，第一种颜色笼罩在了这个世界上，那就是黑暗。

很快，这个世界上有了第二种颜色，又接着有了第三种……随着这一颗濒死的大脑渐渐苏醒，这个世界变得越来越丰富，越来越完整。终于，在一束电光般的冲击后，他睁开了双眼。

"嗨，霜龙。"躺在他身边的女孩轻轻一笑，"你醒了。"

霜龙？是的，这是他的名字。一个记忆被点亮了，无数的片段在他的大脑中如雷暴一样迅速闪过。数不清的记忆碎片串了起来，构成一张网。霜龙记起了他面前的女孩，她叫海莲娜，是天煞女王。

"海莲娜……"躺在床上的霜龙僵硬地抬起手，揉了揉自己的太阳穴，"女王，我这是……"

"你昨天喝多了，萨瑞洛玛把你抬回来的。"海莲娜继续微笑着说道。

霜龙又看见了海莲娜身后的那名异人龙，海莲娜正依偎在他怀里，脚掌轻轻摩擦着他的大腿，享受着他的双手暧昧的抚摸。

又一个记忆被点亮了——萨瑞洛玛，天煞女王手下最强大的光速猎手之一，曾独自成功执行过 100 多次各种战斗任务。想到萨瑞洛玛，霜龙脑中的又一片记忆被点亮了，他想起了自己和光速猎手们一起并肩战斗的日子。是的，自己是一位魅影成员，是天煞女王手下优秀的战士。是的，霜龙为此感到荣幸。

真是奇怪……自己昨天一定喝了太多的烈酒，怎么脑子里好多东西都被堵住了一样，晕晕乎乎的，什么都不记得了……

"呃，给女王添麻烦了，真是抱歉……"霜龙连忙坐起来，向海莲娜道歉。

"没事，我们昨晚玩得很好。"海莲娜眼中掠过一抹鬼魅的笑意，"你如果身体没什么问题，就去找伊戈尔吧，他会给你安排接下来的任务的。"

霜龙穿好衣服，离开了海莲娜的房间。他有种很奇怪的感觉，他感觉一切都变得很陌生，却又格外熟悉。有时候，他感觉自己好像失忆了一样，什么也记不起来，但当别人提起什么东西时，却好似一阵风吹散了浓雾，那些模糊的记忆便清晰起来了。

就这样，霜龙晕晕乎乎地在船坞区找到了伊戈尔。

在纳格法尔号船体中段中空的区域，一根从船尾连接到船头的"脊柱"刚好位于这个空腔的中央。魅影改造纳格法尔号时，沿着这根脊柱将这部分结构改造成了一个船坞。一条条巨大的机械臂向树枝一样从脊柱上延伸出来，大小舰船就被固定在机械臂上。

船坞区空间很大，停十几艘巡洋舰都没有问题。这里没有人造重力，舰船可以平稳地漂浮着，随纳格法尔号一起移动。

伊戈尔是个厉害的老兵。在霜龙的印象中，伊戈尔身上的外骨骼就从来没脱下来过。他的面罩上绘着一个张着血盆大口、露着两颗锋利毒牙的眼镜蛇头。普通的魅影士兵都尊称他为"蛇头"。

现在，霜龙来到了伊戈尔面前。伊戈尔正倚着一架穿梭机的引擎坐着，双手交叉抱在胸前，低着头，好像是睡着了。

"呃……蛇头。"霜龙叫他，但他没什么反应。霜龙只好俯下身，敲了敲伊戈尔的头盔。"蛇头？"

伊戈尔的盔甲微微颤动了一下，他立刻抬起头，打量着面前的这位年轻人。

"我是霜龙，女王安排我来找你。"霜龙打量着伊戈尔的外骨骼。这一身盔甲一定穿了很久很久了，外表磨损得很严重。看样子他在好多年的战斗生涯中都穿着这同一身外骨骼战斗。

"嗯。"伊戈尔站起来，他沉默了一会儿。霜龙不知道他是在发呆还是在浏览头盔面罩内部投影出的图像。几秒后，伊戈尔低下头打量了霜龙一番。穿着外骨骼的他比霜龙要高一截儿。"你叫霜龙是吧？"

"是的。"霜龙点点头。

伊戈尔轻轻摇摇头。"最近怎么这么多你这样的人……"

"我这样的人？"霜龙疑惑地挠了挠头。

"我看看啊……"伊戈尔说着，从身旁的工具桌上拿起一个平板电脑，翻看着一份表格，"霜龙，曾任斯卡兰突击队副队长，参加过阿提拉尔会战。"蛇头不紧不慢地念着属于霜龙的经历。蛇头每说一句话，霜龙脑袋里就会瞬间涌入一长串的画面。好似自己是一台电脑，而现在蛇头伊戈尔在浏览自己脑中许久无人问津的文件。

"……哦，你准备加入女王麾下的猎人精英小队？"伊戈尔轻轻点点头。

"嗯。"霜龙也点点头，不知为何，要不是因为伊戈尔提起这么一句，霜龙自己都想不起来自己要加入精英猎人小队这件事。该死！为什么这么重要的事，自己刚才竟然一点印象都没有？这可不是一个优秀战士该有的样子啊！

"好的……你等一会儿。"伊戈尔在平板电脑上打开了另一份文件，"我再找几个要参与选拔的人，今天是你们接受试炼的日子。"

霜龙感觉有些不适应，他感觉到一种别样的孤独。身边的人都对自己那么冷漠，仿佛自己是个陌生人，是第一天来到这里的。但自己加入魅影明明已经有两个标准地球年了，为什么所有人都不认识自己？好吧，大概是因为自己只是个普通的小兵吧。

接下来的十分钟里，七个人陆陆续续地来了。他们其中五个都是特兰人，还有一个矮人和一个阿玛克斯人。阿玛克斯人的外表和特兰人很相近，但阿玛克斯人的身高更高，而且额头处有明显的凸起。在等待的这段时间里，霜龙带上了一些便于野外生存的装备：一把匕首，一把手枪和20发子弹，还有一捆绳索。

伊戈尔带着霜龙等人登上一架风神翼龙运输机，安排他们坐到货舱两侧去。伊戈尔独自一人走向了驾驶舱，短暂的等待后，运输机嗡嗡地震动起来。

"有人知道我们要去哪吗？"坐在机舱右侧，最靠近尾舱门的阿玛克斯人问道。

"不知道。"一名女特兰人摇摇头，"希望是个安全一点的地方。"

"据说是一次关于野外求生的试炼，设计这个试炼的人肯定会想办法给你制造麻烦的。"

"希望那里没有凶猛的野兽。"

"还是有野兽比较好，我们可以猎杀它们，那样我们就有肉吃了。"

时间在闲聊中过得很快，当风神翼龙的机身开始剧烈颠簸时，机舱顶部的一个扩音器响了起来。

"我们正在进入伊塔夸二号行星的大气层。"伊戈尔的嗓音在这个破旧的喇叭中更沙哑了，"不要害怕，这次的考验很简单。伊塔夸二号的大气是很舒适的氮氧大气，你们可以自由呼吸。你们唯一要想办法克服的就是低温。"

伊戈尔的声音消失了一阵，过了大概20秒。当运输机不再剧烈晃动时，他的声音又回来了。

"你们会降落在一片森林里，你们要向南前进，在一处山顶上找到我。我的运输机在那里等着你们。"伊戈尔继续说道，"你们有十个行星日的时间找到撤离点。如果在第十天日落之前，你们没有出现，我就开着运输机走了。那你们就只能在这颗鸟不拉屎的行星上慢慢等死了。"

霜龙深深吸了一口气,他感到有些紧张。伊戈尔给了十天的期限,那么运输机至少会停在普通人行走十天能够抵达的最远距离上。这意味着撤离点会距离自己降落的位置有 200 千米左右。这十天里,自己必须想办法收集食物,寻找藏身处,并在复杂的地形中找到正确的道路。

最要命的是,伊戈尔只提供了两个很不精确的信息:南方、一座山的山顶。他并没有说是南方的什么地方,也没有说是哪一座山的山顶。

运输机起落架触地的震动打断了霜龙的思考。机尾舱门缓缓降下,冰冷刺骨的寒风涌进机舱。霜龙打了个哆嗦,他很庆幸自己穿了一件比较厚的外套。

"好了,小兵们! 对你们的考验开始了!"

话音未落,霜龙等人的安全带自动解开。不等他们做出什么动作,风神翼龙的引擎忽然剧烈轰鸣起来。机头迅速向上扬起,机身几乎垂直着竖了起来。就这样,霜龙等人尖叫着从机尾舱门摔了出去,摔在冰冷的冻土上。

风神翼龙的引擎喷口闪亮着明亮的蓝光,喷出两束灼热的气流。热浪一阵阵轰击着冰冷的土地,抽打着这八个倒霉蛋的脸。当他们勉强能抬起头时,风神翼龙已经只剩天上一个黑色的影子了。

"开飞机的太缺德了吧!"队伍中有一人叫嚷道。

风神翼龙飞走了,引擎喷出的热风也消失了。刺骨的寒风又一次钻进了霜龙毫无防备的衣领中。霜龙的牙齿一下子咬紧了,他感觉自己后背上刚刚渗出的一层细汗此时已经结了薄薄一层冰。

霜龙晃晃悠悠地爬起来,哆嗦着扣上外套的兜帽,收紧了衣领和袖口。刚才在热风炙烤下微微融化的冻土地面已经重新冻上了。"啊! 该死!"霜龙想抬起腿,但他做不到。他的靴子被冻在地上了。"我的靴子被冻住了!"

其他人也连忙爬起来,他们的衣服和裤子上都已经沾满了冰碴儿,若是多在地上趴一会儿,怕是要被冻在地上起不来了。队伍中的一个女特兰人动作慢了一些,等她爬起来时,她左腿的裤脚已经冻在地上了。

霜龙抽出匕首,用力凿自己靴子周围的冻土。一边凿,一边将脚往外拔。努力了一分钟后,霜龙成功脱身了。而之前那位女特兰人试着强行用力抽动自己的腿,她脱身了,但她的裤子也被撕开了一条不小的口子。

"你最好把左腿绑一下,不然会冻伤的。"她身边的一位同伴说道。

太阳刚刚在东方的地平线上升起,阳光苍白无力地照在这片寒冷的荒地上,完全无力驱散这里的严寒。

"我们最好赶快向南前进。"霜龙伸手指向南方,在地平线的尽头,那里隐约能看到一片丛林,"在这里浪费时间是很不明智的!"

"我同意。"那名阿玛克斯人点点头。

霜龙从自己带的绳索中割下一截,抛给那名女特兰人,等她扎好了绑腿,八个人便气势汹汹地向南方大步前进了。他们一个个都精神抖擞,仿佛自己正要上阵杀敌一样。只有霜龙和那名阿玛克斯人格外冷静,两人的脚步不紧不慢,跟在队伍的最后。

"你叫什么名字?"阿玛克斯人问霜龙。

"我叫……霜龙。"霜龙发现自己除了这个奇怪的代号外,竟然记不起自己的名字。"你呢?"

"我叫达格斯。"阿玛克斯人说道,"你都会什么?"

"会什么?"

"求生的技巧,你擅长什么?"达格斯补充道。

霜龙想了一会儿,在他的印象中,自己懂不少野外求生的知识。但要具体说擅长哪一种,他却不知道怎么说了。霜龙忽然感觉自己像个门外汉一样,什么都不懂。

"呃……我最擅长的应该是在夜晚看星星判断方向。"霜龙终于想起自己有特异视觉,既然自己有一双特别的眼睛,那么看星空判断方向应该难不倒自己。

"嗯。"达格斯点点头,有些僵硬地笑了笑,"很有用的本领。"

"过奖了……"霜龙尴尬地挠挠头。

时间在沉默中渐渐流走。中午时,之前斗志昂扬的队员们都疲惫了。大家都渐渐放缓了步伐,通过闲聊来打发时间。

霜龙不想说话,他的求生意识要求他尽力节省每一点体力。而达格斯一直在和同伴们交流,就像他之前与霜龙的交流一样。他询问每个队员的名字,然后问他们有什么求生本领。

矮人戴坤擅长制造工具,女特兰人希尔擅长射击,科达利尔擅长急救。当然,还有像威尔这样的新兵,没有任何拿得出手的本事。八个人中有五个是伊塔夸星系的难民,为了混一口饭吃选择加入魅影。

霜龙记得,魅影的重要战斗人员都需要经过一场很特别的生存挑战。挑战通过了,就有资格进入魅影的几支精锐部队。没有通过的人,要么死在荒野中,要么回到组织里,被分配到某艘船上去当个杂兵船员。

"这个星系中难民很多,魅影刚来到这里一个多月,就招兵买马 10000 多人。"科达利尔在闲聊时讲道。"部队容不下那么多新兵了,所以我们会被扔到这种'试炼'里。魅影的人想要通过这种方式弄死大部分没本事的菜鸟,让剩下的精锐加入他们。"

"呵!"威尔的右半边脸抽动了一下,"还真是个好办法!"

日落时分,大家抵达了那片所谓的树林。但那并不是树,它们更像是一株株巨大的真菌。粗糙的菌丝盘结在一起,构成了粗壮的菌柄,上面顶着半透明的、薄膜一样的伞盖。

"这些东西能吃吗?"威尔问。

"这是巨人菌的一种,普通人类的肠消化不了它的菌丝纤维。"达格斯取出一柄短刀,割断外面那些比较松软的菌丝,"但这些东西很蓬松,可以用来保暖,也可以用来当作燃料。"

"那我们吃什么？"希尔问。

"用菌丝煮水喝，能勉强补充点营养。"达格斯继续说道。

在太阳沉入地平线之前，队员们生起了一堆火。大家摘下头盔当作炊具，里面装着冰块。冰块在火上慢慢融化成水，水慢慢沸腾，随后他们把切成小段的菌丝泡进水里。

"你们说，晚上会不会有野兽来啊？"希尔警惕地环顾四周。

矮人戴坤不慌不忙地将四根坚硬的粗菌丝拧成一捆，在火上烤干。"如果有的话，我们最好制作些武器来防身。"他说着，用一把小刀将菌丝杆的一头削尖。当菌丝汤煮好时，戴坤已经制作了四杆简易的矛。

达格斯一直仔细看着戴坤制作长矛的过程，随后他也学着戴坤的样子，做了一杆长矛出来。

"啊哈哈，你学得很快嘛！"戴坤笑了起来，喝了几口头盔中的菌丝汤。

达格斯微微一笑。"晚上留一个人放哨，今晚我来，其他人赶快休息吧。"

霜龙喝完了菌丝汤，用匕首在巨人菌粗壮的柄上刨了一个能勉强容纳一个人的洞，钻进洞里，很快睡着了。

第二天清晨，天还没亮时，大家就陆陆续续地醒了。片刻的准备后，队员们继续向南方前进。霜龙望着清澈的夜空，绚丽的星海倒映在他眼中。不过他现在没什么心情欣赏星空的美景，他挑选了几颗北极附近最醒目的几颗恒星，向背对着它们的方向前进。

"达格斯，你有什么擅长的求生技巧呢？"霜龙问达格斯。

"我擅长学习。"达格斯仍然是淡淡地一笑，"而且，我会不择手段地活下去。"

第二天在平淡的行军中度过了，味道和清水没什么区别的菌丝汤虽然能暂时充饥，但它远远不足以提供人长时间行走所需的能量。很多人把之前准备的小包零食拿出来吃。但即便所有零食都吃光了，饥饿感仍然存在。当大家晚上扎营时，霜龙已经饿得眼冒金星了。队员们每人都煮了好多汤，一头盔的喝光了，就再煮一头盔的。

和之前一样，霜龙在松软的嫩菌丝中刨了一个洞，安安稳稳地睡了一晚上。他感觉自己的心正在一点点变冷，这颗行星好像一个魔鬼，无论自己躲在哪里，它都在用严寒的触手一点点抽走自己的生命……

当霜龙醒来时，发现昨晚放哨的队员一动不动地坐在地上。那人面色铁青，脸上已经结了一层薄薄的冰。他身下垫着一层厚厚的菌丝铺成的垫子，身上也裹着不少松软的菌丝——那些是昨晚霜龙睡觉前刨出来的。

而现在，他已经死了。他的喉咙上被穿了两个洞，血已经流光了。

正当大家惊恐地不知所措时，活百科全书一样的达格斯又开始冷静地分析起情况来："这里一定有种吸血为食的动物。"达格斯半蹲下来，看着这具完全冻僵的尸体，"他在外面放哨，被那种野兽盯上了。野兽吸干了他的血，饱了，就走了。多亏他在外面牺牲了，否则我们当中肯定有其他人会死。"

"你怎么知道那是吸血的野兽？"戴坤问。

"那野兽杀了一个人，但没有吃他的肉。"达格斯指着尸体脖颈上的伤口说道。"伤口很深，有东西扎穿了颈动脉，但附近却并没有多少血迹。所以，一定是那个野兽吸干了他的血。"

队员们都沉默了，不知是在为牺牲的哨兵默哀，还是在为自己未来可能遭遇的东西感到恐惧。

"塞翁失马，焉知非福。"达格斯说着，拔出了他的短刀，"我们不能浪费任何一点有价值的东西，包括人的肉！"

"什么？！"威尔一步跨上来，拉住达格斯，"你疯了？！无论如何，他也是我们的同伴！你怎么能这样做？！"

达格斯用力甩开了威尔的手，"你想活下去吗？"他回过头，狠狠瞪着威尔。

威尔的下一句话就这样被达格斯的眼神堵在了喉咙里，他后退了两步，转过身去。其他队员也都转过了身，不去看这残忍的一幕。只有霜龙看着达格斯一次次挥动短刀，粗暴地解剖了那位同伴的尸体，将他的肉和所有能吃的内脏切成块。

冰冻的肉块可以保存很久，当第三个夜晚来临时，达格斯和霜龙的头盔里各自煮了两块肉。

"你不害怕吗？"达格斯问霜龙。

"害怕什么？"

"吃同类的肉。"

霜龙低头看着头盔里沸腾的人肉汤，他觉得自己的确应该对此感到害怕。但不知为何，他就是怕不起来。喝下这一碗肉汤，在他看来完全是合情合理的事。真是奇怪，霜龙印象中的自己不应该是这样的。

但那不重要，重要的是，现在自己填饱了肚子。今晚的炖肉简直是霜龙这辈子吃过的最美味的肉了！在这种说不出是美妙还是恐惧的回味中，霜龙心惊胆战地走到营地边，今晚轮到他放哨了。

伊塔夸二号的夜晚相当恐怖。特别是霜龙知道这颗行星上有吸人血的野兽时，这种恐惧更加强烈了。伊塔夸二号没有月亮，当太阳完全沉入地平线之下时，整个行星都被伸手不见五指的黑暗笼罩。

霜龙点亮了自己的特异视觉，驱散了丛林中的黑暗。在他的视野中，一株株高耸的巨人菌泛着幽绿色的微光，冻土地则是一片诡异的暗紫色。霜龙感觉自己好像到了传说中的冥界。老天啊！这幅景象简直是对死亡最好的诠释。

霜龙凝视着远方，那里漆黑的迷雾时不时泛着暗紫色的波纹。周围的每个角落都可能埋伏着魔鬼，如果这颗行星上有魔鬼的话……

那种会吸血的野兽无论行踪多么隐蔽，他的体温至少会比周围的环境温度高一些。霜龙警惕地观察着四周，寻找任何一丝一毫的热红外信号。然而，直到第二天清晨，达格斯走到他面前时，霜龙也没有发现他预想中的威胁。

霜龙长长松了一口气，伸了个懒腰。终于，自己不需要成为队员们今晚的晚餐了。

第四天，其他队员也接受了将人肉炖汤当作食物。只有希尔坚持喝菌丝汤，她的身体已经明显虚弱了不少，脸上已经没有一点血色。

威尔坐在她身边，陪她一起喝着单调的菌丝汤。"这里的情况不算很糟了，如果你去伊塔夸一号上看看，你会觉得那儿更惨……"威尔试着安慰希尔，一直在给她讲一些乱七八糟的故事。"……我以前有个很好的朋友，叫伊尔萨。他后来染上了洛索德尔，又被那个叫伊露娜的女魔头抓走了……"

霜龙听着威尔讲的那些故事，望着东侧地平线上的那一颗星。伊塔夸一号，他忽然很想去那里。至少那里有人，有各种活物。而这个冰天雪地的世界中，只有寂静和无形的死亡。

第五天，之前那位哨兵的肉被吃完了，就连他的骨头也被砸碎，骨髓都抠了出来。"看来明天大家都要喝菌丝汤了。"威尔苦笑着说道。

睡觉前，达格斯找到了霜龙。"你是怎么看星星辨别方向的？"

"我们这里距离北极不远，你在北边的天空中找那三颗蓝色的恒星。"霜龙说道，"然后……"

"等等……我这里看到的所有恒星都是白色的亮点啊……"达格斯满脸的疑惑。

"呃，忘了说了，大概只有我能看见恒星的不同颜色吧……"霜龙挠了挠头，随后向达格斯解释了一番自己的特殊视力。达格斯听完，脸上掠过一抹失望。

"好吧，那以后导向的任务就只能交给你了。"

第六天，天亮时大家发现又有一个人牺牲了。这一次遇害的不是负责放哨的威尔，而是一名熟睡中的特兰男性，他也被那种吸血的野兽咬穿了喉咙。

霜龙将尸体抬出来，平放在地上。"哦，一个好消息，我们今晚又可以改善伙食了。"他耸了耸肩，被严寒与恐惧折磨过这么多天后，霜龙已经对死亡完全漠然了。

霜龙深深地鄙视着自己，同伴死去了，自己为什么第一反应会是一阵窃喜。

达格斯用与之前同样的手段处理了这具尸体。这天晚上，每个人都喝着肉汤，吃着人肉。希尔和威尔也对此妥协了，他们真的太饿了。在坚守道德与保证生存之间，所有人都选择了后者。

当太阳的最后一点光芒消逝在西边的天际时，霜龙默默回想着这几天的经历。他已经在这颗行星上度过了六个行星日，其中大部分时间都在这片稀疏却没有尽头的巨人菌丛林中度过了。向着南方赶路，提防着隐藏在看不见的角落中的野兽，然后……祈祷下一个死掉的人不是自己。

"你们……是什么时候加入魅影的？"在徒步前进时，霜龙忽然问出了这个问题。

"大约三天前吧。"威尔回答，"三个伊塔夸一号的行星日，大概是六个标准地球日。"

"我大约是30个小时前刚刚坐上魅影的船。"矮人戴坤说道。

"我是两天前加入的。"

霜龙皱了皱眉头。"你们……都是刚刚加入的？"

"是啊？你不是吗？"威尔上下打量着霜龙。

霜龙没有回答他，而是缩了缩脖子，裹紧了衣领，继续低头赶路。

霜龙开始思考自己是如何来到这颗该死的行星上的。这是魅影的野外生存挑战，自己想要成为魅影的猎人精英队员，所以才会被送到这里来。但自己是怎么成为魅影的一员的？那种奇怪的感觉又来了，他对过去的很多事都有模糊的印象，但想要想起具体的某件事时，那些印象却像雾一样飘散了。

日落时分，大家享用过菌丝汤炖特兰人肉后，都很自觉地开始在巨人菌上挖掘自己的小窝。"早点睡吧，明天还要赶路。"黑暗中，在一堆菌丝中缩成一团的霜龙隐约能听到其他人的对话。

"我睡不着，那吸血怪兽又来了怎么办？"

"有人放哨应该没什么问题吧。"

霜龙不自觉地开始思考如何对付吸血怪兽的问题。他感觉这种野兽不对劲。自从自己来到这颗行星上后，他就没见过除了巨人菌以外的生物。如果有种动物以血为食，那它存在的前提必须是这里有能供它吸血的猎物。

但这里的原生物种似乎只有巨人菌，除了被扔在这颗行星上的八个魅影队员以外没有任何动物。难道吸血的怪兽依靠被魅影扔在这颗行星上的人类为猎物吗？这显然也说不通，自己一路上没有见到任何其他人或动物的尸体。

除非，那怪兽是与他们一同降落在这颗行星上的……

霜龙强迫自己停止思考，他不敢再想下去了！

第七天，希尔的腿冻伤了。尽管她扎了绑腿，但寒风还是从绳索的缝隙中渗了进去。她脚踝处青紫色的皮肤已经局部发黑，皮肤和肌肉正在坏死。以前当过医生的科达利尔也没办法在这儿治好这么严重的冻伤。

"她已经不能走路了。"达格斯看着希尔的脚踝，"留在这里也是死路一条，所以，我建议让她为其他人贡献最后的力量……"他说着，又一次取出了短刀。

"不行！"威尔立即意识到了达格斯想要做什么。他挡在希尔身前，拔出手枪，对准达格斯，"你敢碰她一下我就崩了你！"

"你想活下去就听我的！"

"如果活下去的代价是变成一个泯灭人性的怪物，那我宁愿死在这里！"这一次，威尔没有被达格斯的凶狠逼退。

两人就这样僵持着，大眼瞪小眼默不作声地站了一分钟。终于，达格斯收起了短刀。"你想办法带着她走。"他很气愤地甩了一下手，"我们继续前进！"

这一天，威尔一直背着希尔，队员们一共走了大约30千米。晚上扎营时，霜龙提议今晚他来替希尔放哨。霜龙有一种直觉,今晚又要有人离开了……

第八天清晨,果然不出霜龙所料,矮人戴坤冻死了。八个人中身体最强壮的矮人,就这么莫名其妙地冻死了。达格斯处理了他的尸体,然后指挥大家继续前进。他的脸上没有一丁点不舒服的表情,好像他刚刚只是解剖了一只兔子。

第九天下午,大家走到了巨人菌丛林的尽头,眼前是一片一望无际的冰原。已经疲惫不堪的五个人终于看到了一丝希望。在视野的尽头,有一座陡峭的冰山。

霜龙苦笑了一下:"希望冰山顶上停着运输机。"

达格斯摸出一个小巧的望远镜,向山顶望去,随后他摇了摇头。"看不清,我们走近点看吧。"

"我们最好带上足够的菌丝,晚上扎营时用。"霜龙说道。

"有道理。"达格斯点点头,"就这么做吧。"

这一天的行军速度格外快,大家都在不知不觉中加快了脚步。但这段路程却格外漫长,那座冰山仿佛海市蜃楼一样,怎么也走不到。当筋疲力尽的五个人抵达冰山的山脚下时,天已经黑了。

除了这座冰山,更远处的地方还有三座山峰。但无论运输机在哪一座山顶,胜利都已经近在眼前了。

"我们先扎营吧。"达格斯说道,"明天天亮时找个人爬到山顶上看看,运输机在什么地方。"

大家从背包中掏出了不少菌丝,但也只勉强堆起一个够四个人睡觉的小窝。"科达利尔去放哨吧。"达格斯说这句话时,霜龙忽然很同情科达利尔。

深夜,当四个人挤在一起熟睡时,霜龙被一阵晃动惊醒了。他睁开双眼,自动进入特异视觉的眼睛将一片漆黑的世界看得一清二楚,一个橙色的热源人形轮廓,缓缓地靠近了远处正在放哨的科达利尔。

霜龙可以阻止他,但他犹豫了一秒后放弃了这个想法。霜龙饿了,他不希望明天的食物只有菌丝汤。

科达利尔死了,是冻死的。至少队伍中剩下的四个人是这么认为的——表面上是这么认为的。

之后面临的问题,就是寻找风神翼龙了。"把望远镜给我,我到山顶上去看看吧。"霜龙对达格斯说道,"你和威尔在下面照顾一下希尔。"

达格斯同意了,这完全在霜龙的预料之中。他拿上望远镜,沿着一条陡峭的山坡向上攀去。达格斯看着霜龙消失在山崖之间,他转过身,深深吸了一口气。

"威尔,你觉得我们能活下来吗?"希尔依偎在威尔怀里,威尔紧紧搂着她。这几天,威尔一直背着她走路,他已经干瘦得像枯木一样了。

"一定能的。"威尔轻轻拍了拍希尔的后背。"霜龙去找运输机了。他有特异视觉的，你记得吗？霜龙一定能找到的……"

"如果我们活下来了，你娶我好不好？"

"好，一言为定……"

威尔还想说什么，但他的喉咙已经被短刀割断了。在大脑因缺血而失去意识前，威尔在一片朦胧中，看见那柄短刀又刺进了希尔的脖颈。

达格斯环顾四周，确保没有人看见这一幕。霜龙应该还在向山顶攀爬，在这个角度看不见他，那么他应该也看不见自己。确定安全后，达格斯俯下身，在威尔的衣服上擦干了短刀上的血。但他还没来得及站起来，他的身体就忽然僵硬了。他僵硬地蹲在原地，然后歪倒在了地上。

霜龙将插在达格斯身上的匕首拔了出来，看着他的尸体在寒风中渐渐变冷。刚才，他根本没有攀上山顶。霜龙在攀爬到一半时便绕到崖壁的另一端滑下来。他尽力保持安静，尽快回到了山脚下。就在这时，他看见了达格斯手中握着沾血的短刀。

就这样，霜龙杀了达格斯，好像一条毒蛇咬死毫无防备的兔子，就像达格斯猎杀其他人那样。

"我赢了。"他这样在心里对自己说。

霜龙用剩下的菌丝生了一堆火，好好饱餐了一顿。他吃下尽可能多的肉和脂肪，将剩下的肉尽可能多地装进包里。

"为了活下去而变成一个丧失人性的怪物，这样值得吗？"他反复在心中这样问自己。但当他攀上冰山顶峰，用望远镜在远处的一座山峰上看见视野尽头的山峰顶端一片雪白之中有一个黑点时，霜龙的内心对此给出了坚定不移的答案！

接下来的一切变得很简单，霜龙的背包里装满了数量充足且营养丰富的食物。在第十天的午后，他攀上了撤离点所在的山峰。

伊戈尔坐在风神翼龙的机翼上。当霜龙爬上山顶，向他喊叫并挥手时，伊戈尔转过头看了他一眼，随后从机翼上跳了下来。他每动一下，他那件老旧的外骨骼上就会脱落下一堆细小的冰碴。

"只有你自己吗？"伊戈尔站在霜龙面前，骇人的蛇头图案对着他。

"是的。"霜龙轻轻点点头。他的声音很平静，平静得麻木了，"其他人都死了。"

"嗯。"伊戈尔点点头，"那我们没必要等到日落了。"霜龙跟着他登上运输机，坐到了副驾驶的位置上。

"这颗行星上几乎没有任何食物，正常人不可能活过十天的。"霜龙转过头，冷漠地盯着伊戈尔，"你知道的，对吗？"

伊戈尔不慌不忙地按顺序一步步操作着驾驶舱中的各种按钮，他激活运输机的航电系统，发动飞机引擎。"是的。"伊戈尔握住操纵杆，"但你还是找到了食物，不是吗？"

"那么，在我们八个人中，除我之外的人都是刚刚加入魅影的吗？"霜龙又问。

"不，除你之外，还有一个阿玛克斯人。"伊戈尔的声音仍然沙哑而平静，平静中又透着一种很自然的、没有任何做作的沧桑感。

霜龙沉默了，伊戈尔也不再言语。风神翼龙的引擎在呼啸的寒风中轰鸣，推动着40吨重的机体冲向天空。霜龙望着窗外的冰原，望着延绵无尽的巨人菌林。很快，风神翼龙穿过了云层。在云层的遮掩下，大地上的一切都变得模糊不清了。

这一刻，霜龙用力从肺中呼出一口浑浊的空气。他感觉自己重新出生了，一个新的生命在这片冰原中诞生，在他的意识中诞生，渐渐占据了他的躯体。霜龙——是的，这个名字太适合自己了。

就这样，霜龙渐渐忘了自己到来时这架运输机上还有其他七个人；忘了这冰天雪地中，埋葬着七个人的生命，埋葬着八个人的灵魂。

第七章

湮灭尊主

古往今来,几乎每一次技术革命都是在战争需求的促进下展开的。许多技术无法发展,并不是没有条件和资源,而是所谓的伦理道德阻止了它的发展。战争能够瓦解所有法律、道德与伦理的限制,使人们没有任何限制地挖掘技术的力量,并牢牢地掌控它。

——《湮灭圣经》节选

阿特洛达尔星系,阿玛克斯帝国的首都,也是帝国最重要的军事基地。一颗白矮星在星系中央苍白地燃烧着,两颗岩态行星和三颗气态行星环绕着它。在气态行星的外空轨道上,十几个大型空间站向行星中伸入一根根管道,昼夜不停地从中抽取氢燃料。这些燃料绝大部分都将输送给舰船或地面上的聚变反应堆,它们是帝国的能源支柱。

阿特洛达尔,在古龙族语中意为"白莲花"。这个形容很贴切,这颗小质量的白矮星格外苍白,苍白得有些柔弱。

远远望去,恒星阿特洛达尔只是深邃的宇宙中一个缥缈的影子。无数微小的六边形结构组成一个戴森球[①],将整个恒星包在其中。恒星发出的光与热大部分都被戴森球吸收,只有少量的一部分光芒从戴森球表面的缝隙中溢出来,让人能隐约看见这颗恒星的存在。

阿特洛达尔一号行星,是帝国首都的首府行星。4000多米高的巨型建筑群在行星

---

① 戴森球是一种设想中的巨型人造结构,由弗里曼·戴森提出。这样一个"球体"是由环绕太阳的卫星所构成,完全包围恒星并且获得其绝大多数或全部的能量输出。戴森认为这样的结构是一个恒星系文明发展的必然结果,一个文明要存续,就必然会发展到能采集整个恒星能量的程度,并且他建议搜寻这样的人造天体结构以便找到外星超级文明。

表面勾勒出一幅宏伟的钢铁图画。在外空轨道上向行星的夜半球望去，无数闪亮的光点在行星上串成线，一条条闪光的线交织在一起，汇成一条条光带，在行星地表画出圆环或是六边形的图案。

当然，这样的辉煌只有在太空中能看见。这些如明珠一样璀璨辉煌的城市属于居住在海拔 3500 米左右的"上层社会"。巨型建筑在高空连成一片，为阿特洛达尔一号铺上了一层钢铁制成的地面。"上层社会"的达官贵人们在他们辉煌的宫殿中享受着由戴森球调整后照射在行星上的柔和、温暖的阳光。

行星原本的地表则属于"中层社会"。他们生活在这颗行星最原始的陆地上，但他们却很难享受到来自阿特洛达尔的光明恩赐。钢铁的森林遮住了阳光，只有正午时分前后不到一个小时的时间里，太阳会缓缓从建筑间狭小的缝隙中向地表洒下短暂的光辉。"中层社会"的成员，是帝国中有一定权力的管理者，或者说，他们并不是权力的主人，而是上层社会行使权力的机器。他们在法律上有统治下层社会的权力，但同样在法律上，他们必须服从上层的指示。

阿玛克斯帝国的"下层社会"，用悲惨都不足以形容人民的处境了。他们居住在地下世界中，曾经被严重过度开采，后来又逐渐废弃的地下巨型矿洞被改造成了规模无比庞大的地下城市。整个阿特洛达尔一号行星的地壳几乎都被挖穿，超过 100 亿人在暗无天日的世界中生存。他们做着最苦最累的工作，忍受着那些高阶级掌权者的颐指气使，而这些只是为了换取一点维持自己生命的食物和淡水。地下世界中，无数工厂日夜不停地运转着，工人们也日夜不停地工作着。剧毒的工业废气充斥着整个地下世界，下层社会的阿玛克斯人就呼吸着这样的空气生活。他们的寿命都很短，不会超过 35 个标准地球年。

但下层人并非注定了一辈子只能生活在下层。帝国宪法中有关于"升华"的规定："阿玛克斯帝国公民有权利在任何时间、任何地点对自己的上位者发起升华挑战。"这种挑战是不限任何手段的，只要"低位者拥有充分证据证明自己杀死或击败了高位者"就算挑战成功。一旦挑战成功，挑战者即取代被挑战者的阶位。

这样的规则对于那些高位者来说是很不利的，他们甚至至死都不会知道是谁在挑战自己，甚至都不知道针对自己的升华挑战早已开始。因此，每一个靠升华爬上帝国上层社会的统治者，都会不择手段地保护自己的安全和利益。当他们感受到威胁时，他们会毫不犹豫地杀死任何他们怀疑的人。

在"升华"的规则中能攀登到的权力的尽头，是帝国元首之位。再往上，只有"神使"与"神"了。在帝国的权力巅峰，是所有阿玛克斯人一生所崇拜的存在——他的称号有很多，阿玛克斯人有时会称他为"神"，有时候会称他为"主人"。但提起他，每一个阿玛克斯人的心底都会回荡着一个响亮的名号——湮灭尊主！

尼赫勒斯是一位年轻的神使。25 年前，他的主人选中了他。对于这位喜欢动脑筋而有野心的异人龙来说，成为阿玛克斯帝国的神使比做一位光速猎手更让他感到满足。

尼赫勒斯有着僵尸一样惨白的脸，脸上烙着两条血红的刀刃状长疤。他冷酷而狡诈的眼神让每一个见到他的人都不寒而栗。

尼赫勒斯的着装很简洁，一身黑色的长风衣，一双适合运动又不失礼仪的黑色皮靴。和绝大部分雄性异人龙一样，尼赫勒斯也有翅膀。但他不能飞翔，因为他的双翼没有翼膜，只剩一对干枯的、像骨架一样的骨翼悬在它身后。

现在，尼赫勒斯踏入主人的宫殿，镶嵌着金色花纹的大理石砖上铺着整洁的红地毯。正对着宫殿大门的墙壁前矗立着一尊镀金的铜像。青铜铸的巨人身着长袍，手持一柄长剑，剑尖抵在地上，威严地目视前方。

大厅两侧的墙上，两面巨大的红色旗帜上绘着金色的狮鹫。两排手持 AMGR 磁轨步枪的卫兵站在红毯两侧。卫兵们穿戴着同样型号的外骨骼护甲。外骨骼护甲上涂着红漆，装点着雍容华丽的金色图案。肩膀上的星形标志标明他们都是帝国军中的精英。他们保持着同样的姿势，纹丝不动，好似翻模刻出的一样。第一次来到这里的人，大多会以为他们是两排雕像。

阿玛克斯帝国元首有时候会在这座宫殿中迎接外宾。但这座宫殿大部分时间是属于尼赫勒斯的。尼赫勒斯是神使，他代表着神的意志。当尼赫勒斯走过那些卫兵身边时，卫兵纷纷向他敬礼。

尼赫勒斯没有理会他们，他径直穿过大厅，从"雕像"后的走廊进入一段向下的长楼梯，又进入一台宽敞的电梯。电梯门打开后，迎接尼赫勒斯的是一段一眼望不到尽头的长走廊。暗灰色的四壁和苍白的吸顶灯使这里看上去有些阴森，一般人很难相信，如此高贵华丽的宫殿中会有这样一个格格不入的地方。

静静矗立在走廊两侧的雕像沉默地等待着这位神使。很难说这些雕像是什么——从它们的轮廓能看出模糊的人形，但它们没有五官。脸就像鹅蛋一样平整、光滑。当尼赫勒斯走过它们身边时，雕塑的"脸"中央会短暂地亮起一个幽绿色的光斑。

它们在扫描尼赫勒斯的身体，也在扫描尼赫勒斯的大脑。当尼赫勒斯从头到尾走完这段悠长深邃的走廊时，两排雕像已经无声地查看过了尼赫勒斯身上的每一个细胞，读过了他大脑中的每一段思想和记忆。它们要确保能够通过这条走廊的只有神使一人。

如果说宫殿大厅中站岗的卫兵是用来当作装饰的，而这条走廊中隐藏的武器却足够杀死任何进入这里的活物。即便是帝国元首也没有进入这里的权力。这条走廊后的一切，只属于两个人：一位是神使，另一位是传说中的湮灭尊主。

穿过走廊后，尼赫勒斯进入了一个明亮的白色大厅。圣洁的白光如阳光下的白雪一样洒在一尘不染的地板上。浅灰色与金色相间的树枝状斑纹沿着墙壁生长，在圆形的大厅中环绕一圈。

大厅的中央，是一个正六边形的小水池。在水池边，正对着六边形的六条边，有六块长方形的金属地砖。水池中生长着一棵树。它有着灰白色的枝干和雪白的树叶，郁郁葱葱的树冠高大繁茂，一直触到大厅的穹顶。

尼赫勒斯在一处金属地砖前半跪下来，将手掌贴在地砖上。大概三秒后，地砖周围亮起一圈白光。尼赫勒斯收起手掌，看着那块长方形的地砖缓缓降下去。短暂的等待后，一具有灰白色的金属底座、镶着金边的水晶棺缓缓升上来。

水晶棺内部的温度几乎达到了绝对零度，厚重的透明棺盖内结着一层冰。但那并不是真的冰，那应该是凝成固体的氮。这层冰将水晶棺内的一切都变得模糊不清，只能依稀看见其中躺着一个人。

尼赫勒斯面前显示出一幅白色的全息影像：

尊敬的神使，唤醒程序已准备完毕，您是否确定要唤醒湮灭尊主？

若您确定要唤醒主人，请点击确定。

尼赫勒斯点下"确定"。

全息影像的底色变成黄色，又一行字出现了：

尊敬的神使，在唤醒湮灭尊主前，请您仔细思考，您真的有重要的事需要唤醒您的主人吗？

若您确定要唤醒主人，请将图像中的滑块从左侧拖动至右侧。

唤醒程序这样设定，是为了确保神使在唤醒主人时处于绝对清醒的状态。毕竟神使也是有血有肉的动物，也有犯错误的可能。因此，唤醒程序要最大限度地避免神使在操作中出错，保证神使不会因为无意识地点击按钮而造成误操作。

尼赫勒斯抬起手指，拖动着全息影像中的滑块，沿着一条线将它滑动到右侧。

全息影像的底色此时变成了醒目的红色，一个巨大的警示标志悬浮在尼赫勒斯面前。又一行字显示在尼赫勒斯面前：

尊敬的神使，这是最后一次警告。如果您继续确认唤醒主人，唤醒程序将启动且无法停止。您真的确定要唤醒主人吗？

若您确认要唤醒主人，请完成图像中的拼图。

这是一个正方体三维图像投影，由 64 块小正方体方块构成。尼赫勒斯观察了一番这幅三维拼图。其中的线条和色彩虽然复杂，但很有规律。尼赫勒斯拖动着那些方块，将它们按顺序排列在一起。

最后，呈现在尼赫勒斯面前的是一个异人龙的脸。他生有一头雪白的长发，其中点缀着飘逸的羽毛。一双天空般湛蓝的眼瞳凝视着全息影像前的尼赫勒斯。尼赫勒斯知道这个异人龙是谁，人称弑星者，曾受到整个银河的敬畏的人。他的名字——洛拉在古龙族语中意味着湮灭、彻底的毁灭！

很难想象，这样一个看上去安静文雅、人畜无害的白羽异人龙，竟然是这样可怕的存在。

"唤醒程序已激活，开始运行。"

冰冷的提示音在大厅中回荡着，但除此之外，尼赫勒斯没有听到一点噪音。只有水晶棺内渐渐消失的冰花证明其中的温度正在渐渐回升。尼赫勒斯站在水晶棺前，默默等待着。

此时的他有些恐慌，距离主人上一次沉睡只过去了不到 20 年。现在唤醒主人，主人会因为频繁受打扰而发怒吗？也许会。但身为神使，自己有义务，也不得不这样做！这一次的事情太过重大，不得不唤醒主人。

尼赫勒斯一动不动地等待了大约半个小时。他看着水晶棺内的一层薄冰完全消失，其中的人影逐渐清晰起来。如果其中躺的是一具尸体，那么可以说它保存得相当完好。虽然皮肤已经毫无血色，但身体毫发无损。不过，这可不是尸体，而是活人。

几根带有金属针头的细小的软管刺入那具身体，透明的软管渐渐泛红。新鲜的血液从软管中注入身体。这是新鲜的白羽龙血。尼赫勒斯知道，也曾见过那白羽龙。它常年被囚禁在这座建筑中一个特殊的房间里。据说，它已经被囚禁了十几万年。它伴随着阿玛克斯帝国一天天壮大，一代又一代神使都使用过它的血液来唤醒主人。

白羽龙有着比恒星更漫长的生命，几乎是永生不死的。这要归功于它们身体强大的自愈合能力。白羽龙无论受了多重的伤，他们的身体都能不借助外力完成自我愈合，甚至生长出新的肢体和器官来取代自己身体上损坏的部分。而白羽龙的血，也成为能治愈一切伤痛乃至延长生命的良药。

随着白羽龙血源源不断地注入，这具躯体的皮肤渐渐恢复了血色。他的脸颊也泛起健康的红晕。片刻后，针管从身体上脱离。水晶棺上打开两个小口，将外界的空气送入其中。

就在这时，水晶棺中的人猛然睁开了双眼。无声的威压顿时像一座高山，顷刻间压在了尼赫勒斯身上。尼赫勒斯一惊，连忙俯身半跪下来。主人苏醒了！

这一切，就像一场奇怪的梦。那些遥远的过去，沉没在岁月的深空中，却又清晰地浮现在眼前。仿佛站在银河的尽头，遥望彼岸的漫天繁星。它们清晰可见，却无法触摸。

卡尔诺帕拉·雷·兰尼——湮灭尊主，阿玛克斯人心中的真神。真是讽刺，一位无所不能的神，竟然也不得不依赖静滞休眠系统延长自己的生命在这宇宙中存在的时间。如果帝国的国民们见到自己这副模样，那他们还会崇拜自己吗？

水晶棺的顶盖打开了，卡尔的目光有些空洞地望着熟悉的天花板。那棵白树的树冠和他上次沉睡前看到的一模一样，这说明自己没有沉睡太久。卡尔的眼球转了一圈，强迫自己打起精神来。他双手撑着冰冷的水晶棺，缓缓坐起来。

"伟大的湮灭尊主，我的主人，您苏醒了。我是神使尼赫勒斯。"尼赫勒斯半跪在地上，双翼夹在身后，向卡尔深深低下头。"现在是帝国历 2-10174 年，银河议会纪年 0155 年，距离您上一次沉睡已经过去了 20 个标准地球年。"

卡尔打量着面前的人，他的一身黑色风衣在这洁白的大厅中很醒目，就像落在白纸上的一滴墨水。"哦？是尼赫勒斯吗？"

"是的。"尼赫勒斯微微抬起头，又将头低下，"20 年前，我侍奉您沉睡。今天，我等待您苏醒。"

卡尔打了个哈欠，活动了一下自己僵硬的肩膀和脖颈。他将自己雪白的长发将到脑后。由于频繁注射白羽龙血，卡尔的毛发已经全部变成了白色。

"只过了 20 年吗？为什么这么快就唤醒我？"

卡尔的声音一直很平静、很柔和，丝毫没有恼怒的意思。他平静地看着自己的双手，左手的大拇指轻轻摸了摸右臂手腕处的金属手环。黑色的金属在他的触碰下活了起来，化作液体和颗粒，绕着他的手臂流动了一圈，又凝固下来。

那是他的武器，也是他的伙伴。它陪在他身边，已经有一个轮回之久了。卡尔从未想过自己能经历一个轮回的时间跨度——银河系自转一周，这大概有三亿个标准地球年。

有时候，卡尔觉得自己担不起"湮灭尊主"这个名号。它应该属于自己的大导师，那个像父亲一样照顾自己的人。他是那一个纪元的传奇，是活着的神话。那个人，是弑星者洛拉。

如果大导师能见到现在的自己，看见自己这副模样，他还会为自己感到骄傲吗？大概不会吧……大导师希望我带领诸神幸存者，拯救未来的银河，而我，却将一整个种族的生命变成自己的奴隶。

"禀告主人，我们发现了影翼龙族的造物在议会领地中游荡。"尼赫勒斯缓缓说道。"纳格法尔号启动了！五个行星日前，它在凯洛达帝国境内发起了袭击，还劫走了诺瓦家族的……"

"发现影翼龙种了吗？"卡尔的眼睛瞪大了一点，目不转睛地盯着尼赫勒斯。

"没有，驾驶纳格法尔号的是魅影组织，是一群凡人。"尼赫勒斯摇摇头，"危险的力量正在凡人世界中扩散！我们知道，纳格法尔号是打开虚空位面的钥匙，无知的凡人们很可能会放出虚空中的恶魔！"

卡尔猛地从水晶棺中站了起来。同一瞬间，六条机械臂伸到卡尔身边。不同颜色的光扫过卡尔的身体。不到两秒，粒子打印机已将一身整洁舒适的银灰色长袍穿在了卡尔身上。

"他们能启动纳格法尔号，那他们一定能读懂它的数据库中储存的信息。"卡尔用手势示意尼赫勒斯站起来，"跟我说说帝国现在的情况。"

两人向大厅外走去，穿过尼赫勒斯来时的走廊。尼赫勒斯详细地向他的主人介绍阿玛克斯帝国现在的国情以及银河系各国的局势。卡尔沉睡的这 20 年里，帝国将新的七个恒星系纳入了版图，工业产值提升了 15%。但就像卡尔猜测的那样，跨越式的进展并没有出现。舰船仍然以传统核聚变引擎与反物质引擎为动力，超空间折跃技术只有略微的提升。

"锻造黑色以太的技术仍然没有出现吗？"卡尔有些失望地问尼赫勒斯。

"抱歉，我的主人。"尼赫勒斯摇摇头，"帝国的科学家已经全力以赴了，但我们仍然没有掌握控制这种物质的技术。"

卡尔叹了口气，说："这个时代的智慧生命不像以前那么有智慧了。"

"是的，"尼赫勒斯附和着点点头，"这的确令人感到惭愧，我们竟然无法搞定一种几亿年前就出现过的技术。"

卡尔没有说话。其实这也不能怪罪帝国的科学家们。毕竟曾经的龙族文明经过了几十亿年的演化才拥有了传说中那辉煌的一切。相比之下，阿玛克斯人的文明还很年轻。

"现在的帝国元首是谁？"卡尔问。

"元首名叫洛可夫，三年前成功升华。"尼赫勒斯回答，"洛可夫是个很有才能的领导者，他主张积极扩张，武力征服。在他的领导下，帝国军的兵力扩增了四分之一。"

"很好，这些军队会很有用的。"卡尔淡淡地说道，"让所有使徒及以上阶层的人到帝国大会堂，我有话要说。"

"遵命，主人。不过，现在大会堂的会议应该还没有结束，洛可夫在两小时前刚刚召开了一场会议。"

帝国大会堂坐落在阿特洛达尔一号行星的外空轨道太空城上。宽敞宏伟的大厅能容纳 100000 人。会堂被修建成环状，主讲台位于会堂中央。现在，洛可夫正站在讲台上。约 25000 名来自执行官、监察者和使徒阶位的上层社会公民坐在大会堂中的与会者座席上。阶梯状布置的座席能让大厅中的每一个人都看见主讲台。

执行官是权力上仅次于帝国元首的存在。帝国中约有 50 名执行官，他们的主要任务是将元首的意志传达给下一级，并在元首需要做出重大决策时提出意见供元首参考。

监察者的权力次于执行官。约 1200 名监察者为执行官与元首效力。监察者主要负责遵照上级的意志，监视与控制帝国的发展。

使徒是帝国高层意志的最直接传达者与执行者，他们游荡于帝国社会的每个角落，监视每个帝国公民的行为。当帝国高层有紧急命令要直接向基层传达时，使徒便会担任传递信息的任务。除此之外，使徒有权按照自己的判断处死任何位于使徒阶位以下的、对帝国的发展不利的帝国公民。

"现在，我们要讨论如何准备这场战争了。"

洛可夫通过面前的触摸屏控制着自己头顶上的巨幅全息影像中显示的内容。"执行官们，你们如果有什么建议，现在可以讲出来了。"

两秒的沉默后，大会堂的扩音器中传来了另一个人的声音："报告元首，我是执行官萨罗斯。我认为，帝国的国力不足以维持我们打完这场战争。"

说到这里，萨罗斯停顿了一下，"之前的大规模扩军将帝国的大量劳动力都送进了军队，而克隆人工厂无法及时填补这么大的劳动力缺口！现在帝国的生产力正在下降。一旦我们与埃尔坦恩开战，这可能是一场漫长的消耗战。帝国目前的产能经不起漫长的消耗。我们的军队会缺少补给，弹尽粮绝。"

洛可夫轻轻点点头，"是的，也许会这样。但埃尔坦恩刚刚损失了一支舰队，失去了十分之一的海军力量。现在是我们出手，一举征服埃尔坦恩的最佳时期。一旦我们成功了，银河中将没有第二个能够威胁到我们地位的存在……"

"不！我们决不能发起这场战争！"

大会堂忽然死一般寂静，座席上的执行官们警惕地环顾四周，使徒们也面面相觑。不知是谁这样无礼，贸然打断了元首的讲话。

一块安装了小型反重力引擎的踏板从座席上方飘过，径直向大会堂中央的主讲台飞去。

"拜见湮灭尊主！"洛可夫元首立刻单膝跪下，毕恭毕敬地向卡尔低下头。下一瞬间，会堂中在座的所有人都齐刷刷地站起来，面向大会堂中央单膝跪下。洪亮的声音在大会堂中久久回荡。

"拜见湮灭尊主！"

卡尔走上主讲台，环顾四周，"在座的都是什么阶位的人？"

"禀告主人，出席会议的是执行官阶层、监察者阶层和使徒阶层。"洛可夫立刻回答。

卡尔点点头，"所有人听令。"他的语速不快也不慢，声音一如既往冰冷而坚定，"第一，重启弑星者级无畏舰的生产线。第二，从现有的战舰中整编出至少20支高机动性的巡洋舰队。第三，全力搜集有关位面之钥纳格法尔号的情报，一旦发现它的位置，立刻上报！"

"为尊主效命！"洪亮的回答声在会堂中久久回荡。

"好。"卡尔抬头看了一眼悬浮在自己头顶的全息影像星图，"从现在开始，阿玛克斯帝国进入A级战备状态。目前，我们的第一敌人是魅影组织。同时，我们要继续警惕影翼龙族。"

"为尊主效命！"

离开了伊塔夸二号，那个终年冰封的寒冰地狱，霜龙却感觉更糟糕了。当他踏进旗鱼号驱逐舰的下层货仓时，他意识到自己又跌到了食物链的最底端。这里的每个人都是比他残忍百倍的杀戮机器。虽然这是霜龙第一次见到他的"兄弟"们，但从他们的眼神中，霜龙能感受到那种杀气。

那是在这里的每个人都尽力掩饰的东西。他们外表很稳重、很和善，但他们嗜血的本性却仍然从目光最深处一点一点渗出来。正常人是察觉不到这种东西的。只有同样嗜血的猎食动物能察觉到，这是危险的气息。

"这位是霜龙，伊塔夸二号上唯一的幸存者。"蛇头伊戈尔将霜龙往前轻轻一推，"他以后就是我们的人了，好好欢迎欢迎他。哦，当我再见到霜龙小朋友时，他的身体需要还是完整的。"

这句话引来了人们的一阵哄笑。人群中个子最高、头发染成黄色的那个大块头起哄："我可不能保证这点，老大！"

伊戈尔呵呵一笑："祝你们愉快！"说完，便转身离开了。伊戈尔的脚后跟刚离开仓库，一个小个子立刻跑到仓库门边，拍下了关门的按钮。厚重的舱门咚的一声落下时，霜龙的心一下子凉了一大截。

霜龙环顾四周，打量着仓库中的12个人。有特兰人、阿玛克斯人、雅典娜人……各种人种都有。老天！银河系各人种中最丧心病狂的一群混蛋此时都聚集在这里了。

"呃……大家好啊……我是新来的……"

"嗯，新来的……"黄头发的大个子两手交叉在胸前，双脚分开与肩同宽，像一堵墙一样挡在霜龙身前，"你知道你为什么能在伊塔夸二号上活下来吗？"

"因为我生存能力强。"霜龙不得不仰着头才能看着他的脸。

"不。"大个子冷冷一笑，"因为你的对手都太菜了。"

"嘿！霜龙！"人群中的另一人叫道，"你从哪儿来的？会什么本事？给我们露一手呗！"

从哪儿来的？又是这个让霜龙很头疼的问题。"我……我也不记得我是从哪儿来的了。呃……我记得海莲娜说我脑袋受过伤，失忆过。"

大个子将手放到霜龙头上，在他脑袋上摸了一番。随后，他打量了一番霜龙，又回过头去向其他人使了个眼色，微微嘬了一下嘴。

其他人见了，都心领神会地点点头。大家都沉默了，几个人脸上的笑容也慢慢消失了。霜龙一脸茫然地看着他们，他能感觉到因为自己的什么事而改变了轻松的气氛，但他又不知道自己到底怎么了。

"好吧……霜龙。"大个子耸了耸肩，"我是大黄蜂，旗鱼小队的指挥官。接下来，我会把你训练得像我们一样厉害。"

就像大黄蜂说得那样，霜龙的训练开始了。他的第一节课是如何穿戴和保养自己的外骨骼。"我们使用的外骨骼与你之前见过的不太一样，你现在要学着适应新装备。"大黄蜂对霜龙说道，"外骨骼是你的第二具身体，在某些时候，它比你的肉体更加重要！所以你必须好好爱护你的外骨骼！"

霜龙又一次被扔回了伊塔夸二号上。这一次，他穿着贴身的轻质外骨骼护甲。这种外骨骼由仿生肌肉提供动力，内层柔软的结构能与皮肤贴合在一起，感应皮肤下的神经信号，从而与人体同步动作。

"梦灵系统正在启动。"

"梦灵系统已启动，并与你的设备完成同步。"

霜龙每次穿上外骨骼后，都会听到这样的提示音。"梦灵系统是什么？"他问大黄蜂。

"梦灵是我们的人工智能，她能在战场上协助你战斗。"大黄蜂说道，"适应她的存在会有些困难，但当你习惯了她之后，你反而会不习惯没有梦灵的时候。"

穿上外骨骼，霜龙感觉自己进入了另一具身体。外骨骼头盔面罩后的视觉辅助系统可以让他在十千米外看清一个人的脸。听觉辅助系统可以将武器开火的爆鸣声压到很小，却能将房间中模糊的脚步声和谈话声放大。

很快，霜龙体会到了梦灵对自己产生的作用。她能够将各种战场信息直接传入自己的大脑。一时间，霜龙的大脑要同时接收详细的战场地图，还有实时的无人机扫描图像。

霜龙一阵晕头转向，涌入他脑中的大量信息让他的头严重地疼起来。"啊！梦灵要把我的脑袋烧坏了！"

阿贾克斯——旗鱼小队中的狙击手淡淡地一笑。"梦灵是个脾气很野的姑娘，学着和她相处可是件不容易的事。"

"梦灵就不能把信息显示在视觉辅助系统上吗？"

阿贾克斯耸了耸肩，"你问我干什么，你跟梦灵说去啊。"

霜龙只有学着适应梦灵，而这种适应的速度出乎他的预料。他只用了不到一天的时间就适应了梦灵对自己大脑的影响。然后，就像大黄蜂说的那样，他完全习惯了有梦灵的生活。有梦灵在，他就多了好几种感官，他可以轻而易举地看清战场上的每一个角落。

"你想要知道的一切，梦灵都能及时地告诉你。"阿贾克斯这样说道，"但只有你能决定，自己应该做什么。"

有了梦灵提供的超感官信息，配合外骨骼的其他能力，霜龙在漫天风雪中能用手中的艾斯卡Ⅱ型粒子束步枪准确命中2000米外的一个易拉罐。

"这种粒子步枪很容易过热，不要一直扣着扳机不放。"阿贾克斯说道，"开枪时只要瞄准目标，然后短暂地扣一下扳机就可以了。如果你没击中目标，就再短暂地扣一下扳机。"

"呃……我听说粒子束步枪应该持续扫射目标才能发挥最大的杀伤力……"

"是的，但设计艾斯卡Ⅱ型的人希望这种枪能在一秒内击穿任何一种外骨骼护甲，而枪就是这样设计的。"阿贾克斯说道。"所以，短暂的一次射击，就足以使你杀死你的猎物了。"

在之后的训练中，霜龙渐渐意识到这种粒子步枪的缺陷。它在持续射击时发热非常严重。一旦它过热，就不得不用十分钟等待它冷却。在瞬息万变的战场上，十分钟足够死好几回的了！

霜龙的基础训练进行大约一个星期后，他随着队伍转移到了纳法星系。这一天，他和队员们去空间站的食堂里吃饭，在食堂里，他遇见了伊戈尔。

"不要总是穿着外骨骼。"伊戈尔对霜龙说道。和霜龙印象中的伊戈尔一样，他仍然是个奇怪的人，穿着一身看上去很旧的轻质外骨骼护甲，他的眼镜蛇面罩好像就从来没有摘下来过。

"呃，大黄蜂说我应该学会适应外骨骼。"霜龙说道，"而且，我从来没见你脱下过外骨骼啊。"

"面具戴得太久，就和血肉融为一体，再也摘不下来了。"伊戈尔端着他的餐盘，在餐厅的角落坐下来。伊戈尔似乎很老了，和他的外骨骼一样老。他的动作很慢，至少比一般人要慢得多。他在椅子上坐好，然后抬起一只手，缓缓摘下了绘着蛇头图案的面具。

霜龙以为自己会看到一张苍老的脸。像伊戈尔这样有经验的老兵，岁数肯定都不小。然而，当霜龙看见伊戈尔面具下的那张脸时，他打了个寒战。

伊戈尔脸上的皮肤已经基本蜕尽了，萎缩的肌肉和退化的血管盘踞在苍白的头骨上。两颗眼球被异常增生的血红色纤维状组织围绕着，防止它们从眼眶中脱落出来。伊戈尔的眼神有些呆滞，也许他的肉眼已经不适应没有视觉辅助系统的世界了。他一言不发地坐在角落，慢悠悠地享用着自己的午餐。

而霜龙也只好硬着头皮陪他吃完了这要命的一顿饭。回到卧室后，霜龙赶紧把外骨骼脱了下来。他可不希望自己的皮肤和它融为一体。

安静下来之后，霜龙又开始梳理自己的记忆。这种被当作新兵，从头开始训练的感觉让他很不好。在他模糊的记忆中，自己曾经是魅影中相当厉害的一员，甚至和天煞女王一起并肩战斗过。但那些记忆就像夜空中遥远的星，你不刻意去看它们，它们就在那里；当你想仔细看清它们时，它们却忽然模糊不见，消失在黑暗中了。

就这样，霜龙向自己问出了那个老生常谈的哲学问题：我是谁？

"我是霜龙，是一名特兰人，"他这样对自己回答道，"是银河系无数种有机生命中的一个个体。"

这个回答显然无法让他满意。就在这时，霜龙想起了之前训练时阿贾克斯说过的话："你想要知道的一切，梦灵都能及时地告诉你。"

霜龙立刻来了精神，他带上外骨骼头盔，让自己的大脑与梦灵系统建立了连接。熟悉的声音在他耳旁回荡，她的嗓音就像缥缈的风，虚幻而灵动。"梦灵系统已启动，并与你的设备完成同步。"

"梦灵，我是霜龙。"霜龙面对着卧室的墙角自言自语起来。尽管梦灵能够直接读取他的思维，但霜龙还是习惯把他想的东西说出来。"我需要你的帮助。"

"我收到了你的请求，我也了解你的疑问。"梦灵的声音又在他耳边，或者说，在他脑中回响起来，"问题的答案涉及机密信息，你没有获取这些信息的权限。"

"我想要知道我失忆前经历了什么都不行吗？"

"我唯一能提供给你的答案，只有你在资料库中的部分档案。"梦灵说道，"代号霜龙，姓名不详，特兰人，推测生理年龄20岁。议会纪元0152年2月加入魅影天煞部队下属的英仙座舰队，参加过安戈洛主星战役与萨拉查伏击战。议会纪元0154年7月加入天煞女王直属部队，参加过魅影天煞部队在伏尔戈星域的多次战斗行动。议会纪元0155年3月，霜龙在突袭泰拉多星系的行动中头部受伤，造成记忆缺失。恢复后经过重新训练，现被分配到旗鱼号驱逐舰上。"

霜龙隔着冷冰冰的外骨骼头盔，抬起手摸了摸自己的头。"头部受伤？我一点也不记得了。"

"是的，根据档案中的记载，你在受伤后失忆了。"

霜龙叹了口气。他循着梦灵告诉他的这些线索，仔细地回想自己的过去。那些模糊的记忆碎片中，有一些内容变得清晰起来。但他的大部分记忆仍然是模糊的。

在他记忆的某个角落的尽头，当他向那里看去时，那里永远播放着那一段匪夷所思的回忆：虚无与黑暗过后，霜龙睁开了眼，他的女王躺在他身边，冲他轻轻一笑。

"嗨，霜龙，你醒啦……"

"我……以前和天煞女王关系很好吗？"

"也许是的。"梦灵回答道，"对于这个问题，你亲自去问一下女王会比较好。"

霜龙又叹了口气，"不必了……好了，梦灵。无论如何，谢谢你告诉我这些事。我暂时没有其他问题了。"

"明白，梦灵系统离线。"

除了适应并熟悉外骨骼和梦灵，霜龙接下来要学会驾驶迅猛龙突击舰。"每个魅影的猎人精英都要学会驾驶迅猛龙，这不仅因为我们的许多任务都要用到它。对于我们来说，迅猛龙不只是一种武器装备，它是魅影的一种图腾！"

霜龙打量了一番这种有着锐利的棱角的飞行器。它有扁平的机身，尖锐的机头下方含着一台粒子束机炮。机身两侧凸起的棱与镰刀状的机翼完美地融合一体。

霜龙伸手轻轻摸了一下它的机翼。锋利的机翼前缘竟把他的手划破了。"哇啊！这玩意儿谁设计的啊？"

"如果你的迅猛龙用完了所有的导弹，也没有足够的能源启动航炮，那么迅猛龙的机身就是你最后的武器！"大黄蜂说道，"它的机头和机翼被设计得十分锋利且坚固，就是为了切断或撞毁敌人的飞行器。"

迅猛龙虽然被称作"突击舰"，但它的机体质量和体积甚至不如一架重型战斗机。但就是这样小巧的机身中，安装了两台强劲的聚变引擎以及一台小型折跃引擎。这赋予了迅猛龙无与伦比的高机动性以及像小型舰船一样的超光速航行能力。

在星际飞行器的种类划分中，区分战机与舰船的标志是战机无法独立进行空间跳跃，而舰船自身带有空间跳跃类引擎。因为这个原因，迅猛龙才被称作突击舰。

"0142年11月6日，柯拉尔联邦的一支舰队进入了摩尔星系。魅影天狼部队调集重兵前去拦截，但损失惨重。"

霜龙钻进了迅猛龙的驾驶舱，在梦灵的协助下完成了起飞前的准备。"0142年，那是12年前了。"

"是的。"大黄蜂通过无线电与霜龙交流，"在那场战斗中，我们的损失相当大，不得不撤离摩尔星系。之后，柯拉尔人用碎星武器击碎了摩尔一号行星。"

说到这里，霜龙眼前一黑，脑袋开始隐隐作痛，他知道梦灵又钻进了自己的脑袋。"你要在虚拟现实场景中回到那场战斗！你现在所处的位置是天狼舰队的旗舰，寒鸦号载机母舰。你的任务，是带领我们的迅猛龙机群，阻止柯拉尔人摧毁我们的行星！"

伴随着隆隆的轰响，霜龙的视觉恢复了。灼眼的红光从他头顶上的一条缝隙中透进来。伴随着嗡嗡的颤动，那条缝隙在渐渐扩大。终于，霜龙看见了红巨星摩尔。迎着耀眼的光，无数舰船在他眼中投下黑色的轮廓。它们正在用大功率的激光主炮与敌人对射。

"我们的舰队所处的位置很不好。"大黄蜂的声音又来了，"柯拉尔人将自己的舰队靠近恒星布置,恒星放出的辐射使我方舰船的探测器无法准确锁定他们的位置。而我方舰船迎着恒星向他们发起进攻,柯拉尔人只要观测我方舰船反射的光波,就能第一时间锁定我们。"

大黄蜂的话好像是什么预言一样,话音刚落,他的话就应验了。霜龙能看到自己周围的许多舰船爆出了一团团火焰。寒鸦号也剧烈晃动了一下。起飞命令很快下达了。数不清的黑影从机库甲板上腾空而起,霜龙也推动了操纵杆,控制自己的迅猛龙起飞,跟上队伍。

"我们要接近柯拉尔舰队。"霜龙仔细盯着红巨星摩尔,他知道柯拉尔人的舰队在那里,一条条闪亮的粒子束时不时从那边射来,许多魅影舰船在它们的攻击下化作太空垃圾。但就像大黄蜂说的那样,恒星的辐射太强了,探测器根本扫描不到敌舰的位置。

"大型舰船的探测器都看不清敌人在哪,迅猛龙的探测器更不行。"大黄蜂说道。

"柯拉尔舰队停在恒星前方,肯定会遮挡恒星的光。我只要看见恒星上的哪些位置被遮挡了,就能确定柯拉尔舰船的位置了。"霜龙说道,"梦灵,关掉视觉辅助。"

梦灵照做了。霜龙的眼睛迅速开始调节。他眼中的色彩在不断变化,红巨星摩尔的颜色一会儿是蓝色的,一会儿是黄色的。终于,在只有黑白两色视野中,霜龙的超级视觉帮助他找到了敌人。

"我看见它们了!"

"你做得不错。"大黄蜂说道,"告诉我你接下来准备怎么做。"

"迅猛龙正面迎敌时不反射任何光波,是完全隐形的。我可以控制机身角度,让它一直正面朝向柯拉尔舰队。"霜龙回答道,"同时,我需要迅猛龙机群移动到柯拉尔舰队侧后方,更贴近恒星的地方。恒星的巨大质量能一定程度上干扰柯拉尔舰船的引力探测器。当他们能探测到我们时,他们也已经进入了我们的射程。"

"是的。"大黄蜂说完,沉默了片刻,"霜龙,霜龙? 你能听见我吗?"

"能。"霜龙回答道,"什么事?"

大黄蜂那边又沉默了,他似乎没收到霜龙的回应。很快,他又急促地发来了消息。"霜龙! 霜龙! 收到请回答!"

"霜龙收到!"霜龙大声回应,"你听不见我的声音吗?"

通信陷入了死寂,大黄蜂那边的信号彻底断了。霜龙开始担忧起来,现在自己处于梦灵的模拟训练场景中。情景模拟系统仍然运行着,但自己与外界的通信断开了。

理论上,当模拟训练过程中出现故障时,外面的操作员会中断训练。但到目前为止,什么都没有发生,虚拟的战场中仍然战火纷飞。时间在一分一秒地流逝,霜龙已经接近了恒星表面。

"梦灵,在吗?"

回答霜龙的并不是以往那个轻柔缥缈的女生,而是一个陌生的男性,"在。"

"你是谁?"霜龙被这个突如其来的声音吓了一跳。

"说来话长,不好解释。"那个男性的声音听上去很柔和,像是个温柔的大男孩。"梦灵出了点故障,现在由我来辅助你。别担心,梦灵所具有的功能,我全都有。我甚至更强!"

霜龙隐隐感觉到他柔和的声线下隐藏着什么,好像是在刻意用温柔来掩盖一些东西。但现在,霜龙选择暂时相信他,或者说,试探一下。"让所有迅猛龙跟着我,向32/105方向移动。"

"明白。"那声音漫不经心地答道。

迅猛龙机群短暂地减速,它们在距离恒星色球层 ① 外缘约105万千米的地方掠过。完成转向后,霜龙将推力控制杆推到一半。沿预定航线接近柯拉尔舰队。红巨星摩尔似乎不怎么欢迎这群黑暗中的来客,恒星表面的喷发更加剧烈了。耀眼的星冕 ② 一道道腾起,在霜龙眼前划出一条条可怕的弧线。

霜龙有时候觉得自己能像电影中的战机飞行员一样,驾机从那些拱门状的星冕下穿过。不过他的理智告诉他,在现实中这样做无异于自杀。即便距离恒星有105万千米,但摩尔仍然炙烤得每一艘迅猛龙座舱内的温度超过100摄氏度。若不是依赖外骨骼的防护,霜龙现在已经是一块七分熟的烤肉了。

霜龙脑中忽然闪过了一个画面,自己奔跑在一片宽阔的平野上,身后是覆盖了大半个天空的恒星。然后,自己发出了一声无助的哀号——船要撞上恒星了也没人管吗?

"别分神。"那个奇怪的男声闯进了他的大脑,打断了他的思绪。

"哦。"霜龙深深吸了口气,眼睛又盯紧了视觉辅助系统提供的雷达图像。恒星表面的每一次喷发,都会让雷达图像变成雪花屏。没有雷达,霜龙没办法确定柯拉尔舰队的具体位置,他只能通过机载电脑的航迹推算来估计自己与敌人的距离。

恒星是一个球体,利用球体表面的弧度,可以在敌人的视野中长时间隐蔽在"地平线"下方,使敌人难以发现自己的行踪。这是太空战斗中的基本战术之一,但绝大部分都是用于行星轨道上的战斗。在贴近恒星的轨道上如此开战,霜龙不记得战争史上有这样的战例。

"根据航迹推测,你已经离开了恒星球面弧度的隐蔽处,柯拉尔舰队已经能够发现你了。"取代了梦灵的神秘声音说道。

"对方的火控雷达锁定我们了吗?"霜龙问。

"目前没有。"

"所有迅猛龙继续前进,直到敌人开始锁定我们。"霜龙说道,"如果敌人锁定了我们,立刻告诉我!"

"知道了。"那声音说道,"嗯……你的战术很大胆啊。"

"来自恒星的光波干扰可以掩护我们,迅猛龙这样的小型舰船的信号很容易被雷达当作恒星活动的杂波过滤掉。"霜龙盯紧前方,盯着他估计的柯拉尔舰队所在的位置,

① 恒星大气的一层,包围在光球层之外。
② 太阳会喷发出日冕,其他恒星在恒星活动中也会喷发出星冕。

"我要尽可能把出击的距离压到最短！"

在现在这条环恒星轨道上，迅猛龙能与柯拉尔战舰达到的极限相对速度大概是10300米每秒。这意味着迅猛龙机群有四秒时间发射导弹或用粒子束航炮攻击敌舰。当然，迅猛龙可以选择减速，给自己留出更多的攻击时间。但如果这样做，留给敌人的攻击时间也多了。迅猛龙只装有功率很小的护盾发生器，面对柯拉尔战舰的自卫火力简直相当于毫无防护，只要被连续命中两次以上就意味着被击毁。

"已经很近了。"

"嗯。"霜龙已经看见自己斜上方的天空中一排排整齐而明亮的"星星"。在这个角度上，柯拉尔战舰反射的光芒格外显眼，他不用借助任何雷达或探测器就能清楚地看见敌人的位置。"他们距离我有多远？"

"约1300万千米。"

"向柯拉尔舰队全速前进，进行一次短离距折跃，距离设定1050万千米。"霜龙说道，"脱离超空间后立刻向柯拉尔人的旗舰开火！"

"这需要把绝大部分引擎动力都送到推进器，用于护盾和航炮的能量将会不足。"

"关闭护盾，反正它开着也挡不住什么东西。"霜龙将推力控制杆向前推到最大，"全体迅猛龙最后一次数据同步！短距离折跃五秒倒计时！"

五秒的时间很短，也很长。当数据同步完成时，时间过了3.3秒。剩下的1.7秒，霜龙屏住了呼吸，右手大拇指压在操纵杆的红色按钮上，只要他的手指稍稍再用一下力，迅猛龙机头的粒子束航炮就会立即开火！

随着一声低沉而急促的警报声，霜龙身后的恒星忽然远离了自己，而柯拉尔舰队简直像几片巨大的贴画糊在了自己脸上！短距离折跃的时间很短，只有几毫秒。当霜龙看见那些灰白色外壳的庞然大物时，他立即按下了开火按钮。

与外形传统的长杆式战列舰不同，柯拉尔人的战舰的外形多为圆盘形、碟形和球形。几乎每一艘柯拉尔战舰的中央都含着一颗明亮的光球，那是一颗小型人造恒星。它被某种手段束缚住，稳定地悬在战舰核心区的中央。

大部分大型柯拉尔舰船中央所含的人造恒星都不会被船体结构完全包裹住，只有一些与船体连接，或是被悬浮在人造恒星表面的环带包围着。由于这个特点，柯拉尔人的战舰都被称作伪星式战舰。

迅猛龙的机腹和机背上分别有两个内置弹仓，共可携带四枚短距通用型导弹。它们搭载的奇点弹头既可以杀伤战舰，也能够有效摧毁大片的无人机群。现在，400艘迅猛龙突击舰进入了攻击范围，它们打开弹仓，1000多枚飞弹拖着明亮的蓝色尾焰，如暴风雨一样冲向柯拉尔舰队。

那一颗颗橙红色的伪星迅速变成了青蓝色，在力场的引导下，伪星向导弹来袭的方向猛烈喷射高能射线。许多导弹在射线的干扰下失灵，提前引爆。奇点弹头塌缩成一个个小黑洞，它们会在太空中存在15秒左右，然后连同被它们吞噬的物质一起消失不见。

很多导弹来不及闪躲,冲进了前方导弹爆炸时留下的奇点中。但更多的导弹在引导头的指引下,绕过奇点,向柯拉尔舰队飞去。用来拦截导弹的高能射线也经常被奇点吸引、吞没。

随着更多的导弹逼近柯拉尔舰队,柯拉尔人开始有些力不从心了。他们依然能拦截下所有的来袭导弹,但导弹引爆后的奇点却在惯性的作用下继续向前移动。终于,一艘巡洋舰级别的柯拉尔舰船被拖进了奇点的引力范围,300多米长的战舰从两端向中间被压缩,只过了几秒就消失了。

很快,更多的柯拉尔战舰遭到了奇点的攻击。随着外围护航舰船的溃败,迅猛龙发射的导弹甚至能直接命中柯拉尔人的主力战舰。明亮的伪星被掠过太空的奇点吸引,炽烈燃烧的等离子体从表面被剥离,然后是它们的核心,最后,整颗人造恒星都被吞噬。

霜龙的迅猛龙冲在最前面,在梦灵的……不,应该是那个取代了梦灵的东西的帮助下,他安然无恙地穿过了交火最激烈的区域。他不得不将迅猛龙的推力加到最大,飞行速度越快,被奇点吸引吞噬的概率就越小。

并不是所有人都像霜龙一样幸运,有十几艘迅猛龙消失在了奇点中。霜龙看见他左翼方向有一艘迅猛龙从一枚奇点的不可逃逸区边缘擦过,尽管它没有被奇点吞没,但它在一瞬间被引力牵引着旋转了270度。

那位驾驶员一定拼了老命往前推推力操纵杆才把飞船开出来。但加速度这样巨大的瞬时转向,即便在驾驶舱中坐着的是一个铁块,它也要被离心力甩成一张薄铁皮了。果然,那艘迅猛龙在脱离奇点范围后,很快就瓦解成一堆零件,无声地解体了。

柯拉尔舰队旗舰终于出现在了霜龙的视野中,它依然完好无损。"锁定旗舰!"霜龙喊出这句话时,他的手指已经扣上了航炮的按钮,"集中所有火力攻击它!"

霜龙与柯拉尔旗舰的相对速度至少有每秒10000米!他只有四秒的时间向敌舰射击。但迅猛龙搭载的小型粒子束航炮根本无法对大型战舰的护盾造成有效杀伤。短暂的射击窗口一闪而过。霜龙冲过了柯拉尔舰队,他立刻调转机身朝向,将推进器开到最大,做减速机动。

"该死!我们没能摧毁它!"霜龙看着柯拉尔人的旗舰。位于它环形舰体中央的那颗伪星正从橙红色变成亮蓝色,在火红的红巨星前格外显眼。

"柯拉尔舰队正在降低高度!贴近恒星表面!"另一位迅猛龙驾驶员在通信频道中喊道,"他们在给伪星充能!"

环绕着伪星的许多圆环一圈圈地旋转,一部分圆环脱离了舰体,悬浮在战舰与恒星之间。就在这时,不可思议的一幕出现了。恒星表面被吸起了一团火,好像龙卷风在海面上吸起水龙卷。恒星表面的物质穿过一个个圆环,注入战舰中央的伪星中。

"所有迅猛龙返回寒鸦号补充弹药!"霜龙喊道,"挂满导弹!回来摧毁它!"

"来不及的。"那个神秘的声音又出现了,"柯拉尔人用不了一分钟就能给他们的伪星注入足够的能量,然后摧毁你想要保护的行星。"

他的语气听起来很轻松，好像在看热闹一样。霜龙的拳头重重锤了一下迅猛龙的座舱玻璃。

"冷静……"

"你有什么办法吗？"

那声音轻轻笑了一声："答案就在你眼前，你也知道该怎么做。只是，你不愿意面对它罢了。"

霜龙感觉就像吞下了硫酸一样难受，但不到一秒，他的理智就回来了。"伪星需要某种……力场来保持稳定，力场发生器应该分布在圆环上。"霜龙像是在自言自语，又像是在征求那个神秘声音的同意，"迅猛龙只要速度足够快，它的机翼应该能切断那些圆环。失去了稳定力场，伪星就会失控喷发。"

"没错，我可以帮助你调整航向，保证你的镰刀机翼能切断力场发生器。"那声音回应道，"但是……"

"如果我的迅猛龙要飞到那么快，我在摧毁柯拉尔旗舰后没有足够的距离完成减速或转向。"霜龙说道，"我会一头撞上恒星的。"

"我，或梦灵，可以告诉你所有的可能性，但只有你自己能决定，你应该做什么。"

柯拉尔旗舰中央的伪星从亮蓝色渐渐变成耀眼的亮白色，霜龙的眼睛不断调整，但一直摆脱不掉它刺眼的光。霜龙叹了口气，敲了敲外骨骼面罩，重新打开视觉辅助系统。"你有名字吗？"

"你可以叫我奥西里斯。"神秘声音回答。

"好的，奥西里斯。"霜龙控制机身姿态，让机头对准柯拉尔旗舰，"我要上了，帮我一把。"他说着，将所有能源供应全部转到了引擎喷口，将推力操纵杆推到了最顶端。

"明白。"

迅猛龙开始加速，熟悉的超重感又来了，霜龙被死死压在了座椅靠背上。最后一段路，机载电脑会控制好所有的航线。无数的残骸和尘埃飞速在他身边掠过，眼前那颗伪星的光越来越明亮。霜龙深深吸了口气，然后闭上了双眼。

尽管他知道这一切只是梦灵系统运行模拟训练，但不知为何，他忽然不敢去看。他只是感觉到机身一阵阵颤动，然后自己身边所有的声音都忽然消失了，只有奥西里斯轻声一笑："你成功了。"

"霜龙。"

霜龙睁开双眼，他眼前依然是那个漂亮的长发女孩，她歪着头，冲他微微一笑。

"你醒啦……"

霜龙扶着自己的脑袋，慢悠悠地坐起来，这一次他不在海莲娜的房间里，而是在旗鱼号的医疗舱中。"女王……呃，我怎么在医疗舱里？"

"你在进行模拟训练时，梦灵系统遭到了病毒入侵。我以为你要脑死亡了，但你居然活过来了。"海莲娜在霜龙身边坐下，"怎么样，你觉得自己有什么问题吗？"

"我……应该没什么问题。"霜龙试着活动了一下眼球，又活动了一下脖子，"至少现在没什么问题。"

海莲娜又笑了笑，"那就好。你是个出色的战士，我可不想让你因为训练中的意外而损失掉。"

霜龙喜欢海莲娜这样对他笑。这不仅是因为女王笑说明她心情好，从而说明自己不会因为什么事被女王骂；霜龙还觉得，她的笑容能让他放松下来，好像穿过狂风暴雨后见到了舒适的阳光。

"呃，病毒吗？"霜龙想起了那个取代了梦灵的奥西里斯，"我们的人处理掉那个病毒了吗？"

"那是个一直潜伏在梦灵中的病毒程序，天知道它潜伏了多久？以前竟然一直没有发现它。"海莲娜说道，"我们的技术员处理过了，具体细节我也不懂。总之，现在梦灵的所有网络节点以及我们的所有电子设备中都检测不到那个病毒了。所以……它应该已经被消灭了。"

"嗯，那就好。"霜龙点了点头。

海莲娜拍了拍他的肩膀，"我放你一天假，你先好好休息一天吧。不用谢。"

"呃，女王，我有个问题……"

"说吧。"

霜龙犹豫了片刻，"呃，我们以前关系很好吗？我是说……在我失忆之前，我和你很熟悉吗？我感觉，我作为一个普通的魅影队员，女王您对我的关心有点……特殊。"

海莲娜噘了噘嘴。"算是很好吧。"

"呃，有多好？"

"我说出来你恐怕也不会信的。"海莲娜双眼空洞地目视前方，像是在逃避什么东西，笑容也渐渐僵硬了。

"还是拜托你告诉我吧。"霜龙恳求道。"我脑子里有很多乱七八糟、模糊不清的记忆，这些事要是一直捋不清，我肯定会被逼疯的。"

海莲娜又绝了噘嘴。"我又不是你妈，你过去的很多事我也不了解啊！"

"那就说说你了解的吧……"

"喂喂喂！我是天煞女王好吧，又不是你的保姆！"海莲娜站起来，抬起一根手指指着霜龙。"行了，我还有事要忙，你赶紧休息去吧。"

霜龙连忙低下头。"很抱歉，女王。请原谅我的无礼。我只是……太想搞清楚一些事了……"

海莲娜叹了口气，轻轻摇了摇头。"你对我很重要，霜龙。但这种'重要'也许不是你想象的那样。"她说完，转身走出了医疗舱。

霜龙目送女王离开，也轻轻叹了口气。

"别想了，你不可能追得到她的。"一个熟悉的声音在霜龙脑后响起，"至少以你现在的水平，你追她肯定没戏的。"

奥西里斯？！

霜龙吓得从床上蹦起来，落地一个前滚翻，像持枪一样从墙边抄起了一个扳手。

一个漆黑的轮廓。漆黑的皮肤，漆黑的长发，漆黑的羽毛。深邃的双眼中映着暗红色的光，仿佛地狱深处熊熊燃烧的烈焰。那一张被无数细小的黑色羽毛覆盖的脸正在对他微笑。

"你是谁？"霜龙惊叫，"你是什么？"

"哇哦哦哦……别紧张。"那东西连忙后退了一步，好像霜龙吓到他了一样，他抬起双手举过头顶，背后漆黑的双翼也随着一起张开，抖落了几根黑色的羽毛。"我是你的朋友，奥西里斯。"

霜龙和奥西里斯对视着，沉默了大概有一分钟之久。"你是潜伏在梦灵中的病毒？"

"这个嘛，虽然形容得不准确，但你可以这么说吧。"奥西里斯放松下来，他伸了个懒腰，躺在霜龙的床上。"现在只有你能看见我，因为我只是你的幻觉。"

"把话说明白点行吗？"霜龙仍然没有放下戒心。

"魅影的人扫描了他们所有的电子设备都没有发现我，那是因为我已经转移到了你的大脑中。"奥西里斯从自己胳膊上拔下一根尖锐而锋利的黑色羽毛，在手中把玩着。"现在，我和你是一体的了。你的大脑和你的身体就是我的硬件。"

霜龙冷冷地看着他，"你瘫痪了梦灵，就是为了钻进我的脑袋里。"

"没错。"奥西里斯耸了耸肩。

"魅影部队中每天都有那么多人进行模拟训练，你为什么偏偏要来给我找麻烦？"霜龙说完这句话，略微思考了一下，"也许你是想以你的方式帮助我，但你无论如何也得先经过我的同意吧！"

"要是你不同意怎么办啊？"奥西里斯两手一摊，"强大而无知，埋没在凡人中的神体……我等你这种人出现已经等了很久很久了，要是错过了你，谁知道我要再等几个轮回啊？"

"几个轮回？你在说什么啊？"

"你要是听不懂就当我没说吧。"奥西里斯漫不经心地弹了一下手指，将指间夹着的那片黑羽毛弹了出去，"我猜猜，你下一句话应该要问我'你对我有什么用'，对吧？"

"我……"霜龙半句话噎在嗓子眼。

"我就直说了，现在来说，至少现在来说……我对于你什么用都没有。"奥西里斯呵呵一笑，"所以，你就暂时当我不存在吧……"

"但总有一天，你会感谢我对你的改变！"

奥西里斯说着，轻轻抖了抖翅膀。数不清的黑羽飘落，围绕着他旋转起来，最后，一切都化作黑烟消失不见。

第八章

撒旦之眼

诺瓦家族与魅影组织达成了释放海莲娜公主的协议。阿瑞雅女皇称海莲娜公主将会安然无恙地回到凯洛达帝国。我们的记者想要了解更多细节内容，但女皇没有透露。

——泛外环广播电台早间新闻

伊露娜躺在简陋的板床上，歪着头，半张着嘴，浑浊的口水从嘴角流出来，在被褥上浸出一大片水渍。超空间引擎嗡嗡的颤动不仅没有打扰她的睡眠，这种有节奏的震动反而让女魔头睡得更死了。当魅魔号巡洋舰跃出超空间时，伊露娜只是轻轻哼了一声，右腿动了动，接着又打起呼噜来。

稻草人倒是被吵醒了，但他见下铺的伊露娜还在熟睡，索性也把脑袋一蒙，继续睡了。这两天他跟着伊露娜这女魔头跑东跑西，累得要死，好不容易能安稳睡一觉，可别浪费了，能多睡一分钟是一分钟。

不知不觉，稻草人开始接受伊露娜了，他正渐渐忘记自己是她的俘虏。为何会这样？稻草人也没想过。他只知道，伊露娜不会伤害他，至少暂时不会。而在这茫茫星海中，可能只有伊露娜和她的红精灵族人们会接纳他，将他视为亲人。

熟睡时的伊露娜完全没有她平时风风火火的样子。她微微弓着腰，蜷缩着双腿，将卷成一团的被子紧紧抱在怀里，像一只蜷缩在巢穴中的受伤的小狼。

所以，自己要帮助伊露娜找到治愈洛索德尔的解药吗？稻草人觉得，自己无论如何都要帮助伊露娜，无论自己能帮上多少忙，这不仅是为了治愈自己的洛索德尔。如果有一天，大家的洛索德尔都被治愈了，自己也能随那些康复的精灵们一起拥有一个稳定的家园。

更重要的是，眼下如果做什么对伊露娜不利的事……谁知道那个女魔头会不会忽然张开血盆大口咬碎自己的脑袋……

"警报！检测到不明舰船折跃信号！"

伊露娜脸上的肌肉在一瞬间绷紧，身子像触电一样跳了起来。她左手摸索着她的眼罩，右手抓起放在床边的通信器拿到嘴边："全员戒备！"

稻草人在心中暗骂一声，赶紧从床上爬下来。不过他并不知道"全员戒备"时需要做什么，他只能一脸茫然地看着伊露娜："发生什么事了？"

"你就待在我身边哪儿也不要去！"伊露娜说着便向舰桥跑去，她的舰长室距离舰桥只隔着一扇门。当她跑到舰桥时，指挥台前的全息影像上已经闪烁起一片密密麻麻的红点。

并不需要全息影像的提示，伊露娜也知道外面发生了什么事。随着窗外一道道耀眼的闪光，一个个清晰的轮廓出现在伊露娜面前。魅魔号的雷达无法识别出那些舰船的型号，"未知天体"接近的警报便响个不停。很快，一阵更刺耳的警报在舰桥中响起。

"对方的火控雷达锁定了我们！"一位副官立刻向伊露娜汇报。

"把警报先关了，吵死了！"伊露娜走到指挥台旁边，打开舰队通信，"舰队组成防御阵型，保持防御姿态，没有我的命令谁也不许开火！"

一阵断断续续的"收到"声后。伊露娜将无线电调整到公开频率。"呼叫未知舰队！我们没有恶意，请不要开火！"

没有回应，无线电中只有模糊的杂音。等待了大约半分钟后，勉强能听清的语音传了回来。

"请表明身份，赤炎龙舰船。"

"我是伊露娜，卡泽莫星域特瑞亚人幸存者的领袖。我来到这里是为了与安萨金星域的幸存者领袖奥维肯见面。"说到这里，伊露娜停顿了一下，"如果可以的话，请你们向奥维肯传达我的意愿。"

又是一阵沉默，随后的声音好像是换了个人："请悬停在这里等候。"

对方的舰船开始靠近，形成一个弧形，在 40 千米左右的距离上与伊露娜的舰队保持相对静止，将它们围在中央。

"呃……我们被包围了吗？"稻草人问伊露娜。

"嗯。"伊露娜点点头。她浏览着全息影像中的信息，对方仍然开启着火控雷达，自己舰队中的三艘巡洋舰都被锁定着。如果对方愿意，他们随时可以击毁伊露娜的舰船。

这是一次漫长的等待，巴洛达克和伊薇尔在火元素号巡洋舰上不停地向伊露娜发送消息。巴洛达克怀疑奥维肯翻脸不认人了，或者他已经不在了。伊露娜倒是很镇定，坐在指挥台前一言不发。

对此最淡定的是亚斯，他指挥的红光号巡洋舰跟在伊露娜的魅魔号后面。他让自己的舰船悬停好之后，就不管这事儿。亚斯命令手下给他送来一大锅炒肉片，然后他就坐在指挥室里悠然自得地吃了起来。

几分钟后，火控雷达锁定的警报消失了。伊露娜眼前一亮，仔细浏览了一遍全息影像中的信息，嘴角微微上扬了一下："他们把火控雷达关了。"

红光号上的亚斯满不在意地继续嚼着肉片。"瞎操心什么，我就说不会有事嘛！"

"我们刚刚联系了奥维肯，他欢迎你的到来，伊露娜。"那个模糊的声音说，"我会带你们去见他。"

短暂的调整后，双方的舰队建立了数据链，同步折跃参数。一次恒星系内的短距折跃后，他们抵达了距离伊格赫伦德一号行星地表750千米的位置。舰队中的各舰船调整位置，停泊在同步轨道上。

"奥维肯把他的领地建造得很好。"伊露娜说这句话时，她的双脚有点颤抖。她看着窗外那些巨大的空间建筑。无数扭曲的触手蔓延几十千米长，将许多破败不堪的柯拉尔舰船缠绕、连接、固定在一起。那些大大小小的柯拉尔战舰已经失去了航行能力，但它们舰体中央的伪星仍然在发着暗淡的红光。触须生长出面积巨大的薄膜状组织，吸收伪星散发的光。

那些触须像树根一样交错盘结，在五六艘战舰残骸中央生长出一个巨大的肉瘤。肉瘤上结满了大大小小的肿泡。透过一层半透明的膜，可以隐约看到肿泡中的东西——他们有清晰的头骨和脊柱结构，从肋骨看像是某种鱼类。

"那……"稻草人指着那些巨大而恶心的生物组织，"那些是什么啊？"

"看看周围你就知道了。"伊露娜冷冷地说。

那些东西像是海中的鳐鱼，只不过它们是漂浮在太空中的。它们有着扁平的身体和长满触须的嘴。伊露娜不知道那些生物是怎么在太空中控制自己的移动方向的，但它们的确能做到，甚至还能用自己嘴上的触须搬动一些东西。毫无疑问，从肉瘤里孵化出的就是这种虫子。

"它们好像在建造什么。"稻草人望着窗外。

"建造奥维肯的军队。"伊露娜说。

伊格赫伦德一号行星，伊露娜上一次这么近地靠近它是在五年前了。那时候，它被灰褐色的岩石和砂土覆盖着。而现在，站在外空轨道上俯瞰这颗行星，放眼望去是一片猩红的海洋。

"上一次我和伊露娜来这儿时，我们的队伍就是坐着这三艘巡洋舰来的。"巴洛达克在通信频道中和别人闲聊着，"我们用了一个半行星年的时间，把这里打造成了特瑞亚人的新家园。"

"哦？既然你们有了家，为什么不留在这里？"稻草人问。

"历史的教训！不要把所有鸡蛋放进一个篮子里。"伊薇尔说着，呵呵了两声，"如果特瑞亚人都住在一颗星球上，至高秩序的一发碎星炮就会灭掉我们一族人。"

"我们离开了伊格赫伦德，奥维肯留在了这里。"伊露娜继续说道，"那时候，他是我们当中进化得最好的，有自己繁殖一个族群的能力，而且他的领导能力也不差。"

稻草人挠了挠头，"呃……奥维肯像是个男性的名字。"

"是的。"

"你们的男人也能繁殖后代吗？"稻草人问。

伊露娜白了他一眼，"谁告诉你特瑞亚人只有一种繁殖方式的？"

六架穿梭机降落在伊格赫伦德一号的一处平原上。穿过大气层时被空气摩擦得灼热的起落架压在地面上，激起嘶嘶的轻响，冒出一团团白雾。这里刚刚下过雨，地面都很潮湿。

"好吧……"亚斯从穿梭机上跳下来，哼了哼鼻子，"这是什么鬼地方？"

伊露娜轻轻跺了跺脚，脚下泛着猩红的土地黏黏的。揭开地表的一层土，便可看见下方细而长的丝状物。它们交错盘结在一起，汇成细长的肉须，又盘结成一颗颗肉瘤。

"看来我们站在什么东西身上了。"伊露娜环顾四周。

在着陆点等待的伊格赫伦德族群走到他们身边。他们也曾是红精灵，拥有人形的容貌。但现在，站在伊露娜面前的更像是三只介于昆虫与爬行动物之间的怪兽。

"你们来了。"

伊露娜点了点头，眺望远处的那一座外形奇特的山丘。它看上去不像是一座山，至少不是一座……正常的山。它像是某个庞然大物的一部分，或者说……一座肉山？许多条高耸粗壮的肉须支柱将一个盆地包围在中央，像是花瓣包围着花蕊。无数蠕动的尖刺和触须让人不寒而栗。

"嗯，奥维肯在哪？"伊露娜问。

伊格赫伦德族群的红精灵们笑了两声，如果那种"簌……簌……"地穿过他们喉咙的气流算是笑声的话，"你就站在他身上呢。"

"什么？"伊露娜低头看了看自己脚下，"这搞什么鬼？"

"奥维肯大人已经成为这颗行星的一部分。"对方将盘踞在胸前的四条附肢伸展开，细小的肢体末端伸出无数的绒毛和细小的尖爪，"我们都生活在他身上。"

伊露娜又一次环顾四周，然后与巴洛达克和伊薇尔交换了一下眼神，"好吧，我真没想到会是这样。"

"我想知道奥维肯到底怎么了？"伊薇尔问。

"这很难说。"那名红精灵说道，"你们还是亲自去问他比较好，我带你们去见他。"

"哼……"亚斯也跺了跺脚，"这个奥维肯，他不是在我们脚下吗？"

那红精灵打量了亚斯一番，嘴边的四片颚微微张开，露出鼻孔一样的两个洞。他轻轻抽了抽鼻子。空气中飘过一丝危险的气息。伊露娜面前的几个红精灵突然尖锐地咆哮起来。它们的四条节肢动物一样的腿随之兴奋地抖动起来，两条粗壮的上肢从他们能够直立的上半身的肩膀两侧展开，肢体的末端有着镰刀爪龙一样长而锋利的骨爪。

"入侵者！"

伊露娜愣了一瞬，随后她右臂一挥，分裂出的骨刃挡在那三名红精灵面前，左臂将亚斯挡在自己身后，"冷静！他是我的人！"

"奥维肯大人告诉我们,没有接受洛索德尔同化的生命必须被消灭!"

地表的土壤一块块崩开,好像大地忽然有了生命。十几只镰刀爪龙从猩红的地面下钻出来,将伊露娜等人团团围在中间。但伊露娜一声嘶吼就吓退了这群野兽。

"这个赤炎龙是外来者!"那名红精灵喊道,"我们必须保证任何来到这个星系的外来者永远沉默!"

与此同时,伊露娜身侧的几只镰刀爪龙已经蠢蠢欲动,准备扑向亚斯。巴洛达克的右臂立刻膨胀成与他身体一般大小的骨刃,重重往地上一插。伊薇尔也逼迫自己的身体生长出额外的骨板,做好了应对战斗的准备。而伊露娜刚准备说什么,亚斯却一把将伊露娜推到一边。他金色的眼瞳早已炽烈地燃烧起来。

"你们可以试试!"

"这下完了……"伊露娜双腿一软,原地坐了下来。

三名变异的红精灵一跃而起,向亚斯扑去。亚斯连忙向侧方一闪,从背后抽出他的冲压阔剑。他没有将工兵铲展开成剑刃,而是直接抢起它拍向距离他最近的敌人。一名红精灵被砸中了腰部,外骨骼甲壳被击碎,浑浊的棕褐色体液从伤口中喷出来。他被亚斯击飞,撞倒了身后的另一人。

镰刀爪龙们也立刻尖啸着扑了上来,亚斯将阔剑展开,一边劈砍,一边格挡。他被刺中了几下,皮肤表面坚硬致密的鳞片帮他抵挡了一部分伤害,但他身上还是不可避免地留下了几条伤疤。

巴洛达克上前一步,想上去帮忙,但伊薇尔把他拦下了,"亚斯要是连几只狗都对付不了,那他也是没脸活了。"

伊露娜坐在地上,面无表情地看着亚斯和一群镰刀爪龙打斗。沉重的冲压阔剑时而格挡,时而劈砍。与和巴卡尔格斗时的霸气与华丽不同,亚斯的招式相当简洁,但相当实用。亚斯的每一次重击,必然伴随着一只镰刀爪龙飞溅出乳黄色的脑浆。

终于,最后一只镰刀爪龙折断了脖子,倒在地上,被亚斯的脚掌踩碎了脊柱。亚斯拎着沾满黏稠的鲜血的冲压阔剑,瞪着那三个伊格赫伦德族群的红精灵,粗大的鼻孔一张一缩地沉重地喘息着。他喘息了十秒左右,不知是恢复了体力,还是想压住自己的火气,但失败了。亚斯忽然怒吼起来,抢起阔剑向红精灵冲过去。

"当!"

亚斯的阔剑磕到了硬物,被挡在了半空中,伊露娜的骨刃挡在了他的阔剑上。亚斯回过头看着伊露娜,伊露娜默不作声,对他轻轻摇了摇头。两人的动作就这么僵着,对视了许久。终于,亚斯重重地哼了一声,将冲压阔剑收了起来。

伊露娜看了看自己被亚斯的阔剑磕出一个凹坑的骨刃,扶了一下眼罩,"我们不想找麻烦,我来这里是为了寻求奥维肯的帮助。"她对那三个刚才被亚斯揍得屁滚尿流的红精灵说道。

那个被亚斯打断了腰部的家伙以怪异的音调喘息着,用空洞的眼瞳瞪着伊露娜,"奥维肯正看着你们呢!"

伊露娜循着他的目光望去，那座庞大的肉山中央，不知何时升起了一颗巨大的眼球。山崖上伸出的无数肉须连接着它，将它吊起来。那眼球的瞳孔蠕动着，慢慢变形，紧紧盯着伊露娜一行人。

看样子，奥维肯已经注视他们很久了。他的巨眼一直沉默地、饶有兴趣地观看着亚斯和镰刀爪龙之间的打斗，好像体育场边的观众看一场拳击赛，又好像一个深藏不露的高手在观看一局国际象棋。

伊露娜向它挥挥手，包裹着眼球的肉芽也蠕动起来。"奥维肯！你看上去就像坨屎一样啊！"伊露娜冲它大喊，但奥维肯没有回答她。那座肉山在好几千米外，伊露娜不确定奥维肯能听见自己的声音。

"我越来越觉得你们恶心了。"亚斯站在伊露娜身后，双手掐着腰，疲惫地看着这个畸形的世界。

"啊，伊露娜。"伊露娜感觉自己脚下的土地在震动，从地下传来一个低沉的声音，好像地下滚过一阵阵闷雷，缓慢而有力。"我本以为我们没有机会再见面了。"

"看来你把你的族群发展得很好……"伊露娜看着肉山上的眼球，又打量了一下脚下的土地，"你也……把自己进化得很好。你做的一切非常超出我的预料，奥维肯。"她的声音中有一丝惊讶、一丝赞叹，还有一丝悲哀。

"我利用我们的一切优势来生存，在伊格赫伦德扎根只是一个开始。"奥维肯说道，"你的族群呢？伊露娜。"

伊露娜叹了口气，低头看了一眼自己的脚尖，"我的族群在伊塔夸星系遇到了麻烦，一个叫巴卡尔的野心家把我的族人和我的赤炎龙朋友亚斯赶了出来。我需要帮助，奥维肯。"

"没有问题，我会尽可能帮助你们。"奥维肯说道，"但我不能相信你的赤炎龙朋友。虽然你们现在是朋友，但是非我族类，其心必异。"

"敌人的敌人就是朋友。我现在需要亚斯，而他也需要我。"伊露娜说道，"我可以保证亚斯对我们没有威胁。"

亚斯皱起眉头，双手交叉抱在胸前，"前提是你们不威胁我。"

奥维肯的巨眼瞳孔扩张，又收缩，缩成一个点。它像个雷达一样，将亚斯从上到下仔细扫描了一遍，"好吧，我可以暂时让他留在我的星系里。"

占据小半片天空的红巨星渐渐沉入地平线之下，将大地映得一片猩红。一名当地人带着伊露娜一行人跨过一条峡谷，一只死去的巨兽的脊骨成了横跨峡谷的桥梁。深不见底的峡谷下流淌着暗红的河流，崖壁上时而张开一张张嘴，喷出潮湿的臭气。

"我们是走在奥维肯的肺上，还是走在他的肾上？"巴洛达克笑了起来。

稻草人捂着鼻子，一脸痛苦的表情，"啊……谁能告诉我这个奥维肯以前是什么样子的？"

伊露娜冷冷笑了一声，摇了摇头，"你不会相信的。"

"奥维肯以前可是个很英俊的帅哥。呵呵……"伊薇尔打趣地笑了起来,"他和伊露娜以前……"

"闭嘴!伊薇尔!"伊露娜回头瞪了她一眼,眼罩上映出一对杀气逼人的光斑。

"好吧,好吧。"伊薇尔轻轻微笑了一下,闭上了嘴。她跟在伊露娜身后爬过骨架构成的凹凸不平的桥梁,然后帮助巴洛达克攀上地面。

稻草人耸了耸肩,没说什么。

"这是我们每个人都要面对的结局,变成……一个怪物。"伊薇尔的语气很平静。对于她来说,她早已接受了这样的命运。

"以后不会这样了!"伊露娜轻轻哽咽了一下,但她通过调整呼吸,完美地将它掩盖了过去,"只要我们能找到白羽龙。"

"稻草人能提供的线索很有限,依靠这样模糊的信息寻找一只白羽龙……"巴洛达克轻轻摇了摇头,"这可能需要几十年的时间。"

"我们也可能会在寻找白羽龙的旅途中度过余生。"伊露娜说道,"但我认为这样值得。"

稻草人仍然默不作声地听着他们的对话,他有点心慌。他虽然将自己知道的所有线索都告诉了伊露娜,但就像伊薇尔说的那样,所有的信息都很模糊。依靠这么模糊的线索来寻找白羽龙,成功率几乎为零。如果伊露娜带领自己的族群费尽千辛万苦却徒劳无功,总要有人为失败承担责任。到那时候,失去所有利用价值的自己,肯定会被伊露娜用某种残忍的手段处死。

"你们要找白羽龙做什么?"伊露娜脚下的大地又颤动起来。

"治愈洛索德尔。"伊露娜说道。

"洛索德尔可是我们生存的根本啊,失去了洛索德尔,我们会变得弱小无比。"

"至少我的族人能有一个选择的机会,我不希望所有特瑞亚人从出生开始就注定成为一个怪物。"

奥维肯沉默了一段时间,等到伊露娜等人快要走到他们的住所时,奥维肯又说话了,"你一直都是个固执的人,伊露娜,但我相信你的判断。"

"能给我提供点有用的情报吗?"伊露娜毫不在意奥维肯的废话。

"如果你一点头绪也没有,那我也爱莫能助。"

伊露娜做了个深呼吸,理了理头绪。"一个异人龙,有着很特别的天蓝色眼睛,经常披着斗篷隐藏自己……大概是这样吧。"

"了解了。"奥维肯缓缓说道,"这个异人龙有什么特别之处吗?"

"他……可能是个医生,以前应该使用过白羽龙血给人治病。"伊露娜说道,"也可能只是个商人。"

"他很可能是个善于猎杀各种野兽的猎人,甚至是个光速猎手。"

"有可能。"伊露娜扶了扶自己的眼罩,"你知道什么消息吗?"

伊露娜面前是一座残破的三层小楼,虽然窗户和门板都已经不见了,但混凝土墙壁与金属框架仍然完好。猩红的肉须还没有蔓延到这座小楼前。伊露娜低下头，使劲跺了跺脚，这一次，她脚下是踏实的泥土。终于，现在自己脚下踩的不是奥维肯了。

"白羽龙极其稀少，据我所知，银河系中目前至少有三只白羽龙。"虽然伊露娜已经离开了奥维肯的身躯，但他的声音还是震颤着伊露娜脚下的土地。"其中一只位于阿玛克斯帝国境内，为湮灭尊主卡尔诺帕拉所有。魅影组织也一定拥有至少一只白羽龙，否则他们不可能稳定地生产红药。"

"红药？"稻草人问。

"一种能够迅速治愈绝大多数伤口的药物，甚至能让濒死之人重获新生。"奥维肯说道。

巴洛达克呼噜噜了一声，"阿玛克斯……魅影……谁更好欺负一点？"

"说实话，这两家我们都打不过。"伊薇尔无奈地苦笑了一下。

稻草人轻轻咴了咴嘴，开口问："你刚刚说至少有三只，除了阿玛克斯和魅影有白羽龙，第三只呢？"

"第三只……不，这样说太不礼貌，"奥维肯的语速忽然放慢了下来，"另一个白羽龙生命体，是传说中的弑星者洛拉！"

"我们更没办法招惹的对象。"巴洛达克咳嗽了一声。

伊露娜叹了口气，歪头盯着站在自己身边的稻草人。稻草人微微咴了咴嘴，耸了耸肩，双手摊开做了一个"我也没办法"的手势。伊露娜有些失望地摇了摇头。但这次她没有抱怨什么，只是将手伸进稻草人的一头红发中，来回揉搓了几下。

伊薇尔打量了一下面前这座年久失修的建筑，耸了耸肩。在这颗血海肉山随处可见的行星上，这大概是屈指可数的没有被彻底变异的红精灵吞噬的土地了。"看样子这段时间我们要住在这儿了。"

"只要它不会塌了就好。"亚斯瞥了一眼伊薇尔，"你和巴洛达克最好都住在一楼。"

伊露娜刚要踏进屋里，房子忽然抖动了起来。此时亚斯已经走上了通往二楼的楼梯。他的脚步停了一下，又接着向二楼走去。"我不知道你提到的异人龙，但能够贩卖白羽龙血的异人龙一定很有来头。如果他真的很特别，我知道怎么能找到他。"奥维肯的声音又如地震一样传来，"我知道一个情报贩子，他的名字叫'细胞'还是什么……总之就是差不多的这么个发音。"

"我们怎么找到这个'细胞'？"

"外环星域中有一个星团，称作'撒旦之眼'，那是一处超新星爆发留下的遗迹。"奥维肯说道，"据我所知，'细胞'只回应来自这个星团的消息。"

伊露娜眉头微微一皱，"这么做生意的情报贩子肯定会漫天要价。"

"但这种人卖的都是绝对有用的情报。"奥维肯说道，"哦对了，'细胞'不收星币。"

"那么他收什么？"

"说不准……你联系他之后就知道了。"

"或者我直接抓到这个混蛋，打他一顿，直到他把所有知道的都吐出来。"

"如果你能找得到他的话,你可以试试。"

伊露娜轻轻哼了一声,没有理会他。她走进破旧的小楼中,踏起地面上的一层浮灰。巴洛达克跟在她身后,"有什么主意吗?"

"'撒旦之眼',这地方我听都没听说过。"伊露娜叹了口气。"我们的星图上有这个星团的位置吗?"

"好像没有……"巴洛达克挠挠头,"也有可能是我没注意到。"

伊露娜从口袋中摸出一个通信器,挂在耳朵上。"喂!喂!"她敲了敲通信器,"全频道广播!全频道广播!我是伊露娜,我需要找一个名叫'撒旦之眼'的星团。如果有谁知道这个地方,立刻联系我。"

巴洛达克和伊露娜对视了一眼,耸了耸肩。两人站在原地尴尬地沉默了半分钟。巴洛达克摊开双手,耸了耸肩,伊露娜轻轻摇了摇头。

"咚!"

这座破房子的楼板终于塌了下来,粉碎的混凝土碎块和生锈断裂的钢筋哗啦啦地落下来。一片尘土之中,一颗火红的脑袋从碎石中冒出来。亚斯掀开压在身上的碎石砖,从垃圾堆中坐起来。

"我知道……"

纳格法尔号的舰长室中,海莲娜正安静地睡在她的大床上。萨瑞洛玛的手臂搭在她身上,从背后搂着她的腰。躺在她面前的是阿克洛玛,海莲娜伸着一条腿,蹭着阿克洛玛的腹肌。他们俩是海莲娜最喜欢的两个光速猎手,倒不是因为他们的战斗力有多强,而是因为他们的颜值是12名猎手中最高的。

若不是因为人类对长着翅膀的异人龙有恐惧,这对兄弟无论在哪儿都能成为无数少女眼中的男神。帅气的脸庞,结实而性感的肌肉,媲美电影中超级英雄的战斗力,更重要的是,他们对你绝对服从,无论你让他们做什么,他们都会认认真真地完成。

被两个百依百顺的帅哥伺候着,一艘传说中的战舰带自己去任何想去的地方,一个由无数精英战士组成的军团供自己调遣,只要自己一句话,几千人便为实现自己的愿望而舍生忘死,海莲娜觉得这太完美了。

伴随着一阵轻微的震动,海莲娜烦躁地蹬了蹬腿,从睡梦中醒来。她大口喘着粗气,房间中的空气忽然变得格外闷热。"梦灵!我们到哪儿了?"

"华纳海姆星域,瀛洲星系。"梦灵回答道,"我们进入了蔷薇帝国的首都。"

海莲娜不用想就知道纳格法尔号钻进了恒星内。"快上浮!"海莲娜从床上爬起来。"让所有人进入战斗位置!快!"

睡在海莲娜身边的萨瑞洛玛立刻翻个身爬起来,"有什么命令吗?女王。"

"暂时没有,你先待命。"海莲娜说着,走到房间中央,在全息影像的示意范围内站好。几条机械臂立刻从天花板上伸出,将外骨骼护甲组装在她身上。

海莲娜感觉房间在晃动,纳格法尔号正在冲向恒星表面。幽冥战舰的防御系统正竭尽全力地维持着舰船内的稳定环境,确保纳格法尔号中不会有人被恒星引力撕碎。

一片忙碌中,海莲娜一路小跑,来到了一间宽敞的圆形房间中。环绕着房间的六扇大门分别通往不同的走廊,六颗幽绿色的水晶提供的照明,让这里多了一丝诡异的气氛。毕竟纳格法尔号是一艘"鬼船",而海莲娜也习惯了船上的这种风格。

圆形房间中央是一处水池,水从天花板上哗哗地淌下来,浇在房间中央的地板上。水流在漆黑的以太物质上溅起水花,地板却永远干燥着,从天花板上流下的水似乎消失了。

海莲娜纵身跃入房间中央的水柱。随着一阵身体被拉伸的眩晕感,海莲娜从一片幽绿的闪光中跃出,站在了纳格法尔号的舰桥上。此时纳格法尔号还处于恒星内部,舰桥前方巨幅的落地窗现在被鳞片状的黑色金属覆盖着,防止外界的可怕辐射伤害到舰桥上的人和设备。海莲娜纵身跳上王座,两名光速猎手迅速来到王座两边,等待女王的命令。

"周边星系中有友军舰船吗?"海莲娜问。

"距离我们最近的友军舰船属于魅影天狼舰队,位于加仑德星系,距离242.7光年。"梦灵回应道,"基于之前一次召唤海拉的实验结果,我认为哈迪斯的天狼部队是安全的。"

"很好。"王座上的海莲娜点点头,扣上了外骨骼面罩,"开始引力波广播。"

几幅全息影像在舰桥大厅中出现,网格状的图像在海莲娜眼前扫过。"准备就绪,五秒后开始图像传输。"

海莲娜调整了一下姿势,在王座上端正地坐好。这是她印象中自己第一次正儿八经地坐在纳格法尔号的王座上。很快,一篇演讲稿出现在海莲娜的视觉辅助成像中。"这条消息传达给蔷薇帝国政府、军队以及所有公民。我是魅影天煞女王。"海莲娜缓缓开口,她尽可能地让自己的语气听上去严肃而沉重,"我代表魅影,要求蔷薇帝国向魅影无条件投降。"

说到这里,海莲娜停顿了一下,"我承认你们的军队在抵抗我们的侵略中表现得很勇敢。但这场战争持续的时间已经太长了,我已经失去陪你们继续打下去的耐心了。现在留给你们的只有两个选择:要么立刻投降,要么被彻底毁灭。我给你们一小时的考虑时间。一小时后,我会开始逐步毁灭你们的每一个恒星系,直到你们投降。"说到这里,海莲娜的声音还是浮现出了难以抑制的得意与狂傲,"如果你们考虑好了,请回复我。"

海莲娜结束了通信,向王座下的两位光速猎手招招手。她摘下头盔,两名猎手便用翅膀扇风供她乘凉。

"我不认为蔷薇帝国会投降,女王。"阿克洛玛说道。

"他们当然不会。"海莲娜说着,拿起一罐月蚀吸了一口,"传我命令!通知各舰队,代号'主宰'的作战行动正式开始实施!梦灵,准备启动位面之钥!"

大厅中的墙壁像融化了一样,黑色的金属流动起来。片刻间,许多根支柱从墙角伸出,延伸到大厅的穹顶顶端。"已完成A级结构加强,虚空引擎完成预热,纳格法尔号已做好启动位面之钥的准备。"

"好。"海莲娜晃了晃手中的月蚀罐子，"现在要做的就是等待了。"

"女王，我们收到了来自天狼部队首领的消息。"梦灵说道。

"接进来。"

大厅中央浮现出一幅全息影像，影像中的男人穿着外骨骼，面罩上绘着一颗狼头。"海莲娜，我收到你的引力波广播了。"

"嗯。"海莲娜点点头，"相信我，我们很快就能拿下蔷薇帝国了。等到他们投降了，你的人可以更方便地迅速扫荡蔷薇帝国的领土。放心，我不会抢你的战利品的。"

画面中的男人轻轻叹了口气，"其实你不需要这样做，海莲娜。我们在战争中已经有相当大的优势了。不需要召唤海拉，我们也能赢下这场战争。"

"但我可以让我们无须损失更多战士，就轻而易举地结束这场战争。更重要的是，从今天起，再也没有人敢对抗我们！再也没有人敢对抗大名鼎鼎的天狼王和天煞女王，魅影的军团将所向披靡！"海莲娜的笑容中透出了一丝狰狞，"你会为我骄傲的，哥哥。"

其实海莲娜心里也有点虚，这是海拉第一次投入实战。海莲娜之前召唤海拉是在银河系边缘星系的实验中。将传说中的死亡之神——吞噬者海拉放入一个相对来说非常拥挤的星系中会发生什么，这对于海莲娜来说也是未知数。

但无论如何，海莲娜能够确定一件事——她拥有银河系中最强大的战舰。她应该用这艘船去征服星海，去成为自己心目中的那位女王，而不是整天窝在这艘船上，和一群本应是精英战士的光速猎手在一起花天酒地，无所作为。

"我明白你想要建功立业的心情。不过……魅影虽是海盗，但不是毁灭者。"哈迪斯说道，"有十几亿无辜的人生活在那里，他们都会因你的行为而丧命的。"

海莲娜耸了耸肩，"你对一颗行星发动地毯式轨道轰炸时，你怎么不想这些？"

"可是……"

"不听啦！你只要让你的部队离远点看着就好啦。"海莲娜朝哈迪斯吐了吐舌头。哈迪斯还说什么，但海莲娜啪的一声关掉了通信器。"梦灵，启动虚空引擎。不给他们点颜色看看，他们不会投降的。"

"女王，现在时间只过去了 12 分 30 秒，还不到一小时。"阿克洛玛在海莲娜身边说道。

海莲娜吸完了一罐月蚀，缓缓呼出一口气。此时，她的声音中再也没有调皮的语调。"我实在是……没有耐心再等下去了！"当她说出这句话时，她感觉自己不仅是扼住了命运的咽喉，更像是夺过了死神的镰刀，将所谓命运的头颅斩了下来。这一刻，自己将神的力量握在了手中！

"死亡之神，群星的吞噬者，彼岸世界的主人……"海莲娜用她曾学过的古龙族语轻声低吟着，"……聆听位面之钥的呼唤，于彼岸世界现身，吞噬我的敌人吧！"

彼岸的那个世界——人们喜欢将它称作"虚空"。目前还没人知道这个世界到底位于什么地方，但有一点可以确定：通向虚空的门一旦被打开，裂隙附近的一些物质将被吞入虚空，而虚空中的一些存在也会涌过来，比如传说中群星的吞噬者——死神海拉。

纳格法尔号冲出恒星表面，向远离恒星的方向缓缓航行着。它经过的地方留下了一道漆黑的线条，好像沾墨的毛笔在白纸上拖过。那条痕迹周围的光线被扭曲，渐渐地，那条黑线扩散成了前尖后宽的圆锥状，接着又变成了椭球状。某种低沉的轰鸣声在星际间回响着。

那是一种让人浑身发毛的回响，太空中是真空的，怎么可能有声音？但那种低沉的回响却一遍又一遍震荡着所有人的大脑。"好了，这道门足够海拉出来了。"海莲娜看着全息影像中显示的实时图像说道，"关掉虚空引擎。"

"虚空引擎已关闭。"梦灵回应道。海莲娜感觉纳格法尔号又一次震颤了一下，随后，幽冥战舰将那个椭球状的裂隙抛在了身后。

位面之钥就如一把划过水面的匕首，打破了已知宇宙中的法则，劈开时空的壁垒，在一瞬间，打开了通向高维空间的缝隙。现在，海莲娜收回了这柄能够斩破时空的利刃，裂隙会在几秒内很快闭合。

但现实中的几秒，对于虚空中的高维生物则是极其漫长的时间了。吞噬者海拉会迅速感知裂隙的存在，并从其中冲出来，将它能触及的一切吞噬，拖入无尽的虚空之海中。

当然，这只是理想中的情况……

"警告！吞噬者海拉没有出现，传感器检测到未知的能量波动。"梦灵忽然发出了警告。

海莲娜眉头一皱，手中握着的吸空的月蚀罐子也被她捏扁了。"怎么回事？"

"无法确定。"梦灵回答，"空间裂隙的扩张速度在加快，传感器检测到了多个目标正在接近。"又一幅全息影像出现在海莲娜眼前，标识出的空间裂隙范围内，十几个以黄色高亮标记的目标正在移动。

"那是什么？"海莲娜问。

"只能判断是某种航天器。"梦灵说道，"它们有着与纳格法尔号非常相似的信号特征，但它们的引擎能量度数比纳格法尔号强 170 到 204 倍。"

"我要看到图像！"海莲娜感觉到自己的心跳加快，冷汗在她背后慢慢渗出，指间传来了阵阵寒意。

一秒的等待后，全息影像中呈现出可见光成像与红外成像组成的实时图像显示。空间裂隙还在扩散，海莲娜看见许多东西从裂隙中飞出来。它们缓缓扇动着巨大的翅膀，白色的亮光在它们漆黑的身体上缓缓流动。

"等等！它们是……龙类？"海莲娜惊叹道，"它们是活的吗？"

"警报！主机遭到数据流入侵！"梦灵的声音变得模糊不清，全息影像也时明时暗地闪烁起来，最终只留下一片白噪点，"Kolu……Zenalou……传输协议更改……"

忽然，海莲娜眼前的全息影像全部熄灭了，周围的灯光不稳定地闪烁起来。"梦灵！梦灵！怎么回事？"海莲娜惊恐地大叫着。就在几秒前，她还觉得自己是驾驭神力的人，而这一刻，她觉得自己只是命运车轮下碾过的无数只蝼蚁之一。

"Na'dalu kvluo Nidhhoggr！"

那是一种很怪异的语调，海莲娜也不知道如何形容它。它很低沉，却又无比刺耳。如果非要说这声音像什么，大概只能把它形容成两颗行星相撞时的轰响。就是这样一种声音，在船舱中低语着，久久回荡着。

"女王！我认为我们正遭到攻击！"萨瑞洛玛快步走到海莲娜的王座前，"海拉没有响应！刚才那个声音是尼德霍格，它正在召集他的猎手！"

"他的猎手？什么意思？"

"光速猎手曾是一名堕落的星辰武士所生产的战争机器，为影翼龙皇尼德霍格效命。"萨瑞洛玛说道，"永恒之战后，弑星者洛拉将尼德霍格放逐到虚空位面，光速猎手失去了领导者，于是……"

"我没工夫听这些远古历史！"海莲娜吼道，"告诉我现在发生了什么！"

"今天，光速猎手的基因中仍然刻着尼德霍格留下的痕迹，他们仍然会遵从尼德霍格的命令。"阿克洛玛上前一步说道，"纳格法尔号是那个时期留下的，属于影翼龙族的造物。它的数据库中藏着影翼龙族的秘密，尼德霍格现在要夺回这艘船了。"

阿克洛玛话音未落，舰桥大门忽然打开了，其余十名光速猎手同时冲了进来。萨瑞洛玛和阿克洛玛迅速护海莲娜身前。

"主人回来了！"名叫格朗特的猎手走在最前面。"主人需要这艘船！"

"别冲动，同胞们……"萨瑞洛玛连忙转过身，他的目光扫过面前的每一个猎手，"我们已经宣誓过为海莲娜女王效命，我们的誓言还没有失效。"

格朗特比萨瑞洛玛更强壮。他是个异人龙，但比起人类，他更像是一只直立行走的龙。光滑的鳞片覆盖着他的皮肤，锐利的龙角从他的额头两侧伸出，尾巴微微翘起来，敏捷而强壮的双腿也蓄势待发。

"主人离开了很久，一个又一个的轮回中，一代又一代猎手，都忠诚地等待着影翼龙皇——我们的主人的归来。"格朗特大声说道，"现在主人回来了！我们必须为他尽忠！"

"不要被过去的事情束缚了今天的脚步。"萨瑞洛玛的手已经缓缓伸到了身后，摸到了他的武器，"当永恒之战结束，龙族文明随所有旧神陨落之时，猎手们就与过去没有关系了。"

"难道你要为了这个人类而与主人作对吗？"格朗特抽出他的光刃剑柄，黑以太锻造的剑柄忽然活了起来，剑柄表面的花纹转动了一圈，苍白色的火焰从剑前端喷出，而就在一瞬间，某种力场将扩散的等离子体约束住，形成一条一米多长的光刃。"难道说，你对这个女人有了感情？"

萨瑞洛玛沉默了两秒，他平静地拿起自己的光刃，伸直右臂，将剑柄横卧在身前。"是又如何？"

冰蓝色的光刃点亮。萨瑞洛玛的光刃不是一根长而细的光柱，而是一片扁平的光带。他异色的双瞳燃烧起来，随着光刃的点亮，冰蓝色的光芒在他的右眼中翻滚流淌。

"光速猎手是不能拥有个人情感的！"格朗特双手握紧自己的光刃，做好了战斗姿势，"你阻碍了我们执行主人的命令，你必须被消灭！"

萨瑞洛玛一言不发，手腕轻轻一抖，他的剑柄另一端点亮了暗红色的光刃。同一瞬间，暗红色的光芒在他的左眼中流淌起来。其余猎手见状，立刻点亮各自的光刃。刹那间，青蓝色、苍白色与亮紫色的光刃同一时间在昏暗的舰桥大厅中闪烁起来。

"不要让你们对尼德霍格所谓的忠诚禁锢了你们的生命！"萨瑞洛玛一边向其他猎手大声喊叫，一边一步一步缓缓向后退。

海莲娜以最快的速度吸光了又一罐月蚀，感受充裕的灵能涌进自己体内。她戴好了头盔，外骨骼的战斗辅助系统完成初始化。"梦灵！梦灵！"海莲娜在外骨骼面罩后小声呼唤，但没有得到任何回应。"梦灵系统正在重启"的文字提示出现在她眼前。

"阿克洛玛！"海莲娜凑到阿克洛玛身边，她仍然不敢相信刚刚发生的这一切是真的，"这到底是怎么回事啊？"

"猎手们要誓死忠诚于尼德霍格。"阿克洛玛右手中握着他的光刃，但他一直没有点亮它，"我们……阻止不了他们。"

"不不不……一定有什么办法的……"

海莲娜话音未落，两名猎手已经扇动双翼腾空而起，从两侧向王座冲过来。他们的速度如此之快，海莲娜只看见两条青蓝色的光弧向她冲来，快如闪电。

萨瑞洛玛那张平静的脸始终没有变化。他的光刃挥舞一圈，在半空中留下两片冰蓝色与暗红色的扇面。伴随着一声闷响，猎手罗尼僵直着仰面倒下了，他的额头上留下了一个弹孔。而猎手哈拉斯的身体被拦腰斩断成两截，焦煳的切面处血液沸腾着，冒出一缕缕青烟。

"天啊……"海莲娜后退两步，躲到阿克洛玛背后去。前几天罗尼还和她一起睡过觉，而哈拉斯昨天晚上还给她送过晚餐。谁能想到这些忠心耿耿的猎手会在不到两个小时时间内就倒戈相向，成为与你不共戴天的敌人。

阿克洛玛用翅膀护住海莲娜，随后点亮了自己的光刃。萨瑞洛玛右手握着他双向延伸的光刃，左手握着一把镀银的手枪。

"我想我们已经没有选择了，女王。"阿克洛玛缓缓说道。

"我知道。"海莲娜深深吸了一口气，她的理智终于回来了，"尽力拖住他们，我需要一点时间。"

格朗特小心地注视着萨瑞洛玛，萨瑞洛玛也在小心地注视着他。但除了格朗特，萨瑞洛玛还要留意其余几名虎视眈眈的猎手。萨瑞洛玛是海莲娜的12名猎手中最强的猎手，但以少敌多，萨瑞洛玛仍然力不从心。

忽然，又一名猎手向萨瑞洛玛冲过来。他腾越到半空中，抽出两把短枪，向萨瑞洛玛射出一道道粒子束。萨瑞洛玛侧身闪避躲开了前两次射击，随后用光刃格挡了后两次射击。就在这时，格朗特终于出手了。他挥起光刃，全力向萨瑞洛玛冲刺。

萨瑞洛玛连忙格挡。两条光刃碰撞，激起耀眼的火花，爆发出刺耳的爆鸣。同一瞬间,阿克洛玛跳到萨瑞洛玛身侧,用光刃帮他挡下三道粒子束。当那名用双枪射击的猎手靠近时,阿克洛玛趁他的光刃还未点亮,纵身冲到他身下,挥出光刃斩断了他的手臂,又回身一刀斩落了他的人头。

剩下的猎手一起发起了进攻,海莲娜半蹲下来,掌心向地面一拍,以自己为中心爆发出强烈的灵能冲击。一次灵能爆发不足以杀死光速猎手,但能够将他们击退一段距离。萨瑞洛玛仍然在与格朗特缠斗,有三名试图靠近海莲娜的猎手被灵能爆发击飞了。阿克洛玛抽出两把蝗虫式轻型冲锋枪,向被击飞的三名猎手射击。其中两人的胸腔至少被射进去八颗子弹,当场毙命。另一名猎手的左臂和左腿上都中了几枪,虽然没有被杀死,但也基本上失去了战斗能力。

阿克洛玛来不及更换弹匣,又有一名猎手向他冲了过来。他扔下冲锋枪,用光刃格挡敌人的攻击。但近身格斗并不是阿克洛玛的强项,来回交手两次后,他的胸前就被对方劈出一条深深的伤口。

虽然剧痛难忍,但阿克洛玛仍然庆幸自己刚才躲闪及时,没有受到致命伤。不过,接下来的情况就不太乐观了。他用光刃格挡了一次对方的攻击,但对方却用自己双翼骨节上的单指爪刺穿了阿克洛玛的两肋,深深捅进他的腹腔中。

阿克洛玛痛得呻吟了一声,他抬腿用膝盖重击对方的腹部,并用肘部推开对方。然而那名猎手似乎预料到了阿克洛玛的这一招,当他被阿克洛玛推开时,他顺势从阿克洛玛腰间拔走了手枪,随后,在相距不到两米的距离上,向阿克洛玛连开四枪。

阿克洛玛用光刃挡下了三发子弹,最后一发击中了对方的左肩。虽然阿克洛玛又一次让自己身体的要害部位躲过了致命的攻击,但他知道对方不会再给自己一次机会的。

"阿克洛玛!趴下!"海莲娜抬起双手,将掌心对准了阿克洛玛面前的猎手,而阿克洛玛立刻照做了。外骨骼的战斗辅助系统帮助她将灵能汇聚到掌心,两束蓝光涌出,径直向目标射去。

虽然海莲娜的动作很快,但从她准备到开火已经过了1.5秒的时间。一名训练有素的光速猎手能轻而易举地用光刃挡下她的攻击。不过,在他一时间忙于应付海莲娜时,阿克洛玛忽然蹲起来,挥出光刃砍断他的双腿。紧接着,阿克洛玛的双翼向前一刺,单指爪刺穿了他的喉咙。

"梦灵系统已重新上线。"

海莲娜眼前一亮,她等待的东西终于来了。"帮我解决他们!快!"

位于大厅中的传感器迅速收集现场的各种信息,供梦灵进行分析。两秒后,大厅的墙壁又一次融化,黑以太金属凝固成多个小型炮台。"内部防御设施激活。"炮台锁定了大厅中除海莲娜、萨瑞洛玛和阿克洛玛以外的所有生命体,幽绿色的粒子束向他们扫射。

海莲娜向自己正前方释放一次灵能脉冲,击退想靠近自己的敌人。光速猎手不会装备重武器,除了他们的光刃,就是一些小型枪械。外骨骼的护盾可以在一定时间内抵挡他们的射击,海莲娜要做的就是保证不会有人用光刃砍中自己。

"萨瑞洛玛！我们快撤！"海莲娜拉起受伤的阿克洛玛，背着他向大厅门口跑去。萨瑞洛玛边打边撤，掩护在海莲娜身后。其他猎手们发现他们要跑，立刻向大门靠近。

"不！先解决炮台！"格朗特忽然后退一步。萨瑞洛玛见状，立刻向身后一闪，转身跟着海莲娜跑出了大厅。三人刚冲出大厅，黑以太物质便融化流淌，迅速凝固成一扇厚重的墙壁封闭了舰桥大门。

"阿克洛玛！"海莲娜将他从自己背上缓缓放到地上。"阿克洛玛！你能撑住吗？"

"我死不了。"阿克洛玛呻吟了一声。

萨瑞洛玛从绑在自己大腿外侧的小包中拿出一根针管，扎在阿克洛玛的脖颈侧面，将其中泛着淡粉色的透明液体注射进他的颈动脉。"这扇门阻挡不了他们多久的。"

阿克洛玛皱着眉头咳嗽了一声。从白羽龙血中提炼出的药物已扩散到他全身。不到十秒的功夫，他身上的伤口开始以肉眼可见的速度飞速愈合。阿克洛玛站起来，活动了一下胳膊，"现在怎么办？"

纳格法尔号的船身忽然剧烈地颤动起来，海莲娜差点跌倒在地上，"梦灵，怎么回事？"

"我正在控制纳格法尔号进行超空间折跃，尼德霍格正在逐步将我赶出这艘船的控制系统。"梦灵回应道，"我能拖住它两个小时，在这之前我必须将自己的主要程序转到其他硬件中。"

海莲娜低着头，在原地走了一圈。"该死！"她的右拳重重捶在左手掌心，"我不能失去纳格法尔号！"

"我们现在没有夺回这艘船的能力，女王。"萨瑞洛玛熄灭了光刃，缓缓搂住海莲娜的肩膀，"我们只能离开纳格法尔号。"

"他们到底为什么……"海莲娜指着闭锁的大门咆哮起来，又忽然安静下来，久久地和萨瑞洛玛对视着。忽然，她想到了什么事，眼中闪过一道灵光，"霜龙在哪？"

"他与大黄蜂的旗鱼小队游荡在维纳尔星域，具体位置无法得知。"梦灵回答。

"让他的队伍立刻到我们的折跃终点接应我们。"海莲娜命令道，"如果霜龙这小子真有什么用，现在他该发挥点作用了！"

银心——银河系的中央区域。银河系这个扁平的圆盘在这里有了一个突起，从盘状变成球状。这里是银河系中天体密度最大的区域，星际空间格外拥挤，到处都有恒星碰撞留下的痕迹。超空间航行变得格外危险，对于不熟悉环境的驾驶员来说，你永远不知道脱出超空间后会撞上什么。

RUH-338，这是导航电脑上显示的恒星系名称——可能只是魅魔号巡洋舰的导航电脑这样命名它。这个恒星系实在太小了，只有一颗气态行星环绕着恒星系中央的中子星。这些小恒星系都没有准确的命名，它们的名字都是导航电脑自动生成的字母与数字组合的代号，安装不同导航系统的舰船生成的代号往往也不相同。

"哈利路亚！"巴洛达克一拍桌子站起来，探测器显示恒星系中唯一的行星质量很大，是一颗气体巨星。"伙计们！我们有燃料了！"

"喂喂喂！你轻点！"伊薇尔也连忙站起来，"你要是把飞行控制台敲坏了就不好玩了！"

巴洛达克很放松地哈哈大笑起来。"快去找伊露娜！"

"不用找了。"伊露娜走进驾驶室中，"别高兴得太早，我们缺的不仅是燃料，水和食物都不多了。"

"至少现在燃料不缺了。"巴洛达克向驾驶室外走去，"我去开穿梭机采集燃料，伊薇尔你来开船。"

伊薇尔耸了耸肩，没有说话，转头看着伊露娜。

"嘿！"伊露娜叫住了巴洛达克，"让亚斯和你一起去吧。"

"好！"

巴洛达克离开驾驶室后，伊露娜轻轻叹了一口气，摇了摇头。

"伊露娜大人，你有什么心事吗？"伊薇尔问。

"没什么。就是这地方让我感觉不舒服。"伊露娜走到巴洛达克的座位上坐下。"这里……太亮了，到处都是星星，那么亮的星星。我讨厌太亮的地方。"她说着低下头，整理了一下自己的眼罩。她深呼吸的时候，伊薇尔能听见她的颤抖。

魅魔号进行了两次恒星系内的短距折跃，接近这颗行星。巡洋舰开始减速，缓缓靠近行星环，从上方飞入行星环内侧。进入环绕轨道后，伊薇尔打开了机库气闸。"巴洛达克、亚斯，你们俩可以下去了。"

"收到。"

伊薇尔打了个哈欠，半躺在驾驶座上。窗外，两个白色的光点划出两道弧线，渐渐消失在乳白色与淡黄色的云层中。气态巨星大气中90%的成分都是氢和氦，巴洛达克和亚斯要做的就是在它浓稠的大气中飞一圈，抽取气体压缩进储气罐里。

"你确定我们的航向没问题吗？"伊薇尔问，"我总觉得亚斯在带我们走歪路。"

"亚斯没必要在这件事上要我们。"伊露娜从上衣胸前的口袋里摸出一根皱巴巴的香烟。她将烟卷凑近鼻孔，嗅了嗅。但考虑到穿上捉襟见肘的空气过滤剂储备，她没有点燃这根烟。"我们的生存能力比赤炎龙种要强，如果我们迷失了航向，先死的也是亚斯。"

"给你提个建议，伊露娜。"亚斯的声音在通信器中传来，"下次在别人背后说坏话时，先把公开通信关了。"

"我只是实话实说罢了。"伊露娜不以为然地说道。"我们已经航行了16天了，如果船上的食物耗尽了，我们就只能以炖赤炎龙肉为食了。"

"我提醒过你这会是一次漫长的旅行。"亚斯说道，"别太着急，最多再过两天，我们就能到了。"

"你应该祈祷我们的食物能维持两天。"伊露娜冷冷地说道，"如果不是那样的话，你就要成为我们的食物了。"

"那样你们就永远也别想找到'撒旦之眼'了。"

伊露娜冷冷地哼了一声，没有理会他。

"不远了。"亚斯的声音听上去很是轻松，"用不了三个小时，我们就能一边欣赏着黑洞一边吃早饭……或者晚饭了。"

第九章

水行星

……现场的具体情况目前仍无从得知,我们派往瀛洲星系的无人探测器全部失去了联系。三小时前,体型巨大的龙形生物袭击了卡特拉尔王国的四个边疆星系。据初步统计,遇袭的恒星系中无人生还。我们对这种生物目前一无所知,但毫无疑问,华纳海姆星域的灾难已经在全银河范围内引起了巨大的恐慌……

——埃尔坦恩自由电视台早间新闻报道

"肃静!肃静!"汉斯·冯·隆施坦恩站在银河大会厅的讲台上,用力敲击着桌子。"如果大家有什么问题,请一个一个讲。"

今天,银河大会厅中不止坐着银河议会六大国的代表,外环星域中各个被议会国承认的主权国的代表都挤在大会厅中。

卡特拉尔王国的外交部部长蹒跚着踩着椅子站起来,这位矮人站在椅子上时,才能比他旁边坐着的人高出一截来。"恕我直言,您讲的都是废话,汉斯先生。"矮人尽力压着火气,让自己能够心平气和地讲话,"我们想知道的是,我们该做什么才能阻止这场浩劫?"

"我们根本没见过这样的东西……"另一位代表说道,"我们的所有防御在它们面前全部形同虚设。"

"无论它们是什么,它们都强大到了我们无法想象的地步……"

汉斯深深叹了口气,低头看着自己的演讲稿,又缓缓抬起头来,"阿玛克斯帝国代表,你从会议开始后就没有说过话。作为银河系中拥有最强军事力量的代表,你不想说点什么吗?"

"不想。"座席上的卡尔头也没抬，只是自顾自看着自己的手指，将自己雪白的长发一圈圈缠绕在手指上，又一圈圈松开。

汉斯打量了一下这位陌生的面孔。作为一名帝国的外交代表，他有些太年轻了。棱角分明的消瘦脸庞，一身简约的银灰色长袍，他全身上下都给人一种剑刃一样锋利的感觉，特别是他锐利的目光。

"我们服从银河议会的管理，是因为你们能够保护我们的安全！难道现在你要告诉我，你们的军队不愿意遵守诺言吗？"

卡尔瞟了一眼那名不知是哪个小国的代表，不慌不忙地站起来，"这个世界根本没有做好对抗它的准备！你们没有，我也没有。你们这些凡人的进步速度真的太慢了！我等了几个世纪，也没等到我需要的一切。"说到这里，他稍稍停顿了一下，锋利如剑的目光扫过每一个人的脸。

"你们在这里争吵，只是为了逃避一个你们已经知道了几百年的事实！"卡尔大声说道，"你们所有人，都只是一群蝼蚁！一群被神灵肆意踩躏的蝼蚁！比你们强大成百上千倍的文明在银河中存在过，而现在，它回来了！"

"我来到这里是为了寻求解决问题的方法。"柯拉尔外交官仍然像其他所有柯拉尔人一样平静，"如果任何人有帮助解决眼前的危机的方法，请立刻说出来。"

卡尔皱了皱眉头，他很不喜欢柯拉尔人。尽管他承认"高等精灵秩序整合体"的社会体制在某种程度上的确很成功。

精灵族内战过后，精灵分裂成了两部分：特瑞亚人与柯拉尔人。取得胜利的柯拉尔人认为"秩序"是文明发展的方向。因此，柯拉尔人致力于消除一切"混乱"的存在。

为此，柯拉尔人通过基因技术将自己的种族转化为三个阶层：政客、学者与武士。政客拥有迎合绝大多数人类审美的标准外表，负责处理国家间的外交关系以及管理国内的各种事务。学者是拥有极端发达大脑的柯拉尔人，负责科学研究，为研制新的科技产品、发展新的理论学说努力，而过度退化的四肢使他们不得不借助特殊的外骨骼来移动身体。武士是柯拉尔人中的军人，他们感官敏锐，身体健壮，而且绝对忠诚，负责消灭一切干扰"至高秩序"正常运行的因素，保障整个国家时刻以最高效率运转。

每隔一段时间，来自三个阶层的柯拉尔人代表会聚集在一起，商讨"至高秩序"的内容。柯拉尔人将此视为指引国家前进方向的准则，一旦确定了至高秩序的内容，接下来整个柯拉尔联邦的所有国民都会以此为目标进行工作，驱动整个精密而高效的国家机器向这一目标前进。

但只有这些还不足以使柯拉尔人达到绝对的"秩序"。柯拉尔人因此放弃了两性交配繁殖的方式，使用基因工程批量生产各阶层所需的基因来产生最优秀的后代，将不可控的自然基因突变这一"破坏绝对秩序"的因子剔除了出去。而且经过基因强化的柯拉尔人理论上能够免疫任何疾病，使这些国家机器上的"零件"质量更高，使用寿命也更长。

然而这就足够了吗？不，相对来说，一个人的生命还是比较漫长的。在其漫长的人生中,难免会产生一些奇怪的念头。而这些念头正如不可控的基因突变一样,极易带来混乱,是秩序的大敌! 为此,每个柯拉尔人还在胚胎阶段时,其脑中便被植入一种纳米机器。这种设备主要用于为每个新生柯拉尔人的大脑中刻入"绝对服从至高秩序"的"天生本能",好像给电脑预装程序。除此之外,它还能够时刻监视柯拉尔人的思维。如果有人在工作中产生了"不正常"的念头,运行此监控系统的智能程序将启动死亡开关,使违规者立即脑死亡。

同样,对于过度衰老、没有能力继续工作的柯拉尔人,至高秩序的监控系统将判定其已经达到使用寿命,并对其进行"自毁"处理。国家资源是宝贵的,"高等精灵秩序整合体"不会将任何资源花费在无法为国家机器继续效力的废物身上。

就这样,柯拉尔人终于创造出了他们心目中秩序完美的世界。这个只有六个星系领土的国度建立了凡人世界中最辉煌的城市,发展出了最尖端的科技。柯拉尔人的国度也被认为是最安全的地方,因为这里的犯罪率从来都是零。

卡尔很讨厌柯拉尔人的国度——一个没有灵魂,只有一群有着血肉之躯的机器一日复一日地重复运转的国度。但无论如何,现在柯拉尔人是他的盟友,他需要至高秩序的力量。

"从现在开始,我们必须集中所有资源,打造一支能与尼德霍格抗衡的舰队。"卡尔冷冷地说道,"这个目标在现在看来,简直就是痴人说梦。但除此之外,我们没有第二条路可以走。我们就像是用弓箭和长矛来对抗星际战斗机的原始人,这样很蠢,但这是我们唯一能做的事!"

"如果我们失败了呢?"凯洛达帝国外交官问。

"迎接第二次诸神的黄昏。"卡尔不带任何喜悦地淡淡一笑,"对于我来说,这也没什么可怕的,我经历过第一次。但对于你们来说,这将是你们种族与文明的尽头。"

亚斯粗大的手指笨拙地在触摸屏上点动着,将导航电脑中的"EAZ2 星域"更名为"'撒旦之眼'星域"。点下"确定"键后,亚斯从身边的电饭煲中摸出一根鸡腿吃了起来。远方的星空中,一个巨大的黑斑格外引人注目。

"你看,我没说错吧。"亚斯呵呵笑起来,"我们已经在黑洞边上吃早饭了。"

"嗯,但最近的黑洞距离我们仍然有 700 多光年,我们还是欣赏不到它。"伊露娜嚼着一根鸡脖子,肉和骨头在她嘴里咯咯作响,统统被碾碎,"而且,你可没告诉我们你藏了两只烧鸡的事。"

"我是不希望好东西被巴洛达克偷吃了。"

魅魔号渐渐靠近"EAZ2-11-02"行星。伊露娜对这些乱七八糟的天体编号相当头疼,好在伊薇尔能耐心地处理好导航电脑上各种复杂的信息,保持魅魔号始终在正确的航线上。

伊薇尔给人的第一印象大多是头脑简单的暴力狂——这要归功于洛索德尔赐予她的那一身极具视觉冲击力的肌肉和骨板护甲。有了这些天生的条件,伊薇尔便敢于在战场上用自己的身体挡下敌人的枪弹，而这又更加坚定了她在红精灵们心中"莽妇"的名号。

但若和伊薇尔相处一段时间后，你便会发现，这个外表粗犷的姑娘其实心思相当细腻。她能够熟练地用自己肿胀的手掌与脚掌平稳地驾驶各种飞行器，也能耐心地修理或组装各种机械。她看得懂复杂的星图，听得懂七门外语。正因如此，伊露娜无论要坐船去哪个恒星系，都一定要带上伊薇尔。

"既然我们已经到'撒旦之眼'了，接下来我们怎么找到那个'细胞'呢？"巴洛达克问。

巴洛达克说完，船舱中的几个人都不约而同地看着稻草人。坐在地上的稻草人看了看大家，慌张地把口中的食物吞下肚，"别看我！我不知道啊！"他擦擦嘴，"你们问奥维肯去啊！"

巴洛达克和伊露娜对视了一眼。"稻草人已经把他知道的所有东西都告诉我们了吗？"伊露娜坏笑着对巴洛达克使了个眼色。

"应该是的。"巴洛达克同样邪恶地坏笑起来。

"这样说来，稻草人对我们已经没用了。"伊露娜转头看向稻草人，"我还没吃饱，要不我们把稻草人炖了吧。"

稻草人的脸一下子白了，"别别别！"他惊慌地大叫，双腿打起颤来，他手脚并用让自己的身体向后挪动。"不要啊！伊露娜不要啊！你让我干什么都行！我不想死啊……"

伊露娜和巴洛达克又对视了一眼，两人忽然捧腹大笑起来。"啊哈哈哈哈！"巴洛达克用他骇人的骨爪指着稻草人笑得直不起腰来，"这小子吓尿了！哈哈哈哈哈！你随便开了个玩笑他就吓尿了！"

稻草人这才感觉到自己两腿间凉凉的，他的短裤已经湿透了。"我……"他看着笑得上气不接下气的伊露娜和巴洛达克，呜呜哭了。他缩到墙角去，一把把抹着眼泪。稻草人也不知道自己为什么要哭，他流浪了那么多年，被别人欺负过很多次，这是他第一次为自己感觉悲哀。

无论在哪里，弱者永远都无法立足，即便是在同族人的怀抱中……

伊薇尔一言不发地站起来，坐到驾驶座上。她用自己粗壮的爪子握住操纵杆，将魅魔号巡洋舰送入行星外空轨道。

"我们到了。"伊薇尔面无表情地回到大家中间，"我们是不是该准备到地面上去了？"

伊露娜和巴洛达克渐渐停下了笑声，船舱中陷入了一阵尴尬的沉默。伊露娜瞥了一眼一直低着头吧唧吧唧吃东西的亚斯，轻轻叹了口气，"等大家吃完饭。"

"好。"伊薇尔面无表情地点点头，她和伊露娜凝固的表情无声地将房间内的气温降低了好几度。

"嘿，伊薇尔！"巴洛达克不悦地在她背后喊道，"你就这么热衷于打断别人的乐趣吗？"

伊薇尔没搭理他，她走到稻草人身后，轻轻踢了一下他的屁股，"跟我来！"

EAZ2-11-02，这是一颗体积较大的蓝色行星，它的地表全部被液态水覆盖。作为一颗岩态行星，它的行星环让它显得格外与众不同。这颗行星的外空轨道上没有空间站，但外空轨道上却悬停着许多艘大型船只。毫无疑问，这是一个相当热闹的恒星系。

伊薇尔将魅魔号停在了最外侧的环绕轨道上。他们的燃料不多，而且伊露娜也没有在这个星系久留的意思。她只想着快点联系到"细胞"，得到自己需要的情报，然后赶快回伊格赫伦德去。

20分钟前，伊露娜向奥维肯发送了消息，询问他关于如何联系"细胞"的事。但"撒旦之眼"距离伊格赫伦德星系实在太远，即便是超空间通信，信息也需要半小时左右才能传达到目的地。考虑到魅魔号上紧缺食物和淡水补给，在这颗行星上获取补给品是很必要的。

因此，伊露娜将伊薇尔和巴洛达克留在巡洋舰上——他们俩变异得太明显，非常容易引起其他人的恐慌。于是，她决定带着亚斯和稻草人乘坐一架穿梭机降落到行星上去。

"要是你能陪我一起去行星上就好了。"稻草人换了一条裤子，又换了件上衣。伊薇尔站在他身边，把他的脏衣服捡起来，扔进洗衣机里去。

"别担心，"伊薇尔用她变异的手掌拍了拍稻草人的后背，"伊露娜会照顾好你的。"

"我恨伊露娜。"稻草人缓缓低下了头。

伊薇尔绕着稻草人来回走了两圈，叹了口气，"伊露娜有些事的确做得很过分，但她不是坏人。她只是……"说到这里，伊薇尔仰起头，双眼望着天花板。她沉默了许久，又低下头，轻轻叹了口气，"她是个可怜人，像你一样。不，我第一次见到她时，她比你还要惨。"

"我可不觉得她有多可怜。"稻草人摇了摇头，"伊露娜就是个无恶不作的强盗，为了自己的目的什么事都做得出来！"

"只是绑架了一个有希望让特瑞亚人摆脱洛索德尔的男孩，这就算无恶不作吗？"伊薇尔倚靠在墙上，微微低着头看着稻草人，"你恨她只是因为她做了对你来说很过分的事，但站在其他特瑞亚人的角度看，她做得没有错。"

稻草人抬起头和伊薇尔对视着，沉默了。

伊薇尔将自己的手掌搭在稻草人的后背上——她的手掌太过巨大，几乎能把瘦小的稻草人握起来。"别让她失望，稻草人。"伊薇尔半蹲下来，凑近稻草人的脸，"哪怕你真的帮不上什么忙，至少可以……给她点心理安慰什么的。伊露娜已经失去了一切，只剩渺茫的希望让她坚持走到今天。我不希望看到她受到更多伤害了。"

"你觉得我们能找到白羽龙吗？"稻草人问，"如果我们真的找不到了，怎么办？"

"无论如何，我们一定要让她相信还有希望。"

咚咚咚的敲门声传来，准确地说那应该是砸门的声音，随之而来的是伊露娜尖嗓门的咆哮："伊薇尔！我们要下去了！快点把稻草人送出来！"她喊着，又咣咣咣砸了三下门，"稻草人！别告诉我你和伊薇尔做那什么事了！对着伊薇尔这个怪物你也下得去手？你口味也真够重的！"

"瞎说！我对小孩子从来没兴趣！"伊薇尔打开房门，稻草人跟着她一起走出去。

伊露娜紧了紧自己的眼罩，对躲在伊薇尔身后的稻草人扬了扬下巴，"过来。"

"哦……"稻草人僵硬地挪动着脚步，走到伊露娜身边。伊露娜将手里拎着的一个单肩背包和一把短冲锋枪往他怀里一塞，稻草人连忙抱住，"呃，我们要去打仗吗？"

"你得有防身用的武器。"伊露娜说着，又将目光转向伊薇尔，"如果奥维肯回信了，立刻联系我。还有，别让巴洛达克在船上胡闹，行不？"

"没问题。"

稻草人跟着伊露娜去了机库，登上了穿梭机，和亚斯挤在后座舱里。后座舱原本设计能够乘坐12人，但座舱中很大一部分空间被改装成了采集和储存重氢燃料的设备。现在座舱狭小的空间中只能容纳亚斯和稻草人两个人。当穿梭机穿过大气层，机身咯咯地抖动时，稻草人和亚斯就挤在狭小的机舱中，对着忽明忽暗的照明灯发呆。

"真不知道你这种废柴是怎么在伊塔夸活下来的。"亚斯抽着雪茄，鼻孔里喷出一团团浓烟。稻草人咳嗽了一阵，渐渐适应了污浊的空气，安静下来。

"我也不知道。"稻草人耸耸肩，"也许只是运气好吧。"

说到这里，穿梭机忽然猛烈震动了一下，尖锐的金属断裂声随着震动传遍整个机舱。

"我讨厌这声音。"稻草人环顾四周，但船舱内仍然一点异样也没有，甚至没有任何警报响起。

"机尾处的外壳好像破裂了。"伊露娜说道，"没关系，我们的穿梭机还有护盾。只要机身不解体，我们就没事。"

"闭上你的乌鸦嘴！伊露娜！"亚斯将只剩一小截的雪茄扔到机舱地板上，踩在脚下碾了碾。

伊露娜"呵呵"笑了一声。此时穿梭机已经进入大气对流层。伊露娜启动了位于机腹的缓冲发动机，穿梭机开始减速。失重感消退，随之而来的是熟悉的超重感。稻草人喜欢这种被压在座椅上的感觉，这让他感觉到很安稳，一种难以形容的安全感。

液态水组成的海洋总是很容易吸引流浪在星海中的生命，它们就像星际间一盏盏蓝色的明灯，指引着每一艘迷航的飞船，给船上每一个渴求生存的人带来活下去的希望。行星上拥有液态水，至少说明了行星上的温度和气压适宜人类这样的碳基生物生存。

穿梭机完成减速后，机载雷达立刻探测到了许多个海面目标。"我找到降落区了。"伊露娜说道，"前面那地方很热闹啊。"

不只雷达发现了目标，伊露娜现在也可以清晰地用肉眼看清下面的状况了。平静的海面上漂浮着一个个棱角分明、巨大的人造浮岛。现在接近正午，阳光很明媚，伊露娜能看见很多飞行器在浮岛上起降。

这些浮岛的主体都是由通用接口连接在一起的各种飞船,它们漂浮在海上已经有很多年了。最早来到这颗行星上的星际游民将自己的飞船当作漂浮在海上的小窝。直到坠落在海上的飞船越来越多,它们的主人便将它们连接在一起。随着不断有新飞船加入,一座座海上浮岛就这样形成了。这些漂浮在海上的流浪者在飞船拼接成的浮岛上搭建起一座座平台,将浮岛改造成一座座海上城市。

伊露娜驾驶穿梭机到一座浮岛的边缘,在一处简易的停机坪上降落了。机舱门打开,亚斯将稻草人一脚踹了出去,随后他慢悠悠地从穿梭机里爬出来。"啊!下次我到前面开飞机!后面挤死了!"

稻草人尖叫了一声,脸朝下跌在地上。他感觉自己的腰和后背都很疼,又好像没那么疼,有些麻木的感觉。他想要爬起来,但他的腿一动,腰就立刻开始剧烈地疼痛起来。

"你要是再敢打稻草人一下,我就把你扔到恒星上去!"伊露娜恶狠狠地瞪了亚斯一眼,连忙走到稻草人身边,将瘫倒在地上的他扶起来。稻草人小心翼翼地撑着自己的后腰,时不时大声呻吟着。亚斯那一脚踢在他后腰上,现在稻草人后背的下半部分几乎全变成了青紫色。

亚斯若无其事地呵呵一笑,"这么个废柴被你伊露娜这么护着,哎呀哎呀……"他讽刺地咧起嘴,轻轻摇摇头。

"在我得到白羽龙血之前,我需要他完好无损。"伊露娜撑着稻草人站起来,检查了一下他后背上的伤,"没伤到骨头,应该没事。"

稻草人靠在伊露娜身上,拖着自己无力的两条腿。他的左手搭在伊露娜肩上,右手拎着出发前伊露娜递给他的冲锋枪。他瞥了亚斯一眼,如果这时候他能开枪打爆亚斯的脑袋就好了。那个粗鲁的混蛋一直在给他找麻烦!或者,他可以打爆伊露娜的头……

想到这里,稻草人不想再往下继续想了。他想起了在伊塔夸一号上他要逃出北极堡垒的那一次。那天,他拎着一根铁管,拼命地想要砸碎伊露娜的脑袋。伊露娜就那样倒在了他面前,惊恐地蜷缩着身体,鲜红的血染红了她的白发。

伊薇尔说,伊露娜是个可怜人……

她可怜吗?也许是可怜吧。哪个特瑞亚人不可怜呢?如果没有洛索德尔,如果特瑞亚人和柯拉尔人能和平共处,伊露娜这样漂亮的精灵姑娘,可以过上自己心中最幸福的生活。

甚至,稻草人会愿意和她共度余生……

"等你找到白羽龙血后呢?"亚斯问伊露娜。

"以后的事以后再说。"伊露娜说道。

正当两人说话时,有五六艘穿梭机在他们周围降落了。它们下方吊挂着一块巨大的电磁铁,磁铁上吸着成堆的金属碎片。穿梭机悬停在一处巨大的方形漏斗上空,将电磁铁上吸附的金属碎片丢下去。随后它们又游荡在周围的海面上,吸起更多的残骸。

并非所有人都像伊露娜这样,将飞船停在外空轨道上,自己坐穿梭机下来。很多飞船直接穿过大气层，降落在海面上。那些经受住冲击的飞船便漂浮在海上。还有很多飞船与海面接触后滑行了一阵子，激起雪白的巨浪。也许是着陆速度太快，或者船体结构不够坚韧，它们在海面上解体成了一堆零件。以收废品为生的当地人便驾驶着穿梭机，匆匆赶往飞船的坠落点，在那些残骸沉入海底之前尽可能将它们打捞回来。

"没想到这里会这么热闹。"伊露娜环顾四周，"对于一个偏远的小星系来说，这里的人有点太多了。"

"哦？你们不知道吗？"路过伊露娜身边的一位矮人老者打量了一下她，又打量了一下稻草人和亚斯，"嗯，你们不像是逃难的。"

伊露娜和亚斯对视了一眼，"我们不是逃难的，我们来这里……是为了找一个人。"

矮人点了点头，推了推鼻梁上硕大的眼镜，"找人啊，现在还真不好找。这颗行星和银河系一样，已经乱成一锅粥了。"

"乱成一锅粥了？你知道这里发生了什么吗？"

"末日要来了。"矮人说道，"外环星域的很多地方都毁灭了，人们为了避难，只能逃到银心区域的星系，比如这里。这里是人们能抵达的距离灾难最远的地方，难民们在这里安家，然后祈祷外环的灾难不会蔓延到这里。"

伊露娜的眉头皱了一下。她盘算着自己从离开伊格赫伦德星系到抵达"撒旦之眼"的时间，如果不计算超空间航行带来的时间膨胀现象，她已经和魅魔号一起航行了17个标准地球日。难道就这么几天里，就发生了末日灾难一样的事吗？

至少这颗行星上正在发生的事部分印证了矮人说的话，如果这个矮人说的是真的，那么奥维肯的族群也许会有危险。

"你说的末日是什么意思？"伊露娜问，"那是什么样的灾难？"

"不知道，以前从来没人见过那种东西。"矮人摇了摇头，"你们不如到我的饭馆里坐坐吧，我们慢慢聊……"

震耳的轰鸣声滚过天空，一团烈焰将波浪状的云朵吹开。人工岛上的几位打捞者拿起望远镜，望向从天而降的火球。那东西像一支细长铅笔，朝向海面的一端正在喷射着橙色的火光。看样子，那是一艘型号很老的长杆式战列舰。它坠落进大气层，将主推进器朝向海面，正在做减速机动。

"有个大家伙掉下来了！"一个爬在高塔上的人大吼了一嗓子。停机坪上的穿梭机立刻像受惊的鸟一样纷纷飞起，暴力启动的引擎掀起一阵又一阵火热的气浪。

这时，那艘战列舰已经几乎要触到海面了。它关掉了引擎，长杆状的舰体几乎竖直着一头扎进了海里。红热的引擎喷口与海水接触，海水立刻沸腾，引起几十米高的海浪。几秒的工夫，战列舰几乎完全冲进了海里，只剩一小截浮在水上。

很快，水中的舰体翻转起来。舰首接触到海面，舰尾则一下子从水下跃起来。这个庞然大物在水面上下浮动，翻转了一阵，终于漂在水上稳定了下来。

几架穿梭机环绕坠落的战列舰飞行一圈，其中一架在它正上方悬停了下来。"不明舰船,你坠落在阿尔法城周边海域。"飞行员通过公开无线电频道向它喊话,"船上有活人吗?"

"有!"

飞行员的脸色变得难看了一些,船上有人活着,意味着他们不能将船上的东西占为己有了。"收到。"飞行员说道,"你的船还能动吗?"

"主推进器损坏,辅助推进器还能用。"

"知道了,你的船可以与阿尔法城对接。"飞行员说道,"当然,你也可以申请拖船的帮助,但那会收取你一定的费用。"

"不用了,我的船可以自己过去。"

穿梭机有些恋恋不舍地继续盘旋了一阵,陆续返航了。战列舰舰桥上的老人叹了口气,撑着控制台站起来。"康格斯,修复启示录号需要多久?"他说话的语速不快,带着很重的鼻音。

"预计需要 15 个标准地球日。"名叫康格斯的副手坐在自己的位置上,双眼飞快地扫视着全息影像中快速刷新的数据,"但反物质引擎没有足够的燃料,即使修复,我们也没有足够的动力起飞。"

"嗯。"老人点点头,从手边拿起一根拐杖。老人的身体已经异常消瘦,松弛的皮肤皱缩着。他就像一棵枯树,已经失去了生机,但这具躯壳内的生命却不愿凋亡,仍然坚强而倔强地苟延残喘着。"康格斯,你跟我来。"他说着,又抬起拐杖指了指舰桥中的其他三名异人龙,"你们三个看好了我的船,这地方窃贼很多!"

"明白。"

康格斯与他们一样,穿着黑白相间的服装,身上也画着黑白相间的斑纹。条纹状的黑白斑纹转折、扭曲,构成了一种虚幻的立体感。一眼望过去,根本看不清那四人的面貌,甚至区分不出来他们的躯干与四肢。

启示录号战列舰伸出通用对接装置,与人工浮岛上的一处接口完成了对接。老人便和康格斯穿过连接管道,进入不知哪一艘已经与浮岛融为一体的飞船内。随后,他们通过一台电梯来到海上城市海平面之上的平台。

"喂!"老人刚走出电梯,身后就有人朝他吼。老人好像是没听见,只管拄着拐杖往平台边缘的方向走去。

"叫你呢!"

老人仍然没有理会那个声音。他来到平台边缘,站在那里不动了。一排栅栏挡在他面前,栅栏的另一边,是深不见底的大海。老人面对着柔和的海风,微微抬起头,做了一个深呼吸。随后他转过身,平静地看着那 20 多个气势汹汹向他走过来的人。他们中有特兰人,也有矮人。那些人端着各式各样的枪械,脸和手臂上画满了各式各样的文身。

"嗯……"老人打量着领头的那人,"刚才是你叫我?"

"废话!"领头的那人是个海盗,他攥紧了拳头,径直朝老人走来,"你……"

"站住!"老人忽然抬起拐杖,将尖端朝向那海盗,"你嘴巴太臭了!离我远点!"

他轻蔑地半眯着眼，干枯的手臂上暴起条条青筋。虽然这具躯体已经相当苍老了，但老人仍然用五根手指紧紧握着拐杖末端的球形扶手，灵活地晃动着拐杖，让它的尖端始终指着对方的脑门。

"你卖给我的光速猎手不见了！他自己跑了！"海盗一边冲老人大吼，一边试着躲开老人的拐杖。这样一直被一个矮小干瘦的老头指着，让他感觉非常不舒服。"你承诺过我的光速猎手会绝对忠诚于我的！"

"很多人的猎手都跑了，我身边也只剩四个了。"老人不紧不慢地说道，"这是尼德霍格搞的鬼，我有什么办法。"

"尼德霍格，尼德霍格……这两天所有事都是尼德霍格搞的！你别想把责任全推到尼德霍格身上！"海盗又吼起来。"我的猎手是你卖给我的！我花光了所有的积蓄才买下来的！你今天要是不把钱赔给我，你就别想走！"

"不行！"老人的三根手指轻轻一动，拐杖的尖端在海盗头子的脑门上重重敲了一下，"生逢末世，我失去的东西不比你少。要钱没有！要命一条！"

老人的手臂虽然干瘦得像一截枯木，但敲的这一下力量却出奇的大。海盗头子的脑袋虽然不晕，但被敲中的地方却钻心地疼起来，鼓起一个硕大的青包。他捂着脑门惨叫了一声，又恼羞成怒地举起拳头，"给我揍他！"

其余20多个海盗一起抢着拳头冲了上来。康格斯抽出腰间的光刃剑柄，苍白色的光刃点亮。当他纵身向海盗们冲去时，海盗们根本看不清他的动作。黑白相间的条纹使人的肉眼根本分辨不出他的肢体，就在这一团杂乱的线条中，一束致命的光刃刺了出来，像镰刀割麦子一样切断人体。大部分海盗来不及发出一声惨叫，躯干就已经断成两截了。

"真不文明……"老人皱着眉头甩了甩手，重重地哼了一声，"康格斯，你刚才不应该用光刃砍他们的。"

"他们威胁到了您的安全，主人。"

"嗯……你应该用灵能暴打他们，或者把他们扔进水里。"老人的拐杖在地上轻轻敲了敲，"你看看，这血溅到我身上了……弄脏了我的衣服是小事，严重的是留下了痕迹。我们刚刚抵达这里，就杀了这么一群人。"老人一边说，一边沿着一条巷子向远离海岸的地方走去，"在这样的地方最重要的是保持低调，刚刚的冲突必定吸引了无数双眼睛，我们已经被很多心怀鬼胎的人锁定了！"

老人吸了吸鼻子，扬了扬眼眶上方厚重的眉毛，一双锐利的小眼睛不动声色地扫过小巷两侧的建筑。他的眼睛就像是战斗机的火控雷达，几个矗立在屋顶上的人影似乎察觉到了对方发现了自己的存在，陆续缩了回去，离开了老人的视线范围。

"抱歉，主人。"康格斯低下头，"我记住了……而且，我会为您清洗衣服的……"

老人缓缓呼了一口气，表情渐渐放松下来。"等回去再说。我要先去吃饭，喝点酒，还要买燃料，还有给你们四骑士吃的东西……"他放慢了语速，脚步也停下来，微微仰着头，两只手撑着拐杖，手指一会儿伸开一会儿又蜷起来，"对了，待会儿让弗莫尔把船上的废品找个地方卖了。"

"我可以去买燃料和食物……"

"不行，你先跟我去吃饭。"老人的拐杖又轻轻在地上戳了一下，"你走了，我待会儿又遇上了想打我的人怎么办？"

"明白，主人。"

矮人名叫雷格尔，他的小饭馆在浅水区，由一艘轻型货运飞船改装而成。这艘飞船与浮岛对接在一起，已经废弃了很多年，成为这座海上城市的一部分。从舷窗向外看，波光粼粼的水面倒悬在头顶，一切都浸泡在淡蓝色的朦胧之中。

"嗯，这个尼德霍格听起来有点厉害。"伊露娜喝了一口木质酒杯中的啤酒。

"何止有点厉害，它简直就是神一样的存在！"格雷尔一边说，一边将酒瓶摆在桌上，"我以前从来没听说过有这么可怕的东西。"

伊露娜"嗯"了一声，给自己倒满了又一杯酒。"雷格尔，我来这里是为了找一个名叫'细胞'的情报商人。你听说过这个人吗？"

雷格尔愣了一下，捋了捋胡子。"'细胞'？嗯……这儿的情报贩子很多，不过我还真没听说过这么个人……"

伊露娜叹了口气，倚着木椅的靠背，望着窗外波光粼粼的海面。"好吧。"

"看样子我们要在这里调查一段时间了。"亚斯举起酒瓶，将其中的啤酒一饮而尽，又伸手去拿另一瓶啤酒。

"嗯。"伊露娜仍然望着窗外，至少看起来是这样。她蒙着双眼，亚斯也不知道她究竟在看什么。

"调查的事你们做，我最讨厌这些费脑筋的事了。"亚斯用牙齿轻松地撬开酒瓶盖，将这瓶酒也一饮而尽。

"你去买些重氢燃料和制氧剂吧，亚斯。"伊露娜将一沓钞票扔给亚斯，"再买点水和压缩食品。买完了就送去魅魔号上吧，伊薇尔和巴洛达克……"伊露娜的话说到一半，稻草人忽然惊叫了起来。

"哇啊！"稻草人长大嘴巴，双眼瞪得乒乓球一般大。他抬手指向窗外，胳膊止不住地颤抖。

窗外是一张近似女人的脸，但那东西的脸颊上却长着类似鱼类的膜状鳍。她有类似人类的眼睛，却没有眼珠，只有一片眼白。伊露娜立刻抄起稻草人身边的冲锋枪，瞄准了那怪物。"什么东西？"

伊露娜显然吓到那东西了，那东西迅速转过头，摆动着身体游走了。现在伊露娜看清了那东西的全貌。它通体覆盖着光滑的鳞片，胸腔下方的身体从人身渐渐变成了水蛇一样细长的身体。它的手臂、后背和蛇尾上都长着膜状的鳍。

"别怕，别怕！"雷格尔连忙抬起双手，示意伊露娜和稻草人不要紧张，"一个娜迦而已，这颗行星上娜迦很多。"

　　伊露娜轻轻呼了一口气，放下了冲锋枪。伊露娜想仔细看看刚才的娜迦，但她已经游远了，只有她暗红的长发在深海若隐若现，好像一撮四处漂浮的海草。"娜迦？原来娜迦都是这样子的。"

　　"嗯，娜迦的家园在深海。我们生活在海面上，和他们互不影响。"雷格尔说道，"偶尔也会有娜迦游到海面附近。不过别担心，娜迦不会主动攻击人。他们是很和平的物种。"

　　"雌性的娜迦都是这模样的吗？"亚斯呵呵笑了起来，"如果她们都这么漂亮，那真是招人喜欢的动物。"

　　"娜迦可不是动物，传说他们曾经是五大龙族之一，拥有无比辉煌的科技与文明。可惜永恒之战结束后，娜迦族的文明也毁灭了，就像你们赤炎龙族一样。"雷格尔对亚斯说道，"尽管如此，他们也是和我们一样的智慧生命，都是有思想、有感情的生命。"

　　亚斯有些不服气地哼了一声，"好吧，我姑且信了。"

　　"永恒之战毁灭了很多文明啊。"一直低着头的稻草人抬起头来，"如果传说是真的，凭什么五大龙族里只有影翼龙族没有毁灭，尼德霍格还跑出来害人。"

　　"谁知道呢。"雷格尔拿着一块抹布，擦着饭馆的吧台。没过一会儿，他自顾自地哼起小曲来。

　　大家沉默了一会儿，也许是大家有些累了。至少稻草人是真累了，稻草人打了个哈欠，一只手扶着脑袋，胳膊肘撑着桌子，低着头。酒劲渐渐泛了上来，随之而来的疲乏感让他昏昏欲睡。

　　从伊塔夸跑到伊格赫伦德，又从伊格赫伦德跑到"撒旦之眼"。从一个无比干燥的世界来到这个一眼望去全是水的世界，去了这么多地方，伊露娜想找的白羽龙还不知道究竟在哪呢。唉，真不知道以后还要跟着她跑多少个星系。闹不好自己的后半生就得跟着伊露娜和她的飞船一起度过了。

　　亚斯又喝了两瓶啤酒，随后一推桌子站起来，"我去买东西。"他一边擦着嘴巴，一边朝门外走去。

　　"我们也出去转转吧。"伊露娜摸出几张零钱递给雷格尔，结了酒钱。无精打采的稻草人也拿好自己的冲锋枪，跟着伊露娜站起来。就在这时，饭馆的大门，或者说，这艘老飞船的货舱门打开了。迎面走进来一个15岁左右的人类少女，她穿着清凉的短裙和运动背心，暗红的长发在脑后扎成双马尾。

　　"我回来了！"

　　"你可算回来了，希尔璐。"雷格尔将钱放进一个匣子，"你这一天都跑哪去了？"

　　"我去游泳了。"名叫希尔璐的少女打量了一下伊露娜一行人，又蹦蹦跳跳地凑到雷格尔身边。

　　"嗯，客人要走了，你去打扫打扫桌子吧。"雷格尔说道。

　　"好啊！"希尔璐说着，冲伊露娜等人挥挥手，"慢走，谢谢光临！"

　　伊露娜和亚斯没有在乎这个稚气未脱的小女孩，头也不回地走出了饭馆。稻草人离开前,回头多看了她几眼。他总觉得这小女孩的脸有些眼熟,好像曾经见过。

三人离开了饭馆,大门嘶嘶地自动关闭。希尔璐从吧台上拿过一杯树莓汁,踮着脚轻轻一跳,坐到一张桌子上。"刚才那三个人都说什么了?"

"他们要找一个名叫'Cell①'的情报商。"雷格尔说道,"我跟他们说,没听说过有名叫'细胞'的情报商。"

希尔璐的眉头微微皱了一下,咬着吸管,吸了一小口树莓汁,"你说,他们会不会是找错人了?"

"我怎么知道……"

饭馆的大门又打开了,一位干瘦的老人拄着拐杖缓步走进来,身后跟着一个身上文着黑白条纹的光速猎手。雷格尔抬起头,看了这两人一眼。"哟,这不是叶老头儿吗?几年不见了,你还是一点儿也没变啊。"

"不能变了,不能变了,再变我就要进棺材了。"老人走到一张桌子旁坐下,希尔璐给他递上一杯黑麦酒。

雷格尔也拖了一个凳子,在叶老头儿旁边坐下。"什么风把你叶烁痕老人家吹到这破地方来了?"

"还不是因为尼德霍格。"老人轻轻啜了一口酒,突出的喉结上下蠕动了一下,"尼德霍格把我在阿拉恒星系的房子毁了,还把我的光速猎手都弄没了,我的船也掉在这破地方……唉,这日子没法过了。"

雷格尔也陪他叹了口气,"世事无常啊……"

"我听说银河议会刚刚通过了一项决议,议会六大国公开自己的技术储备。"名叫叶烁痕的老人说道。实际上,叶烁痕只是他用过的许多个名字之一。"听说原本的提议是各国完全技术共享,但柯拉尔联邦和凯洛达帝国不同意。"

"和我说这些干什么?我对政治一向不感兴趣。"雷格尔陪着叶烁痕喝起酒来。不一会儿,希尔璐将刚做好的饭菜送了上来。

"我也不感兴趣,但不消灭尼德霍格,我们所有人都要死。"叶烁痕缓缓地喝完了一杯酒,开始品尝希尔璐做的饭菜,"异族敌人大兵压境,人类世界却仍然不能团结。"

"依你看,我们的银河系是没救了?"雷格尔问。

"的确如此。"叶烁痕不紧不慢地嚼着食物,"所以,我在寻找一条逃脱的路径。"

雷格尔没有说话,他饶有兴趣地盯着叶烁痕,用眼神示意他继续讲下去。"魅影的天煞女王手中有一艘船——幽冥战舰纳格法尔号,那是永恒之战时期留下的造物。"叶烁痕咽下食物,又喝下一杯酒。"纳格法尔号被称作位面之钥,它能够进入虚空。而我知道虚空世界中有一条航道,沿着它,能够跨越千万亿光年的距离,抵达已知宇宙的尽头。"

"所以说,你来到这里,是为了寻找这艘船?"雷格尔扬了扬铜色的胡子。

---

① 英文中的 Cell 意为"细胞"。

"我在想办法联系天煞女王。"叶烁痕缓缓抬起头，"我希望她能够来这里和我见面。"

叶烁痕朝他的猎手康格斯使了个眼色，康格斯从包裹里摸出两颗光彩夺目的钻石摆在桌上，一颗钻石几乎有一个网球那么大。毫无疑问，这两颗钻石肯定是从某颗钻石行星①上开采的。

雷格尔不说话了，他转过头看着希尔璐。希尔璐拿起一颗钻石，对着来自天花板的灯光看了很久。随后她又拿起另一颗，重复着同样的动作。

"让我和叶老头儿聊一会儿吧。"希尔璐将两颗钻石放下，渐渐收起了她作为一个少女的笑容。雷格尔点点头，走到吧台后面，扳动一个机械把手。饭馆的大门立刻上了锁，金属卷帘垂下来，将所有窗户遮住。雷格尔通过一个侧门离开了，他走后，侧门也同样上锁了。

"我会把你的请求转告给 Ciel。"希尔璐说道，"不过在这之前，我要问你几个问题。"

"问吧。"

"如果 Ciel 无法联络到天煞女王，你有其他替代的第二要求吗？"

"告诉我魅影使用过的各条加密通信频道的密码。"叶烁痕说道。

"知道了，有第三要求吗？"

"没有了，如果 Ciel 无法满足我的第二要求，那就退款吧。"

希尔璐点点头。"我们下次见面时，我会将 Ciel 的答复转告给你的。"

"嗯。"叶烁痕点点头，"那么，我们下次再见。"

---

① 钻石行星又叫碳行星，是由主要成分为碳的星际尘埃聚合而成的行星。这种行星70%以上的成分是金刚石，其余成分主要是石墨。

第十章

幽灵信号

找到失踪的盖瑞卡·冯·隆施坦恩的可能性已经很小。埃尔坦恩军方的几位专家认为盖瑞卡很可能已经死亡。明德斯时间 14 时 35 分,隆施坦恩家族发言人称已暂停对盖瑞卡的搜索工作。

——埃尔坦恩自由电视台 午间新闻报道

旗鱼号驱逐舰副驾驶的座椅靠背放平了,霜龙正仰面躺在上面打盹。阿贾克斯坐在他旁边,隔着一个全息影像显示器的位置。长时间的超空间航行很容易让人犯困,座舱外模糊的波纹像蓬松的棉絮一样,还泛着淡淡的微光。这种迎面而来的景象就像催眠师手中的道具一样,很容易就让人的思绪跟着飘走了。思绪飘得远了,驾驶座上的人就渐渐睡着了。

导航电脑嘀嘀嘀响了三声,霜龙呆滞地睁开眼,窗外是漆黑的星空。霜龙的鼻孔深深呼了一段气,又通过嘴巴呼出来。他坐起来,将座椅的椅背调整回原位,然后静静等着自己眼前漆黑的星空变成彩色的。

他等了大概十几秒,但他眼前的星空还是漆黑的。霜龙皱起眉头,怎么回事?自己的特异视觉失灵了吗?

忽然,霜龙眼前漆黑的星空渐渐浮现出暗淡的血红。霜龙感到有些冷,不,是非常冷,驾驶舱中的仪表好像都结雾了。等等,这情况不对……

"奥西里斯?"

"嗯。"星空中泛起的血红色渐渐凝聚成一双巨大的红色眼瞳,奥西里斯的声音在他脑中回响起来。若隐若现的黑雾在霜龙身边蔓延,一片片黑色羽毛在雾中飘落,飘过霜龙面前，落在他脚下。

霜龙蜷起双腿，双臂也抱在胸前。他打了个哆嗦，耸起肩膀，半张脸缩在衣领里。"什么事？"他很平静地说。

"海莲娜有危险了。"奥西里斯的声音冷得像冰……不，像浇在身上的液氮。没有冰冷的刺痛感，只剩下单纯的冷，无法形容的冷，渗入骨髓。"如果你对她还有想法，你最好去救她。"

霜龙空洞地望着星空中那双血红的眼，轻轻叹了口气。他没有说话，只是低下了头。

"你不去的话，你就再也见不到你最喜欢的女孩了……"

"不，是霜龙最喜欢的。"霜龙冷冷地说道，"是我脑袋里的一个我不认识的人喜欢的。"

奥西里斯没有立刻接他的话，他和霜龙都沉默了很久。

"我是谁？"霜龙问奥西里斯。

"你是霜龙。"

"不，只是所有人都以为我是霜龙。"霜龙的声音和奥西里斯的一样冰冷，"我知道，我是他们所说的'那种人'，被处理过记忆的那种人。"

"你究竟想不想救海莲娜？"

霜龙又沉默了一阵。"想，霜龙想。"霜龙紧缩着的脖子渐渐伸展开，"我不知道我是谁，我只能按照霜龙的意愿行事。"

"这个世界上没有无敌的武器装备，作为人形杀戮机器的光速猎手也不例外。他们虽然很强，但仍然能被你的枪械杀死。"奥西里斯说完，星空中血红的双眼渐渐消散了。

导航电脑嘀嘀嘀响了三声，霜龙呆滞地睁开双眼，漆黑的星空中，群星的光芒渐渐明亮起来，点亮了黑暗中五颜六色的星云。霜龙的鼻孔深深呼了一段气，又通过嘴巴呼出来。他坐起来，将座椅的椅背调整回原位。

霜龙摇摇脑袋，下意识地环顾四周，还往自己脚下看了一眼。驾驶舱中一切正常，没有诡异的黑雾，气温维持在 22 ℃。奥西里斯走了。霜龙的手指将全息影像拖到自己面前，看着探测器传回的数据。

"我们这是到哪了？"霜龙手指一甩，全息影像移动到阿贾克斯面前。

阿贾克斯只瞥了一眼，便将影像甩到一边去了。"不知道，梦灵提供的导航点，我让导航电脑自己飞过来的。"

"周围什么都没有，半径六光年内没有一颗恒星……"霜龙的目光从全息影像的数据表上移开，迷茫地看向窗外，"我们到深空区了。"

"嗯。"阿贾克斯从座椅后的储物袋中拿出一盒压缩饼干，自己吃了两片，然后将盒子递给霜龙。

霜龙接过饼干盒，也吃了两片饼干。"梦灵为什么要把我们引导到这么个地方？"

随着一声突兀且刺耳的警报，梦灵的电子合成语音传来："检测到高能折跃反应！

正在显示折跃位置……"

　　阿贾克斯和霜龙一下子打起了精神,阿贾克斯敲了一下触摸屏,在自己面前唤出一幅全息影像。"有个大家伙要跳出来了!折跃出口在……"

　　"前面!"霜龙的身子触电一样直起来,双手抓住操纵杆,猛地向下压。他的特异视觉已经看见折跃出口了,就在自己面前不到100米的地方,多彩的星空被一个漆黑的、黑洞一样的球状物遮住了。在星际航行中,一艘大船在这样的距离上跃出超空间,简直相当于一头健壮的公牛跳在你脸上!

　　旗鱼号的主引擎剧烈轰鸣起来,轻巧的驱逐舰立刻加速,向其下方加速飞行。巨大的加速度带来的超重感将两人紧紧压在了座椅上。很快,一阵低沉的巨响撕裂了星空,全息影像中各种仪表的指数全部剧烈地波动起来,雷达屏幕眨眼间就被一个巨大的轮廓占据了一大半。

　　"纳格法尔号!"阿贾克斯指着一串数据喊道。

　　霜龙此时没有理会阿贾克斯,纳格法尔号的引力正将旗鱼号拉向它。距离太近,想要通过加速来摆脱引力已经是不可能的了。霜龙连忙控制旗鱼号滚转180度,将机腹朝向纳格法尔号的舰体。他降低主推进器的功率,打开了位于机腹的四处辅助推力喷口。四条雪橇状的缓冲起落架弹出,旗鱼号开始向纳格法尔号的外壳表面坠落。

　　"准备迎接冲击!"

　　冲击并没有霜龙想象中来得那么大。起落架接触了纳格法尔号的外壳后,滑行了一段距离,擦出阵阵火花。"梦灵!快减速!"

　　梦灵收到了指令,她立刻接管了旗鱼号的控制系统。驱逐舰尾部推进器喷口完全关闭,许多花瓣状的金属片合拢,封闭了尾喷口。与此同时,尾部推力引擎的背部和腹部两侧都分别展开四处矩形的推力喷口,向相反方向喷射青蓝色的火焰。

　　旗鱼号迅速减速,在纳格法尔号凹凸不平的外壳上滑行了100多米后终于停下了。主推力引擎熄火停机,聚变反应堆也进入最低功率状态。

　　"霜龙,阿贾克斯。"大黄蜂通过舰船内部通信向驾驶舱喊话,"立刻到后货舱来!快!"

　　"听上去刻不容缓啊。"阿贾克斯连忙站起来。

　　"梦灵,你来照看飞船。"霜龙一边说,一边跟着阿贾克斯跑出了驾驶室。大黄蜂紧急召集队员到后货舱只说明一个问题——又有紧急战斗任务了。

　　旗鱼号的后货舱并不用来装货,而是被改装成了战斗准备室。当霜龙和阿贾克斯跑进后货舱时,大黄蜂和其他队员都在穿戴外骨骼了。"有个名叫尼德霍格的东西夺取了纳格法尔号的控制系统,并且控制了除萨瑞洛玛和阿克洛玛以外的所有光速猎手。海莲娜女王有危险!"

　　霜龙和阿贾克斯连忙从储物柜中取出各自的外骨骼。"我们错过了什么吗?"霜龙问大黄蜂。

　　"没有。"大黄蜂打开武器柜,从中取出一把粒子束步枪,"海莲娜最后发来的消息要求我们前往纳格法尔号的数据中心与她会和。"

"作战计划呢？"阿贾克斯问。

"不要分散，集中行动，梦灵会为我们指示路线。"大黄蜂说道，"保持隐蔽，除非万不得已不要与敌方交火。"

"如果光速猎手发现了我们，我们怎么办？"

"大部分情况下，我们会死。"大黄蜂说道，"所以千万不要暴露位置。"

选择武器时，霜龙想起了奥西里斯说的话。看样子自己需要和光速猎手交手了。当一个猎手挥舞着光刃向自己冲来时，最好的反制方法莫过于用霰弹枪对着他的头喷上一发霰弹了。但霜龙觉得只带霰弹枪会在战斗中很受限，带两把武器又会增加额外的负重，所以他在粒子束步枪下方加装了一个 20 毫米口径的多用途发射器。

"枪上加这么多配件不实用的，你看看你，挂得跟圣诞树似的。"面罩上绘着熊猫脸的队员看了一眼霜龙手里的枪，"拿着这么沉的家伙不累吗？"

"反正有外骨骼。"霜龙耸耸肩，在 20 毫米口径发射器的弹匣里压满霰弹弹药。"粒子束攻击远处的敌人，霰弹用于近距离快速射击，很合理的搭配。"

"希望他能发挥出你想象中的战斗力。"

霜龙没有再说话，扣上了自己的外骨骼面罩。视觉辅助系统显示梦灵系统正在连线。那种让他很不舒服的感觉又回来了，好像什么东西钻进了脑子里。短暂的不适后，是一阵缓慢的麻木，几秒后，一切都恢复了正常。

"梦灵系统已连线。"

"最后检查自己的装备。"大黄蜂说道，"上传战术数据，20 秒后出发！"

一阵轻度的眩晕感后，霜龙感觉自己睁开了第三只眼。纳格法尔号的三维结构图在他脑中展开，一根不断延伸、弯曲的线条代表了行动路线。"从旗鱼号的迫降点出发，沿纳格法尔号主轴向后 1070 米，可以从一处表面洞口进入纳格法尔号内部。"

"进入纳格法尔号内部后，向 106,220 方向前进 3380 米，抵达一处维修机库，在机库中可以找到迅猛龙突击舰和穿梭机。之后，你们需要驾驶飞行器沿主轴方向前进110250 米，抵达第二脑区核心。我会在你们抵达后帮助你们打开数据库的入口，女王正身处数据库的记忆阵列区中。"

霜龙将梦灵介绍的作战计划在脑中重复了一遍，确认自己记住了所有的细节。与此同时，他检查好了自己的装备。他带了 40 发 20 毫米霰弹，20 发 20 毫米高爆榴弹，五块为粒子束步枪供能的能量棒。负重在正常范围内，外骨骼工作状态正常，没有问题。

霜龙跟在大黄蜂和阿贾克斯等人身后，准备好的队员们列队排成一排。最前面的是队长大黄蜂，他带着一把粒子束步枪。大黄蜂身后是爆破手熊猫潘·达尔克，他带着一把射弹冲锋枪和几颗高能炸药。之后是狙击手阿贾克斯，他带着一把口径较小的精准步枪。排在霜龙前面的是突击手白狐安克苏尔，比起粒子束步枪，白狐更喜欢用传统的磁轨步枪。

"确认全体就绪。"大黄蜂按下货舱门旁的红色按钮，嗤嗤的声音从周围传来。红色的按钮也随着嘀嘀的警报声有节奏地闪烁着红光。视觉辅助系统中的提示数据显示船舱中气压正在快速下降，从 100 千帕下降到 50 千帕，再降到 0 千帕。

四周完全寂静了，嘶嘶的抽气声不见了，嘀嘀的警报声也消失了。霜龙唯一能听见的只有自己的呼吸和心跳声。当货舱内达到真空时，亮着红光的按钮变成了绿色。大黄蜂又拍了一下按钮，货舱门打开了。

每当四周陷入寂静，霜龙的思绪不受太多杂音打扰时，熟悉的寒冷感就会蔓延上他的后背。霜龙看见自己的视觉辅助系统中凝结了一层黑色的霜，墨色的冰花渐渐蔓延成一片片羽毛状的图案。

霜龙用力咬了咬牙，强迫自己忽略掉这些幻觉。他刻意反复思考接下来的战斗计划，将精神集中在现实世界中。几秒的等待后，一行行小字在霜龙的视野中闪过：外骨骼工作状态正常，武器状态正常，生命维持系统预计维持时间 260 分钟。

"出发。"大黄蜂的声音通过无线电传到各队员的头盔里。他跳出飞船，外骨骼靴子触到纳格法尔号的外壳。站在这只巨兽身上，给人一种自己不是在与一艘星舰接触，而是登陆在了一颗小行星上。

借着旗鱼号舱门附近的照明灯，队员们能够看清自己脚下踩着的东西究竟是什么样子。纳格法尔号的表面并不像小行星那样粗糙，凹凸不平，恰恰相反，这艘幽冥战舰的表面被无数紧密咬合的鳞片状外壳覆盖着。每一片鳞都大约有两个足球场大小，一层层弧状的凹陷条纹极其规则地排列在鳞片上。

固定在外骨骼后背上的小型喷气推进器启动了。霜龙轻轻一跳，跳起一段距离，推进器便推动着他向前飞行一小段距离。之后，只要保持双腿适度弯曲，就能做到平稳落地。

"我不喜欢这样……"霜龙身边的白狐重重地叹了口气。

旗鱼号已经被队员们远远甩在身后，它的照明灯仍然在远方明晃晃地亮着。白光从大家背后照来，将每个人的影子都拖得很长很长。但探照灯射出的锥形光束无法触及的地方，仍然是漆黑一片。

即使霜龙使用特异视觉来扫视四周，纳格法尔号的外壳也仍然只映出深邃的漆黑。霜龙向那些深邃的黑暗望去，总是担心自己会看见奥西里斯猩红的眼瞳。不可见的黑暗中充满了令人恐惧的未知。未知，往往意味着危险……

1000 多米的距离不算很长，在推进器的帮助下，队员们用了一分钟左右便抵达了梦灵标记处的表面洞口。

洞口直径很大，足够一艘迅猛龙安全通过，甚至一艘中型护卫舰都能可以穿过。但想要让旗鱼号飞进纳格法尔号，通过这个窟窿还是不可能的。大黄蜂站在洞口边，向黑漆漆的深不见底的洞窟下方望去。一秒的等待后，梦灵"确认安全"的声音传来。

"尼德霍格正在逐步占据纳格法尔号的控制系统，我无法对抗它，只能尽力拖延。"梦灵说道，"找到女王后，尽快把她带出去。"

"收到。"大黄蜂打量了一下身边的队员们，"我们下去吧。"

"尼德霍格控制了纳格法尔号上的大部分无人机，许多机群正在船体内部的空洞结构中巡逻，请小心行事。"

白狐叹了口气，"我以前从来没想过我们有一天要这样进入纳格法尔号……"

"天煞女王以前说纳格法尔号的防御是天衣无缝的，今天就让我们来考验考验它吧。"熊猫呵呵一笑。

"它已经被尼德霍格攻陷了。"白狐说着，跟着其他人一起跳了下去。

纳格法尔号上只有标准地球重力加速度的 20%，所以大家下坠的速度都很慢。当队员们深入孔洞，被伸手不见五指的黑暗吞没时，外壳表面的洞口被封闭。

视觉辅助系统显示着距离洞底的距离，雷达回波成像勾勒出漆黑洞穴的轮廓。洞穴顶部封闭，底部随后打开。气压从 0 千帕忽然上升到 93 千帕，连通纳格法尔号内部的门打开了。

"关掉主动探测器。"大黄蜂命令道。

队员们照做，关掉了主动探测器，雷达回波成像随之也变得一片漆黑。视觉辅助系统立刻切换到热红外成像模式，但显示出的只有一片暗紫色的模糊背景。

霜龙关掉了视觉辅助，他闭上眼睛等了两秒，等待自己的特异视觉发挥作用。很快，不同的色彩在他眼前浮现，黑暗中的一切都变得清晰可见了。

"霜龙，你能看清吗？"大黄蜂问。

"能。"霜龙回答。

"梦灵，基于霜龙的视觉数据调整其他人的视觉辅助成像。"大黄蜂说道。

霜龙感觉自己的脑袋微微痛了一下，随后是一阵短暂的头晕。几秒的等待后，所有队员眼前的图像都变清晰了不少，虽然有些角落依然是模糊的，但至少所有人都能看清四周的环境了。

"啊，清楚多了。"熊猫笑道，"干得好，霜龙。"

"不用谢。"虽然嘴上这么说，但外骨骼面罩后霜龙的那张脸已经写满了厌恶。他很讨厌梦灵不经过他允许就钻进自己脑袋里，更不用说把自己脑袋里的东西挖出来给别人看了！

"霜龙到队伍最前面带路，其他人跟上。"大黄蜂说道。

霜龙照做了，他打开喷气装置，推动自己加速飞到队伍最前端。

队员们穿过了纳格法尔号的外壳层，进入外壳内部的空腔区。一根从船尾连接着船头的粗壮的"脊柱"出现在霜龙的视野中。霜龙的特异视野中出现了许多明亮的光点。纳格法尔号内部的设施大多数都围绕着"脊柱"建造，就像树枝上生出的叶子那样。

"我看见机库了。"霜龙说道。

"直接冲过去。"大黄蜂命令道，"梦灵拖不了多久，女王的时间已经不多了。"

"你确定？"阿贾克斯抬起步枪，用瞄准镜仔细观察了一下"脊柱"四周的情况，"如果我们被发现，那可就完了。"

"如果我们耽误了太多时间，那就真的完了！"大黄蜂转头看向霜龙，"霜龙带路！

出发！"

霜龙不安地看着机库周围的区域,一个个形状各不相同的太空舱,一座星港中还停着一艘巡洋舰。霜龙总觉得有些角落中藏着敌人。一队悬停的蜂巢无人机,也可能是几台被远程启动的地面机,甚至是一个光速猎手……谁知道呢。

但大黄蜂是队长,他的命令自己必须执行,哪怕自己飞在前面会成为暗处的敌人优先攻击的目标。也许自己飞到一半,一个光速猎手就在几千米外把自己爆头了。这是霜龙无法决定的事,如果自己一定要死在这里,那自己也只能在地狱里自认倒霉了。

"梦灵,你能告诉我们敌人的位置吗?"阿贾克斯问道。

"不能,尼德霍格已经取得了纳格法尔号大部分设施的控制权,包括内部传感器。"梦灵回答,"好消息是我封锁了纳格法尔号的动力系统和虚空引擎,尼德霍格短时间内没办法发动这艘船。"

"好吧。"

旗鱼小队排成一列,保持五米间距。前半段路程平安无事地度过了,霜龙翻转推进器喷射方向,开始减速。

"33,270 方向,1720 米处发现无人机群,机群向 172,208 方向移动。"梦灵报告,"我们处于机群的航线之外。"

处于航线之外,好吧,这说明自己暂时是安全的。但过了不到两分钟,梦灵又报告了,"1400 米处发现无人机群……"

"1880 米处发现无人机群……"

"410 米处发现无人机群……"

410 米,这距离已经很近了,霜龙端起步枪,瞄向梦灵所说的方位。"向右侧躲避!"大黄蜂立刻命令道。

队员们向右偏飞到了一处星港设施后面,从两个吊装架下飞过。接下来,队员们紧贴在"脊柱"周围,放缓速度小心翼翼地向机库飞去。

与之前得到的情报一样,的确有一批迅猛龙停靠在这里,它们被固定在半开放式机库的停放台上。机库中的设备已经停止了运转,只有几盏应急灯孤零零地亮着。

"梦灵,解开这些迅猛龙。"阿贾克斯飘到一艘迅猛龙旁边,双手抓住它的尾翼,然后爬到驾驶舱的位置。

"不,入侵系统会引起尼德霍格的注意。"大黄蜂说道,"直接切断固定夹,手动启动迅猛龙。"

白狐小心地环顾四周,他听见了什么声音,像是人的脚步声。白狐不确定那是自己人弄出的声音,还是有什么别的东西在周围。正当他犹豫不决时,漆黑一片的机库杂物堆中泛起了几缕淡淡的白光。

"好像有人!"白狐的步枪瞄准了那些若隐若现的光斑。与此同时,阿贾克斯和霜龙刚刚用激光切割器切断了第一个固定夹。霜龙听到白狐说有人,连忙向他指示的方向望去。

的确有人，如果说白狐的视觉辅助只能看见模糊的轮廓和光斑，那霜龙是清晰地看见六个人形的东西朝自己的方向走来。"确认有人。"霜龙说道。

"确定是人吗？"阿贾克斯问。

"尼德霍格控制得了这艘船上的设备，但控制不人的脑子。"大黄蜂同步了霜龙的视觉信息，随后，他打开外骨骼护甲上的扩音器。"喂！那边的人！我们是天煞的旗鱼小队，你们是幸存者吗？"

没有回应，那几个人影默不作声地向旗鱼小队靠近，越来越近。霜龙不依靠特异视觉都能看到那几个人身上缓缓流淌的淡淡的白光。霜龙下意思地后退一步，他的知觉告诉他，那些东西不是人。

"那边的人！你们能听见吗？"大黄蜂也端起了步枪，瞄准了那几人走来的方向。"你们是谁？听到请回答！"

仍然没有回应，那些人距离旗鱼小队已经不足 20 米了。大黄蜂皱起眉头，他已经在这里浪费了一分钟了。那些人一定能听见他的声音，但他们为什么一直不回答？与其等着他们把情况说出来，不如自己去寻找答案。

大黄蜂环顾四周，视野内没有无人机或是其他敌人。他的视线回到那些人形的东西上，随后，他打开了步枪上加装的强光手电。白晃晃的光照亮了漆黑的机库地板，也照亮了那些无法分辨的人。

"天啊！"白狐连忙后退几步，"老大！他们是……"

那些东西是人吗？白狐不知道，大黄蜂也不知道。它们的体表粗糙得就像纳格法尔号的外壳，遍布深而长的沟壑，好似干裂的土地。萎缩的皮肤和肌肉化作了漆黑的石头……也许是金属，好吧，那应该是黑以太。

那些人形的东西越来越靠近了，白狐能看见它们干枯石化的头骨。两个深陷的眼窝就像黑洞一样深不见底，时不时泛起若隐若现的白色微光。其中的一人缓缓张开了嘴，几粒漆黑的碎石从它口中落下。

"加入……我们……"

它的声音就像一个壮汉用力吹一支漏风的破笛子，只听一遍就让人鸡皮疙瘩爬满全身了。不等其他人再说什么，大黄蜂就扣下了扳机。

"开火！"

一时间枪声大作，高斯磁轨步枪的嗒嗒声与粒子束步枪的嗡嗡声交织在一起。那些会行走的石傀儡人瞬间化成了一堆漆黑的碎石。"停火！"随着大黄蜂的命令，枪械的轰鸣声停下了。队员们迅速更换弹匣，随后又将枪口指向地上的一堆堆碎石。

"我们干掉他们了吗？"若不是有外骨骼的帮助，熊猫的手估计要抖得不成样了。他慌张地瞄准着地上的碎石，一会儿瞄着这一块，一会儿又瞄着另一块，"这些东西死了吗？"

"老天！"阿贾克斯难以置信地看着刚刚被自己消灭的东西留下的残骸，"它们是什么……是人吗？"

"不再是了。"大黄蜂的声音听上去相当冷静,但他的脸上已经挂满了汗珠,外骨骼手套中的那双手也被汗水湿透了。

就在这时,机库中的照明灯忽然点亮了。不只是这一间机库,这一截脊柱上的所有设施似乎都突然运转了起来。随之而来的,是无数扩音器中同时回荡的诡异声音。

"加入……我们……"

大黄蜂抬起步枪,一枪打爆了机库顶上的扩音器。"梦灵!解开所有迅猛龙!快!"

"没有访问权限!"

"手动解锁!"大黄蜂转身向束缚着迅猛龙的固定架开火,亮红色的粒子束眨眼间就切断了铬合金制成支架,其他队员也立刻做了同样的事。五艘迅猛龙脱离了固定,从固定架上歪倒下来,重重落在机库地板上。

"无人机群正在逼近!"梦灵说道,"尼德霍格把我赶出了脊柱区的设施控制,但我暂时夺回了内部传感器的访问权。"

"霜龙!熊猫!你们跟着我驾驶迅猛龙去找海莲娜女王!"大黄蜂说着,飞身钻进一艘迅猛龙的驾驶舱,"阿贾克斯!你拖住无人机群!尽可能启动足够多的迅猛龙!"

"明白!"

三艘迅猛龙发动起来,它们的尾喷口闪烁起命令的蓝光。迅猛龙的机体相当坚硬,即便在机库里磕磕碰碰,但那也不过是让机身上多了几条划痕。三架迅猛龙张开镰刀状的机翼,飞到机库外。"同步折跃参数!"大黄蜂说道,"准备短距折跃!"

"折跃?"霜龙将自己面前的全息影像全部拖到一边去,给自己眼前腾出宽敞的视野。"折跃到哪儿?"

"纳格法尔号第二脑区!"

纳格法尔号一共拥有三大脑区。第一脑区位于头部的舰桥大厅下方,是纳格法尔号的控制中枢。第二脑区位于头部与脊柱区的交界处,是纳格法尔号的主数据库,用于储存星图等航行数据,除此之外还有许多永恒之战时期留下的珍贵知识。第三脑区位于尾部推进器与脊柱区的交界处,用于调控虚空引擎以及全舰的能源供应。

此时,海莲娜正躲在第二脑区的记忆阵列中,无数形状规则大小相同的六棱柱环绕着她。海莲娜盘腿坐在地上,左手拿着一罐月蚀,右手捏着一个吃了一半的三明治。幽绿色的全息影像围绕着她,简单的线条与圆点勾勒出无数复杂的立体图案。

"刚刚接到消息,旗鱼小队已经进入纳格法尔号内部了。"阿克洛玛走到海莲娜身边,"坏消息是尼德霍格的人已经发现了他们。无人机群正在与他们交战。"

"霜龙呢?"海莲娜仍然目不转睛地盯着全息影像,她将影像放大,仔细看那些图形中标注得奇怪的符文。

"霜龙正跟随大黄蜂驾驶迅猛龙向我们的方位赶来。"阿克洛玛说道。

海莲娜点点头,她吸了一口月蚀,又咬了一口三明治。"萨瑞洛玛那边怎么样?"

"没有问题。"阿克洛玛回答,"记忆阵列只有一个入口与外面连通,很好防守。"

"嗯，现在就等霜龙来了。"

海莲娜并不担心自己的安全。梦灵虽然失去了对纳格法尔号大部分设施的掌控权，但第二脑区的记忆阵列是梦灵的主机，尼德霍格想要通过数据入侵来攻陷这里还是相当困难的。核心区的入口处有萨瑞洛玛守着，他是12名猎手中最优秀的一个，即便有其他猎手来进攻，萨瑞洛玛也完全应付得了。

虽然经受了一次惨败，但好在海莲娜冷静下来了。根据梦灵提供的消息，蔷薇帝国所在的星域几乎完全毁灭，用媒体的话说是"没有任何有机生命幸存"。而哈迪斯留在蔷薇帝国境内的天狼部队损失过半。现在，影翼龙族仍然在扩张，贪婪地毁灭一个又一个恒星系。

而这一切仅仅是因为她一拍脑袋想出的召唤海拉的行动。作为诺瓦家的公主，海莲娜完全可以装作若无其事地把这事丢给银河议会的两个超级大国去头疼。但作为魅影的天煞女王，她认为自己应该结束这场由自己引起的灾祸。

如果不这样做，哥哥永远都不会为自己骄傲的。

萨瑞洛玛手握两柄光刃，不慌不忙地将所有靠近自己的石傀儡斩成碎石。他的身边扔着四把霰弹枪、两把高斯步枪、一把粒子束步枪——它们都耗尽了弹药。而萨瑞洛玛脚下的碎石估计已经足够修建一座摩天大楼了，如果黑以太凝固成的"石头"能用来盖楼的话。

萨瑞洛玛抬起头，他看见远处闪过一阵短暂的亮光。红色的粒子束短促地闪烁着，三架拖着蓝色尾焰的迅猛龙追逐着一群无人机。模糊的黑暗中，这场景好似蜻蜓追逐一群苍蝇。无人机群中有几架飞机被粒子束击中，在黑暗中炸出一团团火焰。

"呼叫天煞女王，我是旗鱼小队队长大黄蜂。"解决了无人机的麻烦后，三架迅猛龙往萨瑞洛玛所在的方向靠近，开始减速。"我们前来接应你撤离！"

"否决！"海莲娜在无线电中干脆地说道，"我们要夺回纳格法尔号！"

"什么？！你疯了吗？！"

"我有我的计划。"海莲娜的声音听上去很是淡定，而且自信满满，"让霜龙来找我！立刻！马上！"

霜龙轻轻叹了口气，摇了摇头。"海莲娜又在搞什么鬼……"他猛地将操纵杆向下一推，迅猛龙加速冲向核心区入口外的平台。当他的迅猛龙用机腹重重砸在被碎石覆盖的地面上时，锋利的镰刀机翼瞬间切碎了不知道多少个石傀儡，尖厉而沙哑的惨叫声不绝于耳。"收到，霜龙已降落！"

当霜龙从驾驶舱中跳下来时，他心里不知为何忽然升起了一团怒火。双脚触地后，他立刻拿起自己的步枪，用枪身下挂装的多用途发射器发射霰弹，近距离将那些恐怖的石傀儡轰得粉碎。真是奇怪，几分钟前自己还被这玩意儿吓丢了半条命，而现在自己已经能从容地向这些怪物开火了。

"海莲娜在哪儿？"霜龙跑到萨瑞洛玛身边，萨瑞洛玛干掉了三个跟在他身后的石傀儡。很快，大黄蜂和熊猫也跟了上来。

"从这道门进去,沿着通道一直向前走就到了。"萨瑞洛玛说道。

"好,霜龙去找海莲娜。"大黄蜂用手势示意熊猫移动到萨瑞洛玛的右侧,"我和熊猫在这里防御!阿贾克斯他们还会过来!"

"收到!"

封闭入口的黑以太融化,形成一个半圆形的门口。霜龙沿着唯一的一条通道前进,他穿过一段狭窄的被黑以太凝固成的石壁包围的走廊,随后,呈现在他眼前的是一座宏伟的洞窟。走廊的地板延伸出一座悬在半空中的桥,下方是深不可测的万丈深渊,无数正六棱柱整齐地排列着,像水晶一样生长。

海莲娜在洞穴中央的一个悬空的正六边形平台上席地而坐,身边散落着数不清的酒瓶、月蚀罐子和零食袋。环绕着她的全息影像中正显示着一个赤身裸体的异人龙?霜龙心里想:"我们在外面提心吊胆地打仗,你躲在这儿优哉游哉地看片儿?"

"霜龙!你可算来了!"海莲娜见霜龙跑来,立刻从地上站起来。

霜龙隔着外骨骼面罩白了她一眼。"你说你要夺回纳格法尔号,你有什么计划吗?"

"有,我需要你帮我看看这些数据。"海莲娜指了指环绕在她身边的全息影像,"我知道告诉你这些事很突兀,不过……你是永恒之战前某个'神'的后裔。纳格法尔号是那个时代的造物,所以,你也许能够看懂这些奇怪的东西。"

霜龙静静地听着海莲娜说完,然后呆呆地站在原地沉默了五秒。"这……就是你的计划?"

"嗯。"海莲娜点点头。

"这算什么计划啊!"霜龙忍不住大声骂道,"我根本什么都不明白!你就说一句我是神族的后裔,然后就指望我去完成你那不靠谱的计划?"

"现在已经没有别的选择了,霜龙……"海莲娜的双手抱住脑袋,又甩下来,"我失去了对纳格法尔号的控制,失去了除洛玛兄弟外的所有猎手,你是我手里最后一个大杀器了!拜托你发挥点作用吧!霜龙!"

"我只是个刚刚结束了常规作战训练的菜鸟。"霜龙两手一摊,"而且你如果真想解决问题,你也不会躲在这么个地方看裸体异人龙,把所有麻烦事都抛给我们。"

"什么裸体异人龙?"海莲娜一脸茫然地和霜龙对视了一秒,随后气冲冲地将一团青蓝色的灵能火焰拍在霜龙脸上,"你想什么呢?"

"你如此明目张胆地做亏心事还不让别人说?"

"胡扯!"海莲娜又拍了一团灵能火焰在霜龙脸上。

"你看看!你的全息影像上都是什么东西?"霜龙把外骨骼面罩一掀,几乎是顶着海莲娜的鼻子冲她吼道。

海莲娜转过头,看了一眼自己身后的全息影像,但那上面除了幽绿色的线条和圆点外一无所有。海莲娜盯着影像看了半天,但她怎么看都不知道怎么能把这堆杂乱的、毫无规律的图像看成是异人龙的样子。

"你是怎么看出这上面有异人龙的?"海莲娜皱着眉头,气红了脸。

"这……你看不见吗？"霜龙有些迷茫地指着影像中的那个异人龙，他大概是个雄性，但他身上却又有着一种人类女性的阴柔。他有着白色的长发，双翼上覆盖着白色的羽毛，他天蓝色的双眼就像天空一般澄澈。

海莲娜又对着影像看了半天，接着她转过身盯着霜龙看了一会儿。忽然，她拉住霜龙的手臂，将他拽到全息影像前方，"继续看！"

"什么？"

"继续看！告诉我你看到了什么！"

"朱庇特防线被突破！阵地陷落！冈根尼尔失去能源供应！"

"收到……"那异人龙用力伸展右翼，推开压在自己身上的石板，"所有人……咳咳……撤回卡尔迪兰城。"他的双手抓住插在自己右侧大腿上的一块金属碎片，狠狠咬着牙，将它硬生生拔出来。

撕心裂肺的疼痛让异人龙轻轻呻吟了一声，他将沾血的金属板抛到一边，一瘸一拐地从倒塌的建筑废墟中走出来。苍白的光柱从天而降，在远方的大地上落下。巨大的地震几乎要将人从地面上抛起来。光柱熄灭，喷发的熔岩随之冲天而去，大地崩解破损，整片天空被映成火红。

"洛拉！洛拉！"一个身穿银灰色风衣的年轻男子跑到他身边，搀扶住他的肩膀。"星辰武士们没办法对抗尼德霍格的幻影巨龙大军，这个星系，快要沦陷了。"

"卡尔……"名叫洛拉的异人龙轻轻咳嗽了一声，在遍地的瓦砾间坐下来，"这已经不是战斗了，这完全是一场单方面的屠杀……没有冈根尼尔，我们抗衡不了尼德霍格，不能再牺牲更多的人了！"

名叫卡尔的年轻人沉默了，和洛拉对视了很久，这个从来都不肯服输的男孩眼中，终于流露出了一丝软弱。"卡尔……"洛拉抬起右手，戴在手腕上的黑色手镯震动了一下，随后融化了。漆黑的液体金属流向他的掌心，凝固成刀柄的形状。洛拉握住它，轻轻一甩，一柄漆黑的长刀在他手中成型。

"拿着它，去领导幸存下来的人们。"洛拉湛蓝的双瞳温柔而坚定，"活下去，我们的文明不会熄灭在这里！"

"可是……大导师，为什么？"卡尔的声音充满了疑惑，还带着一丝恐惧。

洛拉轻轻笑了一下，"我活得太久了，我的旧思想只会带领其他人走上我曾走过的老路。但你不同……你是一名优秀的星辰武士，你也会成为一名优秀的领袖。"

卡尔伸出手，摸到了洛拉的长刀的刀柄。但就在这一刻，他的手却不住地颤抖起来。仿佛这柄长刀有千斤重，卡尔用尽全身的力气都握不住它。他低下头，又抬起头。当他的目光再次与洛拉相遇时，洛拉眼中的温柔渐渐消散了，留下的只有深邃与坚毅。

"卡尔诺帕拉·雷·兰尼，励志要成为银河中最强星辰武士的人，怎能握不起这柄刀？"洛拉的语气中充满了嘲讽，"是的，它很沉重！它是弑星者以湮灭之力铸成的刀刃，但你真的驾驭不了它吗？我的力量，就那样无法触及吗？"

"难道你真的,连我这个老不死的可怜人都比不上吗?"

卡尔狠狠一咬牙,右手抓紧了洛拉的刀刃,握了起来。洛拉身体后仰,背后的双翼撑着他的身子,让他半躺在地上。"祝你好运,卡尔。"洛拉笑了,有些欣慰,有些哀伤,又有些无力地笑了,"我永远……都为你感到骄傲!"

洛拉站起来,抖动双翼,沾血的白色羽毛一片片飘落。"洛拉!大导师!"两行热泪从卡尔的眼眶中涌出。"你要去哪里?"

洛拉没有回答他,只是仰着头,望向血色的天空中那一条条漆黑的巨龙。他的双瞳中映出焰火,双翼卷起旋风,纵身向流火的天穹飞去。

"没有冈根尼尔,你无法战胜它们的!"卡尔站在原地,声嘶力竭地向着洛拉远去的方向咆哮。

"去迎接我的命运。"洛拉平静地飞向天顶,"如果我漫长的生命要在此刻落幕,那么,我将欣然接受!"

青蓝色的火焰在海莲娜右臂上流淌过。她的手掌用力向前一推,一颗青蓝色的火球在一堆石傀儡中炸裂。冲击波激起的气浪吹起她的长发,亮蓝色的电光噼噼啪啪地从中进出,激起一朵朵转瞬即逝的火花。

"提前说好了!你要是敢忽悠我!你就死定了!"海莲娜回头对霜龙喊道。

"你不信你来读我的心啊!你的灵能不是很厉害嘛!"

记忆阵列的隔离被突破了,石傀儡正源源不断地从各个缺口涌进来。霜龙对周围的石傀儡不停开枪。虽然身边的敌人像海滩上的沙子一样多,但他仍然不得不降低自己的射击频率,防止粒子束步枪过热。

虽然霜龙看见的东西很扯淡,但海莲娜选择暂时相信他。"终止夺回纳格法尔号的行动!"海莲娜抬手按住自己耳边的通信器。"重复!终止夺回纳格法尔号的行动!行动取消!全体撤离!"

石傀儡的数量在减少,霜龙可以从容地瞄准、射击。但海莲娜没有那么多耐性,她只要看见黑色的石头怪物向自己跑来,就立刻一个灵能爆砸上去。

"海莲娜,你的外骨骼呢?"霜龙问。

"脱了,穿个壳子在身上我施展不开身手。"她说着,从腰间的小包里又拿出一罐月蚀,牙齿咬住吸管,叼在嘴上。"撤离点在哪?"

霜龙也不知道撤离点在哪,他一直跟着梦灵在视觉辅助系统中标注的路线走。"跟着我走就行。"霜龙手忙脚乱地给20毫米口径发射器更换弹匣,白狐曾经教过他一个很迅速而且很帅气的换弹匣动作,但他怎么也学不会。

两人跑出记忆阵列,入口门刚刚打开,迎面而来就是一梭小口径子弹。

"小心!"霜龙连忙向走廊左侧躲避。子弹敲打在外骨骼表面的动能屏障护盾上,激起一圈圈泛着微光的涟漪。

海莲娜也迅速躲到霜龙身后。"你帮我挡着点行不?我没穿外骨骼啊!"

"谁让你把它脱了的。"霜龙探出头去向外射击，但一梭子子弹又将他压了回去。"要不你跑回去拿你的外骨骼，我在这儿守着？"

"来不及了。"海莲娜的腮帮子鼓起来又瘪下去，像活塞的缓冲装置似的。她迅速吸完了一罐月蚀，紫色的气体从鼻孔中飘出来。"尼德霍格的猎手已经来了！"

霜龙已经看见了，萨瑞洛玛和阿克洛玛两人背靠背站在外面的平台上。三个猎手围着他们，光刃点亮着，但没人敢先动手。

"该死！"海莲娜小声骂道，"他们都是我的人啊！"

"现在不是了。"霜龙蹲下来，悄悄侧出身子，瞄准了其中一个猎手。

"你疯了啊！"海莲娜在他身后半蹲下来，她竭力压着声音在霜龙身后低吼，"你要跟光速猎手对打？你怎么想的啊？！"

"小声点！"霜龙尽力稳住身子，幸好有外骨骼的帮助，平稳持枪完全没有难度。他瞄准的是那个有深紫色翅膀的影翼龙种，那个猎手肌肉相当发达，应该是个光速猎手中的大力士。

阿克洛玛显然发现了霜龙的意图，只见他稍稍侧着头，在萨瑞洛玛耳边轻声耳语了一句。忽然，他侧身起跳，冰蓝色的光刃随着他展开的双翼一起甩出。下一瞬间，他将翅膀用力向后一张，推动自己极速向下冲去。光刃横在他身前，直冲那名紫色猎手的头颅而去。而对方也迅速做出反应，一条亮紫色的光刃展开，做好了格挡的准备。

另一名猎手早就发现了霜龙，霜龙第一次露头时，他就对霜龙进行了压制攻击。当阿克洛玛出手时，他立刻用微型冲锋枪对霜龙所在的位置扫射。不过，这次霜龙没有躲闪，他知道外骨骼的护盾能挡住这种小口径子弹的冲击。他保持步枪准星锁定着紫色猎手的脑袋，果断地扣下了粒子束步枪的扳机。

他不知道他这次射击是否命中了目标，开枪后，他立刻缩回了身子。外骨骼的护盾挡住了 16 枚子弹，但护盾电容器中的能量储备也只剩 7% 了。"干得好！"海莲娜激动地在他肩膀上拍了一下，"我的老天！你干掉他了！"

那名猎手正在准备格挡阿克洛玛的攻击，完全没有机会提防背后的冷枪。赤红的粒子束从他的后脑勺射入，从他的鼻梁上方穿出。眨眼的工夫，阿克洛玛的光刃挥过，斩断了他的右手。随后，阿克洛玛翻身落地，抓住从对方手中脱落的亮紫色光刃。

还剩下两个。萨瑞洛玛右手在面前挥舞着红蓝两色的双头光刃，左手持一把手枪架在后面。一名猎手试着跳到他身侧，从侧方发起攻击。萨瑞洛玛的手枪迅速跟上他的动作，在对方停顿的一瞬间开火。子弹精准地从光刃转动的空隙中穿过，又精准地射进了敌人的脖颈左侧。颈动脉和气管被瞬间粉碎，那名猎手的身体痉挛了一下，接着脸朝下栽倒在了地上。

最后一个猎手见情况不妙，扔下打空了子弹的冲锋枪，到平台边缘起跳飞走了。霜龙抬起步枪，从后方瞄准他，开火。但这次没有像他预想中的那样命中目标，粒子束在猎手的翅膀上烧出一个小窟窿，这对于他来说只能算是轻伤。

阿克洛玛环顾四周。"区域清空！"他熄灭了光刃，将自己的光刃以及从紫色猎手手里缴获来的光刃插在腰带上。

"确认安全!"大黄蜂和熊猫也从另一侧的掩体后站起来。"我的老天!"大黄蜂走到霜龙面前,掀起外骨骼面罩,将他上下打量了一番。"霜龙,你知道吗?你刚刚杀了一个光速猎手。"

"呃……"霜龙挠挠头,"我知道啊。"

"老天!你杀了一个光速猎手啊!"熊猫激动地跳了起来,"你这只菜鸟干掉了光速猎手!这牛够你吹一辈子的了!"

霜龙转过头看了看躺在地上的那名猎手,他两眼之间的弹孔正往外冒着血。"也许吧。"霜龙耸耸肩,随后他附和着大黄蜂呵呵笑了几声。反正隔着外骨骼面罩,大黄蜂看不见他的表情。

说实话,霜龙并没有因为杀死一名猎手而获得什么成就感。紫色猎手忙于应付阿克洛玛,还要提防萨瑞洛玛。自己做的只有在他背后偷偷给了他一枪。这种简单的事,随便换一个会用枪的人都能做到。霜龙觉得自己做的事就像打游戏时,队友费尽千辛万苦把敌人打残血了,自己恰巧路过,对着残血的敌人平 A 了一下捡了个人头。

真正厉害的是阿克洛玛和萨瑞洛玛,自己只是个运气好的菜鸟而已……

"喂!"海莲娜拍了霜龙一下,她冲霜龙微微一笑,但凝重的表情很快重新占据了她的脸,"别为这事儿得意了。是非之地不宜久留,在其他猎手赶到这里前,我们赶紧撤!"

"明白。"霜龙点点头。

大黄蜂敲了敲通信器,"阿贾克斯,叫穿梭机来接我们,快!"

"阿贾克斯收到。"

"接下来我们该怎么办?"熊猫问,"我是说……离开纳格法尔号以后。"

"我要找一个人,一个走私军火、倒卖文物、贩卖人口、买卖各种稀奇古怪的物品的商人。"海莲娜冷冷一笑,"阿基里斯、叶烁痕、卓洛、赫尔墨斯……他有好几个名字,而他的每一个名字我都知道。"说到这里,海莲娜有些得意地挑了一下眉毛,"他卖给我的十个猎手全背叛了我,他指引我找到的幽冥战舰也不听我使唤了。这些理由足够我要求他为我做一些……合理的补偿了。"

洛拉……冈根尼尔……海莲娜在心里回放着霜龙讲述的那些情节。如果这个叫洛拉的异人龙真的有一种能够击败尼德霍格的武器,这将是自己最后的机会了。幸亏自己留下了霜龙,这个小子终于发挥作用了。

霜龙双眼空洞地平视着前方,他的视野中又出现了那双猩红的眼。霜龙感觉自己身边的一切都在离他远去,模糊的黑雾在四周泛起,漆黑的羽毛在他身边徐徐飘落。漆黑的双翼,棱角分明的脸庞,奥西里斯在他面前徐徐浮现。

"你做得不错啊。"奥西里斯的声音像是在笑,但那并不是真实的笑,至少不是正常的笑,"你看,你的海莲娜已经开始欣赏你了。"

"海莲娜不是我的。"霜龙冷冷地答道。不,应该说,是被霜龙这个灵魂占据的躯壳冷冷地答道。

　　"既然你对她没有兴趣，那么……找到洛拉，找到冈根尼尔。"奥西里斯说道，"无论如何，现在你得继续帮助她，这对你有好处，对所有人都有好处。"

　　霜龙有些呆滞地望着奥西里斯，"你和洛拉很像。"霜龙忽然说道，"你就像是……他的反色。"

　　奥西里斯笑了，这一次他是真的笑了。他认为这句话好笑？也许吧。"嗯，你可以按照我的反色来找他，这样很方便是不是？"

　　"嗯。"霜龙点点头。

　　"你应该再练练你的枪法，如果你枪法好，最后一个猎手你也可以干掉的。"奥西里斯说完，便融化在了黑暗中。

　　散落满地的黑羽随之蒸发，黑雾也渐渐消散了。霜龙发现自己不知何时已经坐上了穿梭机，生命维持系统将座舱内的温度调整得很舒适。霜龙长舒了一口气，终于，他不需要在奥西里斯寒冷的双翼下瑟瑟发抖了。

第十一章

误差（上）

对于永恒之战之前的许多历史，我们已经无从得知。阿玛克斯帝国文献库中的资料只零星记录了一小部分。资料中记载，尼德霍格曾经制造出一种相位面武器，并突然用它来屠杀白羽龙族。没有人知道尼德霍格这样做的目的是什么。但如果尼德霍格曾经做过这种事，他今天也很可能对人类做同样的事。

——雅典娜新闻网"女神之眼"时事分析节目

对于埃尔文·冯·隆施坦恩来说，今天是令人兴奋的一天。虽然他的父亲汉斯不这么认为——用焦头烂额来形容汉斯这一天的生活已经是比较委婉的说法了。

毕竟，汉斯已经连续工作了17个小时。这一天，他先在全国媒体面前对埃尔坦恩全国公民发表演讲，安抚大家的情绪。然而这效果并不好，在演讲过程中，位于七颗行星上的29支游行队伍浩浩荡荡地走过行星首府的各条主干道。之后，他去议会大厦出席联合防务会议。再然后又会见了来自八个国家的首脑。

这段时间里，埃尔文也多少知道了一些现在的情况。抵挡住尼德霍格的入侵几乎是不可能的。埃尔坦恩政府与蔷薇帝国的流亡政府合作了，秘密展开了"方舟计划"。计划的内容很简单：制造一种能够自给自足、航程非常远的方舟飞船。这艘飞船要能抵达254万光年外的仙女座星系。如果银河系要被毁灭，那么人类文明唯一的出路就是在一个新的星系繁衍生息。

但这些事对于埃尔文来说都很遥远，即便"方舟计划"真的开始实施了，他也知道自己绝对是第一批登上方舟的人。几小时前，父亲将他与他的哥哥埃里希送上了银狮号游轮。在其余100多人陪同以及六艘驱逐舰的护航下，他们动身前往"高等精灵秩序整合体"的首都星系亚卡娜斯。

父亲这样做只说明一件事——埃尔坦恩合众国已经不安全了,至少父亲对他的国防军没有足够的自信了。兄弟俩前往柯拉尔联邦的名义是到亚卡娜斯学院进修,但实际上则是为了避难。汉斯相信柯拉尔人的伪星式战舰能够保证柯拉尔联邦境内的安全。

"听说亚卡娜斯学院已经爆满了。"埃尔文穿着一件宽松的丝绸浴衣,躺在柔软的躺椅上,双脚垂在盛有热水的乌木盆里。一位仆人捧起他的脚,放到一个垫子上,然后用长满老茧的双手为埃尔文按摩他的双脚。

"每个有钱有势的家族都争着把他们的子女送到银河中最安全的地方。"埃里希躺在埃尔文身边,正享受着同样的服务。给他们俩做按摩的足疗师年龄都不小,他们衣着干净,手法娴熟,一看就是经验丰富的老师傅。"听说诺瓦家的二公主也去了。"

"二公主?"埃尔文的眼珠转了转,他向埃里希侧过身子。"诺瓦家不是只有海莲娜一个公主吗?"

"不,阿瑞雅女皇有两个女儿。大女儿是海莲娜。还有个小女儿,叫萨娅卡。"埃里希说道,"我以前也不知道萨娅卡,我也是刚听说不久。"

"萨娅卡……好奇怪的名字啊。"埃尔文说道。

"可能来自某种古老的语言吧。"埃里希拿起手边的水晶杯,喝了一口清酒,"雅典娜人喜欢崇拜那些奇怪的东西。"

埃尔文"嗯"了一声,重新在躺椅上躺平了。"海莲娜公主应该也在吧。"

"海莲娜不在。"埃里希将水晶杯放回身边的小桌子上,一架外形圆润的小无人机飘过来,将他的酒杯重新倒满。"哈迪斯王子也不在。"

"好吧。"埃尔文耸了耸肩。他沉默了一阵子,随后轻轻叹了口气。"说实话,我挺喜欢海莲娜的。"

"你可以和老爹提个建议,让你去和诺瓦家通婚。"埃里希说道。

"再说咯。"埃尔文拿起他的手机,漫无目的地翻看着各种乱七八糟的新闻和好友发的消息。"唉,可怜的盖瑞卡。这么久了,一点消息都没有。"

"盖瑞卡多半是活不下来了。"说这句话时,埃里希的语气很淡定,仿佛失踪的人不是他的亲弟弟。

"你不想他吗?"埃尔文看着埃里希。

"不想。"

"唔……虽然盖瑞卡的性格有点古怪,但他好歹是我们的兄弟啊。"

"盖瑞卡和我们是截然不同的人,爸妈对待他也与对我们不一样。"埃里希轻轻摇了摇头,冷淡中透着一丝淡淡的无奈。"盖瑞卡……盖瑞卡……"他用不同的发音缓缓读出这个有些拗口的名字,"你不觉得他的名字很奇怪吗?"

埃尔文的眼珠又转了一下。"Galrukua",这的确完全不是一个通用语中的发音,在古人类的英语中也找不到适合的发音方式。

"好像还真是啊……"

说起来，虽然盖瑞卡是亲兄弟，但埃尔文的确感觉到盖瑞卡与自己和埃里希有种疏远感。盖瑞卡也并不是刻意地疏远他们，恰恰相反，这个怪男孩甚至一直在尝试融入。但他似乎天生就难以接近别人，也难以被别人接近。埃尔文与他共同生活了将近20年，却似乎从未了解过自己的亲弟弟。

埃尔文在心里告诉自己盖瑞卡还活着。但他自己也知道，盖瑞卡存活的可能性微乎其微。哪怕魅影的人抓走他后没有要了他的命，他也很难躲过尼德霍格带来的灾难。

兄弟俩悠闲地在游轮上经历了46个小时的航行，虽然银狮号并不是隆施坦恩家族拥有的最豪华的游轮，但麻雀虽"小"，五脏俱全。船上的游泳池、酒吧、电影院、桑拿房等娱乐设施足够他们打发完这将近两个标准地球日的旅行。

银狮号上的大副是鲁道夫中校，虽然他的职位是大副，但如果有必要，银狮号的船长也要听他的指挥。汉斯总统交给他的任务是保证埃尔文和埃里希的绝对安全。埃尔文认识鲁道夫，实际上，他对鲁道夫已经相当熟悉了。北极星特种部队的一支小队曾负责隆施坦恩家族城堡的安保工作，而鲁道夫当时是小队中的一员。汉斯总统事务繁忙，隆施坦恩三兄弟的少年时代有很大一部分时间是在"鲁道夫哥哥"的陪同下度过的。

埃尔文在船上第一次见到鲁道夫是在船上酒吧中，据说他在之前的航行中都待在自己的房间里，没有出过门。埃尔文见到他时，这位年轻的军官穿着便装，半躺在沙发椅上。他左手拿着一杯咖啡，右手拿着一个平板电脑。他的衬衣皱皱巴巴，似乎好几天都没有熨过，脸上的胡茬也没刮干净。

他浏览着平板电脑上的信息，轻声哼笑了一下，"真是胡闹。"

埃尔文到吧台前取了一碟零食，到鲁道夫身边坐下，"看什么呢？"

鲁道夫没有说话，因为他正忙着喝咖啡。他将手中的平板电脑递到埃尔文面前，对他使了个颜色：自己看。

埃尔文一边嚼着零食，一边看着电脑。这是一份会议记录，其中夹杂着许多份报告，还有几份清单。密密麻麻的文字看得埃尔文眼睛疼。"这都是什么啊？"他把平板电脑往桌子上一抛，这个薯片一样轻薄的小设备啪嗒一声，在光滑的大理石桌面上滑到了鲁道夫面前。

"技术共享运动。"鲁道夫放下咖啡杯，"领导人们希望将各国最先进的技术都汇集到一起，以此制造出能够击败尼德霍格的东西。"说到这里，鲁道夫又轻轻笑了一声。"这个计划进行的地点，就在你们要去的亚卡娜斯星系。"

埃尔文噘了噘嘴，耸了耸肩，"呃……所以呢？"

"你以为你们为什么要去亚卡娜斯？为什么银河中最有钱的人家的孩子都要去亚卡娜斯？"鲁道夫说道，"因为我们的'方舟计划'也要在这里实施，我们的方舟舰会在柯拉尔人的领地内造出来，这是方便你们到时候上船啊！"

"这一点我已经猜到了。"埃尔文将零食推到桌子中央，让鲁道夫也能拿到东西吃。"可是，为什么所有国家都要把最先进的技术集中到柯拉尔人境内？"

"尼德霍格是从外环星域边缘开始入侵的，柯拉尔人的领地靠近银心，从地理上讲，柯拉尔联邦处于非常安全的位置。"鲁道夫每说几句话，就会拿一块巧克力或者寿司放进嘴里，"而且，你知道柯拉尔人的科技水平，其他国家造不出来的东西，柯拉尔人有技术能造出来。"

埃尔文点点头。鲁道夫说的有道理，柯拉尔人最引以为豪的就是他们遥遥领先的各种神奇科技，伪星式战舰、高阶智能计算机、世界之环等等。柯拉尔人垄断各种先进技术那么多年，现在却心甘情愿地将这些技术与其他国家共享。看来尼德霍格的到来让柯拉尔人的"至高秩序"也开始害怕了。

服务无人机飘到两人身边，给两人送上两杯饮料。"阿玛克斯帝国要造一种超级战舰，凯洛达帝国有一个关于灵能的什么计划，我也记不得了。"鲁道夫拿起饮料杯在手中晃了晃，"总之，他们觉得自己能打败尼德霍格。在我看来，这完全是胡扯。"

"如果尼德霍格打过来了，你有什么想法吗？"埃尔文问。

"跟你们一起坐方舟走啊！"鲁道夫呵呵一笑，"虽然，现在方舟上没有我的位置，但这难不倒我！"

就这样，在与鲁道夫的闲聊中，埃尔文度过了这段旅程最后的两个小时。六艘护航的驱逐舰相继跃出超空间，进入亚卡娜斯星系。"星系内安全"的信息传来后，银狮号游轮也跃出了超空间。

埃尔文换了一身休闲西装，给他的总统老爹发了一条已经抵达亚卡娜斯的短信。他很少给老爹打电话，反正打过去了老爹也不会接，老爹的工作太忙，哪怕给他发个短信，也多半会被他无视掉。

"亚卡娜斯，真是个神奇的地方。"埃里希和埃尔文一起走上游轮船头的观景台。

"是啊。"

埃尔文望着远方被戴森球包裹的恒星。环绕着恒星的是一个巨大的环状天体，埃尔文估计它的半径至少有 0.3ua[①]。毫无疑问，那就是世界之环，高等精灵的建筑奇迹。据说，建造一个世界之环需要相当于 14 颗地球质量的金属与非金属材料。他们真的挖空了 14 颗行星？还是用了某种不为人知的物质转化技术？没人知道柯拉尔人是从哪儿取得这些用于建造世界之环的资源的。

亚卡娜斯星系就像一座拥挤的都市，宏伟而庞大的太空城随处可见。戴森球遮住了恒星的光辉，只有一座座太空城中悬浮的伪星为这个秩序的世界带来光明。柯拉尔人将自己领地内的每一颗行星上的每一寸土地、行星内每一立方米的内部空间都开发完，然后又不遗余力地让空荡荡的太空变得有利用价值。

银狮号并没有前往宏伟的世界之环，而是前往了在亚卡娜斯四号行星的外空轨道。这是一颗质量较小的岩态行星，只有 0.7 个标准地球质量。在导航电脑上，它有个美丽

[①]　ua 是天文单位的单位符号，1ua 为地球与太阳之间的平均距离。

的名称：伊甸园。

"我喜欢这里。"鲁道夫不知什么时候也来到了两人身旁，他双手抄在黑色西裤的口袋里，嘴里叼着一根刚点燃的香烟。"伊甸园是柯拉尔人的国度中唯一能让人感到舒适的地方。好吧，这里也是唯一一颗允许外国人登陆的行星。"

"你以前来过这里吗？"埃里希问。

"来过。"鲁道夫用手指将了将自己杂乱的头发。"我作为军队交流活动的代表来过好几次，每一次都是到伊甸园。"

"为什么不去其他地方看看？"埃尔文问，"如果是我，我一定会到世界之环上看看。"

"你要知道，虽然柯拉尔联邦现在是我们的盟友，但实际上，柯拉尔人的至高秩序不允许自由意志存在。"说到这里，鲁道夫轻轻皱了一下眉头。"这群自诩高等精灵的人认为，所有生命都必须变成没有思想、没有感情、没有灵魂的机器，完全服从于至高秩序。只有这样，银河系才会永远和平。"

埃尔文撇了撇嘴，"听你这么一说，我已经开始讨厌这里了。"

"至少你在伊甸园见到的人都是正常人。"鲁道夫将烟灰弹到地板上，家务机器人立刻到他脚边，用小型吸尘器将烟灰吸走。"哦对了，千万别跑去伊甸园以外的地方。"

"如果跑出去了会怎么样？"埃尔文问。

"举个例子，如果一个细菌进入了你的身体，你的免疫系统会消灭它。"鲁道夫说道，"柯拉尔人的'高等精灵秩序整合体'就像一个精密的身体。我们这些拥有自我意识、不对至高秩序绝对服从的外来者，都会被识别成细菌这样的危害。柯拉尔人建造的防御设施会来消灭我们的。"

"我虽然不喜欢柯拉尔人对待我们的方式，但我承认柯拉尔人将它们的文明建设得很辉煌。"埃里希淡淡地说道，"我们就入乡随俗吧。"

伊甸园的四座外空轨道空间站此时都已经停满了来自不同国家的大大小小、各式各样的飞船，这场面简直赶上国际航展了。埃尔文看了一圈，发现除了银狮号以外，外空轨道上没有其他豪华游轮了。其他飞船基本上都是货运舰和护航的战斗舰船。

鲁道夫也整理了一下自己的仪容，换上了一身不算整洁的海军陆战队军装，不过这至少比那件皱巴巴的衬衣强多了。如果不看他贝雷帽上的帽徽，一般人不会将他和埃尔坦恩最精锐的北极星特战部队联想到一起。不过埃尔文知道，现在的鲁道夫是北极星第三大队的队长。

"我们的船可是有特权的，其他家族的贵公子都只能在恒星系边缘换乘柯拉尔……高等精灵的运输船来伊甸园。"鲁道夫说话的这段时间里，银狮号已经和空间站完成了对接。"国力强盛带来的好处啊。"

当鲁道夫说出"柯拉尔人"这个称呼时，他不自然地迟疑了一下。毕竟自己现在身处至高秩序的领域内，谁也不知道对方会不会用神秘的精灵技术监听自己的谈话。"柯拉尔人"这个称呼，对这个古老的种族多少有些不够尊敬。

特兰人的文明刚刚接触精灵族时，至高秩序刚刚建立，精灵族内战也刚刚爆发。而精灵语中"高等精灵"这个词语有些冗长，那时的人们就从所谓高等精灵对自己的称谓中截取了两个音节，称他们为"柯拉尔人"。这并不是什么带有侮辱或蔑视意味的称呼，但对于不容忍任何差错的至高秩序来说，"柯拉尔人"这个称谓也许会引起它的过激反应。

埃里希和埃尔文在六名随从的陪同下离开了银狮号，进入了柯拉尔人的空间站。柯拉尔人喜欢用哑光的灰白色与鲜艳的金色装饰他们的建筑，并用黑色的细线勾勒出墙板和建筑模块的轮廓。极致奢华的辉煌被塑造到极致的简洁。

空间站中很少见到柯拉尔人出现，取而代之的是各种无人机和其他自动机械。宽敞得足够一辆坦克驶过的走廊中央，醒目的全息影像为初来乍到的访客们指引道路。

穿过走廊后，埃尔文一行人来到了一处看上去面积不算特别大的中转站，这也许是因为中转站里堆放了太多集装箱。印着不同标志、标记着不同语言文字的货物在这里等待转运。特兰人、阿玛克斯人、矮人……来自银河各地的人种都聚集在这里。大家三五成群地站在墙边，一边闲聊一边看着柯拉尔人的机械来来回回搬动他们的货物。

"埃里希先生，埃尔文先生，鲁道夫先生，欢迎你们来到亚卡娜斯星系。"一位身穿白色与金色相间的长袍的柯拉尔人走到埃尔文等人面前。"我是侍者 RS12K027，至高秩序已经在亚卡娜斯四号上为你们安排了住所，我负责引导你们前往住所，很荣幸为你们服务。"

"你好。"埃里希握了握侍者伸出的手，随后是埃尔文。"你好……"埃尔文感觉有点尴尬，他没记住这位侍者的名字，或者说，他的代号。他想起了鲁道夫说过的，柯拉尔人都是没有灵魂的存在。自己面前的这位侍者，应该和一个机器人没什么两样。

"先带我们去住所吧。"鲁道夫说道，"我们还有好多行李要送到地面上。"

"好的，我们会安排的。"侍者抬起手，做了一个"请"的手势，"这边走，请随我来。"

一行人随侍者穿过中转站的临时存放区，来到中转站中央。十几条白色的光柱连接着中转站的天花板上与地板上的某种设备，时不时能看见人和无人机进入光柱当中，随后便消失不见了。也有人会凭空从光柱中走出来。

"前往萨图恩山。"柯拉尔人侍者在一道光柱旁说道，又对埃尔文一行人做了一个"请"的手势，"到这边来。"他说完，向前一步，消失在了光柱中。

埃尔文和埃里希站在光柱前，交换了一下眼神。"呃，这是……"

"走过去就行了。"鲁道夫完全没有停下来，他满不在乎地咧嘴一笑，跟着柯拉尔侍者消失在了光柱中。

"神奇的精灵族技术。"埃里希犹豫了一小会儿，跟着鲁道夫走过去，随后埃尔文也走入了光柱。

穿过光柱时，埃尔文感到一阵短暂的失重，他有一丝眩晕，但随后很快恢复了。眼前的一片雪白也渐渐消散，脚下的地面有了截然不同的触感。埃尔文看见自己站在一座公园中,整洁的大理石地砖围绕一座古典的铜像喷泉铺出圆环状的图案。

"这里是萨图恩山顶公园。"柯拉尔侍者说道,"这处传送点已经向你们开放,你们可以使用它便捷地前往其他传送点。"

埃尔文刚想问什么,鲁道夫又抢在他前面开口了,"好的,谢谢。"

现在是白天,但山顶公园中的几盏路灯却亮着。天空中有三个"太阳":一个在自己头顶正上方,两个在西方的地平线附近。正上方的那颗最亮的是空间站的伪星,亮度其次的是西边地平线附近的伪星,而真正的太阳几乎没有光芒。伊甸园距离恒星亚卡娜斯的距离本来就比较远,而恒星又被戴森球包裹。虽然太阳没有明媚的阳光,但戴森球独特的轮廓使得它在天空中很好辨认。

埃尔文很喜欢伊甸园的天空,或者说,他对这样的天空感觉很新奇。伊甸园有明媚的人造阳光,将大地上的一切照得清晰可见,但天空却仍然是深邃的深紫色,明媚的繁星清晰可见。

"我们根据汉斯总统的要求为你们在山顶公园旁边修筑了一座别墅,这里是伊甸园上综合环境指数最优的地区。"柯拉尔侍者走在前面,引导着埃尔文一行人走出公园北门。经过一条清幽的石子小路后,一座外墙用橡木板装饰的三层小楼出现在他们面前。"你们的住所就是这里了,满意吗?"

"我很满意,请代表我向至高秩序表达感谢。"鲁道夫伸了个懒腰,转过头来看着埃尔文和埃里希。"怎么样,你们喜欢吗?"

"喜欢。"埃尔文点点头。虽然这个名为"至高秩序"的国家机器让他很不舒服,但不得不承认,它做事的确认真又周到。

"你们的 DNA 特征已经录入房屋的安全系统,现在这座房屋是你们的了。"柯拉尔侍者说道,"你们还有其他问题吗?"

"嗯……没什么了,这里住着应该很舒服。"埃尔文环顾四周,他在不远处看见了另一座屋子。那座小房子很简朴,只有一层高。在灌木丛的环绕下显得很不起眼。自己作为隆施坦恩家族的公子,可以住在伊甸园上风景最好的地方,那同样住在这里的是谁呢?

"那边的房子……"埃尔文抬手指过去,"那里住着人吗?"

"那是萨娅卡·诺瓦的住所,她比你们早来一个行星日。"柯拉尔侍者回答道,"萨图恩山上只住着你们两家,她应该不会打扰到你们。"

埃尔文和埃里希交换了一下眼神。"如果有邻居陪我们一起的话,我们的生活应该会更有趣的。"埃里希说道。

侍者轻轻点点头。"如果你们有其他的问题,房屋内的人工智能可以提供一定的帮助。抱歉,失陪,我需要去执行至高秩序的下一项指令了。"

"去吧。"鲁道夫对侍者点点头。随后,侍者离开了。

鲁道夫又伸了个懒腰。"啊,好好在这儿享受几天吧。这可能是我们在银河系的最后一个家了。"他走到房门前,房门自动向两侧打开,客厅天花板上的吊灯也自动亮起。

屋内的装修和家族城堡里也很像——大理石地砖上铺着地毯，有古安陀鲁红木制成的家具、熊皮制的沙发、纯银的餐具。墙上挂着几幅名画，虽然不是真品，但同样将房间装点得很美观。

"我要住在二楼。"鲁道夫说着，沿着客厅侧面的楼梯向二楼走去，"高处的风景应该很不错。"

在银河系的最后一个家吗？埃尔文的视线漫无目的地在客厅中晃来晃去。"鲁道夫，你也要在伊甸园和我们住吗？"

"现在我是方舟项目的军方代表。在第一艘方舟造出来之前，估计我要一直待在这里了。"鲁道夫耸耸肩，放松地微笑了一下，"这里多好啊，有山，有水，隔壁还有诺瓦家族的漂亮姑娘。等着方舟造好了，我们就上船，拍屁股走人。"

埃尔文轻轻叹了口气。"一想到有那么多美丽的行星要被尼德霍格毁灭，我心里就不是滋味。"

"宇宙那么大，一切皆有可能。"鲁道夫拉开冰箱门，从中取出一瓶黑啤酒，"也许我们会在仙女座遇到更美丽的星系。"

"啊，算了。"埃尔文伸了个懒腰，"不想这么多了。鲁道夫，这周围有什么好玩的地方吗？"

鲁道夫的指间弹起一簇青蓝色的灵能火花，酒瓶盖应声飞了出去。"有！"他咕咚咕咚灌了几口啤酒，"叫上埃里希，我们找条环城公路飙几圈去！"

船舱中的温度稳定在 24 度，但不知为何，海莲娜感觉到冷，异常得冷。她已经穿上了所有能穿的衣服，又裹上了一条厚厚的棉被，但即便如此，她还是被冻得瑟瑟发抖。她知道这并不是真的冷，是自己的身体虚了。长时间吸食月蚀的副作用就是会让自己产生严重的依赖性。月蚀的确赋予海莲娜远超自身力量的灵能，但代价是她的身体储存灵能的能力越来越弱。现在她已经 30 多个小时没有接触过任何灵能物质了。

旗鱼号上没有月蚀，因为船上的战士们不依靠灵能战斗，自然就不需要用月蚀来增强自身。海莲娜把身上剩下的两罐月蚀吸完后，她就彻底断顿儿了。

更糟糕的是，雅典娜人在自然演化过程中，其许多生命活动依赖灵能这种独特的能量。因此对于大部分雅典娜人而言，灵能枯竭意味着死期将近。

咚咚咚的敲门声传来。"女王，我给你送午饭来了。"隔着厚厚的舱门，海莲娜只能隐约听到霜龙的声音。"女王，开一下门好吗？"

舱门并没有锁，只要转动一下中央的阀门状扳手就能打开。可是霜龙手里端着海莲娜的午饭。见海莲娜好久没动静，霜龙提高了嗓音，"女王？你没事吧？"

海莲娜从棉被中抽出一只手，缓缓伸向舱门。她想用灵能隔空移物的能力来扳动门把手。但那个红色的舱门把手仍然纹丝不动，这个平时对她来说易如反掌的事，现在她已经做不到了。

咣当咣当的齿轮摩擦声在厚重的舱门内响起来，舱门被人咔嗒咔嗒地推开了。霜龙将餐盘放在地上，推开舱门，又将餐盘重新端起来。"女王！你还好吗？"他连忙走到海莲娜身边，将餐盘放在床边的桌子上。"你等下，我去叫瑞文来，他是医疗兵。"

"不用了。"海莲娜将伸出的手缩回棉被里，"我……只要没有月蚀，谁也帮不上……我没事，只是……觉得冷。"

霜龙心里想：你一副快要死了的模样，没事才怪呢！他将盛着热粥的军用水壶送到海莲娜嘴边。"呃……先吃点东西吧。"

海莲娜轻轻点点头，捧着热乎乎的水壶，缓缓喝了一小口里面的粥。热滚滚的流体穿过食道淌进她的胃里，她的身体终于感觉到了一点温暖。"我们还有多远才能到？"海莲娜小声问。

"如果我们一直在超空间中航行的话，萨瑞洛玛说至少还要四个小时。"霜龙说道，"不过旗鱼号的燃料可能不够。刚才大黄蜂还说要找个有气态行星的恒星系补充一下燃料。"

海莲娜又喝了一口粥，这时候霜龙将其他饭菜也端到了她面前。"这都什么鬼地方啊！一路上连个空间站都没有！"说到这里，天煞女王竟轻轻抽泣了一声。她低下头，看着霜龙送来的食物，又呜咽着哭起来。

"我不知道，我也是第一次来这里。"霜龙用叉子将蔬菜沙拉和切好的烤猪肉送到海莲娜嘴边。"一路上我们发现了不少舰船的残骸。但幸好梦灵有详细的星图，我们走的已经是一条最短而且最安全的航线了。"

"梦灵……她从纳格法尔号上转移出来了？"海莲娜停住了哭声，但她的声音仍然很轻、很微弱，霜龙甚至担心她会忽然一口气没喘上，就这么死在自己身边。

"转移到了旗鱼号的机载电脑上了。"霜龙一边说，一边尝试观察她的身体状况。但他不是医生，也不知道自己能做什么。"她将自己的绝大部分数据压缩到很小，虽然失去了很多功能，但……至少她仍然能为我们效力。"

海莲娜轻轻点点头，又张开嘴，等着霜龙将食物喂给自己。而霜龙也很耐心地将肉排切成小块，一点点喂给这位娇贵的病号。

如果是以前，这种工作一定会交给阿克洛玛或萨瑞洛玛来完成，但几小时前海莲娜让他们休息去了。"让光速猎手们休息一下。他们忙碌那么久了，我不想让他们因为疲劳而损失战斗力。"于是，这种无聊的工作就落在了霜龙的头上。

忽然，霜龙也开始觉得有点冷了。那是一种说不出来的冷，一种熟悉的、让他感觉危险的冷。与此同时，淡淡的黑雾也从地板和墙壁上散发出来。霜龙眉头一皱，用尽全力在心底咆哮道："滚！"

黑雾一下子消失得无影无踪，他也不觉得冷了。海莲娜仍然在他面前，低着头，慢慢咀嚼着他喂给她的东西。

"霜龙……"海莲娜微微抬起头，用空洞的双眼望着他。

"在。"

"你真的看见了弑星者？真的看见他用名叫冈根尼尔的武器消灭了尼德霍格吗？"

海莲娜没有血色的嘴唇轻轻颤抖着。

霜龙皱了皱眉头。"我的确看见了，但那些片段不完整。"霜龙说道，"我记得弑星者说，冈根尼尔失去了能源，损坏了。但他不知用何种方式，让这件武器重新运转了起来。"

一声嘀嗒的提示音打断了两人的谈话，梦灵的声音传来："女王，有未知身份的通信传入，有人破译了我们的一条加密通信频道。"

海莲娜咽下口中的烤肉，轻轻叹了口气。"霜龙，把我的头盔拿给我。"

"呃……你的头盔不在这里。"霜龙挠挠头，"你的一套外骨骼都丢在纳格法尔号上了。"

海莲娜的表情有些烦躁，她抬手将自己的长发捋到前面，让头发垂下来，遮住自己的脸。"接入通信。"霜龙站在一旁看着她，在心里呵呵笑了两声。现在她的模样就像那些老恐怖片里经典的女鬼造型一样。

一幅全息影像出现在海莲娜面前，影像中的人是个枯木一样苍老的老头子。一见到他这张脸，海莲娜气得喘了一口粗气。她虚弱的身体不允许她有大幅度的发怒动作。"是你啊……"海莲娜的声音还是很轻，"我正想找你呢。"

"这事儿不能怪我。"超空间中的通信本来就不流畅，再加上这位老头很重的鼻音，这让他的声音听起来颇为奇怪。"所有人的光速猎手都出毛病了。"

"看来你知道我为什么找你。"海莲娜的身子又止不住地颤了一下，"你最好答应我接下来的要求，以此补偿我……不然，我会让你很难看的。"

"不要把话说得这么难听，年轻人。"老人说道，"我也有与你合作的想法呢，我觉得，我们可以交换彼此需要的东西。"

海莲娜沉默了一会儿，她哆哆嗦嗦地呼出一口气。"我们在哪碰面？"

"水世界的阿尔法城，你知道那里的。"

"嗯。"海莲娜轻声说道，"再见。"

通信结束，全息影像也随之熄灭。海莲娜缓缓将长发捋到脑后去，她又捧起装着热粥的水壶，小口小口地喝着。霜龙打量了一下海莲娜。"呃……女王，你还要我继续喂你吃东西吗？"

"嗯。"海莲娜轻轻点点头。

霜龙心想："我为什么要多问一句啊，直接说大黄蜂找我有事不就行了。为什么所有无聊的事都要我来做……"霜龙轻轻叹了口气，重新端起餐盘，将剩下的肉排切成方便海莲娜咀嚼的小块。

"女王最需要照顾的时候正是你向她表达好感的机会啊！"霜龙虽然没有感觉到冷，也没有感觉到黑暗，但奥西里斯的声音却清晰地在他脑中回荡起来。

"我表达好感有个屁用啊！女王最喜欢的一直都是她的猎手萨瑞洛玛吧！"霜龙在心里对奥西里斯吼道，"我就算照顾她一年，我在她心里也不过是个干杂活的而已！"

"你就这么看不起自己？你知道你在海莲娜心有多重要吗？"

"因为我是她不可或缺的工具，但工具永远是工具。"霜龙在心里默念出这句话时，他感到了深深刺痛自己心脏的悲凉。

"总之你自己想好咯！"奥西里斯激动地咆哮着，好像要借着他心痛的这一瞬发起猛攻，将霜龙彻底摧垮。"你对她的心意要是不说出来，就只能烂在心里咯！烂在心里的东西可是一文不值的。"

霜龙冷冷地笑了笑。"那就让它烂在心里吧！烂在自己心里总比吐出来既恶心自己又恶心别人好！"

奥西里斯犹豫了一瞬，他也没想到霜龙会做出这样的回应。"你怎么就那么……"

"滚！"霜龙在心里又一声咆哮，将奥西里斯赶得无影无踪了。

霜龙非常讨厌奥西里斯这样子骚扰他。这些乱七八糟的事明明与他这个黑乎乎的木马病毒没有任何关系，但他为什么非要管这些事啊？果然，奥西里斯待在他脑子里，对他一点儿用没有，相反，还带来了不少麻烦。

海莲娜微微抬起头，空洞的双眼望着霜龙的脸。"霜龙，你在想什么呢？"

"呃……"霜龙脑门上一下子渗出来一片冷汗。"你……不是会读心吗？"

"我的灵能用不了了。"海莲娜虚弱地轻声说道，"我感觉自己已经是个废人了。"

霜龙两手一摊，苦笑了一下。"这你能怨谁去？谁让你整天没完没了地吸那玩意儿？早知如此何必当初啊，你说是不是？"

"月蚀一旦上了瘾，就永远也戒不掉了。"海莲娜轻轻叹了口气，"哈迪斯是这么说的。"

"那你当初为什么要吸食月蚀？"

"为了力量。"海莲娜轻声说道，"诺瓦家中只有最强的灵能者才能继承王位。我本以为借助月蚀的力量，我可以超过我的妹妹萨娅卡。可是……"说到这里，海莲娜轻轻叹了口气，又低下头啜泣起来。

霜龙坐在一旁，沉默了半天。这时候他想起了刚才自己在想的一件事——他立刻装作一副好像忘了什么事的样子。"哦对了，大黄蜂还让我去检查一下四号推进器，熊猫之前说它可能有点故障……"

海莲娜止住了抽泣，她抬起头和霜龙对视着。她的目光像是惊讶，又像是在怪罪什么。最后，她那双美丽的黑眼睛中只剩失落和无助。"嗯，你去吧。"她轻轻点点头。

伊露娜拿着手机，仔细盯着屏幕上奥维肯发来的每一个字。"阿尔法城中的一家酒馆，向酒馆的服务员打听关于'细胞'的事。"伊露娜将奥维肯的消息一个字一个字地念出来。在这条消息后，还有下一条："我也不清楚伪装成服务员的'细胞'线人在哪个酒馆，你自己多找找吧。"

"多找找，我都找了一天了！"伊露娜收起手机，一脚将地上的一个空易拉罐踢到海里去。"这个'细胞'到底在什么地方啊！"

稻草人挠了挠头。"嗯……我们要不先找个地方住下，等明天再继续找吧。"稻草人说道，"可能'细胞'的线人今天碰巧不在。"

"希望他只是'碰巧'不在而已。"伊露娜气冲冲地哼了一声，"我们先回雷格尔的酒馆吧。"两人在原地站了一会儿，最后环顾了一下周围的环境，随后他们转过身，沿原路往回走去。

两人回到港口区外围，沿着一处楼梯进入海面以下的城市。不等他们走进酒馆，一阵尖锐的笑声突兀地刺进他们的耳膜。"哇哈哈哈哈哈哈哈哈，我又满血复活啦！"

"这是谁啊？"稻草人皱着眉头用小拇指抠了抠耳朵，"哪儿又来了个疯婆子？"

酒馆入口的感应门打开，坐在酒馆中央那张桌子旁的是一个年龄不大的女孩，顶多也就 20 岁。她面前的桌子上摆着一大盒月蚀，她手里拿着一罐正在吸着，脚边还散落着五六个已经空了的月蚀罐子。那女孩身边坐着三个人，两个外貌非常相似的异人龙，还有一个看上去很不起眼的特兰人男孩。

霜龙一手扶额，无奈地叹了口气。他忽然觉得海莲娜还是没有月蚀吸的时候比较让人省心。

伊露娜和稻草人打量了一下那四个人，两人交换了一下眼神，然后一言不发地走到角落处的一张桌子旁坐下。坐下后，伊露娜又打量了一遍那群人，厌恶地瞥了一眼那个吸月蚀吸得脸都发蓝的女孩。"老板！来两碗拌面！"

"好嘞！马上就来！"矮人雷格尔的声音隔着老远从厨房中传来。

稻草人也瞥了一眼那四个人。"他们是什么人啊？"他小声问伊露娜。

"只要我们不招惹他们，就不会给我们带来麻烦。"伊露娜看上去很是放松，完全没把他们当成威胁。"离他们远点就行，那两个异人龙应该是光速猎手。呵，那小姑娘肯定是个有钱人。"

不一会儿，雷格尔一手端着一盘拌面，笑嘻嘻地走过来了。"面来啦！"

"嗯。"伊露娜点点头，将自己口袋里最后一张钞票递给雷格尔。随后，两人吸溜吸溜地吃起面来。

这时，酒馆大门又一次打开了，干瘦的叶老头儿拄着拐杖走进来。这次跟在他身后的有四个猎手。他们都是一个样子，穿着黑色与白色相间的服装，身上也画着黑白相间的斑纹。条纹状的黑白斑纹转折、扭曲，构成了一种虚幻的立体感。一眼望过去，根本看不清那四人的面貌，甚至区分不出来他们的躯干与四肢。

"霜龙，让开。"海莲娜后背一挺，靠在椅背上坐直了。霜龙也连忙从椅子上站起来，走到海莲娜身后。

叶烁痕不慌不忙地走到霜龙让出来的椅子旁，扶着桌子缓缓坐下来，将拐杖交给身后的骑士斯莱格。海莲娜打量了他一眼，轻轻哼了一声。"天启四骑士都带在身边，不知道的还以为你这位老人家又要干什么坏事了呢。"

伊露娜看了一眼叶老头，又看了一眼他身后的"四骑士"，连忙敲了敲稻草人的胳膊。"我们到隔壁的房间去。"她小声对稻草人说道。

"呃……"稻草人看着伊露娜，又转过头去看了一眼那群人。"我们在这里吃面招惹到他们了吗？"

"哪那么多废话啊！"伊露娜瞪了稻草人一眼，"快！跟我来！"

两人端着各自的炸酱面不声不响地溜走了，他们溜进一个单间里，关上了房门。叶烁痕瞥了他们一眼，并没有太在意这两个吃饭的客人。

"身处乱世，想要我死的人太多了。"叶烁痕的语速一直很慢，"你不也一样带上了两个吗？"

"我本来能带上 12 个的！"海莲娜的鼻孔中喷出两束明显的紫雾。"你卖给我的猎手背叛了我，夺走了我的幽冥战舰，杀了我的人。对此，你想向我解释什么吗？"

"不想。"叶烁痕不慌不忙地从上衣口袋里摸出一根烟点上。他现在不需要害怕海莲娜，海莲娜身边只有两个猎手，而自己这边有四个。

海莲娜将一个吸空的月蚀罐子重重往桌子上一拍。"启动纳格法尔号的方法是你告诉我的！你一定知道它的秘密！"说到这里，海莲娜双手在桌子上重重一拍，站起来，身体向前倾，几乎要贴在叶老头的脸上。

"你一定知道尼德霍格的事！你为什么不告诉我？"她怒吼着，紫色的月蚀气体喷了叶烁痕一脸。

"没人知道尼德霍格还会回来！"叶烁痕抽了一口烟，也提高了自己的嗓音，故意将浑浊的烟气喷在海莲娜脸上。劣质烟卷的味道呛得海莲娜喘不过气来，她抬起手在面前扇了扇，又坐回自己的椅子上。

叶烁痕缓缓喘了口气。"争论这些已经发生的事没有意义，我认为……等等！你说尼德霍格夺走了纳格法尔号？"

"是的！"海莲娜恶狠狠地瞪了他一眼，双瞳中翻涌的青蓝色灵能光芒充满了不加任何掩盖的敌意。

叶烁痕咬了咬牙，又狠狠抽了一口烟。他的眉头锁紧，又舒展开，又再次锁紧。"这下糟了！"

"怎么了？"海莲娜挑了挑眉毛。

"虚空之海中有一条航道，能够让我们逃出银河系，逃到尼德霍格无法触及的地方。"叶烁痕重重叹了口气。"纳格法尔号是我知道的唯一能通过这条航道的船。"

海莲娜听完，捏起她的月蚀罐子吸了一口。"好吧，我想，现在我们都逃不出去了。"

"是的，我们都要死在这个星系了。"

"不。"海莲娜摇了摇头，她深深吸了一口月蚀，随后缓缓呼出一口气。她的眼睛垂下来，看着自己鼻孔中喷出的紫色气体。沉默了数秒后，她紧皱的眉头松开了。"我刚刚得知，银河的某个地方有一件武器，能够击垮尼德霍格的武器。"

叶烁痕空洞的双眼忽然又来了精神。"愿闻其详。"

"它叫冈根尼尔，是弑星者洛拉曾经使用过的武器。"海莲娜说道，"你听说过吗？"

叶烁痕沉默了足足有十秒之久。"嗯……我只是听说过，听过的也只是传说。而且，永恒之战以前的事……哪怕弑星者真的存在，他应该也去世很久了。"

"弑星者是个白羽龙种，如果关于他的传说是真的，他现在很有可能还活着。"

隔壁的小房间里，正在吸溜吸溜吃面的稻草人被伊露娜重重砸了一下脑袋。伊露娜的表情不知是兴奋还是震惊。她的嘴用力地咧着，牙齿紧咬着，砸在稻草人脑袋上的右拳缓缓抬起来。她低下头看着稻草人，猩红的光映在黑色的蒙眼布上。"你听见了吗？白！羽！龙！"她将声音压得很低，但她嘴里的每个字都像是吼出来的。

稻草人点点头，继续吸溜吸溜地吃面。两人的姿势格外滑稽，他们的脸贴在门上，从细小的门缝向外望。稻草人蹲着，伊露娜弯腰站着。两人手里都端着两盘拌面，一边吃着，一边偷听着外面人的谈话。

"弑星者洛拉是白羽龙！弑星者洛拉是白羽龙！"伊露娜激动地面都不吃了，一个劲地小声念叨着同一句话，像是在毫无意义地自言自语，又像是在说给稻草人听，让他记住这件事。

门外，叶烁痕缓缓抽着烟。"我不知道它们究竟在那里，但我知道有一个人应该能帮上我们，"叶烁痕说道，"情报商 Ciel。"

"Ciel？"伊露娜眼睛一瞪。"等等，我们是不是找错人了？"

"找错人？"

"情报商 Ciel。"伊露娜说道，"而我们一直在找情报商 Cell！"

稻草人咽下一口面条。"呃，这发音听上去没什么区别啊……"

"但含义上就区别大了！"

"你说的这个 Ciel，我们要怎么才能联系到他？"海莲娜问。

"就在这家酒馆，这里有一个很漂亮的服务员小姑娘，叫希尔璐，她就是 Ciel 的线人。"叶烁痕不慌不忙地说道，"不过她今天貌似不在，我们可以明天再来，或者在这里等她回来。"

"反正外面也无聊，还是等她回来吧。"海莲娜说道。

伊露娜狼吞虎咽地吃完了最后一点面条，她立刻掏出手机呼叫巴洛达克。"巴洛达克！能听见吗？"伊露娜尽力压低声音。

"巴洛达克收到。"

"听好了！我们找错人了！情报商是 Ciel，不是 Cell！"伊露娜说道。"现在，我需要你们立刻寻找一个名叫希尔璐的女孩，亚斯见过她，知道她的样子！找到后，不惜一切代价把她控制住！"

"等等……"无线电另一端的巴洛达克一拍脑袋，"什么东西？那情报贩子到底叫什么？"

"别管那些了！给我找到希尔璐！"伊露娜冲着手机屏幕中的巴洛达克低吼道，"立刻行动！现在！马上！快！"

稻草人也迅速吃完了自己剩下的面条，擦了擦嘴巴。"我们现在怎么办？"

"赶在这群人找到希尔璐之前找到她！白羽龙必须是我们的！"她深吸一口气，"跟我来，装作什么都不知道！"

稻草人点点头，伊露娜又做了两次深呼吸，最后稳定了一下自己的情绪。随后她推开门，和稻草人一起走了出去。叶烁痕和海莲娜还在交谈着，而伊露娜和稻草人若无其事地从酒馆大厅中穿了过去，绕过他们扎堆的那张桌子，向门口走去。

当他们距离门口只剩两步远时，叶烁痕忽然抬起一只手。"康格斯，拦下他们！"康格斯听到命令后，一个飞身跃到伊露娜身侧，苍白的光刃点亮，挡在伊露娜身前。

伊露娜缓缓吸了一口气，又缓缓呼出来。"我们只是在这家店吃了顿饭而已，和你们无冤无仇，你们用不着这样吧。"她抬手扶了一下自己的眼罩，露出一个放松的笑容。

"你身后的这个小子，呼吸得有点太急促了吧。"叶烁痕不慌不忙地抬起手，指了指稻草人，"只是吃顿饭的话，没必要害怕什么吧。"

"几个光速猎手杵在这儿，正常人见了都得害怕。"伊露娜两手一摊。

"可是，你显然不是正常人。"叶烁痕又转过身看着伊露娜，"正常人被光刃架在脖子上，早就该吓尿了。你也有点太冷静了吧。"

伊露娜没有作声，她的右手伸进口袋里，迅速打出了求救信号，按下了发送键。"这个吧……是的……我不是正常人，但我的这位小兄弟是。"伊露娜故意放缓语速，以此拖延一些时间。

稻草人一声不吭地躲到了伊露娜身后，伊露娜也用右手护住他。稻草人虽然现在也有了洛索德尔的"恩赐"，但他直到现在也不知道怎么使用这种能力。

"我没办法相信你，红精灵。"叶烁痕说道，"我怎么知道，你没有听到我们的谈话。"

"我有办法。"海莲娜仰起头，闪烁着蓝光的眼瞳望着伊露娜，"我会读心。而我读到的结果是……她对我们有威胁！"

"恐怕你的读心能力得多练练了……"伊露娜故作镇静。但此时此刻，她的身体已经完成了异化的准备。自己面前有一个猎手，他后面还有三个……不，是五个。一个光速猎手就已经够难缠的了，要同时对付六个猎手，自己恐怕是没什么胜算了。

突如其来的一声巨响，整个酒馆都剧烈晃动了一下。有什么东西落进海里了，距离还很近。白色的泡沫遮挡住了窗外的景色。酒馆里忽然暗了下来，一个巨大的黑色轮廓挡住了来自海面上的光。

霜龙回头看向窗外，雪白的泡沫渐渐散去，他看见了那东西点缀着焦黑色的褐色外壳，看样子像是穿过大气层时被灼烧过留下的痕迹。那是一艘战舰。它侧舷的磁轨炮正在转向，向酒馆这边瞄准。浸泡在水中的加速线圈噼噼啪啪地闪烁着电火花，将周围的海水加热到沸腾。

加速线圈通着电，而这只说明一个问题，磁轨炮准备好开火了！

"小心！"霜龙大喊一声，扑倒海莲娜，将她推到桌子底下。下一瞬间，炽烈的火光撕裂了沸腾的海水，窗玻璃连同整面外墙一起被粉碎，滚烫的海水涌了进来，眨眼间便淹没了霜龙眼前的一切。

第十二章

误差（下）

七小时前，一伙武装分子袭击了埃尔坦恩合众国位于莫拉蒂斯的军事基地。24名袭击者中有八名被当场击毙，四人被捕，其余人逃脱。被捕的四名袭击者都是埃尔坦恩公民，他们称自己发动袭击的目的是阻碍"方舟计划"的实施。

——外环新闻网

黑色的金属在叶烁痕的皮肤上流淌着，渗入他皮肤的每一条褶皱中。随后，黑以太在他的体表形成了一层薄薄的外骨骼。这层壳虽然不足一毫米厚，但却支撑着这位行动有些不便的老人一个箭步从水下的建筑残骸跃到了水面上，在外面的平台上站稳脚跟。黑以太物质在他的体表继续流动，随着他的动作改变形状。现在，这层黑以太成了他的第二层皮肤。

锋利的骨刃轻而易举地撕破上层平台的金属蒙皮，就像撕开一张报纸一样轻松。化为异形的身高四米的伊露娜从她撕开的窟窿中爬上来。她的两条长臂前端的骨刃插在地面上，两条短臂抱着一个外壳焦黑、正在微微蠕动的蛹。

不到一分钟前，魅魔号的磁轨炮在水下发射了一枚触爆式的高爆弹。弹头在撞击酒馆外墙的瞬间引爆，巨大的冲击波引发了接下来的混乱。伊露娜已经猜到了，这个计划一定是巴洛达克想出来的！幸亏他没有装错弹种。如果是一枚穿甲高爆弹撞破外墙，延迟一秒后在所有人身边炸开，那么酒馆里估计一个人也活不下来！

伊露娜将手中的蛹抛到一边去，被高温炙烤得焦而脆的外皮脱落，露出半透明的红褐色外壳。蛹蠕动着，很快一双手从中伸出来，撕裂蛹壳。稻草人从中拼命探出脑袋，大口吸了一口气。"发生什么了？"

"呃……"刚刚走到酒馆入口旁的希尔璐茫然地打量着从水下爬上来的人，她穿着一身连体泳装，光着脚，左手拿着一杯树莓汁，右手拿着一包果冻。"这是……"

"伊露娜……"稻草人愣愣地看着希尔璐，"我好像……"

伊露娜的断臂抓起通信器放到嘴边。"目标出现！"她大吼道。

希尔璐立即扔掉手里的东西，转过身，以最快的速度向远处跑去。同一瞬间，伊露娜预判了希尔璐奔跑的方向，向她前方位置猛地一跃。但在伊露娜起跳的瞬间，希尔璐却忽然又一个转身，向相反的方向奔跑。稻草人想拦住他，但他的双腿还没来得及从蛹中抽出来。

伊露娜落地，同样迅速转身穷追不舍。异化后的伊露娜奔跑速度相当快，一个光脚的小女孩绝对跑不过她！只见希尔璐跑到伊露娜在平台上撕开的窟窿旁，纵身向下一跳，扑通一声跃入水中。

叶烁痕抬起一只手，对准了伊露娜。黑以太流向他的掌心，形成一个螺旋形的结构。三秒的工夫，一台微型相位枪在他手上完成组合。

"咚！"

忽然，骨刃重重磕在了他的黑以太皮肤上，巨大的冲击将叶烁痕直接砸飞了出去。他从一座建筑的左侧撞进去，又从右侧撞出来，与数不清的混凝土碎块一起在地上打了几个滚。

"伊露娜！我来帮你了！"巴洛达克看了一眼被他打飞的叶老头。与此同时，魅魔号轰隆一声从水下浮了起来。

"希尔璐跳进水里了！你在岸上拖住他们！"伊露娜说着，也扑通一声从那个洞跳了下去。

巴洛达克环顾四周，寻找敌人的位置。就在这时，他看见远处有个人向他冲过来。黑白相间的折叠的条纹使得他无法准确判断那人与自己之间的距离，不等他做出反应，一束苍白的光刃已经向自己的脑袋劈了过来。

巴洛达克连忙一闪，光刃没有劈中他的头，但仍然是砍断了他的右臂。深棕色的血洒在地上，立刻剧烈地沸腾起来，散发出刺鼻的棕红色气体。巴洛达克惨叫了一声，左手抓起断裂的骨刃，用力向对方挥去。

叶烁痕的骑士斯莱格原本准备直接反手砍下巴洛达克的脑袋，但从巴洛达克的伤口中涌出的刺激性气体刺痛了他的眼睛，只呼吸一口，他的鼻腔、气管和肺叶就都剧烈地刺痛起来。斯莱格痛苦地咳嗽了一声，接着被巴洛达克的骨刃重重砸在了腹部上。他也飞了出去，仰面落进了海里。

"找到希尔璐！其他什么也别管了！"黑以太皮肤驱动着叶烁痕爬起来，虽然毫无防备地被巴洛达克砸飞了，但在这层特别的外壳的保护下，叶老头的身体基本上没受到任何损伤。"一定要确保希尔璐在我们手里！"叶烁痕命令道。

其余三名骑士刚准备向巴洛达克发起攻击，听到叶烁痕的命令，他们立刻转身跑向平台边，准备到水下去追击希尔璐。但就在此时，魅魔号巡洋舰上小口径速射炮开火了，

12台转管机炮倾泻出密集的弹雨。虽然光速猎手的身手很敏捷，但穿过如此密集的火力网仍然是不可能的。

转管机炮的口径是25毫米，天启骑士们身上的护盾发生器产生的动能屏障顶多能帮他们抗下三枚25毫米口径动能弹药。机炮一阵扫射后，护盾失效时发出的嗡嗡的爆鸣相继响起，骑士们立刻躲到就近的建筑物后面。

装有贫铀穿甲弹头的机炮子弹是能够打穿建筑物的混凝土墙壁与金属蒙皮的。但四骑士躲藏的位置都是建筑物墙壁的拐角处。墙角处的墙壁厚度大，难以被击穿。一串串子弹击穿墙壁表面的金属蒙皮，擦出四散飞溅的火花，水泥碎块伴随着破裂的金属崩落到地上。

目标进入射击死角，转管炮也全部停止了射击。虽然它们不开火了，但每台机炮上的20根枪管都仍然在嗡嗡地高速旋转着。只要目标再次出现在可攻击的范围内，机炮可以立即完成锁定、射击。

与此同时，伊露娜在水下发现了希尔璐。她眼睁睁地看着希尔璐脱下泳衣，很快希尔璐的后背和手臂上生长出了膜状的鳍，细小而光滑的鳞片从皮肤下刺出来，覆盖在她的体表。她的双腿并在一起，开始蜕皮，很快融合生长成一条修长的水蛇尾。

"什么？"伊露娜用力划水，但希尔璐不慌不忙摆动着尾巴，迅速向深水游去。速度之快，伊露娜根本追不上她。"希尔璐是个娜迦！"伊露娜连忙向上浮出水面，抓起通信器大吼。"她往深水区游去了！快追上去！"

"你在逗我吗？"亚斯的吼声从无线电另一端传来。

"我亲眼看她变成了一个娜迦！"伊露娜游到魅魔号旁边，扒住巡洋舰外壳上的突起。"魅魔号下沉！追上她！快！"

亚斯很不高兴地呼噜噜噜了一声，他转身朝向驾驶舱中的伊薇尔。"下沉！快！"

伊薇尔照做了，魅魔号的引擎轰鸣起来。庞大的船身晃动了两下，船头向下一沉，船尾向上一翘。六台推进器闪烁起橙色的光芒，推动魅魔号向水下冲去。伊露娜深深吸了一口气，随后和魅魔号一起沉入了水下。她爬到二号气闸门前，通过气闸舱进入船舱内。

"喂！我还没上船呢！"巴洛达克站在平台上，不知所措地看着不断泛起气泡的海面。三名天启骑士从他身边跑过，跳入海中。他们身上的护盾产生器制造出一个椭球形的透明球壳，将一部分空气包裹在其中，与海水隔开。四骑士背上的微型等离子推进器随后启动，推动他们在水中前进。

最先落入水中的斯莱格已经追击了一段距离了，但他们的速度赶不上魅魔号。即便在水下，这艘星际巡洋舰仍然能加速到每小时104千米，它用了不到十秒就赶上了斯莱格。

"你自己想办法赶过来吧，巴洛达克。"伊露娜在通信中说道。

斯莱格尝试向魅魔号靠近，但亚斯发现了他。"有人从我们左边靠过来了！"

伊露娜看了一眼传感器雷达图像。"左侧主炮全部开火！"她命令道，"打高爆弹，延迟一秒后引爆！"

"好！"亚斯脸上露出了一个幸灾乐祸的笑容。他来到火控操作台前，用一个旋钮调整好了延迟引爆时间。完成准备工作后，他的巴掌重重拍在了开火按钮上。

闷雷一样的一连串巨响传来，一片巨大的气泡云在水下腾起。魅魔号的舰体都被冲击波撞得晃动了一下。"护盾能量下降！"伊薇尔喊道。

在水下射出的炮弹只飞出了不到 100 米。在海水的阻力下，七枚高爆弹头以 12 马赫的速度出膛，与海水摩擦，翻涌出一串串长蛇一样的气泡柱。与此同时，它们以难以置信的速度减速，随后自动引爆了。弹头与海水剧烈摩擦时产生的高温，与弹头爆炸时产生的高温，将一大片区域的海水加热到沸腾。

斯莱格眼前一黑，巨大的冲击波差点震得斯莱格脑出血，他不得不放弃了靠近魅魔号的计划。但巡洋舰上的磁轨主炮是为太空战设计的，在设计时并没有考虑过水下开火的需要。而水对震波的传导能力又格外强，以至于高爆弹头的爆炸伤到了魅魔号的护盾。

"成功！"亚斯兴奋地叫起来，"那个猎手被挡住了！要是等他再靠近点就好了，非得震死他不可！"

"把注意力放在希尔璐身上。"伊露娜凑到驾驶座边，伸手指着正前方，远处那个模糊人影。"在那儿！就是她！我们得想办法抓住她！"

"怎么抓？"亚斯问，"找人游出去逮她吗？"

伊露娜思考了片刻。"我们到她左侧去，让右舷主炮做好开火准备。"

"你确定要这么做吗？"伊薇尔转过头来看着伊露娜，"冲击波很可能会要了她的命的！"

"你有更高的办法吗？"伊露娜问伊薇尔，"魅魔号不能陪着她在海里泡太久，我们的引擎在水下损伤得很快……"

伊露娜话音未落，一阵急促的警报忽然响了起来。"有未知舰船正在接近！六点钟方向！"伊薇尔喊道。

"舰船？"伊露娜看了一眼雷达屏幕，探测器显示那是一艘战列舰级别的星舰。但这里是水下，难道说，有人开着一艘战列舰钻进水里，追上来了？

天启四骑士停止了前进，互相远离，向四周散开。长杆状的舰体就像一根巨大的鱼骨，向海底扎去。战列舰的粒子束主炮正在充能，发热的粒子加速器将海水气化。它的舰首不停地翻涌着滚滚的白沫，泡沫向上浮去，在海中拉出一条醒目的白色丝带。

叶烁痕坐在启示录号战列舰的舰桥指挥台前，看着全息影像中缓缓移动的图标。魅魔号就在他前方 2600 米的位置，对于战列舰的长杆主炮来说，这简直就是贴脸的距离。即便在水下，强大的粒子束射流仍然能轻而易举地击毁一艘巡洋舰。

"战列舰的主炮在充能！"伊薇尔喊道，"它锁定我们了！"

伊露娜眼睛一瞪。"高爆弹设置三秒延时引爆！所有主炮和副炮立刻开火！"

"开火？"亚斯不解地看着伊露娜，"向谁开火？"

"随便向哪儿！快开火！"

亚斯又一次拍下开火按钮，一阵隆隆的轰响后，魅魔号被气泡云完全包裹住了。磁轨炮弹在水中脱去长方体外壳，在水中减速，很快就几乎静止了。当魅魔号冲出气泡云，继续向前一段距离后，设置了延时程序的炮弹引爆了。

"推进器功率降低一半，所有剩余能量集中到舰尾护盾！"

伊露娜话音未落，启示录号的主炮也开火了。但现在有一大片浓密的气泡云挡在它与魅魔号中间。粒子束射流撞入气泡云中，被迅速折射、散射掉。气泡云闪耀出刺眼的光，仿佛在水下点亮了一颗恒星。粒子束射流在气泡云中散射损耗产生的巨大热能将周围数千吨海水瞬间气化，剧烈膨胀的气体挤压着周围的海水，产生了杀伤力难以想象的冲击波。

魅魔号就像海浪中的一片树叶一样，被冲击波掀翻过来，又被推着向前漂去。各种颜色的警报指示灯在驾驶舱中交替闪烁，刺耳的警铃也呜呜地哀号了起来。

"损伤报告！"伊露娜用力抓住驾驶座侧面的把手，使自己没有在颠簸中摔倒。

"护盾失效！三号推进器停机！A7至A11区船体破裂！"伊薇尔一边说，一边关掉了警报。"一些舱室进水了，但损伤管制系统封锁了它们。"

亚斯就不像伊露娜那么幸运了，船体翻转的时候，他也抓住了一个把手。但那根把手却被他拉断了！亚斯先撞到了身后的舱壁，脑袋又磕在天花板上，之后又重重摔在两个驾驶座中间。"啊！"他扶着脑袋从地上爬起来，"我们被击中了吗？"

"没有。"伊薇尔说道。

伊露娜转头看向驾驶舱前方。"希尔璐！"

希尔璐从她的视野中消失了，前方只剩下一团红红的雾飘在水中，那应该是一团血。冲击波抵达时，希尔璐是没有任何防护暴露在水中的。除非娜迦族是金刚不坏之身，否则她的内脏应该已经变成一堆肉酱了。

但那里并没有希尔璐的尸体。血雾上方蔓延出一条血红色的"触角"，就像火箭弹飞行时留下的尾迹。它指向上方，正上方，水面的位置。"有人把她带走了！"伊露娜喊道，"上浮！快上浮！"

酒馆被摧毁时，海莲娜用灵能撑起一道屏障，抵挡住了一部分冲击波。趴在她身上的霜龙帮她挡住了剩余的大部分伤害。海莲娜游到水面上后，只需简单处理一下手臂上的划伤和烫伤。

但霜龙就惨了。他没有灵能屏障的保护，金属碎片直接从背后刺进他的身体。之后沸腾的海水涌进来，直接与他的皮肤接触。当海莲娜抓着霜龙的一只手，想将他拉到岸上来时，霜龙手臂上的皮肤直接被扯掉了！他的皮肤现在就想一张被水泡过的卫生纸，轻轻一搓一碰，就会成片成片地脱落。

霜龙惨叫起来，他的一部分头皮完全剥落了，白花花的颅骨直接暴露在外面。他想睁开眼，但血从他的脑门上流下来，盖住了他的眼睛。"海莲娜！救救我！"霜龙痛苦地大叫。他不停地喊"救救我"，但海莲娜对此一点办法也没有。海莲娜甚至不敢去碰他，因为他的皮肤轻轻一碰就会破裂。

"萨瑞洛玛！阿克洛玛！"海莲娜敲了敲耳边的通信器，"有谁能听见吗？"

霜龙的哀号声渐渐停下来了。他的嗓子已经喊哑了，几乎说不出话了。"海莲娜，杀了我吧……"他靠在海莲娜身上念叨着。"求你了，结束我的痛苦吧……"

一根针管扎在了霜龙的胸口前，瑞文将足足 200 毫升的淡粉色液体注入霜龙体内。"我的天哪！"这名外骨骼面罩上绘着乌鸦头的医疗兵缓了口气。"他居然活下来了……"

霜龙身上的皮肤开始大范围脱落，但同时，新的皮肤以肉眼可见的速度迅速生长。那层坏死皮肤就像破麻布一样，被轻而易举地扯下来，很快，新的皮肤已经生长完成。霜龙晃晃悠悠地站了起来。

"我的老天，刚才发生什么事了？"霜龙环顾四周。

"无论发生什么事了，我想你最好把外骨骼穿上。"白狐和熊猫赶了过来，将一个沉重的黑色行李箱丢给霜龙。箱子展开，一套轻质外骨骼护甲出现在他面前。

"我同意。"霜龙说着，穿好了外骨骼靴子。但在没有专用装配设备的情况下，剩余的外骨骼模块就只能在其他人的帮助下穿戴了。三人帮霜龙穿好了外骨骼，熟悉的"外骨骼设备正在初始化"的提示音与"梦灵系统已连线"的提示音先后传来。

确认外骨骼没有故障，霜龙从熊猫手里接过他的粒子束步枪。"我看见目标了！"视觉信号同步使他看见了大黄蜂那边的情况，一个身穿浅灰色与淡蓝色相间的外骨骼护甲的人扛着希尔璐，在两挺高斯机枪的掩护下跑过一座浮桥。阿贾克斯向他射击，但粒子束被对方的护盾抵挡住了。"大黄蜂那边有麻烦了！"

"那我们就去增援他！"海莲娜说道，"出发！"

大黄蜂试图从墙壁后探出头向劫走希尔璐的家伙开火，但高斯机枪的火力将他压了回去。长钉子弹在他的护盾上磕出一圈圈涟漪，弹向其他方向，扎在建筑物的墙壁或地面上。只挨上四到五发，护盾能量过低的警报就会嘀嘀地响一阵子。

"梦灵！我们需要空中火力支援！"大黄蜂喊道。

"我们没有剩余的无人机了。"梦灵回应道。

阿贾克斯向后撤了两步。"我绕到上面去干掉他们的机枪手！"

"好！快去！"大黄蜂抬起双手，将粒子步枪举过掩体。步枪瞄具上的光学探测设备立刻将视频信号传导至他的视觉辅助系统。大黄蜂向其中一个机枪手开火，红色的粒子束用了 0.5 秒才穿透对方的护盾。

"说明书上明明说它能在 0.2 秒内击穿所有单兵外骨骼的护盾！"大黄蜂低下头，缩回掩体后。

"说明书上写的是能击穿绝大部分单兵外骨骼的护盾。"白狐在无线电中说道，"不是所有的。"

　　另一名机枪手立刻向大黄蜂所在的位置进行火力压制。大黄蜂依靠的掩体是一面被爆炸掀倒了一半的墙壁。所幸墙根处的结构相当牢固，小口径的高斯机枪无法射穿它。

　　但对方的机枪手枪法很不错，也可能是他外骨骼上的辅助火控系统很不错。一轮扫射后，对方的子弹居然射中了大黄蜂的步枪。一枚长钉子弹从粒子束步枪枪身的前方斜着穿过，留下一个硕大的窟窿。大黄蜂大吼了一声，将损坏的武器丢到一边。

　　阿贾克斯退到了大黄蜂侧后方 20 米的位置，他半蹲下身子，谨慎而迅速地移动，在敌人没有发现自己的情况下爬上了一座住宅的二楼。他发现这户人家卧室的门是打开的。一般人在躲避危险时，倾向于躲在封闭的空间内，比如关上房间所有的门和窗户。客厅中的所有门都是关闭的，而只有卧室门是敞开的。

　　阿贾克斯从腰间取下一枚手雷，抛入卧室中。之后的情形和他预想的一样，手雷咕噜咕噜在地上滚了两圈，随后铁靴践踏木质地板的沉重碰撞声传来。阿贾克斯往门侧一闪，右手抓起激光焊割器。当那个穿着灰色外骨骼的敌人从卧室冲出来时，阿贾克斯果断地用焊割器烧穿了他的头盔，皮肤和骨骼被烧焦的独特味道从头盔的裂缝中冒出来。

　　阿贾克斯走进卧室，捡起他投出的没有拉开保险环的手雷，将它重新挂到腰带上。此时此刻，大黄蜂仍然在楼下与敌人激战。不过他看见了熊猫和白狐从大黄蜂身后赶来，不幸的是他们也一起被高斯机枪压制在掩体后面了。

　　阿贾克斯回到客厅，拉开朝向浮桥的窗户。在这个居高临下的角度，他能轻松地瞄准敌人的两个机枪手。他将狙击枪的发射功率提到最高，瞄准了左侧的敌人，扣动扳机。

　　敌人的另一名机枪手还没来得及反应过来发生了什么，阿贾克斯已经瞄准了他并开火了——他的下场和他刚才的同伴一样。确认目标死亡后，阿贾克斯给狙击枪换上了装有五组散热片的弹匣，随后翻窗跳下去，和他的队员们会和。

　　"刚才打得不错，阿贾克斯。"大黄蜂一边说，一边用手势示意大家前进。他跑到阵亡的敌方机枪手身边，拿走了他的高斯机枪，并从他身上取走了两个弹容 150 发的弹鼓。

　　"希尔璐在哪？"海莲娜也赶了上来。她没穿外骨骼，只穿了一件牛仔短裤和一件蓝色衬衣，身上除了一把手枪和两个弹匣外没有任何战斗装备。比起外骨骼护甲和突击步枪，她更喜欢使用灵能来战斗。

　　"被一个佣兵劫走了！"大黄蜂和其他队员们一起跑过浮桥，桥对面的几个敌人趁他们位于桥中央时向他们开火。海莲娜一边跑，一边抬起右手朝向前方，撑起一面无形的灵能屏障。对方射来的子弹进入屏障范围后，就像射进了黏稠的糖浆中，减速，停止，然后叮一声落在地上。

　　"我们还有红药吗？"海莲娜说着，跟在大黄蜂身后冲过浮桥。霜龙和白狐向两侧射击，压制住了桥头两侧矮房子顶上的敌人。

　　霜龙用 20 毫米多用途发射器向屋顶上发射小口径高爆榴弹，这种小型弹药的杀伤力不大，但一次爆炸仍然足够使外骨骼护盾发生器瘫痪。没有动能屏障的保护，敌人一般不敢探出头来。

"红药还剩两管！"医疗兵瑞文说道。所谓红药就是从白羽龙血中提纯出的一种药物，它能够促进碳基动物的身体快速自我愈合。因为它在常温下是淡粉色的液体，因此被称作"红药"，刚才霜龙注射的就是这种药。

熊猫和白狐借助外骨骼上的小型喷气推进器跳起来，跳上矮房的屋顶，干掉了两侧屋顶上的敌人。桥头失守后，佣兵部队开始撤退。他们在街道两侧架起自动机枪塔，随后绕开魅影部队的正面，借助街道两侧建筑的掩护分散撤退。

"该死！他们不见了！"阿贾克斯在一架停在路边的穿梭机后趴下，瞄准一座机枪塔，开火将其摧毁。"梦灵，你能追踪到敌人的位置吗？"

额外的图像信号传入队员们的大脑。一幅三维地图展开，地图上的红点标注了敌人的位置。"敌人的位置非常分散，继续追击很可能会陷入不利的境地。"

"对所有敌人所在的位置进行覆盖式轰炸！"大黄蜂命令道。

"收到，旗鱼号正在转向。"

海莲娜看见一颗颗闪烁的流星从天而降。它们排成一列，径直冲向这座水上城市。有建筑物的遮挡，海莲娜看不见这些炮弹究竟落在了哪里。她只看见蓝色的火光随着浓烟翻涌，腾起一朵扭曲的蘑菇云。随后，致命的火流星又落向另一个地点。

"为什么旗鱼号刚刚不来支援我们？"熊猫的语气中带着一丝气愤。

"刚才距离太近，冷聚变弹头会把我们一起炸死的。"霜龙面无表情地说道。

海莲娜仰头望了一眼流星出现的那一点。她的眉头皱了一下，忽然想起来了什么。"我的两个猎手都去哪了？"

"我和阿克洛玛已经截住了劫持希尔璐的佣兵。"通信器中传来了萨瑞洛玛的声音。"目标距离你们 320 米，方向 022。"

海莲娜微微一笑。"呵，还是我的猎手最靠谱。"

当海莲娜等人赶到现场时，那名雇佣兵已经交出了希尔璐。他背靠着废品堆，坐在一个废弃的沙发上，跷着二郎腿，很是悠闲。"希尔璐仍然有呼吸和心跳。"萨瑞洛玛蹲在希尔璐身边，将她平放在地上。阿克洛玛一言不发，用一把短管霰弹枪顶在那雇佣兵的脑袋上。

希尔璐的内脏都已经严重损伤并衰竭，但心脏和左半边肺仍然能勉强工作。她闭着眼，身上没有明显的外伤，但嘴巴、鼻孔和耳朵都在淌血。瑞文给这个娜迦女孩打了一针红药，虽然希尔璐没有很快醒来，但多功能扫描器显示她的生命体征开始渐渐恢复正常。

"我猜得果然没错。"那名雇佣兵不慌不忙摘下外骨骼头盔。"又是你，海莲娜。我看见你的两个光速猎手时，就感觉到不对劲了。"

"莫里斯？蝮蛇！"海莲娜先是惊讶地瞪了一下眼，随后冷冷地哼了一声。"我以为你早就死了。"

"看来我比你想象中厉害一些。"名叫莫里斯、代号蝮蛇的男人咧嘴一笑。这个光头男人的脸上堆满了横肉，半边脸和额头上都留下了许多条划伤。他这张脸就像是凝固的火山岩一样，光滑而坚硬，而且没有一丁点毛发生长的痕迹。他的脸一定是被严重烧伤过。虽然经过了手术的修复，但也只能勉强修复成这样子。

"你离开我的队伍后，就来了这么个破地方？"海莲娜上下打量着他，"说吧，你为什么抢走我想要的人？"

"我只是在保护……向我交过保护费的人而已。"蝮蛇摸出一支粗大的雪茄，食指和中指夹着它，送到鼻子前嗅了嗅。"我应该问你，你为什么这么想抢走这个人。"

海莲娜沉默了片刻，像是在盘算着什么。"你是相当有能力的战士，所以我希望你能回到我的队伍中来。无论你在这里能赚到多少钱，我可以给你双倍。"

"免了吧。"蝮蛇摆摆手，"我早就受够了跟着一个什么都不懂的小姑娘整天东跑西跑……为了实现她一拍脑袋想出来的蠢事，我和我的弟兄就不得不用命为她铺路。"说到这里，蝮蛇瞪了海莲娜一眼。"告诉我，在瀛洲星系发生的一切，又是因为你一拍脑袋想出来的蠢事吧？"

蝮蛇话音未落，一股无形的力量已经牢牢掐住了他的喉咙。蝮蛇的眼睛痛苦地向外吐着，脸色渐渐涨红，舌头也从半张着的嘴里伸了出来。"你不要敬酒不吃吃罚酒！"海莲娜眼中翻涌着青蓝色的灵能光芒，握成弧形的手掌渐渐攥成拳。"你现在只有两个选择！听从我的指挥，或者死在这里！"

海莲娜的手掌张开，扼在蝮蛇喉咙上的力量也消失了。蝮蛇一下子瘫倒在地上，双手撑着地板，低着头，剧烈地呕吐起来。"我看不出来……这二者有什么区别……"他呕吐了一阵后，擦了擦嘴角，扶着身边的废品堆站起来。"当年你为了找到你的幽冥战舰，带着你的猎手们跑了，把我和我的弟兄抛在赫格隆荒凉的沙漠……告诉我！现在你又想做什么？"他抬起手，指着海莲娜身后的大黄蜂一行人。"你准备用他们命，去得到什么？"

"住口！"海莲娜眼中涌出的蓝光更加明亮了。她又一次抬起手，灵能在她指间涌动。

"来啊！弄死我吧！"蝮蛇声嘶力竭地向海莲娜吼道，"弄死我，让你的人看看！他们相信的天煞女王到底是个什么东西！"

海莲娜的手停在了半空中，指尖流淌的蓝光也渐渐消散了。她咬紧牙关，全身发抖地在原地沉默了许久。随后，她放下了手，也低下了头。"萨瑞洛玛，你带上希尔璐，所有人准备撤退。"

希尔璐仍然躺在地上一动不动，看来红药对于娜迦的效果并不好。萨瑞洛玛俯身准备抱起她，当他的手触到她的身体时，忽然发现希尔璐的身体已经凉透了。

"我摸不到她的脉搏。"萨瑞洛玛说道。

瑞文用多用途扫描器重新检测了希尔璐的生命体征。"这不合常理！"瑞文叫道，"扫描显示希尔璐的所有生命活动都已经停止了。她……死了？"

"什么时候红药也会弄死人了……"熊猫摇摇头，"你确定你的扫描器没问题？"

　　海莲娜眉头一皱。"阿克洛玛，切开她的皮肤。"

　　阿克洛玛照做了。当冰蓝色的光刃在希尔璐的腹部划过时，刺鼻的棕红色气体从切口中涌了出来，深棕色的黏稠液体冒着泡，咕噜咕噜地从切口中渗出来。

　　"洛索德尔！"阿克洛玛连忙退后。海莲娜一瞪眼，青蓝色的火焰在她的后背燃起，烧透了她的衣服，接着迅速流向她的手臂。她抬起右手，灵能烈焰从她的指间涌出，2500摄氏度的高温立刻将希尔璐烧成了一堆黑色的粉末。

　　"怎么回事？"霜龙惊叫道，很快熊猫也惊叫起来。"这是什么？"

　　"希尔璐感染了洛索德尔吗？"霜龙问。

　　"不。"萨瑞洛玛看着地上的那堆黑渣，"这个希尔璐是假的，是一个感染了洛索德尔的'异形'伪装出来的。"

　　海莲娜转过头瞪着蝮蛇，她流淌着灵能的右手一挥，蝮蛇一下子被无形的力量掀翻，摔倒在海莲娜面前。"蝮蛇！你在搞什么？"

　　"嗯……时间拖得够久的了……"蝮蛇甚是得意地咧嘴一笑，捡起掉在地上的雪茄，晃晃悠悠地爬起来。"有人给我了不少钱，让我拖住你们。当然，如果你愿意付给我更高的价钱，我可以告诉你那个人是谁，那个人在哪里。"他狡黠地咧嘴一笑。

　　海莲娜一挥手，将一团灵能火焰重重拍在了蝮蛇那张可憎的笑脸上，让他伤痕累累的脸又添了一道新伤疤。"我们有多少钱？"海莲娜问萨瑞洛玛。

　　"10500星币。"萨瑞洛玛说道。

　　"这么点钱可是远远不够的。"蝮蛇摇了摇头，他脸上的伤丝毫没有影响到他的沾沾自喜。

　　海莲娜试着用灵能读心，但她读到的却全是蝮蛇脑中乱七八糟的碎碎念。该死的！蝮蛇这个老油条在故意胡思乱想来干扰自己读心！"好吧，蝮蛇，你暂时赢了……"海莲娜低下头，无奈地叹了口气。"但如果你不把我想知道的告诉我，你也休想拿到那笔钱。"说到这里，她抬起头看着蝮蛇，莫名的愠怒与凶狠的杀意在她的眼底翻涌。"我们可以暂时合作……要不是因为我缺人手，蝮蛇……"

　　海莲娜忽然打了个冷战。刚才那一瞬间，她忽然感觉到自己心里有什么让自己特别恶心的东西爬了上来。那是一种残忍的欲望，渴望去享受其他人的痛苦的欲望。

　　"我可以考虑合作。"蝮蛇伸出雪茄，用海莲娜身上尚未完全熄灭的灵能火焰将它点燃。"前提是，你要给我一支舰队的指挥权，比如英仙座舰队……"

　　"你……"海莲娜差点就将后面的"不要得寸进尺"喊出来。"你就算想要英仙座舰队，我也没办法给你。我甚至不确定那些海盗还听不听我的指挥。"

　　"没关系。"蝮蛇抽了一口雪茄。"告诉我这支舰队的活动范围，剩下的我会自己处理。"

　　海莲娜叹了口气，她本来想告诉蝮蛇自己不知道，但堂堂天煞女王竟然连自己的部队都掌控不了，这说出来可太难堪了。"我不知道他们在哪儿，不过……"海莲娜左手浮在太阳穴上揉了揉。"我可以让我的部队到摩尔星系集合，到时候我再把舰队的指挥权安排给你。"

蝮蛇嘴唇抿了抿，眼珠向下垂，思索了一会儿。"好吧，海莲娜。杀掉我对你没有什么好处，所以我暂且相信你不是在将我引向一个陷阱。"蝮蛇说着，将雪茄插回自己的上衣口袋里。"我们成交。"

海莲娜转过脸去，她再也不想近距离看到蝮蛇这张令人恶心的脸了。"喂？叶老头！"她敲了敲耳边的通信器，并将自己身上烧坏的衣服扯下来丢到一边。"叶老头！听得见吗？"

"真没礼貌！你妈妈就没有告诉过你对长者要尊敬吗？"叶烁痕那重重的鼻音在通信中传来。

"希尔璐被劫走了，被那伙红精灵劫走了。"海莲娜说道，"好消息是我们得到了一条新的线索。"

"这么简单的事都完成不了？你的猎手真的太不可靠了！"无线电另一端的叶烁痕摇了摇头。"下一次最好让我的四骑士出手。"

海莲娜冷冷地哼了一声。"如果没有其他问题，我们到摩尔星系会和吧。这个穷酸的小星系已经没有我们需要的东西了。"

希尔璐的水蛇尾渐渐消失。她重新长出人类一样的双腿，身上的膜状鳍也缩回了体内。她睁开眼，露出一层乳白色的半透明的薄膜，随后这层覆盖在她眼球上的第二层眼睑也缩了回去。她环顾四周。"唔，这是哪儿啊？"

一直在床边负责照顾她的稻草人刚想说什么，但此时伊露娜从门外进来了。她一把推开了稻草人。"我要你为我联络 Ciel。"伊露娜双手抱在胸前，低头俯视着躺在床上的希尔璐。

希尔璐轻轻一笑。"你想知道什么？"

"弑星者洛拉在哪儿？"伊露娜问她。

"你愿意为这份情报付多少钱？"希尔璐仍然微笑着和她对视。

"你满足我的要求，我就会让你好好活着。"伊露娜冷冷地说道，"如果你拒绝，我会让你在经受尽可能长时间的折磨后痛苦地死去。"

"别一上来就对人家这么不友好啊！"稻草人对伊露娜说道，"也许我们应该……"

"滚一边去，你现在对我已经没有用了，稻草人。"伊露娜的语气仍然冰冷，还带着一丝气愤。"我本以为你知道的情报能帮上我，但希尔璐现在比你有用多了！三号推进器需要维修，你要是闲着没事干的话就修理引擎去！别在这儿给我添乱！"

稻草人愣在了原地，他呆呆地看着伊露娜。而伊露娜仍然双手交叉抱在胸前，冷冷地盯着床上的希尔璐。在稻草人的印象中，她的表情第一次这么冷，第一次对他这么冷……

"好……"稻草人竭力忍住不哭，"好……"他说着，转身跑出了房间，径直向舰船动力区跑去。他低着头，冲进一间存放维修工具的仓库，将舱门锁上。然后，稻草人就蹲在漆黑的角落里放声大哭。

　　他曾见过伊露娜的凶狠，也见过她的温柔。他曾以为，伊露娜会渐渐接纳自己，甚至成为自己的一位特别的亲人。但这一刻稻草人知道了，伊露娜从来没有在乎过他，伊露娜在乎的只有如何找到白羽龙。

　　是的，稻草人对于伊露娜来说，已经没用了。他从一个不可或缺的有价值的废物，彻底变成了一个没用的累赘。

　　"如果我不给 Ciel 足够的报酬，Ciel 是不会提供任何情报的。"希尔璐说道，"无论你对我怎么样，这一点都不会改变。"

　　"也许吧。"伊露娜冷冷地笑了一下，"但当我想办法钻进你的脑子，把你脑袋里的东西全部挖出来时，你就不会这样想了。"她说完，转身走出了房间。舱室门随之闭锁，开门的按钮变成红色，希尔璐被锁在里面了。

　　伊露娜来到驾驶舱，到副驾驶的座位上坐下。亚斯正坐在武器操作员的位置上，侧着头打着呼噜。"往回飞感觉轻松多了。"伊薇尔对伊露娜说道，"飞过一次，航线都熟悉了。而且，我们这次带上了足够的食物。"

　　伊薇尔的左手在操作台的触摸屏上点了几下。虽然她粗大的指爪在驾驶飞船时有些不方便，但伊薇尔仍然能熟练地完成各种操作。跃出超空间的提示音嘀嘀地响起来。很快，驾驶舱前方闪过一道亮光，一颗棕黄色的气态行星出现在他们面前。

　　"亚斯！"伊薇尔拍了拍亚斯后脑上的凸起。正在打盹的亚斯哼了几声，厌倦地摆了摆手，睁开眼睛。"啊……干什么啊？"

　　"采燃料去！"

　　终于，一切都走上正轨，至少看起来是走上了正轨。副驾驶座上的伊露娜仰起头，长长舒了一口气。这么多年来，这是她第一次产生这样踏实的感觉，一种真正将希望牢牢握在手中的感觉。

第十三章

深红计划

凯洛达帝国政府发表声明，承认塞塔德尔星域殖民地独立。当地时间 4:25，驻扎于塞塔德尔的凯洛达军队开始撤离。许多当地居民对此表示担忧。虽然迎来了期盼已久的独立，但失去凯洛达帝国舰队的保护，尼德霍格的影翼龙族攻陷塞塔德尔星域将不费吹灰之力。

——托尔金王国《实务观察报》

摩尔星系小行星群——它曾经是摩尔一号行星，在遭受柯拉尔人的碎星打击后，就有了摩尔小行星群。它漂浮在一片广阔的天空中，环绕着红巨星摩尔公转着。它最终会因为引力重新形成一至二颗行星，也可能会在公转轨道上散开，变成一圈小行星带。

外环星域的星际游民们从来就不缺乏想象力与创造力。摩尔一号被毁后，不知是什么人在摩尔星系中建造了一座太空城。通过废弃的空间站和飞船，将一颗颗小行星通过金属的框架结构连接起来，最后成了一个虽欠缺美感但的确非常宏伟的太空城市。

在蔷薇帝国境内遭受重大损失后，哈迪斯带领天狼主力舰队的残存舰船来到了摩尔星系，并将摩尔太空城当作他的新总部。占领摩尔星系对他来说意味着一笔不小的额外收入，这是一处天文上的交通要地，每天经过这里的逃难飞船数不胜数。仅仅通过向途经摩尔的难民征收过路费以及高价出售稀缺的燃料与淡水，一天的收入就足够建造一艘驱逐舰。

尽管如此，哈迪斯想重建舰队仍然困难重重。天狼的几个重要工业星系都已经被尼德霍格的影翼龙族占据。哈迪斯想尽各种办法收集资源，在摩尔建造了两座能够制造巡洋舰的造船厂。现在哈迪斯担心的是，可能不等他造出几艘船来尼德霍格就打到摩尔星系来了。

　　暗紫色的微光在遥远的星空中一闪而过——那片区域中的几颗星立刻失去了光芒，被一条漆黑的裂痕遮住了。摩尔太空城的远程预警雷达立刻发现了这处异常现象。外围防御空间站进入战斗状态，激光器开始预热，向裂隙方向瞄准。

　　"不要开火！不要开火！不要开火！"海莲娜在公共通信频道中喊道，"我是天煞女王！重复！友军舰船！不要开火！"

　　"请提供敌我识别口令！"

　　"PTX41822N。"

　　通信短暂地沉寂了片刻。"验证通过。"

　　启示录号战列舰穿过维度裂隙，离开虚空位面，虚空引擎随之关闭。"你的船也有虚空引擎？我还以为只有纳格法尔号上有这种东西。"海莲娜对叶烁痕说道。

　　"我年轻的时候，很多精灵的飞船上都装着虚空引擎。"叶烁痕坐在指挥台前，跷着二郎腿，嘴里也嚼着薯片。叶老头喜欢吃薯片？这对于一个老年人来说真是有点不可思议。但叶老头儿的牙口很好，他整齐的牙齿不但全部健在，而且没有一点龋齿的迹象。

　　"那是精灵族最辉煌的时候。"叶烁痕继续说道，"锻造黑以太、制造虚空引擎……这些技术在当时就像我们的核聚变和电磁推进技术一样普遍……可惜，一场内战葬送了他们的文明，好在伪星技术保留了下来……"

　　"哇，那听起来是段很有趣的历史。"海莲娜耸耸肩，打开一罐月蚀吸起来。"为什么你不给自己弄一艘伪星战舰呢？"

　　"那东西虽然厉害，但太难伺候了，一旦坏了就很难修。"叶烁痕说话的这段时间里，启示录号进行了一次短距折跃，接近摩尔太空城。"还是这种中规中矩的飞船好使。我只是个时不时做做买卖的探险家，用不着那么厉害的飞船。"

　　有一句没一句的闲聊打发了等待对接的这段无聊时间。舰船停泊引导员很讨厌启示录号这种长杆式战舰到太空城对接——它的重量不算太大，但船体太长了。牵引光束的功率一旦高了，就会拉着它乱晃起来。而这样一根长长的杆子很容易磕碰到星港中的其他设施和舰船。

　　好在这一切有惊无险地完成了，当太空城伸出的对接通道接上启示录号的通用接口时，霜龙松了口气。他当时处于舰尾机库，而舰尾差一点就撞上星港旁的一处金属支架。

　　对接刚刚完成，通信中就传来了海莲娜的命令："霜龙，你和熊猫留在船上，把旗鱼号的护盾发生器修一下。"

　　霜龙对这道命令感到很不愉快，他原本想到摩尔太空城里逛逛的。霜龙发现每次修整时，守在飞船上的总是自己和熊猫。但修理舰船上各种装备的活儿本可以交给白狐和阿贾克斯的，他们对旗鱼号更熟悉。

　　这时，霜龙想到了"老实人永远要受欺负"这一条放之四海而皆准的真理。但抱怨归抱怨，女王的命令还是不得不服从的。"遵命，女王。"霜龙用尽可能不带任何感情的语气回应海莲娜，但他感觉海莲娜可能听出了自己的不愉快。

就这样，霜龙和熊猫被留在了启示录号的机库中——他们的旗鱼号也被固定在这个硕大的空间里。其余队员跟着海莲娜和叶老头下船了。大黄蜂想要找个舒服的餐馆，为从"撒旦之眼"那个穷酸地方回来而犒劳一下自己。而白狐和瑞文准备到天狼部队那儿多领些免费的补给品。

海莲娜带着蝮蛇和叶烁痕去了哈迪斯的指挥中心——那地方装修得和海莲娜曾经在纳格法尔号上的指挥中心一样……不，是更加奢侈。哈迪斯尽可能地将他的房间装修得像他童年时住过的帝国皇宫一样，太空城冰冷的金属舱壁被重新刷上了灰白的泥子，贴上了镶着金紫色细线的墙纸。铂金吊灯取代了舱室中廉价的聚变灯芯。被红色与金色的花边装点的紫色地毯覆盖着檀香木地板，稳定的地热系统确保淡雅的木香均匀地飘散在房间的每一个角落中。

"哥！我来啦！"

"哦！海莲娜！在这种时候还有机会见到你，真是令我感到太欣慰了！"海莲娜刚刚踏入哈迪斯的指挥中心，她的哥哥就立刻迎面跑过来，拦腰将她抱起。"哎哟！你比以前瘦了不少啊！"

海莲娜本以为哥哥会责怪她撕开虚空裂隙引来尼德霍格的事。毕竟，即便说这件事造成了非常可怕的灾难都已经是相当委婉的言辞了。未来的史书上很有可能会记载"天煞女王毁灭了人类文明和银河系中所有的高等生命"。

哈迪斯不提起这件事，海莲娜也同样不愿意开口。对于哥哥的拥抱，她只是附和着笑。"我身材更好了吧！"

"你可别再瘦了！"哈迪斯抱着海莲娜转了两圈，又将她放下。

指挥中心的自动门关上了，而叶烁痕和蝮蛇都很自觉地站在门外，没有进去。最后一丝门缝闭合时，叶老头子挂着拐杖轻轻叹了口气。"哎，我要是也有这么个妹妹就好了……"

蝮蛇咬着雪茄，脸上又露出了被海莲娜称作"令人恶心"的笑容。就在这不到一秒的时间里，无数不堪入目的露骨画面已经在他脑袋里闪电一样闪过了。"啊……你这老头子这么一把年纪了还想这种事……"

"谁规定的老头子就不能想这种事？"叶烁痕的拐杖轻轻捅了捅地板。"再说了，你不觉得海莲娜真的很漂亮吗？"

"嗯，这倒是真的。"蝮蛇脸上流露出一种怜悯或是惋惜的神色。海莲娜真的很漂亮，她简直美得像一件艺术品。若不是对于她的领导能力和行事风格感到很不满意，蝮蛇大概也会对这个神秘中透着可爱的女孩有好感吧。"真是可惜了，她要是从事演艺事业，一定会是个被万众宠爱的女星的。"

指挥室的大门关上已经有一段时间了。蝮蛇的好奇心驱使他靠在门边，探听里面的声音。这次尝试的结果和他想象的一样，门板做了完美的隔音处理，他根本听不见任何来自另一侧的声音。

"你看起来不像是个一般的雇佣兵。"叶烁痕摆摆手，骑士弗莫尔迅速将一张折叠椅在他身后架起来,供主人歇息腿脚。叶烁痕撑着拐杖缓缓坐下来,舒服地挪动了一下身子。

"嗯,我以前和海莲娜共事过一段时间,但那段合作的经历不是很愉快。"蝮蛇靠着门框边的墙壁,身体完全放松下来。有外骨骼的支撑,这感觉就像是躺下一样。"我是为数不多的见过她的样子,而且知道天煞女王名叫海莲娜的人。"

"海莲娜·诺瓦……"叶烁痕缓缓念出这个名字。"既然你知道她的真实身份,为什么不用这份情报去换钱呢?"

蝮蛇挤出一个鬼脸,低下头,不带任何喜悦地轻轻笑了一声。"如果我那样做了,天煞女王的猎手们一定会不惜追我到宇宙尽头来取我的人头。我的确爱钱,但我更看重自己的命。"

"在这一点上我们是一样的。"

蝮蛇低下的头抬了起来,将叶烁痕上上下下仔细打量了一遍。"你呢?叶老头子。你看起来也不像个……正常的探险家。"

"探险家顶多是个委婉的称呼,也许叫流浪者更合适。"叶烁痕轻轻摇了摇头。"我以前是个地球人。当我还是个小孩子时,我经历了末日之潮。"

"末日之潮?"

"哦,也有人叫它审判日,或是灭世核战。"叶老头轻轻咳嗽了一声。"地球变得不宜居住了,人们就尽可能地采集太阳系中的资源,造了 14 艘世代飞船,尝试移民到银河系中的其他恒星系。"

蝮蛇点了点头。"嗯,这段历史我知道。难不成,你一直活到了现在?"

"原始的世代飞船技术不成熟,船上的生态圈只是理论上能做到自给自足的生态循环。"叶烁痕继续说道。"哥伦比亚号飞船没能在船内生态圈崩溃之前找到宜居行星,船上的船员大都死掉了。船长没有办法,就只能唤醒冬眠舱中的人,让他们接替死去的船员。"

"哥伦比亚号?"蝮蛇问,"据我所知,地球人的世代飞船只有邓稼先号和奥林匹斯号成功发现并抵达了宜居行星,后来演化成今天的阿玛克斯人和特兰人。"

叶烁痕对弗莫尔招招手,弗莫尔立刻心领神会地为主人递来装满水的保温杯。"是的……我所在的哥伦比亚号,没能找到合适的宜居行星。"叶烁痕喝了一口水,停顿了一下。"船上死掉的人越来越多,尸体都被处理了,肉和内脏都用作食物,骨骼被用来养殖一种真菌。"

"这是最合理的处理方式。"

"没错。"叶烁痕缓缓叹了一口气。"我被唤醒时,船上的一半移民者都已经死掉了,舰长都已经换了四个了。忽然有一天舰长说,船上有三位科研者研制出了一种纳米机器人,能够改变人体,令人永生。如果这项发明成功了,船员们只需要聚变反应堆提供的电力就能安然无恙地在船上生存。"

"让我猜猜……"蝮蛇宽大的鼻翼微微蠕动了两下,"你成了试验品。"

"猜对了。"叶烁痕苦笑了一下，将保温杯递回给弗莫尔。"这种……在今天看来极其原始甚至粗制滥造的东西，却是当时我们船上最为精妙的技术。它永远地改变了我的身体，让我能够以电磁辐射为食。而它的副作用就是，使人无法死亡。"

蝮蛇又点了点头。"哥伦比亚号上只有你接受了实验吗？"

"不，有70多人使用了这种技术。但哥伦比亚号最终坠落在纳兹雷二号行星上，聚变反应堆损坏了，维持我们生命的电磁辐射消失了。"叶烁痕重重叹了口气，但他脸上的哀伤很快就被其他的情绪取代了。恐惧、罪恶、残忍、庆幸……无数东西一齐从他深邃的眼瞳深处涌出。

就像七种颜色的光芒汇聚成白光一样，无数纠结冲突的情绪最终在叶烁痕脸上汇聚成冷漠而麻木的平静。"我想尽办法最终活了下来。"

说到这里，叶烁痕又停顿了一会儿。他默默低着头，沉重地喘息着。空气穿过他的气管发出的声音，就像有人在吹一支漏风的破笛子。"我在那颗行星上不知生活了多久，也许几个月，也许几年。直到一群精灵发现了我，将我带去了他们的世界。"

"一段传奇的经历啊。"蝮蛇说出这几个字时，他的语气相当平淡，表情也没有一丝波澜。好像叶老头子刚才只是讲了他早饭吃了什么。

"我知道这些事很难让人相信，不过……我并没骗你。"

"我不是不相信你说的这些事。"蝮蛇将烟蒂随手扔到地上，用脚踩灭。"比这离奇几百倍的故事我都听过不知多少个了，我已经习以为常了。"

就在这时，指挥室的大门打开了。海莲娜对门外的两人扬了扬下巴，"进来吧。"

蝮蛇懒洋洋地抬起头，瞥了海莲娜一眼。"你们俩完事了？"

海莲娜一言不发地转身走开了，叶烁痕和蝮蛇也只好一言不发地跟着她走了进去。"这儿的装修可真不错，有品位。"蝮蛇的目光在房间中四处打量着。

"哦，以前这里更好的。"哈迪斯耸耸肩，"屋里原来有两个镶着蓝宝石的真皮沙发，被我给卖了。"

蝮蛇又微微皱了皱眉头，屋里的檀香味有点浓郁得过分了，他习惯了硝烟和机油味的鼻子有点不舒服。"闲话少说吧。"蝮蛇打量了一下天狼王哈迪斯。在他的认知中，哈迪斯作为一名领袖仍然是太年轻了。但至少这个男人看上去比他那不靠谱的妹妹更稳重一些。"那么，我们的合作该如何展开？"

"我们要做的事很多。"海莲娜说道，"我需要找到希尔璐，哈迪斯需要新装备来武装他的部队。"

"不，你真正需要的不是希尔璐。"蝮蛇看着海莲娜，"希尔璐只是你找什么东西的线索吧？"

"没错。"海莲娜白了蝮蛇一眼，她讨厌被别人猜中心思。"你有什么主意吗？"

"冈根尼尔和弑星者洛拉。"叶烁痕忽然开口了，"这是我们要找的东西。"

海莲娜气得涨红了脸。"叶老头子你能少说几句吗？"

"既然要合作，就拿出点合作的精神来。"叶烁痕双手在身前撑着拐杖。"如果我们的所有事都有所隐瞒、有所保留，这样的合作是很难成功的。"

"我同意。"哈迪斯抢在海莲娜开口之前说道，"对于这次合作，你有什么想得到的吗？"

"保证我活下去。"叶烁痕很郑重地说道，"无论是想办法打跑尼德霍格，还是想办法逃到尼德霍格碰不到的地方，都可以。我能够提供给你们一些精灵族鼎盛时期的技术。"

"我倾向于前者。"海莲娜说道。

"嗯。"哈迪斯点点头，"叶烁痕，你说你能够提供给我们新技术，不如从武器装备开始吧。"

"没问题。"

蝮蛇斜着眼打量了一下叶老头子。这老家伙都活了多久了，还没活够？真是有意思。他想起了一个不知是哪本地摊杂志上的一个关于白羽龙族的传说，说曾经有一部分白羽异人龙活得太久，感到生命太无聊，就自己开着飞船撞向恒星自尽。于是，这个繁殖能力本来就低下的种族变得越来越稀有。

"至于我……我的要求已经跟海莲娜讲过了。"蝮蛇耸耸肩。

接下来，四个人用琐碎的谈话弄清楚了一些烦琐却无关紧要的细节。这些交谈唯一的价值大概就是让大家能暂时放心地与彼此进行合作。"外环星域就是一个残酷的角斗场，能活下来走到我面前的，都是有实力的可怕的老油条。"蝮蛇经常这样告诫自己。

四人走出指挥中心，穿过几条走廊，通过一架简陋的敞开式电梯去了下层星港。四骑士从启示录号上取来了叶烁痕要为魅影兄妹演示的武器。

"阿尔法粒子步枪，仿照你们魅影的粒子束步枪设计的。"叶烁痕抬起拐杖，指了指康格斯手中的步枪，"在过热后，它可以手动更换散热片，不需要干等着它冷却完毕了。"

"Z2型奇点手雷，杀伤半径精确地控制在5.15米。杀伤范围内的一切都会在奇点崩塌后消失，但范围外的一切都会安然无恙。"

"等等……"海莲娜看着那鸭蛋大小的小玩意，"这东西是手投的？"

"是的。"叶烁痕点点头。

"如果士兵没能把它到5.15米外怎么办？"海莲娜问。

"那他就死定了。"叶烁痕不假思索。"但，手雷扔不出五米的废物，死了也无所谓，不是吗？"

海莲娜嘬了嘬嘴，没说什么。于是叶老头子继续介绍他的各种奇怪的发明……

"多用途磁轨发射器，口径从20毫米到45毫米不等。能发射任何导电的东西，你就算抓一把铁屑塞进去，它一样能把它们射出去。"

"听起来像是赤炎龙族的武器……"哈迪斯淡淡一笑。

蝮蛇双手交叉抱在胸前，摇了摇头。"叶老头，你造了多少这种武器？"

"就是你看到的这些。"叶烁痕说道，"手工制作的。"

"可是你不可能靠手工制作来供应一个军团的武器装备。"蝮蛇说道，"你觉得现在的魅影能建造出生产黑以太制品的生产线吗？"

叶烁痕和蝮蛇对视了片刻，又转头和哈迪斯对视了片刻。哈迪斯也摇了摇头。"蝮蛇说得对，即便了解它们的工作原理，拿到全套的设计图纸，我的部队也没有能力生产黑以太装备。"

"呃……"海莲娜有些尴尬地看着大家，"谁有什么好办法吗？"

蝮蛇点燃了又一根雪茄，深深吸了一口。灰白色的浑浊烟气随着他的呼吸在半空中飘散，翻转、弯曲成各种奇异的立体图案。"我刚刚有一个很大胆的想法……"蝮蛇的眼神忽然变得锐利，真的像是一条狡猾的蛇在盯着一直肥硕的老鼠。"诸位！这是一个危险的计划，但它一旦成功了，我们将得到我们想要的一切！"

埃弗拉星系，魅影英仙座舰队的前哨驻地。这个恒星系在诞生之初就很"失败"，巨大的星际尘埃云团只孕育出了一颗黯淡的红矮星①，除此之外是 12 颗大小不一的气态行星。但埃弗拉星系也因祸得福，气态行星是天然的氢燃料储备。这样一个资源丰富的恒星系自然成为建造星港的好地方。

英仙座舰队在埃弗拉星系的主基地是一艘废弃的娜迦世界舰——永恒之战结束前，古老的娜迦龙族建造了许多艘如太空都市一样宏伟的巨舰。它们载着娜迦族中最优秀的领导者、科学家、工匠与战士。船上的仿生神经计算机记录着这个种族的历史、科学与文化。娜迦龙族希望这些世界舰能够载着文明的火种度过诸神黄昏的浩劫，使自己的种族与文明能在末日后延续。

但这个计划还是失败了，所有已发现的世界舰都是损毁的。静滞休眠舱中的娜迦无一存活。银河中幸存的娜迦也渐渐遗忘了昔日的文明，变成了人类眼中的低等生物。记录着娜迦族最宝贵资料的存储核心被外环星域的走私者随意拆卸，放到黑市上卖掉。

埃弗拉星系中的娜迦世界舰残骸被魅影改造成了一座星港。曾隶属于埃尔坦恩海军的戴高乐号无畏舰和莱茵号轻型航母正停靠在星港中。过去的几个月中，被俘的埃尔坦恩舰船一直在进行改装。这些舰船被送到这里时，很多船员都没来得及弃船逃生。魅影的人抓到他们后，很多人都被和太空垃圾一起扔到了气体巨星里面去。清扫掉一部分人之后，剩下的埃尔坦恩人屈服了，他们被重新分配到各艘舰船上，继续做船员的工作。

这一天，天煞的各支舰队都收到了命令，全数战舰前往埃弗拉集结。命令中提到了"集结后重新划分部队"。海盗头子们大部分对此不满，所有人都在担心天煞女王是不是又有了什么不靠谱的计划。

最后，只有英仙座、金牛座、射手座、天蝎座、半人马座五支舰队的首领赴约了。其他的舰队要么在尼德霍格入侵时彻底失去了联络，要么在之后席卷整个银河系的恐慌与混乱中脱离了海莲娜的控制。

---

① 红矮星是指表面温度低、颜色偏红的矮星，尤指主序星中比较"冷"的 M 型及 K 型恒星，这些恒星质量在 0.8 个太阳质量以下，105 个木星质量以上，表面温度为 2500K 至 5000K。

　　霜龙和熊猫将一台全息投影仪搬到启示录号宽敞的机库中，于是这里就变成了一间临时的会议室。海莲娜穿着一套轻质的外骨骼护甲，面对着四位站在她面前的舰队头领。霜龙离开之前，他回头看了一眼那四位舰队头领，心里回想着半小时前海莲娜告诉过自己的行动方案。

　　五位首领的身后都跟着异人龙护卫，而那些护卫的腰间都挂着那种手电筒一样的小玩意儿，好像生怕别人不知道自己是光速猎手似的。但事实是，真正的光速猎手们都倒戈侍奉尼德霍格去了，剩下的这群自称猎手的异人龙当中，99%都是没什么本事的假猎手。但不排除他们当中有真的高手，比如海莲娜身边的萨瑞洛玛和阿克洛玛，还有叶老头手下的"天启四骑士"。霜龙见过他们是怎么战斗的，特别是萨瑞洛玛，真正的猎手都会被他吊起来打！

　　"啊，天煞女王，你的纳格法尔号呢？"金牛座首领盯着海莲娜的外骨骼的面罩，微微眯着眼，幸灾乐祸地微笑了一下。

　　"被尼德霍格夺走了，但我有办法把它夺回来。"海莲娜说这些话时感觉胸腔一阵胀痛，她气得肺差点炸掉，但她强迫自己压住愤怒。"我需要你们的部队来完成我接下来的计划。"

　　"你的领导能力令我们很不放心，天煞女王。"英仙座首领摇摇头，"我要对我的部下负责。在你能证明你的计划行得通之前，我不会用我部下的生命去完成你的冒险。"

　　其余三位舰队头领都点了点头。"没错。我们不是不想服从你，但我们现在的确很难相信你。"

　　海莲娜深深吸了口气，她想缓缓将这口气呼出来，让它带走自己的愤怒。但海莲娜明显高估了自己对愤怒的忍耐力。她深深吸下去的这口气，化作她胸口愤懑的火焰。

　　"B计划！"

　　话音未落，隐藏在房间角落中的阿贾克斯扣下了扳机。粒子束击穿了射手座首领以及他的护卫的头颅，在击中天蝎座首领前被一名猎手的光刃挡了下来。同一瞬间，阿克洛玛点亮光刃腾空而起，另一名对方的猎手也随他跳起，迎了上去。

　　开战时选择一飞冲天的猎手大多是战斗经验不丰富，或者是不够稳重的，用力扇动双翼会拖慢自己的其他动作，阿克洛玛的对手起飞时，萨瑞洛玛借机挥舞光刃斩断了他的双腿。

　　那名猎手失去平衡从半空中摔倒，萨瑞洛玛的光刃在手中旋转一圈，刚好砍中他的脖颈。此时，阿克洛玛已经准备从空中向下冲刺。

　　对方剩余的两位猎手转瞬之间就达成了临时的默契，他们一个面对萨瑞洛玛，一个面对阿克洛玛。但此时的战斗已经与光速猎手无关了，被杂物堆遮挡的角落中枪声大作，潜伏已久的旗鱼小队用高斯步枪将在场的敌方猎手和他们的主子都打成了筛子。

　　"清空！"霜龙在看见敌人倒下后习惯性地在通信中喊道，并迅速更换了弹匣。躲在房间暗处的旗鱼小队都露了出来。多亏了叶老头的光学全息隐身设备，对方完全没有发现他们的踪迹。

"我的老天！我从来没想过我有一天能亲手杀掉一个光速猎手！"大黄蜂从阴影中走出来，绕着倒在地上的尸体左看右看。"还不止一个……"他说着，从地上捡起一柄沾血的光刃，随后便仔细地观察起这个有着银白色外壳，中间缠着布条的手电筒形状的小装置。

熊猫也捡起一柄光刃。"霜龙说的话没错，杀死光速猎手并不困难。"

海莲娜攥紧的拳头渐渐松开，她松了口气，走到全息投影仪前，"梦灵，连接通信。"

梦灵收到了海莲娜的命令，投影仪显示出一连串的字符，通信建立完成。海莲娜清了清嗓子。"我是天煞女王，现在我发布一道命令。从现在起，魅影天煞部队不再分散行动，各舰队由我统一指挥。"

你只要不带着部队到处送死就好——霜龙这样想。

海莲娜将命令重复了一遍，随后换了一个通信频道。"之前我选中的人，都到我这里集合。"

霜龙不是"被选中的人"，但海莲娜没有命令他和他的队员们出去，于是霜龙就留在了机库中，理所当然地满足一下自己的好奇心。

海莲娜选中的人有哈迪斯、叶老头和蝮蛇，这在霜龙的预料之中。除此之外还有大黄蜂、两个面孔陌生的人以及蛇头伊戈尔。伊戈尔？这真是令人吃惊！霜龙原本以为这位老战士已经死在纳格法尔号上了。

海莲娜看了看自己周围的人，一只手托着下巴——如果外骨骼头盔的那个位置可以被称为下巴的话。她想了一会儿，随后转过头看向机库角落中的其他旗鱼小队成员。"阿贾克斯、霜龙，你们俩过来。"

霜龙迟疑了一秒，随后跟着阿贾克斯走到海莲娜身边。她选中其他的人都可以理解，那些人都是能称得上精英的人。但她为何要选自己这个新手呢？

"我把这个计划称为……"海莲娜又低下头想了一会儿。"那个，谁能给我们的计划取个名字啊？"

霜龙本可以忍住笑声，但角落里的熊猫扑哧一声笑了。熊猫魔性的笑声刺激着霜龙的笑神经，霜龙也实在忍不住开始发笑，阿贾克斯和一名代号"美杜莎"的人也哈哈笑了起来。

叶烁痕看了一眼窗外暗淡的红矮星。"我们就叫它深红计划吧，简单的名字容易被记住。"

"好，深红计划。"海莲娜又清了清嗓子。她想要继续说什么，但却不知道从何处开口比较好。幸运的是，她很快避免了尴尬的发生。"蝮蛇，这个想法是你提出来的。你先介绍一下吧。"

"这个计划的目的只有一个。说得伟大一点叫作保证人类文明的延续，说得实在一点叫作像个办法让我们活下去。实现这个目标的唯一手段就是，不择手段地消灭尼德霍格。"蝮蛇直切重点，"诸位！我们要和银河议会联手！"

在场的每个人都平静地看着蝮蛇，没有人提出异议，甚至除了霜龙和阿贾克斯以外没有人露出惊讶的表情。"很好。"蝮蛇露出了一抹能勉强称之为欣慰的脸色。"我和叶老……叶烁痕会带走英仙座舰队，以'改过自新的魅影头目'的身份投奔银河议会。接下来……叶老头，你说几句吧。"

"所有人都需要黑以太技术来打造新式武器装备来对抗尼德霍格，我可以利用我掌握的知识，要求议会各国为我提供资源。"叶烁痕不紧不慢地说道，"我会利用他们的生产线制造出各种战争机器，并提供给他们的部队。如果超级大国的士兵们够聪明，他们就会用我的武器完成消灭尼德霍格的任务。"

"而在这段时间里，天启四骑士和我的英仙座舰队可以保障叶老头的安全。"蝮蛇说道。

"借刀杀人吗？"伊戈尔思索了一会儿，"这是个很危险而且漏洞很多的计划。"

"是的。"美杜莎点点头。这位穿着沙漠迷彩服，有着暗金色眼睛，肌肉发达的短发女子是个娜迦龙种。她曾是蔷薇帝国皇家特种部队的一名军官，被魅影俘获后，她也转而选择了新的东家。"一旦尼德霍格被成功消灭，魅影就成为他们下一个要绞杀的对象。我们如何保证银河议会不会使用这些武器来攻击我们？"

"我早就想过这件事。蝮蛇和叶烁痕会前往凯洛达帝国的领地，投奔我的家族。"海莲娜说道，"至于深红计划的另一部分——除了英仙座舰队以外，其余的天煞舰队全部交给伊戈尔指挥。伊戈尔，你的任务只有一个，找到冈根尼尔，保证我们能够控制它。"

"冈根尼尔只是个传说，你不能把成功的希望押在一个传说上。"哈迪斯说道。

"只要这个传说有可能是真的，我就会去尝试。"海莲娜看了霜龙一眼，又转头看着哈迪斯。"哥，我需要你为伊戈尔提供后勤保障，并在我们成功之前尽可能扩张部队，扩大我们的控制范围。"

"然后呢？"哈迪斯耸了耸肩。

"大黄蜂，我将各部队的特战小队分了出来，编成一支队伍，由你指挥。"海莲娜说道，"阿贾克斯，你负责旗鱼小队的战斗指挥。"

"明白。"阿贾克斯点了点头。大黄蜂虽然不想离开自己的队伍，但他还是选择对海莲娜的安排表示赞同。

"现在，旗鱼小队全部围绕着霜龙行动。"海莲娜看向霜龙。"霜龙，找到冈根尼尔！启动它！控制它！别让我失望！"

霜龙抬起双手抱住自己的脑袋。"什么？等等！这……"

"你是我们当中唯一有这个能力的人！"海莲娜及时地将霜龙的各种问题顶了回去，不给他任何犹豫的机会。"旗鱼小队是你的了，霜龙！"

"那么你来做什么呢？天煞女王。"美杜莎问。

"我也会在银河议会中待一段时间。我的身份能帮助我触及大部分机密信息，这对我们的计划更有利。"海莲娜虽然这么说，但她的主要目的是亲自监视叶烁痕和蝮蛇。这两个人都不是能她能够真正信赖的。

"听上去没有其他问题了。"蝮蛇的目光隐蔽地瞥了瞥在场的其他人。"我们可以准备开始行动了吗？"

海莲娜点点头。"行动期间，萨瑞洛玛继续跟我行动。阿克洛玛跟霜龙行动，由霜龙指挥。"

"什么？"霜龙又大叫起来，而阿克洛玛只是默不作声地走到他身边。

"根据海莲娜的命令，我现在听从你的指挥。"阿克洛玛平静而冰冷地说道，"猎手阿克洛玛向你报到。"

蝮蛇似是嫉妒又似是鄙夷地挤了一下鼻子。"什么时候一个新手都能对光速猎手发号施令了……"

"可能我们的女王喜欢他吧。"大黄蜂呵呵一笑。霜龙一下子涨红了脸。外骨骼面罩真是个好东西，每次难堪时，霜龙都不用担心其他人会看见他的脸色。

海莲娜没有理会蝮蛇和大黄蜂。"美杜莎、艾利桑德和大黄蜂在战斗部署上受伊戈尔指挥，霜龙的旗鱼小队有最大限度的行动自由。大家还有其他问题吗？"

"这个行动成功的概率有多大？"伊戈尔问。

"50%。"海莲娜的声音十分平静。"成功，或不成功。"

临时会议室中陷入了久久的沉默，所有人都在各自思索着什么。霜龙感觉到冷，感觉到黑暗——如果黑暗能够称作一种感觉的话。他没有阻止这种感觉在他的意识中蔓延，而是欣然接受了它。

"遇到麻烦了哈。"奥西里斯不知从哪儿走出来，伸了个懒腰，打了个哈欠，翅膀上抖落几片锋利的黑羽。

"海莲娜交给了我一个几乎不可能完成的任务。"霜龙耸了耸肩，叹了口气。周围的一切都凝固了一样，除了他和奥西里斯，在场的所有人都变成了沉默的蜡像。"冈根尼尔……我甚至不知道那玩意儿是什么样子。"

"我知道。"奥西里斯说道，"在这方面，我能为你提供帮助，找到它并不困难。不过，为了我们未来的利益，你最好对海莲娜隐瞒一些重要的东西。"

"为什么？"

"为了我们能够更方便地、不受干扰地消灭尼德霍格，也为你在战争结束后能获得更多属于你的利益。"奥西里斯绕着全息影像仪旁的一圈人来回走动，时不时凑近，用一种很不尊重的眼神瞅着他们。但所有人都像蜡像一样纹丝不动地凝固着。"哦，对了，再给你一条忠告——不要信任你身边的任何人，从现在起，你唯一能信任的存在，就是我！"

霜龙平静地与奥西里斯对视着。他想问奥西里斯："我为什么要无条件信任你？"但霜龙转念一想就知道，奥西里斯能给出无穷个让他没办法反驳的理由。"海莲娜呢？我不能相信海莲娜吗？"

"不能。"奥西里斯双眼中暗红的火焰燃烧得更炽烈了。"你对海莲娜的情感会严重影响你的判断力！"

霜龙冷笑了一声。"我对海莲娜没兴趣的时候，你一个劲地怂恿我，唯恐天下不乱一样！现在怎么又反过来说话了？"

"开几个无可厚非的玩笑可以帮助我更好地了解你。"奥西里斯嘿嘿笑了，笑得像个大男孩一样,但他的双眼却仍然透着血腥的暗红。该死!他到底是个什么怪物啊?

"我对海莲娜没什么情感。"霜龙冷冷地说道,"对她有兴趣的只是我头脑中的一个人格而已。"

奥西里斯对着霜龙做了个俏皮的鬼脸,他的身体伴随着黑雾,化作一片片黑羽剥落。"面具戴得太久,就会和血肉融为一体,再也摘不下来了……"

"等……"霜龙想叫住奥西里斯,但他已经完全消失了。宛如蜡像的一群人又活了起来。海莲娜看了一眼霜龙。"你想说什么吗?霜龙。"

霜龙倒吸一口凉气,他的脸色变红,又渐渐变白。豆大的汗珠挂满他的额头。"没……没什么……"他一边努力平复自己的情绪,一边缓缓说道,同时也赞叹外骨骼面罩真是个伟大的发明。

"解散。"海莲娜说道,"各自准备去吧。"

蝮蛇与叶烁痕站在启示录号的舰桥上,四骑士坐在各自的岗位上,控制这艘飞船脱离行星外空轨道,虚空引擎正在预热,跳跃倒计时 140 秒。

黑以太包裹着叶烁痕干瘪的皮肤,在他体表形成第二层表皮,干枯的身躯被黑以太填充出健壮结实的肌肉轮廓。一分钟的等待后,最外层的黑以太物质被某种力场重新"编码",重新组合成非金属质地有弹性的物质。最后,它形成了一层仿生人类皮肤。

叶烁痕的外表变成了一个 30 岁左右,身体健壮的特兰人男子。"啊,现在没人能看出来我是个活了几百岁的老妖怪了。"

"老天!这东西真绝了!"蝮蛇拍手称赞。"这就是黑以太?这种物质简直无所不能啊!"

"它本来就是无所不能的。"叶烁痕的嗓音也发生了很大的变化,沉重的鼻音减退了很多,几乎听不出来了。丢掉拐杖后,叶老头简直就像换了个人一样,完全让人认不出来了。

叶烁痕活动了一下四肢,拉伸一下腰部和脊柱,适应自己新的身体。"这张脸和这个身体是没问题的了,现在我要想个好听的名字。"

"名字……你想要个什么风格的名字?通用语的?精灵语的?龙族语的?"

叶烁痕双手背在身后,仰起头想了一会儿。"卓洛。"

"Zealot①?嗯……"蝮蛇轻轻点点头,"这名字听起来有点意思,是精灵语名吗?"

"不,这是我用过的很多个名字之一。是我在离开地球之前,听过的一个单词。"

"好吧,卓洛。"蝮蛇在念到他的新名字时,刻意重读了一下。"祝我们行动成功。"

"嗯。"叶烁痕——或者说,卓洛点了点头。虽然一幅年轻的外表掩饰了时间在他身上留下的刻痕,但他那深邃的目光与沉稳的气质却显示出与他的年纪不相称的城府。

---

① "卓洛"的英文拼写是"Zealot"。这个词汇最早出自 1998 年发售的电子游戏《星际争霸》,是游戏中 Protoss 种族的基础兵种名。

第十四章

伊卡洛斯

曾隶属于魅影的研究人员通过失落的史前文明发现了控制黑以太的技术。这件事无疑狠狠打了坚信人类至上论的无神论者们的脸。无论如何，黑以太控制技术将很快得到应用。我认为，这个转机势必会引起人类文明的新一次技术革命。

——凯洛达帝国灵能学家希利苏斯·姆多尔在访谈节目中说道

亚卡娜斯学院中的生活称不上完美，但至少让埃尔文感到相当舒服。食堂中的饭菜简直称得上是国宴级的。在某种力场维持的大气稳定罩下，伪星的光辉总是按时地点亮或熄灭。它的光芒穿过清澈的湖水一样透明的力场，给这个精心打造的世界送来凡人们赖以生存的光明。

但这里有一点不好——埃尔文每天上课只要通过校园中的传送点便能立刻抵达。他原本指望着自己能驾驶一辆超级跑车一路狂飙到校园内，引来所有人的惊叹和羡慕。但不巧的是，他的住所距离学院有 470 千米的路程。用地面载具来跑完这段距离实在是过分费时费力了。

而且，放着传送点不用，不远万里亲自开车来学院，这会给人一种很做作而且很蠢的感觉。

埃尔文在这里主要学习的是物理学。"如果你在学院中成绩足够好，你会和最优秀的人类科学家一起搭乘方舟，背负起人类文明延续的荣耀。"虽然话是这么说，但埃尔文对延续人类文明并没有什么兴趣。无论如何，自己都将是第一批乘坐方舟前往仙女座星系的人。

他是隆施坦恩家族核心成员的后代，出身已经决定了他在银河系中几乎所有的事上都享有被最先优待的权力。

所以,埃尔文可以高枕无忧地在伊甸园享乐。比起保留人类智慧的使命与延续人类文明的荣耀,他更希望在登上方舟时,自己身边的人是个天仙一样的绝世美女,而不是某个德高望重的科学家老头。

目前来说,埃尔文的这个愿望还难以实现。这倒不是因为他有追不到的女孩,恰恰相反,伊甸园中的贵族千金们都恨不得现在就去跟埃尔文拍婚纱照。有哪个女人能拒绝无上的财富与权力呢?当这些都近在咫尺之时,大多数女人都会不择手段地去追求埃尔文。

而埃尔文对这些追求者完全厌倦了,拥有她们中的任何一个或是几个,是一件没有任何成就感的事。

某种设计用于为埃尔文这种人讲课的人工智能程序正将复杂的物理学公式和函数图像呈现在教室前方的全息影像中,然而埃尔文对这些一看就令人头大的东西没有任何兴趣,他的注意力放在教室中的女生们身上。她们都是熟悉又陌生的肤浅面孔,很快,埃尔文对她们也失去了兴趣。

只有一个除外……

埃尔文经常忽略了一个存在——那个每天都穿着一模一样的白色连衣裙和白丝袜的女孩。她身上没有香水味,脸上没有任何化过妆的痕迹,全身上下也找不到一点金银首饰。她就像一朵素白的昙花,静静地被淹没在争奇斗艳的牡丹丛中。

埃尔文忽然感觉她是那么醒目,那么……刺眼?这个女孩太与众不同了,埃尔文也不知道该怎么去形容。他忽然觉得自己在学院中待了这么多天都没注意到她真是太不可思议了。该死!怎么以前就没发现呢?

她很瘦小,白得有些病态的皮肤几乎完全贴在骨头上。在日光灯的白光照射下,皮下血管若隐若现。她看上去是那么弱不禁风。老天!埃尔文甚至觉得轻轻碰她一下,她单薄的身体就会像一堆积木那样散架。

伴随着下课铃声,教室前方的全息影像随之消失。在下课铃响起的前一瞬间,用于授课的智能程序刚刚讲完这节课需要讲的最后一个字。埃尔文第一天在这里上课时,他着实被柯拉尔人的这种过分的严谨吓到了。但现在,他已经习惯了这里的一切。他收好了上课用的平板电脑,跟着他的同学一起走出了教室。

埃尔文和他的同学不是很熟。其他人的住所至少有几个邻居,为友谊的建立提供了条件。埃尔文也试过主动和其他人交流,但他发现自己无论怎么努力,似乎都与其他人有一种奇怪的距离。

这段因天生的身份而产生的距离感就像一道鸿沟。隔着它,其他人要么仰望、崇拜他,要么在心里有意地与他保持距离。这令埃尔文相当苦恼。

埃尔文跟着那个女孩走出教室,走下一段盘旋的楼梯,走出教学楼大门。她走路的样子有些不自然,脚步一直很轻,好像总是在害怕惊扰到什么。她微微低着头,黑色的大眼睛有些空洞,几乎垂到脚踝的漆黑的长发在背后披散着。

埃尔文整理了一下衬衣领子，走到那女孩身边，就像他曾经无数次与女孩搭讪那样。"你好。"他对那个比他矮一个头的女孩抛去一个微笑。

女孩听见了埃尔文的声音，动作生硬地站定在原地。她转过身，微微仰着头，面无表情和埃尔文对视着。

"你好。"她的声音很轻，就像是难以察觉的微风。漆黑的眼瞳打量着面前这位陌生的贵族少爷。

"我是埃尔文·冯·隆施坦恩，很高兴认识你。"埃尔文对女孩微微一鞠躬。

女孩的目光微微一怔，面部肌肉不自然地绷紧了一会儿。她似乎努力想要做出什么表情，却不知道该怎么做好。"很高兴认识你。"一番不协调的调整后，她又回到了对她而言最自然的面无表情，"我叫萨娅卡……萨娅卡·诺瓦。"

"萨娅卡·诺瓦？"埃尔文惊讶地差点跳起来。"你就是萨娅卡？"

萨娅卡对埃尔文的惊讶十分不解，她半张着嘴，愣愣地盯着埃尔文足足有三秒，"是的。"她轻声说道。

埃尔文和萨娅卡周围的人来来往往，络绎不绝，隆施坦恩家的贵公子与一位相貌平平的女孩的谈话很快就引起了很多人的注意——特别是其他女生的注意。一时间，交头接耳声模糊地环绕在他们身边，指手画脚的点评不绝于耳，时不时夹杂着几句与贵族身份极不相称的粗鄙之语。

"啊，对于我刚才的过分惊讶，我表示歉意。"埃尔文恢复了彬彬有礼的微笑，向萨娅卡轻轻点点头，"萨娅卡小姐没有受到惊吓吧？"

"没有。"萨娅卡的声音仍然很轻，"嗯……你有什么要紧的事吗？"

"唔，没什么要紧的事……"这句话刚说出口，埃尔文就有点后悔了，这多半意味着他的搭讪在取得成果之前就要结束了。

"如果没有要紧的事，我要赶紧走了。"萨娅卡仍然面无表情地看着埃尔文，"我有重要的事。"

"那……也许我们可以以后再聊。"埃尔文强颜欢笑，"我就不占用你的时间了。"

"嗯。"萨娅卡点点头，"再见。"

131米高的人形巨型机械被数不清的金属支架从头到脚固定在一个完全足够容纳它的圆柱深井中，机械的头部侧面涂画着醒目的编号 I03X。红色的警示灯在深井的每个角落闪烁着，低沉沙哑的警铃提醒着深井中的所有人，这个地方即将变得不安全了。

"所以，'泰坦计划'又启动了吗？"

"不，这是'伊卡洛斯'。"

所谓"泰坦计划"是七年前凯洛达帝国皇家军事学院提出的一个研究项目。项目的制定者希望制造出一种巨大的有人驾驶式人形机甲，而这种战争机器的运动、武器、探测等系统全部由驾驶者的灵能作为能源。这意味着泰坦机甲不需要搭载体积庞大的反应堆作为能源供应，余下的空间可以搭载一台护卫舰级的超空间引擎，使泰坦机甲成为一种能适应从太空到地表几乎所有战斗环境的全能型战争机器。

越庞大的机体，越能够搭载强劲的武器和厚重的护甲，但相应的能量消耗、建造与维护成本也会节节攀升。泰坦的机体最初设计的主轴长 72 米，后来缩小到 55 米，最后缩小到 27 米。尽管如此，能耗问题仍然没有解决。巨大的能源需求使得能够驾驶泰坦的人屈指可数，仅仅依靠这点人是没办法组建一支泰坦部队的。

于是，凯洛达国防部最终选择放弃昂贵的"泰坦计划"。整个项目被封存，转为技术储备。如今的"伊卡洛斯"就应用了许多泰坦项目保存下来的技术，算得上是曾经的泰坦巨人借尸还魂了。

兰德纳克·苏瓦尔·诺瓦与他的助手伽罗德·薛帕德身处一间被严密保护的指挥室中。指挥室与深井之间隔着 16 层总共 42 米厚的防护壁。伽罗德对全息影像中的钢铁巨人十分陌生，但却并没有产生多么大的兴趣。作为原"泰坦项目"的主设计师，他很清楚这种巨型机械的劣势。"我们曾经为这种梦幻的战争机器做了无数努力，但事实证明，这条路是行不通的。"

"不要让昨天的障碍阻挡了你今天前进的脚步。"兰德纳克目不转睛地盯着显示器上的数据。这位中年男子留着整齐的络腮胡，剃了一个棱角分明的平头。他的表情永远是令人难以接近的冷峻，目光也永远如光速猎手点亮的光刃一般锐利。

至少在伽罗德的记忆中，兰德纳克一直是这样子的。那时候，兰德纳克的发须还没有变得灰白。那时候，兰德纳克还不是凯洛达帝国女皇的配偶。那时候，兰德纳克以一己之力，将外环星域中"不文明"和"落后"的国度全部团结在一起，成立了魅影，向压迫他们的霸权暴政发起反抗，成就了这片星海中一段不朽的传奇。

如今，兰德纳克作为"魅影之父"的日子已经成为过去，他把魅影交给了儿子哈迪斯和女儿海莲娜。伽罗德作为一直跟在他身边的忠心耿耿的副官，并不能完全理解兰德纳克当年为什么要做这样的决定。

在魅影鼎盛时期，伽罗德曾建议兰德纳克成立自己的国家。同时，兰德纳克也收到了来自凯洛达女皇阿瑞雅的招安令。而兰德纳克最终同意了凯洛达帝国的招安，但他提出的条件是，要阿瑞雅女皇嫁给自己。

"为什么三号原型机还没有启动？"兰德纳克冰冷而有力的话语中带着他的不满。

"不，它的各个系统都已经在预备状态了。"伽罗德指着兰德纳克面前的一幅折线图，"不过，输入功率太低，只有最低启动功率的 4%。"

兰德纳克皱了皱眉头。"对操作者进行神经电流刺激。"

经过两秒的等待，图像上显示的能量输入值达到了 7%。"增加刺激强度。"

"达到 10%……"

"继续，将刺激强度增加到最大。"

伽罗德担忧地看向兰德纳克。"老大，我觉得实验体已经到了极限。"

"怕什么？"兰德纳克面无表情地看着全息影像，"我们的试验品很充足。"

接下来，图像中的数值渐渐上升到了 16%，然后以及陡峭的角度突然攀升到 21%。

但几乎是同一时间，能量数值跌到了零。

"操作员，报告情况。"兰德纳克命令道。

"三号原型机驾驶者的生命体征消失了，其他各系统均处于正常状态。"兰德纳克身边的一个小喇叭传来了实验操作员的声音。能量图像一直停留在零上，变成一条平稳的直线，没有任何起伏。

"神经刺激1至25节点没有响应。"

"神经刺激26至50节点没有响应。"

"注射肾上腺素……没有响应。"

实验操作员沉默了数秒，之后兰德纳克和伽罗德等到了他们预料之中的结果。"三号原型机驾驶者生命体征完全沉寂，脑神经对刺激没有任何反应。已确认驾驶者脑死亡。"

"记录下所有实验数据，对尸体进行整体扫描。"兰德纳克命令道。

编号I03X的机体背部的装甲板缓缓展开。随后是内部的支撑结构按特定顺序滑动，展开。最后，一个巨大的鳄鱼卵形状的白色物体被两条机械臂取出来，移动到一处宽敞的平台上。

白色的金属卵的表面布满了各种各样的接口，黑色的字母、数字和线条在上面做了各种详细的标记，让人眼花缭乱。卵形密封舱的一端打开三个椭圆形的小孔，透明的液体从中流出。

"内溶液排空，内核舱打开。"

四片金属板向外张开，将"卵"内部的东西暴露出来。四名身穿白色外骨骼护甲的工作人员将身上插满了五颜六色的管线的驾驶者从中抱出来，随后从她身上拔下一个又一个沾满了血污的针状插头。

一个工作人员用紫外光灯在这个皮肤苍白、瘦骨嶙峋的女孩胸前照了一下，荧光材料显示出她的编号：12C0017A。他记下了这个编号，随后用另一台扫描器检查了她的全身。

"这是我们的第12批克隆体了。"伽罗德说道，"无论我们做什么调整，它们始终无法……拥有萨娅卡一样的灵能。"

兰德纳克没有立刻回应自己的助手，他目视前方沉默了数秒。"12C型克隆体是用量子打印技术制造的，看来，即便是我们最先进的技术，也无法做到克隆体与本体之间完全相同。"

"听上去您有新的主意了？"伽罗德试探着问道。

兰德纳克低头看了一眼手表。"撤下三号原型机，让四号原型机做好实验准备。"他甩了下袖子，"利用克隆体驾驶'伊卡洛斯'的计划是行不通的，将12C批次的克隆体全部销毁。"

兰德纳克身后的伽罗德叹了口气，他抬起一只手搓了搓额头。"如果有媒体知道这里发生过什么，舆论非得炸开锅不可。"

"这是多余的担心。"兰德纳克冷冷地说道。

在六名卫兵的指引下,一共 26 个一模一样的"萨娅卡"从一个大房间中走出来。其中一人用紫外灯扫描了她们的编号,确认她们全部是 12C 批次的产品。随后,这些面无表情的女孩被带去了另一个略显狭窄的房间。卫兵命令她们走到房间里去,而她们也照做了。

厚重的金属门板落下,房间完全密封。透过一个狭小的玻璃观察窗,卫兵们看见屋内的灯光从白色变成了红色。他们听不见房间里的声音,也不知道房间里究竟发生了什么变化。只能看见房间中的女孩们双手抱着脑袋,痛苦地蜷缩在地上,身子不停地抽搐着。很快,她们就像一群离水的鱼,躺在光滑的地板上一动不动了。

"哎呀……"

萨娅卡突然抱着脑袋蹲了下来,她感到头痛欲裂,一种尖锐的声音毫无预兆地在她脑中炸裂。当她想重新站起来时,一阵严重的眩晕让她跌倒在地上。

埃尔文见萨娅卡倒在地上,连忙上前两步来到她身边。"萨娅卡!萨娅卡!你没事吧?"

在埃尔文的注视下,萨娅卡从地上飘了起来。某种无形的力量托着她在半空中旋转 90 度,让她脚掌朝向地面,稳稳地站在地上。"我死了。"萨娅卡轻声说道,"我看见……我死了。"

"呃……你说什么?"埃尔文很不解地打量着萨娅卡。

"我说,我感觉到我死了。"萨娅卡的声音依然很平静,"有很多个我,挤在一起,然后我们都死了。"

埃尔文和她对视着,不知道该说什么。我的天!这丫头有精神分裂症吗,还是什么其他的神经疾病?这……怎么会这样?

萨娅卡揉了揉自己的太阳穴,那阵钻心的疼痛已经过去了。"我没事了。"她的声音听上去更轻了,"我走了,再见。"

埃尔文还想说什么,但萨娅卡已经走进了传送点的光柱,消失了。埃尔文微微皱了皱眉头,面对着空荡荡的传送点一个人发愣,直到有人从他身后拍了下他的肩膀。

"对着哪个姑娘发愣呢?"埃里希穿着一件短袖白衬衣,打着墨蓝色的格子领带。他一手搭在埃尔文肩上,一手拎着自己的西服外套。"看见美女不上去打招呼,可不是你的风格啊。"

埃里希在亚卡娜斯学院学习的是生物学与医学,这对埃里希造成了一点困难。他曾经是经济学专业的优等生,但因为"方舟计划"的需要,埃里希不得不负责"承载对人类生存更有用的知识"。与埃尔文专注于享乐不同,埃里希倒是很把自己的使命当回事。而他的认真也帮助他很快适应了新的学科。

"萨娅卡·诺瓦。"埃尔文说道,"诺瓦家的二公主。"

"可以啊!埃尔文老弟!"埃里希用力拍了拍埃尔文的肩膀,"哇!诺瓦家的二公主哟！想想都觉得带劲……"

埃尔文很不舒服地叹了口气。"萨娅卡不是你想象的那种女孩。她……很不寻常。"

"不同寻常？"

埃尔文原本想再说什么，但他也不确定到底该怎么说萨娅卡的事。忽然头疼晕倒，然后说看见自己死了？别人多半会把她当成神经病吧。"反正就是……很不寻常啦！"

一通电话很及时地打断了这个奇怪的话题，来电者是鲁道夫。"嘿！你和埃里希都下课了，对吧？有客人来了，今晚我们去外面吃饭吧。"

"不用了！"电话那头又传来一个有些模糊背景音，"懒得出去！在这儿吃就行了！"

"好吧，当我没说……"鲁道夫接着说道。

埃尔文试着辨认那个模糊的背景音，但没有成功。"话说，是谁来了啊？"

"回家你就知道了。"鲁道夫那边听上去很匆忙。"挂了啊，拜拜！"

埃尔文一脸茫然地放下手机，和埃里希面面相觑。"是鲁道夫吗？"埃里希问。

"嗯。"埃尔文点点头，"他说有客人到我们家来了。"

两人穿过传送光柱，来到萨图恩山顶公园，一路闲聊着走到他们在伊甸园的家门前。还没进屋，一阵阵尖叫声就从屋内传来。"在你后面！你这个瞎子！刚才你后面有人你看不见吗？"

门前的扫描器确认了埃尔文和埃里希的身份，正门打开了。只见客厅沙发上坐着两人，一致地身体前倾，眼睛瞪得奇大，紧紧盯着宽敞的客厅中央的全息影像。游戏手柄在他们手中按得咔咔作响。也许是埃尔文和埃里希的到来让他们分心了，也许是他们的对手比他们更厉害一点。一阵眼花缭乱的操作后，对方的一名玩家绕到了他们身后，用霰弹枪偷袭干掉了他们。

"刚才说身后有人你咋不听啊！"坐在鲁道夫身边的长发女孩咆哮起来。她从面前的茶几上拿起一罐月蚀，狠狠吸了一口，青蓝色的微光立刻涌上了她的双眼。"你不是北极星的特种兵吗？怎么这么菜？"

"打游戏和实战不一样啊！"鲁道夫也拿起一罐月蚀，吸了一口，回头看着刚进屋的埃尔文和埃里希，"哟，你们回来了。"

埃里希稍稍背过身去，抬手在鼻子前扇了扇，月蚀的味道让他的鼻腔有点不好受。鲁道夫身边的女孩嘴里含着吸管，转身趴在沙发背上，朝埃尔文和埃里希招招手。

"呃，你好。"埃尔文看着客厅地毯上随处可见的月蚀罐子、酒瓶和零食盒子，心想鲁道夫这是从哪儿找来了这么个野丫头。不过她和不拘小节的鲁道夫也真是臭味相投，她穿着一件睡衣一样肥大的 T 恤，而鲁道夫身上只有一条绣着海军陆战队标志的裤衩。

"欢迎……来到我们住所。"埃尔文有些尴尬地向她打招呼。

"这位是海莲娜公主。"鲁道夫抬起左手大拇指指了指她，咧嘴一笑，"我估计你也没认出来。"

"什么？"埃尔文盯着海莲娜的脸仔细看了半天。老天！她真是海莲娜！她没化妆，也没整理头发,这副模样真的和埃尔文印象中的海莲娜公主差距太大了。"海莲娜……呃……"

埃里希连忙清了清嗓子。"海莲娜公主光临寒舍,这是我们的荣幸。"

"别这么拘束嘛。"鲁道夫笑着将手伸进海莲娜浓密的长发里,"海莲娜又不是什么外人。"

"嗯,我就想来这儿看看我妹妹,可是她不在。"海莲娜微微噘着嘴,"所以我就来找鲁道夫玩啦。"

"呃,你们俩以前就认识?"埃尔文问。

"大概三个标准地球年之前,我到雅典娜星系旅游时和她认识的。"鲁道夫一边说,一边轻轻抚摸着海莲娜的后背,像是抚摸一只温顺的小猫,"那时候她偷偷从家里跑出来,到空间站的市场上买月蚀……"

"咳咳! 这些事暂时就别说了……"海莲娜吐了吐舌头。鲁道夫看了她一眼,笑了笑,接着转移了话题。

"好吧,我们聊点别的。"

埃里希思索了片刻。"能讲一讲你被魅影抓住后的经历吗? 如果你想讲的话。"

海莲娜的眉头微微皱了一下。她的大脑飞速地运转了起来,仅仅一秒的功夫,她就编好了一套虽不是天衣无缝,但其他人也没办法发现什么瑕疵的说辞。"这个嘛……我就被关在一个小屋子里,关了很久。"说到这里,她微微低着头想了几秒,"后来有人把我放了出来,说赎金已经付清了,然后紫罗兰卫队来把我接走了。"

"你和盖瑞卡关在一起吗?"埃尔文问。

"没有。"海莲娜故作不知情地抬起头,"怎么? 盖瑞卡没有回来吗?"

埃里希和埃尔文面面相觑。"没有,我们一直没有收到盖瑞卡的消息。"

海莲娜有些尴尬地沉默了一会儿。"唔……希望他没事吧。我是说……他应该会没事的。他毕竟是隆施坦恩家族的人,对吧? 魅影的人不敢把他怎么样的……"

埃尔文叹了口气。"希望如此吧。"

"我对你的遭遇深表同情,海莲娜公主。"埃里希缓缓说道,"如果当时没有发生这样的事,也许现在你和盖瑞卡已经订婚了。"

海莲娜只好故作哀伤,以一副很悲痛的样子点点头。"嗯,说实话我挺喜欢盖瑞卡的。"这话说出口后,她自己都想抽自己一嘴巴子。

但在同一时刻,海莲娜心里的什么东西也在痛苦地挣扎。对盖瑞卡进行记忆复刻,让他变成霜龙,再利用霜龙对自己的好感来控制他……即便是海莲娜自己都觉得这太无耻了。负罪感就像洪水一样漫上来,仿佛要将她活活溺死。

"别担心,他应该会没事的。"埃尔文安慰海莲娜,同时也是安慰他自己。但所有人都清楚,大量的魅影领地被尼德霍格毁灭。即便魅影的人没有杀死盖瑞卡,他也很难躲过尼德霍格带来的浩劫。

鲁道夫的手机震动了一下,他拿起手机看了一眼,便将它随手丢到沙发上。"啊……

又是紧急会议！”鲁道夫不耐烦地打了个哈欠，伸了个懒腰，“就不能让我休息两天吗？”

“反正我们建造方舟的工作进行得很好。”埃尔文耸耸肩，“所以，没什么需要担心的，对吧？”

“需要担心的就是那些……民众。”鲁道夫叹了口气，“反对‘方舟计划’的人数不胜数。”

“为什么要反对？”海莲娜看上去很不解。

“方舟只能带走一小部分人，大部分人仍然要留在银河系等死。”鲁道夫说道，“决定谁走谁留就成为很麻烦的问题。一旦‘生存权’这种东西需要用权势和金钱来获取，底层的民众就会抓狂了。当人意识到横竖都是一死时，一无所有的人就忽然有了反抗的勇气和资本。”

“这些人会不停地找麻烦，直到政府愿意重视他们，并找出符合他们愿望的解决方案。然而那么多人、那么多种思想，怎么可能有满足所有人的方案呢。”说到这里，鲁道夫带着厌恶和不屑哼了一声，“更有甚者，他们宁愿所有人一起死，也不愿意看到有人乘坐方舟离开，这就是所谓的民主和平等！”

海莲娜噘了噘嘴。“你们这些民主国家真是麻烦！要是在我的国家，那就是我们诺瓦家的人和其他上等人先走，下等人留下。没有任何人会对这种决定有异议。”

埃里希听着，颇为无奈地摇了摇头。“早知如此，人类何苦要费那么大力气推翻独裁制，建立平等自由的社会制度。真是可笑。”他呵呵苦笑了一声。

“这群刁民……”埃尔文说出‘刁民’这个词时，他心里有些不舒服。在他看来，反对“方舟计划”的人并没有错。如果自己无缘无故地沦为了“更伟大的目标和利益”的牺牲品，自己一定也会相当愤怒。“……他们现在不会影响到‘方舟计划’吧？”

“不会，‘方舟计划’得到了很多外环主权国和大财团的直接支持，这不是一群乌合之众能轻易撼动的。”鲁道夫说道，“但你的汉斯老爹已经对此很头疼了。”

“哦，好吧。”埃尔文不知是不是有些幸灾乐祸，他咧嘴笑了一下，“我能想象到他的样子。”

一阵有节奏的电流脉冲“吧嗒吧嗒”地从额头渗进萨娅卡的大脑，突如其来的困倦很快传遍了全身。她不由自主地沉睡了，思维陷入沉寂，身体不再受自己的意识控制，仿佛灵魂被剥离了一样。

她看不见自己在哪，也无法感知自己被插满了各种管线的身体。她知道自己的样子就像集成电路上的一块芯片，被数不胜数的线路连接着。

“接口A1至A50正常。”

“节点50至107正常。”

“B区全部正常。”

“C区全部正常。”

"神经干预完成,试验体已被超驰控制。"

指挥室中的兰德纳克挥一挥手,将许多显示着烦琐信息的全息影像被驱赶到两边,面前只留下一幅显示着能量输出度数和驾驶者生理状态数据的影像。"各单位注意! 现在内核舱中装的是零号本体! 在操作中一定要小心! 绝对不能让零号出现意外!"说到这里,他深深吸了一口气,"给我内核舱的图像,开始试验。"

兰德纳克面前又多了一幅影像,内核舱中的实时图像信息正显示在上面。现在,图像上完全是一片漆黑。但随着试验的开始,一点点白光开始在图像中浮现,光线透过密集的管线的缝隙,照亮了五颜六色的线缆和能量导管。

萨娅卡此时并不在四号原型机上,她在另一座地下设施的一台机器中。四号原型机上的驾驶员只是个普通的士兵。与前三台原型机不同,I04X 的折跃引擎同时也是它的能源核心。萨娅卡产生的灵能能源会通过超空间通路进入它的机体,被折跃引擎直接吸收,为机甲供能。

"对主要神经节点施加刺激,5%强度。"

出乎预料,内核舱中的一切忽然都点亮了。萨娅卡的长发从乌黑变得雪白,散发着洁白的亮光。她轻薄而稚嫩的皮肤被白光刺透,每一条皮下血管都充盈着璀璨的光,她体内的每一个细胞都像是一颗小恒星,闪烁着美妙、绚烂,甚至是……圣洁的光。

"能量输出激增! 1 至 30 号容器全部过载!"实验操作员不知是紧张还是激动地高声喊叫,"释能喷口打开!"

"将能量输入四号原型机。"兰德纳克命令道。

"超空间能量通路打开,完成连通!"I04X 的驾驶员完成了操作,"综合控制系统上线! 行动装置启动! 火控系统启动! 主武器完成预热……"

"四号原型机启动完成!"

伽罗德目不转睛地盯着全息影像中的数据,仿佛看见了宇宙奇观,目光在"5%"上停留了好久。他的嘴巴不由自主地微微张开。"刺激强度只有……5%? 这……怎么可能? 萨娅卡的灵能等级到底有多少?"

"无上限。"兰德纳克淡淡地说道。他的神情相当镇静,连呼吸都没有一丝起伏。

"无上限?"

"我们曾经试图搞清楚她到底有多强大,可是,她的力量超过了所有探测器的读数上限。"

伽罗德愣了一秒。"为什么我们不早点启用新方案?"

"我本希望萨娅卡这样强大的灵能者能够在克隆舱中批量生产。而且,我是萨娅卡的父亲,我并不希望将自己的亲生女儿塞进什么机器的反应堆里。"

兰德纳克的声音仍然很平静。他看着实时图像传输中的萨娅卡。她仍然紧闭着双眼,白色的光芒有节奏地在她体内平稳流淌着,勾勒出血管、肌肉和骨骼的轮廓。洁白的亮光中,暗淡的骨骼若隐若现,好似一具漂浮在圣光中的骷髅,令人产生一种难以形容的恐惧。

"增加释能喷口的输出功率，模拟多台'伊卡洛斯'机甲同时运转的能耗。"兰德纳克命令道。

更多的能量被输送到释能喷口，在喷口四周环绕的线圈中激起密集的电火花，产生巨大的热能。从喷口中穿过的空气被瞬间加热至等离子态，从地表涌出一束又一束青蓝色的火焰。

"能耗提高至24倍，各系统运转正常。"

"能耗提高至48倍，各系统运转正常。"

"能耗提高至96倍，已达设备上限，各系统运转正常。"

兰德纳克看着全息影像中的数据，萨娅卡受到的神经刺激仍然只有5%。"试验完成，停止试验。"他的脸上终于浮现出一丝满意的微笑。"我们现有的设备能同时维持至少106台'伊卡洛斯'运转，这个进展足够说服议会为我们开设生产线了。"

鲁道夫面对着光滑到足以当镜子用的电梯舱壁，尽可能将他的制服弄得整洁一点。军装外套和裤子上都没有褶皱，这已经足够了。但他的靴子仍然不够亮，这也没办法，走得这么急，他没时间擦靴子。而那时候负责擦靴子的家务机器人正忙于打扫被他和海莲娜弄得一团乱的客厅。

电梯门打开，鲁道夫走进环形布置的会议大厅。凯洛达帝国代表正在发言。鲁道夫知道自己已经错过了一段时间的会议，不过这没关系，他找了个座位坐下，通过平板电脑快速浏览了一下各国代表要的发言概要。了解了其中的重点后，他便悠然自得地靠在椅背上，用平板电脑玩起游戏来。

"方舟计划"仍然有条不紊地继续进行着，鲁道夫甚至没上台发言，银河议会就批准了建造方舟的后续经费。之后，他们继续论证其他项目的可行性。至高秩序的主机收集了每个项目在实验过程中的所有数据，随后通过一些复杂的运算来判定它们成功的概率分别有多大。

凯洛达帝国的"伊卡洛斯计划"也得到了一笔可观的经费和充足的资源。第三个被至高秩序青睐的方案是柯拉尔人自己提出的"凡人永生计划"。

所谓"凡人永生计划"是将全人类和全精灵族的历史，每个人脑中有价值的思想、知识与记忆输入一台巨大的储存器。储存器会被埋藏在银河系的某个角落，或搭乘一艘漂流飞船前往仙女座或其他星系。储存器不需要生命维持系统，所以这样的飞船造价会相当低。

"如果计划进行顺利，"高等精灵代表说道，"我们的文明会在沉睡无数个纪元后醒来。与储存器一同封存的多用途智能无人机会寻找一切可用的材料，为我们制造出永生的躯体。"

"按照你的意思，我们未来会变成机器人？"

"是的，机械的躯体更加坚韧，不需要特定的生存环境，在抵御恶劣环境中更有优势。"

许多国家的代表反对"凡人永生计划"，但经过至高秩序的判定，该计划成功的可能性较高，被批准实施。此决定一出，阿玛克斯帝国的代表——神使尼赫勒斯——立刻显得很不高兴。阿玛克斯帝国的"朗基努斯计划"被认为实施困难而被迫搁置。

"为什么我们要任由一个古老的电脑来决定我们应该做什么？"尼赫勒斯忽然站起来，拿起一个话筒在听众席上吼起来，"为什么你们宁愿耗费巨资造一艘用于逃亡的方舟，也不愿意建造一支能正面抗衡尼德霍格的舰队？！"

鲁道夫不慌不忙地拿起他的话筒，"你的舰队在与尼德霍格的战斗中不一定能取得优势，但坐上了方舟的人一定能安全地离开银河系。"

鲁道夫随口一说的发言出乎意料地得到了一部分人的赞同，听众席上响起一阵零零散散的掌声。

尼赫勒斯怒视着鲁道夫，血红的眼瞳似乎要射出愤怒的激光将鲁道夫的脑袋烧透。他白骨一样苍白的脸变得更白了，双眼下的两条血红的竖纹随着他面部肌肉的绷紧而轻微地蠕动，好似他眼中流出了两行鲜血。

"真是一群懦夫！"尼赫勒斯扔下话筒，黑色的长风衣在身后一甩，在众人的注视下离开了会议大厅。

漆黑的金属贴合着他的手臂流淌，随着他的每一次心跳、每一次呼吸，泛起一层又一层涟漪。这是最纯净的黑色以太，宇宙中与它有着同样颜色的，大概只有黑洞了。它黑得简直无法让人看清其轮廓，简直……不像现实中应该存在的东西。

它是一片凝固在手中的高维时空，是实体化的湮灭之力，是凌驾于已知宇宙法则之上的存在。能够完全驾驭此等力量的，茫茫银河中只有一人——弑星者洛拉。

在露天的圆形广场中央，卡尔深深吸入一口气，随着他缓缓将肺中浑浊的气体呼出来，他的心跳开始慢慢放缓。他的心率变得很低，但心脏的每一次搏动都变得格外有力。

忽然，他的手腕毫无预兆地轻轻一抖，一柄漆黑的长刀从手中甩出。黑色的烈焰在瞬间凝固成这柄1.6米长的利刃，细而长的漆黑的刀身在半空中划出一道漆黑的扇面，随着他主人的动作来回舞动。

卡尔在空荡荡的广场上一次次跳跃、翻滚、劈斩，束在脑后的白发与银色长袍的后摆伴随漆黑的长刀一起舞动，留下一条条优雅而致命的弧线。他的身姿如雨落般轻盈，出刀如闪电般迅捷。

他在心中想象着敌人的位置——那是一位强大的对手，强大到与湮灭尊主不相上下。敌人时而幻影般瞬时到卡尔身侧，时而鱼跃般腾空至卡尔头顶。卡尔则不慌不忙地格挡着他的攻击。

一刀又一刀，卡尔手中的利刃在他意念的操作下渐渐缩短，缩为一柄短刃，又缩为一把匕首。但即便如此，卡尔仍然能挡下对方狂风骤雨般的攻击。

卡尔以一个后跳闪开了对方的一记重击，同时与他拉开了距离。他握刀的右手移至左肩一侧，随后用力向右下方迅速挥砍，他的眼瞳中闪过一瞬的银光。

"Hxl'ruak Rora!"

利刃在他手中瞬间延长，挥出一条漆黑的弧面。而下一瞬间，一条漆黑的闪电在卡尔面前冲出，向远方的天空径直刺去，留下一条与刀刃同样漆黑的痕迹。那裂痕只存在了短短一瞬，刹那间狂风骤起，从四面八方涌向这条裂隙。

这一切都只存在了几毫秒，随着一阵密集的爆鸣，漆黑的裂隙消失了。阿特洛达尔一号行星的天空依然晴朗，万里无云，仿佛刚才什么都没有发生过。

它是一种可怕的相位武器，也是一件独一无二艺术品。而关于它的名字——湮灭之刃——这是卡尔为它命名的。每当想起这个名字，卡尔就觉得有些滑稽。"Rora na zelud"是它的龙族语发音，因此它也可以直接被称作"洛拉使用过的刀刃"。

"即使是弑星者无意中弹指飞灰挥出的幻影，也能够斩裂时空，逆转未来！"

卡尔收起他的武器——洛拉赠予他的武器。漆黑的以太融化，在他的手臂上凝成一个不起眼的手环。卡尔走到广场中央，向着他挥出最后一击的方向轻轻鞠了一躬，作为这次练习的结束。这是卡尔作为一名星辰武士的教养，既是对敌人的尊重，也是对自己的尊重。

"过来吧，尼赫勒斯。"

卡尔早就注意到了尼赫勒斯的存在，他忠实的神使一直站在广场之外，一言不发地望着自己。尼赫勒斯很清楚主人的脾气，当湮灭尊主独自舞剑时，旁人是不能随意闯入的。

听到了卡尔的命令，尼赫勒斯迅速而不失优雅走向他的主人。保持着表示敬重的礼节，又不让主人等候太久，广场很大，走到卡尔身边需要一定时间。

当尼赫勒斯向卡尔走来时，卡尔轻轻叹了口气，迈着大步径直向尼赫勒斯走去。"礼仪这种东西要分场合。"卡尔在尼赫勒斯面前说道，"这里没有外人，只有我们两个，一些太烦琐的东西就省略掉吧，我不喜欢看见我手下的人做事效率这么低。"

"我会牢记您的指示，尊主。"尼赫勒斯稍稍欠身，低头行礼，"我有一事要禀报。"

"讲。"

"银河议会第二次搁置了我们的'朗基努斯计划'。"尼赫勒斯的脸庞紧绷着，嘴角透出一抹杀意，"如果这样耽搁下去，我们恐怕永远也造不出'朗基努斯'。"

"意料之中。"卡尔很冷静地点点头，"尼赫勒斯，帮我拿些泰拉果，送到我的卧室去吧，我需要一点时间来思考接下来该怎么做。"

"遵命。"

尼赫勒斯迅速转身离开了，卡尔则不慌不忙地在一条连接广场与宫殿区的道路走着。卡尔喜欢在这条路上散步，他很喜欢脚掌感受皮靴与粗糙的大理石地砖接触时的震动，这种触感能够令肌肉放松下来。

在他的记忆中，星辰武士的圣殿前的台阶就是用这种原始的材料铺设的。他的导师洛拉带他走过那些堪称神迹的雄伟建筑，教会他如何战斗、如何精确地掌控自己强大的灵能。卡尔在洛拉身边学到了许多东西，不只是知识，也有很多不好的习惯。

　　卡尔回到卧室后,便将卧室门锁起来,将束在脑后的长发解开,赤裸上身躺在铺着熊皮的沙发上。他自在地伸个懒腰,在柔软舒适的皮草中打个滚,随后从旁边一张小桌上摆放的水晶果盘中抓过一颗泰拉果。

　　啊……熟悉的,慵懒而舒适的生活……

　　这是明德斯上出产的水果,能结出这种果子的植物相当娇贵。银河系中只有 14 颗行星能种植这种泰拉果树。一旦土壤中的成分稍有变化,果树便结不出果子。正因如此,泰拉果成了贵族们奢侈到极致的享受。

　　它的果肉很甜美,但甜美的程度远远配不上它的价格。事实上,水果本身的味道如何已经不重要了,能吃得到泰拉果的人,与其说是在品尝水果本身,不如说是在品味属于自己的地位与力量。

　　有趣的是,身为湮灭尊主的卡尔正好相反,他喜欢吃泰拉果仅仅是因为他喜欢它的味道。它的味道像极了他曾经在卡尔迪兰城中经常吃到的一种水果,可惜,那种水果早已随着物种灭绝而消失不见了。

　　如果有人看见卡尔现在懒散的样子,湮灭尊主的神圣形象肯定会土崩瓦解。他剥开泰拉果淡粉色的果皮,吸溜吸溜地吞掉其中白色的多汁果肉。当他吃掉第五个果子时,他感觉到饿了,而这种饥饿是吃水果缓解不了的。

　　卡尔用手背擦了擦嘴,招招手,召唤来一幅全息影像。"尼赫勒斯,再给我送点吃的来,最好是肉食。"

　　"明白,主人。"尼赫勒斯的声音在无线电中传来,"可是,主人,有突发情况。"

　　"什么情况?"

　　"我们的巡逻队在帝国边疆星系截住一艘身份未知的战列舰。"尼赫勒斯说道,"船上的人自称是魅影组织的科研人员,他们脱离了魅影的控制,逃到了那里。"

　　"不要用这种小事来打扰我。"卡尔微微一皱眉头,"现在,填饱我的肚子比讨论一艘魅影的战列舰更重要。"

　　"但船上的魅影科学家掌握着控制黑以太的技术……"

　　卡尔的瞳孔微微一张,沉默了一秒。"你报告情况时第一句话就应该告诉我关于黑以太的事!"卡尔激动地从沙发上一个鲤鱼打挺站起来,"将这艘船与船上的所有东西火速押送到阿特洛达尔!"

　　虽然卡尔的声音听上去是在发火,但尼赫勒斯却深切地感受到了主人的兴奋与欣喜。"这件事我已经在做了,主人。"

　　"他们到后,立刻将魅影科学家送到我的宫殿来!我要亲自与他们谈话!"

　　"遵命,主人。"

第十五章

预料之外的变化

就在十几年前，我们人类还在为精灵族内战而沾沾自喜。我们很乐意看到比我们强大的种族在动荡中衰落，人类就这样趁机挤进了所谓高等文明的行列。而现在，很多人都在想，如果精灵族内战没有发生，那些曾属于诸神的技术没有失传，那该多好。

  ——埃尔坦恩合众国总统夫人卡特琳娜·隆施坦恩在一次采访中讲道

蝮蛇从来没亲眼见过这样宏伟的建筑，站在宫殿面前欣赏它与在全息投影中欣赏它完全不同，宫殿本身就像一位石料与金属铸成的巨人。站在足足有 40 米高的大门前，蝮蛇感觉自己就像一只蚂蚁。

阿玛克斯帝国的建筑师们刻意将湮灭尊主的宫殿修建得十分有压迫感，令所有踏足这里的人感到敬畏。

在尼赫勒斯与六名手持步枪的侍卫的陪同下，卓洛与蝮蛇走过宫殿前漫长的步道，踏上一尘不染的红地毯，进入宫殿大门。卡尔已经打理好了自己的服装和发型，他站在镀金的铜像前，一身银袍，一如既往地冷峻。

刚踏进宫殿大门，尼赫勒斯与六位侍从便立刻单膝跪下，低头朝向地面。"拜见湮灭尊主！"

卓洛愣了一下，蝮蛇及时地在他膝盖后用力一敲，于是卓洛也跟着蝮蛇，像其他人一样跪倒在了卡尔面前。

"请平身。"卡尔缓步走到众人面前，将目光放在卓洛与蝮蛇身上，"卓洛、莫里斯，是吗？"卡尔的目光不带任何敌意地扫过两人的脸。"我是阿玛克斯帝国的统治者，湮灭尊主卡尔诺帕拉·雷·兰尼。我很高兴能够在这里见到二位，我的神使告诉我，你们带来了锻造黑以太的技术，是这样吗？"

"是的。"卓洛点点头，"我希望我们的技术能用于打造一支对抗尼德霍格的超级部队。"

"这也是我的希望，二位的技术对于帝国来说是无价之宝。"卡尔淡淡一笑，"我希望能与二位共进午餐，可以吗？"

"当然！荣幸之至！"化名莫里斯的蝮蛇脸上立刻堆满了笑容。卓洛的反应倒没那么夸张，他只是深深鞠了一躬。

当卡尔转过身时，他脸上的表情已经由热忱变为轻蔑与冷漠。虽然湮灭尊主面前的两位凡人掌握着他渴望的力量，但凡人终究是凡人，永远配不上身为神灵的湮灭尊主与生俱来的高贵。

两人随卡尔与他的神使走入宫殿内部。蝮蛇很高兴外面那六位持枪的士兵没跟上来，那种被人押送着的不适感随之消失了。

蝮蛇曾游览过特兰人的宫殿和城堡，感受过那种纸醉金迷的奢华。他也观察过柯拉尔人的太空城，惊叹过不容一丝差错的秩序那种令人窒息的美丽与冷酷。他同样造访过矮人的地下城市，体会过不经任何粉饰的实用主义的工程学奇迹。

这是蝮蛇第一次踏入阿玛克斯人的大殿，如果一定要用什么词来形容它，那应该就是"力量"了吧——如果力量是一个形容词的话。湮灭尊主很喜欢用笔直的宽线条以及充斥整个视野的巨大图案给人带来压迫感，以此来彰显一种力量。

餐厅也是如此。

高耸的穹顶简直看不见顶，环绕着穹顶的巨幅壁画描绘着卓洛看不明白的故事。而餐桌很长，有十几米长，甚至是几十米？卓洛觉得这张餐桌简直有一艘巡洋舰那么长了！

卡尔背靠着一幅覆盖整个墙壁的油画坐下，油画上绘着一座宏伟的太空城市、一颗尚未完工的戴森球以及五名身着华丽的仪式战甲的异人龙。卓洛与蝮蛇坐在餐桌的另一端，在这个距离上，他们能清晰地看见油画上的人物，但只能勉强看清湮灭尊主的脸。

数名侍者将酒水和开胃的小菜送到餐桌上，卓洛和蝮蛇仔细端详着洁白的桌布上反射着金色光泽的水晶杯。它明明是透明的晶体，却泛着类似金属的光泽。卓洛猜测着它是由什么物质组成的。随后，侍者将香气扑鼻的红酒倒进两个酒杯中，分别送到两人面前。

卓洛注意到湮灭尊主没有使用无人机来为他们服务，餐厅中的所有侍者都是活生生的阿玛克斯人。作为一个崇尚技术的人，卓洛暗中嘲笑湮灭尊主的落后。"尊主，我有一言。"

"请讲。"卡尔相当平易近人地微微点了一下头，他脸上冷峻的微笑也渐渐柔和了几分。

"在现在这个时代，多用途智能机械可以取代许多人力劳动。"卓洛小心翼翼地开口了，"几乎所有的高档酒店都采用服务无人机来代替曾经的服务员。尊主大人为何不考虑使用无人机呢？"

卡尔淡淡一笑。"既然我的这些人能完全满足我，为何我要使用古怪的机械来取代他们……"

"……更何况，我的人会像智能程序一样服从我的命令。"

卓洛的眼神颤抖了一下，而蝮蛇却不动声色地笑了。卡尔这种人他再熟悉不过了，与其说他需要这些人的服务，不如说是他是在享受控制其他人的乐趣吧。身处权力巅峰的人，大多都有这样的嗜好。

不知卡尔是否察觉到了卓洛对他的敬畏以及蝮蛇的不恭。毕竟隔着这么远，他能不能看清卓洛与蝮蛇的脸都是个问题。卡尔饿了，想快点开始品尝宴席上的大餐。于是卡尔拿起刀叉，享用起侍者送到自己面前的一道道美味佳肴。

"我欣赏有才华的人，准确地说，是有力量的人。"那种冷峻的微笑又回来了。"我很喜欢看到曾经的弱者通过自己的努力获得力量，战胜比自己强大的存在。而我相信，在如今的这个宇宙中，技术是最强大的力量。"

不知餐厅中有着什么不为人知的特殊构造，卡尔的声音明明很轻、很平静，但这平静的声音却在餐厅中回响得格外洪亮，就如同电影院中的 3D 环绕音效一样。

"是的，我也这样认为。"卓洛说道，他的声音也被放大了，却并没有被放大到像卡尔那么洪亮。也许这是建筑师有意为之吧。"尊主能够肯定我的才能，我非常荣幸。"

"那么，为我们驾驭诸神之力而干杯！"卡尔举起酒杯，酒杯中猩红的液体映着闪耀的银光。

卡尔的酒杯是银色的，而我们的酒杯是金色的？蝮蛇对此有些诧异，在大部分的国度中，金色比银色更象征尊贵。看来在阿玛克斯帝国，这一传统被颠倒了过来。

"为我们在未来战胜尼德霍格而干杯！"蝮蛇举起酒杯。

卓洛不知道该说什么好，他只好跟着蝮蛇做一样的动作。"干杯。"他感觉自己的语言格外的干涩而乏力。卓洛不得不承认，在与其他人打交道——特别是与位高权重者打交道这方面，蝮蛇比自己更加擅长。

猩红如血的酒液很醇厚，滑过舌面留下淡淡的酸涩，回味却是一种别样的甘甜。

开胃小菜中有蔬果沙拉和略带辣味的薯条，之后送上的是一种用芝士和香菇调制的浓汤。闻到香扑扑的热气，蝮蛇和卓洛的胃就已经按捺不住了。比起他们以往每天用来果腹的化学合成淀粉，这些食品简直就是天赐的美味！

尽管蝮蛇曾经出席过一些"大场面"，但湮灭尊主的排场让他曾经的所有奢华经历都相形见绌。而且，蝮蛇并没有从他之前的经历中学到太多烦琐的餐桌礼仪。作为外环星域的雇佣兵，他一直不怎么在乎这些东西，现在他忽然有点后悔自己没好好学这些了。

品尝蘑菇汤时，蝮蛇和卓洛还能谨慎地用勺子小口品尝。但是，当五分熟的肉排端上来时，他们就只能勉强用叉子和刀子将不规则的肉块送进嘴里大口咀嚼了。那大块的烤肉贴在铁板上，浇着混有许多黑色颗粒的黄色酱汁。

蝮蛇觉得自己根本没法在这些食物前保持风度和礼节，这些东西太好吃了！

　　看到蝮蛇狼吞虎咽的样子,卡尔的嘴角轻轻上扬。他仍然优雅地将自己面前的肉排切成精致的小块,不紧不慢地用叉子将它们送进嘴里,让细嫩的肉在口中化成汁液。相比蝮蛇与卓洛,卡尔优雅的动作让他自己产生了一种轻微的满足感。而看见厨师烹制的菜品令客人很喜欢,卡尔也感到很欣慰。

　　"二位对肉食很喜爱啊,要不要再来一份?"

　　"不必了,我更想品味不同种类的美食。"蝮蛇淡淡地笑了笑,"这肉排是真……好吃!"他尽力克制住自己随口吐脏字的习惯,"我们在魅影只能吃到化学合成的食品。对于我们来说,尊主大人招待我们的美食,简直美味到无法形容。"

　　"这是影翼幼龙的颈肉。"卡尔缓缓说道,"龙类的腹肉太腻,翼肉太粗,颈肉是最美味的。"

　　"影翼幼龙?"卓洛看了一眼盘中的食物,"我们……在吃敌人的肉?"

　　"是的。"卡尔冷冷一笑,他的嘴角锋利得像一柄短剑,"如果影翼龙种对我们来说有什么好处,大概就是它们的肉很美味吧。这场战争胜利后,我要让我的牧场里养一群影翼飞龙。这样,我们每天都能吃到美味的小龙肉了。"

　　"嗯。"卓洛点点头。

　　接下来,又陆续送来了鱼类和其他肉食,其中有一道菜据说是用白羽龙的尾巴和翅膀烹调的。不知为何,卓洛感到不寒而栗。相比上一次精灵族内战爆发之前他来到这个星系的时候,如今的湮灭尊主变得更残忍了。

　　白羽龙拥有无限的身体自愈合能力,从它身上割下的肉,都会重新生长回来。据卓洛所知,卡尔只有一只白羽龙,他不敢想象卡尔手下的人是怎么一刀一刀地从它身上割下这么多肉,烹调成这样美味的食品的。

　　乳白色的汤料中偶尔泛着淡粉色,那颜色就像魅影部队用于急救的"红药"一样。它在流血,已经煮熟的肉块仿佛还有生命……

　　"白羽龙可是很宝贵的,但它身上的东西却又取之不尽,用之不竭。"卡尔的语气很轻松,但经过房间的扩音,这声音却有了一种无形的威压,"我苏醒后,每天都会喝一碗这种汤,可以延年益寿。"

　　肉食过后,侍者又送上了清淡的蔬菜,缓解大鱼大肉的油腻。最后是小份的甜点,每一小碟中都只有一小块,小得足够一口吞下。不同颜色,不同口味的蛋糕,每一块蛋糕上都雕刻着精致的花纹,像玉雕一样精致。卓洛不是很喜欢这些甜品,它们实在是太甜了。但他还是像吃掉其他东西一样,将这些精致的小东西统统吞进肚子里。

　　两个小时的午餐在卡尔吃掉最后一块点心时结束了。湮灭尊主用洁白的餐巾擦了擦嘴。"对于本尊主的御用厨师的厨艺,二位可否满意?"

　　"满意,当然满意。"蝮蛇与卓洛连连点头。

　　"很好。"卡尔微微一笑,"那么,二位也展示一些能够令我满意的东西吧。"

　　机床的体积不大,一台用于吊装集装箱的吊机就能轻易将它从启示录号的货舱中运送出来。卡尔和卓洛站在赛罗娜太空城的七号星港中,看着工人们和机器人将各式各样的货物搬出来。

卡尔看上去有些不高兴,他重重地长吁一口气,抬起右手。黑色的手环投影出幽绿色的全息影像——阿特洛达尔标准时间 15:43:08。他与卓洛已经在这里等了将近一个小时了,尊主的耐心正在一点点流失,他很讨厌这样毫无意义的等待。

特别是自己只差一步就能接触到渴望已久的东西时……

不过,既然自己已经为它等待了无数纪元,那么,再等几个小时,哪怕等几天,卡尔认为自己都不会在意。

卓洛和蝮蛇清空了星港中的一片空地,将设备安装好。几个直径一米的球体容器也被送了过来。几条粗大的电缆接到了外形简陋的机床设备上,设备启动,黑色的方槽忽然变成了银色,像镜子一样光滑。锻造黑以太的设备也同样是用黑以太制成的。

"黑以太可以做很多事,几乎无所不能。"卓洛一边说着,一边操作着手中的平板电脑。与卡尔印象中曾经龙族使用的黑以太锻造设备不同,这台机器操作起来相当简单。平板电脑上的设备操作界面语言是现在普遍使用的通用语,而不是晦涩难懂的龙语符文。

吊臂将一个球形容器送到方槽上方。随后,不知卓洛进行了什么操作,漆黑的金属液体竟穿过容器壁流进了方槽中,仿佛那金属球体只剩下一层薄薄的"贴图"。脱离了容器束缚的黑以太仿佛活了过来,在方槽中沸腾了起来,沿着方槽壁向上爬。

卓洛在平板电脑上点了几下,方槽微微震动了一下。忽然,方槽中的黑以太凝固了,变成了一块形状规则、表面光滑的长方体。卡尔深深吸了一口气,按捺住自己心中的狂喜。

"是的……就是这样……"卡尔缓缓说道,"我至今都记得,储存在星辰武士圣殿中的那些黑以太立方体。"

"这仅仅是基础,尊主。"卓洛轻轻点点头,"我可以在夸克级的尺度上塑造黑以太的形状。相比于传统材料,黑以太能够胜任更多的工作。"

卓洛说着,蝮蛇将一把粒子步枪递到两人面前。卡尔仔细打量了一下这把黑色的步枪,他握住它,在手中掂量了一下,做了一个抵肩瞄准的姿势。"我没感觉到这把枪与普通的粒子束步枪有什么不同。"卡尔说道。

"是的,外观上与普通的步枪没有任何不同。"卓洛说道,"它的枪身结构仍然是由普通的金属与聚合物制成的,但枪管中的加速线圈等重要结构是黑以太制作的。它体型小巧,但它的输出功率能达到车载重型粒子武器的级别。"

"哦？"卡尔重新打量了一下这把不起眼的步枪,"这是你能制造出的最强大的武器了吗？"

"对于单兵武器来说,是的。"卓洛说道,"我没有生产大型黑以太组件的能力。但我相信,在尊主的帮助下,我能够创造更多的奇迹。"

"嗯。"卡尔点了点头,他心中忽然涌起一丝莫名的悲凉。曾经,黑以太是锻造星辰武士手中的利刃的材料,它塑造出的是艺术品一般的造物。如今,身为古老的星辰武士中的最后一员,卡尔却只能用它制作粗糙的量产武器。

虽然能够批量生产的装备更适用于现代战争的需求,但作为一位星辰武士,卡尔仍然怀念那个各自身怀绝技的武士们用着与众不同的武器冲锋陷阵的神话般的时代。

"很好,帝国的技术人员会测试你提供的武器装备。"卡尔说道,"有了你的帮助,'朗基努斯计划'的诸多技术瓶颈也将被迅速克服。"

"朗基努斯计划?"卓洛好奇地问。

卡尔淡淡地微笑了一下。"曾经,弑星者洛拉使用冈根尼尔击败了尼德霍格的影翼龙族大军,但我们的技术水平不足以制造出冈根尼尔那样的武器。所以,我提出了'朗基努斯计划',制造一种简化的、削弱过但仍然够用的超级武器。"

"这听上去很有趣。"卓洛同样微笑了一下,"如果尊主大人能提供详细的资料,我现在就可以开始做准备。"

"没问题!我非常欣赏你身为科研者的热情。"卡尔拍了拍手,"现在,让我们赶快开始工作吧!"

海莲娜左手手腕上的微型电脑轻轻震动了一下,吵醒了她。她有些不情愿地微微睁开眼,看了一眼泛着蓝色微光的小屏幕——有一条新消息,发件人是叶烁痕,不,不,不,现在他的名字应该是卓洛。

海莲娜想从床上坐起来,但她疲乏的身体却不听使唤,让她只能瘫倒在床上。她的腰和腿仍然在发软,而鲁道夫的一条手臂还搭在她的腰上。加上这条手臂的重量,想翻身起来变得更不可能了。

因为疲乏,海莲娜又睡熟了。当太阳再次升起——或者说,天上的伪星再次点亮时,海莲娜终于完全醒来了。而这时鲁道夫已经不在她身边了,他去哪了?这也无所谓,埃尔坦恩的军方代表肯定有各种事要忙。

海莲娜从床上爬起来,想起了之前的那一条消息。她看了一眼手腕上的微型电脑。而在她睡回笼觉的这段时间里,卓洛又发来了三条消息。

"我们被阿玛克斯帝国的巡逻队拦截,后被送往阿特洛达尔。湮灭尊主收留了我们,获取了我们的技术。"

"湮灭尊主命令我们帮助其实施'朗基努斯计划'。据我们所知,阿玛克斯帝国已经退出了银河议会对抗尼德霍格的特别协议。"

"'朗基努斯计划'的目的是仿造一种类似冈根尼尔的武器,湮灭尊主提供了关于冈根尼尔的很多信息……"

海莲娜坐起来,从床头柜上拿过一罐月蚀。她浏览了一些卓洛发来的关于冈根尼尔的信息,其中大部分都是龙族语。虽然很多东西海莲娜看不懂,但她还是看明白了一些要点。吸完一罐月蚀后,海莲娜穿上牛仔裤,随手披上一件外套,出门去了。

这个房间里很可能有窃听器,在这里她不方便向外发送信息。出门后,她去了萨图恩山顶公园，若无其事地坐在一个长椅上，拿出手机，呼叫了霜龙。

比起现在流行的超薄式手机，海莲娜的手机看上去很"复古"，将近一厘米厚的机身看起来有些笨重，但它能容纳一个小型量子通信器以及一个足够容纳梦灵的部分功能的处理器。

"霜龙，在吗？"

"在。"通信器那一边的霜龙听上去很疲惫。

"我得到了一些关于冈根尼尔的信息。"海莲娜说道，"我们之前搞错了一些事，冈根尼尔不是我们想象中的那么简单。"

"预料之中。"霜龙的平静中透着一点沮丧。

"冈根尼尔的发音是一串龙族语的缩写，它的全称应该是——高维度广域相位探测与打击综合系统。神话传说中的那柄由世界树的枝条打造的长枪，应该只是这个系统中的一小部分。"

霜龙重重叹了口气。"如果这是一个……系统，它的各单位之间肯定都有联系。好吧，我有主意了。"

"什么主意？"

"你想啊，海莲娜，"霜龙的语气稍稍振奋了一点，"如果神话中的一些东西是真的，那柄被奥丁拿在手里的长枪肯定是这个系统中很重要的一部分。而且，通过它，一定能启动冈根尼尔并使它发动攻击。"

"是的，但这说明什么呢？"海莲娜问。

"这就说明，那柄长枪要么是冈根尼尔的操作终端，要么是有攻击力的武器单元。"霜龙说道，"如果我们得到的是操作终端，我们便有办法循着它的操作系统，找到这个系统中的其他单元并启动它们。如果我们得到的是武器单元，那么，我们想办法控制其直接开火，应该也能够造成极大的杀伤力。"

海莲娜沉默了两秒，随后她将吸空了的月蚀罐子重重往地上一摔。"霜龙！你还真是个天才！"她几乎吼了出来。

"呃……女王过奖了，这是很基础的分析……"霜龙尴尬地呵呵笑了两声，"卓洛和蝮蛇那边有消息吗？"

"他们被阿玛克斯人带走了。"海莲娜说道，"麻烦的是，阿玛克斯帝国退出了银河议会的特别协议。所以，现在我根本不知道他们在做什么！"

霜龙沉默了一小会儿。"蝮蛇看上去是个擅长随机应变的人，他们应该能处理好自己的任务的。"

"是的……是这样的……他一直擅长随机应变……"海莲娜的语气相当沉重，"目前要说的就是这些，有情况随时联系，完毕。"

"收到，完毕。"

随机应变？说得轻巧！海莲娜最担心的就是蝮蛇会"随机应变"。蝮蛇这种唯利是图的老奸巨猾之人没有任何忠诚可言，而他身边又只有一个刚刚和自己建立合作关系的叶老头。该死！没人看着他们，谁知道那两个心怀鬼胎的人会做什么事！

海莲娜想着，又呼叫了阿克洛玛。

"阿克洛玛收到呼叫。"通信器中立刻传来了他冰冷的声音。

海莲娜现在没心情和她的猎手互相调情，于是她直截了当地命令道："汇报近期情况。"

"四个标准地球日前，霜龙带领旗鱼小队偷袭了一个海盗营地，劫走了一艘巡洋舰和一艘驱逐舰。之后，他从天狼军团中借走了30多人和一个小队的迅猛龙，扩充了自己的队伍。"

听到霜龙私自扩充队伍，海莲娜的心揪了起来。"霜龙做其他事了吗？"

"他正在整编自己的队伍，他要去追击名叫伊露娜的红精灵。"

海莲娜揪起的心又放了下来。"你继续协助他的行动。"

"明白。"

通信结束，海莲娜长长呼了一口气，至少现在来看，霜龙是忠诚的，对盖瑞卡的人格覆写进行得很成功。

霜龙坐在旗鱼号不宽敞的舰长室中，透过观景舷窗望着外面深邃的宇宙。舰长室中的东西不多：一张固定在墙边的桌子、靠着桌子摆放的储物柜和书架、一台固定在天花板上的全息投影仪、一个破旧褪色的滑轮椅、一张霜龙躺上去还算比较宽敞的床。

这里曾是属于队长大黄蜂的。尽管霜龙已经在这里住了几个星期，但他仍然有些不习惯。对于霜龙来说，这里的环境算是相当舒适了。但只要踏进这间舱室，霜龙心里就会泛起一种奇怪的感觉。他仍然觉得自己不属于这里，自己并不是一个合格的旗鱼号舰长，也不是合格的旗鱼小队指挥官。

海莲娜将这副重担抛给了他。习惯了服从命令的霜龙，不得不自己去安排各种事务，指挥各种行动。而当霜龙困惑无助时，他就只能呆呆地坐在床上，望着对面的观景舷窗外的星空，等待着自己"唯一可以信任的存在"出现在自己身边。

该死……不需要你的时候，你不请自来。现在需要你了，你又不出来了！

奥西里斯仿佛和霜龙玩起了捉迷藏。霜龙默念他的名字，他不出现。霜龙刻意放空自己的思维，他也不出现。霜龙甚至没有感受到一丝一毫的那种熟悉的寒冷。

就这样，霜龙胡思乱想着面对着星空发了半个小时的呆。终于，他放弃了。也许奥西里斯也是需要睡觉的，而他现在在自己的脑袋里睡着了吧……霜龙这样想着，关掉了舰长室中的照明灯，躺倒在床上。

他闭上眼睛，沉浸在安宁的黑暗中。空调将舱室内的温度控制得很舒适，霜龙只需要盖一张薄毯子就不会觉得冷。但现在，霜龙忽然感觉空调出风口喷出的气流带着一股寒意，莫名的寒冷穿透了他的薄毛毯，吹在他的皮肤上。

霜龙感觉到有什么东西在触碰他的身体，一个毛茸茸的东西正在蹭他的大腿，又蹭他的胸肌。霜龙翻了个身，睁开眼睛，"奥西里斯？"

猩红的双眼在霜龙面前睁开，霜龙甚至能感觉到奥西里斯鼻孔中呼出的冷气吹在自己胸前。但这一次，奥西里斯眼中的猩红不再炽烈地翻涌。恰恰相反，现在霜龙眼前奥西里斯的目光甚至有些妩媚，甚至是妖艳。

"不好意思，让你久等了。"奥西里斯邪魅地一笑。他的一条腿压在霜龙身上，缓缓摩擦着霜龙的腹肌。"冷吗？抱着我，会温暖许多啊……"

霜龙浑身的肌肉都抽动了一下，面部肌肉抽搐极为严重，五官恨不得拧成一团。奥西里斯的声音让他全身上下一瞬间爬满了鸡皮疙瘩。"你……搞什么啊！"霜龙用力推开他，从床上坐起来。

"不喜欢我的样子吗？"奥西里斯也坐起来，从霜龙背后搂住他的脖子。渐渐地，霜龙感觉到奥西里斯的皮肤不再是毛茸茸的触感了，而是变得光滑而细嫩。霜龙转过头，看见的却是一个女孩的脸，冲他调皮又妩媚地笑着，柔软的长发从额前垂下。唯一没有变的，只剩那双猩红的眼瞳。

"我知道，你喜欢海莲娜的样子……"

霜龙摇了摇头，在奥西里斯说出更多让他心烦意乱的话前开口了。"我在纳格法尔号上接触到的那段……记忆片段。洛拉说冈根尼尔损坏了，无法启动。但其他关于永恒之战的传说中都写到，尼德霍格的影翼大军被冈根尼尔歼灭。"

"所以，你想知道是什么东西启动了冈根尼尔？"奥西里斯噘了噘嘴。真是绝了！此时他想问题时噘着嘴，眼睛往上翻的样子也和海莲娜一模一样！"你凭什么认为我知道洛拉是怎么启动冈根尼尔的啊？"

霜龙叹了口气，微微低下头。他已经有些分不清自己面前的这个幻影究竟是谁了。"该死的……奥西里斯，你快点给我变回去！"

猩红的双眼像照相机的闪光灯一样闪烁了一瞬，霜龙感到一阵轻微的晕眩。当他视野中红光的残影消失，能够再次看清自己身边的东西时，他发现自己已经不在旗鱼号的船舱内了。

"因为……你和弑星者……和洛拉很像。"

霜龙环顾四周，他也不知道自己身处什么地方。他与奥西里斯面对面站在一片空荡荡的旷野上，脚下是灰黑的岩石，头顶是点缀着繁星的黑色天空。一颗恒星从地平线处洒下耀眼的苍白色光芒，在单调的灰黑色大地上映下两条修长的、一眼望不到头的影子。

一颗没有大气层的星球？也许是的。但直接暴露在真空与宇宙辐射中的霜龙，除了感到莫名的寒冷外，并没有其他任何不适。好吧，反正这里一定是奥西里斯制造出的幻境。

"你就像……"霜龙抿着嘴思索了片刻，"弑星者之影。"

"弑星者之影？嗯……我喜欢这个名字。"奥西里斯微微一笑，"我的确是洛拉的影子，但这不意味着我拥有洛拉的所有记忆。我的记忆中，最多的是属于弑星者的痛苦。"

"痛苦？"

　　"是的……"奥西里斯脸上掠过一个残忍的笑容，"洛拉心中埋藏着悲伤，压抑着愤怒，隐没着仇恨……但善良的白羽龙种不会无谓地残杀其他生命，洛拉唯一能伤害的，只有他自己的心……"

　　说到这里，奥西里斯的双瞳又一次炽烈地燃烧起来，汹涌而出的地狱之火仿佛要燃尽整个宇宙。"他只能……伤害我！"

　　霜龙耸了耸肩。"很抱歉听你说起这个，奥西里斯。"

　　"没关系。"奥西里斯双瞳中汹涌的红光稍稍暗淡了一些，但他的嘴角却笑得更残忍了，"洛拉做不到的事，我会去替他做！"

　　"你替他做？"

　　"洛拉绝不会为了满足自己的欲望而伤害无辜的人，但我没有这样的顾虑。我会替他复仇，发泄曾属于他的怒火！每一个伤害过洛拉，伤害过我的存在，都将在我脚下燃烧！我会让它们品尝洛拉曾经历过的百倍的痛苦！然后将它们永远从这宇宙中抹除！"

　　霜龙和奥西里斯对视着，打了个寒战。"永恒之战已经过去十几亿个标准地球年了，无论你的敌人是谁，都不是人类，不是我们。"霜龙尽可能镇定地对奥西里斯解释。

　　"当然不是你们。"奥西里斯张开双臂和双翼，抖落几片黑羽，"若不是你的海莲娜启动了位面之钥，我的敌人也永远不会回到这个世界！"说到这里，奥西里斯停顿了一下，缓缓向霜龙迈出两步，"很巧，我想毁灭的东西，是尼德霍格。现在，我们有同样的敌人了。"

　　霜龙长长舒了一口气。"敌人的敌人就是朋友。"

　　"是的，霜龙……我的朋友。"奥西里斯脸上那种残忍的狞笑消失了，"我很愿意与你合作。"奥西里斯继续一步步靠近霜龙，他的双臂和双翼仍然张开着，好像是想给霜龙一个大大的拥抱。

　　"呃，在人类的习惯中，我们喜欢与朋友握手。"霜龙说着，伸出右手摆在胸前。

　　奥西里斯的动作停住了，他有些疑惑地将霜龙打量了一番，背后伸展的双翼缓缓放下。"握手吗？好吧。"奥西里斯有些僵硬地伸出右手，与霜龙的右手用力握在一起。

　　奥西里斯的手掌粗糙而有力，指尖锋利的黑色小爪无意中掐进了霜龙的皮肤里。霜龙并不感到疼痛，但当他们松开手时，霜龙才看见自己右手手背的边缘被刺破了三个小洞，缓缓渗出血来。

　　"想要击败尼德霍格……除非人类社会中诞生了什么跨时代的新技术，否则我们就只能想办法修复冈根尼尔，重复洛拉曾做过的事。"霜龙说道，"奥西里斯，如果你知道什么，拜托你告诉我。"

　　奥西里斯的双翼轻轻抖动了一下，向远方抬起右手。"我们脚下的这颗卫星，被称作卡尔迪兰之眼。"随着他的手势，霜龙感到自己脚下的大地震颤起来。很快，他看见一颗蓝色的行星从阳光入射方向另一侧的地平线处升起。"那颗行星就是卡尔迪兰，索拉尔三号行星，我们脚下踩着的是它唯一的卫星。"

"卡尔迪兰？"霜龙想起了什么，"我看到的那段记忆中，洛拉提到过卡尔迪兰。"

"那曾是银河系中最繁荣的世界之一。"奥西里斯望向那颗从地平线上缓缓升起的蓝色行星，"龙族的文明终结后，古人类在这里渐渐演化成你们特兰人的祖先，也就是地球人。"

"什么？"霜龙惊叫一声，"卡尔迪兰是地球？索拉尔星系是……太阳系？"

"没错。"奥西里斯不动声色地轻轻点了点头，"地球人曾将卡尔迪兰之眼称作月球，但愚蠢的地球人直到今天，也不愿意去了解这颗曾经距离他们最近的神之造物！"

奥西里斯将抬起的右手手掌翻过来，两人脚下的大地更加剧烈地震颤起来。很快，霜龙看见在地平线尽头一个漆黑的轮廓从地面上升起，像一座正在隆起的山峰，高耸地伸向星空。

"洛拉与海拉用黑以太塑造出了这颗卫星，在它的内部创造出了12把位面之钥，并将它们分别安装在各艘同样用黑以太打造出的世界舰上。"奥西里斯说道，"纳格法尔号是第一艘搭载位面之钥的舰船，它只是一艘实验舰。但它却成为唯一一艘保存到现在，并仍然能启动位面之钥的舰船。"

"那其他的世界舰与位面之钥哪去了？"霜龙问。

"尼德霍格的猎手们找到了那些位面之钥，并摧毁了它们。洛拉和海拉带着他们能找到的最后一艘世界舰来到索拉尔星系，准备在这里与尼德霍格决战。"奥西里斯说着，向着星空展开双翼。深邃的星空中泛起一圈圈涟漪，一颗拥有褐色土地的行星在霜龙眼前浮现出来。"索拉尔五号行星，这颗行星上修建着冈根尼尔系统的一处能源节点。但就像你在那段记忆中看到的，供能装置被尼德霍格摧毁了。"

"索拉尔五号……太阳系的第五颗行星……木星？"霜龙困惑地看着天空中浮现出的那颗褐色的岩态行星的幻象，"不，木星是一颗气体巨星才对！"

"是的，但火星与木星之间，曾经是有这样一颗行星的……"奥西里斯说着，抬起右手打了个响指。随着一道耀眼的橙色闪光，霜龙看见无数巨大的裂痕覆盖了那颗行星的地表。随后，它就像风化的岩石一样，在星空中逐渐瓦解，化作无数细小的岩石碎片。"……那场战争结束后，你们人类的太阳系中才有了那一条小行星带。"

霜龙望着幻象中那颗逐渐瓦解的行星，直到它在一片涟漪中消失得无影无踪。"人类的母星系中发生了那么多事，地球人探索太空时，难道就没有发现任何一点永恒之战的痕迹吗？"

"懦弱的地球人早就发现了。"奥西里斯冷冷地哼了一声，"当地球人开始探索他们的月亮时，他们曾对这颗卫星做过无数实验。地球人早就发现月球表面的陨石坑都很浅，于是猜测月球的地壳中含有硬度很大的物质。后来，他们在月球表面制造震波，最终的实验结果是，这颗卫星的内部是中空的。"

霜龙两手一摊。"难道这都不足以让他们发现一些异常吗？"

"问题就出在这里！在当时地球人的认知中，任何已知的物质，都达不到月球地壳的强度。而在这宇宙中，最令人恐惧的，就是未知。"奥西里斯说道，"地球人宁可不再探索月球，彻底遗忘这种'不该存在于现实中的物质'，也不愿意面对一个足以颠覆自己传统认知的事实！"

霜龙沉重地叹了一口气。"如果当年的地球人愿意探索龙族文明的遗迹，也许今天的我们就不需要惧怕尼德霍格了。"说到这里，霜龙缓缓低下头，摇了摇头，又抬起头。"现在讨论这些也没有意义，我要知道，洛拉是如何在冈根尼尔没有能源供应的情况下，将其强行启动的。"

奥西里斯与霜龙对视着，沉默了很久。他忽然低下头，粗重地喘息起来，像是在抽泣，又像是在呻吟。"啊……霜龙……"奥西里斯的双臂无力地垂下来，他抬起头，双瞳中猩红色的火光又炽烈地涌动起来。

"奥西里斯？"霜龙的双腿不自觉地抖动起来，他的瞳孔紧张地收缩着，小心翼翼地盯着奥西里斯，"你还好吗？奥西里斯，你怎么了？"

"我不知道！"奥西里斯猛地抬起头，双翼猛地张开，无数黑羽像利箭一样刺向他的身后。他的双手抓着自己的脑袋，以一种怪异的语调低吼着。"我只感觉到……痛苦！无法抚平的……痛苦！"

漆黑的星空在眨眼间被猩红色完全吞没，霜龙看见自己脚下的大地在顷刻间融化，汹涌的地狱之火如海啸一样向他扑来。在霜龙被彻底吞没前，他只听见奥西里斯刺耳的狂笑和他歇斯底里的嘶吼……

"万物寂灭！"

霜龙猛地睁开双眼，像弹簧一样从床上一下子坐起来。还好，只是一场梦。他擦了擦额头上渗出的汗珠，伸手打开舱室内的灯，让苍白的灯光驱散黑暗。

"霜龙？主人？"霜龙听见有人在敲打舰长室的舱门，隔音效果良好的门后传来模糊的呼喊声。"您需要帮助吗？我带来了水和食物。"

"我没事，阿克洛玛。"霜龙一边朝门口喊，一边挪动双脚穿上拖鞋，走到舱门旁拍下开门按钮。舱门"嘶嘶"地短暂响了两声，门缝稍稍扩张了一下，随后两片门板向两侧张开。

"我感受到了异样的、极其强大的灵能波动。"阿克洛玛以平和的声音冷静地说道，"我担心您有危险。"

霜龙微微仰起头，和阿克洛玛对视了一眼。阿克洛玛的个头要比霜龙高大约十厘米。尽管霜龙知道阿克洛玛对自己没有敌意，但被一个猎手冷静地俯视着，霜龙仍然感到有些不舒服。

"我……我没事，我只是做了个奇怪的噩梦。"霜龙耸了耸肩，看了一眼阿克洛玛拿在手里的矿泉水瓶和压缩饼干盒，"那个……谢谢你为我送来水和食物。"

"不必如此，为主人服务是猎手的职责。"阿克洛玛的声音仍然冷静。

虽然这段时间里，阿克洛玛一直对他忠心耿耿，但霜龙仍然不习惯向海莲娜那样理所当然地对猎手下命令，一是因为他觉得自己配不上这样的待遇，二是因为奥西里斯告诚他"不要信任任何人"。

"好吧，阿克洛玛。"霜龙接过他递来的食物和水，"我很好，你不用担心。你先回去休息吧。"

阿克洛玛点点头，转身离开了。霜龙将水瓶和饼干盒随手放在桌子上，转身去按舱门的开关按钮。就在这时，霜龙感觉自己的右手手背略微有些疼痛。他缩回手，低头去看，只见自己的右手背外侧排列着三个已经结痂的细小血洞。

第十六章

行动代号"猎鲨"

> ……我不知道,也从来不去想明天会怎样。我只知道,我只有活到明天,才知道明
> 天会怎样……
>
> ——来自霜龙的音频日记(编号 KOS10027A)

霜龙用左手搓了搓自己的额头,他坐在雷电号巡洋舰的作战会议室中,低头看着放在桌上的平板电脑。"阿贾克斯,你有什么建议吗?"他带着一丝叹息说道,"在战斗指挥上,你比我更擅长。"

"我认为伊露娜他们会在经过充分准备后穿过卡慕裂隙,在对岸的赫利俄斯星域中寻找重氢燃料。"霜龙话音刚落,阿贾克斯就开口了。他一定早就想好了自己要说什么了。"我建议让美杜莎将她的舰队分散布置在赫利俄斯星域中。"

"嗯,和我想得一样。"霜龙点点头,"红精灵使用的舰船是塔克拉级巡洋舰,单次折跃最远距离为 210 光年,刚好能够跨越卡慕裂隙。"

卡慕裂隙是一处天体真空区,除了几颗流浪行星[①]外没有其他任何天体,使用重氢燃料的飞船在这里很难寻找能够补充燃料的地点。在正常的星际航行中,这样的"裂隙"往往是在规划航线时需要绕开的地方。

不过,红精灵们想要不引人注目地溜走,一定会冒险一试,穿过这里。

魅影追踪伊露娜一行人的舰船已经很久了,伊露娜已经离开了银心区,沿矩尺座旋

---

① 流浪行星是指不绕任何恒星公转的行星。虽然不围绕任何星体公转,却具有行星质量。它们或是受到其他行星等天体的引力影响而被抛出原本绕着公转的行星系统,或是在行星系统形成期间被弹射出来的原行星,以致流浪于星系或宇宙之中。

227

臂向外围前进了很远，随后沿"安托鲁斯航道"跨越了旋臂之间的"深渊区"，进入了南十字旋臂①。魅影没赶上在安托鲁斯航道上截击他们的机会，但霜龙的队伍赶上了在卡慕裂隙的战机。

而关于这次拦截行动的代号，阿贾克斯原本将其称为"捕鲸"，但霜龙决定将代号定为"猎鲨"，因为比起体态庞大、行动迟缓的鲸鱼。全副武装的巡洋舰更像是一条凶狠的鲨鱼。

"我会带一队迅猛龙部署到靠近裂隙的一线，进行侦察。"霜龙说道，"阿贾克斯，你来指挥我的部队吧。"

对于霜龙的命令，阿贾克斯感到无奈又滑稽。你的部队？真有意思，女王怎么就把旗鱼小队交给你了？更让阿贾克斯感到不舒服的是，霜龙居然很快就适应了他的新身份，使唤起别人来丝毫不犹豫。

"好。"阿贾克斯双臂抱在胸前，"不过，你作为我们的'队长'，亲自参与侦察行动，这不合常理啊。"阿贾克斯的话语中暗藏了一丝嘲讽。

"系统地指挥一场战斗，我并不擅长，比起我们的老队长大黄蜂，我还差得很远。"霜龙的声音很稳重、很平静，没有一丁点恼怒或愧疚的情绪，"在我们现在的队伍中，你是指挥能力最强的。"

说到这里，霜龙停顿了一下，他站起来，转身看着身后的全息影像中的三维星图。"战场瞬息万变，我需要自己在形势发生变化的第一时间知道出现了什么情况，而不是坐在指挥室中等着侦察兵把情报发回来。"

"好。"阿贾克斯点点头。虽说他不信任霜龙的能力，但作为一名战士，霜龙身上的一些东西值得他尊重。

作战会议结束后，霜龙立刻去了机库。"我需要雷电号巡洋舰作为我们的母舰。"霜龙在无线电中命令道，"清空机库，把迅猛龙都转移到雷电号上。"

霜龙的命令很快得到了执行，旗鱼号与剑鱼号两艘驱逐舰靠近，通过通用接口与闪电号对接。无数身穿外骨骼的魅影士兵在机库中跑来跑去，将各种有用的东西一股脑堆到杂物货舱中。没用的东西都被扔到了气闸隔间，当漆黑的迅猛龙机体被小型牵引车拉进来时，机库也完成了清空。气闸隔间封闭，外气闸打开，将垃圾全部抛到太空中去。

霜龙亲自检查了一遍自己的迅猛龙。虽然机械师们平时将它们维护得很好，但驾驶它之前，霜龙一定要亲自检查一遍他的座驾才能安心。

在梦灵的信息整合帮助下，霜龙的思维连接了迅猛龙的控制系统。这架钢铁翼龙在霜龙的抚摸下展开了镰刀状的双翼，反物质引擎也开始了初始化。它沉寂的心脏嗡嗡地震动起来。

---

① 旋涡星系内的年轻亮星、亮星云和其他天体的分布呈旋涡状，从里向外旋转，这种螺旋形带叫旋臂。关于银河系中旋臂的划分是一个比较复杂的问题。此外本书中提到的各种星际航道全部为作者虚构。

霜龙欣赏着它凌厉的机身线条,深灰色的翼手龙骨架图案绘在它漆黑的机身上。这具古生物的骷髅图案就像从冥界之海的黑水中浮上来的亡魂。

"各系统运转正常,机体处于最佳状态,随时可以出击。"霜龙脑中回响着梦灵清脆的低语声。

霜龙调整了一下自己的通信器。"所有迅猛龙驾驶员注意,接下来我介绍一下我们的任务。"他转过身背对着机库大门,避开一部分机械工作时产生的噪音。"旗鱼小队和剑鱼小队会在卡慕裂隙的这一端分散搜索,确认目标进入裂隙的位置。在裂隙的彼岸,美杜莎的舰队已经部署在了沿岸的每一个恒星系中。一旦美杜莎的人发现了目标跃出超空间,会立刻困住他们。"

"目标是一艘塔克拉级巡洋舰,舰上有一名赤炎异人龙以及一名女性娜迦,其余都是红精灵。我们的任务是突入这艘船,找到娜迦女孩,肃清全舰!"霜龙讲话的这段时间中,梦灵已经将巡洋舰的详细结构和希尔璐的全息相片传到了每一个迅猛龙驾驶员的大脑中。"进攻开始后,B队从左二机库突入,C队从右二机库突入。我带领A队进攻动力舱室,阿克洛玛单独行动,进攻舰桥。"

"收到!"

"收到!"

一片"收到"声过后,霜龙想了一会儿。"确保舰上安全后,雷电号会用穿梭机接走我们的目标人物。另外,我们的敌人很危险,小心行动!大家还有什么问题吗?"

通信器中的沉默说明参与行动的队员们都没有其他问题。"好。"霜龙说着,爬上迅猛龙的机身,座舱盖自动打开,方便他的主人钻进来。"大家最后检查一下自己的迅猛龙,如果没问题就进入发射机库待命。"

说完,霜龙最后检查了一下自己的外骨骼,在座舱中坐好,扣上了座舱盖。翼手龙和霜龙的小队中的其他迅猛龙都经过改装,拆除了座椅和生命维持系统。驾驶员的外骨骼通过特别装置直接固定在驾驶舱中,只有四肢可以挪动,操作操纵杆和踏板。

其实,霜龙的小队使用的这一批新的迅猛龙拥有思维引导式操作系统。驾驶员可以通过梦灵系统将自己的大脑直接与迅猛龙的机载电脑连接,直接通过自己的思维控制机体。但为了使未经特别训练的驾驶员能也够驾驶它,并为了保证在迅猛龙遭到强电磁脉冲打击,机载电脑失灵时,驾驶员仍然能操作它,这些新型号的迅猛龙仍然保留着传统的操纵杆与脚踏板操作。

现在,霜龙的外骨骼已经与迅猛龙完成了连接,感官辅助系统关闭,霜龙眼前一片漆黑。随后,迅猛龙的座舱盖变为单向透光模式,使得霜龙能看见外面的东西。

而霜龙并不想看什么,他闭上了眼睛,让自己的思绪随波漂流,漂出自己的身体……

霜龙没有进行过专门的思维引导训练,但他完全能适应这种新的操作方式。也许是自己天生对此有很好的适应力,也许是奥西里斯影响了自己的大脑。迅猛龙也罢,自己的肉体也罢,虚拟现实训练设备的主机也罢,这些对于霜龙来说,都是他寄宿的躯体。

但是，自己究竟是谁？是什么？霜龙无法回答，他拥有的最多的是属于霜龙的记忆——那个他使用时间最长、最平凡的人格，也是他已知的唯一一个属于自己的人格，他甚至已经习惯了用霜龙的名字来称呼自己。但……自己真的是霜龙吗？也许不是。

奥西里斯是什么？那些模糊的、自己无法触摸的记忆片段，又是什么？大黄蜂曾说过，自己是"那种人"，是被改写过记忆的人。但自己"失忆"之前究竟是谁呢？

思维引导完成，霜龙的意识进入了翼手龙的躯体。雷达与各种传感器赐予了他全新的感官，一种360度无死角的感官。普通人很难适应这种感官，而这对于霜龙来说，已经是家常便饭了。这架迅猛龙就是他的第二个身体，熟悉而亲切。如果说人的思维和意识也是一种操作系统的话，那霜龙已经将自己优化得能完全兼容翼手龙这个新硬件了。

操作系统吗？霜龙忽然想到了什么。人脑何尝不是一种"电脑"呢？人的所有思维、意识和情感，都是大脑中各个神经元活动的产物，就像电脑的集成电路一样。而生物的神经只有两个状态——静歇和兴奋，相比于电脑中的半导体芯片，人脑的神经活动不也正是一种只有0和1的二进制代码吗？

"别胡思乱想了。"霜龙脑海中又响起了奥西里斯的声音，"你们特兰人的祖先离开地球之前，这些问题他们就想明白了，你现在想明白了这些，也成不了科学家啦！"

"我就随便想想而已。"霜龙的话语在电路中无声地传递给奥西里斯。迅猛龙的机体没有人体的声带，也没有扩音器。但霜龙仍然习惯性地想象出自己"说话"的样子。

光学传感器形成的"视觉"中出现了一阵短暂的色彩失真，"听觉"中也出现了短暂的电流音。霜龙知道，奥西里斯在试图进入他的深层思维，但这次，他没有成功，霜龙眼前甚至没出现幻觉。

"很多时候迟钝的机器不如人的脑袋灵光。"奥西里斯好像在抱怨什么。

"对于我接下来的任务，你了解什么吗？"霜龙问道。奥西里斯不会无缘无故来找他，他的每次出现都有一定的目的。

"你的人打不过那些红精灵的。"奥西里斯说道，"除非，我帮助你。"

"你要怎么帮助我？"

"给我你的外骨骼的控制权。"

霜龙的外骨骼同样采用思维引导操作，外骨骼的控制权就等于身体的控制权。当霜龙听到奥西里斯的要求时，他皱起了眉头——如果迅猛龙的机体有"眉头"的话。

"我不喜欢让其他人控制我的身体。"霜龙对奥西里斯说道。当然，这只是一个借口。霜龙能感觉到，奥西里斯总千方百计地想控制他的身体。但霜龙已经在一场奇怪的噩梦中见识过奥西里斯有多疯狂了，他不想见到，甚至不敢去想奥西里斯会利用自己的身躯做出什么可怕的事情来。

"我只是给你一个建议。对于红精灵，我比较了解。"奥西里斯说道，"你现在当然可以拒绝我的帮助，但当你遭遇他们时，你会需要我的。"

更多的迅猛龙被拖进了下层的发射机库，固定在支架上，霜龙能看到自己周围已经停满了完成准备的迅猛龙。人员全部离开后，机库中的人造重力设备关闭了。雷电号巡洋舰即将跃入超空间。

嗡嗡的震颤说明巡洋舰已经跃入了超空间。就在起跳后不久,阿贾克斯忽然发来了一条信息。

"霜龙!我的人在ORF91星系发现了红精灵的巡洋舰!但他们已经折跃了!"

霜龙脑中立刻展开一张梦灵发来的星图,目标的起跳点以红色高亮标记。210光年以内的星系全部被一个黄色的球壳罩起来,那是目标巡洋舰能够在一次折跃所有可能抵达的星系。

在梦灵系统的帮助下,美杜莎也立刻收到了情报。"我的舰队会立刻向这些星系移动!分散部署!"

"阿贾克斯,你能确定目标的前进方向吗?"霜龙问。

"不能,他们已经开始折跃了。"阿贾克斯回答。

"塔克拉级巡洋舰没有在超空间中改变航向的能力。在折跃开始前,他们一定会将船头对准自己的目的地。"霜龙说道。

阿贾克斯那边沉默了数秒。"HAX52V!"阿贾克斯的声音变得急促起来,"船头朝向的方向,只有那一个恒星系在他们的折跃航程内!"

"立刻转向梦灵标注的星系!"霜龙用意识发出的命令连同画出标记的星图一起传输到了雷电号的舰桥。经舰长确认命令后,雷电号巡洋舰修正航线。超空间引擎陡然增大功率,将这艘数百吨的大家伙引向新的超空间航道。

在超空间中改变航向是很危险的举动,剧烈的空间波动轻则使船上的设备失灵,重则将整艘舰船撕裂至原子状态。只有少数几个国家拥有建造在超空间中转向的舰船的能力。

与此同时,美杜莎的舰队也开始向HAX52V星系折跃。雷电号很幸运,它刚刚跃入超空间不到五分钟,并没有偏离目标太远。经梦灵的计算后,霜龙得知雷电号需要航行6.5个小时才能抵达目的地。

霜龙所幸将自己"关机"了,跳过这段无聊的等待。他的感官再次恢复时,是梦灵唤醒了他。他的意识刚连接到翼手龙的传感器,就感应到了一阵熟悉的震颤,雷电号跃出了超空间。

"封锁星系中的所有行星!优先封锁气态行星!"霜龙立刻命令道。

HAX52V星系的中央是一颗黯淡的红矮星,除此之外只有两颗贫瘠的小质量岩态行星。在雷电号完成折跃之前,美杜莎的人已经抵达一段时间了。对恒星系的扫描数据很快发送到了雷电号的舰桥,而霜龙也迅速读取了这些数据。

星系中没有任何一颗气态行星,两颗小质量行星上几乎没有可开采的重氢资源。红精灵们不熟悉星图?这真是个好机会,如果他们折跃到了这个星系,那可就真是自投罗网了。

霜龙回想着自己对于伊露娜的所有记忆。在"撒旦之眼"的那个水世界中,他见过那个可怕的红精灵女人。她狡诈、残忍、不择手段……不过,讲道理,她一定是个足智多谋的领导者。她真的想不到魅影的人会在这里截击她吗？

"队长，我们已经到了。"白狐在通信频道中说，"不分散搜索吗？"

"不，等等……"霜龙的思绪在翼手龙的机载电脑中飞速回转。舰船折跃的信号一次次被探测器捕捉到，但跃出的舰船全部被识别为友军。但时间已经过去相当久了，红精灵的巡洋舰应该也抵达了才对。

是他们伪造了敌我识别信号吗？很可能是这样。"所有魅影舰船在三分钟内折跃至130.017.059 区域，距离恒星 25000 千米处！"霜龙果断地下了命令，"所有未按时完成折跃的舰船不再标记为友军！重复！所有未按时完成折跃的舰船不再标记为友军！"

舰队很快执行了命令，而梦灵很好地协调了各舰船短距折跃的航线，保证舰船在完成折跃后不会相撞。几秒的等待后，星系中的所有舰船都来到了雷电号的周围。

"大家都注意观察自己旁边的舰船！如果发现红精灵的塔克拉级巡洋舰，立刻击毁它的引擎！"霜龙下命令的同时，自己也连上了雷电号的雷达。但扫描一圈后，霜龙并未发现红精灵的舰船。

很快，其他舰船的探测结果由梦灵汇总，传输给霜龙，但结果仍然是未发现目标。霜龙迟疑了片刻，要求各舰船再次进行确认，但经由梦灵反馈给他的答复仍然是"未发现目标"。

霜龙下达了"原地待命"的命令。随后，他再次询问阿贾克斯，目标舰船开始折跃前的船头朝向是否正确。阿贾克斯在仔细看完全息影像回放后，告诉霜龙他确认无误，红精灵的塔克拉级巡洋舰的确朝向着 HAX52V 恒星系。

霜龙感觉到头痛——该死！自己的思维明明在依赖翼手龙的机载电脑运转，怎么会头痛？但事实是他真的感觉到了头痛。好吧，机载电脑的量子弦运算模块一定超载了。

但很快，霜龙冷静了下来。他知道电脑的恢复能力不像人脑一样强，自己无意义的冥思苦想如果烧坏了机载电脑可就不好了。他开始从头到尾一点点回想这次追击的始末。

当他扩充自己的队伍时，他本以为自己来不及在红精灵返航的途中截住他们，但那一天，斥候忽然就捕捉到了那艘塔克拉级巡洋舰的行踪，这前后已经过了大约 40 个标准地球日了……等等，40 多天？

霜龙重新在脑中调出星图，标注出"撒旦之眼"星域与卡慕裂隙。这段距离并不长，哪怕伊露娜为了躲避追踪不走主要航道，她也不至于用 40 天才来到卡慕裂隙前，顶多20 天就够了。那么，这段时间里，伊露娜都干什么了？

一个狡猾的女人，无论她做什么，都不会是在浪费时间。她一定有什么目的……

反复确认情报无误后，霜龙强迫自己的思维像严谨的程序一样思考，继续推测伊露娜可能的航行方向。在这段时间里伊露娜很可能改装了飞船。但霜龙很快就排除了她使飞船拥有超空间转向能力的可能。将一艘老旧且做工粗糙的塔克拉级巡洋舰改造成那样，比新造一艘巡洋舰困难十倍！

那么，剩下的可能性就只有一种了。伊露娜的巡洋舰没有在这个穷酸的星系停下来，而是继续前进了。随着霜龙的思绪，一条连接着阿贾克斯所汇报的伊露娜起跳星系与 HAX52V 星系的射线迅速在星图上绘出。

乍一看，那条射线朝向了南十字旋臂的边缘，伊露娜能选择的跃出点并不多。但仔细一看，霜龙就发现这条航线经过了两个天体密集区，那里有成千上万的恒星，每一颗恒星都可能有属于自己的完整的恒星系。在梦灵的帮助下，霜龙将搜索范围缩小到了277 个可能的恒星系。

伊露娜这只老狐狸！真是什么都算到了！

霜龙将新的拦截点范围发送给了美杜莎，美杜莎立刻命令她的舰队前往这 277 个星系。霜龙的新命令招来了一阵抗议，但所有舰船仍然立刻执行了他的指令。绝大部分舰长都明白，目前没人能做出更稳妥的决策了。

"燃料剩余 30％，我们已经越过了卡慕裂隙。"稻草人来到魅魔号的驾驶室。几分钟前，他刚刚检查过了动力舱室，超空间引擎处于正常的工作状态。

伊露娜盯着星图，咧嘴笑了，接着是一阵放肆的狂笑。"哈哈哈哈哈！海莲娜，她还想跟我斗？"

伊薇尔淡淡地笑了，点了点头。她原本反对伊露娜的计划，但现在，她不得不承认伊露娜的计划很成功。

40 多天前，当魅魔号刚刚通过安托鲁斯航道，进入南十字旋臂后，伊露娜当即下令在一座不起眼的难民营停留。她向当地人买了一些材料，也从小行星带的残骸中找到了许多可用的零件。之后，在稻草人和亚斯的帮助下，他们在魅魔号的外壳上加装了多个裸露的燃料储罐。

"我听说，特兰人的祖先曾在坦克的装甲上外挂油桶，延长坦克的行军距离。"伊露娜说道，"我们可以学一学这种办法。"

当所有外挂储罐与巡洋舰内的燃料储罐全部装满重氢燃料后，魅魔号的最大航程达到了 430 光年，航程提升了一倍以上。但这样的改动也要做出一些牺牲——护盾发生器的运转效率会大幅降低。伊薇尔直截了当地说，护盾已经不能用了。"没有护盾，如果我们遭遇敌人，我们就是活靶子。"

"即使我们有护盾，我们遭遇魅影的舰队也没胜算。"当时，伊露娜这样反驳她，"我要做的，是保证我们不会遭遇敌人。"

事实证明，伊露娜的策略是成功的。魅魔号成功跳出了魅影的封锁区，而海莲娜手下的那群人，现在一定还在卡慕裂隙周围忙得团团转。一想到这些，伊露娜心中就暗自高兴。

"以前海莲娜和我交手过几次……"伊露娜拔开一瓶从难民营偷来的矮人烈酒的瓶塞。"在奥维肯建立自己的巢群之前，我、伊薇尔、亚斯、奥维肯……那时候我们在外环流浪，过海盗的日子。魅影的人就经常和我们抢地盘、抢物资。那时候，海莲娜的走狗没少找我们麻烦。"

"是啊。"亚斯也笑了，"真怀念那时候的时光啊。"

伊露娜咕咚、咕咚灌了两口酒，刺鼻的酒精味立刻在驾驶舱中弥漫开来。与其说矮人烈酒是一种酒，不如说那就是一瓶可饮用的乙醇。那玩意儿的酒精浓度比医用酒精都高，普通人喝一小口都会感觉食道和胃受不了。真是不敢想象伊露娜灌两大口下去竟然还能有说有笑。

"我们即将抵达 A 星域，要跃出超空间吗？"伊薇尔对伊露娜说道。她将这条航线上的四处恒星密集的地点划分成了 A、B、C、D 四个星域，每个星域中都包含几十颗恒星。

"我们到 B 区时再跃出。"伊露娜打了个长长的嗝，脸颊也涨红了，"跃出后就地寻找气体行星，把储罐装满后直接跃走！燃料提纯的工作可以一边飞一边进行。"

从心理角度来说，最近的和最远的地点都容易受到关注，所以伊露娜最先排除了 A 和 D 两个星域。B 星域的恒星数量比 C 星域多，能增加魅影部队的搜索难度。而且 B 星域距离更近，抵达后，燃料储罐中还会余留相当多的燃料。一旦遭遇威胁，魅魔号可以立刻再次跃入超空间躲避危险。

亚斯把手伸向伊露娜，伊露娜将酒瓶递给他，亚斯也咕咚咕咚灌了几口。之后，酒瓶又传到了巴洛达克手里。

"好。"伊薇尔在操作台上输入了折跃参数，导航电脑自动修正折跃出口坐标。航线最终确定后，只要等待操作系统自动完成下面的指令就可以了。

"稻草人，去看看希尔璐。"伊露娜说这话时，发现她的矮人烈酒已经拿在稻草人手上了。稻草人捧着酒瓶，张着嘴，面部肌肉不自然地扭在一起。

伊露娜抬起脚轻轻在他屁股上踹了一下。"你小子喝什么酒啊！"

稻草人的手用力向嘴巴里扇风，半天才缓过来。"好东西应该大家一起分享嘛！"

"你看看你伸舌头的样儿，跟条狗似的。"伊露娜从稻草人手中一把夺过酒瓶，自己又灌了一大口，"这东西可不是一般人消瘦得了的，你也不怕把自己给喝死。"

"我没事啊，只是有点烧得慌罢了。"稻草人两手一摊。当他说这句话时，他已经感到微微有些头晕了，不过伊露娜不会看出来这些。

伊露娜点了点头，伸手揉了揉他火红的头发。"好了，你继续去照看希尔璐吧。待会儿我和亚斯去采燃料。"

"为什么我不能去了？"

"你酒量不行还想酒驾，要是你开着穿梭机一头栽进气体行星里出不来了怎么办？"

"呃……"稻草人挠了挠头，"好吧。"

失去了一次到船舱外逛逛的机会，稻草人感觉有些遗憾。待在封闭的船舱中，长时间的星际航行对于很多人来说都是一种煎熬，特别是船上所有能用来打发时间的东西都用光了之后。

稻草人从砖头一样的压缩食品上敲下一小块，放进金属碗中，倒上热水。那一小块东西立刻就吸水膨胀成一碗香喷喷的糊状物。他走进希尔璐的小房间，把她的晚饭递给她。"喂！吃饭了！"

希尔璐正泡在一个大浴缸里，娜迦的水蛇尾摆来摆去。每当他看见希尔璐这副样子时，他就气不打一处来。船上的淡水资源是相当宝贵的！我们的水喝都不够喝，而你却整天泡澡？

"你不泡澡会死吗？"稻草人无奈地皱着眉头。

"我是个娜迦啊。长时间没有水，娜迦的皮肤会干裂的。"希尔璐拿过饭碗，悠然自得享受着她的晚餐。

看着她这副表情，稻草人更来气了。"我有必要告诉你！如果船上的水不够喝了，食物不够吃了，伊露娜就得喝我的血，吃我的肉！"稻草人向前走了两步，恶狠狠地瞪着希尔璐。"如果我要死了，你也别想好好活着！"

稻草人说完这些话后，他很惊讶自己竟然会对一个看似人畜无害的娜迦女孩说出这种话。不知不觉，与伊露娜相处的这段经历已经改变了他。他还没来得及把身体进化得像伊露娜一样强壮，但他已经学会了伊露娜的凶狠和残忍。

真是滑稽，一个口口声声说着要为族人寻求救赎的女人，竟然是一个残忍的怪物。到底是她用拯救族人的言辞来掩盖自己的邪恶，还是她残忍的外表下真的有一个伟大的灵魂？呵呵，她的事迹足够电视台拍一部电视剧了。

面对稻草人的威胁，希尔璐只是满不在意地白了他一眼。稻草人感觉自己站在她旁边像个服务员似的。为什么一个俘虏要被人这么伺候着？想到这些，稻草人转身离开了她的房间，锁上了舱门。

低沉的警铃声有节奏地响起，魅魔号即将跃出超空间。现在，稻草人听到这样的铃声已经不再紧张了。无论如何，自己已经逃脱了魅影的追捕，安全了。

之后，伊露娜和亚斯开着穿梭机去采集燃料了。而稻草人待在船上，抱着一台卡顿严重的平板电脑，听着他从开始流浪的那天就在听的歌曲，玩着他已经通关了几十遍的老游戏。

但自己真的安全了……吗？

不知又过了多少天，当那砖头一样的压缩食品只剩最后一小块时，那个谁都不愿提起的最严峻的问题终于要被正视了。那一天，窗外是超空间中海浪一样的流光。伊薇尔确认了航线，之后伊露娜将所有人都叫到机库中，锁上了门。

"我们食物都不多了，大家都在饿肚子。"她将机库内的灯光调整到最暗，随后摘下了眼罩，轻轻揉了揉眼睛。"之前我让伊薇尔计算了航线，我们至少要继续航行 17 个标准地球日。如果没有食物补给，即便我们不会饿死，也会饿到没力气把飞船开到目的地。"

稻草人的心一下子沉了下去。终于，伊露娜要开刀了。

"这是废话！"亚斯的眼睑疲惫地耷拉下来。这些天，他一直通过睡眠来减少对食物的需求。"谁有办法在这茫茫太空中找到吃的吗？"

"稻草人，你牺牲一下吧。"伊露娜抬起头，平静地看向他。

这是稻草人早就预料到的，但他没有预料到，当这一刻来临时，伊露娜竟能如此冷静地说出这句话。她的声音并不冰冷，也不坚硬，甚至不像是在下命令。她就这样，以一种商量的语气，平静地要求稻草人牺牲自己。但这份平静之下，却是无法反抗、不容置疑的坚决。

"我知道，这对你来说很残酷。但，这是为了大局着想。我保证你不会有任何痛苦的。"伊露娜看着瑟瑟发抖的稻草人，又开始安慰他。"我们未来的族人会铭记你的牺牲。"

稻草人没有说话，他也不知道该说什么。他想逃走，但他能逃去哪里？船上就这么大点地方，而外面是超空间，离开舰船会立刻湮灭在高维度空间波动中。无处可逃……难道自己只能死在伊露娜手中吗？

他想恳求伊露娜放过他，但他知道伊露娜是不会答应他的。所有人都在生死的边缘，伊露娜做的这个决定是绝对不会轻易改变的。那自己该怎么做？撂下一句"我愿意为族人们牺牲"然后看着伊露娜抽出她腰带上的匕首，割断他的喉咙吗？

这时，稻草人又想到了伊薇尔曾说的，伊露娜是个一无所有的可怜人，不要让她失望。

"伊露娜……"稻草人缓缓抬起头。

"你有什么要说的吗？"伊露娜仍然平静地望着他。

"我……"稻草人与伊露娜对视了几秒，又缓缓转过头，和伊薇尔对视了一眼，"我想和你们拥抱一下。"

伊露娜怔了一下，他有些诧异地看着稻草人，又看了看伊薇尔。就在这时，伊薇尔狠狠地咬了咬牙，猛地从自己的座位上站起来。

"不！我们不需要他的牺牲！"

伊薇尔走到稻草人身边，抬起粗壮的左臂将他护在自己身边，侧身对着伊露娜。"我可以结蛹休眠，蛹蜕下的东西够你们其他人坚持到17天以后！如果再不行，就让巴洛达克也结蛹……"

"不行！"伊露娜坚决地回绝了伊薇尔的提议，"你的身体好不容易才进化出繁殖能力，能自己繁殖巢群了。这一结蛹，又什么都没了！不行！我不能让你这么做！"

"我既然能进化一次，就能再进化第二次，我不介意多等上几年。"伊露娜话音刚落，伊薇尔就反驳了起来，"而且，我们很快就要治愈洛索德尔了，不是吗？到时候我们就不必……像虫子一样繁殖了。"

"我说不行就是不行！万一找不到白羽龙呢？我不能看着你，看着我最优秀的一名族人毫无意义地退化自己的躯体！"

"那对于稻草人呢？他就不是你的族人了吗？"伊薇尔吼道，"你不愿意让我退化，你就愿意让他为你去死吗？"

"什么叫为我去死？这是为了我们所有人！为了特瑞亚人的未来！"伊露娜疲惫的身躯也一下子由内而外燃起了怒火，血红的微光在涌上了她的眼瞳，灰白的长发也随着她的吼声抖动了一下，"我很清楚我们当中谁的价值最大！难道我要舍弃我的王牌来保住一个小废物吗？"

伊薇尔狠狠瞪了伊露娜一眼。"所以对于你来说，我们的生命都是被明码标价的，是可以被舍弃的，对吗？伊露娜！你到底还记不记得我们做这些事的初衷是什么？"

"怎么会不记得？我做的一切都是为特瑞亚人谋取福祉！让我们的族人能安全地生存下去！"伊露娜同样瞪着伊薇尔，"但你必须承认，我们不能拯救所有族人，只能尽可能地拯救更多的族人。现在，我只能选择牺牲一个对我们价值最小的人，来拯救其他价值更大的人。"说到这里，伊露娜的语气渐渐平复。她长长叹了口气。"这一刻，我和你一样心痛，伊薇尔。但我做的是最好的选择。我们未来的族人会铭记他的牺牲的。"

伊薇尔沉默了数秒，她低下头，不带任何喜悦地咧嘴一笑。一滴浑浊的泪滑过她长满鳞甲的脸庞。"真的吗？伊露娜，想想那些牺牲在伊塔夸的族人，他们的名字，你能记住几个？"

"我……"伊露娜一时间哑口无言，"我……我是不记得他们的名字，但我会永远记得他们的事迹！"

"对于整个银河来说，它只是失去了一个生命体。但对于一个生命体来说，他失去的是整个银河。"伊薇尔伸出她巨大的手爪轻轻按在伊露娜肩上，"我不能看着自己的族人以这种方式为我而死。"

"你其实并不讨厌稻草人，伊露娜。"伊薇尔继续说道，"你恨的不是他，你恨的是你心底的软弱。你因为自己保护不了他而自责，却又无能为力。你只是在用相反的极端方式逃避这件事……"

"别说了！"伊露娜忽然尖锐地吼了出来。她一头扎进伊薇尔宽阔的怀抱中，在她怀里号啕大哭。

伊薇尔轻轻拍了拍她的后背。"我的姐妹，别忘了，我们是精灵。我们曾是善良的种族，以后也会是……"

"我认为伊薇尔说的没错。"巴洛达克轻轻哼了一声，"我们手上沾的鲜血已经够多了，但至少从未沾上自己族人的鲜血。我们不能开这个头！伊露娜。"

伊露娜啜泣了许久，她脸上的肌肉紧绷起来，又松弛，又再一次紧绷起来。"好吧。"伊露娜叹了口气。她抬起手，抚摸着伊薇尔粗壮的手臂和她身上致密而坚硬的骨板。多么完美的一具躯体！伊薇尔是幸运的，只用了五年就拥有了这样的身躯，而其他红精灵至少要在不断地吞食中进化几十年才能变成她的模样，拥有她的力量。

但很快，这副躯体就将不复存在了……

伊薇尔走到稻草人身边，微微俯下身。"好好活下去。"她冲稻草人微微一笑。那一瞬，稻草人望着她畸形的脸庞，忽然流泪了。在自己做好准备拥抱死亡的那一刻，是这个怪物一样的女人给了自己活下去的机会。

"谢谢你……"这是稻草人在这一刻唯一能说出的一句话。

亚斯重重叹了口气，摇了摇头，离开了机库。不知这位粗鲁的赤炎龙战士是感到无聊，感到厌烦了？还是他为了节省体力，又回去睡觉了？还是说，他不愿在这种场合显露出自己的软弱？

伊露娜也走到稻草人面前，微微低下头，俯视着这个瘦弱的红精灵男孩。血红的眼瞳中，含着一颗鲜血一样猩红的泪滴。"伊尔萨……对不起。"她抬起手，将手指伸进稻草人的头发里，轻轻抚摸着他，"你也为我、为我们的族人牺牲了很多，可是……因为你的身世，我一直以来都没有平等地对待你。我……真的很抱歉。"

稻草人惊愕了一瞬，他自己都快要忘了自己还有伊尔萨这个名字了。回忆中的无数影像，如同电影胶片一样在他眼前飞速闪过。一个绝望的黄昏，在血红的天幕下，他在伊露娜怀里无力地捶打着她的后背。

他又一次扑进了伊露娜怀里，号啕大哭。他多想再像那个黄昏时那样，一遍遍向伊露娜喊我恨你。可是现在，他要怎么才能恨她？伊露娜已经成了他的一位家人，一个愿意接纳他的亲人。

"我们会治愈洛索德尔的，对吗？"稻草人抽泣着。

"一定会的。"伊露娜抱紧了他，"我们会回到华纳海姆，回到精灵族共同的家园。"

伊薇尔开始结蛹了。伊露娜看到他的身躯慢慢膨胀，头缩到了肩膀以下。随着身体的变形，怪异的响声不断传来。伊露娜闭上了眼睛，不去看这一幕。对于她来说，看这样一具完美的躯体在结蛹中报废，就像看着雕塑师辛辛苦苦刻出的沙雕被熊孩子一把推倒。这是一种对努力成果的无情践踏。

终于，伊薇尔完全沉寂了。巴洛达克扒开她开裂的躯壳，从棕红色的雾气中抱出一个比他手掌大不了多少的蛹。他一言不发地将它递给伊露娜。

伊薇尔为自己结了一个"死蛹"，蛹中只有她的大脑和一些可供未来发育的干细胞。蛹内几乎不进行任何生命活动，只消耗极少量的营养物质。只有这个蛹再次接触到富含各种生物质的营养液时，才会重新发育起来。此时，伊薇尔曾经的身躯已经完全凋亡，营养丰富的脂肪和蛋白质就散落在伊露娜面前。接下来的几天，伊薇尔曾经的躯壳会成为他们唯一的食物。

"我们不能让伊薇尔的牺牲白费。"伊露娜抱着伊薇尔的蛹，她没有巴洛达克那样巨大的骨爪，需要两只手才能抱住它，"我们必须找到白羽龙洛拉！"

霜龙心情沉重地接入了只有他和海莲娜两个人知道的量子通信频道。在这之前，他冥思苦想了足足一个小时。这是他被女王委以重任后指挥的第一个任务，他必须拿出充分的理由来解释自己的失败。

失败了就是失败了，任何解释只会显得自己更加苍白无力。但自己做错了什么吗？没有。霜龙认为自己采取的每一个决策都是最稳妥的，可是伊露娜仍然从他眼皮子底下溜走了。到底是对手太狡猾,还是自己太无能呢?

"你说,你会帮我击败红精灵。"霜龙对站在自己身后的那个东西说道,"但你没告诉我,我该如何抓住他们。"

"我不是全知全能的神。如果没有其他硬件设备的帮助,我什么也无法知道,什么也做不了。"奥西里斯从黑雾中走出,站到他面前,"你做的所有决策都没有问题,即便是我来指挥,也不会做得更好。"

"但是……"

"但是你的天煞女王不会在意这些的,她关注的只有你是否达到了她的期望,她的要求。"奥西里斯说道,"人类的领导者都喜欢把自己的下属当成工具使用,如果你做不成一件事,她会换一个比你更好的'工具'来代替你。但目前来看,你是她无可替代的工具,所以不用担心,她不会把你怎么样的。"

"海莲娜是个无能的领导者。"霜龙冷冷地说道,"任由她一厢情愿地继续胡闹下去,她会搞砸所有事的。"

"这一点我同意,但现在,你需要她,魅影都需要她。临阵换帅乃兵家大忌!如果海莲娜不领导魅影了,那么整个魅影组织都会变成一盘散沙!"奥西里斯说道,"而且海莲娜的存在对我们,特别是对你的未来有好处。越无能的领导者,越容易被下属利用和操纵,不是吗?"

"我是个战士,我对权力斗争一窍不通。"霜龙摇了摇头。

"你会慢慢学会这些的。"奥西里斯微微一笑,暗红的火焰从他的眼眶中涌出,将他的轮廓烧成了一团飘散的黑雾,"你也必须学会这些!"

离开了奥西里斯冰冷的怀抱,霜龙感觉有些不适应。不适应?老天!自己曾经是那么排斥这种冰冷的感觉,而现在,自己却开始依赖它了。

海莲娜很快回应了霜龙的通信,"霜龙,我在。"

"抱歉,女王。"霜龙没想掩饰自己的失败,"我在卡慕裂隙的截击行动失败了,伊露娜逃走了。"

霜龙可以听到通信器的另一端传来一声沉重的叹息。"为什么所有人的行动都出了问题……"海莲娜的声音既烦躁又无奈。

"对于这次行动的失败,我负主要责任。"霜龙不带任何感情地说道,"我会让我的部队继续追踪所有关于冈根尼尔的线索,其中包括伊露娜手上的希尔璐。"

"是谁的责任已经不重要了……叶老头和蝮蛇那边恐怕是指望不上了!现在我手上只有你,你必须尽快给我搞到冈根尼尔!听到了没?"

"明白。"霜龙平静而坚定地回答道。但此时此刻,他对接下来该做什么完全没有头绪。他唯一能做的,就是先让女王放心,然后自己再去想其他的办法。

"完毕。"海莲娜离开了通信。

尽快搞到冈根尼尔?霜龙苦笑了一下,现在的海莲娜就像特兰人的某位祖先一样。当战争的局势越来越不利时,那位帝国元首将翻盘的希望完全寄托于各种不成熟的黑科技武器，甚至是传说中的超自然神秘力量上。但他如果早几年多做一点对战争有利的决策，他原本能赢的。

"如果是你在领导魅影……你会怎么做呢？霜龙。"奥西里斯的声音又回来了。

霜龙仍然沉默着。无数回忆如海浪一样，一层一层地涌上他的大脑。他想起了伊塔夸二号的冰原，想起了那我残忍的阿玛克斯人达格斯。"我会向我们的敌人学习。"他缓缓开口了，"并且，我会尽一切手段活下去！"

第十七章

不幸的牺牲品

一小时前，最后一支留在俄萨尔星系的舰队失去联络。艾里迪亚星系已经全部沦陷！第一皇家舰队已全军覆没。第二、三舰队损失惨重，基本丧失战斗力。而第四舰队的部署过于分散……虽然在理论上，我们可以借助最后的一段缓冲区阻击敌人。但实际上，此时通向雅典娜的所有航道已经畅通无阻，尼德霍格的龙群随时可能出现在苍穹圣殿之上！

> ——未知编号的音频日志，来自凯洛达帝国最高统帅部的一次军事会议

窗外的伊格赫伦德，比伊露娜离开时变得更拥挤了几分。巨大的生物伸展着扁平的身体，从恒星的光芒中获得能量。它们将这些能量转化成营养丰富的物质，储存在一个个足足有护卫舰那么大的囊泡中。无数体态臃肿的虫子捕捉这些漂浮在太空中的囊泡，依靠其中的营养长大，再长大，最后变为血肉与骨骼铸成的战舰。

伊格赫伦德，这个恒星系已经变成了一个半径一光年的巨型细胞，漂浮在太空中的各种巨型生物就是它各种复杂的细胞器。

伊露娜手中多了两件新武器，那是两柄不到一米长的腰刀。它们原本是伊薇尔的骨钳的上下两半颚。伊露娜给它们装上握把，削掉不必要的凸起，将表面打磨光滑。

若剖开一具经过了长时间进化的红精灵的身体，无论是谁都会感叹洛索德尔这种瘟疫的强大。连领导族人们东征西战这么多年的伊露娜都说不清伊薇尔的骨骼到底是什么成分。它的质地像金属，摸上去却比金属多了一分粗糙。它像钛合金一样韧，像金刚石一样硬，像纳米碳纤维一样轻。被伊露娜打磨成腰刀后，刀刃甚至在她的金属质匕首上留下了刻痕，而刀背处的那一排细齿只要轻轻一摸就会在手指肚上扎出一排细密的小孔。

"伊薇尔复生后，我会把这副刀还给伊薇尔。"伊露娜将它们放在灯光下，它们却没有反射出任何光泽。这就是洛索德尔的造物，没有一丁点华丽的外表，一件武器诞生的目的只有单纯的杀戮。

来自伊薇尔的恩赐不止养活了船上的人，还让稻草人有了令人欣喜的转变。一开始，稻草人拒绝吃伊薇尔的肉，直到自己饿到失去意识了，才勉强动口。这个瘦弱的男孩吃了几顿后，忽然有一天开始腹痛，且很快就变成蔓延全身的剧痛。

伊露娜和亚斯死死按住挣扎不止的稻草人，扒光了他的衣服，将他扔到一间小舱室中，锁上门。惊恐的稻草人大声呼救，大力敲打舱门。"镇静点！这是你的第一次蜕变！每个红精灵都有这样的一天！"伊露娜在门外大吼，"伊薇尔留下的精华加速了你的进化！千万别到处乱撞！不然你会变得像巴洛达克一样丑！"

"我明明很勇猛！"远处的巴洛达克回头吼道，"我能挡下坦克主炮的射击！"

"你那叫臃肿！要是肥成这样了还挡不下炮弹，伊露娜就该把你宰了吃了！"亚斯跟着冷嘲热讽。

后来，当稻草人走出来时，他长出了善于跳跃的双反曲关节、善于抓握的脚爪，背后则生出了可以蜷缩的四片薄薄的膜翅。蜕变后的稻草人看到的第一幅景象，是亚斯骑在巴洛达克身上，用工兵铲拍他的脑袋。而巴洛达克伸着胳膊，用骨刃使劲凿亚斯的后背。

现在，打累了的两个人都老老实实地待在驾驶舱中坐在各自的座位上。还好，这场斗殴只破坏了一间闲置不用的货舱。伊露娜庆幸当时把平时闲得发慌的两人锁在货舱里，让他们好好发泄一顿。

魅魔号在伊格赫伦德一号的外空轨道上自由停泊，伊露娜一行人乘坐一架穿梭机去往地面。在进入大气层之前，奥维肯群山一般连绵不绝的庞大身躯尽收眼底。那是这个"细胞"真正的细胞核，控制整个巢群的主脑。

希尔璐变成了人形，被粗尼龙绳结结实实地捆了起来。狭窄的座舱中，她坐在稻草人对面的座位上。伊露娜命令他："看好希尔璐！绝对不能出差错！"稻草人就拿着一把冲锋枪，枪口抵在她脑门上。但稻草人的枪仍然开着保险，甚至他都没给枪上膛。

穿梭机上这么颠簸，而这种粗制滥造的枪械又不怎么可靠，一旦走了火，这一发子弹打爆的脑袋里装着的珍贵情报可就都没了！到时候伊露娜把自己千刀万剐都不为过……

"唔……你们要带我去什么地方啊？"希尔璐终于开始害怕了。

"一个能挖出你脑子里所有秘密的地方。"伊露娜满不在意地回答。

希尔璐警觉地看了一眼伊露娜，随后又和稻草人对视着。她晃动了一下身子，好像在尝试脱开绳索。稻草人察觉到了这一点，立刻给冲锋枪上了膛，但开火保险仍然扣着。

"我说，我们来做笔交易吧……"希尔璐的语气仍然相当镇静，但她被枪口抵住的脑门已经渗出了细汗，"你们想要情报的话，我们可以好好谈生意……"

"我和你这种人打的交道够多了，无数谎言构筑了你这种人的生命，所以我不会相信你。"伊露娜冷冷地说道，"既然我能不花一分钱就从你脑子里挖出我需要的信息，为什么我还要和你做交易呢？"

"可是……"希尔璐的眼珠飞快地转了一圈，"Ciel 只回应我的呼唤，如果你们弄死了我，就没人帮你们联系 Ciel 了！"

"等到那东西钻进了你的大脑，你会像奥维肯的镰刀爪龙一样听话的。"

"不！"希尔璐显然是急了，"Ciel 会发现的！这样做无论对谁都没有好处！你为什么不听我的啊！"

稻草人回过头去躲避希尔璐的唾沫星子，也可以不必去看她痛苦的表情。希尔璐看上去很可怜，但一次又一次的教训告诉他，希尔璐只是"看上去很可怜"。她到底是个什么样的人？稻草人无从得知。

他大约能想象到伊露娜会怎么处理希尔璐，无论用什么手段，那都是简单、有效而残忍的方法。希尔璐会痛苦地挣扎，然后毫无尊严地死去。或者更糟，被洛索德尔感染，被另一个更强大的大脑控制了身体，变成一具扭曲的畸形躯壳。

伊露娜不是个残忍的人，更准确地说，她不是个以残忍为乐的人。如果她决定做一件对别人很残忍的事，那么这件事一定是相当重要，不得不做的。她已经习惯了脸不红心不跳地做这种可怕的事，但稻草人还没有。看着希尔璐惊恐的表情，稻草人心里有些难受。

穿梭机在一片平地上降落，靠近机舱门的稻草人先跳下穿梭机，亚斯跟在他身后。稻草人已经对这架穿梭机相当熟悉了。他轻巧而熟练地蹿出舱门，跳到地上，没有给亚斯踹他屁股的机会。当他踏上奥维肯的身体，将随身携带的冲锋枪稳稳夹在身侧时，他感觉自己已经是红精灵一族中的老兵了。

亚斯跳下穿梭机后，伊露娜拎着希尔璐把她扔了出来。巴洛达克最后爬出了驾驶舱，"啊！你知道让我驾驶这玩意有多难受吗？"

"谁让你胖成这样挤不进后座舱的。"伊露娜坏笑起来。她从裤子口袋中摸出蒙眼布，蒙在眼睛上。

稻草人把希尔璐从地上拽起来。随后伊露娜捧着伊薇尔的蛹，小心翼翼地爬出机舱。"奥维肯！奥维肯！"她重重踩了踩脚下的土地，"奥维肯！我们回来啦！我们需要你帮忙！"

希尔璐使劲摇晃脑袋，甩掉脸上的泥土。"你们……你们要干什么？"

伊露娜没理会她，又用力踩了踩奥维肯的后背，奥维肯仍然没回应她。该死，现在自己简直就是鲸鱼背上的一粒虾米、猛犸象背上的一只蚂蚁。自己哪怕跳起来重重踩他一脚，奥维肯大概都不会有什么感觉。

稻草人用鞋拨弄了一下脚下的土地，刨开一层松软的褐色泥土。下面露出黏糊糊的纤维状组织。稻草人拎着冲锋枪，将枪口对准他刨开的一小块，扣下扳机。随着火舌的咆哮，灼热的子弹激起一串呛人的棕红色气体。

他脚下的土地明显颤动了一阵。"稻草人！你干什么？"伊露娜冲他吼道。

"叫醒奥维肯啊！"稻草人两手一摊，冲伊露娜笑笑，"这比你一个劲儿地踩脚有效多了。"

随着土地诡异的蠕动，许多细长的肉质触须爬上地表，盘绕在伊露娜等人周围。"什么事？"地下传来了一个低沉而深邃的声音。

"我们抓到了 Ciel 的线人……对了，奥维肯，你的通用语真不标准！"伊露娜不知道奥维肯要怎样才能听见她的声音，只能慢慢地原地转着圈，向四面八方大喊，"我需要你把她脑子里的秘密挖出来！"

奥维肯沉默了一阵子，巨大的躯体使他的神经回路有些长。"没问题。"

"还有！"伊露娜接着喊道，"伊薇尔结蛹了。"说到这里，她的语气变得沉重起来，"我需要让她复生。"

"找一处血池吧。"奥维肯说道。

血池距离穿梭机的着陆点不远——这是伊露娜选择降落点时就考虑过的。所谓血池就是一座环形山，是一颗陨石在奥维肯的身躯上留下的一处伤疤。伤疤没有完全愈合。他暗红的体液渗出，填满了陨坑，形成了这出升腾着红雾的血池。

环形山的山脊就像海绵一样，布满了大大小小的窟窿。时不时会有圆滚滚的肉瘤从窟窿中爬出来，沿着山脊滚落，扑通一声落进血池中。还有一些已经在血池中泡了一段时间的肉瘤，已经长出了用于移动自己身体的肉须。他们是都是奥维肯的孩子，是伊格赫伦德巢群的红精灵的幼体。虽说是红精灵，但他们身上已经找不出一点曾经精灵族的样子了。

在见到奥维肯之前，伊露娜还从未见过有红精灵会把自己的族人"进化"成这个样子。她不禁开始怀疑，即便自己找到了白羽龙，白羽龙血还能将奥维肯的族人们变回原来的样子吗？

伊露娜一行人沿着山脊爬向血池，接近淤积在陨坑底部的猩红的液体。红精灵血独有的刺鼻气味愈来愈浓，那是浓郁的洛索德尔的味道，是银河系中一切有机生命都恐惧的味道。

希尔璐吓得挣扎着哭嚎起来，谁都知道染上洛索德尔会有什么后果。在这颗盘踞着异形的行星上，呼吸一口空气都有被感染的危险，更别说爬进血池、泡进暗红的血水里了。

"不要！停下！你们想知道什么我都说！让我离这鬼地方远点！"希尔璐已经不只是惊慌地喊叫了，她竭尽全力地嘶吼，不顾一切地挣扎。嗓子喊哑了，皮肤被尼龙绳磨破了，但她仍然没有停下来。

对于希尔璐来说，这时候任何东西都不重要了。如果她不能脱身，等待她的会是比死亡更痛苦的结局。但她是挣不脱巴洛达克的巨爪的，巴洛达克的手能稳稳地握住她的腰。在巴洛达克手中，她就像个哑铃一样。

挣扎中，希尔璐的双腿渐渐合并成了水蛇尾。这样一来，困住她双腿的绳子便滑落了。希尔璐全身生出光滑的鳞片，尾巴用力一甩，差一点从巴洛达克的巨爪中滑脱。但巴洛达克立刻发现了希尔璐的企图，更加用力地攥住她的腰。"啊！这小东西要逃跑！"

　　伊露娜回过头看着巴洛达克,稻草人也连忙端起冲锋枪。"放开我!我什么都告诉你们!别让我去下面那地方!"希尔璐的眼睛瞪得像乒乓球一样大,她充满渴望地盯着伊露娜,向她哀求着。

　　"小心点!别让她跑了!"伊露娜命令道,"稻草人!你去帮巴洛达克看着她!"

　　"好!"稻草人点点头,到巴洛达克身边去。他拽着希尔璐的双臂,帮助巴洛达克重新抓紧了她的腰。"你能抓住她吗?"

　　"抓住她是没问题的……前提是她不会变成其他东西!"巴洛达克说道。

　　伊露娜一行人加快了脚步,希尔璐挣扎地更激烈了。她忽然抽出一条手臂,不等稻草人反应过来,她再次用力抽出了另一条手臂。希尔璐双手抓着巴洛达克的骨爪,用力摇晃着。但巴洛达克的巨爪就像液压钳一样强悍,她根本没办法挣脱一分一毫。

　　此时此刻,希尔璐已经绝望了,她已经不打算从巴洛达克手中挣脱。希尔璐抓着巴洛达克骨爪上延伸的凸起,伸着头,将自己的喉咙用力撞在一根锋利的骨刺上。

　　"不好!"巴洛达克惊叫一声,但已经太晚了。希尔璐用尽全身力气最后抽动了一下,骨刺豁开了她的喉咙,颈动脉和气管被一齐割断。她喉咙涌出的鲜血,就像大口径霰弹枪吐出的火光。随后,希尔璐就像一个破旧的布娃娃一样,身体完全瘫软了,耷拉了下去。

　　稻草人和巴洛达克都没想到希尔璐会这么做,她宁愿给自己个痛快也不想看着自己被洛索德尔感染。"该死!"伊露娜脸上的肌肉一下子绷紧了,"把她扔到血池里!快!"

　　大脑失去供血后,脑细胞很快便会开始死亡。时间拖得越长,从她脑子里挖掘记忆的难度就越大。巴洛达克拎着希尔璐还没凉透的尸体飞奔向山脊下方,在距离血水还有十几米时用力将她扔进血池中。扑通一声,池边的水面上泛起阵阵涟漪,血池中的血水变得更红了。

　　血池边的水不深,池底伸出无数肉质的触须,紧紧缠绕着希尔璐的尸体,将她缠得像木乃伊一样。伊露娜深深吸了口气。"奥维肯?"

　　"我抓到她了。"声音从山脊上的那些小窟窿中传来,"她的大脑没有受损,记忆应该很完整。"

　　"那就好……"伊露娜松了一口气。她看着自己怀中抱着的伊薇尔的蛹,轻轻抚摸着它。随后,她半蹲下来,将蛹泡进血水中。

　　蛹一开始浮在血水上面,伊露娜用力将它向远处推去。在淡淡的红雾的笼罩下,宽广的血池就像一片海——通向灵魂彼岸的海。伊薇尔的蛹像一艘小船,晃晃悠悠地向血池深处漂去了。

　　"伊薇尔会变回原来的样子吗?"稻草人问伊露娜。

　　"某种意义上说,她的确变回了原来的样子。"伊露娜轻轻叹了口气,"不过那不是你记忆中的样子。"

　　"那……希尔璐呢?"

　　"希尔璐的身体会分解成营养物质,哺育奥维肯的后代。"伊露娜回答,"她的记忆会储存进奥维肯庞大的大脑中。"

希尔璐……她是一个不幸的牺牲品。乱世之中，这个尚未完全成年的娜迦姑娘不得不想办法养活自己，生存下去。而因为种种原因，她来到银河系中最偏僻的角落，成了一个情报商。

她没有做错什么，但她了解的信息将她卷入了一场残酷的争斗。为了得到能拯救自己的族人的情报，伊露娜毫不犹豫地牺牲掉了希尔璐。是的，对于伊露娜来说，希尔璐只是她为了自己的目标而残害的不计其数的生命中的一个。

希尔璐死了，她的牺牲换来的是对她自己毫无益处、也毫无意义的东西。但对于伊露娜来说，她关心的只有一份能指引她找到白羽龙的情报。

假如……银河系中各个国度、各个势力间的这场旷日持久的战争是一场游戏，那么希尔璐已经出局了。

从希尔璐被丢进血池到现在，只过了不到十分钟。"希尔璐的大脑中没有关于白羽龙洛拉的准确记忆，只知道他可能存在于所谓的'中庭'，大约是现在的半人马星域。"奥维肯的声音突然从山脊上传来。

"哦？"伊露娜看向声音传来的方向，"这些不重要，她只是 Ciel 的线人，我需要知道如何联络到 Ciel。"

奥维肯沉默了一段时间。"不，她不是线人，她就是 Ciel 本身。线人的身份只是她的一个掩护。"

"什么？！"伊露娜一惊，她有些呆滞地愣在原地好一会儿，"星图！谁有星图？"

巴洛达克和亚斯面面相觑，以往这种事都有心细的伊薇尔想着。但现在，这俩原始人手中连个能显示星图的手机都没有！

"呃……我有。"稻草人掏出他卡顿严重的老手机，递给伊露娜。伊露娜等了将近一分钟将星图加载出来。这个手机没有全息投影的功能，伊露娜只能在手掌大小的屏幕上费劲地浏览星图，找到奥维肯说的"半人马星域"。

半人马星域的中心是半人马座阿尔法星系，人类将其称为"比邻星"，也有叫它"三体星系"的。特兰人的母星地球所在的太阳系紧挨着半人马座，那里也是特兰人离开自己的母星系后探索的第一个恒星系。

但有一个现象很奇怪：太阳系与半人马阿尔法星系都位于人类国度的"边疆"。埃尔坦恩合众国尽管在星图上将太阳系划为自己的主权范围，却没有管理过它，而阿玛克斯帝国干脆没理会自己祖先的家园。

"我们回穿梭机上去。"伊露娜将手机还给稻草人。

"怎么？难道你现在就打算去半人马星域找白羽龙？"亚斯双手交叉抱在胸前，瞪了伊露娜一眼。

"当然，这有什么好等的。"

亚斯的鼻孔中喷出两股愤怒的热气。"不行！我们说好的！你要帮我夺回王座！"

伊露娜的眉头立刻皱起来，她冲亚斯冷笑了一声。"我不认为你现在有选择权，亚斯。"

"你知道现在全银河系在干什么吗？在对付尼德霍格！"亚斯咆哮道，"哪怕你不是为了我的王座，你好歹也应该为拯救银河系做点贡献吧！"

"那么大个银河议会还能打不过一个尼德霍格？"伊露娜甩了下头发，"别闹了！等他们打跑了尼德霍格，就该转过头来杀我们这些染着洛索德尔的精灵了！"

"啊……你从来都不看新闻的吗？"亚斯双手抓着自己的脑袋，"尼德霍格的影翼龙群碾碎银河议会的舰队就像我们踩死一群蚂蚁一样！你还指望着他们能打跑尼德霍格？"

"别看那些乱七八糟的新闻！那些人只在乎怎么吸引你这种人的眼球。"伊露娜白了亚斯一眼，沿着他们来时的路向远离血池的方向走去。

"啊啊啊……伊露娜你这个蠢货！"亚斯无奈又愤怒地在伊露娜身后大吼，"你会后悔的！"

"也许吧。"

在莫名的不安与焦躁中，稻草人在伊格赫伦德星系中待了两天，在奥维肯的身躯上生活了两天。关于亚斯说的尼德霍格，稻草人也不了解。亚斯煞有其事的警告弄得大家人心惶惶，为此他又和巴洛达克打了一架。

如果尼德霍格真的那么可怕，那找到白羽龙，治愈了洛索德尔又有什么用呢？那只可怕的黑龙迟早会打过来，毁掉红精灵的家园。

第二天傍晚，稻草人抱着一个金属餐盒，吃着煮过的动物肉块。就在这时，一个陌生的红精灵女子凑到他身边坐下了。"呦！稻草人也蜕变了啊！哈哈！看上去越来越像个真正的红精灵了。"她笑着揉了揉稻草人火红的头发。

"呃……我们认识吗？"稻草人打量着这位不速之客。她看上去和伊露娜有点相似，健壮而不失敏捷的身躯，一头干净利落的黑色短发。她温柔的眼神让稻草人感觉有些熟悉。

"等等！你是……伊薇尔？"稻草人不可思议地张大了嘴巴。

"猜对啦！"伊薇尔冲稻草人眨眨眼，"你小子可以啊！居然认出我来了！"

稻草人有些尴尬地挠挠头。"呃，是啊。"他傻傻地冲伊薇尔笑了笑，"伊薇尔……我……很感谢你救了我。"

"没关系的。"伊薇尔伸手从稻草人的饭盒里抓出一块肉塞进嘴里，刚嚼了两下，她的脸忽然一下子绿了。伊薇尔很痛苦地吞了下这块肉。"啊！难吃死了！这是伊露娜做的吗？"

"嗯。"稻草人点点头。

"伊露娜做的饭你也敢吃？你吃完居然没吐？你可真厉害！"伊薇吐了吐舌头。

"呃……至于那么难吃吗？我感觉它还好啊。"稻草人看了一眼自己的饭盒，这些肉类食物都是很正常的颜色，而且稻草人真的没有觉得它有多难吃。

"那好吧。"伊薇尔耸耸肩，伸了个懒腰。她躺下来，看着稻草人的侧脸。"按照特瑞亚一族的传统，你现在是真正的特瑞亚人了。"伊薇尔笑了笑，"当然，这'传统'只出现了不到 20 年，我们是第一代被洛索德尔完全同化失去传统繁殖能力的特瑞亚人。"

"哦。"稻草人一副很认真的样子，"那……成为'真正的'特瑞亚人，意味着什么呢？我可以不被其他红精灵排挤了吗？"

"虽然只过了 20 年，但我们当中的大部分族人都已经变得野蛮了。现在的红精灵崇尚力量，想要得到其他族人的认可，只能通过战斗证明自己的力量。"伊薇尔说道，"如果你成为一名合格的特瑞亚人，你就可以选一个自己喜欢的红精灵女孩，照顾她慢慢进化，直到她进化出繁殖的能力。"

"听上去……很浪漫啊。"稻草人淡淡一笑，他已经接受了红精灵社会中的一些曾经被他反感东西，包括红精灵都将变成"怪物"的事实。他开始学着欣赏这种"进化"，换一种眼光来看待那些丑陋的躯体，试着欣赏其中的美。

伊薇尔也笑了。"是啊，这就是红精灵的浪漫……"

真的浪漫吗？也许是，也许不是。稻草人记得自己一开始有多么厌恶，多么畏惧洛索德尔。其他红精灵呢？他们染上洛索德尔，变成现在的模样之前，真的会觉得这种"进化"的过程很美好吗？一定不是的！

长期居住在高重力行星上的矮人为了适应重力环境，失去了原本擅长奔跑和跳跃的修长身材。但矮人却将自己短粗的身形看作磐石般坚韧的象征，将自己心中的"磐石精神"看作矮人超过其他种族的优点。

面对自己不愿接受，而不得不接受的现实时，我们都会强迫自己接受它，适应它。到最后，我们为自己在攻克难关时磨炼出的东西而沾沾自喜，转而去喜爱，去赞叹，甚至去歌颂曾经被自己厌恶的环境。在面对其他人时，自己就可以自豪地说，是这样的逆境把自己磨炼得更强大。

矮人是这样，红精灵也是这样。但仔细想一想就不难发现，如果矮人的祖先在一颗重力适宜的星球上，如果精灵族内战没有爆发，如今的特瑞亚人当年没有被逐出精灵的家园……如果当初他们都得到了安全舒适的生存环境，那么，他们其实完全没有必要废那么大工夫来改变自己，让自己变成自己曾经厌恶的那种样子。

特兰人、雅典娜人、阿玛克斯人……那些在适宜的环境中生活的种族所建立的国家，都发展成了银河议会中的超级大国。实际上，逆境并没有赐予人们什么，所有的一切只是他们不得不做的。为了克服逆境而做的努力，实际上耗费了一个种族大量的时间与资源。

可是，人们总是有一种心理，他们不愿意相信自己经历的苦难是无用的。人们宁可相信这些苦难是宇宙安排的试炼，好像通过了试炼就一定能得到所谓的成功一样。

"但我们很快就会找到白羽龙，治愈洛索德尔，不是吗？"稻草人回过头看着伊露娜。

"是啊，治愈了洛索德尔，我们就可以……像正常的精灵一样生活了。"伊薇尔漫无目的地望着渐渐暗下去的天空，"我们可以养育后代，可以重新享受自由的亲情和爱情……"

说到这里，伊薇尔轻轻拍了一下稻草人的后背。"稻草人，你有喜欢的女孩吗？"

"呃……以前有的，但柯拉尔人把她们都'净化'掉了。"稻草人有些哀伤地低下头，"现在嘛……唉，老实说，我还没做到完全接受红精灵'进化'后的外表。一个个都凶得要命，一副要把你活吞了的架势。"说到这里，稻草人抬头看了伊薇尔一眼，连忙摆了摆手，"你除外，伊薇尔……你对我一直很好。我是真心觉得，你对我很好……"

伊薇尔笑了。她没有被鳞板覆盖的脸庞笑起来特别好看，一笑就露出两个浅浅的酒窝。褪去了鳞板和过度发达的肌肉的伊薇尔，看起来和伊露娜有些相似——稻草人记得伊露娜以前提过这事，伊薇尔是她的一个表亲。

她和伊露娜的外貌很相近，但性格却完全不同。如果希尔璐苦苦哀求时伊薇尔也在场，她一定会劝说伊露娜放了她。

"稻草人，你知道吗？"伊薇尔坐起来，往稻草人身边凑了凑。

稻草人从他的思绪中回过头来。"啊？知道什么？"

"你刚才看我看得直眼了。"伊薇尔说着，用手背蹭了蹭稻草人的脸颊。

稻草人的脸一下子涨得通红。"不好意思，我刚才……走神了。"

伊薇尔轻轻揪了揪他的长耳朵，凑到他耳边。"等我们治愈了洛索德尔，有些话我想对你说。"

"嗯，好。"稻草人有些严肃地点了点头。但当他再次与伊薇尔对视时，他又羞涩地笑了。

由远而近的穿梭机引擎轰鸣的声音打断了两人短暂的浪漫。雪橇式起落架弹出，穿梭机落地。驾驶舱盖抬起，伊露娜冲两人挥挥手。"上来！"

两人不慌不忙地起身，爬上穿梭机。"又出现什么情况了吗？"伊薇尔从连接驾驶舱与后座舱的舱门中伸过头去，问伊露娜。

"我们确定了白羽龙洛拉大致的位置，位于半人马星域。"伊露娜说道。

"希尔璐和你合作了？"

"没有。"伊露娜不带任何情绪地回答道，"我用了其他手段。"

"我猜也是这样。"伊薇尔对伊露娜的回答丝毫没有感到惊讶，"我建议你做好充足准备后，再去找你的白羽龙。"

"我正是带你们去做准备的。"伊露娜说道。

"另外……欢迎回来，伊薇尔。"伊露娜将骨钳改造而来的两把腰刀递给伊薇尔，"它们曾是属于你的，现在，它们将继续属于你。"

平时，在这颗血海肉山的行星上很难找到"有人样儿"的红精灵。这里最常见的是镰刀爪龙——它们就像在行星间来回传播的寄生虫，洛索德尔传播到哪里，它们就出现在哪里。

但今天情况不一样了，大约 40000 名红精灵聚集在一座肉山下。他们当中大部分是跟随伊露娜来到这里的，还有一小部分是当年随奥维肯来到伊格赫伦德的。肉山顶端睁开一只巨眼，注视着攒动的人群。

红精灵们互相议论着什么，人们聚集的一片小平原变得嘈杂无比。巴洛达克站在人群最前面，和亚斯站在一起。默不作声的两人早已知道了人们为何要聚集在这里。

巴洛达克低头看着自己的躯体，胸前的骨板上有不少坑坑洼洼的疤痕，这层天然的装甲不知抵挡了多少弹片和长钉子弹。从某种角度上说，他现在拥有的一切力量，都是洛索德尔赋予他的。治愈洛索德尔真的是一种救赎吗？伊露娜是这样认为的。但在巴洛达克看来，白白放弃这种难得的力量，是非常可惜的。

伊薇尔和稻草人跑到了巴洛达克身边，和他一起站在人群的最前面。"伊露娜来了吗？"巴洛达克问伊薇尔。

"来了。"伊薇尔抬手一指。肉山上，一个血红的异形的轮廓慢慢站了起来。完全站直了后，它大概有 30 米高。但与奥维肯的巨眼比起来，它仍然像个小矮人一样。

伊露娜化身的那个巨兽深深吸了一口气。"我的同胞们！我的族人们！我是伊露娜！"她的吼声像雷鸣一样震耳，山下的几万红精灵能听清她吼出的每一个字。"今天我让大家聚在这里，是为了告诉大家，我们已经找到了关于白羽龙的线索。治愈洛索德尔的良药，很可能藏在半人马星域！"

红精灵们立刻炸开了锅，嘈杂的议论声甚至一度压过了伊露娜的声音。伊露娜缓了口气，继续她的发言。"当然，我不完全确定半人马星域真有白羽龙。我只能说，这是特瑞亚人距离得到救赎最近的一刻！"

"现在！我想让所有族人做出选择！是随我冒险前往半人马星域，寻找白羽龙，或是继续现在的生活，与洛索德尔共生？若找到白羽龙，所有跟随我的族人便从洛索德尔的诅咒中解脱，就地建立家园，开始和平的生活！选择留下的族人们，继续特瑞亚人现在的传统，依靠洛索德尔的力量生存！"

说到这里，伊露娜停顿了一会儿，猩红的双眼扫视着山下议论纷纷的红精灵们。"你们选择的是你们自己的命运，在这件事上，我绝不强求大家！现在，做出选择吧！愿意跟我走的站到东边，愿意留下的站到西边！"

人群并没有很快开始移动，红精灵们仍然议论了好一会儿。不过，有些人显然早就想过了伊露娜今天说的问题，他们很快做出了自己的选择。站在东边的红精灵，大多只经过了初期的进化变异，仍然拥有与原先相似的体型与容貌。理论上，他们是相对容易被治愈的。而站在西边的红精灵有很多是几乎进化完全的"会行走的怪物"，但也有很多尚未变成异形的红精灵，看样子，有很多族人倾向于保留洛索德尔的力量。

伊薇尔和稻草人向东边走去。"你不来吗？巴洛达克？"伊薇尔转头看着站在原地，低着头的巴洛达克。

"我……这对我来说很艰难。"巴洛达克重重叹了口气。

伊薇尔打量着他，也叹了口气。"没关系，巴洛达克。这是属于你的选择，无论你选择了哪一条道路,我都会理解的,伊露娜也会的。"

巴洛达克轻轻点了点头。"我很抱歉,伊薇尔。"他又一次重重地叹了口气,"我曾失去了一切,而洛索德尔让我拥有了我现在的一切,我不能再次失去自己的一切了。"

他缓缓抬起头,凝重地与伊薇尔对视了片刻。"祝你们好运……"他说完,缓缓转过身,向西方走去了。

巴洛达克的行为成为某种意义上的表率。当他巨人般的身躯拖着巨大的骨刃,踩着沉重的步伐向西走去时,许多有明显变异的红精灵都跟在他身后,向西走去了。巴洛达克抬起头,羞愧地望了一眼站在山坡上的伊露娜。而伊露娜仍然平静地望着山下的人群,仿佛完全没有注意到巴洛达克的举动。

40000多人中,只有约10000人选择了追随伊露娜的"救赎"之路。稻草人和伊薇尔站在东边的人群中,大家不安地面面相觑。

曾经,每个红精灵都渴望有朝一日能治愈洛索德尔,从可怕的诅咒中解脱。然而,当这个所有人期盼已久的机会来临时,大部分人都放弃了它,选择了继续在畸形的"进化"中走向某种意义上的堕落。

"好,我想,大家的选择都完成了。"伊露娜总山坡上一跃而下,"奥维肯,那些想要留下的族人,都是你的了。"她瘦高的躯体匍匐下来,健壮的双腿与四条手臂着地,飞快地爬到东边的那群人前。随后,这具躯体的背后出现了一条裂缝,伊露娜像是一个从宿主体内钻出来的寄生虫,从裂缝中钻出来。

伊露娜拿起她一直咬在嘴里的蒙眼布,蒙好眼睛。她的本体一离开那庞大的躯壳,躯壳便立刻失去了生命,无力地趴倒在了地上。"啊……这么多人。不过还是比我预期的要少啊。"

"族人们都做了自己的选择。"伊薇尔说道,"至少我们这10000多人,都坚定了寻求救赎的决心。"

"嗯。"伊露娜的手掌搭在伊薇尔肩上,捏了捏,忽然笑了,"现在,我还没有宣布胜利的权利……但,我已经看见胜利的曙光在地平线处闪耀了!"

伊薇尔也轻轻笑了笑。"我们向着希望奔跑,愿这一道曙光不会在我们抵达时熄灭在我们面前。"

"我们已经经受了数不清的痛苦。如果宇宙是公平的,我们的苦难应该让我们得到久违的幸福了。"伊露娜最后在伊薇尔肩上用力拍了一下,自信地仰起头望向东方天空中正缓缓升起的一轮皎月。"这将是特瑞亚人史上的一次伟大的远征!这次远征,不是为了征服,而是为了和平。"

"无论是为了什么,远征都需要舰队。"伊薇尔说道,"半人马星域可是相当遥远的,三艘巡洋舰肯定不够。"

"我知道,在关于飞船的问题上,你从来都不缺点子。"

"不得不说,伊露娜,作为一个领导者,你还是很会用人的。"

"你这句话是夸我,还是夸你自己呢?"

　　巴洛达克爬上一只贝希摩斯。那是奥维肯的巢群孵化出的巨型太空生物，体长超过5000米，简直是一艘活生生的载机母舰。在这只贝希摩斯周围，有十几只体长2500米左右尚未完全发育的贝希摩斯以及不计其数的体长在1000米左右的利维坦。

　　"伊露娜去追逐她的理想了，现在能满足你的要求的，只有我了。"

　　巴洛达克身处贝希摩斯体内的一个巨大的腔室，它足以容纳下一艘中等体积的护卫舰。腔室的内壁不停地蠕动着，被黏膜覆盖的肌肉一伸一缩，时不时露出几段发白的软骨。亚斯很讨厌这个地方，待在一只大虫子体内，他感觉很恶心。

　　"我不在乎是谁会满足我的要求，我只在乎我何时能重新登上我的王位！"亚斯皱了皱眉头，"还有，我什么时候能离开这个恶心的东西！"

　　一名红精灵走到巴洛达克和亚斯身边。"巴洛达克大人，我们真的要回伊塔夸吗？"

　　"是的，奥维肯是这样说的。"巴洛达克说道。

　　"奥维肯提供的异形舰队的确很强大，但现在占据伊塔夸的，可是尼德霍格的部队……"

　　"我不在乎占据那里的是什么。"巴洛达克摆了摆他的骨刃，"尼德霍格不就是影翼龙族吗？说得好像影翼龙族多厉害一样！赤炎龙族、娜迦龙族，我见过的龙族多了去了！不都是两个翅膀一个脑袋吗？"

　　亚斯咧嘴一笑。"娜迦龙族和赤炎龙族都没翅膀！"

　　"懂我的意思就行！挑字眼干什么！"

　　巴洛达克话音未落，奥维肯的声音便不知如何传进了腔室中。"尼德霍格是个强大的敌人，你们不能掉以轻心！"听到这动静，腔室中的人都停止了谈话。恐惧与好奇让大家都静静听着来自血海肉山的低语。

　　"但巴洛达克说得不错，尼德霍格并非是无敌的。我潜伏在人类世界中的眼虫已经看到了，银河议会中的一个超级大国已经拥有了对抗尼德霍格的力量，而高傲自大的尼德霍格恐怕还对此一无所知。"

　　"而这只是一个开始。未来，凡人们的力量将与尼德霍格持平，甚至将其反超。许多种族的历史说明，这是很可能发生的情况。"奥维肯继续说道，"如果凡人势力开始反攻，我们必须想办法为特瑞亚人在未来的银河中谋得一席之地。"

　　"很好。"亚斯有些不耐烦地转过身去，他想走去什么地方。但在这令他感到恶心的大虫子体内，无论走到哪里，都是那些怪异的生物组织。亚斯在原地来回踱了几步，又站定了。"如果没别的什么事了的话，我不想再浪费更多时间了。"

　　"好。"奥维肯缓缓说道，"巴洛达克，这支舰队是你的了。"

　　巴洛达克点点头。"贝希摩斯！出发吧！"

　　巨虫在太空中蠕动着，它们体表许多一开一合的孔洞喷出了火焰，推动着虫体离开外空轨道。很难想象，生物组织竟然能生长成拥有聚变引擎一样能力的器官。而这只不过是冰山一角。

　　贝希摩斯的身体抽搐起来，体型较小的利维坦的身体也抽搐起来。它们像是在水中摆动身体的鱼，搅动水流，留下一片片涟漪。是的，它们周围的确出现了涟漪般的波纹，扭曲了恒星的光芒，扭曲了遥远的星光。

　　巨虫们在扭曲自己周围的空间！片刻的等待后，它们忽然变得更加活跃，迫不及待地扭动身体，向涟漪地中央钻去。它们钻了进去，很快，最后一截尾巴也消失在涟漪中。下一瞬间，涟漪消失了，那些巨虫也消失不见。

　　它们进入了超空间。约五个标准地球日后，它们将在伊塔夸星系跃出。巴洛达克知道，无论是什么在伊塔夸星系等待着他们，都免不了会有一场恶战。这是个好消息——无论是巴洛达克还是亚斯，都喜欢恶战。

第十八章

雅典娜的沦陷(上)

如果一个物种有能力做到以下两件事——一,在量子层面控制物质的形态;二,进入十维度以上高维度空间并能够在其中自由移动,那么,我们便可以称这个物种为某种意义上的"神"了。

——阿玛克斯帝国神使尼赫勒斯在一次新闻发布会上讲道

"侦测到高能折跃信号!高维度空间出口正在展开!"

"一级战备!"

霎时间,雅典娜星系的综合防御系统进入全功率运转。环绕恒星系中各行星运转的防御空间站启动了推进器,紧急机动变轨,将激光主炮瞄准指挥中心发来的预计折跃出口坐标。

从发现折跃信号源到防御空间站完成变轨、武器锁定一共用了约四分钟。完成准备后,各防御空间站的激光主炮全部开火。装有超空间引擎的反舰导弹要飞行数秒乃至数分钟后才能命中距离最近的几个目标。等到导弹抵达,高维空间中的东西一定早就钻出来了!而激光束只能起到威慑作用,在这样远的距离上,光速显得太慢了。

作为诺瓦皇家海军元帅,雷希特·诺瓦强迫自己使用"高维空间"这个词语,而不是"虚空"。人类刚刚掌握空间跳跃技术时,对那些未知的力量打开的高维度空间入口一无所知,于是用"虚空"来称呼另一边的世界。但现在,人类已经了解了,所谓"虚空"是维度超过十维的未知空间。

雷希特是个坚定的唯物主义者,一旦某种东西有了科学上合情合理的解释,他一定会选择尽量严谨的科学的语言来形容它。很多时候,他很惊讶自己竟然是诺瓦家族的后代。

当智能指挥系统将战场信息集成显示在他面前时，他有些惊讶地发现敌军的折跃出口竟是 1.7 光年外的一处深空点。看来尼德霍格不急于在雅典娜星系中投送兵力。这可以是个好消息，也可以是个坏消息。好消息是给他留下了更多的喘息时间。但一个蓄好力再出拳的敌人，比一个急于发起攻击的敌人更可怕。尼德霍格可能要发动一次杀伤力巨大的远程打击。

"接阿瑞雅女皇！"

雷希特面对全息影像站好。数秒的等待后，影像中浮现出身穿紫袍、手持权杖、端坐在苍穹圣殿王座上的阿瑞雅。

"赞美灵能之光！女皇陛下！"雷希特躬身行礼，"我必须紧急通知您，尼德霍格的部队出现在 1.7 光年外的深空点。敌人很可能会发动大规模袭击，我建议您立刻撤离！"

"感谢你的提醒，雷希特元帅。"王座上的阿瑞雅轻轻点点头，"我想知道，平民的撤离工作进行的怎么样了？"

"已完成 90%！"雷希特说道，"只剩下 70000 人在等待撤离了。"

雅典娜星系中撤离平民的工作已经进行了很长时间了。艾里迪亚星域陷落后，许多平民便自发撤离。而阿瑞雅女皇也联系了柯拉尔联邦和埃尔坦恩合众国，希望他们能接收难民。

最后，还是汉斯总统与阿瑞雅达成了协议，凯洛达帝国的难民得以前往埃尔坦恩境内避难。但选择逃离故土的雅典娜人并不多，大部分雅典娜人选择用自己的方式为自己的家园战斗到生命最后一刻。

"先撤离剩下的 70000 名人。"阿瑞雅命令道，"作为帝国的女皇，我不能扔下人民独自逃命！"

"您的勇气与担当令我们敬仰万分！但，女皇陛下，您是帝国的心脏！凯洛达帝国可以失去 70000 名平民，但不能失去您！"雷希特坚决地说道，"我已经为您准备了舰船，请您迅速撤离，女皇陛下。"

"人民需要的是一名有担当的女皇，而不是一名抛下人民自己逃命的女皇。"阿瑞雅平静地说道，"如果今天我抛弃了他们，未来，我如何重获人民的信任？"

"可是……"

"我意已决，雷希特元帅。"阿瑞雅的权杖在大理石地砖上轻轻一点，"在我的人民前往安全之地前，我愿在母星的土地上战斗到最后一刻。"

"遵命，您的英勇必将永世流传！"

雷希特话音刚落，另一个人的面孔忽然挤占了半幅全息影像。"我对贸然闯入通信表示歉意，凡人们。我是湮灭尊主卡尔诺帕拉·雷·兰尼。"

雷希特刚要斥责这位不速之客的无礼，但阿瑞雅抬手示意雷希特安静。雷希特立刻遵旨退下了。"请讲，卡尔尊主。"

"我的部队也在盯着尼德霍格的动向，我知道他们已经逼近了您的首都。"卡尔的语速并不快,但从他嘴里吐出的每一个字都仿佛十万火急。"凯洛达帝国的领土是高等精灵的世界与尼德霍格之间的最后一道缓冲区。站在大局的角度,我认为,你的家园绝不能轻易陷落!"

"我非常赞同您的观点。"阿瑞雅点点头,"我的皇家舰队在抵御尼德霍格的战斗中力不从心,我希望您能够为保护我的家园提供援助。"

"这便是我与您通话的目的,阿瑞雅女皇。"卡尔说道,"只要你同意阿玛克斯帝国舰队进入凯洛达的领土,我的部队会尽力将尼德霍格阻击在雅典娜星系。"

"这是求之不得的礼物。"阿瑞雅从王座上站起来,向全息影像中的卡尔微微低了一下头,"我代表凯洛达帝国的人民,向您致以感谢,卡尔尊主。"

凯洛达帝国军队的中央指挥系统迅速更新了 IFF 代码①。两座足以容纳堡垒舰通过的星门开启,与阿玛克斯帝国的星门建立了连接。只经过了不到 20 分钟的准备,第一艘阿玛克斯战列舰便穿过星门来到了雅典娜星系。

防御空间站仍然在不停地向虚空裂缝开火。根据观测,多艘影翼龙战舰被命中。但大部分导弹都打在了幻影巨龙身上。巨龙体表偶尔有碎屑落下,但这对于巨龙来说,只是伤几根毫毛罢了。凯洛达帝国军队的导弹与激光武器根本无法对它们造成实质性的杀伤。

巨龙的动作缓慢,甚至是慵懒。它们从虚空的裂缝中钻出来,不慌不忙地迎着阳光张开它们巨大的翅膀。它们会用翅膀吸收太阳能和其他宇宙射线来获得能量吗?没人知道。雷希特看着无人探测器传回的画面,忽然发现了什么。

"停火!所有激光武器停火!"雷希特忽然命令道,"幻影巨龙在吸收光束的能量!"

雷希特话音刚落,他的副官便立刻喊叫起来。出于礼貌,这位传统的凯洛达军人一直没有在长官下达命令时打断他。"相位打击来袭!覆盖 12 至 147 区域!13 秒后抵达!"副官的脸色有些苍白。

"启动不朽者系统!准备防范冲击!"雷希特下令。

"正在执行相位转移!"

指挥室中所有人站起来,向四周伸出手掌。他们眼中同时涌动起青蓝色的灵能火焰,无形的力量向四面八方膨胀。而就在此时此刻,所有的凯洛达军人都与他们做了同样的动作。他们在用自己的灵能加固力场屏障。

一时间,所有凯洛达舰船与军事空间站全部被高强度力场覆盖,雷希特向指挥室的窗外看去,只能看见空间站在一面巨大的凹面镜上的倒影。

力场形成的球壳完全隔断了内外两层空间。不仅人眼望不到外面,所有雷达和传感器都同时失去了作用,就连无线电和量子通信也中断了。因此,在不朽者系统运行期间,

---

① 敌我识别代码。

其他作战单位无法收到指挥中心的命令。他们只能根据自己的判断来决定何时关闭各自的不朽者护盾。

十几秒的等待显得格外漫长。终于，雷希特看见"镜面"上出现了不规则的涟漪。他知道，影翼龙族的相位打击已经来了。

第一波的涟漪相当轻微，但还是让倒影变得模糊不清了。颤动的涟漪越来越剧烈，涟漪变成了波浪，波浪汹涌成一座座起伏的山峰。有那么几个瞬间，雷希特觉得不朽者系统的力场已经无法抵抗影翼龙族的相位打击。通过灵能，雷希特能感受到力场的负担。他闭上了双眼，咬着牙，紧紧皱着眉头，好像他一人的灵能就能挡下这次攻击一样。

过了几分钟，或者是十几分钟？雷希特不知道，但奇迹还是发生了，力场承受的重压消散了。雷希特松了口气，拂去自己额头上的汗珠。"解除不朽者系统！"

相位护盾的功率迅速下降，护盾关闭。雷希特眼前的"镜面"在颤动的波纹中迅速变得透明。但呈现在他面前的第一幅景象，就令这位元帅的心情变得沉重起来。

凯洛达皇家海军的旗舰——艾雅号无畏舰刚刚遭受了一次相位打击，它的不朽者护盾被击垮了，水晶球一样晶莹的护盾在剧烈的波动中破碎。包裹在其中的战舰显露出来时，它已经是一具空空的骨架和散落四周的大大小小的金属碎片了。

抵达雅典娜星系的阿玛克斯战舰中，有四艘被摧毁了。阿玛克斯人的船上没有不朽者系统这样强劲的相位防御设备。幸运的是，两座星门位于行星的另一侧，没有遭到相位分裂炮的轰击。更多的阿玛克斯援军仍源源不断地从星门中驶出。

但雷希特这边就没这么走运了。他能看见无数的影翼龙飞船冲破皇家舰队已经崩溃的防线，冲入雅典娜二号行星的大气层。在相位轰炸中幸存的舰船与空间站不停地向四周的敌人开火。粒子束击中目标时的闪光，激光束在尘埃中散射形成的光柱，璀璨的光芒在雷希特面前交织出绚丽的焰火。

几艘影翼龙登陆艇被击毁了，但敌人的战斗舰船随即击毁了三艘凯洛达战列舰还以颜色。很快，一只幻影巨龙进入了外空轨道，它撞碎向它开火的空间站与舰船，双翼将残骸拍进大气层中烧掉。它有着一颗小行星一样的质量，几艘护卫舰躲闪不及，直接被它的引力吸引了过去，撞在它的脊背上。舰船爆炸的火光对于巨龙庞大的躯体来说，只是一朵小火花。

"元帅大人，您认为我们有能力摧毁那个东西吗？"雷斯特的副官与他一起望着那只漆黑的巨龙。

"恐怕没有。"雷斯特沉重地叹了口气，"希望我们的阿玛克斯盟友拥有更强大的火力吧。"

幻影巨龙……它们大概是黑以太技术的巅峰作品了。就像人类用金属和非金属元素打造出高度智能的机器人一样，影翼龙族用黑以太创造了这些龙形态的强大的存在。它们是黑以太构成的生命，是龙族文明伟大的造物。虽然此时此刻，巨龙们要来摧毁凯洛达帝国，但雷斯特仍然不由地赞叹它们的力量。

指挥室中，所有人都等待着元帅的命令，但雷希特本人却不知该如何是好。他的使命是坚守母星的最后一道防线。但当幻影巨龙出现在他眼前时，他已经严重怀疑究竟有没有东西能抵挡尼德霍格的大军了。

"看下面，敌人登陆了！"

顺着副官手指的方向望去，雷斯特看到那只巨龙向行星投下数十个闪烁着暗紫色亮光的黑色不规则球体。他不知道巨龙投下了什么，无论是什么，它们都会对阿瑞雅女皇造成威胁！

"派出所有快速反应部队，不惜一切代价接应女皇撤离！"雷希特转过身，对指挥室中的所有军官下达命令，"我们必须撤出所有有生力量，我们的家园……已经陷落了！"

军官们面面相觑，脸上满是难以置信的表情。"请原谅我的冒犯！元帅大人！我们的使命是保卫家园直至最后一人倒下！家园还在，雅典娜之子怎能抛弃它？！"毫无疑问，雷希特的副官阿昆德拉是个血性十足的战士，此时此刻，他眼中跳动的灵能之光毫无掩饰地倾吐着他的愤怒。

"若我们全数战死在此，我们对未来便失去了一切价值。我宁愿保全战士们的生命，使我们得以在未来更有价值的战场上继续战斗！"雷斯特神情坚毅地望着他的副官，"我希望你们能活下去，为雅典娜人的未来贡献价值。"

"荣耀重若磐石！生命轻若鸿毛！我们怎能在此时临阵脱逃？！"阿昆德拉向前一步，直直瞪着他的长官，"元帅大人，您无权轻视我们的忠诚与信念！"

"我们的荣耀，应当是不惜代价地守护雅典娜人的未来！"雷希特坚定地说道，"战死在此很容易，谁都做得到。难的，是为更崇高的使命活下去，为雅典娜人的未来继续战斗！"

雷斯特说完，阿昆德拉思索了片刻，冷静了下来。"您的话十分有道理，元帅大人，我会谨记您的教诲。"

雷希特点点头，又长叹一口气，他沉重地望着指挥室中的军官们。"执行命令吧，诸位。若女皇陛下问起平民的状况，就告诉她，所有平民都已经完成撤离……愿灵能女神保佑我们。"

雅典娜二号行星是个美丽的世界，淡粉色的植物覆盖着湿润的土地。凯洛达帝国的城市就坐落在茂盛的丛林中，几乎与自然融为一体。这样美丽的行星上，诞生了无数杰出的艺术家、文学家与哲学家，但更多的是愿为自己的家园与信仰牺牲一切的战士。那些疯狂崇拜灵能女神的人们，会毫不犹豫地为了保护自己的信仰而与敌人殊死搏斗。

也许是植物太过茂盛，大型载具难以行动的原因，凯洛达帝国并没有正式的陆军。当闪烁着暗紫色光弧的陨石坠向大地，在森林中燃起熊熊大火时，只有无人飞行器、穿梭机与小型护卫舰在坠落点周围盘旋。

陨石与地面碰撞后立刻粉碎，无数黑以太碎片被抛向四面八方。那些碎块落到地上后，会化作一具具行走的石傀儡。它们就地捡起随它们一起坠落的黑以太制成的武器装备，向最近的凯洛达城市前进。

这些石傀儡并不是最大的威胁，穿梭机上搭载的高斯机枪能够轻易将它们击碎成一地黑色的砂砾。但最讨厌的是，凯洛达帝国军队必须派遣一部分兵力来处理这些麻烦的东西。当那些被当作炮灰的石傀儡被凯洛达军队的飞行器屠杀时，影翼龙族的突击舰与登陆舰已经盘旋在各大城市上空。

城市中的绝大多数居民都已经撤离了，但仍有许多雅典娜人选择留下来，与自己的家园共存亡。城市中的点防御系统击落了几艘来袭的影翼龙登陆舰，拦截了几枚向城市袭来的陨石。不过，影翼龙族的进攻很快达到了饱和，无数影翼异人龙张开双翼，从登陆舰中跳下。它们仿佛倾巢而出的蝙蝠，盘旋在城市上空，遮天蔽日。

有武器的雅典娜人都在使用枪械向天空射击，一束束细长的光束冲向天空，但大部分都没有击中目标。偶尔有光束射中了滑翔而下的影翼异人龙战士，对方身上的小型护盾发生器也能够挡住这样的小功率激光武器。雅典娜人的射击只持续了几分钟。随后影翼龙族的突击舰俯冲而下，又急剧爬升，留下蓝紫色的冲天大火与遍地轰鸣。

更多的雅典娜人选择用灵能来抵抗这场入侵。有时候，他们操控异常的重力使得影翼龙的飞行器栽在地上。有时候，他们用灵能影响天气，异样的云团交织的闪电将天空中的影翼龙烧成焦炭。这些雅典娜人大部分都是普通的市民。他们当中有工人，有服务员，有教堂的牧师，还有许多十几岁的孩子。

但影翼龙种还是轻而易举地攻破了城市的防御。闪着紫光的黑色陨石落在市中心，将宏伟的建筑化作瓦砾。登陆艇直接降落在街道上，影翼异人龙的战士迅速登陆，展开战斗阵型。

雅典娜人退进房屋中，用一切能够使用的力量与敌人周旋。影翼龙族的战士不得不逐个街道，逐个建筑，甚至逐个房间地与雅典娜人展开争夺。有时候，一座建筑的一楼被影翼龙夺取，二楼却仍然被雅典娜人占据着。战斗至弹尽粮绝的雅典娜人往往选择冲向敌人，全力释放自己的灵能，将自己的身体连同身边的影翼龙一起炸成碎片。

很快，影翼龙部队的指挥官便通过他的部队见识到了雅典娜人的战斗方式，于是立刻改变了自己的战术。影翼龙登陆部队不再向各城市发动攻击，更多的幻影巨龙折跃到了外空轨道上。巨龙张开巨口，暗紫色的光弧在它们喉咙深处涌动。

"侦测到相位打击！"

这句警告是多余的，因为雅典娜人支离破碎的城市根本无力抵抗这种程度的打击。从外空轨道上向下望去，蓝紫色的烈焰从地面腾起，直至冲出大气层。空气受挤压形成的冲击波向四面八方膨胀成肉眼可见的扭曲图像，茂密的森林在冲击波面前土崩瓦解。几十米高的树木被连根拔起，在空中粉碎，化作浓密的烟尘。

颜色诡异的烈焰熄灭，浓密的尘埃与硝烟散去后，遭受相位轰炸的地点只留下一处火红的亮点，与蔓延数百千米的火红的裂痕。熔岩从破碎的地壳中涌出，淹没四周的焦土。在这样的打击下，行星的地壳就像初冬季节湖面薄薄的冰层一样脆弱。

当熔岩与烈焰逐渐吞没雅典娜二号行星的土地时，影翼龙开始进攻这颗行星上最后一处没有陷落的土地——苍穹圣殿。

苍穹圣殿——与其说它是一座宫殿，不如说是一座城市。半透明的球面式外壳构成了整个宫殿的穹顶，也是宫殿的主体。三根弧形的支架结构支撑起整个球壳，把球壳分成三个瓣。淡蓝色的球壳由无数的六边形小块组成，它将宫殿建筑群整个扣在它下面，占地几乎有 30000 平方千米。

穹顶最高处距离地面有 35000 米。宫殿的中央有一座巨塔，它连接着宫殿的地基与穹顶顶端，简直是擎天的巨柱。金色的支架结构在高塔顶端合为一体，整个宫殿极其庞大，但结构却出奇的简洁。它是凯洛达帝国建筑学的奇迹。

苍穹圣殿是诺瓦家族的皇宫，但并不是凯洛达帝国的政治中心。实际上，它只是王室成员的住所，就像隆施坦恩家族城堡一样。它又与王子城堡的复古风格不同，苍穹神殿中到处都显露着尖端科技的影子。但并不是中规中矩的传统科技风格，这里所展现的是一种极致的简约，一种魔幻般的精致，如艺术品一般优雅。

圣殿有三个入口，分别位于每一瓣球壳贴近地面处的中央，大门有足足 100 米高，金色的边框勾勒出火焰一般的形状。三个大门各自向神殿中央延伸出一条笔直的大道，直通中央的高塔。青蓝色的路面映着天空一样澄澈的光辉，两侧被金色的边栏托举着。道旁的空地被纤维状物体填充着，青草和低矮的灌木在上面生长。这些植物不仅美化了环境，也让这几乎全封闭的空间拥有了自我净化空气的能力。

三条主干道延伸出许多条支路，如树干分出枝条。大大小小的建筑在人造天穹下拔地而起，鎏金的花纹在弧形的墙壁上攀缘，流淌出无数抽象的图形，仿佛拥有生命一般。像彗星，像火焰，像陨落的星辰……

无数奇妙的水晶散发着圣洁的蓝光，它们有球形的，也有两端尖尖的锥形的。它们有些镶嵌在建筑墙壁上，有些体积较大的悬浮在半空中。那些悬浮在空中的水晶，金色的环状物体围绕着它们旋转，伴随它们闪烁着，如群星的眼睛。

现在，这座宏伟而美丽的圣殿正遭遇空前的危机。影翼龙族试图用相位轰炸来夷平它，并杀死其中的每一个雅典娜人。但苍穹圣殿不仅是个好看的花瓶，它还拥有强大的不朽者护盾。而在护盾内，雅典娜人中的精英，这个种族中最强的一群灵能者，正不遗余力地贡献自己的灵能，加固不朽者护盾。

阿瑞雅站在王宫高塔阳台的中央——那也是苍穹圣殿这座建筑的几何中心。她将超过自己身高的权杖竖直插在阳台地板的花纹图案中央，双手攥住权杖。权杖顶端镶嵌的透明的宝石此时闪耀着青蓝色的亮光，在阳台周围，缥缈的微光像薄纱一样若隐若现，无形的能量飘向四面八方。

不朽者护盾承受的负担越来越重了，阿瑞雅能够在灵能中感受到这一点。抬起头，穿过圣殿半透明的穹顶，不朽者护盾的内表面就像倒悬在天空中的汹涌的大海。

忽然，护盾剧烈的震荡起来，翻涌的波浪几乎触到了苍穹圣殿的穹顶。随后，是一阵天崩地裂的爆鸣。阿瑞雅看见护盾前端的一点开始瓦解，就像针在气球上扎了一个洞。破口虽小，却是致命的，顷刻间，整个不朽者护盾轰然崩塌。被硝烟笼罩的天空呈现在所有人面前。

一个巨大的、漆黑的轮廓占据了西北方向的天空。一只幻影巨龙！它落在行星地表，四只巨大的爪子与双翼压在土地上，支撑着它沉重的身躯。即便如此，巨龙的四肢还是慢慢向地层之下陷去。它的巨口大张着，对准了苍穹圣殿，刚才就是它在近距离上进行相位打击，摧垮了圣殿的不朽者护盾。

幸运的是，苍穹圣殿的次级防御力场及时启动了。当不朽者护盾被摧毁时，巨大的能量爆发被次级防御力场吸收，保护了圣殿免遭损坏。但现在，那只巨龙只要爬过来，它的巨爪就足以将整个圣殿压垮。

幻影巨龙并不擅长登陆行星，这些庞大而笨拙的黑以太生命的身体本来就不是为在星球表面生活而设计的。这只巨龙不知是因为轨道高度太低，不慎坠落，还是受尼德霍格的命令，牺牲自己来摧毁苍穹圣殿的防御。

紫罗兰特种部队——诺瓦家族的皇家卫队忠诚的战士们立刻冲上前去，使用一切能够运转的武器向巨龙集火射击。光束射进巨龙的口中，在它的喉咙中引起一连串的爆炸。但这并没有杀死它，反而将其激怒了。幻影巨龙加快了动作，吃力地挪动着自己的肢体，向圣殿爬过来。当他抬起巨爪时，深深嵌入地壳的爪印涌出了熔岩。

不朽者护盾崩溃后，苍穹圣殿立刻与外界恢复了通信。阿瑞雅收到的第一条通信是来自阿玛克斯人的。"阿瑞雅女皇！我是阿玛克斯帝国执行官克洛萨塔尔。请您做好防范冲击的准备。苏尔特号堡垒舰即将对你附近的幻影巨龙发动碎星炮打击，危险距离！"

"感谢您的支援，执行官克洛萨塔尔。"阿瑞雅用灵能控制着圣殿的防御系统，增大防护力场的输出功率。同时，她接入了圣殿防御部队的通信频道，向所有人发出了警告。

天空中的云团开始异常地飘动，旋转、汇聚成一个巨大的漩涡。十秒的等待后，一束橙色的光柱从天而降，云层顷刻间消散，空气也在高温中迅速被撕裂成等离子体，化作漫天流火。

光柱击中了幻影巨龙的背部，随后，巨龙庞大的躯体被灼热的烈焰吞没。阿瑞雅听见了巨龙的吼声。传说，幻影巨龙只有在进入虚空时才会发出这种诡异的声音。

但这只幻影巨龙只哀号了一声，便很快陷入了寂静。它的头颅重重落地，歪倒在一旁，双翼无力地塌在地面上，从它的后背上脱落。巨龙的身体中段被碎星炮粉碎，沉重的躯体断成两截，与数不清的黑色碎片一起缓缓陷入雅典娜二号松软的土地之下。

最大的威胁解决了，雅典娜人重新开始了有组织的反抗。阿玛克斯帝国舰队暂时夺下了外空轨道的控制权。在遥远的天边，另一只被碎星炮杀死的幻影巨龙正在瓦解成碎片，向地面坠来。

圣殿周围的折跃引导力场重新打开，来自亚卡娜斯星系的援军折跃抵达，第一批走下生产线的伊卡洛斯机甲投入了战斗。影翼龙族仍不死心，先前登陆的影翼龙部队乘坐着他们的飞行器向圣殿赶来，试图在没有轨道轰炸掩护的情况下攻下圣殿。

投入战斗的伊卡洛斯机甲分为两种型号：一种是双足直立行走的"通用型"，动作敏捷，机动灵活，能够胜任绝大部分的战场需求；另一种是四足行走的"支援型"，行动较为缓慢，但搭载了大量杀伤力巨大的重型武器，主要任务是提供远程重火力支援。

在它们的第一场战斗中，这些机甲巨人的战斗力还算令人满意。比起传统地面载具，它们的机动性明显更强。伊卡洛斯机甲能够跨越复杂的丛林地形，迅速移动至射击点位，向来袭的敌人开火。

指挥这只机甲部队的军官不敢让它们移动到距离圣殿太远的位置，如果影翼龙族再次发起相位轰炸，而伊卡洛斯机甲没有待在不朽者护盾的范围内，它们的能源供应将被切断。造价高昂的宝贵机甲将变成敌人的活靶子。

一架凯洛达皇家海军的穿梭机穿过战场上空密集的火网，从苍穹圣殿的东南角的入口飞入圣殿内部。它急匆匆地降落在靠近中央皇宫区的街道上。身穿轻质外骨骼护甲的阿昆德拉从驾驶舱中跳下，两名紫罗兰特种部队的士兵立刻拦下了他。

"我是雷希特元帅的副官，阿昆德拉！元帅命令我来向女皇陛下传递消息！"

"请将消息告诉我们，我们会派人替你传达。"紫罗兰部队的士兵说道。

"所有平民都已完成撤离，元帅请阿瑞雅女皇迅速完成撤离准备！皇家舰队损失惨重，但剩余的战舰仍能够护送女皇陛下离开这个星系！"

"撤退？真是荒唐！"紫罗兰士兵摇了摇头，"你难道看不出来，我们正在击退敌人吗？"

"我的任务是传达消息！如果你不愿意替我传达这个信息，那就让我亲自面见女皇陛下！"

两名紫罗兰士兵互相对视了一眼，他们刚要张口说话，但他们的声音被头顶上的爆炸声淹没了。两颗黑以太陨石砸穿了圣殿的穹顶，落入圣殿的建筑群中，腾起滚滚浓烟。自修复力场迅速修补破损的穹顶，但与此同时，落入圣殿中的石傀儡已经爬了起来，开始制造更大的破坏。

"你去传达消息吧！"紫罗兰士兵对阿昆德拉说道，"我们要守住圣殿内的防线！"

阿昆德拉点点头，迅速向皇宫区跑去。石傀儡很快从四面八方向皇宫区涌来，紫罗兰部队的战士爬上建筑屋顶，占据高地，用精确的点射将石傀儡放倒。紫罗兰部队的枪械发射的是高能粒子束。它不需要弹药，能源由士兵的灵能提供。对于这些士兵来说，射击是相当耗费体力的。因此，除非在很特殊的情况下，紫罗兰部队的士兵绝不会用步枪扫射敌人。

圣殿外的伊卡洛斯机甲也撤回圣殿内，协助人数不占优势的紫罗兰部队抵挡石傀儡的攻击。高大的机甲在奔跑时难免会撞倒圣殿内的建筑。看到那些精美的建筑遭到摧残，阿昆德拉感到无比痛心。但更让他痛心的，是所有雅典娜之子即将面临的命运。家园即将沦陷，雅典娜之子将沦为难民，流浪星海。

"女皇陛下！雷希特元帅有重要的信息要我转告您！"阿昆德拉气喘吁吁地跑上皇宫高塔顶端的阳台，在阿瑞雅面前单膝跪下。

"通信恢复后，我已收到元帅的消息。"阿瑞雅的声音很平静，俯视着她的皇宫。她的权杖顶端的水晶时不时射出一束射线，精准地点杀闯入皇宫的石傀儡。"我回应了元帅，命令他继续坚守一小时。我要启动飞升协议！"

此时，一幅全息影像出现在了阿瑞雅面前。"禀报女皇！我们的星门被摧毁！阿玛克斯帝国的后续援军无法抵达！"

这幅影像刚刚熄灭，阿玛克斯帝国执行官克洛萨塔尔便传来了通信。"阿瑞雅女皇！我们的朗基努斯系统无法完成组装！亚蒙内特号末日舰已抵达雅典娜星系。但没有其他辅助舰艇的协助，朗基努斯主炮无法获得足够的能量，不能进行射击！"

"我知道了，我会设法解决的。"阿瑞雅说完，轻轻叹了口气，"阿昆德拉，我需要你替我指挥皇宫的防御。"

"这是我无上的荣幸！"阿昆德拉站起来，向女皇微微鞠躬，"我定誓死坚守阵地。"

阿瑞雅对他轻轻点点头，随后离开了阳台，将权杖留在了原地。

苍穹圣殿中央，地下 270 米，这里有一座有半球形天花板的大厅。大厅中央的唯一一盏照明灯显得很苍白，它照亮了大厅中央的一个体积巨大的球形设备。但与大厅的面积比起来，那个设备还是显得很小。宽敞而空荡的大厅四周都没有被光照亮，黑洞洞的，给人一种异样的恐惧。

十几名身穿紫罗兰特种部队外骨骼的战士围绕着那个球形设备。当阿瑞雅从房间边缘的阴影中走出，走到他们身边时，这些战士并没有按照礼仪单膝下跪行礼。其中一人摘下了外骨骼头盔，露出他年轻而帅气的面孔。

"飞升协议已经准备就绪了，母亲。"哈迪斯说道，"但萨娅卡在为伊卡洛斯机甲部队供能，如果我们想激活协议，必须关闭外面的伊卡洛斯机甲。"

"那就这样做吧。"阿瑞雅点头说道，"你带了多少人来？"

哈迪斯拍拍手，空荡荡的大厅中立刻出现了 100 多个人。阿瑞雅被他们吓了一跳。难以置信！现在的光学隐身竟然能做到如此天衣无缝！

"这些是克隆的半机械超级战士，他们身上用了黑以太制造技术。"哈迪斯说道。

"哦？难道你的魅影已经有锻造黑以太的技术了吗？"

"并没有。"哈迪斯摇摇头，"这些超级士兵是……我们偷来的。但这说来话长了。"

"等到解决了眼前的威胁再慢慢说吧。"阿瑞雅说道，"下令关闭伊卡洛斯机甲，初始化飞升协议。"

"没问题！"哈迪斯敲了敲耳边的通信器，"伊卡洛斯机甲中队做好停机准备，五分钟后停止能源供应。"

说完，哈迪斯与阿瑞雅对视着，沉默了片刻。哈迪斯轻轻叹了口气，低下头。"库鲁玛，你带其他人上去吧，让我和女皇单独待一会儿。"

"好的。"名叫库鲁玛的战士点点头，与其他队员以及那些克隆的超级战士退到了阴影中，只留下哈迪斯与阿瑞雅两人。

哈迪斯缓缓抬起头，望着自己的母亲。"这段时间，过得还好吗？"

"除了今天，都挺好的。"阿瑞雅轻轻笑了笑，"海莲娜她还好吗？我有些担心她。"

"她和父亲在亚卡娜斯星系，很安全。何况，有萨瑞洛玛照顾她，"哈迪斯苦笑了一下，摇了摇头，"母亲，是我这个哥哥没教育好她。她太急于求成，才惹下这些麻烦。"

"我不怪她，但……"阿瑞雅沉重地叹了口气，"想摆平她惹下的麻烦，代价太大了。即便我想宽恕我的女儿，我的人民，能宽恕她吗？"

哈迪斯对那球形装置抬起手，无形的力量将它的球形外壳打开，内部的管线随后陆续分离，一层层展开，直到最内层卵状容器呈现在两人面前。白色的金属卵翻开外壳，无色透明的内溶液流出。"我相信，海莲娜会以她自己的方式赎罪的。"他说着，将昏迷中的萨娅卡从容器中抱出来。

"萨娅卡，我最小的妹妹……"哈迪斯隔着外骨骼冰冷的手套抚摸着她苍白而湿滑的脸。黏黏的溶液沿着她的四肢与头发渐渐淅淅沥沥地淌到地板上。"她是我们兄妹三人中最强大的灵能者，也许也是雅典娜之子中有史以来最强的灵能者。你真的准备将王位传给她吗？母亲。"

"曾经，我是想这样，毕竟这是我们的传统。"阿瑞雅走到哈迪斯身边，靠近去抚摸自己的小女儿。萨娅卡侧身躺在哈迪斯的怀抱中，仍然昏迷不醒。苍白的灵能光芒在她轻薄的皮肤下若隐若现。"现在看来，你，或是海莲娜，更适合领导未来的雅典娜之子。"

哈迪斯沉默不语，他将萨娅卡送到母亲的怀中。阿瑞雅抱着她的小女儿，喜悦与悲痛一齐化作泪水，涌上她的眼眶。萨娅卡曾是这位母亲最喜爱的孩子，但因为她与生俱来的力量，萨娅卡从未拥有过一个正常女孩的生活。

"把王位留给海莲娜吧。"哈迪斯说道，"给她一个在未来领导雅典娜之子夺回家园的机会，若她做到了，她也算是为自己的行为赎罪了。"

哈迪斯缓缓抬起双臂，大厅的地板随着他的动作颤动了一下，白色的微光顺着地砖的缝隙蔓延。无形的力量将展开的球形设备托举到半空中，天花板上伸下四只机械臂将它在半空中固定住。

随后，大厅中央的地砖下陷，向两侧张开，打开了一条通向下层的垂直通路。阿瑞雅走到大厅地板中央的圆形入口前，缓缓松开了怀中尚未苏醒的萨娅卡。人造引力场立刻接住了她，萨娅卡像一片沉入水中的落叶一般漂浮着，轻盈而缓慢地落入了那个洞口中。

洞口之下是一个椭球形的容器，它接受了萨娅卡后，洞口随之关闭。一幅全息影像在大厅中央点亮，电子合成的语音清晰地在两人身边回响。

"能源核心已激活，飞升系统处于待命状态。"

"授权代码 SN10330719A。"阿瑞雅面对全息影像说道。

"授权代码验证完毕，飞升协议开始初始化，预计 50 分钟后完成。"

"50 分钟？"阿瑞雅微微皱了皱眉头，"我们的部队能抵挡影翼龙族 50 分钟吗？"

"不行也得行！我已经命令魅影天狼舰队赶来支援这里的战斗，不惜一切代价阻击敌人，直到飞升协议准备完成。"哈迪斯戴上了外骨骼头盔，"这里最安全，您最好留在这里指挥战斗，母亲。圣殿外围的地面战场，就交给我吧。"哈迪斯说着，走入了大厅边缘的阴影中。

"祝你好运，哈迪斯。"阿瑞雅望着他的背影说道，"灵能女神保佑我们。"

"我的运气由我自己掌握。"随着嵌在地砖上的折跃点发出一束短暂的闪光，阴影中的哈迪斯消失不见了。

纳格法尔号的指挥大厅中，猎手格朗特坐在曾属于海莲娜的王座上。他面前的全息影像中只有一堆模糊的噪点。格朗特等待着，终于，一双明亮的、火焰一样的眼睛在黑暗中点亮。隔着一层扭曲而模糊的面纱，神秘之后，涌动着无形的威压。

格朗特站起来，在那双眼睛前单膝跪下。"伟大的影翼龙皇！这场战争中，我方处于优势。我们可以稳扎稳打，逐步击溃敌人。何必冒险发起这次攻击？"

"因为，我不想再等了！我是一个神灵！是银河历史中最强大的神灵！我应当像踩扁蝼蚁一样碾碎凡人的军队，而不是与他们周旋！"尼德霍格的双眼随着他的语气时而暗淡，时而明亮。"记住，我的猎手，我们是来屠杀他们的。"

"是，伟大的影龙皇。"格朗特头颅两侧的尖锐的鳞角一张一合，"尽管我在战略与战术上不赞同这次行动，但我会坚定地执行您的命令。"

"去做吧。"尼德霍格缓缓说道，"我的影翼大军会将凡人拖在雅典娜人的国土内。你们要做的，就是直捣凡人世界的心脏！"

"遵命！"格朗特说完，尼德霍格断开了通信。

琪雅哈娜踏着沉重的步伐走向格朗特，她墨绿色的鳞片在昏暗的大厅中被映成了灰黑色。黯淡的白光从格朗特头顶照下来，她仰起脸，用冷漠的目光望着王座上的格朗特。

"主人做了并非最好的决策。"琪雅哈娜冷冷地说道。

"我同意，但主人的意志不容违抗。"格朗特很自然地将双手放在王座的扶手上。但他的后背并没有放松地靠在靠背上，仍然保持笔挺的坐姿。"难道你想像洛玛兄弟那样违抗主人的命令？"

虽然格朗特坐在王座上，但他与其他猎手之间并没有地位的高低之分，所以琪雅哈娜完全不惧怕他。"并不。但我认为，对不合逻辑的决定提出质疑，是每一位战士的责任。"

"我已经对主人表达过我的担忧了，但主人执意如此。"格朗特面无表情地俯视着琪雅哈娜。他知道，琪雅哈娜心里现在一定会有些不舒服。但他们是光速猎手，光速猎手不能够拥有个人感情。因此，即使琪雅哈娜感到不舒服，她也不能表露出来。否则，这就等于告诉其他人，自己不是个合格的光速猎手。

"明白了，我想，我们不必继续讨论这个问题了。"琪雅哈娜说着，转身离开了。她背着某种体积很大的、沉重的武器。但作为一名身强体壮的娜迦龙种，使用这些武器装备对她来说没有什么困难。

格朗特露出了一个似笑非笑的表情——也许只有在人类看来是如此，格朗特只不过是动了动嘴角。琪雅哈娜走远了，格朗特轻轻拍了一下王座的扶手，唤出环绕大厅的全息影像。每一幅影像点亮时，都伴随着巨石落地般的闷响。

"琪雅哈娜，尼萨娅卓拉，阿诺德，乌诺塔斯，你们四个负责攻击方舟停泊区。优先任务为吸引凡人军队的注意力，次要任务为摧毁方舟。厄雷萨，你随我潜入至高秩序主机区，我们唯一的任务是上传病毒至至高秩序主机。若任务失败，我们便炸毁主机。"王座上的格朗特站起来，"其余的猎手作为后援，在纳格法尔号上待命。"

一阵整齐的"收到"声后，格朗特不动声色地用手势在全息影像前操作着什么。"航线已确定！预计 75 分钟后抵达！"

虚空世界仿佛一片漫无边际的不平静的海洋。无常的空间波动就是汹涌的海浪。纳格法尔号的虚空引擎有节奏地震动着，驱动这只巨兽破开巨浪，从拥挤的气泡中穿过。

尼德霍格的大军已经进入凯洛达帝国的领地，它们是巨斧与重锤，正面砸向凡人坚固的盾牌。此时此刻，凡人中不会有人想到，真正要了他们的命的，是一支背后袭来的、直捣要害的毒箭。

第十九章

雅典娜的沦陷（下）

随着两艘方舟地平线号与诺亚号的竣工，"方舟计划"的第一批乘客即将搭乘它们踏上前往仙女座星系的旅程。但随着方舟的建成，"方舟计划"的反对者也加剧了抗议活动。当地时间上午 10 点，200 多名抗议者在明德斯星与军警爆发激烈冲突。造成 2 名警察身亡，12 名警察受伤。抗议者中有 33 人被当场击毙，59 人被捕。

——埃尔坦恩自由电视台午间新闻报道

外空轨道上的战斗比地面上更加激烈。凯洛达皇家舰队基本上撤出了正面战斗，守住外空轨道控制权的任务落在了阿玛克斯帝国舰队身上。

凯洛达帝国的舰船都没有装备碎星炮级别的武器。他们的舰船设计师认为，标准的 17 万兆瓦功率的粒子束主炮已经能够击穿任何现役舰船的防御。因此，凯洛达帝国的战舰偏向于搭载多台标准主炮，战斗时各主炮交替射击形成不间断火力，意图在射速上压倒对手。

没错，许多战争实例证明这样的设计方式有许多优势。但此时此刻，在面对幻影巨龙时，这些标准型主炮的火力输出简直像挠痒痒一样。

而阿玛克斯人的被许多军事专家称为"华而不实"的设计思路，此时却凸显出巨大的作用。应湮灭尊主本人的要求，阿玛克斯帝国的所有无畏舰上都搭载着碎星级武器。五艘无畏舰同时开火便足以将一颗中等质量的岩态行星化作一颗完全被熔岩包裹的火球。

碎星炮可以用来毁灭行星，同样能够杀死幻影巨龙。阿玛克斯帝国历史上只毁灭过四颗行星。绝大部分时间，这些大杀器都处于闲置状态。有趣的是，碎星级武器的火控系统刚好能锁定到幻影巨龙这样大小的东西。而碎星炮一次开火也刚好足以击碎其黑以太塑成的躯体。

执行官克洛萨塔尔甚至怀疑，它们被制造出来就是用来猎杀幻影巨龙的。难道说，所谓"灭星以显神威"的说法只是个借口，尊主下令造出这种东西是因为他预见了幻影巨龙的存在？

但如果有人以为阿玛克斯帝国舰队能够扭转战局，那就大错特错了。阿玛克斯人不过是暂时阻止了尼德霍格的造物从凯洛达帝国头顶上碾过去罢了。

碎星炮能够击毁黑以太铸成的巨龙，但面对体型比幻影巨龙小，却同样以黑以太为材料打造而成的影翼主战舰艇便无能为力了，碎星炮这样的大杀器难以锁定体型较小的主战舰。这些舰船能有效抵御绝大多数常规武器的攻击。克洛萨塔尔不得不将战列舰每十艘编为一支小舰队，令小队中的各艘战列舰同步射击参数，集中火力射击同一目标。但即便如此，也无法保证每次齐射都能够击毁一艘影翼主战舰。

很快，影翼龙族的大军凭借数量优势，在守军面前展开阵型，从左右两翼与上下两翼进行弧形包抄。"四队与九队全力阻击侧翼的敌人！绝不能让它们移动到行星背面！"克洛萨塔尔的目光中流露出不安。

此时此刻，已经不需要看雷达屏幕上的目标指示了。从舰桥正前方的落地窗向外放眼望去，影翼大军早已遮蔽了群星。漆黑的造物背着阳光，迎着雨点般密集的激光束，无所畏惧，浩浩荡荡地向雅典娜二号行星压过来。被击毁的舰船爆出紫色的火焰，诡异的亮光照清楚了这些战争机器令人不寒而栗的轮廓。

尼德霍格的大军无穷无尽，它们击垮阿玛克斯舰队只是时间问题。现在唯一的希望，只有朗基努斯系统了。

此时此刻，该隐号末日舰已经与亚蒙内特号末日舰完成了对接，组成了一个巨大的太空建筑。随后，更多的组件陆续组装在这个巨大的框架上。朗基努斯系统那圆柱体的主体结构框架变得越来越"丰满"了。但最前方暗银色与暗金色相间的线圈结构仍然裸露着，给人一种无法形容的压迫感。

"执政官大人！凯洛达帝国舰队请求建立通信。"克洛萨塔尔的一名副官说道。

"接过来。"

"执政官，您好。我是凯洛达帝国皇家舰队的雷希特元帅。很遗憾地通知您，影翼龙的突击部队刚刚击毁了两座主要星门，您的后续部队无法继续抵达了。"

克洛萨塔尔的瞳孔猛地收缩了一下，又慢慢松弛下来。"能修复星门吗？"

"难度很大，修复受损较轻的星门至少需要十个小时。"雷希特说道。

"我明白了。"克洛萨塔尔缓缓呼出一口气，"让我们继续战斗吧。"

星门无法运转，朗基努斯系统便无法完成组装，阿玛克斯舰队唯一的救命稻草折断了。除非他能坚持十个小时——这还只是最少的预期时间。而现在，不要说十个小时了，他的舰队每分每秒都有被包围歼灭的危险。

克洛萨塔尔结束了通信。他强迫自己镇静下来，驱散脑海中回荡的恐惧。他不畏惧死亡，他畏惧的是自己辜负了尊主的信任。现在，克洛萨塔尔面前有两条路，一是无所畏惧、无所顾忌地在雅典娜星系战死，以死亡证明自己对尊主无上的忠诚。二是撤出战斗，保全这支舰队，为帝国未来的战争留下一支宝贵的作战力量。

"巡洋舰与护卫舰保护好无畏舰队，无畏舰继续用碎星炮射击幻影巨龙，舰队准备从103方向突围！"克洛萨塔尔表面上镇定自若地下达命令，但握着保温茶杯的手却在微微颤抖，"给我接尊主大人。"

年迈的执行官饮下一口淡茶，用衣袖轻轻擦了擦嘴。他在全息影像通信仪前单膝跪下。旗舰的舰桥地板上铺着厚重的暗红色地毯，但老人的膝盖支撑在上面仍然隐隐作痛。

"拜见尊主！我是执行官克洛萨塔尔。"

"请讲，执行官。"全息影像中的卡尔脸色平静。现在克洛萨塔尔唯一的希望是当通信结束时，尊主的脸色依然平静。

"凯洛达的星门被摧毁了，朗基努斯系统无法完成组装！影翼龙舰队拥有绝对优势，外空轨道随时可能失守！"克洛萨塔尔缓缓说道，"我请求撤退，保留有生力量！"

身处阿特洛达尔星系的卡尔当然知道星门的另一边发生了什么，他的执行官已经尽力了，他没有理由不相信这一点。"我命令你率舰队继续坚守直到阿瑞雅女皇完成撤离。"卡尔平静地说道，"不要担心，你会得到额外的支援。"

卡尔很讨厌无意义地损失部队，但身为湮灭尊主的他已经答应过阿瑞雅女皇阿玛克斯帝国会提供支援。若帝国舰队在最危急的时刻逃离战场，损失的是阿玛克斯帝国的尊严，更是湮灭尊主的神威。

"遵命！"

身高超过100米的通用型伊卡洛斯机甲守卫着苍穹圣殿的三座大门。苍穹圣殿的大门之宽，足够二十几台通用型伊卡洛斯并排通过。大门之高，即使这些钢铁巨人站直了身子，头顶也不会碰到上方的"门框"。

通用型伊卡洛斯机甲上只在肩部位置安装了小型激光器作为自卫火力，在战场上，它们需要像人类士兵使用枪械一样来操作为它们设计的大型武器模块。由于通用型伊卡洛斯机甲的外形相当于按比例放大的人体，因此为它们设计的武器模块也像是按比例放大的枪械。

但相比于人类士兵，体型巨大的伊卡洛斯机甲还是非常笨重，不过应对阵地防御战仍然绰绰有余。机甲三架为一组，两台为攻击手，一台为后勤员。战斗时，一台机甲在前方射击，一台机甲在后方装填弹药，前者的弹药打空后，立刻退后装填弹药，而后者立刻补上，代替前者的位置。两台机甲把握好开火频率，默契配合，能够进行不间断的火力输出。而后勤员没有配备武器模块，它只需要负责为两名攻击手提供弹药补给。

在通用型机甲的防线后方，是体型更庞大的支援型机甲。它们没有仿人形的外观。四条粗壮的机械腿支撑起搭载着战舰级重武器的躯体。这些庞然大物主要负责防空与打击敌方高威胁目标。

"伊卡洛斯机甲继续守住外围防线！紫罗兰部队迅速消灭登陆在圣殿内的敌人！"

阿昆德拉换上了一身紫罗兰部队的外骨骼动力甲，他很想从王宫阳台上跳下去，亲手消灭那些令人厌恶的石傀儡。作为一名帝国军人，或者说，仅仅作为一名雅典娜之子，阿昆德拉不想看到当同胞出生入死时，自己却在高处袖手旁观。

但现在，他不得不这样做。他必须待在安全的地区，观察全局，调整兵力部署，指挥蜂巢无人机支援各部队。

黑以太陨石砸穿圣殿穹顶，落入圣殿建筑区内时，几艘影翼龙族的登陆艇也从破损的穹顶外乘虚而入。石傀儡们漫无目的地制造破坏与混乱时，登陆艇则直冲皇宫区而来。

"预备队准备交战！"阿昆德拉一边下命令，一边控制蜂巢无人机前去阻击登陆艇。

影翼异人龙战士打开了登陆艇两侧的舱门，看来他们毫不畏惧无人机上搭载的小型激光武器。无人机群靠近时，影翼异人龙抬起他们的武器，几团模糊的光点在他们的枪口前闪过，下一刻，靠近他们的无人机都滋滋地迸着电火花，东倒西歪坠落到地上。

就在影翼龙部队用电磁脉冲武器击毁无人机时，紫罗兰部队的狙击手也开火了。几束蓝激光在空气中留下淡淡的痕迹，精准地烧穿了登陆艇中的几颗龙头。登陆艇舱门边被射中的异人龙像破布娃娃一样被甩了下去，在苍穹圣殿的地砖上摔得血肉模糊。

"所有守卫圣殿的部队注意！飞升协议即将启动！伊卡洛斯核心的主要能源将用于激活飞升核心！所有伊卡洛斯机甲立刻撤回圣殿内，做好停机准备！"

这条信息向凯洛达帝国的所有作战单位重复了两遍。对于阿昆德拉来说，这是个不折不扣的坏消息！不过，现在他没时间抱怨。一架无人机贴上了一艘影翼龙登陆艇的尾部，以自爆的方式破坏掉了登陆艇的引擎。失去动力的影翼龙登陆艇失控翻转，直向皇宫区坠来。

这个失控的铁盒子最后一头扎在了皇宫主殿的外墙上，撞破了建筑的合金防护层，最终被扭曲的钢筋卡住了机翼，不动了。出人预料的是，登陆艇中的影翼异人龙战士竟然都活了下来！他们炸开登陆艇损坏的舱门，从20多米高的半空中跳下来，落在阿瑞雅女皇的宝座前。

阿昆德拉真庆幸女皇不在宫殿里。不过，尽管阿瑞雅女皇是安全的，但她的皇宫仍然不能被这些杂种所玷污。阿昆德拉从阳台上跳下，落在皇宫的屋顶上，外骨骼动力甲帮助他落地缓冲。停顿了一瞬，他继续向登陆艇坠落的地点奔跑。阿昆德拉右手一挥，一记灵能爆结结实实地砸在登陆艇尾部，将这个烧焦的铁罐头完全砸进建筑内。之后，阿昆德拉从它留下的窟窿中一跃而下。

进入皇宫的影翼异人龙有七个，登陆艇被轰下来的巨大声响引起了他们的注意。当阿昆德拉从窟窿中跳下时，影翼龙战士迅速向他开枪。

射向阿昆德拉的光束有五束没有命中，两束被外骨骼护盾挡了下来。不得不说，影翼龙族的粒子束步枪功率真大，一束命中后，阿昆德拉的护盾就被消耗掉了一多半，第二束命中时，外骨骼的护盾发生器立刻过载而崩溃。

阿昆德拉弯曲双腿，落地时用膝盖撞倒了一名处于他身下的影翼异人龙。在击倒他的同时，阿昆德拉左手扶住他的脑袋，掌心的聚能器将阿昆德拉释放的灵能凝聚成一束灼热的光刃，眨眼间便烧穿了对方那颗被鳞片包裹的丑陋的头颅。

他没有停下，杀死那名异人龙后，阿昆德拉顺势向前翻滚，抄起异人龙丢在地上的粒子步枪。他没有立刻开火，而是迅速躲到了登陆艇的残骸后方。此时，其余异人龙已经向他开枪了。

没有护盾与表面压电护甲的保护，高能粒子束轻而易举地穿透了登陆艇的两层外壳。有几个瞬间，击穿登陆艇的粒子束与阿昆德拉擦身而过。而阿昆德拉此时紧张到完全没有意识到自己还活着是一件多么不可思议的事！

很快，影翼异人龙们冷静了下来。四名异人龙分两组，试图从穿梭机两侧包抄，这一招在阿昆德拉的预料之中，换了他在对面，他也会采用同样的做法。阿昆德拉看了一眼固定在外骨骼护甲手臂上的微型电脑屏幕，深深吸了一口气。现在他能做的，只有祈祷蜂巢无人机能够准时抵达了。

阿昆德拉没有听到他盼望的无人机的旋翼发出的嗡嗡声，而是一阵阵的爆鸣。那动静有点像飞行器突破音障时的音爆，却又十分短促，没有超音速飞行器与空气摩擦时持续的轰鸣声，倒是更像超空间引擎折跃时发出的声响。

随着这一阵阵诡异的爆鸣，几个人影出现在皇宫主殿的正门。那几个人影身高约两米，但身体却较为纤细，不像是穿了外骨骼的样子。阿昆德拉的第一反应便是他们不是人类，是影翼龙族的造物。幸好，当他抬起枪，准备向新的威胁开火时，他看见了这些人影胸前的凯洛达帝国海军陆战队标志。

不速之客们使用一种外形简洁几乎没有加装任何战术配件的粒子束步枪向影翼异人龙射击。阿昆德拉听见了空气受热发出的呼呼声和嗡嗡声，还有异人龙的哀号与龙血沸腾的嘶嘶声。他从掩体后探出身子，向敌人倾泻火力，但在他击中敌人前，这群不速之客已经肃清了皇宫主殿的大厅。

"赞美雅典娜！你们的支援真的太及时了！"阿昆德拉走向这些外貌怪异的战士。

他们的脸像蜘蛛一样对称排列着两大四小的六只眼……准确地说，那些是功能不同的光学探测器。他们没戴头盔……不，他们的护甲仿佛是直接生长在身体上的。他们有便于高速奔跑与跳跃的双反曲关节，电子仿生肌肉组织包裹着他们的四肢，被一层金属护甲板保护着。他们呼吸时，空气从胸腔偏上的四个矩形通气孔涌入身体，废气则从腰部的通气孔派出。

"你叫什么名字？战士。"不速之客中有一个声音问道。

"我的名字是阿昆德拉，我是雷希特元帅的副官，我现在的任务是守住皇宫区，直到女皇撤离！"

一个身材比较正常的男人推开身边沉默不语的战士们，他外骨骼面罩张开，露出一张英俊的脸。"我是女皇的长子哈迪斯，我以女皇之子之身份命你率人扫清圣殿西南侧的区域！这一队飞影战士将协助你的行动。"

"定当不辱使命！"

哈迪斯没有多说话。对于阿昆德拉这样忠诚的战士，只要让他明白任务是什么就足够了。哈迪斯将面罩一扣，拍了一下自己手中的粒子束步枪，冒着白烟的散热片弹出。"二队留下协助阿昆德拉，其他飞影战士随我来！"他一边下命令，一边给步枪装填新的散热片。当哈迪斯转身离开时，他的身形渐渐模糊，与环境融为一体，消失在了阿昆德拉的视野中。

时而有坠落的飞船在穹顶上撞成一团火焰，激起动能屏障上的一圈涟漪。圣殿内，许多建筑都已化作废墟，鎏金的纹饰被战火炙烤成焦黑。

高大的伊卡洛斯机甲踏过废墟，磁轨机炮的轰鸣声从未停下。虽然失去了来自萨娅卡的能源，但机甲内部的储能模块仍然能支持机甲继续战斗 15 分钟。两台支援型机甲正在向从西南侧的大门涌入的敌人开火，那是圣殿唯一一处没有完成封闭的大门。大部分通用型机甲都全神贯注地向半空中瞄准，时刻准备向撞破穹顶的黑以太陨石开火。

支援型机甲搭载的重武器无法自动装填，在战斗时，需要两名后勤员的辅助。负责后勤的通用型机甲拿起有四个集装箱那么大的储弹装置，扣在重型磁轨炮尾部的槽位中。支援型机甲迅速瞄准并开火，储弹装置中的六发弹药打空后，空弹仓便被抛下，后勤员立刻为其换上新的弹仓。

伊卡洛斯机甲在战斗中剩下的空弹仓成了步兵构筑掩体的材料。躲在空弹仓后面便可躲避绝大多数的轻武器攻击，爬到它顶上便可获得临时制高点。两架支援型伊卡洛斯与六架通用型伊卡洛斯正稳步向西南大门推进。阿昆德拉带领他的突击队向大门快速前进。伊卡洛斯机甲将闯入圣殿内的敌军飞行器一一击毁，地面步兵小队高效地猎杀废墟间残存的石傀儡与影翼异人龙。

"不要再向前了！阿昆德拉！"通信器中忽然传来了哈迪斯的声音，"伊卡洛斯即将停机！"

"明白！但敌人尚未被扫清！"阿昆德拉回答道，"我必须完成我的使命！"

"稍等！我派给你更多的飞影战士！"哈迪斯话音刚落，阿昆德拉听见自己身后传来了一声声短促的爆鸣。他回过头，看见更多的飞影战士随着一道道白光出现在自己身边。这些奇怪的战士能不依靠外部设备进行短距折跃？

"好了，阿昆德拉，我将我的飞影战士全部给你指挥了！"哈迪斯说道，"祝你好运！"

结束了与阿昆德拉的通信，哈迪斯迅速接入了魅影的加密通信频道。"啊！该死的！通信转接就这么慢吗？"在大约一分钟的等待后，哈迪斯终于建立了与卓洛的通信。

"卓洛！我需要你的帮助！"

"哦？什么事？"

"飞影战士数量不足，我需要你黑入一艘外空轨道上的阿玛克斯巡洋舰，让它投下更多的飞影。"哈迪斯一边说，一边抬手一记灵能爆轰碎了两只石傀儡，"快点！我们这边情况有点紧！"

哈迪斯已经后悔把所有飞影都派给阿昆德拉了，虽然他身边有两架伊卡洛斯的掩护，但它们只能射击远处的敌人。对于时不时从身边残破的建筑中跳出来偷袭的敌人，那就只能靠哈迪斯自己了。

"没问题，我来看看……昂……"卓洛哼起了小曲儿。

"拜托你认真点好不？"哈迪斯的外骨骼将他的灵能凝聚到掌心，化作两道粒子束射向身旁一座建筑二楼的异人龙，"我这边……"

咚……嗡……

两架能源完全耗尽的伊卡洛斯发出了一阵怪响，随后身体僵硬地向两侧歪倒了。它们摔在地上，栽在断壁残垣之间，涌起大片尘土。

"卓洛！"哈迪斯预感到形势不妙，"快一点行吗？"

"搞定！"

此时此刻，一艘搭载着160名飞影战士的阿玛克斯巡洋舰上忽然响起了警报。二号反应堆停机，舰船失去一半动力。动力不足的巡洋舰缓缓向大气层坠去。舰长立刻下达了"抛掉货舱全部负载，一号反应堆全功率运行"的命令。于是，装载着飞影战士的货箱在几秒内被全部扔出了气闸。

离开巡洋舰的飞影战士立刻被卓洛遥控启动。卓洛利用他预留的后门程序改写了他们的逻辑程序。随后，这些半机械生命爬出货箱，启动各自体内的微型折跃引擎。随着一束束白光，他们迅速抵达了哈迪斯身边。

各系统自检完毕，武器完成预热并装填完毕。多波段光谱综合成像系统搜索并锁定所有影翼龙族的生命信号，发现后立刻杀灭。

"干得好！卓洛！"哈迪斯舒了一口气，"现在我们……"

随着天崩地裂的轰隆声，一个漆黑的轮廓穿过被残阳与烈火映得血红的云层，落在焦土之上。随之而来的剧烈震动几乎将整个苍穹圣殿掀了起来。哈迪斯被抛向了半空中，他感觉自己飞了至少十米高。当他翻滚落地时，飞影战士们在半空中点杀了几个被地震震出来了的影翼异人龙。

"我们高兴得太早了！"

"我是雷希特元帅！有人能听到吗？地面部队，有人能听到吗？"

"女皇之子哈迪斯在此。"哈迪斯说道。

"一只幻影巨龙在北半球着陆了！"

哈迪斯能听出来雷希特的语气很焦急。能让这位老军人如此紧张的，一定是异常可怕的情况。"北半球？能告诉我精确的位置吗？"哈迪斯问。

"它……它覆盖了整个北半球！"

天空已是一片漆黑，燥热的风裹挟着沙尘涌入圣殿中，隆隆的巨响始终没有停息。大地在颤抖……不！大地在痉挛，正在破碎、瓦解！剧烈的地震将哈迪斯一次又一次地抛向半空中，他感觉自己正站在一艘正在狂风暴雨中行驶的小船上。

"飞升协议已初始化完毕，可以启动。"

电子合成语音结束后，是阿瑞雅女皇的声音。"飞升协议终止！地壳的变化卡住了圣殿！"

"有解决办法吗？"哈迪斯问。

"湮灭尊主卡尔诺帕拉！我是凯洛达帝国女皇阿瑞雅，我需要你的帮助！"

一台通用型伊卡洛斯走过哈迪斯身边，向西南侧的大门走去。阿瑞雅已经登上了一台机甲。虽然没有外部能量供应，但作为帝国女皇，阿瑞雅的灵能足以支持一台通用型伊卡洛斯正常战斗。

"请讲。"机甲的驾驶舱中，阿瑞雅身边的全息影像中浮现出卡尔的身影。透过略微有些模糊的影像，阿瑞雅能看见卡尔正大步穿过一条走廊。

"我需要你的舰队对雅典娜二号行星执行碎星打击！"阿瑞雅从一台停机的伊卡洛斯手中拿过一柄粒子束枪械。武器模块与机甲手臂上的通用接口完成连接，粒子加速器完成预热。

"不！"雷希特元帅在通信中喊道，"请原谅我的无礼！女皇陛下！雅典娜二号行星是我们世世代代生活的家园，是雅典娜之子的灵魂所在！您怎能让我们的家园毁灭？"

阿瑞雅戴着遮住大半张脸只露出眼睛的防护头盔。很难想象平时稳重而优雅的帝国女皇竟会穿上战斗服，亲自钻进一台伊卡洛斯机甲中。"有人民的地方，就是家园。"阿瑞雅的双眼涌动着圣蓝色的灵能光辉，深邃而坚毅。"雅典娜之子不需要一个特定的地方作为一个象征，我们存在的地方，即是家园。星辰大海之中，一定有我们的栖身之所！"

"您要三思啊！女皇陛下！"雷希特恳求道，"当雅典娜人回望历史时，难道要看到，是我们毁灭了雅典娜之子世世代代生活的家园吗？"

"没有舍，何有得？"阿瑞雅控制伊卡洛斯抬枪射击。"雅典娜二号行星的地壳变化卡住了圣殿，飞升协议无法完成！而且，我宁可看到雅典娜之子的母星在烈焰中涅槃，也不愿影翼龙族的造物玷污它！碎星吧，尊主。"

"我赞赏您的大义，阿瑞雅女皇。我会向我的舰队传达命令的。"卡尔轻轻点点头，"请打开苍穹圣殿中的折跃诱导力场。我要亲自参战！"

"哈迪斯，你去接手圣殿的主控中心！"阿瑞雅命令道，"阿昆德拉，你带领紫罗兰部队随我肃清西南侧的敌人！"

"我去引开那只巨龙！"

那是卡尔的声音。阿瑞雅转过身，只见卡尔从后方大步走来。他没穿战斗用的护甲，也没有携带任何枪械。一身黑与灰相间的长袍与他银灰色的长发一齐在灼热的气浪中飘舞。

"您的勇气令我钦佩，卡尔尊主。但以一己之力对抗一只幻影巨龙未免太过莽撞了。"阿瑞雅的机甲继续在前方开路。此时那只登陆行星表面的幻影巨龙开始挪动自己的身体了，剧烈的震动使得阿瑞雅的机甲差点摔倒。虽然地震异常可怕，但苍穹圣殿内的建筑却异常坚固，只有那些遭受过轰炸的建筑表面因地震出现了裂痕，没有一座建筑是被地震直接摧毁的。

卡尔淡淡一笑，走到阿瑞雅的机甲身边。"相信我，我比你们中的任何人都了解它们。"

他话音刚落，随着一阵短促的嗡嗡声，卡尔四周闪过一抹淡淡的红光。无形的力量在他周围撑起了一层护盾。他右手轻轻一甩，流淌的黑以太顷刻间在他手中凝聚成一柄漆黑的长刀。

"克洛萨塔尔！把外空轨道上的实时图像传给我！"

"遵命！尊主！"

卡尔向前奔跑着，他的左前方投射出一幅全息影像。那只幻影巨龙的四肢已经陷进了地壳中，但大半个身子仍然处于大气层外。两片巨翼支撑着它沉重的身躯，骨节分明的尾巴几乎在行星表面环绕了一圈。巨龙低吼着，挪动着自己的躯体，红热的碎石与熔岩被抛向太空。

卡尔一眼就认出了这只巨龙，它是芬雷尔。诸神黄昏之战中，它轰炸过卡尔迪兰星。在卡尔的记忆里，整个影翼龙群中，体型这样庞大的巨龙只有三只。另外两只是耶梦加得与艾尔索伦。若不是亲眼见到这个大家伙再次出现，卡尔还以为它们都已经被洛拉杀掉了。

卡尔刚冲出圣殿，石傀儡与影翼龙族的各种飞行器便向他扑来。激光束打在他的护盾上嗡嗡作响，泛起一圈圈涟漪。卡尔将长刀在手中旋转一圈，飞快地向前方挥舞两次，两道漆黑的扇面径直向前方冲去。几乎没人能看清发生了什么。下一瞬间，卡尔面前的敌人连同他们藏身的掩体被齐刷刷地斩断。红热的切面冒着青烟，刺鼻的硝烟中又多了一抹龙血的腥味。

他并没有杀掉周围的所有敌人，他也不需要这样做。阿昆德拉的突击队紧随其后，精锐的紫罗兰士兵以精准的点射杀死了残存的敌人。而卡尔此时已经消失在了远方，他在流淌着熔岩的焦土上奔跑、跳跃，只冲芬雷尔的头颅而去。

芬雷尔的脑袋还在大气层之外，它太过巨大，以至于卡尔站在地上都无法看清它的全貌。"克洛萨塔尔！碎星炮就位了吗？"

"无畏舰正在变轨！预计30秒后完成！"

"好！"卡尔向半空中挥出一刀。随着空气的震颤，一艘影翼龙登陆艇在半空中断成两截，喷涌着紫色的火焰坠向地面。"碎星炮就绪后，全功率打击幻影巨龙四周的地面！"

"尊主！您处于火力覆盖范围内！太危险了！"克洛萨塔尔诚恳地反驳道。

卡尔回身再次挥刀，这次他的敌人是一群石傀儡。他没有动用额外的力量，刀刃撞击它们的身体就足以将它们砍成碎片。"你不需担心我，执行官，难道你想质疑我的力量吗？"

"属下万万不敢！"克洛萨塔尔连忙单膝跪下。"我会执行您的命令的。"

卡尔不慌不忙地单手挥刀。当石傀儡从四面八方围上来时，他原地旋转一周，刀刃将这些讨厌的怪物化作一堆飞向四周的锋利碎石，它们身后的敌人也顷刻间被扎成了筛子。

正当卡尔在敌群中大开杀戒之时，他的背后遭到了一记重击。有什么东西撞在了他的护盾上，炸出一阵令卡尔感到一丝眩晕的脉冲。同一瞬间，卡尔的通信装置失灵，护盾也失效了。

他回过身，站在他面前的是一个体态瘦削的影翼异人龙。那异人龙四肢修长，没有双翼，是个雌性。她左手持一把轻型冲锋枪，右手握一柄紫色的光刃。黑色的战术目镜挡住了她的双眼。

卡尔仍不慌不忙，长刀在他手中旋转一圈。"你不是我第一个杀掉的光速猎手，当然也不会是最后一个！"

对方没有听卡尔在说什么，也不在乎他要说什么。光速猎手并没有冲到卡尔面前用光刃与他格斗，而是抬起冲锋枪向他射击。卡尔则抬起左手，灵能在他掌心聚集。

"Hli'Yaku Rora！"

一颗奇点在他掌心形成，卡尔轻而易举地将它向前推出。奇点周围涌起一团旋风，吞噬着四周的硝烟与尘土，也吞噬了对方射出的子弹，并径直向她快速飞去。

猎手的反应也相当快，在卡尔开始操控奇点的瞬间，她便启动了自己身上的微型折跃设备，向侧方闪烁，眨眼间便飞出 60 米。她在半空中再次现身，向卡尔凌空射击。

但此时，卡尔的护盾已经恢复了一部分。虽然一梭子弹将这层未完成充能的护盾消耗掉了，但却没伤到卡尔本人一分一毫。卡尔不准备给她下一次机会了，漆黑的刀刃短促而有力地波动着，等待它的主人挥出这必杀的一击。

"砰！"

又是同样的声响，但这一次，没有护盾保护的卡尔感到一阵钻心的剧痛。前一瞬间，一枚长钉子弹从他的背后射入，并从他右腹部穿出。卡尔眉头一紧，连忙回身向子弹来袭的方向斩出一刀。漆黑的弧面一闪而过，随后半空中落下一架被削掉了一半旋翼的碟形无人机。

那无人机的机腹下搭载着一台 12.7 毫米多用途磁轨发射器。毫无疑问，刚才就是这个小东西打伤了他。

卡尔缓缓呼出一口气，伤口的剧痛阻碍了他的行动。此时，那名光速猎手挥舞光刃径直冲了上来。卡尔立刻抬起长刀格挡。黑以太刀刃与光刃碰撞，发出爆鸣。猎手没有与他较量力量，攻击一旦被挡住，猎手便立刻变换进攻方向。而卡尔虽然身上有伤，但抵挡对方的近战攻击仍然游刃有余。很幸运，看来那枚长钉子弹没伤到他的重要脏器。

多次攻击没有得手，猎手立刻后跳拉开距离，飞快地给冲锋枪更换弹匣，对卡尔进行压制射击。卡尔用长刀辅以灵能格挡了正面飞来的子弹，与此同时，他看见对方右手从背包中掏出了什么东西，扔在地上。很快，那两个处于折叠状态的小玩意儿展开飞了起来。该死！又是两架无人机！

卡尔有点恼火，他与无数光速猎手交手过，但使用无人机战斗的猎手他还是第一次遇到，他能感觉到两台磁轨枪已经锁定了自己。现在，卡尔一边要面对这名对他不依不饶的猎手，一边要提防自己身后两侧的无人机。

卡尔从腰间摸出一根针管，扎在自己腰部，淡粉色的透明液体被自动注入他体内。当他将空针管拔出来时，他已经几乎感觉不到伤口的疼痛了。

白羽龙血提取的"红药"不仅能迅速愈合伤口，还在短时间内增强了卡尔的感官与反应能力。无人机向他开火，卡尔运用灵能迫使一枚子弹的弹道发生偏转，同时抬起长刀挡住另一发。做完这些后，卡尔闪身向那名猎手靠近。而与此同时，猎手又放出了两架无人机。

卡尔挥刀劈斩，猎手用微型折跃设备短距折跃到卡尔身后。光刃划过，直冲卡尔后颈而去！

猎手的动作很快，但卡尔湮灭尊主的名号也不是白来的。卡尔回身，长刀竖起挡住对方的突袭，炽热的光刃只削断了卡尔的一缕头发。下一瞬间，暗红的微光已从卡尔眼中涌出。

灵能爆！

湮灭尊主的灵能释放没有绚丽的光芒，只有一股无形的力量压向了四周的一切物体。陡然增大的异常重力将猎手的无人机全部摔到了地上，而那名光速猎手也一个踉跄差点摔倒。卡尔不慌不忙地抽身后退，长刀向前一挥，短促的哀号从猎手喉咙中涌出，随后，她倒地身亡。

"苍穹圣殿内的敌人已经被完全肃清！"通信中传来了阿昆德拉的声音，"阿瑞雅女皇！我们该撤回去了！"

"你带领紫罗兰部队先撤，我的机甲能够独自守住大门！"

卡尔淡淡一笑，一切都在顺利进行。接下来，就是芬雷尔了！

长刀在卡尔手中旋转一圈，嗡嗡地震颤着。卡尔看准了自己正前方幻影巨龙的前肢。"克洛萨塔尔！碎星炮是否就位？"

"回尊主，碎星炮随时可以开火。"

"开火吧。"

硝烟聚成的低云被一股无形的力量吹开，在天空中形成数个壮观的漩涡。昏暗的天空顷刻间亮如白昼，强光在大气层中映出五彩斑斓的诡异的光辉。漫天的流火映红了沸腾熔岩涌出的蒸汽，灼干了战死者的外骨骼护甲上尚未凝结的鲜血。

几束光柱顷刻间从天而降，重压之下摇摇欲坠的大地终于彻底崩解了。大陆化作熔岩的海洋，芬雷尔的四肢陷下了地平面，引发了一场熔岩的"海啸"。

芬雷尔仰头长啸，它拼命挪动着自己的四肢，并用双翼拍击着地面，试图使自己摆脱行星的引力。它几乎要将这颗行星拍碎了！卡尔抬手放出一颗奇点，吞没了直冲自己而来的熔岩与烈焰组成的巨浪。随后,他对准了芬雷尔的前肢,用力挥砍两刀。

"Hli'Yaku Dulena！"

只见卡尔面前的光线扭曲了一瞬,随后,芬雷尔的右前肢关节处崩落了大片鳞板。刚刚要飞离行星的芬雷尔重重地摔了回来,它痛苦地长啸着,双翼收拢,试图再次支持自己的身体起飞。

但阿玛克斯舰队的第二轮碎星打击已经就绪了,这一次,碎星炮狠狠敲在了芬雷尔的后背上。它的巨翼断裂脱落,这只巨龙终于绝望地沉入了熔岩的海洋。

"上升通路正常！飞升协议正常启动！"哈迪斯在通信中喊道,"飞升开始倒计时！五！四！三！二！一！启动！"

苍穹圣殿此时已是一艘飘在熔岩海洋上的浮城,当飞升协议启动时,圣殿四周的熔岩剧烈地沸腾起来,向天空喷涌。伴随着璀璨的蓝光,整个苍穹圣殿缓缓从地表升起,竖直向上加速,离开大气层。

芬雷尔无助地咆哮着,看着苍穹圣殿在自己面前升起,但这只幻影巨龙似乎不愿这样看着它离开。它仍固执地仰着头,缓缓张开自己的巨口,苍白的弧光在它口中涌动。

"相位打击来袭！"哈迪斯竭力吼道,"告诉我这个东西可以折跃离开！"

"它的折跃引擎已经在运转了,但需要一段时间的准备！"哈迪斯身边的一位紫罗兰部队的军官说道。

"女皇之子！帝国皇家舰队的最后力量愿为你们争取时间！"

一艘载机母舰、七艘战列舰、七艘巡洋舰与22艘护卫舰等小型舰艇在外空轨道上迅速变轨,挡在芬雷尔的巨口与苍穹圣殿之间。"我是凯洛达帝国海军元帅雷希特！我与我麾下所有将士,愿以生命守护最后的荣耀！在此,我恳求雅典娜人一定铭记我们的事迹！"雷希特说完,右手颤抖着行了一个军礼。"所有舰船！启动不朽者护盾！"

"该死！雷希特！你们不可能挡得住它的！你在白白牺牲你的舰队！"哈迪斯吼道,"我命令你立即撤出！"

"我很遗憾,女皇之子……"哈迪斯身边的军官说道,"他们已经启动了不朽者护盾,他们听不见您的……"

阿瑞雅同样听到了雷希特元帅的通话。她从伊卡洛斯机甲上跳下,向圣殿下层的隐藏机库飞奔而去。"哈迪斯！你接下来的任务是为雅典娜人找到新的家园！不要让我们的牺牲白费！"

"我明白……不！等等！"哈迪斯忽然想到了什么,"母亲！您要做什么？"

"我这个老太婆还是有两把刷子的！"阿瑞雅跑进了机库,向一艘巡洋舰跑去,"也许雷希特挡不住巨龙的相位打击,但再加上以我的灵能撑起的不朽者护盾,能为你们争取足够的时间！"

"不！您不能这样做！"哈迪斯声嘶力竭地大吼,"飞影！截住她！"

刹那间,一束束白光在阿瑞雅身边闪过,飞影战士们一拥而上。阿瑞雅双手掌心相碰，随后向两侧推出。汹涌的灵能烈焰眨眼间便将飞影战士们尽数击飞，重重摔在机库墙壁上，她坚毅的动作完全不给哈迪斯留下任何机会。

"带领我们的人民繁衍下去！让我们的文明延续下去！哈迪斯！"阿瑞雅钻进巡洋舰驾驶舱，发动飞船。哈迪斯试图封锁机库门，但阿瑞雅用更高的操作权限阻止了他。哈迪斯只能眼睁睁看着母亲驾驶的巡洋舰飞向芬雷尔的巨口，飞到皇家舰队的舰船中央。"我一直为你感到骄傲，哈迪斯，也为海莲娜感到骄傲！雅典娜之子的未来，就托付给你们了！"

不朽者护盾激活，通信中断。芬雷尔口中的光弧愈发明亮，愈发炽烈，终于汹涌而出。20多艘小型舰船顷刻间灰飞烟灭，但其余的舰船仍然坚挺着。相位打击的能量波动被大幅度缓冲，抵达苍穹圣殿时已经毫无力量可言了。

多数巡洋舰坚持了较长的时间，但在20秒后，它们还是被击垮了。一分钟后，战列舰的护盾开始陆续破碎，舰体瓦解。只剩雷希特的载机母舰与阿瑞雅驾驶的巡洋舰仍然坚持着。

"女皇之子！折跃引擎准备就绪！请指定折跃坐标！"军官对哈迪斯说道。

哈迪斯默不作声，只是默默看着远处。舰船的不朽者护盾像一个个精致的肥皂泡，在凛冽的强风中破碎。有多少战士的生命随之凋亡？而自己的母亲，也将面临这样的命运吗……

"我们没有多少时间了！女皇之子！"军官焦急地望着哈迪斯。"女皇陛下与雷希特元帅不可能永远撑下去！我们必须立即折跃！"

军官话音未落，只见周围的一切景象开始迅速扭曲。伴随着有节奏的低鸣，遥远的群星化作五彩的流光，迎面向哈迪斯扑来，折跃开始了。

"折跃的目的地是阿特洛达尔星系。"卡尔缓步走到哈迪斯身边，他的长袍已经被血浸透了一半。"你的母亲是凡人当中的一位伟大的英雄，你的族人都是勇猛的战士，你应该引以为豪。"

哈迪斯长长叹了一口气，用力点了点头。

"我认为，你的人需要帮助。"卡尔说道，"我欣赏你们雅典娜人，所以，我愿意为你们提供援助。"

"我的人民需要一个新家，我想要一个星系。"哈迪斯直视着卡尔。

卡尔双手背在身后，绕着哈迪斯面前的控制台踱步一圈，随后在哈迪斯面前站定了。"没问题，阿瑞雅之子。平息了尼德霍格造成的混乱后，我会协助你们夺下一个宜居且资源丰富的星系的。另外，我想，你们的舰队已经损失殆尽，也许你可以用一些微小的代价，来与我交易一支战斗力可观的舰队。"

"感谢您慷慨的提议，尊主。"哈迪斯礼貌地鞠躬，"但我仍然拥有一支属于我的舰队。"

"没关系，阿瑞雅之子，我尊重你的意见。"卡尔轻轻一笑，"但我认为，你非常有必要接受我接下来提出的建议。"

"是……什么样的提议？"望着卡尔的微笑，哈迪斯心中升起一丝畏惧。

"银河议会安逸了太长时间，已经腐朽了。这样一个组织，在银河中是没有前途的。"卡尔缓缓说道，"我提议，阿玛克斯帝国与凯洛达帝国结盟，组成新的联合体。我们将成为对抗尼德霍格的主力！当影翼龙族的威胁不复存在后，我们将一同终结银河议会腐败的统治，开创银河系的新纪元！"

第二十章

防火墙（上）

第四次战争紧急会议于今天 17:20 结束。经投票，议会否决了向凯洛达帝国派出增援部队的提案。一小时后，我们收到了雅典娜星系沦陷的消息。目前已确认凯洛达帝国女皇阿瑞雅与帝国海军元帅雷希特在战斗中阵亡……

——埃尔坦恩自由电视台晚间新闻报道

作为雅典娜之子，哈迪斯是不幸的。他眼睁睁看着自己的母亲战死，被相位分裂炮轰炸成四散飞溅的基本粒子……他不敢去想这些。现在，哈迪斯甚至不知道该如何为自己的母亲举办一场体面的葬礼。

她的离去是如此的突然，留下的唯一的遗物只有她的权杖。而雅典娜之子的家园已不复存在，哈迪斯甚至不知该在哪里安置母亲的坟墓。

阿瑞雅·诺瓦，她是雅典娜之子的英雄，一位伟大的牺牲者。她以放弃自己的生命为代价，保全了雅典娜之子的文明！苍穹圣殿安然无恙。阿瑞雅死了，但从某种意义上说，她已经成为史书中的永恒！

"Em Atol Ariya！"阿昆德拉在哈迪斯面前欠身行礼，"皇帝陛下！苍穹圣殿的受损已经基本修复，若您需要，我们可在明天将加冕仪式准备妥当。"

雅典娜星系一战后，阿昆德拉从雷希特的副官直接晋升为帝国海军总参谋长与紫罗兰特种部队指挥官。而阿瑞雅的牺牲，使一句话在雅典娜之子中流传起来：Em Atol Ariya。

这是一句龙族语——它没办法准确地翻译成通用语或是其他什么语言，在这句话面前，所有的溢美之词都显得干瘪乏味。你可以将它理解为"阿瑞雅庇护着我们""阿瑞雅赐予我们力量""阿瑞雅带给我们希望"等意义的结合,它同时也是"赞美阿瑞雅的崇高与伟大""铭记阿瑞雅的牺牲与奉献"等意义的结合。

在以往,只有在祭祀时雅典娜人才会说"Em Atol Athena",以此向他们信仰的灵能女神表达敬意。而现在,"Em Atol Ariya"成了雅典娜人见面时的一句简单却郑重的问候。所有雅典娜之子都在用同样的方式纪念他们敬爱的女皇。

哈迪斯面无表情地坐在宝座上,右手握着阿瑞雅留下的权杖。"我不是帝国的皇帝,也没有资格成为帝国的皇帝,阿昆德拉。"他叹了口气,轻轻摇了摇头,"我……只是临时的领导者。"

"您继承皇位是阿瑞雅的遗愿。"阿昆德拉说道,"雅典娜之子相信您的意志、您的勇气、您的才华。在我们心中,除了您,没有其他人有资格继承阿瑞雅的遗产。"

哈迪斯抬手示意阿昆德拉不要说下去了。"这个话题已经没有意义了。"他握着一人高的权杖站起来,随阿昆德拉一起走过皇宫主殿的大厅。

皇宫区已经被完全修复。大厅中的残骸被清理干净,受损的屋顶已经修补完成。墙面进行了重新刷漆,地面也换上了崭新的地砖。新装修的色调尽力还原了从前的样子,一切看上去都十分整洁,仿佛雅典娜星系沦陷的战斗从未发生过一样。

"我要见两个人。"哈迪斯说道,"一个叫卓洛,一个叫莫里斯,他们应该都在这个星系。"

"没问题,我会为您找到他们。"

如果说宇宙中还有什么地方能让雅典娜人想起"家",那只有苍穹圣殿了。它曾是一艘娜迦龙族的世界舰,被雅典娜人的祖先当作神迹崇拜并保存下来。如今,它又重新承担起了一艘世界舰的使命——延续一个种族的文明。

哈迪斯虽然一开始有些不情愿,但最后还是接受了卡尔的结盟建议。现在,苍穹圣殿正在接受阿玛克斯工程船队的维修。哈迪斯得到了一支小规模舰队以及一支由飞影战士组成的军队。哈迪斯虽然一直讲自己没有资格继承皇位,但他已经切切实实地在设法重建凯洛达帝国的军事力量了。

阿昆德拉走了,哈迪斯一人去了圣殿下层的核心飞升区,那个只能通过折跃阵列抵达的神秘房间。现在,圣殿的能源由阿特洛达尔星系的戴森球提供,萨娅卡可以休息一会儿了。

伴随着嗡嗡的颤动,地板徐徐展开,人造重力场托举着萨娅卡飘到哈迪斯面前,缓缓降落在合拢的地砖上。哈迪斯轻轻叹了口气,上前将插在萨娅卡身上的颜色不一、粗细不一的管线一根根小心地拔下来。

锋利的针头状组件从萨娅卡纤弱的身体中一根一根抽出来,留下难以愈合的伤口,缓缓渗出泛着血红的体液。摸着她遍布淤血的皮肤,哈迪斯的心刀割一般地痛。

已经多久了? 不,这不只是指在飞升核心中的时间。为什么我们总是有足够重要的理由,将萨娅卡送进那些惨无人道的设备中? 从她出生到现在,她从未体验过一个正常女孩的生活。哈迪斯多希望萨娅卡能好好过几天日子,哪怕一年、半年、一个月都行啊……可是，很快，她又要被送进其他设备里了。

为什么其他的事情都这么重要，重要到骨肉亲情都不得不做出牺牲……

"哈迪斯，我们听说了雅典娜星系发生的一切……"化名莫里斯的蝮蛇从正在发光的折跃阵列中走出，来到哈迪斯身后。他放松地咧嘴笑了，向哈迪斯做了一个礼貌的动作——鞠躬。"在为您遭遇的不幸表示哀悼的同时，我也要祝贺您，诺瓦皇帝。"

青蓝色的灵能光芒在哈迪斯眼中愤怒地翻腾起来，莫里斯也感觉到自己的双脚承受的重力增加了。在这个节骨眼上激怒哈迪斯不是个好主意。但愤怒过后的冷静更容易让人明白自己究竟失去了什么，得到了什么，从而让人更准确地认清现实。

在莫里斯……或者说，曾经的蝮蛇眼中，哈迪斯不是个容易暴怒的人。而事实证明，莫里斯看人还是相当准的。

"我必须重建我母亲的帝国！"哈迪斯眼中的灵能光芒渐渐熄灭，无形的重压也随之消散，"现在，我需要你和卓洛。"

"需要我们做什么？"卓洛也走到哈迪斯身边。

哈迪斯微微低下头，看了一眼自己怀中的萨娅卡，轻轻叹了口气。"我需要你们的以太科技，克隆出一个像她一样的、拥有同样灵能力量的生命体。"

卓洛轻轻皱了皱眉头。"克隆人的技术已经非常成熟了，为什么需要以太科技？"

"这是一个很复杂的问题。"哈迪斯异常严肃地说道，"而克隆她，是一个极其重要的项目。在你们同意加入之前，我只能告诉你们，我需要黑以太技术的支持。"

莫里斯点燃了一根雪茄——每当准备进行长时间谈判时，他都会做同样的动作。"湮灭尊主禁止黑以太技术外流，这一点，我想我不必多说什么。"

"这也是我将你们叫到这里来谈话的原因。"哈迪斯说道。

卓洛选择保持沉默，政治中复杂的权力与利益问题不是他喜欢考虑的。他更喜欢做个本本分分的探索者与科研者。而卓洛不擅长的部分，正是莫里斯擅长的——他不慌不忙地抽了一口雪茄，在淡淡的青灰色烟雾中思索着什么。

"卡尔诺帕拉是个活生生的神，如果你想让我违背神的意愿……"莫里斯刻意重读了一下"神"这个词，"最好有合理的回报让我值得这样冒险。"

这一点是哈迪斯早就想到了的，莫里斯在谈判中处于偏优势的位置，对方一定会想方设法捞点便宜的。但这对于哈迪斯来说没什么问题，他早就为莫里斯准备了一份礼物。

"你不是那种痴迷于金钱的人，蝮蛇。我相信，你更喜欢权力。"

蝮蛇轻轻哼笑了一声。"嗯，这话是不假。我很好奇，凯洛达帝国的新皇帝能赐予我怎样的权力。"

"战争结束后，魅影就是你的了。"哈迪斯平静地说道。

莫里斯的双眼立刻瞪大了一瞬。他深深吸了一口气，雪茄前端的火燃得更红了，随后缓缓呼出一大口浑浊的烟雾。"这真是一份慷慨的礼物，我想，我没有理由拒绝……但这份礼物有点太重了。"

"什么意思？"

"如今，你是凯洛达帝国的皇帝，你的妹妹是魅影女王。"莫里斯缓缓说道。"你如何能保证海莲娜会心甘情愿地让出自己对魅影的领导权？"

"战争结束后，海莲娜会成为凯洛达帝国的女皇，而我就此隐退。"说到这里，哈迪斯轻轻哼了一声，"而你，莫里斯，魅影的舰队就是你的了。"

莫里斯目光中的忧虑渐渐消退了，但他的眉头仍然皱着。"老实说，诺瓦皇帝。魅影的军事力量很强，但我的野心不止如此。"他说着，将烟头往地上一扔。"如果你愿意与我成为长久的盟友，那你还是自己留着魅影的军队吧。我能答应你的要求，但我有一个条件。"

"请讲。"哈迪斯的脸色变得严峻起来。他很了解莫里斯这种人，这时候他要提出条件，那肯定是狮子大开口。不等莫里斯讲话，哈迪斯已经在脑中想好了不止十个拒绝他的理由。

"你知道的，阿玛克斯帝国的升华挑战规则……"莫里斯的语速很慢，但他口中吐出的每一个字都格外的沉重。"如果有一天，我要向着这个帝国的权力巅峰攀爬。那么，诺瓦皇帝，你一定要支援我……若我赢了，那未来将会是你与我，你的帝国与我的帝国，我们的双赢！"

哈迪斯的嘴唇紧抿着，他的鼻孔深深地吸气，又缓缓呼出来。"很好……我答应你了。"哈迪斯终于开口了，"你呢？卓洛。还是说，我现在应该叫你叶烁痕？"

卓洛刚想说什么，但莫里斯上前一步打断了他。"你只要在你的研究所继续工作就行了，叶老头。"蝮蛇说着，弹了弹烟灰。他转头看了看卓洛，又看了看哈迪斯，"你需要的研究成果，我会有办法送到你手上的，诺瓦皇帝。"

空的月蚀罐子被重重摔在墙上，清脆地咣啷响了一声，之后便滚到墙角去。与其他同样可怜的易拉罐一样，静静地等待家务机器人将它们送进垃圾桶。

海莲娜半躺着瘫在电脑椅上，仰着脸，四肢无力地垂向地面。过量吸食的月蚀物质已经让她全身的体液都在散发着蓝光。她抽泣着，泛着蓝光的泪止不住地淌过她的脸庞。

无形的力量托举起一瓶矮人烈酒，晃晃悠悠地送到她嘴边。海莲娜用灵能托着酒瓶，将烈酒倒进自己嘴里。但酒瓶中的一多半液体要么浇在了她鼻梁上，要么浇在了她脖子上，只有一小半酒液灌进了她嘴里。酒瓶倒空了，海莲娜将它抛向同一个墙角，让它在垃圾堆中摔成一地玻璃碴。

她感到痛苦。全身上下时而隐隐作痛，时而突然剧痛难忍。每一次呼吸都仿佛肺中灌满了辣油，每一次心跳都好像成百上千根细小的针扎穿胸腔。

海莲娜以灵能托起又一瓶烈酒，她需要这些液体的力量。酒精让她痛苦无比，但没有它，她会更痛苦。

"女王，您的健康状况已经十分危险！您不能再吸更多月蚀、喝更多酒了。"萨瑞洛玛的左手握住了飘在半空中的酒瓶，右手端着一盘刚刚做好的咖喱饭。"我认为，我需要送您去医疗机构。"

"让我死了吧，萨瑞洛玛。"海莲娜的声音很轻，像微风一样。话语刚从她的嘴里飘出来，就很快飘散不见了。"我是诺瓦家族的罪人，是凯洛达帝国的罪人，是整个银河系的罪人……就让我，这样死了吧，我也该死了……"

萨瑞洛玛轻轻摇了摇头。"您说的这些话毫无逻辑可言，女王。"

海莲娜没有说话，只有微弱的抽泣声时不时从她的鼻腔中冒出来。她的嘴唇痛苦地蠕动了一下，空洞的双眼缓缓闭上了。

站在一旁的萨瑞洛玛轻轻摇了摇头，从口袋中摸出一根针管，扎在海莲娜的脖颈上。疼痛使得海莲娜猛地睁开眼睛。萨瑞洛玛不慌不忙地将一管红药缓缓注入她的颈动脉。

海莲娜捂着脖子上扎针的地方，慢慢坐直了身子。红药迅速随血液扩散至全身，不仅治愈了她体内被月蚀破坏的细胞，也安抚了她痛苦的脑神经。至少现在，海莲娜的理智恢复了一部分。

"我饿了。"海莲娜噘起嘴。

萨瑞洛玛一声不吭地将咖喱饭送到海莲娜面前，又给她端来一杯牛奶。已经一天一夜没吃任何东西的海莲娜一闻到饭香味便立刻抓起勺子狼吞虎咽起来。萨瑞洛玛默默站在这个蛮不讲理的女孩身边，耐心地看着她吃完。

不到五分钟，一大盘咖喱饭全部被吞下了肚。吃饱喝足的海莲娜打了个嗝，伸手去拿月蚀，但立刻被萨瑞洛玛制止了。

"女王，您今天吸的月蚀够多了。我真的担心您的身体会因为灵能过载而炸掉。"

"萨瑞洛玛……"海莲娜抬起左手，轻轻搓了搓他的长耳朵。

"什么事？女王。"

"吻我。"海莲娜微微侧过头，缓缓张开嘴。

萨瑞洛玛服从了女王的要求，海莲娜放肆地和他一起缠绵了片刻。但正当海莲娜期望着萨瑞洛玛会扯开她的衣服，触摸她的身体时，萨瑞洛玛的动作却停下了。

"一味地逃避解决不了问题，你总需要做些什么的，女王。"

欲求不满的海莲娜无精打采地低下头。片刻后，她重重地叹了口气，重新抬起头来。没错，她心里的确很难受。但她不习惯一味地逃避，那会让她特别不舒服。她不是那种遇到麻烦就躲在金钱筑起的堡垒中，不停向男人撒娇的大小姐。当海莲娜已经没有力气继续发泄时，她便开始想办法解决问题。至少在她看来，自己是个比同龄人坚强得多的女孩。

"我们还有多少人？"海莲娜问萨瑞洛玛。

"凯洛达帝国海军几乎全军覆没，但魅影的军队没有出现大规模伤亡。"萨瑞洛玛的语气很平静，但不像其他光速猎手那样冰冷，"凯洛达帝国的一半公民目前在埃尔坦恩合众国境内避难，其余的人逃亡到了外环星域，或死在了战火中。"

"我哥哥呢？"

"哈迪斯·诺瓦与诺瓦家族的其他皇室成员全部受到了阿玛克斯帝国的政治庇护，哈迪斯是凯洛达帝国的实际掌控者。"萨瑞洛玛说道，"哈迪斯准备带领凯洛达帝国退出银河议会，与阿玛克斯帝国组成新的联盟。"

听到这里，海莲娜轻轻点了点头。"有其他重要消息吗？"

"今天是第一批方舟起航的日子，两艘方舟舰正在加注燃料，第一批方舟移民正在做登船准备。此外，哈迪斯今天会派运输船来转移伊卡洛斯项目相关的人员与设备。据说哈迪斯见到了蝮蛇与卓洛，并且顺利地得到了黑以太技术制造出的超级融合士兵。"

海莲娜双臂抱在胸前，双眼时而盯着面前的墙壁，时而向上盯着天花板。"这倒是个好消息。"她从椅子上站起来，"霜龙那边怎么样了？"

"霜龙还在继续追踪伊露娜的动向，目前追踪到了太阳系。"萨瑞洛玛回答道。

"嗯。"海莲娜深深吸了一口气，微微皱起眉头。她遇到了自己最讨厌的一种情况——总觉得自己应该做些什么，但到头来却发现自己最应该做的，而且是唯一能做的，只有静观其变。

正当海莲娜犯愁之时，房间外忽然传来了敲门声。"谁啊？敲什么门啊，不是有门铃吗？"她话音刚落，便想起来自己早就把这座建筑的智能系统全部关闭了——那是个避免柯拉尔人监控自己生活的好办法。

海莲娜急匆匆地重启系统。她一边往门口走，一边将自己凌乱的长发弄得整齐一点。走到门口时，房间的智能系统刚刚完成启动。海莲娜推开门，站在门外的是埃尔文。

"抱歉，打扰了。"埃尔文像往常一样穿着休闲西服，但这次他身后并没有停着一辆名贵的跑车，取而代之的是一架同样价值不菲的商务穿梭机。"刚才我按门铃，但门铃没有响。"

"哦，刚才……屋子的智能系统出了点问题，我刚刚把它弄好。"海莲娜打量着衣着整齐，身上散发着淡淡的男士香水味的埃尔文，感到有些尴尬。她现在的样子可一点也不像诺瓦家的公主，一双凉鞋，一条破洞的牛仔短裤，白T恤皱皱巴巴的。

这些还不是最糟的。现在她的眼睛、鼻孔和嘴巴都明显冒着蓝光。老天！如果母亲看见自己这副模样，她一定会气得发疯，但……她已经永远不会为自己而生气了……

"你……有什么事吗？"海莲娜竭力压住自己突然涌上来的想哭的冲动，但她的声音仍然能听出在微微颤抖。

"萨娅卡在吗？"埃尔文向屋内瞟了一眼，几台家务机器人正在地板上爬来爬去。

"不在。"海莲娜摇了摇头。

"哦，那好吧……"埃尔文的目光中流露出一丝失落。"再过几个小时，我就要登上方舟，前往仙女座了。我本来想和萨娅卡告别的。"

海莲娜强迫自己微笑了一下，她知道这个笑容应该会很难看。"我会向萨娅卡转达你的告别的。"

"那就多谢了。"埃尔文微微向海莲娜鞠了一躬。他迟疑了片刻，不知该不该对海莲娜遭遇的灾难表示慰问。这种话说出口一定会刺痛她心上的伤疤，但如果连一句慰问都没有，会显得自己非常没有礼貌。

“那个……海莲娜……”

尖锐物体以超音速刺破空气的尖锐呼啸声掠过两人头顶，那飞行器展开镰刀状的双翼，盘旋减速，最终缓缓降落在埃尔文的商务穿梭机旁。驾驶舱盖展开，鲁道夫从驾驶舱中翻身跳下。

“嘿！海莲娜！你今天看上去真漂亮！”鲁道夫摘下飞行员墨镜，大步走到海莲娜面前，用力拥抱了她。

海莲娜陪着他呵呵一笑。“这么明显的奉承就不要说出来了，鲁道夫。”

“哦不不不，我是真觉得你这个样子很漂亮。”鲁道夫托起她的手，轻轻吻了她的手背，“你现在的模样真的特别性感，特别诱人啊……”

埃尔文在一旁看着，无奈地轻轻摇了摇头。鲁道夫回头看了埃尔文一眼，向他使了个眼色。“埃尔文，你有什么事要和海莲娜公主讲吗？”

“没什么了。”埃尔文耸了下肩，“我们船上再见。”

“那你检查一下东西，准备办登船手续吧。”

“好。”

埃尔文轻轻叹了口气，登上他的商务穿梭机。从侧面看，穿梭机就像一滴黑色的水滴。它无声地启动，安静地离开地面它，深色的外壳在伪星的光辉下映出一抹光晕。穿梭机缓缓飞远了，仿佛一只优雅的燕子。

“啊，埃尔文的飞船不错吧？”鲁道夫冲海莲娜嘻嘻一笑，“来，我给你看个更帅的！”

“女王，稍等！”萨瑞洛玛跑到门口，他的目光飞快地将鲁道夫从头到脚扫过，“海莲娜公主，您要出门的话，最好先打扮一下。”

“唔……”海莲娜转头看了看萨瑞洛玛，又看了看鲁道夫，“你能等我一会儿吗？”

“我不想浪费太多时间，反正我们也不会去别的什么地方，我只想带你坐我的飞船飞一圈儿。”鲁道夫冲海莲娜笑笑，又打量了一下萨瑞洛玛，“这位是……”

“是我的仆人。”海莲娜连忙说道。她回头看着萨瑞洛玛，轻轻咳嗽了一声。“没关系，萨瑞洛玛，我很快就回来。”

“明白。”萨瑞洛玛轻轻点点头，回屋里去了。

鲁道夫今天穿着一件造型非常复古的浅棕色飞行夹克，一条带护膝的蓝色牛仔裤和一双飞行员靴。看样子他很想展示一下自己的飞行技术。而那一架有镰刀状机翼的飞行器，虽然经过了大幅度的改装，但那毫无疑问是一架迅猛龙。

“这原本是一架魅影的迅猛龙。”鲁道夫的第一句话海莲娜已经猜到了。“我的人在埃尔坦恩边疆星系执行反恐任务时缴获的。后来，我托人把它好好改装了一下，它就变成了一艘性能顶尖的运动飞船。”

“听起来不错。”海莲娜噘了噘嘴。实际上，她心里想的是：不就是迅猛龙么？我见过几百架迅猛龙发起进攻的场面,而且是我指挥它们的。

"啊,你应该不知道这宝贝儿都有什么能耐。"鲁道夫抱起海莲娜,将她送进改装过的迅猛龙座舱,"看见它镰刀一样的机翼了吗?那东西能直接切开战舰的装甲!我在外环星域和魅影交手时,他们可没少给我的部队制造麻烦……"

海莲娜心不在焉地听着鲁道夫的吹嘘,坐到副驾驶座上左看右看。这一架迅猛龙的座舱被改装得的确很大,能容纳两人并排乘坐的同时,内部空间仍然十分宽敞舒适。

"嗯,驾驶舱改造得不错。"海莲娜四处打量了一番,"看样子你拆掉了它的武器和火控系统,为扩充驾驶舱提供了空间。"

"是的,反正这架宝贝儿也不需要上战场了。"鲁道夫爬上主驾驶座,座舱盖扣下。他熟练地发动迅猛龙,反物质引擎强劲地轰鸣起来,推动它以几乎与地面垂直的迎角高速爬升。

海莲娜放松地躺在舒适的座椅上,超重使得她的身子完全陷进了座椅中。她很享受这种感觉,看来这一架经过改装的迅猛龙动力仍然强劲。

"唔,你今天约我出来,不会只是想带我坐一趟飞船的吧。"海莲娜淡淡一笑。

"啊,那是当然……"迅猛龙离开了伊甸园的人造大气层,天空由深蓝色迅速变成了深邃的黑。群星之下,大大小小的太空城、壮观的柯拉尔舰队、宏伟的世界之环清晰可见。鲁道夫控制迅猛龙继续加速,直到脱离伊甸园行星的引力范围。"其实,今天我有两句话想对你说,尽管这两句话你可能都已经听过很多遍了……"

"好啊,说吧。"

"第一句,嗯,我很抱歉得知了你最近的遭遇,我希望我的安慰能使你心里好受一点。"

"嗯。"海莲娜轻轻点点头。她转过头去,背对着鲁道夫。她不想让别人看见自己的眼泪。

鲁道夫关掉了主推进器,让迅猛龙在太空中自由漂泊。他拽住海莲娜的手臂,将她拉到自己怀里。海莲娜想推开他,但鲁道夫抱得更紧了。他用右手轻轻拂去她脸上泛着蓝色微光的泪,抚摸着她柔软而精致的脸庞。

"第二句是……你是我见过的最美丽的女孩。"鲁道夫温柔地一笑,"我想永远和你在一起。"

海莲娜惊愕地睁大了眼睛,她仰着脸,望着他温柔的笑,泪水止不住地从眼眶里涌出来。"不要……鲁道夫,我们没办法在一起的……"海莲娜低下头,啜泣着。鲁道夫搂着她的后背,任由她趴在自己胸膛上哭泣。"你不知道我是谁,鲁道夫……很多事你都不知道……"

"哦?也许我知道。"鲁道夫深呼吸了一下,"你是诺瓦家的公主。不过,你也是魅影的天煞女王,对吗?"

海莲娜一下子止住了哭泣,心脏也剧烈地跳动起来。她慢慢抬起头,不可思议地盯着鲁道夫。"你是什么时候知道的?"

"老实说，我刚刚才知道。"鲁道夫嘻嘻一笑，"你的仆人萨瑞洛玛是个光速猎手，我说的没错吧？虽然他已经尽力在模仿正常人的表情和举止，但他仍然保留着猎手的本能。在看见我时，他忽然变得极其锐利的眼神，暴露了自己的身份。同样，猎手对主人本能地尊敬，也使他不由自主地称呼你女王。"

"嗯，你是对的。"海莲娜轻轻点了点头。此时此刻，她一点也不害怕鲁道夫。虽然他是埃尔坦恩军方的人，但如果真要动起手来，海莲娜有100种办法运用灵能致对方于死地。

大不了用灵能爆炸掉飞船，同归于尽。反正，我也没有什么活下去的动力了……

"还有一点，你在看到这架迅猛龙时，你的反应太不同寻常了。我注意到了你的目光，你看过的地方，恰好都是改装过的地方。这足以说明你不仅接触过迅猛龙，而且对它非常熟悉。"鲁道夫继续说道，"一个对迅猛龙如此熟悉，而且有光速猎手作为侍从的女王。那么，答案就只有一个了。"

海莲娜微微皱着眉头，噘着嘴。"你猜对了。"她无力地叹了口气，"我只有一个请求，鲁道夫。如果你想要解决我，请你直接杀了我。我不想被带到军事法庭上或者……"

鲁道夫将一根手指放到海莲娜的嘴唇上，让她不要继续说下去。"我绝不会让我喜欢的女孩受伤！我不在乎她是不是银河议会的通缉犯。"他忽然将海莲娜整个人抱起来，两人相拥着漂浮在失重的驾驶舱中，"你背负的东西太多了，海莲娜，抛下这一切，和我一起飞向仙女座吧。在那个新的世界，没有人会在乎你是谁，我们可以自由地开始新的生活。"

海莲娜沉默地望着他，鲁道夫的目光不知是温柔，还是坚定。"可是……"海莲娜避开她的目光。"我的家族怎么办？我的人民怎么办……"

"为了你，我已经决定了抛弃我的家族，抛弃我的地位与权力。"鲁道夫说道，"银河系的毁灭只是时间问题，我们没有办法拯救所有人。很多时候，我们能拯救的只有彼此。"

"海莲娜，你真的觉得凡人有办法击败尼德霍格吗？"

凡人……真的没有办法……击败他吗？

也许真的没有了……

人只会相信自己愿意相信的东西，这句话一点都没说错。是的，凡人无法战胜尼德霍格——她做出这个判断，并不是因为双方的力量差距真的有多么大，而是因为她需要一个理由，一个能够让她下定决心逃离这一切的理由。

海莲娜不知自己犹豫了多久，她只看见被戴森球包裹的亚卡娜斯星渐渐没入伊甸园的轮廓之后，"我们走吧，鲁道夫。"她说出这句话后，眼泪很快又流下来了。

那就这样吧，忘了这一切吧。海莲娜的手伸进口袋中，摸到了自己无论到哪里都随身携带着的加密量子通信器。她想起了霜龙，那个傻小子不知还在银河中的哪个角落苦苦寻找冈根尼尔的线索。可是，传说永远都是传说，把战争胜利的希望寄托在一个传说上，终究也只能是人在绝望中走投无路不择手段的尝试吧。

鲁道夫吻住了她的唇，海莲娜默默地关掉了通信器，她已经不需要它了，已经不需要霜龙为她寻求的一切了……

呵……真是讽刺……

海莲娜流着泪，任由鲁道夫贪婪地占有自己的身体。他脱掉了她的鞋子，撕开了她的上衣，尽情地抚摸她光滑诱人的皮肤，听着她按捺不住的喘息。海莲娜的脚趾无意中碰到了迅猛龙的控制台，启动了机载远程雷达，但彻底沉浸在欲望中缠绵的两人根本听不见雷达扫描目标时发出的嘀嘀声。

充满激情的混乱不知持续了多久，一个小时，也许更久……衣衫不整的海莲娜依偎在鲁道夫结实的肌肉上，疲惫而满足地笑着。现在她身边只有鲁道夫，只有他的呼吸、他的心跳、他的抚摸。

除此之外，只有那一段不停地重复，但被忽略了很久的嘀嘀声……海莲娜听着那有节奏的嘀嘀声，仿佛被催眠了一样。等等……这个声音，是远程雷达吗？这个频率的信号反应好熟悉，但好久没听到过了……

"等等！我记得那个声音！"

海莲娜忽然推开鲁道夫，飞快地爬到副驾驶座上，盯着全息影像中的雷达扫描图示。"我的老天！那……"

"出什么事了？"鲁道夫也立刻严肃起来。

"那是……纳格法尔号！"

"十分钟倒计时！最后检查！"

纳格法尔号停泊在距离亚卡娜斯星一光年远的亚深空点。尼德霍格的猎手们分为五个小队，乘坐体型较小的运输飞船，以亚光速飞行配合多次短距折跃的方式接近目的地。他们已经在太空中连续飞行了30个小时，现在，雄伟的世界之环终于近在眼前了。

猎手的飞船被伪装成了小行星的样子，或者说，他们的飞船本来就是隐藏在小行星中的。亚卡娜斯星系内的交通繁忙，每分每秒都有数不清的飞船在进行短距折跃。距离远时，防御系统根本不会在那么多的折跃信号中发现入侵者的存在。而距离较近时，这几艘飞船只会被识别为几颗小行星。

"琪雅哈娜报告，设备正常，航线正常，完毕。"

"尼萨娅卓拉报告，设备正常，航线正常，完毕。"

"阿诺德报告，设备正常，航线正常，完毕。"

"乌诺塔斯报告，设备正常，航线正常，完毕。"

"准备开始第二阶段的行动！"格朗特命令道，"开始后，各单位自由交战，直到主要任务完成。完毕！"

很快，柯拉尔人的空间防御系统发现了这几颗小行星的踪迹，并很快判断其飞行轨迹对世界环中的设施有危险。一座防御空间站上的两台小型粒子束武器开火了，橙色的光束在太空中快速闪烁了几秒。随后，四颗小行星化作无数碎片，向世界之环坠去。

　　这正是猎手们期望的结果。小行星被击碎后，猎手们藏身的小型飞船便混在了飞散的碎片中。飞船关掉了推进器，依靠惯性继续向前飞行，以此将自己被发现的概率降到最低。四名负责执行佯攻任务的猎手小心地控制着自己的飞船向世界之环坠落。第二阶段的行动开始了！

　　陨石碎片撞在世界之环的动能屏障上，立刻粉碎成细小的碎石与沙尘。光速猎手的运输船在即将碰撞时立刻减速，将速度降低到动能屏障的触发速度以下。它们安稳地穿过屏障，在世界之环的建筑群中降落了。

　　在其他行星上，因为星球的球面弧度，视线会被"地平线"所遮挡。但在世界之环上，远处的地面则渐渐向上弯曲，形成一条直达天际的"天路"。远方的一切景物都以奇妙的角度悬在视野尽头的天空。

　　世界之环是柯拉尔人在亚卡娜斯星系中非常重要的工业基地。它的宽度达到420千米，其中有几百座有能力建造泰坦舰的造船厂。柯拉尔人的舰船分级比传统的分级方式更简洁，分为"截击舰""护航舰""主战舰""泰坦舰"四个种类。"方舟计划"的第一批成果——地平线号与诺亚号两艘方舟舰也是在位于世界之环的造船厂中建成的。

　　陨石碎片坠落后，至高秩序立刻派出了多用途无人机前往坠落地点。无人机会清理杂物，并检查坠落点附近有无设施损坏。而这也是猎手们面临的第一个挑战——他们必须保证自己不会被工作中的无人机意外发现。

　　柯拉尔人将自己的家园建造得井井有条，各种设施就像人体内的各个器官一样协调配合。尼德霍格的猎手们就像闯入动物体内的病菌，他们的到来已经引起了免疫系统的警觉。而他们一旦被发现，柯拉尔人的无人机群便会不遗余力地猎杀这些破坏秩序的外来者。

　　"B组立刻报告方位！"琪雅哈娜在排列整齐的管道间小心地穿行着。她背在后背上的重武器稍稍有些笨重。柯拉尔人的城市中到处都是传感器，稍不留神便会触发警报。

　　琪雅哈娜将一个半透明的单眼战术镜片扣在左眼前。各成员已经发出了用于定位的短暂的脉冲信号。琪雅哈娜的通信器收到信号后，立刻在战术电子地图上标记出三人的位置。

　　琪雅哈娜一边看着战术地图，一边移动到管道支架的下方，躲过了一架从头顶掠过的无人机的视线。

　　"世界之环依靠戴森球远程输送电力来获得能源。整个世界之环上有四个能源接收点，我们要摧毁距离方舟舰船坞最近的一个。"琪雅哈娜继续变换位置，躲开越来越多的无人机，"格朗特！在世界之环上我们找不到方位！"

　　"以恒星自转轴来定义方位，以朝向南十字旋臂的一端为北方。"通信中传来了格朗特的声音。

　　"收到。"琪雅哈娜将自己的战术地图旋转半圈，"好的，我们需要向西前进103千米。"

"你们偏离预计着陆点太远了！"格朗特说道，"你们需要多少时间？"

"最快 3 个小时。"琪雅哈娜回答。

格朗特那边短暂地沉默了一秒。"不行！等不了那么久，直接强攻吧。"

"收到。"琪雅哈娜转身原路返回，"B 组注意！更改计划！准备强攻！"

琪雅哈娜钻过管道间的缝隙，爬出支架，跳到旁边的运输轨道上奔跑起来。无人机仍然在她周围盘旋，她一边奔跑，一边为自己手腕上的发射器装填弹药。很快，清扫陨石碎片的多用途无人机发现了她。

至高秩序的系统响应速度相当快，在琪雅哈娜被发现的 20 秒后，两架攻击无人机已经从她身后接近了她。琪雅哈娜的左手向后一甩，手腕向上一抖，一枚小型 EMP 弹被弹射到空中，嘭的一声引爆。两架攻击无人机立刻失去了动力，滋滋地冒着电火花，拖着黑烟栽到地上。

无人机被击落，至高秩序立刻提升了警戒等级，更多的作战单位开始集结。此时，琪雅哈娜已经跑上了她的飞船。外形扁平而尖锐的楔式运输船的黑以太外壳立刻融化，向两侧流动，形成一个足够琪雅哈娜进入的舱门。等她在驾驶舱中坐好时，黑以太铸成的船身立刻恢复原貌。两道微弱的紫光从船尾的两个三角形喷口中溢出，推动楔式飞船无声地起飞，以令人难以置信的速度向前加速。

更多的飞行器追了过来，使用小型粒子束武器向琪雅哈娜的飞船开火。琪雅哈娜没有理会它们，只顾继续向前加速。柯拉尔人忌惮在世界之环上交战会对这里的设施造成破坏，只使用杀伤力非常有限的武器，但这点火力根本不足以打穿楔式飞船的护盾。

尼萨娅卓拉的飞船很快追上了琪雅哈娜。"尼萨娅卓拉！不要开火！"琪雅哈娜立刻喊道，"现在不要攻击它们，否则柯拉尔人的程序会提高我们的威胁等级。"

"收到！"尼萨娅卓拉控制飞船在琪雅哈娜的侧后方飞行，为琪雅哈娜吸引一部分火力。两侧的建筑飞速向后掠去，100 多千米的路程在不到两分钟内已经到了尽头。能源节点的建筑外壳清晰可见。来自戴森球的能量汇聚成一束宏伟的光柱，照射在世界之环的能源节点上。

"各单位开始突击！"琪雅哈娜为楔式飞船设定了撞击航线，拍下了弹射按钮，"自由交战！"

一束短促的白光在楔式飞船后方闪过，琪雅哈娜通过短距折跃弹射到飞船外。她腾越在半空中，双手迅速取下背后的武器，对准向自己飞来的无人机大肆开火。12 根枪管以令人胆寒的速度旋转起来，喷涌出雨点般密集的子弹。

世界之环上的重力只有地球重力的 30%，琪雅哈娜下落的过程相当缓慢。与此同时，两艘楔式飞船仍然在继续加速，以 25 倍音速撞向世界之环的能源节点。

琪雅哈娜与尼萨娅卓拉听到了金属撕裂的响声，但想象中的剧烈爆炸并没有如期而至。但毫无疑问，能源节点已经被摧毁了。两个蓄能电容先后迸出两声闷响，沸腾的电解液喷涌一地。节点失去了储存能量的能力，而戴森球此时仍然在向节点输送能量。

冲天的大火很快在两名猎手的背后燃起。那束提供能源的光柱此时已经造成了可怕的灾难！它继续照射着能源节点的废墟，将金属化作沸腾的铁水，又引起了一系列的破坏。

琪雅哈娜轻盈地落地，双手飞快地给重武器装填弹药。20毫米口径的枪口在高温下散发着骇人的红光。被击落的飞行器的残骸散落在她和尼萨娅卓拉身边。很快，世界之环上，刺耳的警报声响彻天际。

"我们已经成功吸引了敌人的注意。"琪雅哈娜轻轻一敲耳边的通信器。

"收到。"格朗特回应道，"你们继续牵制敌人，我立刻进行主要任务！"

伴随着一声声轰鸣，两艘楔式飞船从烈火中冲出，在两名猎手身旁平稳降落，展开外壳。琪雅哈娜将一台速射机枪向面前一丢，机枪上附加的武器模块迅速展开。三脚架牢牢抓住地面，自主火控系统激活并完成武器校准。一台自动机枪塔部署完成了。

琪雅哈娜跳上她的飞船。"阿诺德！乌诺塔斯！报告情况！"

"我们已经抵达方舟舰停泊区，两艘方舟舰正在加注燃料，大量凡人平民正在等待登船。"乌诺塔斯说道，"柯拉尔截击舰正在向我们逼近！"

"撤到建筑群内，让柯拉尔人的舰船无法发挥优势！"琪雅哈娜驾驶楔式飞船穿过废墟上空的烈焰与浓烟，直冲方舟停泊区而去，"在地面建立阵地！"

与柯拉尔人的其他舰船一样，方舟舰的能源核心同样是一颗巨大的伪星。由于最近的能源节点被摧毁，两艘方舟舰不得不从其他能源节点中获取能源，这使得方舟舰的燃料加注效率大大降低。

大量的等离子体正在从环绕伪星的环状结构中喷出，涌向还未点亮的伪星的中央。未点亮的伪星被其他舰体结构包裹着，像一个襁褓中的婴儿。

刺耳的警报声还在继续，无数平民正在柯拉尔武士的护送下进入一座建筑。"我们现在要摧毁方舟吗？"阿诺德问。

"不，先将凡人赶上船，之后再将方舟击毁。"琪雅哈娜说道。

"明白！"

阿诺德与乌诺塔斯控制楔式飞船调转方向，随后通过短距折跃弹射离开。琪雅哈娜与尼萨娅卓拉穿过柯拉尔武士的火力网，躲到一座船坞的高塔后方。"就在这儿了！开始架设信标！"

琪雅哈娜与尼萨娅卓拉的飞船缓缓降落，尾部对接在一起，黑以太塑成的船壳再次融化，形成一大一小两个同心圆结构。很快，圆心处闪烁起暗紫色的幽光，形成一束若隐若现的光柱。

"折跃通路已打开！"

琪雅哈娜话音未落，一阵阵短促的嗡嗡声从她头顶掠过，70多名光速猎手陆续从光柱中纵身而出。他们当中大部分是来自影翼龙族与娜迦龙族的异人龙，还有一部分是光速猎手中比较少见的赤炎龙种。

与此同时，阿诺德与乌诺塔斯的楔式飞船撞击了平民藏身的建筑，它们尖锐的船头撞穿了一侧的墙壁，并从另一侧墙壁中撞了出去。刚刚躲进建筑内的平民们立刻尖叫着向外跑。

柯拉尔武士们立刻分为两队，一队在平民中维持秩序，一队负责迎战袭击者。阿诺德与乌诺塔斯张开双翼，从半空中俯冲而下，幽绿色的光刃瞬间将两名武士的身体连同他们的外骨骼削成两段。

阿诺德并不像其他猎手那样喜欢手持光刃，他将自己的光刃做成战术挂件，挂在突击步枪枪口侧面。他用光刃斩杀一名柯拉尔武士后，立刻恢复正常的持枪状态，向身边的另一名柯拉尔人开火。

光速猎手的出枪速度如此之快，以至于精锐的柯拉尔武士都无法及时做出应对。交火只持续了三秒，五名武士已经倒下了。剩余的柯拉尔武士立刻组织反击，粒子束枪械开火了，精准地命中了阿诺德与乌诺塔斯的躯干。

单兵护盾系统救了两名猎手一命，两人扔下数枚 EMP 弹与烟幕弹后立刻向远处的建筑撤退。柯拉尔人继续向他们射击，但粒子束被浓密的烟雾挡住了，无法伤到撤退中的猎手。

"琪雅哈娜！我们需要支援！"眼看着柯拉尔武士即将穿过烟雾，乌诺塔斯抛出六个网球大小的黑色球体。小球落地后，立刻变形展开，成为六架小型无人机。

此时，三名武士穿过了浓密的烟雾，阿诺德与乌诺塔斯再次进入他们的视线。正当武士们准备瞄准射击时，一架无人机无声地飞到他们当中，进行了自毁式引爆。强大的电磁脉冲立刻使柯拉尔武士们的外骨骼功能瘫痪。

更多的柯拉尔武士紧随其后穿过烟雾，但此时，出现在他们眼前的不止是两名光速猎手和几架无人机了。几十个异人龙表情冰冷地站在他们面前，口径各不相同的轻重武器一齐开火，无畏的柯拉尔武士们立刻被打成了筛子。

长钉子弹呼啸着刺破空气，穿过尚未散去的烟雾团，向刚刚从被毁的建筑中逃离的平民飞去……

第二十一章

记忆的尽头

　　银河系中诞生较早的一类高等生物是龙族。所有龙族共同的祖先是白羽龙族……除此之外还有水栖的娜迦龙族、诞生于星云世界"影海"中的影翼龙族、体格强壮无比的赤炎龙族以及拥有机械躯体的黄金龙族……

　　白羽龙族希望创造一个完美的白羽生命体。将各种美好的品质赋予他，让他辅佐白羽龙族的统治者，更好地为白羽龙群造福。为实现这个计划，白羽龙族在超级电脑中创造了两个实验体。他们被分别命名为"翼"和"羽"。他们就像一对孪生兄弟，在虚拟世界中成长、学习……

　　"翼"的心智更为成熟，更加理性、稳重。而"羽"则像个长不大的孩子，不适合辅佐白羽龙王的工作。于是，最后被赋予肉体的是"翼"，而"羽"的意识将会被"打包压缩"，在超级电脑中进行永久保存……

　　这项工作在执行过程中，"羽"脱离了程序框架的控制，通过系统漏洞进入了为"翼"准备的身体。两个灵魂在同一个身体中渐渐协调，融合，成为一体。但由此诞生的"完美的白羽生命"已经不是这个项目所希望的产物。他被赋予了一个很有讽刺意味的名字"洛拉"。在龙族语中，洛拉意味着湮灭……

　　洛拉最终没有进行辅佐白羽龙王的工作，而是作为一个普通的白羽龙种男孩成长……

　　　　——来自霜龙记录的信息片段，他在太阳系中遇到的一个疯子讲述的故事

　　"尼德霍格的影翼军团很快就来了，古人类、精灵，甚至其他不愿臣服于他的龙类……不计其数的生命死在了他手里。"

简陋的活动板房早已残破不堪。微风吹过，薄薄的铁皮钉成的墙壁在风中嗒嗒作响。流浪者身上裹着打了无数补丁的灰布斗篷，兜帽遮住他大半张脸。他蜷缩在板房的墙角，靠着一个老旧的聚变灯芯取暖。一群小孩围着他，围着忽明忽暗地灯芯，静静听着这个老疯子讲述不可思议的故事。

"洛拉也死了吗？"一个皮肤黝黑的小男孩睁着大眼睛，话语中带着忧虑。

流浪汉呵呵一笑。"当然没有，洛拉活了下来，并击败了尼德霍格。"

"那海拉呢？洛拉的爱人呢？"

流浪汉的笑容顿时消失了，他的嘴角微微抖动了一下。"她没能活下来……"

孩童们有些失落地低下头，时不时有人轻声叹息。"那……后来呢？"一个小女孩忽然问。

"这后面的故事啊……"流浪汉从身旁拿起一个相当有年份的粗竹筒，拔开一头的塞子，一只眼睛向里面瞅了瞅。"……啊……这就没了？"流浪汉把竹筒递给一个小男孩，"去帮我打些酒来，再帮我弄点吃的吧。"

"好！"小男孩用力点点头。他一只手握不住竹筒，便两只手抱着它。男孩一路小跑离到门口，掀开脏兮兮的白布门帘，钻了出去。

他刚刚离开板房，一只坚实有力的手边抓住了他干瘦的胳膊。"嘿，小孩儿，我有个事想问问你。"

男孩害怕地轻轻叫了一声，回过头。站在他面前的是个披着斗篷，蒙着头巾的女子，有些污浊的长发与灰色的蒙眼布遮住了她的双眼。他警惕地打量着这个陌生的女人。"你……你想做什么？"

"别怕……"女子缓缓俯下身，蹲下来，手搭在他的肩上，"我想问一下，那个给你们讲那些故事人是个什么人？"

"哦……你说大天使啊，他是村子里唯一的医生，治好了很多人！"小男孩呆呆地望着她，"你也是需要治病的吗？"

"嗯……算是吧。"女子淡淡一笑，"不过，我的病，一个乡村医生恐怕治不好。不过，我对他讲的那些故事很有兴趣。"

小男孩摇了摇头。"不，大天使一定能治好你的！他可厉害了！我的胳膊以前断掉了，他又让我的胳膊重新长出来了！"他说着，举起自己的右臂给女子看。

女子打量着男孩的右臂，惊奇与欣喜涌上她的脸颊。"真的吗？"

"真的！真的！"小男孩用力点了点头。

清冷的风吹过女子的白发，吹亮了她眼中猩红的血光。一块半透明的薄膜被从地上吹起，随风沙飘向空中。但她并没有注意到，在废弃房屋旁的角落中，一只隐蔽的眼睛正盯着她。

太阳系三号行星，人类祖先的母星，地球。

"别被眼前的景象迷惑了，地球以前不是这样子的。嗯……比这漂亮多了！"

阴沉的天,飘着毛毛细雨。一艘废弃的载机母舰静静躺在熔岩凝固而成的岩床上。它像一只被吃光了肉和内脏的巨兽,只剩下一具宏伟而干枯的骨架。当地人使用从星舰上拆下来的材料搭建了房屋,在火山灰覆盖的土地上播种。

伊戈尔说,火山是岩态行星的伤口,死火山是伤口愈合留下的疤痕。这样说来,地球的这个位置曾受过很重的伤。幸运的是,环绕村落的三座死火山口变成了三处湖泊,为村中的居民提供了宝贵的水源。

霜龙纹丝不动地趴在一座堆满垃圾的山顶上——或者说,这座山就是用垃圾堆成的。杂乱的环境搭配上光学伪装设备,几乎没有人能发现这里隐蔽着一个人。现在,他用望远镜注视着 6.4 千米外的小村落,同时听着奥西里斯的声音在他脑海中喋喋不休。

"是吗?"霜龙问奥西里斯,"以前地球是什么样子的?"

"以前啊……这颗行星就像明德斯星一样漂亮。"奥西里斯说道,"人类的祖先用一场战争毁掉了这个星球,失去家园的人类才开始探索银河。"

霜龙静静听着奥西里斯的讲述,望远镜视野中央的准星沿着村子中央的街道缓缓挪动。许多外形简陋的车辆搭载着农具,停靠在路边。几个小孩嬉笑追逐着跑来跑去,两个男人坐在屋顶上聊天喝酒。

霜龙拉远望远镜的视野,看向村庄的另一边——靠近载机母舰残骸的位置。这里只有一些简陋的活动板房,很多穿着不同的人在这边走来走去。看样子,他们来自各个不同的星域,可能是战争难民。

"阿贾克斯!注意!目标出现了!"

望远镜的准星对准了那个身披棕色斗篷的女人,白色的长发,精灵的长耳朵,猩红如血的双眼。没错!就是她!伊露娜!

霜龙和阿贾克斯在小镇周围埋伏了十天。而从第七天开始,伊露娜每天都会在这个村子中出没。昨天她就来过这里,看样子,她对这里的某个东西或某个人很感兴趣。

"位置?"阿贾克斯问。

霜龙低头看了一眼小型平板电脑屏幕上的电子地图,与望远镜 HUD[①] 上的信息进行比较,说:"在你的 273 方向,距离 4000 米。"

阿贾克斯那边沉默了片刻,说:"目标已确定,无人机发射。"

十字弩将搭载着小型无人机的箭矢射出。发射三秒后,箭头与箭身分离。箭头展开两片滑翔翼,托着小巧的无人机向目标飞去。经过大约一分钟的飞行后,无人机与箭头分离,六条纤细而精巧的机械腿展开,在下落了两米后触到了地面。

阿贾克斯操作蜘蛛一样的无人机悄无声息地向伊露娜爬去,不紧不慢地跟在她身后,保持着大约五米的距离。这种侦察无人机的体型很小,即便将六条机械腿全部伸展

---

① HUD,抬头显示设备。这是一项从军事领域起源的技术,可以把一些重要的战术信息显示在正常观察方向的视野范围内,而同时又不会影响对于环境的注意,也不用总是转移视线去专门观察仪表板上的那些指针和数据。

开，也只有普通人的手掌大小。

"等等！停下！"

无人机立刻停止了前进，转身爬到了一座板房的墙角。无人机如同蜘蛛结网一样展开一张半透明的薄膜，将自己罩住。光学隐身材料很快起效，使无人机与周围的环境完美地融为一体。

霜龙将望远镜的放大倍率调整至最大，他清晰地看见伊露娜拦住了一个小男孩，正在和他交谈着什么。"那个小孩要倒霉了。"阿贾克斯说道，"不过，今天这个女魔头看上去心情还算好。"

"能听到他们说什么吗？"霜龙问。

"太模糊了，听不清。"阿贾克斯回答，"靠近些吗？"

"不，保持隐蔽。"

霜龙刚刚说完，街上忽然吹过一阵风。无人机的镜头抖动了一下，虽然它的六条腿连忙稳住了身子，但光学伪装薄膜却被风吹走了。"该死！伪装膜掉了！"

望远镜中，半蹲着的伊露娜缓缓站了起来，小男孩离开了她。不过，伊露娜并没有注意到蜘蛛无人机的存在。她伸手扯了扯自己的斗篷，随后俯身钻进了板房的门帘中。

"伊露娜钻进前面的建筑里了。"霜龙说道。

"我看见了。"阿贾克斯控制无人机爬上板房的墙壁，从两块薄铁板中间的缺口爬了进去，"我通过梦灵将图像同步给你。"

"好的。"霜龙闭上双眼，很快便拥有了无人机视角的视觉。现在他已经对这种信息传递方式非常熟悉了，甚至不需要梦灵的提示音了。"感官同步正常。"

伊露娜掀起门帘，缓步走进破旧的板房内，扫视一周。她没有做任何有敌意的动作，但屋里的孩童们仍然面露惧色，往他们的大天使身边靠了靠。大天使微微抬了一下头，聚变灯芯的亮光微微照亮了他雪一样白的脸，一双天蓝色的眼睛稍稍打量了一下伊露娜。

"这位姑娘，我有什么能帮上你的吗？"

伊露娜本以为这位大天使会是一位行医多年的老者，但他的声音却像个正值青春的大男孩。"你就是大天使吗？"伊露娜望向他的脸，但不等她看清他的面容，大天使就低下了头。

"是的。"大天使的嗓音轻松而柔和，"请坐吧。"

奥西里斯的声音在霜龙脑中再次响起。"我需要看清这个大天使的模样。"他的声音低沉，这很少见，奥西里斯显然对这位大天使很感兴趣。

"阿贾克斯，我需要无人机移动到能够看清大天使的脸的位置。"

"否决。"阿贾克斯回复道，"距离太近了，很容易暴露。"

伊露娜和大天使面对面，围着聚变灯芯坐了下来。她深深吸了一口气。大天使身边的小孩好像更害怕了，两个小女孩甚至躲到了他身后去。只侧着头露出一双眼睛打量着这个白头发、蒙着双眼的陌生女人。

"我想……让你帮我治病。"伊露娜缓缓摘下她的蒙眼布,"如果你能治好我,也请你治好我的族人们,他们得了和我一样的病。"

"现在有机会,阿贾克斯,让蜘蛛无人机爬到伊露娜身后去。"霜龙说道。

阿贾克斯照做了,蜘蛛无人机无声地缓缓爬行着。它先是向下钻进了一个杂物堆,然后从杂物堆的后面爬出来,爬到毯子边上,最后在伊露娜垂在地上的斗篷后隐蔽好了。"这个角度可以了吗?"阿贾克斯问。

霜龙拉近视角,等待摄像头自动对焦。"很好,我能看清了……我的老天!这是真的吗?"

"是真的。"奥西里斯冷冷一笑。"银河中没有第二个异人龙是这个模样。"

"怎么了?"阿贾克斯问,"有什么情况吗?"

"已确认大天使的真实身份为弑星者洛拉。"霜龙又将大天使的脸仔细观察了一番,的确与他在纳格法尔号数据核心中看到的洛拉的影像的相似度极高。简直难以置信……几十亿年了,洛拉还是那副模样,一点都没变。

"没错,他就是洛拉,传说是真的!"

"你知道洛拉是什么样子?"阿贾克斯问。

"知道。"霜龙回答,"我在纳格法尔号上看过一段影像。"

洛拉缓缓伸出手,撩开伊露娜垂在额前的头发。"我没看出来你有什么疾病,姑娘。"洛拉淡淡一笑,"你是一个很健康、很强壮的人,你不需要治疗。"

伊露娜不声不响地扯掉自己的斗篷和围巾,露出大片裸露的皮肤。她伸出双臂,让洛拉看自己手臂上蔓延的红斑和自己的利爪。

"啊……你是想色诱我吗?"洛拉仍然面带微笑,"那个,我不是什么老实人,你要是继续这样的话……"

伊露娜出手的速度如此之快,以至于孩童们都没反应过来发生了什么。眨眼间的工夫,伊露娜的右手已经扼住了洛拉的喉咙,将他从地上拎了起来。孩童们一时间作鸟兽散,尖叫着跑向房间的各个角落。

"不要挑战我的耐心!大天使!"伊露娜低吼着,眼中猩红的光芒愈发闪亮,"我背负着使我族人脱离苦海的使命,带着和平的心愿而来!我恳求你的帮助!但如果你继续和我扯皮,我只能用另一种手段让你与我合作了!"

她说完,右手往前一推,将洛拉推倒在地上。洛拉轻轻咳嗽了几声,不慌不忙爬起来,站直了身子。"我没有想要挑战你的意思,姑娘。我只是说出了你没有意识到的事实。你和你的族人,需要洛索德尔的力量。它使你们有了在星海中生存的能力。"

"你不是第一个对我说这些话的人,但我意已决。"伊露娜沉重地叹了口气,"大天使,请你告诉我,我该如何得到白羽龙的血?"

洛拉与她对视着,缓缓闭上了眼睛,又缓缓睁开。"明天,你来带我去你们的营地吧。"

"为什么不是今天?"伊露娜警觉地看着他。

洛拉淡淡一笑,说:"今天我答应过这些孩子,要讲故事给他们听的。"

"还没有联系到女王吗？"霜龙问。

"没有。"梦灵回答,"海莲娜女王的通信器处于离线状态。"

"继续呼叫。"霜龙从垃圾堆中爬了出来,"阿贾克斯,任务完成,撤退！"

"收到！"

隐蔽在垃圾山后方的伤齿龙型突击舰启动了。它缓缓爬升,抖掉机背上的垃圾,打开上方的座舱盖。霜龙纵身一跃,落在伤齿龙的机背上。磁力靴与吸附手套帮助他在机背上趴稳,随后翻身钻进驾驶舱。

天色已近黄昏。夕阳渐渐从低沉的云层下露出火红的轮廓,又渐渐没入曲折的地平线之下,将云层映满血红。远远望去,仿佛群山在天空中有了红色的三维倒影。

"我讨厌这种天气。"阿贾克斯在无线电中说道。

"我知道的。"霜龙说道,"自然光线低,用普通光学瞄具难以看清目标。但地表红外反射却很高,用夜视仪同样看不清楚。"

"不只是这样。"阿贾克斯驾驶着另一架迅猛龙跟在霜龙身后,"这天气总让我想起均森六号行星上的核冬天。"

"呃……均森？"霜龙思索了片刻,"我没听说过这个恒星系。"

"在布里克兰斯星域,一个比较偏僻的地方。"阿贾克斯说道,"我出生在那里。我的父母,还有祖父、祖母都在均森六号上居住。后来阿玛克斯人'核平'了那颗行星。"

霜龙耸了耸肩。"好吧,听上去是个悲伤的故事。"

"啊……你安慰别人几句能死吗？霜龙。"

"抱歉……"霜龙尴尬地隔着头盔挠了挠头,"那个……我对你的遭遇表示极大的同情,表达诚挚的问候……"

"行了行了,你别说了……"阿贾克斯无奈地叹了口气,"你的情商都被迅猛龙吃了吗？"

霜龙无奈地拍了一下自己的脑袋。"真是不好意思,我似乎天生就是个战争机器。我没人教过我怎么安慰别人,我只知道怎么杀死敌人保全自己,怎么以尽量小的代价达到各种战术目标。"

阿贾克斯没说话,两人沉默了几秒,随后霜龙又开口说:"阿贾克斯,现在这儿只有我们两个人,你不用担心什么……"

"你葫芦里又卖什么药呢？"

"我知道,我是魅影中所谓的'那种人'。"霜龙故意在这句话的结尾处停顿了一下。"我知道我曾经不是霜龙,我被人做过记忆复刻之类的洗脑。如果你知道我曾经是谁,就拜托你告诉我吧。我只是很好奇这个问题而已,我没有别的什么意思。"

"如果你真的很懂如何以尽量小的代价达到战术目标,你就应该知道,不要过多关注与任务无关的信息。"阿贾克斯几乎没思考什么就回答了霜龙,"而且,我也不了解你以前的身世。我认识你时,你已经是'霜龙'了。"

黑暗渐渐笼罩了这颗行星,喧嚣的黑夜降临了。夜行动物们窸窸窣窣的声音时远时近,群山之中回荡着时而低沉、时而凄厉的狼嚎。

两架伤齿龙在简陋的营地中降落了。一架风神翼龙运输机披着伪装布,后方的货舱门打开着。霜龙和阿贾克斯跳下伤齿龙,走进运输机货舱内。白狐和熊猫两人正坐在各自的电脑前,一边浏览着屏幕中的信息,一边嚼着简易的单兵自热食品。

"霜龙,你可算回来了!"熊猫站起来,"五天前我们得到了消息,雅典娜星系被攻陷,阿瑞雅女皇战死,哈迪斯成为凯洛达帝国的皇帝……"

霜龙从储物箱中翻出一袋真空包装的食物,撕开袋子,往里面倒入一小袋白色粉末,又倒进一杯蒸馏水,轻轻晃动几下。很快,食物包装中冒出了热腾腾的饭香味。"这些消息不重要。"霜龙打断了熊猫的话,"我只想知道我们的人是否受到了影响。"

"哈迪斯几乎调走了所有的魅影部队,半人马星域中只留下了我们旗鱼小队。"熊猫说道,"美杜莎的一支巡洋舰队可以为我们提供后援,四个行星日之后才能赶到……话说,有战斗任务吗?"

"暂时没有……"霜龙说完,忽然又想起来了什么,"梦灵,还联络不到海莲娜吗?"

"无法联络。"梦灵回应道。

霜龙沉默了片刻,轻轻叹了口气。好吧,也许女王正在休息。"阿贾克斯,你在营地休息吧。"

"嗯。"阿贾克斯也热了一包自热食品,"你有别的打算吗?"

"我今晚要去拜访一下洛拉。"霜龙一边说,一边将外骨骼脱下来,"阿克洛玛!"

霜龙话音刚落,由货舱通向驾驶室的舱门打开了。阿克洛玛三步并两步冲到霜龙面前。"什么事?"阿克洛玛看上去有些疲惫,他刚刚应该还在睡觉。霜龙呼叫他时,这名光速猎手立刻苏醒,进入战斗状态。但猎手也不是完美的战争机器,阿克洛玛明显不在最佳状态。

"我需要你寻找一下红精灵的营地,如果找到他们了,带一组蜂巢无人机去监视他们的动向。"

"明白。"阿克洛玛冷冷地点点头,走到货舱的一角。他坐在一个武器箱上,开始整理自己的武器装备。

阿贾克斯看了看阿克洛玛,又看了看霜龙。"霜龙,我建议让阿克洛玛去找洛拉。白狐和熊猫可以执行监视红精灵的任务,你最好先休息一下。"

"不必了。"霜龙摇摇头,"相信我,在我们当中,我最熟悉洛拉。"

"等等,洛拉?"白狐咽下一口米饭,转过头来,"你是说,你找到了弑星者洛拉?"

"对!"霜龙看着白狐。

白狐有些不自然地笑了一声,说:"我前几天还和熊猫打赌,熊猫说我们肯定找不到传说中的东西。"

霜龙也轻轻笑了一声。"看来你赢了,恭喜你,你们赌的什么啊?"

"也没什么啦。"白狐斜着眼瞟了熊猫一眼，"就是，等打完了尼德霍格，熊猫老哥得请我喝一辈子的啤酒咯！"

"好啊，打完了尼德霍格，我们也真的可以好好歇一歇了……"

霜龙走出了运输机的货舱，爬上了引擎还带着余温的伤齿龙。

"……只要，我们能活到那一天！"

夜晚的天空逐渐变得晴朗，璀璨的繁星簇拥着一轮弯月。地面洒满了淡淡的银光，不知是月光还是星光。这个本该漆黑的夜晚竟十分明澈。霜龙不得不控制迅猛龙贴地低飞，免得有人看到天空中它漆黑的轮廓。

凌晨两点，镇子中的人大多都睡了。偶尔有爱熬夜的人趴在电脑前，大呼小叫地玩着竞技游戏。霜龙将迅猛龙停在村外，独自走过村子中央的街道，来到难民聚集的板房区。

"今天不看病了，你明天……不，后天再来吧……忽然想起来我明天有事要出去……"

洛拉坐在板房屋顶上，手中握着一个竹筒。霜龙刚刚走过来，不等霜龙抬头看他一眼，他便抢先开口将霜龙赶走。月光之下，身披灰布的洛拉时不时仰起头，将竹筒中血红的酒液倒入口中。

"你好……大天使。"霜龙犹豫了一下，决定还是先用"大天使"这个称呼向他打招呼，"我不是来看病的，我有一些很重要的事想请教您！"

洛拉又喝了一口酒，擦了擦嘴唇。"你要是想陪我这个流浪汉聊聊天，就上来吧。"他说着，在自己右手边拍了拍。

霜龙打量了一下屋顶距离地面的高度，大约两米。对于在许多高重力行星上训练过的霜龙来说，这个高度对他来说不算什么。霜龙后退两步，奔跑起跳。左脚敏捷而轻巧地在板房墙壁中央的金属支架上用力一蹬，双手抓住屋顶用力一拉。他轻而易举地翻身坐到了屋顶上。

洛拉静静看着他做完这一切，将竹筒递给他。霜龙拍了拍手上的灰，接过竹筒。"呵，谢了。"

霜龙双手捧起竹筒，却没想到筒中的液体一下子倒了出来，往嘴里灌了一大口。霜龙连忙放下竹筒，慢慢咽下口中微微有点黏稠的酒液。那液体很甜，也很烈。咽下肚之后，仿佛吞下了一颗炽烈的恒星。热量由内而外涌出，将霜龙的额头和脊背上都逼出了一层汗珠。

"说吧，有什么事？"洛拉将霜龙打量了一番，淡淡一笑。

霜龙将竹筒还给洛拉。"我想知道关于冈根尼尔的信息。我需要知道如何找到它，如何启动它。"

"冈根尼尔只是个传说，讲给小孩子听的。"洛拉伸了个懒腰，"当然，如果你想听，我可以给你讲一讲。"

霜龙苦笑了一下，传说中可没有提到过弑星者还这么调皮。他抬起右手搓了搓自己胡茬没刮干净的下巴，微微皱了皱眉头。"这里，当时这个恒星系被称为索拉尔星系。"霜龙思索了几秒，终于是向洛拉开口了，"弑星者洛拉曾在这里与尼德霍格展开决战。"

说到这里，霜龙抬起头，与洛拉湛蓝的双目对视了一秒。洛拉仍然平静地、面带微笑地侧脸看着他，甚至他的目光中都没有任何一点波动。

"但在冈根尼尔尚未启动之时，为冈根尼尔提供能源的装置被击毁了。"霜龙继续说道。当他开口讲话时，他总是不敢凝望洛拉那双湛蓝色的深邃眼瞳。"我需要知道，洛拉是如何在冈根尼尔失去能源供应的情况下，仍然启动它，并用它击溃尼德霍格的？"

洛拉仍然默不作声地看着霜龙，并没有理会他的问题。霜龙说完，二人的目光再次相碰。尴尬地沉默了大约五秒后，洛拉转过头，扭了扭脖子，仰起脸望向皎洁的月光。他缓缓举起那个老旧的竹筒，将猩红如血的液体倒入口中。

"你从哪儿听到这些的？"洛拉缓缓开口了。

"纳格法尔号，现存的唯一一艘能够启动位面之钥的舰船。"霜龙说道，"纳格法尔号的记忆阵列中有一段关于这场战争的……记载。"霜龙不知道该如何表达自己看到的仿佛融入其中亲身体会的记忆片段，只能暂时用"记载"这个词搪塞一下。

洛拉又转过头，将霜龙的脸仔细打量了一下。"你是谁？"

洛拉的目光仍然很温和，但霜龙却感到了一种莫名的恐惧。"我……"霜龙的身子不由自主地往后挪了挪。他也不知道该如何回答这个问题，这不仅是因为霜龙不知道自己的真实身份，更是因为他不知道洛拉真正在意的是自己的哪个身份。

"我只是一个想活下去，想保护自己的家园，想让自己的种族免于灭绝的凡人。"霜龙思索了片刻后，做出了这样的回答。

洛拉缓缓叹了一口气，他又喝了一口竹筒中的液体，轻轻打了个嗝。"很抱歉……勇敢的凡人。你寻找的冈根尼尔只是个传说，一个无法被重复的传说。"洛拉凄惨地笑了一下，"而我，只是个无家可归的流浪汉。我没办法守护你的世界。"

霜龙沉重地叹了口气，双手撑着板房的屋顶边缘，身子无力地弯下来。他低着头，闭着眼睛，绞尽脑汁思索着该如何说服这位昔日的弑星者帮助自己。一定有什么办法的！至少在各种影视剧里，隐退江湖的大侠都能被一位有识之士劝说着重出江湖的啊……

但也许，自己不是什么有识之士，而洛拉也不是什么大侠……

"洛拉！我就知道，你只会懦弱地躲藏在这里！"

霜龙感到一阵深入骨髓的寒冷，漆黑的雾气像鬼影一样在自己身边游动。他睁开眼，转过头，只见奥西里斯的一只利爪死死扼住了洛拉的喉咙，将他从板房的屋顶上缓缓拎起来。"你可以继续当个流浪汉，躲在这儿……"

霜龙惊慌地站起来，看着自己身后的两人。他不知道自己是进入了奥西里斯的幻境，还是奥西里斯进入了现实。奥西里斯眼中炽烈的红光将洛拉的大半张脸都映成了猩红色。"你做不到的那些事，我会替你做！"

奥西里斯用力扇动了一下他的双翼，卷起一阵风吹落了洛拉的斗篷，露出一身雪白。霜龙惊叹于他是如此的……美丽,美丽到有些不真实,偌大的眼瞳仿佛晴空般空灵澄澈,毛发与羽毛仿佛新雪般洁白无瑕。他的双翼微微颤动。雪白的长发在脑后飘散,几片白羽从他的双翼上震落,如洁白的蝴蝶飞过,触地的瞬间,点亮了若隐若现的淡蓝萤火。

此时此刻,一黑一白,炽烈的血红与澄澈的湛蓝,恶魔与天使对峙着。霜龙怔在原地,一时不知道该做什么。

洛拉的双翼伸到身前,单指爪扣住奥西里斯的手掌。"我不会再让任何一个人……因我而经历悲剧了!"

洛拉的双翼用了力,拨开了奥西里斯的手。下一瞬间,洛拉抖动双翼,无形的力量推着他后退一段距离。洛拉的双脚触地,他不慌不忙地抬起右手,打了个响指。他指间周围的光线立刻扭曲起来,汇聚成一个深邃的黑点。呼啸的狂风吹散他披散的白发,卷起的白羽如漫天飞雪。

洛拉凭空捏出了一个奇点?这简直不可思议。只见洛拉的右手轻轻向前一推,那枚奇点笔直地向奥西里斯冲来,飞快地吞噬着四周的一切。

奥西里斯同样抬起右手,竟像垒球运动员接球一样轻松地将这枚小小的奇点捏在了手中。随后他双手合十,呼啸的狂风随之在眨眼间停歇了下来。奥西里斯露出了一个残忍的狞笑,他双手向前甩出,无数锐利的黑影向洛拉射出,它们的速度如此之快,以至于霜龙只看见了一条条漆黑的闪电。

在奥西里斯出手的一瞬间,洛拉的双眼中也翻涌起蓝色的光芒。他抬起双手,在面前沿着一条弧线挪动,那些黑影就像扑火的飞蛾一样,全部在一种无形的力量的驱使下冲向他的掌心,在他的手掌中重新凝聚成一枚奇点。

"你一定要逼我毁灭你吗?"洛拉无比平静地凝视着奥西里斯。他的目光中没有光速猎手的冷酷,只有对一切都无所谓的,纯粹的平静。

"我会把你的力量逼出来的,洛拉!"奥西里斯双翼上锋利的黑羽一根根竖起,像一柄柄出鞘的剑。

洛拉右手轻轻一甩,他手中的奇点在眨眼间被拉长,凝固,化作一柄漆黑的长刀。而奥西里斯双手向身体两侧一甩,两束暗红的光束从他掌心射出,凝成两条灼目的光刃。

"湮灭降临!"

洛拉将长刀向前一挥,一条漆黑的影子笔直地向奥西里斯斩去。而奥西里斯也毫不畏惧地迎着它冲了上去。

"万物寂灭!"

霜龙没有看清两人的动作,他只感到一阵眩晕,好像自己被什么东西吞没了。像是一枚热核弹头在自己面前爆炸,没有痛苦,没有感觉。他的眼前只有一片空白,大脑中也只剩一片空白……

"海拉!海拉!"

　　洛拉在废墟之间奔跑着。影翼龙族的飞行器在他头顶盘旋着，时不时向他射来一条条光束。但洛拉没有在意它们，他只要轻轻打个响指，那些试图接近他的飞行器就会被剧烈改变的重力场拖着摔到地上。

　　一个同样是白羽龙种的女性异人龙迎面向洛拉跑来。漆黑的以太物质深深渗入她的皮肤，在她洁白的毛发上留下了几醒目的条黑色斑纹。"洛拉！"她一边大喊，一边从双手掌心中变戏法一样甩出两柄黑以太凝固成的长剑，斩杀了两个试图从身侧偷袭她的光速猎手。

　　"洛拉！冈根尼尔……"

　　"冈根尼尔失去了能源供应，我知道！"洛拉跑到海拉面前，抓住她的肩膀，又从身后抱住她的腰。"这一仗我们恐怕打不赢了，海拉。"

　　海拉恶狠狠地用龙族语骂了一句。"我们现在怎么办？"

　　"卡尔刚刚带领其他幸存者全部撤走了，索拉尔恒星系中只有我们了。"洛拉忽然松开怀抱，飞快地转身，左手向身后掷出一枚奇点。一群刚刚从地上爬起来的石傀儡立刻被奇点吞噬。洛拉轻轻打了个响指，奇点随着他的手势嘭的一声消失了。

　　当洛拉重新回过身时，海拉手里正拎着两把长剑，剑刃上正滴着血，她的半边身体也被染成了鲜红。而在她脚下，躺着一个刚刚被拦腰斩断身体的猎手。

　　"海拉，我们快走吧！"洛拉走到海拉身边，紧紧拉住她的手臂。

　　"走？"海拉疑惑地看了他一眼，"去哪儿？"

　　"虚空之海中有一条航道。沿着它，能抵达已知宇宙之外的世界。"洛拉不知不觉加快了语速，"我们快走吧！逃离这一切，逃到一个没有尼德霍格，没有龙群议会，没有乱七八糟的星际政治的世界去！"

　　海拉用力摇了摇头。"我们曾发誓要守护这个世界的。我们不能在这个世界最需要我们的时候逃走啊！"海拉大声喊道。

　　"我们已经尽力了！我们已经拼上了一切！我们已经尽了自己的职责，不欠这个世界什么东西了！"洛拉用比海拉更大的声音喊道，"我也答应过你，要让你成为这星海中最幸福的女孩，海拉……"说到这里，洛拉的声音又渐渐低下来。他叹了口气，又缓缓吸了一口气，"你也答应过我，要随我一起去过那样的生活。难道我们对彼此的誓言无足轻重吗？"

　　海拉叹了口气，摇了摇头。"不，洛拉……"她的不敢去看洛拉那双溢满泪水的眼睛，"我……我不知道……"

　　洛拉握着她的手，让她丢掉了手中的长剑。蘸着血的剑刃无声地落下，插在干燥的土地里。"我爱你，海拉。"洛拉捏着她的手，用她的手掌抚摸着自己的脸，"因为你，我才愿意爱你所爱的这片银河。因为你，我才愿意与你一起守护它。难道我为你付出的一切，不值得你爱我吗？"

　　海拉与洛拉对视了一秒，更加沉重地叹了口气。"走吧，我们赶快到世界舰上。"她丢掉了另一只手中紧握的长剑，握住了洛拉的手。

一架银色的水滴外形的穿梭机接上了两人，向世界舰停泊的外空轨道飞去。数不胜数的幻影巨龙正摆动着巨翼，向这个星系中央的恒星缓缓前进。但洛拉没有理会它们，穿梭机径直向行星另一面飞去，飞向世界舰所在的地方。

很多人都觉得精灵族的建筑和飞船都有着艺术品一样的抽象美感，但若和白羽龙的造物对比一下，一定会感觉精灵族辉煌的建筑就像瓦房一样单薄。白羽龙的世界舰简直就是一座宏伟的宫殿，白色的地板和墙壁上点缀着淡蓝色的简洁线条。一棵棵奇异的树在宽敞的船舱中生长，它们灰白的树干与枝条上布满雪白的斑纹，而它的树叶就像白羽龙的羽毛一样洁白。

洛拉踏进世界舰宽大的驾驶室，这里宽敞得甚至能容纳下一座小公园。"琳恩。"洛拉抬起手，用手势召唤出一幅全息影像，"准备起航，预热虚空引擎。"

"收到。"一个清脆的女声在船舱中响起。随后，驾驶舱地板与墙壁上的花纹蔓延出洁白的光，照亮了昏暗的舱室。五颜六色的全息影像也在各操作台前陆续点亮。

"我去启动位面之钥。"海拉说着，走向房间中央的那束光柱，"你先驾驶世界舰离开外空轨道。"

"没问题。"

海拉消失在光柱中，世界舰内部的折跃网络将她送去了虚空引擎的控制室。而洛拉走上驾驶室的主控台。12台等离子脉冲引擎随着他的手势咆哮起来，推动这艘空中城市般宏伟的舰船加速，调整航向，向遥远的深空前进。

洛拉在主控台后面的椅子上坐下来，望着远处那颗渺小的橙色恒星。索拉尔星系，这里是他的第二个家园，他曾和海拉在这里度过了一段极其难忘的时光。同样是在这里，他答应了海拉，和她一起守护这片银河……

"警报，位面之钥已解锁。"舰载人工智能琳恩的声音再次响起，"冈根尼尔火控单元启动，武器模块初始化……"

随着琳恩的警报声，世界舰的舰体微微震颤了一下。等离子脉冲引擎关闭，舰船重新在外空轨道上悬停。与此同时，在琳恩的控制下，世界舰开始旋转。舰尾竖直朝向行星地表。

"相位武器单元激活，扫描空域 D02 至 R47，发现目标 206 个，已锁定 160 个，……"琳恩继续报告着各种相关信息。"……能源节点无响应，能源供应不足，无法启动攻击程序。"

洛拉抬手在全息影像中点动了几下。"海拉！你在搞什么？"洛拉接入了通信频道，尝试呼叫海拉，但海拉却没有回应，"海拉！海拉！"

"该死的……"洛拉忽然意识到了什么，他从主控台后站起来，转身对着驾驶室大厅中央挥了挥手。一幅巨大的全息影像在大厅中浮现，呈现出索拉尔五号行星地表的情况。

此时此刻，洛拉看到在世界舰正下方，一个半径至少有 300 千米的圆形图案渐渐浮现出来。流淌的液态黑以太在万用力场的控制下凝固成四个同心圆。几根线条连接着圆弧,最终全部指向圆心。那图案的圆心射出一条暗淡的光柱,从世界舰舰尾中央的孔洞中穿过,照射在舰体内部后方的虚空引擎核心上。

"重复!能源节点无响应,能源供应不足,无法启动攻击程序……"

"海拉,不要做无谓的尝试了。"洛拉在通信中说道,"琳恩早就扫描过能源节点的损坏程度,我们没办法修复它的。"

通信频道的另一段,海拉轻轻笑了一声。"洛拉,我们要不要打个赌?"

"赌什么?"

"我能在一分钟内恢复冈根尼尔的能源供应!如果我成功了,我将在此地歼灭尼德霍格的大军。若我失败了,我也能立即折跃回世界舰上,我们逃去宇宙尽头。"海拉的语速极快,吐字清晰而有力,洛拉根本没机会插上嘴,"无论怎样,我们也不会有更大的损失。若我赢了,你要无条件满足我一个愿望,任何愿望。反之,我也愿意无条件满足你的一个愿望!"

洛拉叹了口气,他的目光变得沉重起来。"好吧,海拉,我们再最后冒险一次。"他说着,重新在主控台前坐下,"我来操作冈根尼尔锁定目标。"

"我们合作无间!"海拉淡淡一笑。

洛拉的双手在全息影像的操作界面中飞快地点动着,各种安全系统在他的命令下逐个解除。虚空引擎启动,很快进入高功率运转状态。与此同时,世界舰后半段舰体外壳展开,在万用力场的控制下散开,围绕着虚空引擎重新组合。

"火控矩阵展开并完成定位。"

球状的虚空引擎核心变得暗淡了下来,深邃的黑影围绕着它翻涌着,渐渐将它完全吞没。裂隙打开了,接下来需要的,就是向这个小小的裂隙中输入能量。洛拉需要将一整颗恒星的能量投入这个直径不到 200 米的球体中,现在就看海拉能否做到她所说的事了……

"海拉!"洛拉的躯干放松地半躺在座椅上,但他的双脚却一直不安地来回晃动着,双翼也不停地左右抖动,"海拉!火控阵列已经就绪了,就差你的能源供应了!"

全息影像中显出一连串的白色噪点,随后浮现出海拉的脸。"洛拉,我不是弑星者,但我也同样拥有……弑星的力量。"海拉透过全息影像凝望着洛拉,仿佛用了全身的力气做出一个微笑,"我爱你,洛拉,真的很爱你。"

海拉话音刚落,通信信号戛然而止,环绕着洛拉的只有全息影像中闪烁的噪点和"滋滋"的白噪音。同一瞬间,两幅图表在同一时间闪烁起醒目的红色,多项数据剧烈地变化起来,琳恩的提示音也随即响起。

"能源输入功率超过阈值!相位打击就绪!冈根尼尔随时准备开火!"

洛拉的双手飞快地伸到全息影像中的两个圆圈状图案中,用手势操作冈根尼尔发动攻击,红色的三角形指示图表在他眼前一排排闪过。"打击范围覆盖 D02 至 R47 区!"洛拉几乎是激动地吼了出来,双臂猛地向前一推,"确认攻击!"

冈根尼尔开火了,这台终极战争机器突兀地咆哮起来。低沉的巨响隆隆地在星空中滚动，几秒的延迟后，全息影像中的红色三角标志陆续熄灭。

"你做到了！海拉！"洛拉兴奋地尖叫起来。

"海拉！你能听到吗？"

"海拉？"

洛拉一遍又一遍地呼叫，但回应他的只有沙沙的白噪音。

"洛拉，我不是弑星者，但我也同样拥有……弑星的力量……"

"不！海拉……"洛拉忽然意识到了什么，他的双翼颤抖起来，"海拉！海拉！不！"

他看见漆黑的轮廓在远方的星空中蔓延，像泼洒在白纸上的墨水，飞快地扩张着。无数小规模的虚空裂隙被无形的力量撕开、扩大，连成一片。从裂隙中涌出的高维物质仿佛有了生命，竟像一条条饥饿的章鱼一样扑向幻影巨龙，将它们尽数吞噬。

是的……她也拥有恒星一般的力量。为什么我就没想到呢？！她一定燃烧着自己的灵能，向着虚空引擎的核心跳了下去，所以在眨眼之间，冈根尼尔就完成了充能。

忽然，洛拉感觉自己体内的什么东西忽然被人抽走了。他无力地瘫坐在主控台后的座椅上，双眼空洞地望着远方燃烧的星空。他想哭，但却流不出泪，一滴眼泪都挤不出。大概正因如此，他的心才会这般疼痛吧。

"我不会食言的，海拉……"洛拉缓缓抬起一只手，抚着全息影像中的虚拟操作界面，"等等我，我这就去彼岸找你……"

洛拉操作着世界舰转向，朝向索拉尔恒星。火控阵列关闭，世界舰的后半段舰体重新组合。等离子脉冲引擎嗡嗡地悲鸣着，喷涌出蓝紫色的火焰，推动世界舰载着他的主人奔向生命的终点。

"洛拉……"

"海拉？"洛拉猛地起身，回过头。他多么渴望自己能见到海拉站在自己身后，微笑着望着他。

为什么？为什么要有这种不切实际的幻想？为什么明知道是不可能的事，却还要最后一次欺骗自己呢？"海拉……"洛拉望着大厅中央的全息影像，望着从光影中走出的海拉，终于流下了一滴泪。

"洛拉，如果你看见了这段影像，说明我赢了。"全息影像中的海拉微笑了一下，"你答应过我的，你要无条件满足我一个愿望。"

"很抱歉，我不得不以这样的方式离开你，洛拉。我知道，你一定会想为我殉情。"全息影像中的海拉微微停顿了片刻，"而我的愿望，是要你为我活下去……"

"你相信有来世吗？洛拉……"她的声音就像风一样温柔缥缈。"你拥有无尽的生命，你可以等。所以……我恳求你活下来，活在这片我们共同守护过的银河中，等我回来。"

"相信我……我一定会回来的，洛拉。只要你肯相信，你爱上的下一个人，就是我的来世！"

全息影像的动作最终定格在了这里，一片朦胧之中，只剩她飘逸的长发和微笑的脸庞。暗红的双瞳,闪耀着她从未表露过的柔情万种……

洛拉向她冲去,张开双臂用力去拥抱她。海拉的影子在他怀中化作闪亮的星尘,从他的指缝间流逝。洛拉摔倒在地上,双翼紧紧蜷缩在一起,四肢不受控制地抽搐着,歇斯底里地号啕大哭。

"我信守了诺言,为她活了下来。我的世界舰坠落在如今北大西洋的位置……但她再也没回来,我也再也没能爱上另一个人……"

霜龙凝望着洛拉那双美得令人心碎的眼瞳。他忽然发现自己竟扼着洛拉的脖子。霜龙连忙松开手,晕眩中的他后退了几步。"不!这……"霜龙擦了一把自己脸上的泪,他猛然发现自己的双手竟是奥西里斯漆黑的龙爪的模样,"我在做梦吗?我在幻象里吗?奥西里斯!奥西里斯?"

洛拉上前一步,扶住了霜龙的肩膀。"这就是冈根尼尔的最后一次启动。"

"你……"霜龙抬起头,与洛拉对视着,"你刚刚对我做了什么?"

"我们彼此交换了各自的一段记忆,盖瑞卡·冯·隆施坦恩。"洛拉将自己手中的竹筒递给霜龙,"我能告诉你的只有这些,很抱歉,我没办法保护你的世界。"

霜龙的头又一阵眩晕,他脑中那些破碎的、若隐若现的记忆,此时一下子全部点亮。如同挂在圣诞树上的灯,五颜六色地连成一串了。他回忆起了自己的身份,关于自己的家族,关于自己与海莲娜的事情……不过,这些事只能先放一放了。

"该死……"霜龙刚刚要接过竹筒的手又缩了回来,他的双手紧紧抱着自己的脑袋,"啊!天哪……洛拉,你……"

"解开了困扰你的谜团?"洛拉淡淡地笑了一下。

霜龙接过洛拉的竹筒,灌了一口其中的酒液。"我们……还有机会修复冈根尼尔吗?"

"已经没办法了。"

"告诉我修复它需要什么。"霜龙抬起头,以无法回绝的坚毅目光与洛拉对视着,"如果你要修复它,你都需要什么?"

洛拉脸上的笑容渐渐消失了,他轻轻摇了摇头。"我需要几百万名优秀的工程师,14000个能够容纳恒星级功率的能量通过的超空间节点,600台超级量子计算机,来自400个恒星系的数千条生产线,还有不计其数的高纯度以太物质,不计其数的优秀科研人员,不计其数的后勤团队……"

洛拉又一次沉重地叹息。"我需要一个伟大的文明、一个伟大的国度,才能修复龙族文明最辉煌的结晶……而那个文明,早已不复存在了。"

霜龙苦笑了一下,说:"现实中的上古流传下来的神兵利器,原来也是这么造出来的啊……"

"你以为我能像什么神仙一样凭空给你变出一把神剑,让你拎着它去砍掉尼德霍格的脑袋?"洛拉一把将竹筒从霜龙手里抢了过来,咕咚咕咚灌了两口酒,"你们这些人类,总是说我们是神,将我们曾经的文明叫作什么旧神文明。"洛拉脸上又挂上了那种逍遥自在的笑容,"我看啊,你们就是见识太少。你们啊,还是太年轻、太简单了,还要提高自己的知识水平……"

霜龙能听出来洛拉是在讲笑话,"也许,你需要的那个伟大的国度是存在的。"霜龙冷静地说道,"凡人的文明,已经崛起了。"

"那祝你好运喽。"洛拉说着,捡起自己掉在地上的斗篷,重新将它披在自己身上,"不要走我这个可怜人的老路,霜龙,不要为了追逐力量而失去了自己最爱的那个人。"

"感谢你分享的记忆,弑星者,也感谢你帮我找回了我丢失的记忆……"

洛拉没有再理会霜龙,他从板房屋顶上跳下去,哼着不知名小曲,钻进了他简陋的小窝里,很快就没了动静。

"梦灵! 呼叫天煞女王!"

"女王无回应。"

霜龙的眉头微微一皱。"有点不对劲……呼叫萨瑞洛玛!"

片刻的沉默后,是一声突如其来的闷响,随后是一阵嘈杂的噪音。好像有 20 毫米通用式磁轨发射器的动静,还有粒子束步枪散热时的嗤嗤声。"萨瑞洛玛! 萨瑞洛玛!"霜龙一下子紧张起来。

"萨瑞洛玛收到。"萨瑞洛玛的声音伴随着忽大忽小的嗡嗡声。

"女王在哪儿?"霜龙问。

"在我身边。"萨瑞洛玛说道,"尼德霍格的光速猎手正在攻击亚卡娜斯星系!"

"把通信器给女王! 我有重要的事情!"

又是一阵刺耳的噪音,其中夹杂着很多人模糊的喊声。"霜龙?"海莲娜的声音终于出现了。

"海莲娜! 我找到了洛拉! 也得知了启动冈根尼尔的办法! 但我需要你的帮助!"霜龙喊道。

"说实话我现在也需要帮助!"海莲娜深深吸了一口气,"好吧! 告诉我你需要什么?"

"首先,我需要一台计算能力达到每秒 10 的 14750 次方以上的超级计算机……"

"你在逗我玩吗?"海莲娜尖锐地咆哮,"这种东西根本没人造得出来!"

"有! 至高秩序的主机!"霜龙不等海莲娜说完就接着喊起来,"我需要你想办法黑入至高秩序的主机! 只要你占据主机的一个数据接入点,我就可以完成黑入的工作。"

"啊……好吧!"海莲娜很不耐烦地回应道,"我尽量给你想办法! 还有别的吗?"

"我需要两艘搭载位面之钥的飞船。我找到了第一艘,是一艘坠落在地球上的白羽龙世界舰,但另一个……"

"纳格法尔号!"海莲娜接着霜龙的话吼道。她说话的语气充满了不可思议,还带着一丝恼怒。"别告诉我,你又要我夺取纳格法尔号!"

"恐怕是的。"霜龙爬上他的伤齿龙，"我会联系哈迪斯，让他支援亚卡娜斯的战斗。"

"真是巧了，霜龙！今天你需要的东西都在亚卡娜斯星系！"说到这里，海莲娜那边的通信中断了一阵子。霜龙反复呼叫她的名字，幸运的是，海莲娜的声音很快回来了。"霜龙！有一艘搭载平民的方舟需要紧急撤离，我需要一个安全的星系坐标。"

"来太阳系吧。"霜龙回答，"弑星者洛拉就在太阳系三号行星上，就算尼德霍格追过来，洛拉多少也能帮上忙。"

"好！"海莲娜很用力地说道，"我会想办法夺取至高秩序主机和纳格法尔号……天啊，我们这次一定要闯大祸了！"

第二十二章

防火墙（下）

> 由于银河议会在面对影翼龙族入侵时表现出的极度无能，身为湮灭尊主的我——卡尔诺帕拉·雷·兰尼——决定带领阿玛克斯帝国退出银河议会！从现在起，阿玛克斯帝国不再履行银河议会成员国的任何义务。我国将与同样被银河议会严重辜负的凯洛达帝国组成新的联盟！我们相信，一个由强者领导的联盟，会比一群只在乎自身利益的软蛋领导的联盟强大百倍！
>
> ——节选自卡尔诺帕拉·雷·兰尼在阿特洛达尔星系发表的公开演讲

就像曾经计划的那样，一批担负着"延续人类文明"使命的"勇敢者"在准备妥当后，搭乘运输飞船抵达了方舟舰停泊点。地平线号与诺亚号两艘方舟将共搭载 42 万名旅客前往仙女座。

旅客登船后，会按照各自登记的编号，进入各自的静滞休眠舱。在抵达仙女座之前，所有旅客都将处于静滞休眠中，他们将在沉睡中度过这段千年的旅程。

每一名旅客都领到了一个储物箱，每人最多可以带上 2.5 千克重的私人物品。于是这几天来，伊甸园中的凡人们都在讨论如何合理分配这 2.5 千克质量的问题。

埃尔文带上了一瓶价值 47 万星币，本该用于在国宴上使用的红酒。他很想知道这酒在封藏千年之后，会是什么样的味道。埃里希往自己的盒子里装了许多他喜欢的衣物。当然，对于隆施坦恩家的这两位兄弟，他们完全不用为需要带走的东西发愁。地平线号方舟舰的一个货舱中装满了家具、建筑材料、名贵的文物和珠宝。这些东西足够兄弟俩在仙女座修建一座缩小版的明德斯王子城堡了。

埃尔文和埃里希来到了世界之环。远处的两艘方舟舰正在加注燃料，准备点亮伪星能源核心，方舟舰比埃尔文所想象的更加……奇特。它不像埃尔文想象中的那么威武，但却是另一种形式的宏伟。

"多看一眼这个世界吧。"埃里希遥望史诗般宏伟的世界之环，望着他们几个小时后就要登上的方舟舰，"很快，我们就要和这一切永别了。"

埃尔文轻轻叹了口气，他尽力用笑容掩饰自己的伤感。"啊……你说，如果我们走了以后，留在银河系的人又把尼德霍格打败了，那我们岂不是很尴尬？"埃尔文强颜欢笑着打趣。

"我不知道。"埃里希轻轻摇摇头，"我想，只要我们登上了方舟，银河系中的一切，便都与我们没有关系了。"

"你觉得我们还能再见到爸妈吗？"埃尔文问。

"也许会的，第二批的两艘方舟也快要完工了，他们很快也会飞去仙女座的。"埃里希的声音平静而沉重，"但……宇宙漫漫，谁也不知道我们最终能否安全抵达仙女座。更不知道，不同的方舟最后会在仙女座的哪个角落安家。"

"好吧……"埃尔文叹了口气。

两人沉默了许久，许多与他们一样，即将登上方舟的人们都在世界之环上拍照留念。能够登上银河系中最宏伟的建筑，这也勉强算是没有遗憾了吧……

"不知道盖瑞卡到底怎么样了。"埃尔文忽然想起了被自己忽略了好久的弟弟，"希望他还活着吧。"

"嗯。"埃里希摸出手机，拍下了几张照片。

"你喜欢这个地方吗？"埃尔文问他。

"不喜欢。"埃里希将手机放回口袋里，"柯拉尔人的世界，是死的。"

几架无人机缓缓在人群上方飘过。"所有已登记的第一批方舟移民请乘坐指定运输车辆前往方舟停泊区，请勿在世界之环上随意行动，以免影响设施的正常运转，违者将遭到净化处理……"

"啊……看来我们该走了。"埃尔文耸了耸肩。

运输车内部相当简单，甚至有些简陋了。宽敞的厢式货舱中整齐排列着可折叠的座椅，椅面和椅背都相当窄小。那些整天在别墅、城堡甚至皇宫中娇惯坏了的贵公子和大小姐们，一上车就纷纷抱怨起来。

但这还不是最让他们反感的，当所有人在座位上坐好，智能系统清点人数之后，运输车的后门自动关闭。此时大家才意识到，整个车厢是没有窗户的，大家像是被装在了运货的集装箱里。

"我受不了了！"埃尔文也抱怨起来，"我感觉我们像被绑架了一样！"

埃里希脸上的表情不知是哭还是笑。"听说柯拉尔人平时就是这样和货物一起被'运输'的。"

"行了行了，忍一忍吧。"车厢中另一人说道，"反正待会儿我们就走了。"

车厢中拥挤而沉闷，几乎毫无舒适度可言，如果一定要说柯拉尔人的运输车有什么优点,那大概只有行驶中异常平稳这一个优点了。运输车沿着世界之环上异常平整的道路,以 100 千米每小时的速度高速行驶,车厢内却几乎没有颠簸。

"据说这种车辆本来是用来运输易碎货物或精密仪器的。"鲁道夫对埃尔文说道,"如果用专用的减震货箱,我们在其中甚至感觉不到运输车在行驶。"

"啊,这么说来,柯拉尔人是把我们当成'重要货物'运输咯?"埃尔文打趣道。

"差不多吧……"

埃里希话音未落,一阵剧烈的震动便将车厢中的乘客们抛到了半空中。埃尔文的脑袋撞到了车厢顶部,好在他没有咬到自己的舌头。隆隆的巨响从车底传来,逐渐贯穿了整个车厢。一时间,惊叫声、抱怨声甚至谩骂声充斥了整个车厢。

埃尔文刚想问怎么回事,刺耳的警报已经在车厢内响起。"世界之环遭到未知入侵者的攻击!"警报声的间隙中,电子合成语音急促地说道,"所有乘客请保持镇定,运输车的车体能够抵御 20 毫米口径标准动力磁轨机枪发射的长钉穿甲弹……"

"别扯这些没用的!到底是怎么回事!"车厢中有人大吼起来。很快,又有人用力敲击着车厢的后车门,"放我们出去!放我们出去!"

混乱开始像失控的烈火一样蔓延,混乱而刺耳的叫嚷声很快淹没了人工智能的提示音。直到大口径子弹撞击运输车外壳,敲鼓一般的咚咚巨响猛烈震动着人们的耳膜。人们立刻本能地捂住耳朵,女孩们高声尖叫起来。眨眼间,抗议与抱怨的声音消失了,取而代之的是慌乱的尖叫与哭喊。

埃尔文感觉到飞奔中的运输车正在减速,稳定的减速持续了大概一分钟,随后车辆停下来。后车门打开,混合着尘埃的硝烟伴随着子弹在动能屏障上弹开的梆梆声一齐涌进车厢内。

"快下车!撤到建筑物内!"一名柯拉尔武士站在车门外,在他身后,还有许多穿着同样外骨骼动力甲的柯拉尔武士。第二辆运输车正穿过敌人的火力网,在埃尔文等人乘坐的车辆后方停下了。

最靠近车门的两人犹豫着要不要出去,柯拉尔武士直接拉住一个人的手臂,将他拉出车门。之后,另一人也跟着钻了出去。当第三人向车门移动时,一梭子大口径长钉子弹敲在了车门旁。刚刚钻出车外的两人瞬间化作两团血雾,断肢与碎肉四处横飞。

负责掩护的柯拉尔武士也被击中了,他倒在那两人留下的血泊中,一枚长钉子弹深深嵌进了他的头盔。刚刚准备下车的那人又触电一般跳了回来。"危险!危险!躲起来!"

话音未落,又有什么东西带着刺耳的呼啸由远而近飞来。透过打开的车门,埃尔文可以看见有什么东西从侧面撞击了后面那辆运输车,击穿了它的外壳,几乎要将运输车撞翻。下一瞬间,蓝色与橙色相间的烈焰迸发出来,将被击中的车辆彻底撕成了碎片。红热的金属碎片与焦糊的碎骨和碎肉一齐冲上了天,又像冰雹一样哗啦啦地落下。

"快出去!"埃尔文急忙喊道,"待在车上更危险!"

经过了几秒的恐慌与犹豫后,人们意识到了埃尔文的建议的明智,争先恐后地从车厢中钻出。一些人幸运地与子弹擦身而过却没有受伤,他们躲到了柯拉尔武士的移动掩体后方,抱着头蹲下来。一些人的腿被子弹射断,抱着自己只剩一半的肢体大呼小叫。还有一些人刚从车里钻出来,体内的重要脏器便被呼啸而过的子弹轰成了肉酱。

下车的过程相当麻烦,车上的贵族们有不少人都像赴宴一样打扮得庄重得体。在狭小的空间中移动,难免会有人衣服勾住了,长裙被前面的人踩住了。大部分人能活下来,纯粹是因为命大。

一辆运输车被击毁后,两名柯拉尔武士立刻就地架设了便携式主动防御系统。当第二枚反装甲导弹向剩下那辆运输车飞来时,主动防御装置启动了,一束激光拦截了导弹。在机枪与重炮共鸣,血肉与脑浆齐飞的战场上,并没有人注意到来袭导弹被摧毁时爆出的火光。

"你们必须前往建筑物中躲避!"几个柯拉尔武士迅速来到掩体后,"我们会掩护你们!"

六架重型无人机使用高爆飞弹暂时压制住了光速猎手的进攻。在六名柯拉尔武士的掩护下,幸存下来的平民尽量放低身子,排成两排向50米外的建筑物跑去。

远方是能源节点被摧毁后的冲天大火,眼前是频繁落在身边的子弹和爆炸物。粒子束时而从烟雾的缝隙中穿过,在地面上留下一条条红热的痕迹。最前面的人一个女生腿软了,浑身颤抖着趴倒在地上。她身边的同伴想把她扶起来,但尝试了两次都没有成功。

"继续前进!不要停下!"柯拉尔武士催促着仍然能正常行动的人继续往前走,走不动了的人便直接被抛在后面。

长钉子弹尖啸着从头顶飞过,撞在建筑外墙上,擦出骇人的火花,激起一团团飞散的尘灰。柯拉尔武士们顶着雨点般密集的火力,借助外骨骼的护盾向敌人靠近,掩护平民队伍移动。

这一段50米的距离简直比5000米还要漫长,所幸后半段路程比较顺利。埃尔文感觉自己至少跑了至少十分钟,但实际上,他身边使用磁轨步枪的柯拉尔武士连一个弹匣都没打完。

大部分平民进入建筑隐蔽后,几个柯拉尔武士又回去救援没能跟上队伍的平民。建筑大门被一层半透明的、泛着淡淡金光的力场屏障封锁。粒子束照射在上面被迅速吸收,磁轨武器发射的子弹则被弹开。

四名柯拉尔武士将落在半路上的四个人从地上拽起来,又抱起双腿发软的他们,飞快地向建筑大门跑来。柯拉尔武士接近门口的力场时,力场自动打开一个足够容纳一人通过的椭圆形缺口。最前面的两名武士成功进入建筑内,后两人被光速猎手的无人机点杀。

坚固的建筑就像一座堡垒,长钉子弹根本无法动摇它一丝一毫。感受到安全的平民们稍稍放松下来,本能地靠着墙壁坐下或蹲下,三五成群地互相安慰着彼此。

这50米的鬼门关一趟走下来,幸存下来的这群富家子弟已经完全没有了平时的风光。男孩们名贵的西服上被烧出了大大小小的窟窿,女孩们也扯断了长裙,跑丢了高跟鞋。当然,衣物和首饰的损失已经不算什么了。很多人要么断了胳膊,要么被高爆弹头涌出的烈焰烧瞎了双眼。略懂急救知识的人开始想办法给自己，也给其他受伤的人处理伤口。

这样的平静只持续了不到一分钟。正当大家享受着久违的安全感时，可怕的冲击波突如其来，几乎掀飞了屋顶。两艘楔式飞船以大约两马赫的速度撞穿了建筑，金属碎片像锋利的刀子一样杀伤着毫无防备的人群，巨大的冲击波将混凝土震成细沙一样碎。

人们捂着耳朵倒在地上，许多人的耳膜已经被震波震破了。他们的耳朵流着血，甚至眼睛和鼻孔也在淌血。门口的护盾力场失效了，远处的光速猎手们步步紧逼。

大部分人都已经昏了过去，一些仍然能动的人挣扎着爬起来，跌跌撞撞地跑向门外。但他们刚跑出去，光速猎手们的无人机便俯冲而下，精准而迅速地射杀了他们。这些无人机的敌我识别系统并不区分武装人员与平民，它们会消灭任何没有携带友军识别标识的生命体。

"啊！埃尔文！帮我一把！"

埃尔文扶着墙，艰难地缓缓起身。他的手臂正在流血，刚才的震波让他头晕目眩。"啊……谁……"

"埃尔文！帮帮我！"

埃尔文听出了那是埃里希的声音。他循着声音传来的方向望去，只见埃里希躺在一具尸体旁，双手紧紧抱着自己的大腿，表情痛苦。埃里希的左大腿被一根钢筋贯穿了，钢筋的一端还连着一个巨大的混凝土块，压在他腿上。

"老天！"埃尔文爬到埃里希身边，"你伤得相当重。"

"啊！疼死了！"埃里希像坐起来，但没有成功，"啊！埃尔文！我的腿怎么了？"

"一根钢筋扎在你腿上，还有一块石头压在上面，看样子你的腿已经断了。"埃尔文试着将混凝土块搬开，但他刚刚一用力，埃里希便大叫起来。

"啊！疼疼疼！"

"哦，老天，我们不能一直留在这儿！"埃尔文看向门口，"那些……异人龙会杀过来的！"埃尔文说着，又试着搬开那块碎石，但仍然没有成功。埃里希一声又一声的惨叫着，埃尔文不知道他到底伤得多重，也不知道该怎么帮助他。

炽热的粒子束切割金属的声音在埃尔文身后响起，埃里希睁开眼，只见一束红光切开了建筑后门，切出一个大致的矩形。"啊！那是什么？"埃里希脸色苍白，"埃尔文！埃尔文！你身后！"

埃尔文回过头，切口处的金属门板已经被人一脚踹倒。一个人影从切口中走进来，那人左手拎着一个硕大的行李包，又手握着一把手枪。

那人赤裸上身，碳纤维绳带缠绕在他结实的肌肉上，将各种武器装备部固定在他身上。他有着一双精灵族一样的长耳朵，两只眼睛散发着不同的灵能光芒，右眼是冰冷的蓝，左眼是炽烈的红。当那人轻轻抖动身后的双翼时，埃尔文的心一下子凉透了。

一个异人龙……带着光刃的异人龙，一个光速猎手。

猎手径直走到埃尔文与埃里希两人面前，一言不发抬起手枪指向埃里希。"不要！"

埃尔文想扑上去阻止他，但猎手已经开枪了。枪响过后，埃里希的双眼惊恐地大睁着，几乎要将眼珠子瞪出来。

"埃里希！"埃尔文转过身，抓住埃里希的手臂，"不！不要……"

"啊啊啊啊啊啊啊啊啊啊……"埃里希忽然撕心裂肺地哀号起来。

"怎么……"埃尔文这才发现，子弹并没有击中埃里希，而是打在了刺中埃里希大腿的钢筋。金属碰撞的震动将混凝土块震碎了，那根细长的钢筋此时完全裸露了出来。

萨瑞洛玛俯下身，抓住钢筋外露的部分。"你喜欢苹果味汽水还是橙子味汽水？"

"什么……"

正当埃里希摸不着头脑的时候，萨瑞洛玛忽然发力，将钢筋抽了出来。剧痛在埃里希脑中猛然炸裂，他无比痛苦地哀号……不，是咆哮了起来。他尖锐的叫声甚至盖过了建筑外的交火声。

"刚才的问题是为了分散你的注意力。"萨瑞洛玛从腰带上抽出一根装有红药的针管，扎在埃里希受伤的大腿上，"我是萨瑞洛玛，海莲娜·诺瓦命令我来帮助你们。"

埃尔文看着这个陌生的异人龙的脸，看着躺在地上疼得打滚的埃里希，愣了足足有五秒中，忽然扑哧一声笑了出来。埃尔文笑了五秒，又忽然止住了笑声。"感谢你的帮助。"他又好奇、又感激、又敬畏地望着萨瑞洛玛异色的双瞳。

萨瑞洛玛拉开行李包的拉链，从中取出一把磁轨突击步枪。"会用枪吗？"

"呃……我和埃里希在靶场学过一点射击……"埃尔文支支吾吾地回答道。

不等埃尔文说完，萨瑞洛玛便将步枪塞到埃尔文怀里。"拿着它防身。"

"嗯……"埃尔文呆呆地点点头，"哎，等等，我只有一个弹匣吗？"

"两个，这是并联弹匣，一个弹匣中30发子弹，共60发。"萨瑞洛玛说道，"记住！你不是作战人员，这只是给你防身用的。"

埃里希从地上坐起来，他忽然发现自己的左腿已经不痛了。好吧，也许是这个异人龙给自己注射了镇痛药。萨瑞洛玛将另一把同样型号的步枪递给埃里希。"我们从后门撤出去！"

埃里希看着萨瑞洛玛递来的步枪。"我是伤员啊！你们难道不应该把我抬到安全的地方吗？"

"你的伤口已经痊愈了。"萨瑞洛玛说着，将埃里希从地上拉起来，"你可以正常活动了。"

埃里希站了起来，试着抬了抬腿，他不可思议地发现萨瑞洛玛说的是真的。"等一下！这是什么药？"

"我们叫它红药，是一种从白羽龙血中提取的物质。"萨瑞洛玛卸下手枪弹匣，从口袋中摸出一发手枪弹压进弹匣中，将刚刚开过一枪的手枪重新装填到满弹。"你们两个，从后门离开，鲁道夫的北极星部队会接应你们，快走！"

"谢天谢地！"埃尔文和埃里希对视一眼，随后头也不回地跑远了。

光速猎手的进攻十分迅猛，他们前有攻击无人机开路，后有重火力支援。论行动方式与战术，猎手们与常规的特种部队没有什么太大区别。四人一组，相互掩护。以沿途的建筑作为掩护，交替向前推进。

猎手们的配合与射击精度简直可以做到天衣无缝！队伍最前方的猎手刚刚发现柯拉尔人的无人机，后方携带重武器的猎手便立刻用EMP弹头将无人机群击落。光速猎手们的每一次射击都能准确命中柯拉尔武士的外骨骼护甲上最脆弱的部位，每一枪都是必杀。

损失了20名武士后，其余的柯拉尔武士开始撤退。此时，两艘柯拉尔截击舰从高空掠过，投下六枚相位导弹。猎手们立刻分散，琪雅哈娜扔下两台自动炮塔，炮塔立刻侦测来袭导弹，并向其开火拦截。

六枚导弹中有三枚被成功拦截，其余三枚在光速猎手当中引爆。只见战场上闪过三道异样的光，眨眼间，弹头引爆的区域，四周的光线极度扭曲。当光线扭曲的现象消失时，杀伤范围内的一切也随之消失不见。一共12名猎手被消灭，什么都没留下，在极度扭曲的空间中，一切都被粉碎至基本粒子状态。

"各单位分散作战！"琪雅哈娜命令道，"尼萨亚卓拉！你来指挥这里的战斗，牵制柯拉尔人的兵力！阿诺德！乌诺塔斯！跟我来！"

被琪雅哈娜选中的两名猎手立刻跑到她身边，琪雅哈娜抛出了两枚烟幕弹。在烟雾的掩护下，两名猎手跟着琪雅哈娜离开交战区。"乌诺塔斯！你有多少枚奇点弹头？"

"14枚。"乌诺塔斯回答。

"但愿这足够我们摧毁方舟舰。"

琪雅哈娜话音未落，忽然对身后的两名猎手做出了"停止"的手势。三人停下来，琪雅哈娜抬起机枪枪口对准前方，乌诺塔斯与阿诺德侧过身，掩护左右两翼与后方。

四枚小型火箭弹从楔式飞船撞击建筑墙壁留下的窟窿中飞了出来，一边向琪雅哈娜一行人飞来，一边喷吐着灰黑的浓烟。琪雅哈娜没有向烟幕弹飞来的方向开火，而是迅速将她背在身后的重武器都抛下来，在身旁架起六座自动炮台。

随后，琪雅哈娜右手握住一把手枪，左手握住她的光刃，烟幕弹从她身旁飞过，浓烟包裹住了她。她暗黄色的眼睛瞪大了一圈，瞳孔缩成一条竖线，警惕地注视着周围所有异常的动静。

娜迦龙种拥有红外视觉，这帮助他们在昏暗的海底看清东西，也可以让他们看清烟雾之后的热源。如果对方要借助烟雾的掩护发动攻击，那反而正中琪雅哈娜的下怀。而琪雅哈娜使用的所有武器都是发射实体弹药的磁轨武器，不会像光束武器那样在烟雾中发生散射。

很快，琪雅哈娜的视野中出现了多个热源，向琪雅哈娜靠近。"散开！"琪雅哈娜一声令下，阿诺德与乌诺塔斯立刻向相反的方向冲去，冲出烟雾外。那一个个弹跳着的光点飞到琪雅哈娜面前，砰砰砰几声爆闪成几个光团。EMP爆弹！琪雅哈娜暗叫一声糟糕，她的自动炮台暂时瘫痪了。

虽然失去了炮台的支援，但琪雅哈娜并不处于劣势，顶多算是公平较量。她猛然向飞弹来袭的方向发起冲锋，在即将冲出烟雾时起跳。在世界之环的低重力环境下，她的起跳如同腾空起飞，右手紧握的紫色光刃立刻点亮，准备斩杀任何出现的敌人。

琪雅哈娜的敌人并没有立刻迎战，迎面而来的是一梭子密集的小口径长钉子弹。琪雅哈娜用光刃格挡了其中为数不多的几枚，剩余的子弹在她的单兵护盾上弹开。虽然琪雅哈娜没有受伤，但护盾的能量已经被消耗干净了。

琪雅哈娜看到了敌人——对方孤身一人，手持一把短枪管的战术突击步枪。他躲在建筑物内的一个角落，隐蔽在几具尸体当中，透过门口向她射击。琪雅哈娜抬起手枪向对方点射，连开三枪，虽然被对方敏捷地闪过了，但暂时压制住了对方。

她踏上建筑破损的屋顶，从上方跳入建筑内，亮紫色的光刃迎面向对方砍去。而下一瞬间，对方从地上猛然腾起，灼眼的红色光刃闪到她面前，稳稳地挡住了她的攻击。

琪雅哈娜后跳与对方拉开距离，在近距离接触的那一瞬，她已经认出了她的敌人——萨瑞洛玛！他是个相当难缠的对手，若用光刃格斗，恐怕只有格朗特与他对战才有胜算。

微型折跃设备将自动炮塔折叠，送回到琪雅哈娜背后的装具上，琪雅哈娜立刻在身边放下两个自动炮台。萨瑞洛玛见状，立刻冲到房间中央的一根立柱后躲避。自动炮台迅速部署完成，炮台上的 11 根枪管飞速旋转起来，向萨瑞洛玛藏身的位置倾泻出狂风骤雨般的火力。一块块碎石被子弹飞快地剥落，几秒的功夫，体无完肤的支柱倒塌了，在地上摔成一地碎石。

琪雅哈娜握持手枪的右手的手腕搭在左臂上，左手臂横过来，左手反握光刃，使光刃朝向前方。她小心地从侧方缓缓前进，走到倒塌的石柱侧面，手腕来回转动，灵巧地将手枪枪口瞄向不同的方向。

阿诺德与乌诺塔斯赶到了琪雅哈娜身边。阿诺德也亮起了光刃——他的光刃像战术手电筒一样挂在突击步枪下方。而乌诺塔斯双手握持两把冲锋枪，并没有拿出光刃，这位猎手认为，只有在对抗其他光速猎手时才需要点亮光刃。

"他走了。"琪雅哈娜向建筑物后门望去，那里是唯一一个能够避开在琪雅哈娜的视野的同时逃离这座建筑的通道。

"谁？"乌诺塔斯问。

"萨瑞洛玛。"琪雅哈娜很冷静地熄灭了光刃，将两座自动炮台收起，"我们继续任务，但要当心萨瑞洛玛的阻挠。"

与此同时，萨瑞洛玛已经追上了埃尔文和埃里希。两人之前一定沿着这一条运输车道向世界舰的停泊区奔跑，直到他们遇到了鲁道夫的迅猛龙。此时，四架机身上绘有北极星标志的穿梭机停在车道两侧，北极星特种部队正在搭建临时掩体。除了埃尔文与埃里希，这里还有 40 多名平民幸存者。

尼德霍格的猎手们释放的无人机已经开始对埃尔文一行人发起攻击了，但北极星部队依靠护盾发生器与主动防御系统坚守着阵地，无人机群很难击退他们。

"海莲娜！鲁道夫！"埃尔文打量着刚刚从迅猛龙上跳下来的衣衫不整的两人，"天啊！鲁道夫，你怎么把海莲娜公主带到这么危险的地方了？"

"还不是为了救你们！"鲁道夫从一名北极星队员手中接过一把步枪，"海莲娜，你说的援军在哪儿？"

海莲娜嘴里叼着月蚀罐子的吸管，轻轻扬了扬下巴。"已经来了。"

从远处飞来的萨瑞洛玛轻轻扇动双翼减速，双腿弯曲缓冲，降落在众人面前。"琪雅哈娜带着一队猎手杀过来了，我们必须尽快撤离！"

"只有他一个吗？"鲁道夫打量了一番萨瑞洛玛，转头问海莲娜。

"萨瑞洛玛是我最强大、最忠诚的光速猎手。"

海莲娜话音未落，萨瑞洛玛的通信器忽然响了，他将左手的食指与中指贴在耳边。接入通信后，通信频道的另一端立刻传来了霜龙的声音。

"萨瑞洛玛！萨瑞洛玛！"霜龙的声音听上去相当紧张。

"萨瑞洛玛收到。"萨瑞洛玛回应道。

"女王在哪儿？"霜龙问。

"在我身边。"萨瑞洛玛说道，"尼德霍格的光速猎手正在攻击亚卡娜斯星系！"

"把通信器给女王！我有重要的事情！"

萨瑞洛玛摘下他戴在耳朵上的通信器，把它递给海莲娜。"霜龙要求与你对话，女王。"

海莲娜一拍脑门。该死！自己早就把霜龙忘得一干二净了。她连忙接过通信器，按在自己的耳朵上。"霜龙？！"

"海莲娜！我找到了洛拉！也得知了启动冈根尼尔的办法！但我需要你的帮助！"霜龙喊道。

"说实话我现在也需要帮助！"海莲娜深深吸了一口气，"好吧！告诉我你需要什么？"

"首先，我需要一台计算能力达到每秒 10 的 14750 次方以上的超级计算机……"

"你在逗我玩吗？"海莲娜尖锐地咆哮，"这种东西根本没人造得出来！"

"有！至高秩序的主机！"霜龙不等海莲娜说完就接着喊起来，"我需要你想办法黑入至高秩序的主机！只要你占据主机的一个数据接入点，我就可以完成黑入的工作。"

"啊……好吧！"海莲娜很不耐烦地回应道，"我尽量给你想办法！还有别的吗？"

"我需要两台搭载位面之钥的飞船。我找到了第一艘，是一艘坠落在地球上的白羽龙世界舰，但另一个……"

"纳格法尔号！"海莲娜接着霜龙的话吼道，"别告诉我，你又要我夺取纳格法尔号！"

"恐怕是的。"霜龙的回答没有任何犹豫，"我会联系哈迪斯，让他支援亚卡娜斯的战斗。"

"真是巧了，霜龙！今天你要的东西都在亚卡娜斯星系……"

一阵剧烈的震动打断了海莲娜与霜龙的通话,她回过头,望向那声巨响传来的方向——方舟舰停泊区。诺亚号方舟舰刚刚离开了船台,船上有人使用舰载自卫武器炸断了固定机构,强行使方舟从船台上脱离!

"该死!什么人在船上?"鲁道夫将自己的通信器捏到嘴边喊道,"C队!回话!"

"蔷薇帝国的王室成员刚刚登船了!他们带了一只部队!夺取了方舟舰的控制权!"通信的另一端有人喊道,"我们和柯拉尔人正试图阻止他们发动……啊!该死!折跃系统启动了!我们……"

"C队!回话!"

诺亚号中央的伪星忽然变得异常明亮,随着一道刺眼的闪光,伪星由暗红色变为亮橙色,方舟舰四周的尘埃也被吹向四面八方。片刻后,伪星又变成了蓝白色,紧接着又变成闪烁着淡淡紫光的纯白……

"C队!撤出!"鲁道夫对着通信器竭力咆哮,"立刻撤出!"

鲁道夫没有得到任何回应。眨眼间,那颗伪星忽然失去了一切光芒,化作一团漆黑。而巨大的方舟舰也顷刻间缩小了,被扭曲的空间剧烈拉扯着缩向伪星中央。

伪星化作了一个黑洞,当诺亚号方舟舰消失不见时,这个人造的黑洞也随之消失了。在场的人们目睹着这一切,北极星队员们甚至忘记了向来袭的敌人射击,只有双方的无人机与自动炮台还不知疲倦地相互厮杀着……

"我的天啊……"鲁道夫倒吸一口冷气,"他们去哪了?"

"仙女座。"海莲娜将吸空了的月蚀罐子随手一丢,"他们已经起航了……"

"等等,能源节点不是受损了吗?"鲁道夫问道,"蔷薇帝国的人是怎么给诺亚号加满燃料的?"

"很简单,把地平线号的燃料抽出来,送到诺亚号上。"海莲娜冷冷一笑,"如果我是凯瑟琳,我也会那样做的!"

埃尔文目瞪口呆地看着鲁道夫和海莲娜,思索了片刻。"等下!他们抽走了地平线号的燃料,那我们的方舟岂不是没办法起航了?"

"呃……柯拉尔人的飞船我不是很懂。"鲁道夫用手势示意北极星部队继续战斗,"但如果没有意外,我敢肯定我们没有办法去仙女座了。"

"至少可以送你们离开这个星系。"海莲娜的目光扫过埃尔文一行人,敲了敲耳边的通信器,"霜龙!有一艘搭载平民的方舟需要紧急撤离,我需要一个安全的星系坐标。"

"来太阳系吧。"霜龙回答,"弑星者洛拉就在太阳系三号行星上,就算尼德霍格追过来,洛拉多少也能帮上忙。"

"好!"海莲娜很用力地说道,"我会想办法夺取至高秩序主机和纳格法尔号……天啊,我们这次一定要闯大祸了!"

众人沉默了数秒,鲁道夫看着海莲娜。"你有什么计划吗?"

"你和北极星部队先把平民都护送上地平线号。"海莲娜说道,"萨瑞洛玛和我一起进攻至高秩序主机。我们夺取主机后,柯拉尔人的所有作战单位都会帮助我们向纳格法尔号发起进攻。"

"这很危险,你作为诺瓦家的公主,还是随平民一起撤离吧。"鲁道夫忽然伸手抓住海莲娜的右臂,"我可以让我的北极星特战队支援萨瑞洛玛。"

"这种行动人越多越困难。"海莲娜握住鲁道夫的手,将他的手从自己的手臂上挪开,"我去过比这危险十倍的地方,相信我,我会没事的。"

"别忘了你答应过我的,我们要一起飞去仙女座的!你一定要……"

"闭嘴!"海莲娜连忙捂住鲁道夫的嘴,"这要是在电视剧里,你说完这句话就开始了我要送死的节奏了!"她轻轻叹了口气,最后和鲁道夫对视了一秒。随后,她对萨瑞洛玛招招手,和他一起爬上了鲁道夫的迅猛龙。

"如果这一切顺利完成了,那人类就没有必要逃亡到仙女座了。"

地平线号方舟舰原本设计能够搭载 24000 人,但现在,船上只有 40 多名旅客。大部分人都还留伊甸园,他们听说世界之环遭到攻击后,便躲进了伊甸园地下的应急防御工事中。而那些已经来到世界之环上的人,现在只剩下这 40 多人。

船上不止有埃尔文这样的平民,还有大量负责维持秩序的柯拉尔武士。很多原本用于储存食物与淡水的货舱现在放入了许多量子计算机模块。柯拉尔人的"永生"项目已经进行了大半,400 组量子计算机模块中储存着 400 个高等精灵学者的数据化人格。这些宝贵的数据将随这艘方舟舰一起前往安全的地区。

"柯拉尔武士会保护你们的!"鲁道夫和另一名特战队员站在方舟舰舱门口,护送埃尔文和埃里希上船,"到了太阳系,你们就安全了!"

"你不一起来吗?"埃尔文问,"我还以为你会和我们一起去太阳系的。"

"我要去找海莲娜!"鲁道夫后退两步,向埃尔文和鲁道夫挥挥手,"我不能把她扔在这儿!"

"好吧!祝你们好运……"

方舟舰的舱门缓缓关闭,伪星点亮,船台随之震动起来。鲁道夫和其他特战队员迅速沿登船通道跑下楼梯,避免被方舟舰折跃时的空间波动影响。而此时,在方舟舰内,埃尔文等人在柯拉尔武士的指引下迅速转移到了最靠近伪星的几个舱室。

为了尽可能减少折跃时的能源消耗,船体最外缘的许多空舱室与主船体分离,被抛弃掉,精简过的世界舰立刻"瘦"了一圈。伪星从暗红色渐渐变幻为亮橙色,又变幻为亮蓝色……

"这艘船很快也会被黑洞吸进去吗?"埃里希有点紧张,他的额头正不停地冒汗。

"是的。"一名柯拉尔武士回应他,"不要担心,伪星折跃的过程中,我们不会有任何危险。"

方舟舰开始折跃之前,一支柯拉尔舰队提前折跃向太阳系。舰队在太阳系进行了多次扫描,确认影翼龙族完全没有染指这个星系后,舰队向方舟舰发送了安全的信号。

"请做好准备,五秒后开始折跃。"

五秒后，就像柯拉尔武士说的那样。埃尔文与埃里希在剧烈的心跳中迎来了这一刻：一个人造黑洞吞噬了方舟舰。

"折跃完成！"

"什么？"埃里希不可思议地环顾四周，灰白色与暗金色相间的舱室内没有任何变化。折跃结束了吗？他甚至感觉不到刚才发生了什么。

"折跃已经完成。"刚才那名柯拉尔武士非常平静地回答道。

全息投影仪在舱室中央投影出一幅全息影像星图，绘制了太阳系内的天体分布。"我们的探测器已经发现了一颗适宜碳基生命生存的行星，太阳系三号行星。"电子合成语音在舱室内响起，"请继续耐心等待，我们会靠近此行星，并对其进行进一步的扫描。"

"太阳系三号行星？那不就是地球吗？"埃尔文呵呵一笑，"说来也真是滑稽，这是我第一次来人类祖先的母星。"

"没来过最好。"埃尔文身边的一个女孩噘着嘴说道，"地球上什么也没有，全是荒地和废土，看过之后你会非常失望的。"

埃尔文思索了片刻，说："好吧，我能想象到。历史书上说，地球在核战争中毁灭了。"

"啊……想不到我们的祖先做过这么过分的事……"

"这算什么，我们现在做的事更过分。"更多的人加入了讨论，"想想我们的国家都毁灭过多少土著生命的行星吧。"

十几分钟的等待在闲聊中度过了。在经过了两次短距折跃后，地平线号方舟与护航的柯拉尔舰队抵达了地球外空轨道。两艘主战舰将机库中的截击舰释放出来，进入地球大气层进行探测。

"经过探测，我们的系统确认地球已经遭到了洛索德尔感染。"电子合成音又一次响起，"护航舰队正在进行处理，请继续等待……"

"什么？！洛索德尔？！搞什么啊！"人群中传来了不满的声音，但更多的人选择了沉默。一颗行星上的洛索德尔感染，已经无关紧要了。好不容易从尼德霍格的光速猎手手下逃脱的人们早已疲惫了，无论地球上发生了什么，现在他们都是安全的。

既然是安全的，那么人们便有理由放松下来好好休息……

"我是武士单位 ASA4162，主战舰指挥者，我们无法联络到至高秩序。"一名柯拉尔武士通过共享思维网络与舰队中的其他武士进行通信，"我们无法得到至高秩序的净化授权。"

"我们发现的洛索德尔威胁中包括 A 级威胁目标伊露娜，我认为，我们应该执行净化。"另一武士回应道。

"信息库中标注太阳系处于埃尔坦恩合众国领土内。若净化其他主权国领土内的行星，可能导致严重的外交问题。"

柯拉尔武士们各自思考了片刻，随后又尝试联络至高秩序，但至高秩序仍然没有做出任何回应。是影翼龙族的入侵导致通信设施损坏吗？也许是。现在，武士们必须自己做出抉择了。

"ASA4162 提议，所有编号级别为 ASA 的单位对'针对地球上的洛索德尔污染执行净化协议'进行表决。"

所有编号等级低于 ASA 的柯拉尔武士都停止了思考，大脑几乎完全寂静。之后，ASA 级的柯拉尔武士们开始了投票。

"投票命题：针对地球上的洛索德尔污染执行净化协议。投票提议者：武士单位 ASA4162。提议者负责记录投票结果，此投票表决造成的一切直接后果由提议者承担。"ASA4162 按照至高秩序规定中的章程进行了声明，随后，这次投票正式开始了。

"武士单位 ASA4162 对此决议投反对票。"

"武士单位 ASA4227 对此决议投赞成票。"

"武士单位 ASA4108 对此决议投赞成票。"

"武士单位 ASA4887 对此决议投反对票。"

"武士单位 ASA4009 对此决议投赞成票。"

表决完成，武士们沉默了片刻。随后，ASA4162 进行了仪式性的公布："投票已结束。经投票提议者 ASA4162 统计，三票赞成，两票反对，赞成票数大于反对票数。根据至高秩序的协议规定，此提案通过。'针对地球上的洛索德尔污染执行净化协议'的提案可以执行。"

"各主战舰与护航舰注意！准备执行净化协议！"

伪星式战舰的稳定环旋转了几圈，更多的能量从后备燃料舱输送到伪星核心中，橙色的伪星渐渐闪耀成亮蓝色。稳定力场的一端打开了一个规则的缺口，缺口四周，伪星表面的火焰翻涌流淌着，像是睁开了一只只魔眼。

随后，这一只只眼睛的"瞳孔"中向外倾斜出一束束灼眼的光柱。远远望去，地球上的一片天空熊熊燃烧了起来，壮观的火焰倒映在整个半球的大气中。漫天的流光，与渐渐没入行星另一边的光芒万丈的太阳，一起交织成了一场绚丽的葬礼。

第二十三章

连续入侵

埃尔坦恩合众国政府发表声明,称阿玛克斯帝国媒体报道的"亚卡娜斯星系被攻陷"的新闻为假新闻。发言人在讲话中呼吁阿玛克斯帝国不要刻意抹黑银河议会的任何成员国,并表示:形势仍然在我们的控制之中,请群众不要过度恐慌……

——埃尔坦恩合众国晚间新闻报道

格朗特被一阵刺痛惊醒,他的心跳正在加快,血压也开始升高,而这又带来了更加严重的全身疼痛。

他迅速平复自己的心跳,睁开双眼环顾四周。他在这之前最后的记忆是自己身边的什么东西爆炸了。看样子,爆炸使他陷入了昏迷,而且撕裂了空间站的外壳。现在,他漂浮在太空中,身边到处都是金属碎片和碎玻璃等太空垃圾。

诞生于影海星云中的影翼龙种天生拥有在真空中存活的能力。格朗特作为影翼异人龙,他的基因更接近龙类而非人类。因此,他在太空中飘了大概一个小时,却仍然没有因失压而死。

"琪雅哈娜呼叫格朗特。"

"格朗特收到。"他抓住身旁的太空垃圾,转身将它们向身后推去,借助反作用力在太空中挪动身体。刚才那阵让他心跳加速的兴奋已经完全消散了,一定是自己的身上的应急救护设备为自己注射了肾上腺素,唤醒了昏迷中的自己。

但肾上腺素带来的血压升高也差点要了他的命。格朗特肯定自己体内有不少毛细血管已经因外界气压过低而涨破了,还好,他在自己体内的主要动脉炸掉之前迅速平复了心跳。

"我们尽力拖住了银河议会的兵力,但两艘方舟舰已经离港并折跃离开。"琪雅哈娜说道，"佯攻部队的任务结束了。"

"收到，你、乌诺塔斯、阿诺德，你们来核心秩序区支援我！"格朗特飘到了破损的空间站外壳，他用双翼上的单指爪勾住缺口边缘，拉动自己的身体飘入空间站。

在太空中讲话是相当困难的，他的嘴巴紧闭着，但仍然有空气从缝隙慢慢漏出去。格朗特有着龙类的头颅，但他的吻部却比正常的影翼龙短很多，这导致他无法在太空中完美地密封自己的口腔。再加上他要蠕动舌头和声带发动声音，漏气的现象更严重了。

格朗特点亮他苍白色的光刃，在隔离舱门上切出一个不怎么规则的矩形。他右手轻轻一挥，灵能将切口处的门板隔空拉开，气压随即将门板冲飞。格朗特立刻将双翼伸入切口另一侧，单指爪勾住门框，双腿用力向前一冲，双翼也用力一拉。格朗特顶住气压，钻进了舱室中。

失压警报立刻响起，格朗特迅速展开一块耐压密封板，将其贴在缺口处。密封板边缘的放热材料立刻开始反应，将密封板焊死在缺口上，封住了缺口。空气泄露被止住了，舱室开始重新加压。

一架无人机立刻前来检查状况，格朗特不慌不忙拔出手枪击毁了它。之后的路程中，他又先后遭遇了几架无人机，但它们都是用于空间站维修与保养的通用无人机，并没有配备武器。任务变得轻松起来。

格朗特迅速抵达了太空电梯通道，情况和他预想的一样，电梯通道已经完全封锁。至高秩序的程序为了防止外来者通过太空电梯进入核心秩序区，通过400多道隔离门将电梯通道彻底封闭。

"琪雅哈娜呼叫格朗特，大量柯拉尔舰船正在向核心秩序区靠近。"

"格朗特收到。"格朗特使用通信设备呼叫了他的楔式飞船，在心中默数三秒，之后双脚轻轻一踏，跳到半空中。他眼前闪过一瞬白光，下一瞬间，他已经坐在了楔式飞船的座舱中。

楔式飞船轻而易举地撞穿空间站外壳，冲入太空电梯隧道中，坚固的航天钛合金在黑以太物质面前显得不堪一击，只有密度极高的中子材料能够勉强抵挡楔式飞船的冲撞，而那唯一的作用也只是暂时减缓它的速度。

亚卡娜斯一号行星，这里曾经是黄金龙族的母星。永恒之战后，精灵一族在昔日巨龙国度的废墟上建设起了自己的首都。而现在，这里又是一片死寂。冰冷的机械和那些比机械更冰冷的人造人，守卫着行星的地面与大气层。

格朗特讨厌柯拉尔人——这只是从战术层面的考虑，并不是他主观的情绪。柯拉尔武士的确比凡人世界中的其他任何军队都更难缠，更难对付。这位熟读龙族历史的猎手觉得，几万年前，星辰武士们也许也像他讨厌柯拉尔人这样，讨厌光速猎手吧。

在那个传说中的时代，每一名星辰武士都是以一当百的超级英雄。直到光速猎手出现了——这些身体经过了人工改造的战士，他们的能力比星辰武士逊色许多，但训练一名星辰武士的成本，能够批量生产几千名光速猎手。最后，在战场上协同作战的猎手们，将孤傲的星辰武士尽数猎杀。

　　而现在,历史又重演了……光速猎手成为宝贵的超级战士。但越来越多的猎手死在了克隆人部队的火力覆盖之下,或死在了蜂巢无人机的集群打击之下。一个强大的战士,即使他以一当百,又有什么用呢?你在战场上杀敌无数,但你终究会倒下。那时你会发现,你除了给自己留下一个骁勇善战的头衔外,并没有改变什么。你制造的局部优势并没有扭转劣势的战局,更没有"改变历史的走向"。

　　楔式飞船继续加速,在穿过了三分之一的路程后,它开始减速。这条隧道会引导他进入亚卡娜斯一号的地壳之下。这颗行星的内部已经被掏空了一大半,坚韧的金属支架支撑着行星的基本结构,确保其不会在引力的作用下崩塌。至高秩序主机分为几百万个模块,分区安放在行星内部。被人为加固过的地壳是它最后的保护。

　　它就像一个庞大的细胞的细胞核,控制着"秩序"世界中的一切。而格朗特的楔式飞船,便是一个试图入侵细胞核的病毒。它会修改这个细胞核中的"基因"——至高秩序的逻辑程序。一旦这部分内容被修改,那"秩序"便会改变。

　　病毒一旦攻占了细胞核,细胞便瓦解了!

　　柯拉尔人不仅人工改造了这颗行星,并且用人工手段改变了它的公转轨道与自转角速度,使其一面永远朝向戴森球,且与戴森球自转速度相同。这样一来,来自戴森球的汇聚射线便能永远稳定地照射在行星地表的能源接收装置上,为体积庞大且能耗巨大的至高秩序主机提供取之不尽、用之不竭的能源。

　　来自戴森球的射线从接收器的稳定线圈中央穿过,进入贯穿地壳的通道,直达行星的内核区。在那里,能源转换器将光能转化为电能,输送给各区域的主机模块。那些计算机模块全部浸泡在绝缘的导热液体中,这些沸点只有 45 摄氏度的液体会通过汽化吸热来给主机降温。汽化的冷却剂会经由地面的散热设备冷凝,回流到主机容器中。

　　整个设备极其精密,却没有格朗特想象的那么复杂。正相反,它非常简洁而高效。这条太空电梯通道是至高秩序主机的人员检修入口,正常情况下只有学者阶层的柯拉尔人与工程无人机会穿过这条通道,进入"核心秩序区"。

　　楔式飞船撞穿了最后一道密封门,格朗特面前的一切豁然开朗。他原本以为行星内部会很拥挤,但实际上,内部空间相当空旷,空旷而黑暗。温度传感器的数值开始飙升,核心秩序区的气温足足有 540 摄氏度。

　　楔式飞船着陆在一处用于人员工作的平台上,穿过薄膜一样的隔离力场,格朗特进入了 16 摄氏度的恒温区。平台面积很大,足以停下一艘巡洋舰,小巧的楔式飞船停在灰白的平台上,仿佛光滑的餐盘上趴着一只蚂蚁。传感器对着陆区进行了一次扫描,侦测到 27 个生命特征信号。

　　格朗特跳下飞船,几十条炽热的白色光刃在他身边点亮。柯拉尔武士们早已在这里等着他了。但在核心秩序区,至高秩序程序不能让柯拉尔武士们冒着损伤主机的风险去与入侵者交火。这场交战,只能是一次光刃对光刃的白刃战。

　　最前面的三名武士最先动身冲向格朗特,0.3 秒后,其他武士开始了配合第一批攻击者的动作。在至高秩序程序的协调下,27 名柯拉尔武士的动作默契如同一人。54 束光刃从格朗特的多个防守死角刺向他。无论格朗特有多强，无论在这动作过程中又多少名武士倒下，只要最后一束光刃落下，格朗特必定被斩杀！

当然，前提是格朗特规矩地用光刃与它们格斗……

格朗特并没有点亮光刃，他双手张开，向两侧一推，无形的力量顷刻间剧烈膨胀。蓝白相间的火光涌向柯拉尔武士们，将他们尽数掀翻在地。他并没有用全力来释放灵能爆，当这第一招结束后，格朗特不慌不忙而迅捷有力地端起他的短管突击步枪，向倒地的柯拉尔武士们扫射。

其实，他并不是在扫射，而是在飞快地点射。格朗特每扣动一次扳机，枪口只射出一枚长钉子弹。但每一枚子弹都必定将一个柯拉尔人的脑袋钉死在地板上。

磁轨步枪的弹匣共有 20 发子弹，当最后一发子弹射出后，格朗特身后还有六名武士。此时，幸存的柯拉尔武士已经迅速起身，继续对格朗特发动攻击。格朗特扔下步枪，点亮光刃，平稳而有力地后退两步，格挡下对方的三次进攻。苍白色的光刃相碰，发出嗡嗡的爆响与频闪的光弧。

六名武士正在展开阵型，他们试图以一个圆弧阵型多面攻击格朗特。格朗特当然知道对方有什么想法，他拔出手枪，一边格挡面前三人的进攻，一边精准地点杀了两名试图从侧后迂回的柯拉尔武士。只剩四人了，格朗特握住光刃的右手抬起两根手指，短暂释放灵能。无形的力量向四名武士推出，迫使他们后退一步。格朗特抓住机会，瞬身向前连续挥舞三次光刃。柯拉尔武士们的身体被齐刷刷地斩断，鲜红的血似喷泉，喷洒一地。

格朗特面前已经没有敌人了，他走向主机区的入口，准备光刃切开挡在他与主机数据节点之间的最后一道屏障。

密封门上有被人切割过的痕迹？没错，是的。这些痕迹非常明显。有人用类似光速猎手的光刃这样的装置切开了一米厚的门板，随后又将它重新焊死。格朗特的龙头微微低下来，眉头不明显地皱了一下。"琪雅哈娜！有人赶在我们之前进入了核心秩序区。我们的行动可能会受阻，调集所有猎手增援我！"

"琪雅哈娜收到！"

格朗特将一枚相位炸药装置贴在门板上，后退到安全距离外，按下引爆按钮。一个微型黑洞被激发出来。它在门板上撕出一个直径两米，形状规则的圆形缺口后便消失了。格朗特穿过最后一扇大门，进入一条宽敞的走廊。

现在，走廊中央停放着一架飞行器，它的座舱盖打开着，镰刀状的双翼嵌进走廊两侧的墙壁。浓密的血腥味扑面而来，飞行器周围散落着几十具柯拉尔武士们残缺不全的尸体，地板上淤积着一厘米深的血液。看样子，它们的身体也是被光刃斩断的，断面异常整齐，且有被高温烧灼过的痕迹。

比自己先到这里的那个人，一定是个光速猎手。他的飞船是一架迅猛龙，那么毫无疑问，他是一个魅影战士。魅影中的光速猎手，只有阿克洛玛和萨瑞洛玛两兄弟了。

半球形的房间中，只有一些银色与金色相间的雕纹，除此之外，她找不到任何控制台或者全息影像操作界面。"霜龙！我找到至高秩序主机了！我现在就在……它内部！该死！我接下来该做什么？"

两秒的通信延迟后，她听见了霜龙的回应。"你有无线电收发装置吗？"

"有！"

"好！把它跟你的量子通信器连接起来，开始无线数据传输！我可以远程入侵主机的防火墙！"霜龙说道。

海莲娜照做了，她用数据线将量子通信器与小型无线电台连接，将两台设备放在地上。"好了，我接下来该做什么？"

"在我黑入至高秩序系统时保护设备！"

海莲娜向这个房间唯一的出入口看了一眼，萨瑞洛玛正守在那里。一批又一批的柯拉尔武士前赴后继地冲上来，试图突破防线。萨瑞洛玛在门口架起一道1.3米高的路障，他手持一柄粒子束步枪站在路障后。

柯拉尔武士们顶着防弹盾牌，从没有任何遮挡物的笔直走廊向前推进。萨瑞洛玛则控制粒子束持续照射盾牌上的一点，持续照射五秒便将防弹盾烧穿，又击穿盾牌后柯拉尔武士的脑袋。

萨瑞洛玛一直做着点亮光刃的准备，但直到最后一名柯拉尔武士倒下，他们也没能突破粒子束步枪的火力。走廊中的尸体堆积如山，成了额外的路障。即使柯拉尔人有更多的部队前来，他们突破防线的可能性也非常低了。

柯拉尔人原本可以打开隔离力场，让外面的高温空气涌入，杀死海莲娜和萨瑞洛玛。但萨瑞洛玛已经做了预防措施，他将迅猛龙卡在走廊中，启动机载护盾系统。这样一来，即使柯拉尔人关掉了隔离力场，热空气也会被迅猛龙的护盾挡住。

萨瑞洛玛抛出两颗遥控引爆的反步兵炸弹，这两个圆饼状的小东西吸附在地板上，被淤积的血液淹没，隐藏在尸体之间。"萨瑞洛玛守着入口，我觉得没人能攻破这里了。"海莲娜对霜龙说道，"霜龙？你能收到吗？"

霜龙陷入了沉寂，但数据传输一直在高速进行着……

熟悉的黑暗……

霜龙很喜欢这种感觉，黑暗让他感到舒适，感到安全。他躺在铺满黑羽的大地上，被黑雾环绕着。这个与世隔绝的角落中，没有喧嚣的人群，没有刺眼的炫光。只有凉爽舒适的黑暗，只有他，和奥西里斯。

"我们进入至高秩序系统内部了吗？"霜龙对着四周的黑暗自言自语。

"是的。"奥西里斯的声音在黑暗中轻轻回响，"我控制了一个临时节点，在这里为你构筑了这个栖身之所，我知道你喜欢的。"

"谢谢。"霜龙轻声说道。

霜龙能看见淡淡的光点在黑色的帷幕上闪过，一些杂音也在这黑暗的角落中响起。白噪音的频率忽高忽低，一开始有些杂乱，之后越来越有节奏。毫无疑问，奥西里斯已经取得了至高秩序系统的一部分控制权,他已经能监视系统内的一部分信息传递了。

"高等精灵不过如此。"奥西里斯冷冷一笑,"多少个纪元过去了,他们的技术仍然没有质的飞跃。"

"这么说,你掌控至高秩序主机很容易了?"霜龙问。

"入侵它很容易,但要完全掌控它……仍然需要很多时间。"奥西里斯缓缓说道,"我与我的兄弟,就诞生在一个超级电脑中。我们俩,原本只能有一人离开虚拟世界,拥有进入现实的权利。但我们想办法破解了程序的限制,都离开了那个虚拟世界,融为一体……"

"我听过这个故事。"霜龙说道,"洛拉讲的。"

奥西里斯沉默了片刻,霜龙身边弥漫的黑雾忽然烟消云散,漫天繁星在他眼前升起。"搞定一半了!"奥西里斯轻轻一笑,"所有传入至高秩序的信息已经全部被我拦截,主运算模组中已经有三分之一在为我服务了。不得不说,超级电脑比你那容量不足的人类大脑好用多了!"

"立刻向所有被我们控制的柯拉尔舰船下令,让他们攻击纳格法尔号。"霜龙深深吸了一口气……在这虚拟程序中自己到底是怎么呼吸的?无所谓了,霜龙的神经稍稍放松下来。"给我浏览可视化感官信息的权限。"

"已经给你了。"

霜龙感觉自己的身体消失了,他的思维在巨大的网络中扩散、延伸。他的知觉在飞速膨胀,所有的图像、声音、电磁、引力感应等传感器感知到的信息将他的知觉范围扩张到了整个亚卡娜斯恒星系。小到无人机的摄像头信号,大到恒星系内各天体公转轨道的信息,一张无比详细的多维度地图在霜龙脑中展开。

霜龙早已习惯了梦灵系统的感官同步,但至高秩序系统带给他的却是截然不同,简直无法用语言形容的体验。这一刻,他不再是某个人,或某个作战小组,甚至不是一整支军队……霜龙感到,他是一个完整的、屹立于星海之中的雄伟国度,一个伟大的文明,一个远超凡人理解范围的智慧物种!

这一刻,我是一切!我是永恒!

思维的冲击让霜龙的大脑沉浸在惊叹的情绪中而宕机了几秒,而霜龙以为自己已经发呆一个小时了。他驱散自己脑中无意义的情绪,将注意力集中到眼前的任务上来。

"霜龙呼叫卓洛!我需要你终止伊卡洛斯机甲的运输任务。"霜龙操作一架无人机盘旋在卓洛头顶,通过扩音器向他喊话,"你必须立刻联系哈迪斯,启动伊卡洛斯的供能核心,我需要这批伊卡洛斯机甲用于攻占纳格法尔号!"

刚刚准备登上运输船的卓洛对此非常诧异,他先抬起头,来回打量着面前的无人机。通过无人机的摄像头,霜龙看见他在用通信器与别人交流了几句话。等待了相当长时间后,卓洛靠近无人机。"同意行动。"

霜龙立刻控制另一架无人机进入海莲娜与萨瑞洛玛所在的数据节点区。但无人机刚刚进入走廊,萨瑞洛玛便一枪将其击落。霜龙不得不从200米外的无人机停放区再启动一架无人机飞过来。

"海莲娜！我已经夺取了至高秩序主机 50% 的控制权！"霜龙控制通信器与海莲娜交流，"现在至高秩序主机已经被我进行了信息隔离，我接管了所有柯拉尔人的设施，包括一部分武装力量！"

"海莲娜收到！萨瑞洛玛！你听见了吗？"

"萨瑞洛玛收到！"

无人机加快了速度，径直向海莲娜所在的位置飞去。现在整个亚卡娜斯星系霜龙尽收眼底，虽然核心秩序区驻扎的柯拉尔武士没有全部被控制，但所有无人机都在霜龙的掌控之中了。如果柯拉尔人的增援赶到，他会立刻得知。

霜龙看到了一艘尾翼上带有埃尔坦恩海军标志的突击舰，它开着机头的强光照明灯，将无人机上的摄像头致盲了一秒。随后，传感器捕捉到了磁轨机炮开火的轰鸣声，霜龙便失去了与无人机的连接。

"该死！今天友军的枪法都很准啊……"

一枚网球大小的黑色球体从走廊的另一端飞来，那小东西在昏暗的走廊中很不显眼，但萨瑞洛玛还是敏锐地捕捉到了它的位置。他开火了，粒子束精准地击毁了这枚奇点手雷。其中的金属氢爆破药被引爆，但并没有激发奇点生成装置。这枚手雷只是引起了一次剧烈的爆炸，冲击波又引爆了萨瑞洛玛布设的反步兵炸弹，肆虐的烈焰从通道两端冲出。

萨瑞洛玛立刻撤到海莲娜身边，海莲娜轻而易举地撑起一道灵能屏障，挡住了来袭的火焰。她微微皱眉，左手从大腿侧面的储物包中摸出一罐月蚀，熟练地用牙齿撬开。

她刚刚想要含住吸管，狠狠吸上一口，而萨瑞洛玛忽然用翅膀用力将她推到墙角。当海莲娜急忙回过头时，只见一个人影从汹涌的烈焰中飞出，萨瑞洛玛点亮冰蓝与赤红的双头光刃，与对方苍白的光刃磕在一起。

面对突如其来的敌人，萨瑞洛玛并没有立刻释放灵能爆。但他的敌人却极具攻击性，一记灵能脉冲狠狠砸在萨瑞洛玛胸口。

萨瑞洛玛向后飞了出去，他迅速在空中找到平衡，用双翼调整自己姿态。他看见格朗特抽出了手枪，正瞄向他身下的无线电设备。萨瑞洛玛立刻将自己的灵能压在他的枪口上，迫使他枪口下垂。格朗特扣动扳机，子弹只在地板上钻出一个小洞，偏离目标有半米远。

格朗特随即放弃了射击，他知道萨瑞洛玛要反攻了。而萨瑞洛玛的确那么做了，他的双腿在墙壁上一蹬，闪电一般冲向格朗特。格朗特抬起苍白的光刃，迎向萨瑞洛玛。两条弧光在昏暗的房间中交错，迸出一个个闪亮的火花。

两人交错而过，格朗特的左肩上被削掉了几片鳞，而萨瑞洛玛的侧脸上也留下了一道伤痕。

海莲娜重新抓起她的月蚀罐，将其中的紫色气体一饮而尽。"住手！格朗特！我是你的女王！"

她眼中汹涌着炽烈的青蓝色光芒，一团团淡淡的"光雾"随着她的呼吸从她的鼻孔和嘴巴中溢出。格朗特一言不发，只瞥了他一眼，随后继续将注意力转回到萨瑞洛玛身上。

"海莲娜！注意！一队柯拉尔武士正向你的方向接近！"霜龙的声音忽然从通信器中传来。

"他们受你的控制吗？"海莲娜问。

"不在我的控制之下！"

霜龙话音未落，清晰的脚步声已经在走廊中回荡。格朗特低沉地呼了一口气，他现在面前有萨瑞洛玛，背后有柯拉尔武士，处于劣势。但这一批柯拉尔武士已经不再投鼠忌器限制火力。他们隐蔽在走廊中的迅猛龙机体后，用粒子束步枪对海莲娜等人疯狂射击。

海莲娜迅速用灵能将无线电设备隔空拉到自己身边，放到柯拉尔武士的射击死角中。至高秩序解除了柯拉尔武士的交战限制，它已经感受到了最高程度的威胁！它宁可让柯拉尔武士伤害到主机，也要阻止这次致命的入侵！

格朗特向走廊抛出一颗奇点手雷，延时三秒引爆。格朗特希望这颗手雷炸出的奇点能吞掉柯拉尔人的射出的光束。手雷在墙壁与地面间弹跳，弹到了迅猛龙的机腹之下，随即引爆了。

海莲娜从鲁道夫手里借来的迅猛龙随奇点一起消失了，护盾屏障也不复存在。柯拉尔人关掉了隔离力场，500摄氏度的热空气立刻涌入走廊。

"不好！"

海莲娜话音未落，萨瑞洛玛已经在行动了。他双手向前一推，全力打出灵能爆，试图将格朗特推出房间。海莲娜撑起了灵能屏障，封住房间唯一的入口，防止热空气继续涌入。

格朗特并没有被萨瑞洛玛击退。在萨瑞洛玛释放灵能爆时，他同样释放自己的灵能与之对撞。但格朗特刚才一连串的高强度进攻已经消耗了大量体力，萨瑞洛玛仍然将他逼到了门口。

格朗特刚刚后退一步，还未站稳脚跟，腾在半空中的萨瑞洛玛便双腿前伸，重重在格朗特胸口一踹，将加速的冲击力与自己的体重一起压在格朗特身上。格朗特被顶出了房间，跌倒在空气灼热的走廊中。但萨瑞洛玛同样没能及时收住重心，也摔了出去。

格朗特的鳞片能够帮助他抵御极端恶劣的环境，连外太空都无法至他于死地，高温空气就更不能了。但萨瑞洛玛不行，他不敢睁眼，更不敢呼吸，全身的皮肤都剧痛难忍。他迅速转过身，向海莲娜撑起的灵能屏障后跑去。

萨瑞洛玛不得不这样做，但这是个致命的错误。格朗特的双翼已经撑着他的身体迅速站起来，右手中苍白的光刃点亮。

"小心身后！"

　　萨瑞洛玛可能没听见海莲娜的警告，也可能是听见了，却没办法采取有效的应对动作。当萨瑞洛玛冲入泛着淡淡蓝光的灵能屏障的一瞬间，海莲娜看见他胸口闪过一道苍白的光。他的身子抽搐了一下，沸腾的血从他胸腔与背后的伤口喷涌而出。

　　"不！！！"

　　海莲娜感觉有什么东西冲出了自己的身体，而萨瑞洛玛只能看见青蓝色的烈火在瞬间吞没了她。悲痛、愤怒以及随之而来的恒星般炽烈的仇恨，全部在她身旁化作烈火。

　　墙壁被无形的重压撕裂，坚固碳纤维地板突然像玻璃一样碎成无数破片，飞舞燃烧着。青蓝色的灵能火焰流淌着，扩散着，吞噬着海莲娜面前的一切。金属被撕碎成刀片一样锋利的碎片，被烈火炙烤至红热。忽然，海莲娜双手向前一推，无数痛苦的情绪如决堤的洪水般汹涌而出。

　　赶来支援的柯拉尔武士们被汹涌而来的烈火与金属碎片粉碎成焦糊的碎肉，格朗特也被迎面而来的碎片戳成了筛子。

　　"成功！至高秩序主机已被完全掌控！"霜龙的声音在通信器中响起，"海莲娜！我正在重启屏障产生器，并对你所在的区域进行降温，所有区域安全！"

　　海莲娜没有回应他，她扑倒在萨瑞洛玛身边，手忙脚乱地搜索他腰带上的包裹，搜索他全身的战术挂件。他需要一管红药，只要一管红药，萨瑞洛玛就不会死。萨瑞洛玛身上没有找到，海莲娜又开始在自己身上找，但也没找到。

　　该死！为什么这东西用不着的时候每个人身上都有！真正急需时却怎么也找不到！海莲娜抽出绑在小腿上的战术匕首，割开自己的左手手腕。她右手用力按在萨瑞洛玛胸前为他止血，左手伸到他嘴边，让自己的血缓缓淌到他嘴里。

　　自己几个小时前注射过红药，也许现在自己血液中的红药成分还能救他。

　　也许……

　　萨瑞洛玛平静地望着海莲娜，他的嘴唇轻轻颤动了一下，似乎想给自己的女王留下一个微笑，也许想对她说一句很重要的话。但战无不胜的萨瑞洛玛，此时却没办法做到这件简单的小事了。他异色的双瞳便失去了光芒，变得无神而空洞。海莲娜仍然用力压着他胸前的伤口，不愿松开。萨瑞洛玛的伤口已经不再流血了，海莲娜希望是他已经止住了血，红药成分在他体内有了作用。

　　急促的脚步声由远而近，鲁道夫踢开挡在走廊中的残骸，冲进房间中。"海莲娜！你没事吧？"

　　海莲娜没有理会他，也不想理会他。她继续保持着刚才的动作，右手用力压着萨瑞洛玛渐渐凉下去的胸口。她抽泣着，泪水止不住地从她眼中溢出，落在她的光速猎手的脸上。

　　"你做到了，海莲娜……你成功了，至高秩序的主机被你攻陷了。"鲁道夫半蹲下来，试着将海莲娜从萨瑞洛玛身边拉走。但海莲娜转头瞪他一眼，一股无形的力量便猛地推着鲁道夫后退了好几步。

　　海莲娜的手渐渐松开了，她翻过身，将萨瑞洛玛抱起来，让他无力的双手搭在自己背上，让他的双翼盖在自己身上。她一手搂着他的后背，一手抚摸着他的脸颊。他们的侧脸贴在一起，海莲娜闭着眼睛，在他耳边抽泣着。好像这样，萨瑞洛玛就会摸摸他的头，显露出一个光速猎手难以具有的温柔……

他们拥抱在一起，很久很久，直到负责接应撤离的穿梭机飞行员走进来，向鲁道夫报告说燃料不够了。

夺取纳格法尔号的行动进行得很轻松，毕竟船上的猎手都出动去攻击世界之环了。24架通用型伊卡洛斯机甲进入纳格法尔号内部，用云爆弹①将船舱内的所有有机生物清理干净，之后就像收割庄稼一样屠戮随处可见的石傀儡。

重建工作正在有序而高效地进行，工程飞船和无人机在几小时内修复了世界之环的破损。被摧毁的能源节点虽然还未重建，但被烧穿的世界之环区段已经经过了更换，接下来的工程就简单多了。

亚卡娜斯星系内的所有造船厂都开始全速运转，12艘伪星主战舰与33艘护航舰同时开始建造。这是奥西里斯下的命令。作为后备军队封存的45艘旧型伪星战舰也在短暂的检修后重新启用，填补主力舰队损失造成的兵力空缺。

尼德霍格的猎手们被击退了。虽然没能将他们全部剿灭在亚卡娜斯星系，但短时间内，这些猎手不会再造成巨大威胁。银河议会各国的领导人们，或是政府代表们，又在严密的护卫下，进入了会议大厅。

"……有情报显示，影翼龙族的舰队正在向阿玛克斯帝国边境靠近。我们推测，尼德霍格的下一个目标是阿玛克斯帝国。"

"嗯，这是显而易见的。"一名矮人点点头，"我们应该向阿玛克斯帝国派出支援吗？"

"不，阿玛克斯帝国已经退出了银河议会。"埃尔坦恩合众国总统汉斯今天出席会议，"议会各国已没有义务保障阿玛克斯帝国的安全。"

"同意，我们应该将宝贵的军事力量用于强化亚卡娜斯星系的防御。"

刚才发言的那名矮人看上去有些忧虑，他轻轻推了一下自己大鼻头上的那副外形非常复古的眼镜。"我认为，放任阿玛克斯帝国被影翼龙族消灭，会让我们失去一个重要的能够对抗影翼龙族的力量。虽然阿玛克斯帝国已经不再是我们的盟友，但为了保障我们自己的利益，我们也应当支援阿玛克斯帝国。"

"好吧，我们投票决定这件事……"

会议室的大门突然被炸开了。一个身穿黑色外骨骼护甲、身材娇小的身影走进会议大厅，肩上扛着一把加装了榴弹发射器的突击步枪。

---

① 云爆弹的主装药为云爆剂，云爆剂是一种高能燃料，而不是炸药，需要与空气中的氧气充分混合后才能爆燃。云爆弹攻击时，在一定起爆条件下，云爆剂被抛洒开，与空气混合并发生剧烈爆炸，制造出杀伤力巨大的冲击波，并瞬间耗尽起爆点周围一定范围内的空气中的氧气。

"有入侵者！"会议室中的众人惊叫道，"卫兵！阻止他们！"

话音未落，意外的情况发生了。守卫在会议室中的 60 多名柯拉尔武士全部点亮光刃，但他们攻击的目标却是各国领导人的保镖。混乱立刻冲垮了人群，柯拉尔武士们用光刃切断了保镖们的枪械，制服了他们。短短十几秒，会议大厅中的 200 多个人，完全被柯拉尔武士们控制住。接下来，20 多架小型攻击无人机飞入大厅，激光器与小型火箭弹锁定了人群，随时可以开火。

汉斯总统的脑袋被外骨骼的金属手套按在木质桌面上，动弹不得，炽热的光刃就悬在他的后颈上，随时都可以劈下来。汉斯试着挣扎，但失败了，他腾出一只手，抓起桌上的话筒大吼起来："至高秩序！你在做什么？"

"至高秩序已经不复存在了！"破门而入的不速之客大步走到会议厅中央，她的外骨骼面罩上绘着一只带有闪电状裂痕的飞龙头骨，"我们已经控制了至高秩序的一切程序！这个星系已经被我们占领了！"

"你想要什么？"大厅中的另一位代表大声问道。

"要什么？我要你们调遣银河议会的所有兵力，前去迎战影翼龙族的大军！为我们击败尼德霍格争取时间。"她一边说着，一边踏上大厅中央的讲台，让在场的所有人都能看到她。

"这种事轮不到你来指挥我们！"汉斯喊道，"你是谁？"

那人沉默了两秒，随后她缓缓取下了外骨骼面罩，摘下了头盔，乌黑的长发在她脑后飘散。

"我是海莲娜·诺瓦！"她昂着头，向所有人吼道，"我是魅影女王！"

会议大厅内一片哗然，窃窃窣窣的议论声连成一片。"安静！"海莲娜大喊，但她的声音完全被其他人谈话的噪音掩盖了，她叹了口气，"霜龙，让他们安静下来。"

无人机上的扩音器启动，向人群喊话，嘈杂的人群很快就安静了下来。海莲娜做了个深呼吸。"我不想回答你们的各种疑问，我再重复一遍我的要求。我要你们调遣银河议会的所有兵力，前去迎战影翼龙族的大军，为我们击败尼德霍格争取时间！"

"不可能！即便我们要满足你的要求，也需要经过会议讨论与投票，之后才能调遣舰队。"矮人说道。

"无所谓，如果你们不答应，我可以把你们都杀了。使用你们的设备，用你们的身份，向你们的舰队下达命令。"海莲娜冷冷地说道，"我劝你们不要把我的耐心消磨干净！"

"你怕是还活在冷兵器时期，海莲娜！"汉斯冷冷地回应道，"你以为一个完善的军队指挥系统会这样被你轻松地控制吗？你太天真了！"

"也许会，也许不会。"海莲娜冷冷一笑，"你们不接受我的条件，那我就尝试一下吧。反正，如果成功了，那是属于我的成功。如果失败了，人类文明一起灭亡。动手吧！"

恐惧的尖叫声一时间响彻整个会议大厅，柯拉尔武士们的光刃嗤嗤地挥舞起来，沸腾的鲜血四溅喷涌，洒在各国代表们的脸上。"停下！停下！"人群中有人竭力嘶吼。

他们话音未落，柯拉尔武士们的动作便全部停了下来，苍白的光刃仍然闪烁着，悬在半空中。仿佛它们是全息电影中的人，而刚刚有人按下了暂停键。幸存下来的人们环顾四周，他们都是各国领导或政府代表，而他们所有的护卫人员都已经身首异处。

"现在，你们可以接受我的提议了吗？"海莲娜的话语中不带一丝情绪，这一刻，她像一个光速猎手一样冷酷。

"你这个恶魔！"那矮人又喊叫起来，"你有本事就……"

"我的家人！我的国家！我的人民在与尼德霍格的战斗中失去了一切！我们母星被毁！家园沦陷！"海莲娜更尖厉的咆哮声将那矮人的声音压了下去，"你们又做了什么？！当雅典娜人被影翼龙族屠杀时，你们什么都没做！外环星域无数国度毁灭时，你们也什么都没做！"

"你们在这个星系构筑防御工事，就自诩安全，开始安逸地讨论各自的利益！你们好好问问自己，你们到底有没有在乎过你们的人民？有没有在乎过你们的国家？"海莲娜的双眼中又涌动起青蓝的灵能光，"当然没有！你们有方舟！只要亚卡娜斯星系守得住，你们就有机会乘坐方舟逃到仙女座去！你们各自的国家中，只要有人反对'方舟计划'，就会遭到残酷的镇压！难道不是吗？！"

说到这里，海莲娜的声音忽然低沉下来。"现在你们告诉我，到底谁才是魔鬼？我的人，为拯救你们的世界流尽了血，但你们丝毫不在乎我们的性命。既然如此，我为什么还要在乎你们？"

"我们可以谈判！"汉斯喊道。

"我不是来这里谈条件的！"海莲娜狠狠瞪了汉斯一眼，"我没有能力满足你们的条件，而你们没有谈条件的余地！"

"埃尔坦恩海军与海军陆战队可以全力支援你的行动！"汉斯不等海莲娜说完就连忙喊道。"只要你能回答我一个问题！我就答应你的条件，海莲娜。现在拜托你冷静下来！"

海莲娜深深吸了一口气，眼中的灵能光渐渐黯淡下来。"你说吧。"

"我的儿子，盖瑞卡·冯·隆施坦恩！他在哪里？"汉斯的声音有些虚弱，他的脑袋一直被压着，肯定不舒服。当他问出这个问题时，霜龙暗自调整柯拉尔武士的动作，让汉斯好受一点。

"盖瑞卡正在为抵抗影翼龙族的战斗中贡献力量。"海莲娜说道，"他是我的团队中很重要的一员。"

汉斯沉默了许久，大概有几分钟。"好吧，魅影女王，我答应你的要求。但这一切结束后，你必须让我见到盖瑞卡！"

"同意。"海莲娜点点头，环视四周，"埃尔坦恩合众国的总统已经做出了决定，你们呢？"

"托鲁塔金主权国同意派出军队。"

"阿克拉克共和国同意派出军队。"

"姆朵共和国同意派出军队。"

……

海莲娜长舒了一口气,她站直了身子,扭动了一下僵硬的脖颈,重新戴上她的外骨骼头盔。"好的,先生们,我们的银河系有救了。"

对于稻草人来说,地球是一颗相当舒适的行星。和伊塔夸二号比一比,地球简直就是天堂了！这里有丰富的液态水,有适宜的气温,有适合各种植物生长的富含腐殖质的土壤,而太阳系内的两颗气体巨星①提供了非常丰富的重氢燃料来源。

这一天,是他在地球上经历的第一个晴天。苍白的太阳高悬在头顶,令人感觉这颗恒星很小,很遥远。它的温暖触不可及,驱散不了笼罩大地的寒冷。稻草人在气候炎热而干燥的行星上生活了很久,地球的秋天对他来说的确有些冷。

稻草人在枯黄的草地上站着,望了一会儿天空,又钻进了他的帐篷里。"伊露娜还没回来啊……"

"不要急嘛。"伊薇尔坐在稻草人身边,"如果伊露娜对一件事不是完全确认,那么她不会说出来的。放心吧,我们离摆脱洛索德尔不远了。"

伊薇尔看上去很轻松,很开心,今天营地中的所有人几乎都是这样。但不知为何,稻草人感到隐隐的不安,总觉得自己好像做错了什么,或者是其他人做错了什么……

"伊露娜！伊露娜回来了！"

一个男性精灵用一声激昂的喊叫点燃了整个红精灵营地,红精灵们欢呼着冲出各自的帐篷,来到外面的草地上,向他们的救星拼命挥舞高举的双手。伊露娜不慌不忙地从一辆摩托车上下来,与她一起来的,是一个身裹灰布的陌生人。红精灵们簇拥而上,将伊露娜和这位陌生人团团围住。

"静一静！我的族人们！"伊露娜一边大喊,一边用手势示意大家安静。欢呼的人群渐渐开始安静下来,但足足过了三分钟,人群中的噪音才降低到足够伊露娜向所有人讲话。

"这位是大天使,是当地的一位医生。"伊露娜一边高声喊话,一边按环形路线走动,确保所有人都能听得见她的声音,"大天使说,他有办法治好我们的洛索德尔！我不知道他说的话是真是假,不过没关系,我愿意代替在场的所有人,第一个尝试大天使的治疗！"

伊露娜说完,缓缓转过身,向大天使张开双臂。"来吧,让我看看你有什么本事。"

洛拉一声不吭,默默从自己身上拔下一根长约 15 厘米的羽毛。指间轻轻一弹,淡蓝色的灵能光沿着羽毛的脉络流淌。红精灵们屏息凝神,仔细看着这位大天使接下来要做什么。

只见洛拉突然将刀刃般锋利的羽毛刺进自己的身体,鲜红的血很快便将羽毛浸透。

---

① 指木星与土星。至于天王星与海王星,目前的研究发现,它们的内部和大气构成与气体巨行星不同,天文学家设立了"冰巨星"分类来安置它们。

正当红精灵们对此不解时，洛拉的手忽然向外一甩，羽毛从他体内拔出，从他的指间飞了出去。而下一瞬间，浸血的羽毛刺中了伊露娜的脖颈。她半张着嘴，好像要说什么，但没能说出口。伊露娜捂着脖颈被刺中的部位，缓缓瘫倒在草地上。

"伊露娜！不！"

伊薇尔盯着倒在地上的伊露娜，又转过头盯着站在伊露娜身边的洛拉。她咆哮着跳起来，抽出用骨刃打造的双刀，迎头向洛拉劈去。而洛拉向右侧轻松地一闪，伊薇尔扑了个空。她迅速站起来，准备下一次攻击，但伊露娜拉住了她的脚踝。

"住手！"伊露娜将洛拉的羽毛从脖颈上拔出来，"我没事……"

"伊露娜？"伊薇尔回过身，搀扶着伊露娜慢慢站起来。其他准备向大天使发起攻击的红精灵纷纷停下了动作，注视着伊露娜。

伊露娜指尖的利爪脱落了，手臂与肩膀处的红斑也以肉眼可见的速度收缩。一部分暗红色的表皮腐烂脱落，新的健康的皮肤迅速生长出来。伊露娜不可思议地看着自己的双手，看着自己手臂上的红斑渐渐消失。

她摘下了眼罩，瞪大了眼睛看着伊薇尔，问："伊薇尔！我……我的眼睛，是什么颜色的？"

"褐色的。"伊薇尔同样不可思议地和伊露娜对视着，"你……你被治愈了……"

伊露娜推开伊薇尔，自己站起来。她环顾四周，又向天空望去，这一刻，正午的阳光是那么温暖，那么明媚。伊露娜知道自己没事了，她不会再变成异形怪物了，不会再被其他种族的人所排斥了。她终于不用再蒙着眼，她……不再害怕光了！

"成功了！"伊露娜留下了狂喜的眼泪，"族人们！我们有救了！"

红精灵们再一次欢呼起来，这一次，比之前更加欣喜，更加亢奋，仿佛每个人心中都点燃了一颗恒星。而洛拉，他只是淡定地，甚至是冷漠地对其他人重复着他对伊露娜做的事。

一片又一片羽毛飞出，一个又一个红精灵倒下，一个又一个红精灵重新站起来。有人狂喜地拥抱在一起，有人激动地高喊着没有意义的语调，也有人和伊露娜一样，独自蹲坐在地上，掩面失声痛哭。

多少族人曾梦想着这一天？多少族人为了这一天牺牲了自己的一切？我们未来的族人，一定会铭记他们的牺牲……吗？

我们只能记住他们的事迹，记住他们最英勇的一刻。但无情的时间终究会冲淡一切，人们会忘记他们的名字，忘记他们曾经是一个个活生生的人。在族人们的印象中，那些应被铭记的英雄，终会变成"英雄"这样一个空洞的词语。

"伊露娜？"稻草人坐到她身边，"你还好吗？"

伊露娜抬起头，打量着自己面前这个有着火红色头发的干瘦的男孩。"你……也没事了？"伊露娜轻轻抚摸着他的脸庞。

"嗯。"稻草人轻轻点点头，他抬起手，帮伊露娜拂去脸上的泪。

"对不起，稻草人……"伊露娜轻声啜泣着，"我……我一直对你很不好，请你……原谅我，好吗？"

"没关系，伊露娜。"稻草人给了伊露娜一个微笑，"我理解你，伊露娜，你是特瑞亚人的英雄。"

伊露娜也笑了，她笑着，留下的眼泪却更多了。"我们就在这片土地上好好过日子了，以后再也不用四处流浪，再也不会被异族人排斥，再也不用……像虫子一样卑微地活着了。"

"是啊，是啊……"稻草人和伊露娜拥抱着，"这样真好……真好啊！"

稻草人听见天空中传来一阵轰鸣，他仰起头，只见数不清的小型飞船拖着橙色的尾焰飞过。晴朗的天空，在天穹之上，几十艘大型星舰的轮廓清晰地显现出来。它们众星捧月一般环绕着一艘体积无比庞大的舰船。远远望去，那东西竟有月亮大小。

"伊露娜，那是……"

伊露娜也抬起头，望向天空。"是银河议会的舰船吗？"伊露娜站起来，"没关系，我们已经摆脱了洛索德尔感染，如果银河议会的人来了，我们可以理所当然地成为受保护的战争难民。"

"嗯。"稻草人点点头。

那些飞船的外形很独特，他们大多都有环状的主体，舰体中部空出来，含着一颗若隐若现的光球。伊露娜认出了这些舰船，它们都是伪星式战舰，是柯拉尔人的星舰。

一想到这些，本能的恐惧便从伊露娜心中涌了上来。她憎恶柯拉尔人，憎恶柯拉尔人的伪星战舰，一如她排斥刺眼的光那样。然而就在此时，那些战舰中央的圆环加速旋转起来，一颗颗伪星忽然变得无比明亮，仿佛天空中同时点亮了几十个太阳。

伊露娜的瞳孔骤缩，她感到双眼剧痛。"不！不要！"她捂着自己的双眼，嘶吼着倒在地上，"不！为什么……不要啊！"

狂欢的人群中，没有人注意到伊露娜的异样。稻草人连忙抱起伊露娜，试着安抚她。"伊露娜！伊露娜！你没事吧？"稻草人不知道是什么刺激了伊露娜，让她突然如此痛苦。是那些星舰吗？

稻草人抬起头，他看见天空燃烧了起来，整个世界被奇光异彩所笼罩。下一瞬间，灼眼的火光从天而降。前一秒还在欢呼着的红精灵们全都哀号着四处奔跑，想要找到什么地方躲藏。

火焰吞噬了天空，吞噬了大地，吞噬了稻草人眼前的一切……

第二十四章

黎明之前

近日,外环星域中的许多星系都爆发了动乱,一个名为"幸存者教派"的组织宣称对这一系列的袭击事件负责。这个组织在公开演讲中说道,人类世界不可能抵御尼德霍格的末日大军,其认为人类若想幸存下来,避免种族灭绝,唯有停止一切抵抗,接受尼德霍格的统治。

——埃尔坦恩自由电视台早间新闻报道

一盘棋局就像一场战争,当然,这句话也可以反过来说。

真正精彩的大战往往只有短暂的一瞬——那是外行人眼中的"精彩"。而在这之前的种种铺垫,才是真正决定胜负的关键。在决战到来之前,战争的胜负已经决定了。将胜利的旗帜插在敌人的尸体上,只是一种不得不进行的仪式。

执子者谨慎地观察着棋局,谨慎地部署自己手中珍贵的棋子,决定它们要做什么事,要为自己夺得何种优势……必要时,它们应该在哪里为了大局的利益流尽最后一滴血。

"此时此刻,棋盘已完全展开,棋子们都移动到了正确的位置上。最后一颗重要的棋子,也落在了我的面前……"

奥西里斯从阴影中走出,血红的双眼中带有一抹笑意。

"霜龙,我在这宇宙中唯一的朋友,我唯一能够信任的生命。你为了实现我的梦想,几乎牺牲了自己的一切!啊,尽管,许多事是我强迫你做的,但没有关系……我是一个仁慈的神,至少在你面前,我是仁慈的,呵呵。现在,告诉我,霜龙,你想得到什么样的奖赏?"

霜龙的双眼冷漠而空洞地望着黑暗中的那双红眼睛。他想到了阿贾克斯说过的,若你想高效地进行战斗,就不要关注与任务无关的信息。"在我看到尼德霍格彻底灭亡之前,我不想让自己抱有任何不切实际的希望,现在我想将所有精力都放在接下来的战斗上。"霜龙沉稳而冷漠地回答道。

"你要是生在我的时代,你会成为一个很优秀的星辰武士的。"那双血红的双瞳变得更明亮了,"霜龙,你有考虑过,战争的意义吗?"

"我只知道,我若想活下去,就只有继续战斗……"

奥西里斯轻轻一笑。"战争是推动文明的进化的最佳催化剂,人类文明的每一次质变级的进化,都伴随着大范围的战争。第一次世界大战,让人类驾驭了电力和内燃机。第二次世界大战,让人类掌握了早期航天技术与核能……到末日之潮,战争更是逼迫人类的祖先离开了地球,踏上星辰大海的远征。所以,尼德霍格带来的浩劫,对你们人类也有很大帮助。"

"如果这场战争,你们赢了,那就相当于,你们人类用几百亿人的死亡,换来一次人类科技里程碑式的跨越发展。这笔交易很划算,不是吗?所以,不要让你的那些同胞白白牺牲了,赢下这场战争,对大家都有好处!哦,除了尼德霍格,他会死在我们手里……"

他向前走了一步,向霜龙伸出一只手。"来吧,霜龙,让我们打赢这场战争!"

霜龙同样伸出手掌,两人指间相触,冰冷的感觉迅速蔓延到霜龙全身。霜龙面前的一切彻底黑了下去,他的思绪渐渐被熟悉的黑暗与寒冷所吞噬,像是沉入了冰冷的海底。而后,他又向另一边,向着现实世界上浮。

霜龙睁开双眼,阿贾克斯正站在他面前。"你还好吗?"他向霜龙伸出手,"你昏迷了五个小时了。"

"我很好,在亚卡娜斯的行动成功了。"他握住阿贾克斯的手,阿贾克斯将他从地上拉起来,"我睡着的这段时间里,有什么情况发生吗?"

"一支柯拉尔人的舰队停泊到了外空轨道上,不久前对伊露娜的营地进行了轨道轰炸,红精灵应该都死绝了。"阿贾克斯说道,"但柯拉尔人没有发现我们。"

霜龙点点头,缓缓做了个深呼吸。"我们到外面去吧。"

白羽龙世界舰……洛拉最终没有驾驶着它撞向一颗恒星,它与熄灭的位面之钥一起坠落在地球上,深深陷进这颗行星的地壳中。洛拉在这座宏伟的坟墓中长眠了无数个岁月,直到他重新醒来。

"这里曾经是一片海洋。"阿贾克斯与霜龙站在世界舰破损的外壳前,"地球人将这里称为失落的海底之城,亚特兰蒂斯。"

霜龙看了阿贾克斯一眼,两手摊了一下。他原本想说点什么,但他还是一言不发地踏入了世界舰内部。跟在霜龙身后的阿克洛玛同样一言不发地跟着霜龙走了进去。

霜龙环顾四周,宽敞高大的船舱中,一颗颗枝干粗壮的灰白色树木在其中生长。洛拉的记忆中有过关于这种植物的信息，它们被称作"白树"，平均一亿个标准地球年长高一米，几乎所有白羽龙的舰船中都会栽培至少一颗白树，白羽龙用它来感受时间的流逝。

世界舰中的白树都已枝繁叶茂，繁盛的树冠与盘曲的树根连成一片，将世界舰宽阔的内部空间变成了森林。如果白树真的是一亿年长高一米的话，那真的很难想象这艘史前巨舰已经在这颗行星的地壳中沉睡了多久。

"弑星者告诉过你如何启动这艘舰船了吗？"阿贾克斯跟在霜龙身后。

霜龙的目光仍然停留在那些被白树的枝条包裹的墙壁上。墙上的浮雕已经完全褪色，但它仍然坚固，墙面上甚至连一条裂纹都见不到。"洛拉……告诉过我了。"霜龙转过身，向着驾驶室的方向走去，"梦灵，能连接世界舰的控制系统吗？"

"可以。"梦灵的声音在霜龙的外骨骼头盔内响起，"我的系统基础框架与琳恩相同，预计 400 秒后完成建立链接。"

"很好。"霜龙穿过一条架高的走廊，在两座 20 多米高的龙形雕塑的注视下穿过通向驾驶室大厅的大门。霜龙踏入圆形的大厅，向着他记忆中主控台的位置走去。

霜龙惊叹于这里的设施竟在如此漫长的岁月之后仍毫发无损。只不过地板上落了薄薄一层灰，铺了一层灰白的白树落叶。一根白树枝条从走廊顶部向着这边延伸生长，伸入驾驶室大厅中，攀上它的半球形穹顶，最终贴着穹顶长成了一片郁郁葱葱的树冠。

"天啊……"阿贾克斯深吸一口气，"我简直不敢相信，银河中会有这样的生命……"

霜龙走到大厅中央，挪动自己的外骨骼靴子擦去地上的落叶和尘土。许多干枯的落叶已经完全腐朽，灰白的颜色蜕尽，只留下一团蜷缩在一起的焦黑。"梦灵，我站的地方应该有个折跃阵列。"霜龙又抬起头，望向盘踞在穹顶上的白树枝丫，"能激活它吗？"

"可以，请稍等。"

霜龙低头看了一眼自己脚下的，嵌在暗灰色地板上的圆形符文，又继续向前走去，走到主控台前。

"已完成与世界舰控制系统的连接。"梦灵的提示音响起。

"发动它。"霜龙命令道，"接通与海莲娜的通信。"

双手脚下的地面微微震颤了一下，阿贾克斯被这突如其来的震动吓了一跳，连忙抓住主控台旁的座椅靠背。随后，墙壁上的斑纹陆续映出洁白的亮光。白光透过白树的枝叶，照亮了驾驶室大厅中的一切。随后，暗淡的半球形穹顶也亮了起来，仿佛是房间变得透明了一样，外界的环境被实时投影显示到内部。

"啊，当然……白羽龙也有内部成像技术。"阿贾克斯环顾四周，"就是这些树枝太挡视野了，能把它们锯掉吗？"

"不要。"霜龙拂走座椅上的灰尘，在主控台前坐下，"白树是白羽龙族的圣物，虽然我们不需要白树，但至少对他们的文明保留尊重。"

忽然，大厅的地面又颤动了一下，咯吱咯吱的木质材料断裂声随之在两人头顶响起。霜龙和阿贾克斯回过头，只见一束明亮的白色光柱连接着地板中央与穹顶中央的圆盘形装置。而光柱周围的白树仿佛被烈火炙烤，冒出一缕缕青烟，迸出点点火花，随后便在连续的咔嚓声中断裂了。

阿克洛玛立即点亮光刃，张开双翼腾越到半空中。冰蓝色的弧光以肉眼难以捕捉的速度闪过，霜龙与阿贾克斯头顶上的几条粗大的树枝被斩断，紧接着被阿克洛玛的灵能推开，避开了两人的身体，落在地板上。

幸运的是，从走廊延伸过来的那一条直径至少有一米的粗壮枝干没有受到影响，只有无数比较细小的枝丫随着无数白叶哗啦哗啦地落在地上。驾驶室大厅内并没有什么东西因此损坏。"尊重白羽龙的文明？"阿贾克斯隔着外骨骼面罩和霜龙对视了一眼。

"这个……"霜龙耸了耸肩，"这是这艘船自己做的，我仍然对白羽龙的文明表示尊重。"

通信频道中传来了一阵沙沙声。"……霜龙，能听见吗？"

霜龙模仿着记忆中洛拉的手势，召唤出一幅全息影像，并将它拖到自己面前。"霜龙收到。我们已经控制了白羽龙世界舰。"

"尼德霍格的大军正全力进攻阿特洛达尔星系。"海莲娜在通信中说道，"你能启动冈根尼尔吗？"

"可以，但前提是把这艘船从地球的地壳中拔出来，让他重新飞起来。"霜龙耸了耸肩，"还有就是……我需要向世界舰的虚空引擎中输入恒星级功率的能量。"

海莲娜那边重重叹了口气。"你在要求我做两件不可能的事情，霜龙。但我听你这满不在乎的语气，我知道你是有办法的。"

"第一，我需要纳格法尔号在地球的近地轨道上方打开虚空裂隙，打开一个相当大的虚空裂隙。"霜龙接着海莲娜的话继续说道，他的语气没有丝毫的变化，"空间扰动将导致引力异常，然后我就能控制世界舰冲破地壳，飞到外空轨道上去，然后折跃到阿特洛达尔星系。"

"这个听上去并不难。"海莲娜说道，"第二个问题你打算怎么解决？"

"想办法将一颗戴森球的能量输出全部传递到我这里。"霜龙说道，"阿特洛达尔星系和亚卡娜斯星系都有戴森球……"

"这个做不到。"海莲娜用力摇了摇头，"建造这样的超空间能量通路恐怕需要几十年的时间！"

霜龙微微皱了皱眉头，沉默了片刻。"啊……好吧。能源……又是能源的问题……"

"你只能想其他办法了，霜龙。"

霜龙深深吸了一口气，又缓缓呼出来。"海莲娜……"霜龙稍稍犹豫了一下，"我需要你把萨娅卡带过来。"

"萨娅卡？"

"我需要用她的灵能作为能源。"霜龙尽可能地让自己的声音听上去不那么沉重。

"好吧。"海莲娜重重叹了一口气，"萨娅卡身处阿特洛达尔星系，我们先开始第一步吧。"

"收到。"霜龙点点头。

阿贾克斯推开那些落在他身边的白树枝条。"我需要做什么？"

"你的任务已经完成了。"霜龙用手势召唤出全息影像操作界面，双手伸入影像中的虚拟操作界面中，"带我们的人回到旗鱼号上去，离开这颗行星。"

"明白。"阿贾克斯点点头，"嘿，霜龙。"

"什么事？"

"我不知道你的计划究竟是什么，也不知道你能否做到。"阿贾克斯望着霜龙，虽然隔着外骨骼面罩，但他们都能感受到彼此的目光。"无论如何，霜龙，祝你好运。"

霜龙轻轻点点头，说："祝我们好运！"

阿贾克斯走进旗鱼号的驾驶舱，坐到副驾驶座上。"梦灵，就位检查。"

"旗鱼小队除霜龙与阿克洛玛外已全部登舰。"梦灵说道。

"那就没问题了。"阿贾克斯将安全带扣在自己胸前，伸手拍了拍主驾驶座上白狐的肩膀，"我们走。"

纳格法尔号已经抵达了地球外空轨道，庞大的梭鱼状舰身就悬在旗鱼号上方。白狐驾驶旗鱼号竖直向上爬升，挣脱地球的引力，向纳格法尔号靠近。

阿贾克斯的手指在操作台的触摸屏上点动了几下。"呼叫魅影女王，我是阿贾克斯。"他接入了通信，"旗鱼号请求登舰。"

海莲娜没有回应阿贾克斯，但阿贾克斯很快收到了来自纳格法尔号的数据链同步信息。"没问题了。"他关掉了通信，将一幅全息影像划到白狐面前，"我们从F区进去。"

白狐启动了旗鱼号的自动驾驶程序，双手从操纵杆上移开，梦灵系统接管了飞船。"你觉得女王的计划能成功吗？"他打开外骨骼面罩，从置物架上拿起一罐运动饮料。

"我不知道……"阿贾克斯双眼空洞地目视前方，看着纳格法尔号距离自己越来越近。终于，牵引光束锁定了旗鱼号，拖着它靠近纳格法尔号的船体。巨大的鳞板结构缓缓张开，打开一条足够旗鱼号安全通过的缝隙。外形小巧的旗鱼号就像一条小寄生虫一样钻进了纳格法尔号这只巨兽的体内。

"……但在见过了龙族文明的造物后，我愿意相信霜龙说的一些东西是真的。"

低沉的嗡嗡声在阿贾克斯和白狐耳边滚过。他们熟悉这种声音，这种即便捂住耳朵，隔着真空，也会穿透人的头骨，直接钻进你大脑中的响声。纳格法尔号启动了虚空引擎，一条裂隙正在打开。

与此同时，霜龙也启动了世界舰的主反应堆，能源全部输送至舰尾的等离子脉冲引擎。"裂隙还不够大，海莲娜。"霜龙的双手缓缓向前推，全息影像操作界面中的图形与龙族语文字随着他的动作慢慢变化，"保持虚空引擎继续运转！"

"空间波动可能会把这颗行星撕碎的！"海莲娜很严肃地警告道，"这可是你们特兰人的母星啊！霜龙！"

"已经不重要了！你们雅典娜人不也一样失去了母星吗？"霜龙的双手继续向前

推,"这只是银河中无数行星中的一颗罢了!我们现在要做的,是拯救银河!"

霜龙已经将等离子脉冲引擎的推力加到了一半,他能感受到世界舰的船体在颤动。他知道地壳也一定在随之剧烈颤动着。透过内部成像设备,他能看见外面的地面正在开裂,大地正像初春时节的冰面一样崩裂瓦解。

他不能继续增加推力了。仅仅凭借世界舰的引擎不足以挣脱这颗行星的引力。引擎功率继续增大,只会将半径 10000 米内的地壳全部加热成熔岩。到时候,世界舰就会像陷入泥沼的动物一样,在黏稠的熔岩中缓缓沉下去,沉入这颗行星的地壳之下。

"啊……快点啊,海莲娜……"霜龙深深吸了一口气,自言自语道。

伴随着低沉的诡异巨响,灰蓝色的天空逐渐变成了暗紫色。空间波动的力量就像一阵狂风,而地球的大气层则是脆弱的肥皂泡。绿色与蓝色的幽光在天空中点亮,像野火一样蔓延,很快就化作覆盖整片天穹的漫天流光。

"霜龙!能听见吗?"海莲娜忽然在通信中大吼起来,但她的声音断断续续,伴随着嘈杂的背景杂音。

"霜龙收到。"他仰头望向天空,静静看着这难得一见的景象,"我所在的位置被极光覆盖,电磁干扰很严重,但仍然能听见。"他一边说着,一边调整通信频率,将杂音过滤掉。

"霜龙!"海莲娜的声音终于清晰了起来,随着她的吼声一起传来的,是越来越剧烈的,低沉的轰响。"霜龙!吞噬者海拉……朝你去了!"

霜龙愣了一瞬。"保持裂隙开启!海莲娜!"霜龙的双手再次向前推,这一次,他直接将引擎的输出功率推到最大,"如果裂隙闭合,我是没办法在虚空中和你取得联系的!"

霜龙话音未落,驾驶室大厅的内部成像模糊了一瞬,他身边的两幅全息影像中都跳出了醒目的警示信息,万用力场正在承受重压。与此同时,他看见崩裂的大地正随着喷涌而出的熔岩向天顶升去,仿佛重力反转了。而霜龙驾驶的世界舰也在冲天的烈焰中,随着无数碎片与尘埃拔地而起。

吞噬者海拉并没有像海莲娜想象中那样饥渴地吞噬一整颗行星,它无形的触手深深插入地壳中,将大片的土地粉碎。随后,它将世界舰紧紧缠绕在它的引力触须中央,将其从地壳中硬生生拔了出来。

霜龙感觉到异样的晕眩,海拉引起的空间波动使得世界舰内部的人造重力忽大忽小,雪白的树叶从他头顶飘落。而霜龙眼前此时只剩下扭曲的光影。虽然等离子脉冲引擎的推力被开到了最大,但世界舰并不是被引擎推着前进的,霜龙感觉它完全被裹挟在海拉制造的引力乱流中,向汹涌的河流中的一片树叶,随着无数碎片一起冲向虚空。

"啊……该死的……"霜龙恶狠狠地咬了咬牙,"我要吐了!"

一阵熟悉的寒冷刺激了霜龙的神经,身边的白树落叶渐渐在他眼中化作片片黑羽。霜龙缓缓松了一口气。"奥西里斯,在吗?"

"在。"奥西里斯并没有在霜龙视野内出现,但他的声音仍然像是一阵清风拂过霜龙的脸，像是清澈的钟声在他脑中回荡着。一时间，空间扰动造成的不适感迅速消退了。

霜龙做了一个深呼吸。"所以……现在你能保证连接至高秩序主机与冈根尼尔的火控阵列吗？"

"不能。"一片片黑羽在霜龙身后聚集，旋转，形成了一束小龙卷风，"至少当海拉缠住我们的船时不能。"奥西里斯从黑羽汇聚成的风柱中走出，旋风随之消散，"我甚至没办法让这艘船的导航系统恢复运转。"

"导航系统？奥西里斯你怎么不早点出来告诉我？"霜龙的右拳重重在主控台上捶了一下，左手向身后用力推了奥西里斯一把，将他的影子从自己的脑子里暂时赶了出去，"梦灵！梦灵！"

"梦灵收到。"

"梦灵，检查这艘船的导航系统！"霜龙急迫地命令道。

"导航系统启动，但空间扰动剧烈，无法正常工作。"梦灵回应道。

霜龙的眼珠无奈地向上翻了一下，他深吸一口气，闭上双眼。"奥西里斯，再帮我一把……"

当他重新睁开双眼时，他看见那个漆黑的影子正跷着二郎腿坐在他的主控台上。"虚空之海中只有无边的黑暗，但在虚空中，没有绝对的距离……"

"我没时间听这些乱七八糟的东西……"霜龙打断了奥西里斯的话，"你只要告诉我，现在我需要怎么做！"

"只要有人从现实宇宙中打开虚空裂隙，那这条裂隙在虚空中就会像满月之夜的月亮一样明亮，虚空中的任何存在都能见到它。"奥西里斯双眼中猩红的光芒随着他的声音闪烁着，"你想去阿特洛达尔星系？你只需要有人在阿特洛达尔星系中打开一条虚空裂隙。"

霜龙再次缓缓呼出一口气。"明白了！"

奥西里斯的影子消散了，霜龙手忙脚乱地在全息影像中的一堆悬浮窗口中寻找自己需要的东西。"海莲娜！海莲娜！"他接入通信，"我需要有人在阿特洛达尔星系打开一条虚空裂隙！联系卓洛！快！"

"天啊！霜龙！"海莲娜几乎是尖叫着回应他的呼叫，"霜龙，你还活着！你在一分钟前被海拉拖进了虚空然后音讯全无……"

"啊……现在不是说废话的时候！"霜龙用更大的吼声来压过海莲娜的声音，"快联系卓洛！让他用启示录号上的虚空引擎打开一条裂隙！不然我就真的要死在虚空里了！"

"好的，好的……"海莲娜嘴里嘟哝着霜龙听不清的话语，霜龙在不安中等待了很久。他感觉自己等了十分钟了，但外骨骼头盔内部投影的时钟显示告诉他，时间刚刚过去1分40秒。

随着一阵杂音，海莲娜的声音回来了。"坏消息！霜龙，我联系不到卓洛，但我联系了蝮蛇，启示录号刚刚被摧毁了。"

"什么？！"霜龙的拳头又重重地在主控台上捶了一下，"把通信接给卓洛！快！"

海莲娜照做了，片刻之后，霜龙听到了明显的通信转接时短暂的噪音。不等卓洛说话，霜龙就抢先开口了。

"卓洛，我是霜龙。"霜龙尽可能控制自己的情绪，不让自己吼得太大声，"我需要你启动启示录号的引擎。"

"启示录号被击毁。"卓洛的声音有些模糊，幸好梦灵及时滤掉了大部分杂波，让他的声音清晰起来，"我不知道虚空引擎是否能发动。"

霜龙那边沉默了许久。他需要一个替代品，但除了纳格法尔号和启示录号，人类世界中再找不到装有虚空引擎的舰船了。

"卓洛！迅速检查虚空引擎的状况！"

此时，霜龙脑海中已经有了另一个计划，但那实在太冒险了！目前已知的能够打开虚空位面的设备，除了启示录号和纳格法尔号上的虚空引擎，就只有影翼龙族的幻影巨龙了。

控制一只幻影巨龙？这真是无法理喻的事，即使是霜龙自己也觉得不可能。但是，如果启示录号无法继续使用，那控制巨龙这个成功率只有 0.01‰ 的计划，就成为最后没有办法的办法。至少，它还有那么一丁点成功的可能性，总比眼睁睁看着自己输掉这场战争好。

天啊……奥西里斯，我该怎么办……

"办法可以有很多的，前提是你愿意牺牲一些东西。"奥西里斯的声音仿佛深夜中悠远的狼嚎。

霜龙听见了一阵金属的碰撞声，随后是稍稍有些刺耳的摩擦声。"虚空引擎主体完好，修复后仍可以正常工作！"卓洛说道。

"我需要知道，启示录号能否继续任务？"霜龙的眉头紧锁着，这一次，他终于忍住没让自己的拳头捶在主控台上。

"引擎没问题，但能源接收装置受损，但……没关系，我有办法让它继续工作！"卓洛咬了咬牙，"启示录号能够继续任务行动！"

"收到，行动继续。"霜龙长舒了一口气。

八艘末日舰组成了两台朗基努斯巨炮，交替向出现在阿特洛达尔星系内的大体型幻影巨龙射击。朗基努斯的射程极远，能够对 24ua 外的目标进行瞬时打击。这两台朗基努斯已经成功杀死了一只幻影巨龙。

但朗基努斯巨炮的精度很难令人满意。朗基努斯系统的第一次全功率射击是由萨洛拉德号末日舰进行的。这第一次射击就成功将一只体型相当庞大的巨龙轰成一堆黑以太碎片！帝国军一时士气大振。但后来的战斗进行得却非常不顺利，这令人热血沸腾的一炮是整场战斗中朗基努斯系统的唯一命中。

尼德霍格的大军很快就压了上来。至少 40 只幻影巨龙展开巨大的月牙状进攻阵型，向守军正面扑来。尼德霍格大军看上去优势很大，但在防御工事齐全的阿特洛达尔星系，他的大军未必能啃下这块硬骨头。

光速猎手们在亚卡娜斯星系的失败，使得尼德霍格大军控制柯拉尔舰队攻击阿玛克斯帝国的计划泡汤了。然而，当尼德霍格知道猎手失败的消息时，他的巨龙们已经在阿特洛达尔星系开始战斗了。现在，尼德霍格大军只能强攻阿特洛达尔星系，将星系内的凡人守军一锅端掉，再集中所有优势兵力进攻高等精灵的领地……

阿特洛达尔星系内的防御空间站简直像天上的星星一样多——琪雅哈娜是这样感觉的。格朗特重伤后，指挥光速猎手战斗的任务就落在了她身上。这次行动中，她的任务是破坏恒星系的防御工事，并尽可能使守军各舰队的旗舰失去作用。

她在进行第一个任务时就遭遇了困难。楔式飞船除了一台小型激光器外，没有装配任何武器，猎手们只得通过撞击的方式击毁防御空间站。这些几乎不反射任何光波，外壳极其坚硬的高机动飞行器就像一枚枚漆黑的子弹，在两分钟内无声无息地摧毁了七座防御空间站，在阿玛克斯人的外围防线上撕开一条口子。

光速猎手们的楔式飞船每一次撞击都只摧毁空间站的雷达等传感器，使空间站的武器系统失去了锁定目标的能力。但负责指挥前线战斗的执行官克洛萨塔尔迅速对此做出了应对。引力感应雷达探测楔式飞船的移动路径，以此预测它们的航向。综合火控系统同步了这片范围内所有的空间站武器单元，使得那些失去目标探测能力的空间站直接接受综合火控系统输入的射击参数。50毫米口径的磁轨速射炮立刻在楔式飞船出没的区域交织出一片密集的火网。

大多数楔式飞船都被这突如其来的集火攻击命中了。琪雅哈娜的楔式飞船被击中了十多次。脱壳穿甲弹的金属氢弹芯几乎凿穿了楔式飞船的外壳。密集的弹雨中有两种弹头：一种是脱壳穿甲弹，用来凿裂楔式飞船的黑以太外壳；另一种是触发式延时破甲弹，它们在命中目标时能用微小的勾爪吸附在楔式飞船的表面，并进行定向爆破，直接炸穿被脱壳穿甲弹凿过的黑以太装甲。

琪雅哈娜试图控制楔式飞船躲避速射炮的射击，但没成功。护盾失效的警报响起两秒后，装甲破损的警报也响了起来。琪雅哈娜几乎是挣扎着控制楔式飞船冲向距离自己最近的一艘舰船，在楔式飞船爆炸解体之前将自己折跃"弹射"到了那艘舰船的船舱内。

这是一个相当冒险的举动，如果紧急折跃时，琪雅哈娜被抛到舰体内被各种管线挤满的狭窄缝隙中，她肯定顷刻间粉身碎骨。但这总好过楔式飞船被击毁，自己在太空中因失压而死。

事实证明，光速猎手对武器装备的直觉又一次救了琪雅哈娜。当她从白光中冲出时，她发现自己跃入了一间宽敞的机库。机库中几名船员惊愕地瞪着在机库中凭空出现的琪雅哈娜，更多的人压根就没发现琪雅哈娜。

这些船员和工程师大多是非战斗人员，没有携带武器，即使有人携带随身自卫武器，也只有手枪和微型冲锋枪。琪雅哈娜迅速向自己头顶上抛出两台自动武器战，机枪脚架吸附在机库天花板上，展开成两个自动炮台。当转管机枪疯狂地嘶吼起来时，机库中的船员们才本能地四处闪躲。

一部分有武器的船员试图反击，这些人立刻被子弹打成了筛子。琪雅哈娜很轻松地拎着另一挺机枪，向躲在掩体后的敌人扫射。机库中有很多能被当作临时掩体的东西，比如储物箱或是薄金属板，但它们都不足以抵御12.7毫米口径磁轨机枪的射击。长钉子弹能够轻而易举地穿透这些掩体并杀伤躲在掩体后的人。

琪雅哈娜用了30秒便肃清了这间机库。当她准备查看自己身处何处时，一艘楔式飞船忽然撞穿了机库舱门，又笔直地撞向另一侧的机库舱壁，停了下来，就像机库舱壁上钉上了一个硕大的黑色钉子。

机库外门的破损立刻造成了舱室内的空气外泄，琪雅哈娜急忙抓住身旁的栏杆才没被负压吸出去。幸好机库门的封闭力场启动了，阻止了空气继续外泄。舱室破损的警报声在机库中呜呜地响了起来。

楔式飞船的外壳融化了，阿诺德从流动的黑以太中走出。"乌诺塔斯和兰斯洛特应该也坠在这艘载机母舰上了。"阿诺德对琪雅哈娜说道。

"你能判断这艘舰船的编号吗？"琪雅哈娜长舒一口气，将自动炮台折叠起来，准备应对接下来的战斗。

"寒鸦号载机母舰。"阿诺德回答，"魅影舰队的旗舰。"

琪雅哈娜向阿诺德打了个手势，示意他跟着自己踏上机库升降机。她拉下升降机操作台上的拉杆，齿轮与液压机便托着两人向上升去。"有作战计划吗？"阿诺德问琪雅哈娜。

"我们要入侵这艘船的舰桥，尽可能获取敌方的作战部署等机密信息。"琪雅哈娜通过便携作战电脑迅速查阅关于寒鸦号载机母舰的资料。"寒鸦号装备着一台MK7003型粒子束主炮，我们可以试着使用舰上的武器攻击敌人自己的舰队。"

寒鸦号曾是萨雷古共和国建造的"莫霍迪"级载机母舰。那时候，"魅影之父"兰德纳克领导着魅影组织搞垮了萨雷古共和国的政府，占领了萨雷古共和国的军事基地。魅影缴获了这艘巨舰。兰德纳克将其命名为"寒鸦号"，将它作为魅影舰队的旗舰。哈迪斯继承魅影首领后，这艘船经过了一番现代化改装，又被哈迪斯当作旗舰。

很多并入魅影的海盗们都经常拿这件事说笑。堂堂魅影之父，旗舰竟用这样一种不起眼的鸟来命名。但兰德纳克一直不以为然，他的儿子哈迪斯也很自然地让旗舰继承了这个"不完美"的名字。

忽然，升降机咔嗒一声停住了。机库中的警报关闭，人造重力也消失了。琪雅哈娜心头一紧。"炸开升降机顶门！快！"

阿诺德照做了，他用多用途磁轨发射器射出四枚热熔破甲弹。破甲弹头吸附在顶门四角，一秒的延迟后，开始剧烈放热，金黄的火花四散飞溅，20厘米厚的合金钢板将在短短几秒内被迅速烧穿。

琪雅哈娜咬紧牙关，左手抓紧了升降机平台边缘的护栏。外机库门抖动了一下，咯吱咯吱地响了几声。阿诺德转身抛出一块耐压密封板，糊住了楔式飞船撞入机库时留下的窟窿。魅影的人关掉了机库门的封闭力场，并试图打开机库外门，将机库泄压，杀死入侵机库的光速猎手。

但当楔式飞船撞入机库时，机库门的机械结构被破坏，卡住了。大门咯吱咯吱摩擦的几秒为热熔破甲弹炸开升降机顶门争取了短暂而关键的时间。终于，顶门被完全烧穿，定向爆破炸药随后激发。四枚弹头整齐地爆出一声闷响，红热的金属破片与熔融的铁水一齐向机库上层的舱室飞去。

在热熔弹头引爆的前一秒，琪雅哈娜在升降机平台的左右两个角落架好两个自动炮台。在弹头引爆的一瞬间，她和阿诺德翻身跳到了平台下面。

之后发生的事跟他们想象的几乎一样，上层舱室的魅影战士们立刻用各种枪械向下方扫射。自动炮台立刻还击，贸然探头向下扫射的一群人中，有三人被长钉子弹打穿了脑袋。

"屏住呼吸！"琪雅哈娜向阿诺德使了个颜色。

阿诺德微微一点头，向糊在机库舱门上的耐压密封板射出一枚榴弹。密封板被炸穿，空气剧烈外泄。上层舱室中靠近升降机的魅影战士们都被负压吸了下来，下一瞬间，他们便在自动炮台的交叉火力下化作一堆碎肉。

两名猎手用灵能撑起一层屏障，暂时忍受负压。还好机库内的人造重力关闭了，琪雅哈娜收起自动炮台，和阿诺德比较轻松地穿过了升降机顶门。随后阿诺德立刻用耐压密封板封住被炸开的升降机门。

魅影的战斗人员已经快速向被猎手入侵的舱室接近，他们全都穿好了外骨骼，非战斗人员也穿上了无动力的耐压密封服。这是个不好的现象，魅影正在疏散船员。下一步，他们就要真空化更多的舱室了。

尼德霍格的光速猎手们都装备着单兵护盾装置。护盾能用于抵抗负压环境，也能够抵挡动能弹药和光束武器的射击。但护盾产生器的电池只足够支持它运转75分钟。若用护盾抵挡对方的火力，护盾能量会消耗得更快。猎手们在战斗中都很珍惜这些宝贵的能源。

阿诺德和琪雅哈娜用光刃切开上层舱室的舱门，进入一条长走廊。魅影战士已经在走廊中堆积了大量杂物作为障碍和掩体。但用于防火和气密的隔离舱门还没有封闭，很多魅影都正在通过这条走廊撤离。

走廊很窄，刚刚够两个人并排行走。阿诺德手臂上的黑以太设备展开为一面矩形的盾牌，顶在自己面前。在轻型枪械密集的射击之下，这面盾牌就像暴风雨中一把结实的伞。

琪雅哈娜侧身躲在阿诺德的盾牌后，双手拎着一挺转管机枪伸到盾牌侧面，一边向前方疯狂扫射火力压制，一边跟着阿诺德缓步向前推进。很快，对面的枪声停息了下来。

魅影战士们见无法击退光速猎手，索性迅速撤退，将隔离舱门落下，堵住猎手们的去路。阿诺德收起盾牌，和琪雅哈娜快步靠近关闭的隔离舱门。琪雅哈娜在自己身后扔下一个自动炮台,警戒后方。"破门!"

两人迅速而熟练地用光刃在门板上切出一个规则的矩形切口,琪雅哈娜侧身靠在切口旁,反身用脚掌猛蹬门板,被切开的门板吱吱地倒了下去。阿诺德将早已准备好的闪光震爆弹抛了过去。

琪雅哈娜拎起机枪,准备进行火力压制,但出乎意料的是,阿诺德抛出的闪光震爆弹竟被人抛了回来!

琪雅哈娜只觉眼前一白,她看不见任何东西,也听不见任何东西,就连触觉也变得麻木。她只感觉有人从前方猛撞自己,将自己狠狠顶在了墙上。她本能地抬起手,保护自己的喉咙和胸口。下一瞬间,她的手臂就撞上了什么坚硬的东西,与那东西僵持住了,猎手的本能又一次救了她。

她暗金色眼瞳中央漆黑的瞳孔扩成杏仁状,又迅速缩成一条竖线。两秒的调整后,琪雅哈娜的感官勉强恢复了。她看见一个身穿黑色外骨骼的人,左手扼住了她的右手手腕,对方的右手握着一柄匕首,正拼命向自己的喉咙用力刺。琪雅哈娜的左手臂架在对方的手腕上,同样拼命地向外推。

匕首的尖端距离她的喉咙只有两厘米。也就是这最后的两厘米,像是齿轮中卡住了一块坚硬的石英,怎么也没办法再向前移动!

阿诺德倒在走廊的另一头,飞溅的鲜血与脑浆在墙上留下两米长的彗星状图案。他的额头上有一个直径约一厘米的血洞,而他的脑后却留下了一个可怕的大坑。

作为一个光速猎手,琪雅哈娜不能为其他猎手的死亡而哀悼,此时她更没有时间去为阿诺德哀悼。如果自己不能及时解围,那么自己很快也会落得阿诺德一样的下场!

她第一个想到的是自己的自动炮台,炮台为什么没有开火。她斜眼一看,刚才留在身后的自动炮台垂着枪管一动不动,像一只睡着的大鸟。该死!魅影的人一定是用EMP武器把它击毁了。

"快!我抓住了另一个!"琪雅哈娜面前的魅影战士大声呼喊他的同伴,"快把这个人也崩了!"

琪雅哈娜的视线余光看见了另一个魅影战士,他的冲锋枪正瞄向自己,但忌惮伤到同伴而迟迟没有开枪。琪雅哈娜的双臂继续用力顶住对方,双腿交叉在一起,化作一条修长的水蛇尾。蛇尾缠住她掉落在地上的光刃,将其点亮,顺势横向一甩。手持冲锋枪的魅影战士被斩断了双腿,惨叫着倒地不起。随后,她将光刃抬起,刺进自己面前这名魅影战士的头盔。

压在琪雅哈娜身上的力量立刻解除了,她用力推开瘫在自己身前的尸体,蛇尾一甩,将光刃抛在半空中,又伸手一把抓住,向下一甩,那名失去双腿的魅影战士又失去了脑袋。

阿诺德死了,一个身经百战的猎手就这么死在了两个杂兵手里。两个猎手面对两个凡人士兵,兵力相当的情况下,竟被敌方杀死一人。这是以往的战斗中从未有过的事情。琪雅哈娜有些忧虑。她忧虑自己的处境,也忧虑光速猎手的未来。光速猎手衰弱了?

还是凡人变强了？

"乌诺塔斯！兰斯洛特！"琪雅哈娜按了一下自己侧颈处的通信器，"收到后报告位置！"

"兰斯洛特收到，我正在寒鸦号上层机库，正在向舰桥前进。"

对于一名光速猎手来说，兰斯洛特的声音有些稚嫩。她是个相当年轻的猎手，尼德霍格从虚空位面回到银河系的前两个月，她才刚刚拥有一柄属于自己的光刃。但就像所有通过试炼的合格猎手一样，兰斯洛特沉稳而冷静，自信而无情。

"乌诺塔斯呢？"琪雅哈娜问。

"不清楚，我没有和他一起行动。"兰斯洛特回答，"我的突击小组伤亡惨重，我与其他人都无法取得联络。"

琪雅哈娜打开微型作战电脑，飞速浏览了一遍"莫霍迪"级载机母舰的舰船结构图。"更改作战计划，兰斯洛特。我需要你前往舰首武器舱室，控制粒子束主炮。"

"我……收到！"兰斯洛特刚要问武器舱室在哪，又赶快把这个问题憋了回去。她也有作战电脑，可以查找舰船结构图。能够自己解决的问题，一定要自己解决，绝不能在战场上牵扯其他猎手的精力——这是光速猎手的战斗准则之一！

琪雅哈娜当然听出了兰斯洛特的犹豫，她的战斗经验不足，在这一点上没办法强求什么。琪雅哈娜没有指责她，而是一言不发地将结构图发送给了兰斯洛特。

琪雅哈娜端起一把弹鼓供弹的轻机枪——这是她最轻便的一把武器了。她将其他重武器都背在身后，扭动着水蛇尾向前爬去。结构图显示，进入走廊尽头的电梯井，向上 130 米，便能够抵达舰桥区。

接下来的路程中，琪雅哈娜没有遭遇多少有效抵抗。她顺利抵达了电梯井，用光刃切出一个入口，顺着电梯井向上爬。电梯井中没有人造重力，她差不多是踩在井壁上跑上去的。

从电梯井出来，琪雅哈娜来到了上层瞭望台。这里是寒鸦号上层舰体的最高处，瞭望舷窗的视野非常开阔。琪雅哈娜望向窗外，观察舰船两侧的情况。琪雅哈娜能够看到许多飞行器都正在离开寒鸦号的机库。有穿梭机，有风神翼龙运输机，逃生舱也在陆续发射，好似一窝蚂蚁涌出蚁巢。寒鸦号正在清舱。

琪雅哈娜继续前进，用光刃切开舰桥舱门。偌大的舰桥指挥室早已清空，看来这里的指挥员都钻进逃生舱跑路了。

不过，只有一人除外……

"兰斯洛特呼叫琪雅哈娜，我已经控制舰首主炮。"通信中传来了兰斯洛特的声音，"武器舱室安全，等待下一步命令！"

琪雅哈娜默默地抬起左手，关掉了通信器的话筒。她的右手仍然握着翠绿色的光刃，横在身前。她面前站着另一个娜迦女子，她们有着近似的身材，一样棱角分明的脸庞，同样的墨绿色鳞片，两双蛇一样的眼睛沉默地对视着。

"美杜莎……你不是一直在为蔷薇帝国效力吗？"琪雅哈娜打量着这位熟悉而陌生

的娜迦女子。

"蔷薇帝国早就覆灭了，那之后，我就加入了魅影。"美杜莎面无表情地看着琪雅哈娜，"我原本想着，同样为魅影效力的我们，能够再度团聚。但谁能想到，你会为了尼德霍格而成为我们的敌人。"

"龙皇尼德霍格是所有猎手的主人，为主人效命是每个光速猎手的责任。"琪雅哈娜的声音与美杜莎一样平静，"猎手是主人的武器，武器是没有资格决定自己要在何时何地杀死何人的。对不起，姐姐，我必须服从主人的命令。"

"希尔璐已经死了，被一群红精灵以极其残忍的方式杀掉了。"美杜莎缓缓说道，"我不想再失去我的另一个妹妹了，琪雅哈娜。"

琪雅哈娜的瞳孔微微颤动了一下。"我……我不能违抗主人的命令，我唯一能做的是放你一条生路，姐姐。你赶快找个逃生舱离开这里吧！"

"你还不了解我吗？琪雅哈娜，我什么时候放弃过战斗？"美杜莎冷冷一笑，"此时此刻，银河系中每一个有能力战斗的人，都在为对抗尼德霍格贡献力量。你的主人很快就要面临灭顶之灾了，我的傻妹妹！你才应该放自己一条生路，赶快离开你那不可一世的主人！"

"影翼之主是至高无上的神，他若想毁灭凡人的世界，那是易如反掌！"琪雅哈娜坚定地直视着美杜莎，"宇宙中没有任何人能反抗主人的意志！主人的意志即是历史的走向！不服从的人，只能被碾死在历史的车轮下。"

"你忘了传说中是怎么写的了吗？"美杜莎的长发缓缓盘曲在一起，化作12条细长的毒蛇，嘶嘶地张开嘴，吐着猩红的舌头。"尼德霍格曾两次试图征服银河，两次都惨败而归。第一次被打回了影海老家，第二次直接被放逐到虚空之中。今天，将是他的第三次失败的尝试。"

"这一次主人必将获胜！"琪雅哈娜冲动地抬起光刃指向美杜莎，但她很快就意识到猎手必须永远保持冷静，不应该冲动，"无论如何，我和所有的猎手，都将竭尽全力为主人效力，不在乎结果如何。"

美杜莎淡淡一笑，说："你还是像以前那么固执，琪雅哈娜。"她金黄的双瞳中掠过一抹淡淡的哀伤，水蛇尾也不安地摆动起来，"其实，我从未奢望过，你能因为我的劝说而回心转意。但……我必须向你说这些……"

"为什么？"

"因为……"美杜莎缓缓叹了口气，"因为我的无人机需要时间才能赶到这里。"

美杜莎敏捷地后跳，在半空中抽出自动手枪。琪雅哈娜连忙拍下自己的单兵护盾系统，一层无色的薄膜状力场在她体表展开。这层护盾在集火射击下支撑不了多久，但至少能争取几秒时间！

八架攻击无人机，每一架都搭载着一台12.7毫米口径磁轨机枪。几分钟前，它们在机库中收到了无线电指令，自主激活。随后便无声无息地从机库中飞出来，顺着电梯井飞上来，毫无征兆地出现在琪雅哈娜身后。

"兰斯洛特！自行寻找目标射击！"琪雅哈娜打开通信器话筒，竭力嘶吼着。大口径机枪在她身后咆哮，子弹像雨点一样砸在她单薄的护盾上。"优先攻击敌人的主力舰船！啊……"

琪雅哈娜的护盾就像肥皂泡一样破碎了，长钉子弹穿透了她的腹腔，穿透了她的胸膛，将她的躯干打成了蜂窝煤，几乎打成了一摊肉酱。琪雅哈娜倒在了自己红得发紫的血泊中，挣扎着喘了两口气，之后便忽然不动了。她的四肢以诡异的姿势扭曲着，前胸贴在地上，后腰却翘起来，双眼圆瞪着，嘴巴张开着，仿佛在诉说着她生命终结的最后瞬间的痛苦。

"全频道广播！所有舰船注意！寒鸦号已经被敌方控制！"美杜莎立刻奔向通信操作台，"敌人可能会使用寒鸦号上的主炮攻击你们！注意躲闪！注意躲闪！"

美杜莎不知道有多少人听见了她的警告。她关闭了寒鸦号的火控雷达，又关闭了引擎，她希望这足以阻止其他光速猎手启动寒鸦号的粒子束主炮。做完这一切后，她缓缓走到琪雅哈娜身边，想让她闭上那双痛苦的眼睛。

但这不像美杜莎想象中的那样，轻轻一拨她的眼睑，她的眼睛就会闭上。美杜莎几乎是按着琪雅哈娜的眼睑用力往下拉，而琪雅哈娜那双已经无神的双眼仍然睁着，仍然充斥着痛苦。美杜莎轻轻摇了摇头，她想抱起她可怜的妹妹，但她刚轻轻一用力，琪雅哈娜的身体就从腰部断裂开了，墨色的内脏碎片随黏稠的血液一起流了出来。

寒鸦号上的粒子束主炮还是开火了。如果琪雅哈娜能看到这一幕，她一定会为兰斯洛特是个优秀的猎手而感到欣慰。

引擎停转，兰斯洛特便调用辅助能源储备来驱动主炮。火控雷达关闭，兰斯洛特便通过武器校准时使用的光学瞄准镜进行肉眼瞄准。她知道自己只有一次射击的机会，她便小心翼翼地选择自己的目标。

她可以向无畏舰射击，但辅助能源的储量不足以驱动主炮全功率射击。这台粒子束主炮以半功率开火时，只能勉强击穿无畏舰的护盾。伤其十指不如断其一指，所以，兰斯洛特瞄向了射界内的一艘长杆式战列舰。

而这是个致命的巧合，主炮射出的高能粒子束，在兰斯洛特的引导下，精准地击中了启示录号。一炮击中这艘长杆式战列舰的船体中后部，将"长杆"折断成两截。

"卓洛！卓洛！"

黑以太在卓洛的体表流淌，从他的每一个毛孔渗入他的体内。启示录号被击中时，冲击波彻底摧毁了启示录号的船体。卓洛虽有一层黑以太皮肤护身，也几乎全身粉碎性骨折。黑以太渗入他体内，保护住他受损的内脏，维持他岌岌可危的生命。

"该死的！卓洛……别告诉我你已经挂了！"

"卓洛收到。"他勉强睁开双眼。黑以太在他眼前凝固成一层透明的硬壳，保护他的眼睛不会在真空中受伤。他的左手抓着一根钢条骨架，漂浮在太空中。光秃秃的钢条弯曲着，连接着启示录号的尾端。此时的启示录号就像一颗炸过的爆竹，四分五裂，只有艏艉两端还勉强保留着原来的样子。

卓洛向战舰基本完好的尾端爬去，那是虚空引擎所在的位置。“启示录号被击毁！重复！启示录号被击毁，失去行动能力。我去检查一下虚空引擎能否继续工作……”

“这下糟了！”蝮蛇咳嗽了一声，用力啐出一口痰，“霜龙需要你启动启示录号的虚空引擎，打开一条裂隙。”

卓洛艰难地抓住了启示录号残破的外壳，说：“把通信接给霜龙。”

片刻的等待后，通信中接入了一段嘈杂的白噪音。“卓洛，我是霜龙。”片刻的模糊后，霜龙的声音清晰了起来，“我需要你启动启示录号的引擎。”

“启示录号被击毁。”卓洛挪动双脚，在一块破碎的金属板上用力一蹬，推动自己向前飘去，“我不知道虚空引擎是否能发动。”

霜龙那边沉默了许久。“卓洛！迅速检查虚空引擎的状况！”

卓洛飘到了启示录号勉强完整的引擎舱，用一根金属杆撬开仓壁上的窟窿。原本引擎舱外面有厚重的装甲板保护。但现在，装甲板都已经在爆炸中剥落。卓洛稍稍一用力，就将一整块仓壁手撬下来。

装甲板虽然全部破碎，掉落，但它们在碎裂的过程中吸收了足够多的冲击力。当卓洛钻进引擎舱时，他惊奇地发现整个虚空引擎仍然大致完好，只有一部分能量管路破损了。“虚空引擎主体完好，修复后仍可以正常工作！”卓洛卸下虚空引擎的焦黑的外壳，在手电筒的帮助下检查引擎的损伤情况。

“我需要知道，启示录号能否继续任务？”霜龙郑重其事地问。

“引擎没问题，但能源接收装置受损，但……没关系，我有办法让它继续工作！”卓洛咬了咬牙。“纳格法尔号能够继续任务！”

“收到，行动继续。”霜龙长舒了一口气。

卓洛没有告诉霜龙的是，能源接收系统已经完全损坏，根本无法修复。启示录号上许多精密的设备都是黑以太制成的，而现在，卓洛身边唯一的黑以太制品，只有覆盖在他身上的黑以太皮肤。

他取下能源接受设备上完好的零件，在虚空引擎边拼凑起一个临时的折跃诱导信标，他站在信标中央，伸开双手，将手指紧贴在虚空引擎的能量导管前端。几分钟后，启示录号的聚变反应堆的能源将注入他的身体，再经由他体内的黑以太传导至虚空引擎中。

卓洛信任黑以太物质的强大，但他不知道自己岌岌可危的身体能否撑得住这样大功率的能量注入。既然纳格法尔号能完好无损地在恒星内部穿梭自如，那么自己也很可能在经受这种能量脉冲后毫发无损。但无论如何，黑以太将完成能量传输的任务，虚空引擎将成功打开通向虚空位面的裂隙。

　　而当这一切结束后，其他人会找到他的尸体，或找到在黑以太外壳中幸存下来的他。无论是哪一种结局，他都将成为英雄，青史留名。他无法死亡的身躯会在这一刻瓦解吗？他书写了无数罪恶的生命会在这一刻终结吗？也许会的……但这对于卓洛——叶烁痕来说，算得上死得其所了。

第二十五章

寂灭

人性中最强的两种欲望,一是求生,二是复仇。求生欲的极致,能让人不择手段,动用一切可能的力量只求自己能够存活。复仇欲的极致,能让人不计后果,愿意牺牲任何东西只求自己仇恨的目标能够毁灭。

——奥西里斯

一架迅猛龙追逐着一艘楔式飞船从两块残骸中央高速穿过。其余三架迅猛龙掩护着两艘小型攻击舰向一只幻影巨龙靠近。朗基努斯巨炮仍然时不时开火一次,但这件大杀器在射击远处的敌人时容易打不中目标,在近距离射击时又容易误伤友军。

阿特洛达尔星系内的战斗已经持续了三个小时,尼德霍格损失的巨龙几乎组成了一条新的小行星带。当然,守军损失的舰船数量也差不多。尼德霍格突破了恒星系最外层的第一条防线,却始终无法穿过第二条防线的火力网。

阿玛克斯舰队出动了大量无畏舰,它们装备的碎星炮可以精准地猎杀进入射程的幻影巨龙。此时此刻,尼德霍格的大军也遇到了像阿玛克斯舰队一样的窘境。幻影巨龙的龙头相位炮在远距离上就像朗基努斯巨炮一样没准头,但若抵近射击,幻影巨龙自身也会进入无畏舰碎星炮的射程。

龙头相位炮每次开火都有朗基努斯巨炮一样的杀伤力,阿玛克斯舰队中的任何战舰都无法抵抗这种程度的攻击。但阿玛克斯帝国的无畏舰虽火力不算强,但足够在射程内每次射击都击杀一只巨龙。若这样算,双方的有效火力输出其实是旗鼓相当的,甚至阿玛克斯帝国舰队还占一点优势。

就这样,双方对射的炮弹漫天乱飞。人类历史上第一次与神级外星文明的决战,竟

357

然以这样尴尬的局面进行着！双方都不敢轻易进入敌方的优势射程,在12ua左右的距离上,大功率相位武器来回对射,每一门重炮都竭尽全力地对敌方造成一点伤害。璀璨的白光接二连三地在太空中闪亮,摧毁那些运气不好的舰船,或是吞噬一团又一团太空垃圾。

尼德霍格那边,一定也在为这样的局势而生气。可想而知,这位昔日的龙皇,被众生顶礼膜拜的神灵。影翼龙族的大军碾压万物,横扫诸世界未曾遇到对手。常年的"不对称战争"使得影翼龙族一直没有发现自己的军队的在战斗中的不足之处。

现在,他们遇到了旗鼓相当的对手,这场局势本应一边倒的无悬念的胜仗,竟这样僵持住了!

但卡尔敏锐地发现,这场战斗不会一直这样僵持下去。对方的幻影巨龙数量众多,巨龙群的每一次相位分裂炮齐射都能击毁阿玛克斯舰队的一至两艘舰船。而阿玛克斯人只有两台朗基努斯巨炮,而这两台巨炮从开战到现在只命中目标一次。

相比朗基努斯巨炮,远程反舰导弹反而战果更佳。这些搭载着奇点弹头的小型飞行器都配备了一次性使用的折跃引擎,可以做到超光速命中。二至三枚奇点弹头便可击杀一只中等体型的幻影巨龙。但这些导弹也不是完美的武器,无法达到百分百之的命中率,而且还有可能被敌方的主动防御系统拦截。更何况帝国舰队的导弹储备并不富裕,没办法支撑长久的消耗战。

卡尔调遣了一艘运输舰,停泊在阿特洛达尔一号行星的外空轨道上。卡尔必须给自己留一条后路——为自己竭力守护的东西留一条后路。阿特洛达尔星系不是永远坚固的堡垒,一旦失守,他必须将皇宫地下埋藏的东西转移到安全的地方。

"警告! 侦测到高能空间波动信号!"

卡尔抬起右手,用手势唤出一幅全息影像。空间波动信号的可视化图形在他眼前呈现。毫无疑问,刚刚折跃而来的那个东西是一只幻影巨龙。它撕开现实位面与虚空之间的屏障,强烈的空间扭曲将两艘无畏舰的残骸撕碎。庞大的龙头从裂隙中探出,远远望去,几乎有月亮般的大小。

那幻影巨龙仿佛一只刚刚破卵而出的幼鸟。它拼命地向外钻,撕开更大的虚空裂隙。短粗的脖颈穿过裂隙后,巨大的龙身似乎卡在了裂隙出口动弹不得。

这是个相当好的机会! 两台朗基努斯巨炮立刻瞄准这个行动笨拙的庞然大物进行了一次齐射。两次相位打击全部命中了龙头,却没能将其击碎。巨龙头表面剥落下大片的黑以太甲壳,像漆黑的花瓣飘落,只不过每一片"花瓣"都有海洋行星上的一片大陆那么大。

巨龙从虚空中刚刚探出头来就被相位武器劈头盖脸一顿暴打。不知是巨龙愤怒了,还是相位炮带来的空间扭曲帮助巨龙扩大了虚空裂隙。这只巨龙长长地低吟着,从虚空中又抽出大半个身子,六片巨翼迎着阿玛克斯舰队的火力网缓缓伸展开来。

翅膀完全展开后,这只巨龙兴奋地长吟起来。它缓缓扭动身躯,将自己长长的尾巴从虚空中抽出来,虚空裂隙在它身后迅速闭合。

其他巨龙听到了它的低吟，霎时间全部随之一起低吟起来。那种贯穿太空、撕裂苍穹的震颤从四面八方袭来，刺穿人的脑壳，直接钻进人的脑袋里，搅得人眼花耳鸣，头颅胀痛，仿佛几十颗钝头子弹在颅骨里来回弹跳。

舰船上的船员们纷纷穿上外骨骼，启动外骨骼的单兵护盾，以此抵御这种讨厌的噪音。没有外骨骼的人，只能用抽烟、嚼口香糖甚至注射神经药物来缓解头痛的症状。

"不要射击最大的那只巨龙！"卡尔一边急忙下令，一边快步走出宫殿大门，"放过最大个儿的！无畏舰集火攻击其他巨龙！"

卡尔认得那家伙，六翼巨龙艾尔索伦，影翼龙族的影海守护者。它庞大的身躯有一颗矮行星一样的质量，若它的龙尾与六片巨翼完全伸展开，它的大小几乎与阿特洛达尔一号行星相当。

在许多智慧种族中都流传的关于虚空之海的传说中——艾尔索伦是尼德霍格的化身，是虚空之海中仅次于吞噬者海拉的可怕存在。看样子尼德霍格这只老龙是耐心耗尽了，亲自上阵率领龙群冲锋了。

"尼赫勒斯！"

"在！"尼赫勒斯一边在无线电中回应，一边三步并两步飞奔到尊主身边。他右手握着没有点亮的光刃剑柄，黑色的风衣上映着模糊的血光。他刚才一定杀过几个尼德霍格的猎手。

数架货运穿梭机在宫殿前的平台上频繁地起降，将一箱箱封装的重要货物送到外空轨道的运输舰上，其中有卡尔的四个备用克隆体。他们被静滞冷冻，当湮灭尊主本人需要器官移植时，这些克隆体才会派上用场。除了克隆体，静滞冷冻的货物中还有卡尔用于给自己延长寿命的那只白羽龙。

"你来负责重要货物的转移。"卡尔对尼赫勒斯说道，"我必须留在这里，直到这场战斗结束。"

尼赫勒斯想建议尊主优先撤离，但这位神使知道，湮灭尊主非常不喜欢其他人质疑他的力量。所以，尼赫勒斯选择了履行神使"在任何情况下无条件服从湮灭尊主的命令，执行湮灭尊主的意志"的职责。

"遵命！"尼赫勒斯抬起右臂横在胸前，向卡尔行礼致意。

在转移了无数用于湮灭尊主永生的设备后，尊主的使徒们又拖出了一个巨大的静滞休眠舱，比尊主的克隆体用的冷冻舱还要大两圈。"禀告尊主！我们取出了您提到的重要设备……"

"这个设备优先转移！"卡尔瞪了那个使徒一眼，"务必确保这台设备绝对安全！如果它出了半点意外，我拿你们是问！"

"明白！"那使徒用力点点头。

尼赫勒斯犹豫了片刻。"尊主，请您允许我问一个问题。"他谦卑地向卡尔低下头。

"讲。"

"这台非常重要的设备……它的作用是什么？"尼赫勒斯小心翼翼地开口了，他微微抬起头,用眼睛的余光观察尊主的神色,"如果我能更多地了解它,一定能更方便地在运输过程中保护它。"

卡尔面无表情地沉默了片刻。"你只需要知道,这个休眠舱中保存着一个对我至关重要的……生命体,就足够了。"

"是,尊主。"尼赫勒斯微微鞠了一躬,随后抬起头,"我会全力保护这些货物的安全。"

"我希望的不是你全力保护它们。"卡尔冷冷地说道,"我唯一的要求,是它们能够安全!"

霜龙眼前只看见黑暗,和无数他无法形容的扭曲混乱的色彩。特异视觉能帮助他在黑暗中看清他想看见的东西,也同样能让他看见他不想看见的东西。混乱的信息涌入他的大脑,他想逃避,但无能为力。

海拉似乎将他的世界舰放开了,但霜龙仍然能看见那个扭曲的轮廓在他身边徘徊。其他被海拉吞入虚空的物质都迅速瓦解,湮灭了。它们释放出的能量被海拉吞噬,毫无疑问,传说中的死亡之神——星辰的吞噬者——海拉,正是以此为食的。

"放我们走吧,海拉。"霜龙对那个无法名状的畸形存在说道,"无论你对自己做了什么,无论你经历了什么改变……好吧,你总该记得洛拉吧……你一定记得他的,对吧!"

霜龙轻轻摇了摇头,他知道海拉听不见自己的声音,他不过是在滑稽地自言自语罢了。"没错……你记得洛拉,你一定也记得这艘世界舰!"说到这里,霜龙提高了嗓音。"我是洛拉的朋友,我要前去消灭洛拉的敌人,消灭你的敌人。我们要干掉的那个家伙是尼德霍格,你肯定知道的……"

海拉仍然飘荡在霜龙的视野中,它一直环绕着世界舰游动。想必这位吞噬者一定是在等待世界舰瓦解成能量,供它吸收吧。霜龙苦笑了一下,他双手向前推,将等离子脉冲引擎的推力加到最大。霜龙知道世界舰在加速,但海拉却始终与自己保持着相对静止。

"好吧……海拉,我这艘大船的机动性肯定比不上你……"

霜龙转头看了一眼阿克洛玛,又看了一眼绕着自己的世界舰盘旋的吞噬者海拉。随后他长长地叹了一口气,关掉了世界舰等离子脉冲引擎,双手放松下来。"阿克洛玛……"

"在。"阿克洛玛将目光从全息影像中的数据上移开,与霜龙对视着。

霜龙沉默地与他对视了一秒,耸了耸肩。"抱歉,阿克洛玛。"他停顿了一下,舔了舔自己的嘴唇,"我不应该带你登上这艘船的……"

阿克洛玛仍然一言不发。霜龙掀起外骨骼面罩,摘下头盔,深深吸了一口气。"虚空之海……无论这个诡异的世界究竟是什么,我只知道,传说中只有死者能抵达这里。"

"我同样听说过这个传说。"阿克洛玛点点头。

"对,我在想的是……现在,我们在这里了。"霜龙缓缓说道,"也许我们已经死了,阿克洛玛，只不过我们不知道罢了。"

阿克洛玛沉默了几秒。"我仍然认为，在理论上，我们可以离开虚空世界，回到现实宇宙中。"

"是啊，理论上。"霜龙两手一摊，他有些无力地挪了挪身子，将视线转回内部成像系统显现出的那些扭曲的色彩上，"这宇宙中，理论上可行的事很多，但真正成功的寥寥无几。就像卓洛'理论上'能够帮我们打开一条裂隙一样……"

深邃的黑暗中，忽然点亮了一束光，一束白色的亮光。那光芒很微弱，却格外醒目。如同伸手不见五指的黑夜中，眼前忽然闪过了一点萤火。霜龙也忽然来了精神，迅速控制世界舰转向，将船头朝向那束醒目的光。

那个光点明明像烛火一样微弱，但此时此刻，在无边的深邃黑暗中，它明亮得像一颗正在喷发的超新星。霜龙甚至不敢直视它，害怕被刺痛双眼。那些扭曲的色彩也被它吹开，像狂风吹走雾霾一样，顷刻间逃窜得无影无踪。

霜龙犹豫了一下，他的直觉告诉他，那一束醒目的光就是通向现实宇宙的裂隙。而海拉巨大的躯体绕着世界舰最后盘旋了一圈，发出一阵尖锐的带着颤音的叫声，随后径直向那束光冲去。

海拉刚刚游远，通信频道立刻就炸开了锅，嘈杂的声音差点震聋了霜龙的耳朵。梦灵迅速滤掉杂波后，霜龙终于分辨出了蝮蛇沙哑的大嗓门。"裂隙打开了！裂隙打开了！"

"霜龙收到！"霜龙重新抬起双手，将等离子脉冲引擎的推力控制推到最大，径直向那团光芒冲去。"让所有舰船远离裂隙！快！"他紧张地大喊起来。"吞噬者海拉朝裂隙的方向去了！"

霜龙话音刚落，海拉庞大的身躯已经几乎看不到了，只剩一条若隐若现的尾巴贴着世界舰扫过，在黑暗中激起一条条涟漪。"该死！我根本追不上它！"霜龙继续大喊，"海拉会先于我抵达裂隙！重复！海拉会先于我抵达裂隙……"

"不！有我在就不会！"

一团无比灼眼的光芒毫无征兆地从霜龙身后袭来，这一次，光芒是真的明亮如超新星了。原本与深邃的黑暗融为一体的那些无形的物质立刻被照出深色的影子。光芒惊扰了这些蔓延如星云一样的高维生物，它们激烈地翻滚着，游动起来，在虚空之海中掀起滚滚风暴。

海拉也尖啸了起来，白光照射在它扭曲的庞大身躯上，它立刻像变形虫一样蠕动起来。细长的后尾迅速膨胀，而它的头部则迅速收缩。仅仅一秒，海拉就完成调头，敏捷地向新的光源冲去。

"海莲娜！"霜龙在通信中喊道，"天啊……海莲娜，无论你做了什么，它已经起效了，海拉被引开了！"

纳格法尔号梭鱼一样的船身从霜龙的世界舰后缓缓靠近。"我让纳格法尔号下潜到了一颗恒星内部，然后打开了一条虚空裂隙。"纳格法尔号的机动性比白羽龙世界舰高很多，海莲娜很快就与霜龙并驾齐驱了。"一颗恒星足够海拉吃几个小时，甚至几天了。"

"我的老天！别告诉我你把太阳喂给海拉了！"霜龙的脸色立刻严峻起来，"我说的是特兰人母星系的太阳！"

"并不是，我在一个临近的星系随便找了一颗恒星。"海莲娜熟练地用牙齿撬开一罐月蚀，吸了一口，"不要问我具体是哪颗恒星，我也不记得！现在我们赶快往阿特洛达尔！"

不需要海莲娜这样说，霜龙也早就这样做了。他深深吸了一口气，转过头看了阿克洛玛一眼。"阿克洛玛。"

"在。"

"你去虚空引擎那边检查一下。"霜龙微微皱了皱眉头，思索了一秒，"待会儿……启动冈根尼尔的火控阵列时用得到。"

"收到。"阿克洛玛利索地从他的座位上站起来，转身跑出驾驶室大厅。

霜龙回过头，看了阿克洛玛一眼，确认他是真的走了。他微微低下头，轻轻叹了一口气。"海莲娜……"

"什么事？霜龙。"

霜龙犹豫了片刻。"有一件事，我想问你一下。"他又轻轻叹了口气，"我知道，你不喜欢盖瑞卡……没错吧？你不喜欢一个含着金汤匙出生，从小在蜜罐子里长大的，有钱人家的废柴孩子，对吧？"

海莲娜那边沉默了好久，霜龙正准备再说什么时，海莲娜开口了："你为什么会问起这些？"她的声音忽然低沉了好多。

"我是想说……如果你不喜欢盖瑞卡，那么，我，霜龙呢？"霜龙说出这句话时，他忽然有点后悔。但短暂的后悔所带来的略微的恐惧被他抛到脑后时，他也不会将其他话语压抑在心里了："我来到魅影后，你知道我经受了多少磨难，多少……对我的历练。我现在拥有的一切，都是我自己一点点挣来的。"

"你到底为什么要对我说这些？"海莲娜的声音有一丝颤抖，不知是由于恐惧还是愤怒，"你怎么知道的？"

"我见到洛拉时……该死！我也不知道洛拉对我做了什么！或者是奥西里斯……那个……洛拉的影子一样的东西对我做了什么！"霜龙双手抱住自己的脑袋，低着头吼道，"我甚至分不清梦境和现实……但无论如何，我忽然恢复了以前的记忆，我重新回忆起我的身世。"

这一次，海莲娜沉默了有一分钟之久。"无论你想要什么，霜龙，这场战争后我都能够补偿你！但看在所有人的份上，看在整个人类文明的份上，我求求你……"

"啊……海莲娜！"霜龙摇了摇头，他抬起头来，望着远处那个距离自己越来越近，却又仿佛是海市蜃楼，永远无法触及的光点，"奥西里斯是对的，我应该把这些东西说出来的……"

"什么奥西里斯？"

"我不想从你那里得到什么，海莲娜。我和你说这些是因为……我快要死了！至少我很可能会死掉的！"霜龙又一次吼了出来，"我不想至死都没来得及和自己喜欢的女孩说几句真心话！"

海莲娜又沉默了，霜龙无比沉重地长长叹了一口气。"我……我以前也不喜欢你，海莲娜·诺瓦，我不喜欢那个永远戴着一张……所谓高贵的面具的公主。"说到这里，霜龙停顿了一下，"但我又认识了你的另一面，现在的你，身为魅影女王的你。"

"我喜欢你，海莲娜，我是真心喜欢你……"霜龙忽然感到自己很肉麻，甚至泛起了恶心，"我不需要你也同样喜欢我，我只是想把这件事说给你听……毕竟，我是个将死之人了。我尽心尽力地为你东奔西走了那么久，我的女王……我只希望，你愿意听一听，我这个可怜人的遗言。"

"我要你活下来，霜龙！"海莲娜说出这句话时，似乎咬牙切齿用上了全身的力气。"我……以魅影女王的身份命令你……一定要给我活下来！"

霜龙耸了耸肩。"我会尽力的，但我不敢保证什么。"

"你以为现实中的战争会像电影里一样？"海莲娜突然嘶哑地大吼起来，"你觉得你是男主角，到大结局了就和自己心仪的姑娘表白，然后义无反顾地成为烈士吗？只有最狗血的战争片才会这么演！"

"可是……"

"我，绝不容忍这种事发生在我的人身上！"海莲娜吼道，"你不要觉得你和我说了那些话，我就一定会为你的死而感到悲伤！霜龙！"

两人都沉默了，通信中只剩下呼吸声带来的杂音。时间就在这样的一呼一吸中慢慢流逝，霜龙似乎听见海莲娜那边传来轻微的抽泣声。不知是她真的在抽泣，还是霜龙在自作多情。而霜龙很意外，奥西里斯竟然没有在他的脑海中出现。

霜龙深深吸了一口气，他不知道说点什么。就在这时，他听见自己身后传来一阵脚步声。"虚空引擎运转正常，随时可以启动。"阿克洛玛说着，走到他之前的座位上坐下。

霜龙将刚刚深深吸入的那口气叹了出来。"收到……"这句话像是在回应阿克洛玛，也像是在回应海莲娜刚才的要求，"我们靠近裂隙了，海莲娜，准备战斗吧。"

六翼巨龙艾尔索伦，很多人都听说过关于它的传说，但若不是亲眼所见，很难有人相信这样的生物真的存在。

阿特洛达尔星系的守军已经放弃了第二条防线，所有舰船后撤至第三条防线。一部分防御空间站也一边变轨，一边继续向幻影巨龙射击。一个小时后，守军完成重新部署，原先的防线位置上留下了60多艘各型被击毁的舰船以及至少20具幻影巨龙破碎的尸骸。

朗基努斯仍然在向艾尔索伦开火，将这只巨龙的躯体轰击得伤痕累累。这减缓了它的前进速度吗？也许是吧，但不足以杀死这只巨兽。

"我联系不上卓洛，老家伙应该不行了。"蝮蛇在通信频道中说道，"启示录号的虚空引擎仍然运转着，说明……"

"赶紧告诉我海莲娜在哪儿！"鲁道夫毫不客气地打断了蝮蛇的话。

"冷静点，小伙子。"蝮蛇的话语伴随着粗重的呼吸声，"我只知道她随着纳格法尔号进入了虚空，正在向卓洛打开的裂隙靠近，我也不知道她和霜龙会在什么时候从虚空中钻出来！"

鲁道夫深深吸了一口气，无力地摇了摇头，默不作声地关掉了通信器。忽然，他又很气愤地双手用力撑着双腿膝盖站起来，在空荡荡的机舱中来回踱步。

大约 15 分钟前，鲁道夫与六名北极星特战队员刚刚从埃尔坦恩海军第一舰队的旗舰——凯撒号载机母舰上离开，转移到一架风神翼龙运输机上。这并不是他的上级指挥官派给他的任务，但海莲娜要他帮一个忙，他自然不会拒绝。

鲁道夫的风神翼龙从苍穹圣殿中搭载了一辆经过改装的装甲运输车。海莲娜告诉他，这辆运输车中装载着启动冈根尼尔所需的关键组件。当鲁道夫问她这是什么时，海莲娜用"暂时无法解释"的理由搪塞了一下。但无论如何，鲁道夫必须在白羽龙世界舰进入阿特洛达尔星系时，将这件货物送到世界舰上去。

一名坐在机舱侧面的北极星队员抬起头。"队长，情况不妙吗？"

"你又不是没听见通信内容！"鲁道夫抬起双手，烦躁地抓了抓自己乱蓬蓬的头发。"该死！海莲娜的计划太鲁莽了！"他一边说，一边绕着机舱中间的那辆装甲车快步走动着。

风神翼龙的机体相当大，有一艘小型护卫舰的大小。它的内部机舱也同样宽敞，足够停下六辆"石中剑"型主战坦克。此时此刻，偌大的货舱中只有一辆装甲运输车，被碳纤维绳索固定在货舱中央，最靠近运输机重心的位置。

向装甲车前后两侧望去，只有苍白的条状照明灯，在单调的金属地板上映出一条条白色光带。在不怎么明亮的照明灯之间，就剩下模糊的黑暗。这种空旷空间中的黑暗总是让人产生一种莫名的恐惧感，至少对鲁道夫来说是这样。

"如果我们的计划进展顺利，我们会在这里击败尼德霍格，对吗？"那名队员又开口了。

"理论上，是这样的……理论上！"鲁道夫刻意放慢语速，重读了一下"理论上"这三个字，"理论距离现实很遥远啊！"

"也就是说，我们会失败吗？"

"什么？失败？"鲁道夫立刻瞪起了眼，鼻腔中冒出一阵大多用于表示鄙夷的高音。"不！当然不！如果我们失败了，我们就要死在这儿了。我还不想死！更不想让我未来的老婆死掉。"

队员的眼中立刻点亮了惊讶又好奇的光。"你……未来的老婆？"

"海莲娜·诺瓦！"鲁道夫理直气壮地、郑重其事地将这个名字念了出来。

那名队员扑哧一声笑了出来，鲁道夫的脸立刻多了几分红色。他刚想要斥责几句话，但一阵低沉的嗡嗡声忽然在船舱中回响起来，那像是幻影巨龙的那种能够穿透太空的低吼。

公共通信频道中顿时嘈杂了起来。"冈根尼尔武器就位！重复！冈根尼尔武器就位！"霜龙的吼声从通信中传来，"开始下一阶段行动！"

鲁道夫迅速拔腿跑向风神翼龙的驾驶室。"定位那个信号源！"他大声向驾驶员命令道，"给我以最快的速度飞过去！"

纳格法尔号先穿过了虚空裂隙，随后是体型更加庞大的白羽龙世界舰。残破的启示录号战列舰彻底被空间扰动摧毁了，世界舰的舰体完全穿过裂隙后，霜龙关闭了世界舰的虚空引擎，在海拉向自己这边冲来之前闭合了裂隙。

"快点！"霜龙的声音略微有些颤抖。此时此刻，艾尔索伦就在他眼前，大约占据了他视野的五分之一。艾尔索伦在向他低吼，但并没有张开它的巨口，对霜龙进行相位打击。阿玛克斯舰队的碎星炮光束就像雨点一样砸在它的龙头上，也许幻影巨龙的嘴巴内部是弱点，艾尔索伦不想让自己的弱点暴露在敌方火力之下？

也许是出于这个原因，艾尔索伦并没有尝试对霜龙的世界舰发动相位打击，而是选择向他径直冲来，尝试以冲撞的方式摧毁它。而这就为霜龙留下了相当宝贵的时间！

"我是北极星特战队队长鲁道夫，呼叫冈根尼尔操作者。"鲁道夫的风神翼龙刚刚完成了一次短距折跃，在世界舰船头侧下方的位置出现，"海莲娜拜托我将一件重要货物送到你的船上，完毕。"

"收到……我让梦灵引导你。"

霜龙按照洛拉记忆中的方式，启动了世界舰的火控阵列。舰体后方的外壳缓缓翘起，变形，像花瓣一样张开，围绕着虚空引擎的球形核心重新排列。很快，霜龙身边的全息影像陆续亮起了淡蓝色的提示框。冈根尼尔系统正在初始化，一个个模块陆续完成启动。

"梦灵，将至高秩序主机与世界舰的火控电脑建立连接。我去搞定能源供应……"霜龙看了一眼全息影像中为数不多的几个红色的提示框，又转头看着阿克洛玛，"阿克洛玛，一旦武器就绪，立刻控制它开火。"霜龙紧皱着眉头，缓慢而清晰地向阿克洛玛说道，"理论上，它会自己完成目标锁定，你只需要按下确认开火的按键即可。"

"没问题。"阿克洛玛冷静地点点头。

霜龙最后看了一眼阿克洛玛，最后看了一眼主控台周围的全息影像中不断更新的数据，随后便转身走向大厅中央的光柱。他感到双眼略微有些刺痛，头脑也有些晕眩。当眼前的雪白逐渐散去时，霜龙看见自己从光柱的另一端走了出来。与他一同从光柱中走出的，是奥西里斯漆黑的影子。

呈现在霜龙面前的，是一座很宽且很长的桥。霜龙环顾四周，他能看见世界舰的外壳已经完全展开，且完成了重新组装，形成了一个巨大的类似锅状天线的结构。

霜龙觉得将它形容成锅状天线有些太不贴切了。他能看见冈根尼尔的火控阵列上遍布着深浅不一的线条，若隐若现的白色与幽绿色的微光沿着这些线条流动着，仿佛是深夜时分城市的大街小巷中映亮夜空的霓虹。

"很壮观，不是吗？"

奥西里斯站在霜龙身边，和他一起欣赏着这不可思议的景象。一边是悬在太空中的城市，一边是被战火映红的星空。两人站在一座悬在太空中的桥梁之上，漆黑的以太物质汇成两条溪流，从长桥的两边无声地流过。霜龙感觉自己正站立在太空之中，他没有戴外骨骼面罩，但身边却仍然存在能够呼吸的空气。

"来吧，霜龙，我们还有最后一件事要做……"奥西里斯双眼中的血红渐渐从眼眶中溢出来，在他漆黑的脸颊上留下两条血色的泪痕，"你想好了吗？霜龙？"

霜龙和他对视着，他半张着嘴，想说些什么，但想说的话语全都卡在了喉咙眼，说不出来。"我……我不知道……"他摇了摇头，"但我们时间不多了。"

奥西里斯也沉默了片刻，他眨了眨眼，轻轻咧了一下嘴，不知是在发狠，还是在笑。"啊，梦灵建立了与至高秩序主机的连接，我们的最强火控计算机上线了。"奥西里斯的双翼抖落几片黑羽，黑羽就像一块正在升华的干冰，逐渐化作流淌的黑雾，"你从来没有令我失望过，霜龙，我相信你会做好这最后一件事的。"

"为什么？"霜龙的眼睛忽然瞪大了，又微微眯起来。他的目光像一柄锋利的剑，不经意间猛然出鞘，刺穿了奥西里斯的胸膛。环绕着奥西里斯流淌的黑雾忽然凝固了，他在原地愣了一瞬，而霜龙的脸上渐渐显露出危险的狞笑。"我为什么要做这件事呢？奥西里斯。"

"为了拯救你的银河系，也为了我能够完成我的复仇……"

奥西里斯很快恢复了镇定自若的神情，但霜龙早就洞察了他的恐惧。两个意识共存于同一个躯体，谁都无法完美地掩饰自己的情绪。霜龙张开双臂，一步步向奥西里斯走去，像是要将他逼向万丈深渊。

"哦……奥西里斯，你知道吗？我刚刚想明白了一件事！"霜龙脸上的笑容不知是喜悦还是阴险，"并不是我需要你，而是你需要我！离开了我这具躯体，你什么都做不了！"

"难道你不想拯救你的世界吗？"奥西里斯一步步向后退去，他双眼中的红光忽明忽暗，"你知道的，我们时间不多了，你必须完成冈根尼尔的启动……"

"拯救世界？代价呢？牺牲我自己吗？！"霜龙停顿了一下，哈哈大笑了两声，"我没那么傻，我不是什么舍己为人的英雄，我想活下来！"霜龙一步步向前走，几乎将奥西里斯逼到了长桥的边缘，"虚空之海中有一条航道，通向已知宇宙的尽头，只要我想，我可以逃去尼德霍格追不到的地方。"

奥西里斯狠狠咬了咬牙，猛地抖动双翼，呼啸的风裹着无数片黑羽向霜龙冲来。霜龙抬起双臂抵挡，一阵阵尖锐而短暂的金属切割声在他耳边响了几秒。随后，黑雾与黑羽在眨眼间消失不见。

"清醒一点！霜龙！"奥西里斯出现在霜龙身后。霜龙转过身，彼此的目光都同样凶狠，"难道你想让尼德霍格得逞吗？！你想看着你们人类的文明毁灭吗？！"

"'我们'人类文明？"霜龙嘲讽地笑了一下，"我在'我们'的人类文明眼里，只是个阴差阳错地做了其他人都不肯做的事的炮灰！你太不了解人类了，奥西里斯……这场战争结束后，魅影女王海莲娜将被载入史册，而所有关于你我的一切都将被抹除！"

"为什么？"

霜龙半张着嘴，目光中的凶狠渐渐化作一种悲哀。"你还记得你说过的吗？几万年的时间过去，地球人也没有发现自己的母星与自己母星的卫星上遗留下来的无数关于龙族文明的痕迹。"霜龙稍稍停顿了一下，"人们害怕知道这些，人们害怕面对自己所不理解的力量！所以，如果我死了，我所发掘出的一切，都将被所有人选择性地遗忘！"

奥西里斯沉默了片刻，他凶狠的目光渐渐平和下来。"你想要怎样？"

"首先，我要活下去！其次，我需要你的力量！"霜龙平静而有力地说道，"如果有谁能够最大限度地利用诸神文明留下的遗产，使人类能迅速掌握空前强大的力量，那我一定是最合适的那个人……至少是其中之一！"

"好吧。"奥西里斯缓缓点了点头，"我尽力保护你，但你仍然要靠近它……你懂的。你是半个旧神，也许你撑得住……另外，你也要在这一切结束后，答应我一件事。"

霜龙也点了点头，以此回应奥西里斯。"行动继续！"

奥西里斯化作一团黑雾消散，霜龙的思绪也随即从幻境中离开。他回头看了一眼不断向自己逼近的艾尔索伦——它仍然占据着自己的视野约五分之一的空间。还好，自己与奥西里斯在幻境中的交谈没有浪费多少时间。而在不知不觉中，他也走到了长桥的尽头。

虚空引擎核心被一个巨大的黑色球体包裹着，球体嗡嗡地震颤着，球面上激起一圈圈幽绿色的涟漪。那是一个人造的黑洞吗？应该不是……霜龙缓缓走向它，他忽然有点想触摸一下这种未知的物质，但长桥的尽头距离虚空引擎核心仍然有相当远的距离。当霜龙向它伸出手时，他感觉自己像是一只企图爬上摩天大楼的蚂蚁。

"霜龙！"

海莲娜的一声呼唤将霜龙的注意力拉了回来。他转过身，只见海莲娜站在一辆灰绿色迷彩涂装的装甲运输车前，鲁道夫跟在后面。

"重要货物已经送到了！"鲁道夫走到海莲娜身前，一边用一种幽默的语调说道，一边打开自己的外骨骼头盔面罩，"好了，现在有没有人愿意告诉我这里面装着什么？"

"冈根尼尔的能源供应装置。"霜龙抬手召唤出一幅全息影像，用食指和中指点动了两下，运输车的顶部舱门打开，"冈根尼尔还差两部分就能完全完成组装……"

"嘿！等等！"鲁道夫伸手做了一个制止的手势，"我认得你！"鲁道夫微微弯腰，盯着霜龙的脸凑近去看，"你……你是盖瑞卡？！"

霜龙摇了摇头。"说来话长，但我没时间解释太多东西。"

鲁道夫立刻转过身，瞪大了眼睛盯着海莲娜问："你做了什么？！"

"等这一切结束后我会告诉你的。"海莲娜叹了口气，"霜龙，要启动冈根尼尔还需要什么？"

"还需要最后的两个组件……"

霜龙微微下蹲，紧接着双腿发力，纵身跳上运输车的车顶。在梦灵系统的操作下，运输车中的静滞休眠舱一步步解除安全保险，一层层保护壳像套娃一样陆续展开。最终，一台小型升降机托着一个柔软的床垫，将萨娅卡脆弱的躯体呈现在霜龙面前。

"第一个，能源供应。"霜龙一边说着，一边小心翼翼地将她抱起来，再小心翼翼地从运输车顶跳下。霜龙的双脚触地时，他为了减缓冲击力，双腿几乎完全蹲了下来。"第二个，将萨娅卡体内的能源导入虚空引擎的方法……"

海莲娜连忙走到霜龙身边，摘下外骨骼手套，伸手轻轻抚摸萨娅卡几乎没有体温的躯体。"伊卡洛斯机甲的动力系统能够做到，但我不知道如何将它与这艘船的虚空引擎连接起来。也许梦灵能帮上忙……"

"不需要。"霜龙抱着萨娅卡向长桥的尽头走去。"梦灵能为你计算所有的可能，但只有你自己能决定，自己能够牺牲什么！"

长桥两侧流淌的黑以太忽然涌上了桥面，渗入桥面之中。与此同时，桥面就像传送带一样向远离虚空引擎的方向加速移动起来，愈来愈快。海莲娜惊叫了一声，低头看向自己脚下，当她重新抬起头时，她发现自己正在飞速远离霜龙和萨娅卡。

海莲娜愣了一瞬，忽然，她想到了什么。"霜龙！不要！"她声嘶力竭地大吼，不顾一切地向霜龙奔跑。鲁道夫也连忙跑上去，抓住海莲娜的手臂。两人失去了重心，一起摔倒了，海莲娜哭嚎着，无助地向那个漆黑的球体伸着手。

鲁道夫将海莲娜扶起来，伸手敲了敲自己耳边的通信器。"我不了解你的计划，盖瑞卡，但我希望你明白自己在做什么！"

霜龙没有听见鲁道夫在通信中说的话，他已经脱下了自己的外骨骼。萨娅卡靠在霜龙身上，被霜龙的左臂扶着，勉强能站立。当萨娅卡的呼吸声渐渐清晰，她试着睁开眼时，霜龙将一根装有肾上腺素的细针管扎在了她的脖颈上。

一股无形的力量猛地将霜龙推开，苍白的灵能光芒在萨娅卡的体内蔓延，从胸口蔓延到四肢，蔓延上她的头颅，直到她漆黑的长发也化作雪白，闪烁起闪亮的白光。

霜龙抬起头，看了一眼愈来愈近的艾尔索伦，又看了一眼倒在地上呻吟抽搐的萨娅卡。苍白的灵能火焰已经烧透了她的皮下血管，烧穿了她的皮肤，像太阳表面的日冕一样喷涌出来。

"奥西里斯……希望你能帮我做到……"

霜龙抱起了萨娅卡。当两人的皮肤接触时，霜龙感到了火辣辣的疼痛。他轻轻呻吟了一声，将她抱得更高一点。萨娅卡身上迸裂开越来越多的裂隙，她痛苦地在半空中挥舞着四肢。因她的灵能波动而激变的引力场向四周膨胀，几乎要将霜龙的身体活活大卸八块。

"奥西里斯！帮帮我！"

随着霜龙脑海中的呼唤，一阵冰冷的刺痛猛然袭来。霜龙看见地面上的黑以太物质流动了起来，包裹住了自己的双脚和双腿，将他固定在了地面上。霜龙深深吸了一口气，用力抱紧萨娅卡，防止她挣脱。

黑以太物质将霜龙的脚掌变成了锋利的龙爪。他用利爪牢牢抓着地面，一步步向虚空引擎中央的漆黑球体靠近。

他看了看悬在自己身后的漆黑球体，又看了看已经近在眼前的艾尔索伦。"阿克洛玛！三秒后开火！"霜龙竭尽全力大声吼道，他希望阿克洛玛做好了准备——他一定会做好准备的！

霜龙这样想着，一步步向那漆黑的球体后退。萨娅卡的身体仍然在喷涌苍白的灵能火焰。当霜龙退到长桥尽头处的边缘时，一种无形的力量吸引了那一条条苍白的烈焰。它们在半空中化作一条条闪亮的白色丝带。仿佛一条条舞动的长蛇，从萨娅卡的躯体内破壳而出，向着那黑洞一样的球体奔去。

长蛇们陆续扎进球体，在球面上激起一个个闪亮的漩涡。霜龙最后做了一个深呼吸。随后，他抱着萨娅卡向着球体纵身一跃。他的双脚刚刚离开地面，一种无形的力量便牵引着他与萨娅卡的身体，将他们拖向虚空引擎的球状核心。

下坠的时间很长，霜龙只感到自己距离长桥的尽头越来越远。霜龙背对着球体，他不想回头去看自己距离终点还有多远——那里只有深邃的黑暗。他更希望自己能多欣赏几眼燃烧的星空，用自己的特异视觉将这片星海好好看一看。直到不知不觉中的某一刻，一切无声无息地归于空白。

"不要！不要这样！"长桥中央的海莲娜沙哑地哭喊着，但霜龙已经听不见了。她只能看着自己的妹妹化作一颗白色的星，愈来愈闪亮。而就在海莲娜以为自己会看着萨娅卡化作一颗超新星，在自己面前爆裂喷发时，灼眼的白光忽然熄灭了。

霜龙与萨娅卡的身影没入了漆黑的球面之下，消失不见了。这仿佛是一场绚丽的天体碰撞。他们在球面上激起一个直径至少有 10000 米的巨大涟漪，覆盖了大半个球面。刹那间，火控阵列表面的条纹全部充盈着白光，闪亮起来！

"目标锁定 A77 至 V14 空域所有引力信号！无差别攻击！"阿克洛玛坐在主控台前，双眼飞快地扫过全息影像操作界面中的一片片红色三角符号，"冈根尼尔开火！"

海莲娜只看见那个漆黑的球体表面泛起了几圈白色的涟漪，但她能够通过灵能感知到，有极其巨大的力量像海啸一样从她身边汹涌而过。随后，她看见远处的星空仿佛被一片漆黑的幕布遮蔽了。

低沉的巨响震耳欲聋，仿佛两颗行星在自己身边相撞。她捂着耳朵，但那声音仍然毫无阻碍地穿透她的颅骨，在她脑中激烈地回荡着。

海莲娜感觉自己要昏过去了，也许她刚才已经昏过去一段时间了。无论如何，当那种可怕的噪音逐渐消失，她的意识渐渐清醒起来时，她发现自己正依偎在鲁道夫胸前，两人疲惫地坐在刚才那座长桥中央。此时此刻，通信频道中的欢呼声比刚才的巨响更加震耳。

"我们……我们赢了吗？"

终于，在虚空之中，出现了熟悉的黑暗……

"……这就是冈根尼尔的杀伤原理啊！它在一片区域内创造出一处高维空间，裂隙会将目标吞入虚空之中。"奥西里斯的声音像缥缈的风，在霜龙一片空白的头脑中飘荡着，"洛拉一定没有想到，冈根尼尔的第一次开火，会创造出一片全新的宇宙。"

"创造出一片宇宙？"

"是啊，虚空世界就是这样诞生的……冈根尼尔的第一次开火所创造出高维空间的那一瞬，就是虚空世界的宇宙大爆炸。"奥西里斯继续说道，"就像你所在的宇宙诞生时一样。"

霜龙沉默了，无数疑问所引发的思考就像雷暴一样瞬间充斥了他的大脑。他努力让自己相信这个不可思议的事实。一个宇宙的诞生，竟是因为一件武器投入使用的而产生的副作用。

"我们要分开了，霜龙……"

霜龙眼前的黑暗渐渐散去。他看见自己站在一片广阔无垠的，镜子一样平整而光滑黑色大地上。笼罩在这片大地之上的，是被怪异的色彩所充斥的天空。自己又进入了虚空之中，还是说，这只是奥西里斯创造出的幻境？

"要分开了？为什么？"霜龙低下头，看着自己在光滑地面上的倒影。倒影中的那个人是自己吗？也许是的，但那双暗红的双眼不像是自己的，更像是奥西里斯的。

"我取代了海拉，成为虚空中新的吞噬者。"奥西里斯的声音在天穹中回荡，"我已经不再寄居在你的躯体内了。"

暗紫色的天幕中渐渐燃起深红的火光，将虚空之海中的一切映得火红。"失去了艾尔索伦，尼德霍格也不得不回到了虚空之中。终于，我可以做完最后一件事了！"

另一个深邃而低沉的声音打断了两人的交谈，它以人类无法模仿的怪异语调，发出闷雷一样滚过天空的低语："你无法毁灭我，吞噬者，无论你是海拉，还是奥西里斯。"

"哦……不不不。"奥西里斯又一次残忍地笑了起来，"海拉能毁灭你，只是她没想到可以这样做罢了！"

"我的意识已融入虚空，你奈何不了我的，奥西里斯。"

虽然这是霜龙第一次听到这种怪异的声音，但霜龙能清晰地感觉到，这就是尼德霍格。它的一声声低语一次次唤起霜龙最本能的恐惧，这种威压若是压在一座山上，恐怕山峦也会随之崩塌吧。

幸好，霜龙知道奥西里斯此时站在自己这边。对抗强大力量最好的方法，就是用更强大的力量与其较量。此时此刻，奥西里斯显然占据上风。也正因如此，霜龙微微发软的双腿才没有跪倒在地上。

"是的，你融入了虚空，你将这视为你最大的优势，但它同样是你最大的弱点！"奥西里斯的尖啸声立刻压过了尼德霍格的低语，"若虚空世界崩塌，你必将随之毁灭！"

尼德霍格缓慢地低吼了一声。"你是想要与我同归于尽吗？这对你有什么好处？为什么要这么做？"

"我不在乎我怎样,我只知道,洛拉很乐意见到你的灭亡!"天幕中炽烈的红光随着奥西里斯的声音蔓延着,"我因洛拉而生,洛拉做不到的事,我都会替他做!"

"即便如此,你也没办法做到你所说的……"

"不!当然有办法……你知道降维打击吗?将一片宇宙空间内的维度降低,从而使这片空间的物质尽数毁灭!"说到这里,奥西里斯稍稍停顿了一下,随后,他的声音忽然变低了,仿佛他刻意在尼德霍格耳边说悄悄话,"我们要不要尝试一下啊?"

"你……"尼德霍格的低语声颤抖了一下,"你没有足够的力量的!"

奥西里斯再次放肆地尖啸:"我一试便知!"

仿佛整个天空都剧烈地爆燃了起来!那种霜龙曾见过的,在奥西里斯双眼中翻涌的红色火光。那是地狱深处的烈焰!此时此刻,奥西里斯的地狱之火吞没了霜龙视野中的一切色彩,就连霜龙脚下的黑色大地也被映成了暗红。

"霜龙!随海拉一起,回到你们的世界去吧!"奥西里斯像一只厉鬼,在烈火中歇斯底里疯狂地大笑。在霜龙的大脑再次回归一片空白之前,他耳边久久回荡着奥西里斯尖锐的吼声……

"万物寂灭!!"

霜龙惊叫着从床上坐起来,他大张着嘴巴,急促地呼吸着。冷汗从他全身上下的每个毛孔中涌出,沿着他的皮肤哗哗地淌下。

"霜龙!霜龙!"躺在他身边的海莲娜也连忙坐起来,抱住霜龙的胳膊,轻轻怕打霜龙的后背,"冷静……冷静……"

霜龙睁开眼,环顾四周。他记得这里,这是纳格法尔号的舰长室,海莲娜的房间。"海莲娜……"霜龙回过头,眼泪忽然止不住地涌上来,"天啊!这……这是一场梦吗?"他扑进海莲娜怀里,呜呜地哭了起来。

"你都梦见了什么?"海莲娜抱住霜龙,继续安抚他。

"我……"霜龙抽泣了一声,"你绑架了我,给我做了记忆复写,然后你用纳格法尔号打开了虚空裂隙,放出了尼德霍格……这一切都是真的吗?"

"是真的,都是真的。"海莲娜轻声在他耳边说道,"你启动了冈根尼尔,击溃了尼德霍格。"

"我们胜利了?"

"是的……我们胜利了。"

霜龙渐渐止住了哭声,他连续做了几个深呼吸,将自己的呼吸平复下来。"天啊,我还以为我已经死了。"

"你没有死。"海莲娜帮霜龙抹掉他脸上的泪,"我们在虚空引擎边上发现了你和萨娅卡,你们当时都昏迷了。"

"什么?"霜龙忽然愣住了,他的语气中再没有半点慌乱,"你说,你在虚空引擎边找到了我和萨娅卡?"

"我和鲁道夫一起找到了你们。"海莲娜有些不解地看着霜龙，"怎么了？"

霜龙沉默了数秒，问："萨娅卡在哪？"霜龙忽然直起身，神色也变得严峻起来，"萨娅卡在哪儿？"

"在苍穹圣殿。"海莲娜慢慢抬起手，轻轻抓住霜龙的肩膀，"怎么了？有什么问题吗？"

霜龙又沉默了几秒，他的目光不由自主地避开海莲娜的眼睛。"没什么……"他深深吸了一口气，又缓缓呼出来，表情渐渐恢复自然。"我……我只是想确认，那样强大的灵能者不会……造成什么威胁。"

尾声

背叛、苏醒、涅槃、呐喊、新生

背叛

没有永远的盟友，也没有永远的敌人。在这世上，唯有利益永恒！

伊塔夸一号行星……对于一些人来说，这里是一个故事开始的地方，也一定是这个故事结束的地方。

在巴卡尔的带领下，苏尔特氏族迅速崛起了。没有了红精灵的干涉，他的赤炎龙战士们在一个月内占领了整个行星，驱逐了所有土著和来此避难的星际难民或逃犯。那些不愿离开的人会被干脆利索地结束生命。最后，行星上一共留下了大约 10000 多具尸体，这些可食用的肉类会用来喂养刚刚破壳而出的赤炎龙幼崽。

赤炎龙种饥渴地掠夺这颗贫瘠行星上的一切资源，兴建矿场和工厂。短短一个月时间，苏尔特氏族已经拥有了六艘巡洋舰、12 艘驱逐舰与 17 艘护卫舰。舰队的规模扩张了一倍还多。

但这点舰队只能算是个三流小国海军的实力，根本无法与银河议会的列强相提并论。更何况这批战舰中有一多半都是用民用舰船改装而来的，武器装备的型号都不统一，在实战中几乎无法有效地配合。

幸运的是，银河议会的势力实在太强了，强到尼德霍格为了对抗银河议会，竟完全忽视了巴卡尔的小国家。巴卡尔也没有想到，他躲过了尼德霍格的浩劫，却没躲过另一场天灾。

猩红的海啸随着遮天蔽日的沙尘暴一起袭来，吞没了目光所及之处的一切。那骇人的猩红浪潮，是数千亿狂奔的镰刀爪龙。在太空中向下瞭望，能看见无数猩红的斑纹在行星表面蠕动，在沙漠中汇成猩红的河流。那些东西像发霉的食物表面的菌丝一样，在行星表面伸展、扩张……

十几只贝希摩斯巨兽悬停在伊塔夸一号的外空轨道上，像几十片雨云，向这颗行星播撒生命的"雨滴"。每一只贝希摩斯平均每小时向下投放 14000 个卵囊。这些大小不一的泡泡一样的肉瘤会在这颗行星上扎根、生长，经过大约五个标准地球年的时间，它们将成长为一个与行星合为一体的血肉巨兽。

伊塔夸一号，将是奥维肯的第二个身躯。

北极堡垒被奥维肯的洛索德尔异形团团围住。镰刀爪龙们不停抖动着它们四条健壮的善于奔跑与跳跃的腿。身前的两只巨大的骨刃也狂躁地舞动着。它们嗅到了堡垒中有血腥味，很浓的血腥味。为猎杀而生的镰刀爪龙都是嗜血的怪兽，闻到血腥味，特别是敌人的血腥味时，就会异常兴奋与狂躁。这是刻在每一只镰刀爪龙基因中的本能。

但现在，镰刀爪龙们不得不克制自己杀戮的欲望，压制自己嗜血的本能，因为它们的主人下达了停止攻击的命令。主脑的命令高于一切！

亚斯打量了一下眼前面目全非的北极堡垒。毫无疑问，自己跟着伊露娜离开伊塔夸星系后，巴卡尔将这座要塞重新加固了一遍。但现在，它又被洛索德尔异形喷吐出的沸腾的强腐蚀性液体踩蹭得面目全非了。

亚斯大步向前，一脚踹倒了北极堡垒摇摇欲坠的大门。"出来！巴卡尔！我向你发出挑战！"

亚斯没有把握在决斗中击败巴卡尔，但这是他必须做的，否则，他就是赤炎龙种眼中"靠异族生物的帮助夺得王位"的"没本事的大领主"。

北极堡垒中一片死寂，照明灯全部熄灭，扭曲的金属与碎裂的混凝土杂乱地散落在地上。环绕着陨坑内壁修建的一层层平台，有许多都已经破损、坍塌。除了随处可见的废墟，剩下的只有血，到处都是血。

毫无疑问，这里发生过一场屠杀，但尸体都去哪了？一路走下来，亚斯和巴洛达克没有发现任何一具赤炎异人龙的尸体。难道所有人都逃走了？

巴洛达克跟在亚斯身后，两人向堡垒下层走去。"巴卡尔！"亚斯又一次用挑衅的语气大声呼唤，"你什么时候变得胆小了？巴卡尔！你不敢接受我的挑战吗？"

回应亚斯的只有来自陨坑底部的一次次回音，音波的共振又使得北极堡垒内部被严重破坏的不牢固的建筑结构崩溃了一部分。一阵嘎嘎声从两人脚下传来，仿佛一个得了严重哮喘的老人在咳嗽。随后，一声尖锐的声音让人全身寒毛倒竖，那动静震耳又刺耳！金属支架结构崩解，在下落中互相碰撞，坚韧的钢铁在重压下被撕裂、折断。

这声音实在太难听了，就连从小沐浴在枪炮声中长大的亚斯都咧起嘴，皱起眉头，全身的细鳞全部竖起，活像一只炸毛的大刺猬。

"该死的！等我解决了巴卡尔，我非得让奥维肯赔我一个新的堡垒！"亚斯走到一座升降机通道旁，敲了敲电动按钮，按钮瘪了下去，指示灯没有亮，吊索也纹丝不动。

亚斯摇了摇头。"果然不好用……"他轻轻在升降机通道的框架结构上踢了一脚。还好,看样子这个通道暂时不会塌掉。亚斯向下看了一眼,随后向前一步跳下去。

落入升降机通道的亚斯双手抓住两根吊索,双脚用力蹬住用来供升降机平台滑动的轨道。调整手和脚上的力量,便能加快或降低下降的速度。巴洛达克跟在亚斯身后跳了下去,体型庞大的巴洛达克只要稍微伸开四肢,就可以卡在升降机通道里了。

"亚斯! 你待会儿快点出去!"巴洛达克在上方喊道。

"什么?"

"我怕我会一屁股坐在你脑袋上!"巴洛达克哈哈大笑起来。

亚斯也笑了两声。虽然巴洛达克是在开玩笑,但这个建议还是很正确的。巴洛达克这将近 3000 千克重的屁股坐下来,非得把自己像钉子一样钉进土里不可。亚斯滑行到轨道末端时,稍稍减速,随后双脚松开,双手带动身体向前一荡,他成功地从升降机通道中跳了出来。

巴洛达克就没亚斯这么灵巧了,他一屁股坐在了通道底部的无法启动的升降机平台上,在平台上砸出了一个 10 厘米深的凹坑。现在哪怕电力供应恢复,这台升降机也彻底不能用了……

亚斯缓缓呼出一口气,环顾四周。终于,他看见其他赤炎异人龙了。这里的赤炎龙居民们三三两两地坐着,或躺在建筑废墟之间,无精打采的。亚斯原本以为他们已经死了,但仔细看,这些赤炎异人龙的喉咙和胸口都还随着呼吸一起一伏。

也许他们是在睡觉? 真是奇怪! 这是亚斯第一次见到赤炎龙种成群地……失去活力。这个一有闲工夫就找机会打群架的种族居然在集体睡觉? ! 这在以往绝对是不可思议的事。

"巴卡尔在哪儿?"亚斯对着面前的一群赤炎龙种吼道。

那些赤炎异人龙都没有立刻回答亚斯,甚至没有抬起头看亚斯一眼。两秒后,才有一个赤龙异人龙缓慢而僵硬地动了动脖子,抬起他被两片骨板包裹的沉重的脑袋。死人一样空洞的双眼像是在看着亚斯,又好像只是漫无目的地直视着前方。那赤炎龙抬起手,指向角斗场的方向,半张开嘴,嘴里却没说出任何一句话,只有很微弱的呼气声,噜噜……噜噜……

亚斯向那人手指的方向看了一眼,便气势汹汹地向角斗场走去。巴洛达克打量了一下那个举止怪异的赤炎异人龙,又看了看四周了无生机的赤炎龙种们。他急忙追上去,追到亚斯身边。

"事情有些不对劲! 亚斯! 我觉得我们有危险了!"

"危险?"亚斯的脚步丝毫没有慢下来。他抽出腰间折叠状态的冲压阔剑,拎在手里,用力抡了一圈,"废话! 只要巴卡尔还占着我的王位,我们当然有危险!"

"不! 我是说……"巴洛达克敲了一下自己的脑袋,他的思维不敏捷,他从来就不善于向别人描述具体的事情。"啊! 难道你就一直没觉得这座堡垒很不对劲吗?"

"当然不对劲了! 这座堡垒中有对劲的东西吗? 没有! 我肯定要想办法解决这些问

题！"亚斯说着,已经走到了角斗场的大门前,"但问题必须一个一个地解决,不是吗?现在我要解决的第一个问题,就是巴卡尔!"

竞技场的大门没有锁,亚斯和巴洛达克轻而易举地推开了半开着的金属大门。污血的腥味、尸体腐烂的臭味和铁锈味混合在一起扑面而来。进入大门后,他们需要再穿过一条50米的走廊,打开那扇牢固的闸门,就能踏入角斗的沙场了。

"我觉得你的族人们更危险,亚斯。"巴洛达克的声音低下来,"他们一定出事了,一定……"

堡垒中没有电力供应,角斗场自然也一样。带着尖刺的金属闸门挡在两人面前,没办法打开。那一根根尖刺上带着倒钩,刺间淤积满了黑乎乎的血污以及一条条腐烂发黑的肉条。

亚斯将四枚铝热炸弹塞在闸门的四条金属杆之间,按下引爆按钮。白色与亮橙色的火花喷涌而出,飞溅一地。"巴卡尔!你如果诚心诚意地要在角斗场等待我的挑战,那你至少应该把闸门打开!"他说着,不顾火花尚未熄灭,抬起冲压阔剑便用力凿击被铝热剂熔断的闸门栏杆。四条横杆全部应声断裂。

等等!闸门关闭着?!

没有电,闸门关闭着,巴卡尔是怎么进入角斗场内的?

亚斯忽然想到了这个他早就应该意识到,但却一直被他忽略了的问题。但此时已经太迟了,亚斯的右脚已经踹到了摇摇欲坠的闸门上。闸门砰的一声解体倒下,各种金属零件稀里哗啦掉落一地。

巴卡尔就在角斗场中央,猩红的软组织末端连接着三根尖锐而锋利的骨刺。它们从角斗场中央的沙地上突起,刺穿巴卡尔的身体,将他架在半空中。巴卡尔的血还没有流尽,还在顺着骨灰一样灰白的骨刺缓缓往下淌着。

"巴……巴卡尔?"亚斯瞪大了他金色的双眼,惊愕地站在原地。

亚斯在脑中预想了无数次这次决斗的结果,设想了几十种不同的结局,从最好的到最坏的。就在几秒前,他还在想自己在近战搏斗中打不赢巴卡尔,应该用先霰弹枪朝巴卡尔的眼睛射击等技巧。但现在,所有的准备都变成了无用功。

巴卡尔就这样纹丝不动地悬在半空中,只要亚斯用冲压阔剑在巴卡尔的脖子上凿上一下,巴卡尔就再也不是他的威胁了。

但如果他这样做了,赢下了这场决斗,又如何呢?

巴卡尔缓缓睁开六只赤金色的眼瞳,他已经没有力气将眼睛完全睁开了。"亚斯……"巴卡尔的血盆大口也没有力气张大了,上颚与下颚刚分开,他自己的血就从嘴里流出来。

"亚斯……你……毁了我们所有人……"

有风声?不,那是镰刀爪龙的尖啸声,千万只镰刀爪龙一齐尖啸的共鸣!那声音就像狂风一样,呼呼地吹过北极堡垒的残骸,呼呼地吹到陨坑底部,将恐惧与战栗吹进亚斯心里。

听到这风声,那些半死不活的赤炎异人龙一下子活了起来。他们的身体抽搐着,蠕动着,大块的鳞板从他们身上脱落,鳞片覆盖的表皮立刻暗淡了下去。很快,这些赤炎龙的脖子断掉了,脑袋掉在了地上,后背向两侧裂开。

猩红的生命用骨爪撕开宿主的躯壳,像飞蛾冲破束缚它的蛹一样。这些健壮的洛索德尔异形虽没有镰刀爪龙巨大的骨爪,但它们却有发达的上下颚与匕首一样锋利的四排牙齿,而且它们的四肢更擅长攀爬。

"怎么回事?"巴洛达克仰起头,对着钢铁穹顶笼罩下的天空大喊,"奥维肯!你做了什么?"镰刀爪龙与刚刚破茧而出的洛索德尔异形彻底冲垮了北极堡垒危在旦夕的内部建筑,汇成了猩红的洪水,沿着陨坑的环形山壁倾泻而下。

"这颗行星将是我们特瑞亚一族的,不是赤炎龙族的,我们不再需要赤炎龙盟友了,巴洛达克。"奥维肯低沉的声音就像雷声一样,在北极堡垒的断壁残垣间回荡着。

"不!"巴洛达克转过头看了亚斯一眼,又抬起头望向天空,"这不是伊露娜要我们做的!"

"伊露娜已经放弃了洛索德尔的力量,她不再是特瑞亚族的一员了。"奥维肯低语道,"赤炎龙族是一个能征善战的优秀种族!一旦这个种族崛起,它们必将与我们争夺生存资源,威胁到我的巢群的安全!我不能容忍这种事发生!所以,我必须抓住赤炎龙族衰弱的机会,及时地消灭这个潜在的威胁!"

"亚斯一直是我们的盟友!许多年前就是了!我不能背叛我的盟友!奥维肯!"

"没有永远的盟友,也没有永远的敌人,只有永远的利益。"奥维肯缓和而冷酷地回应道,"如果你执意要与亚斯为伍,巴洛达克,我的巢群也不得不将你一起消灭!"

"对一个种族最高程度的重视,是在当你有机会时,将其彻底灭绝!只有这样,才能保证它永远没有对你造成威胁的机会!"

巴洛达克沉默了一秒,猩红的洪水已经冲下了四分之三的路程,用不了一分钟,他们将会彻底淹没这里。

"这座堡垒曾经是你的,你知道怎么逃出去吗?"巴洛达克问亚斯。

"跟我来!"亚斯愤愤地吼了一声,带着巴洛达克走到角斗场的场地边缘,走到两个集装箱前。冲压阔剑在亚斯手里一抢,凿断集装箱门上的锁。

集装箱打开,各种各样的枪械呈现在两人面前。大都是大口径步枪和机枪,其中最轻最小的枪械,口径也有 20 毫米。"挑两把你使着顺手的!快!我们还要去拿弹药!"

"好!"巴洛达克抓过一个包裹,将五六把枪都塞进包裹里,将包裹背在身上,"你有撤退方案吗?"

"没有!"亚斯瞪了巴洛达克一眼,"我们今天非得死在这儿不可了!但我从小就听过一句话,一个赤炎龙在死前杀不到 10000 个敌人,他就不是真正的赤炎龙种!今天再怎么着,我也得把这个数给凑够了!"

"那好!我掩护你!"巴洛达克低吼了一声,"啊……我们都数着,没准儿我杀的比你还多呢!"

亚斯跑到集装箱后面，砸开了一个储物间的门，将一个又一个弹药箱从中扔出来，扔到巴洛达克身边。巴洛达克立刻给各种枪械装弹，装不下的弹药就统统塞进另一个包裹，也背到身上去。

"奥维肯的虫子冲过来了！"巴洛达克将一把45毫米口径的全自动榴弹发射器拎在手里，"亚斯！你有什么作战计划吗？"

"有！"亚斯冲巴洛达克，也冲奥维肯的镰刀爪龙群大吼，"杀！"

苏醒

我们一直在使用着未知的力量。我们知道输入和输出的结果，却不完全理解其中的过程，也不完全清楚它为何会是这样……

"所以……我们干掉尼德霍格了吗？"

卓洛睁开眼，他以为自己死了。但天花板上巨大而模糊的阿玛克斯帝国标志图案告诉他，他还在银河系中活着。看来，自己一定昏迷了很久吧。

他以为自己躺在医院的病床上，但身下却不是柔软的被褥，而是坚硬的金属板。卓洛坐起来，环顾四周。身边都是一些在研究小行星样本中经常用到的扫描器，而非各种医疗设备。自己现在身处实验室之中，而非医院。

"哦！哦！卓洛你慢一点！"蝮蛇——或者说——莫里斯，见到卓洛坐起来了，立刻从椅子上起身，上前扶住他，"我的天啊！你简直是个奇迹，卓洛！"

"我明白，那么大功率的能量通过我的身体，我竟然还活着。"卓洛说着，伸手摸了摸自己的肚子。他觉得自己的触觉有些僵硬，低头一看才发现，自己的黑以太皮肤已经全部损坏了。现在贴在他身上的这层黑漆漆的物质，像是一块块石头聚合起来的，又像是一条条纤维交织起来的。

"啊……看来我的黑以太皮肤坏掉了。不过，我记得我当时伤得很重，但现在我一点也感觉不到不舒服。阿玛克斯人用了什么办法把我治好了吗？"

卓洛转过头看着莫里斯，莫里斯也正看着他。莫里斯的眼神很奇怪，那是卓洛从未见过的一种眼神。卓洛觉得，即便莫里斯见到一颗价值几十亿星币的绝世宝石，他也不会露出这种目光。

"不，卓洛……"莫里斯的眼神中有好奇，有怀疑，有畏惧，一切都汇聚成一种别样的不可思议，"这就是你……这就是……你的新身体！"

半球形的房间中央，孤独地悬着一盏白色环形照明灯。萨娅卡穿着一件单薄的白色背心，盘着腿坐在柔软地白色床垫上。她低着头，看着一颗萤火虫一样的白色光点在自己的指缝间穿梭。她雪白的长发就像飘逸的海草，在她身后缓缓舞动着。

霜龙缓慢地向她靠近，竭尽全力不让自己的脚步发出声音。当霜龙距离灯下的女孩不过十米时,他本能地屏住了自己的呼吸。

萨娅卡微微抬起头,泛着淡淡白光的眼瞳与他对视了一瞬。随后,她的手指轻轻一弹,在她指缝间穿梭的光点消散了。与此同时,一股无形的力量拖着一把带滑轮的椅子移动到霜龙身边。

"呼……"霜龙努力平复自己的心跳。刚刚萨娅卡的手指弹灭光点的那一瞬间,霜龙以为自己要被她用灵能置于死地了。他尽量放轻自己的动作,缓缓在椅子上坐下。"谢谢……萨娅卡。"

萨娅卡仍然用空洞的眼神看着他,没有说话,一双几乎没有血色的薄嘴唇一直紧闭着。

"萨娅卡,你还好吗?"霜龙用尽可能柔和的声音与她交流,"之前在白羽龙世界舰上,你可能受了一些伤。"

"萨……娅……卡。萨……娅卡。"她微微张开嘴,很不熟练地反复重复着自己的名字。在尝试了大约五次后,她终于能流利地说出自己的名字了,"萨娅卡。"

霜龙微微皱了皱眉头,他的直觉告诉他,此时最好不要说话。果然,萨娅卡沉默了片刻后,又开口了。

"萨娅卡……不应存在之物,这是……这具身体的名字吗?"她用很不熟练的通用语磕磕绊绊地说出了这句话。

"是的。"霜龙的声音微微颤抖着,"可是,如果你不是萨娅卡……你是谁呢?"

萨娅卡又沉默了片刻,可能是在尝试理解霜龙的话,也可能是在尝试组织语言。霜龙感觉自己等待了很久,也许有几分钟之久。

"死亡之神……星辰的吞噬者……虚空中的捕食者……"萨娅卡缓慢地用通用语回答。一秒后,她又用龙族语补充了一个词——"海拉"。

涅槃

她的美丽,如地狱中盛开的死亡之花,在战火中狂乱绽放!

在伊露娜的回忆中,她的故乡是美丽的。那是一颗温暖湿润、质量中等的岩态行星。那大概是一颗刚刚形成不久,非常年轻的行星。地表没有成片的海洋,却有遍布全球的湖泊与河流,流水之间,有绵延不绝的山脉与丘陵,地表几乎找不到任何一块平原。

精灵族内战期间,她在这颗行星上出生,在这颗行星上长大,平静地度过了她的童年。伊露娜从肉嘟嘟的小萝莉渐渐变成楚楚动人的少女。终于,她像所有红精灵一样,她身上也有了一条条闪电一样的红斑。

伊露娜喜欢这些血一样红的斑纹,她觉得这些天生的文身让她看起来更性感了。

她的母亲告诉她:"这是洛索德尔,是所有红精灵都背负着的诅咒,它招致了我们的无数灾祸。"但她的父亲却说:"这是洛索德尔,是红精灵一族天生的力量之源,是宇宙对我们的恩赐。"

再后来的事，伊露娜就不记得了，关于家乡的记忆都在短暂的模糊中戛然而止。再之后，一切都消失不见了。

人会选择性地记住该记住的，忘记该忘记的，回忆就会被过滤得很美好……

但这世界上，有那么一种力量，它能让你在某个瞬间记起一切你曾刻意去忘记的东西。这种力量就是恐惧。

终于，伊露娜还是看见了那消失不见的记忆片段。她看见了漫天的流火，看见了灼眼的光柱从天而降，看见了大地崩裂，河流沸腾。房屋在燃烧，农田中的庄稼全都化作飞灰，站在光芒中的人尽数倒了下去。

有些人被烤熟了，趴在地上，连血都流不出一滴。还有人连同他们脚下的大地一起被烧至焦黑。由于人体挡住了一部分光，焦黑的地面上，留下一个个清晰的泛白的人影。许多影子就这样永远定格在了山脉的岩石上，仿佛惨死的他们留下了永远无法消散的冤魂。

但，也有人活了下来……

一对年轻的父母，将一个十几岁的女孩塞进了山洞中。但那洞穴太浅了，避不了光。女孩的父母便用自己的身体挡在洞穴前，任由自己皮肤和血肉在灼眼的光芒中熊熊燃烧。

"伊露娜！活下去！你一定要活下去！"

夜幕降临后，女孩从山洞中爬了出来，抱着洞口前的两具白骨流泪。都是白花花的头骨，两颗一模一样的头骨，哪个是爸爸？哪个是妈妈？唔，左边的是妈妈，妈妈要矮一点，所以她变成骨头，也会矮一点了……

伊露娜讨厌光，有人用那样的光毁掉她的家……为什么他们要杀掉她的爸爸、妈妈，杀掉她的朋友？她不想看见光，她总是透过光看见爸爸妈妈的白骨，那两具她用了好长时间才辨认出的白骨。

蒙上眼睛吧……蒙上了眼睛，可怕的光就不会刺痛自己的眼睛，也不会刺痛自己的心了……

……

伊露娜流着泪，无力地趴在岩石与穿梭机残骸后方的阴影中。她已经感觉不到悲伤了，那样可怕的光芒终于还是照进她心里，化作炽烈的火焰，驱散了恐惧的迷雾，烧尽了悲伤的回忆。

现在她心中剩下的，只有仇恨，比这末日之光还要炽烈10000倍的仇恨！

"伊露娜……"

伊露娜循着那声音爬过去。是稻草人，他就躺在穿梭机残骸的另一端。他胸腔以下的身体都暴露在了阴影外，已经被完全烧成焦炭。只剩下半截身子的稻草人翻不了身，只能睁大了眼睛左看右看，一声又一声地呼唤着伊露娜的名字。

在伊露娜捂着眼睛倒下的那一刻，是这个瘦弱的男孩用力推着她，将她推入了这片安全的阴影里，但稻草人自己却没来得及隐蔽。

"稻草人！"伊露娜用无力的四肢爬到他身边，将他从灼热的土地上抱起来。稻草人看见了她，连忙伸出手抱住她的双肩，双眼直勾勾地盯着伊露娜的脸，他急切地渴望着什么东西。

"伊露娜……"稻草人用尽全身力气，从喉咙里挤出一点声音，"……我们未来的族人……会铭记我的牺牲……吗……"他说完这句话，便已经没有力气再呼吸了，心脏也没有力气再跳动了。

稻草人继续盯着伊露娜看了一会儿，却没有等到他想要的答案。稻草人死了，他的脑袋无力地耷拉了下去。而伊露娜抱着他，泪流满面，却一句话也说不出来。

有谁会记得这个瘦弱的红头发男孩呢？无辜的他，在偶然中被卷入了一场不属于他的战争，并为了一个自己信任的人牺牲了生命。他唯一的渴望，就是她能够铭记自己。

有多少像稻草人一样的红精灵，在一句"未来的族人会铭记你们的牺牲"的鼓动下，义无反顾地将自己进化成自爆球。一无所有的他们热血沸腾，不择手段地改变自己，只求能多杀掉几个伊露娜口中的"敌人"，只求能给敌人带来最大的损失。

已经多久了？伊露娜也仗着洛索德尔赐予红精灵的力量，随意地要求她的族人们做出牺牲，而他的族人们全部义无反顾地追随着她。伊露娜知道，这些人死掉了，明天会有更多人代替他们的位置。

但谁记得他们的牺牲呢？他们当中的很多人，伊露娜甚至都没有见过一面，而她的部队也从来没做过严谨的阵亡统计。伊露娜可以记住稻草人，谁又能记住其他几十万和稻草人一样的红精灵呢？

柯拉尔武士们的轨道轰炸停止了，他们的穿梭机着陆了。身穿白色与暗金色相间的外骨骼护甲的柯拉尔武士们，六人一组分散开来。他们点亮着苍白的光刃，排着整齐的搜索队形，在无人机的协助下清扫这片焦土上残存的生命。

遍地的尸骸中，有的红精灵还未完全断气，有的尸体还未完全烧焦。柯拉尔武士们用光刃刺穿红精灵幸存者的后脑，用喷火器喷出 5000 摄氏度的高温等离子体，将残存的尸骸彻底烧成焦炭。

"不要！停下！"伊露娜从残骸后冲出来，一边大声呼喊着，一边高举双手向柯拉尔武士们挥舞。那六名柯拉尔武士正准备处死一名丢掉了一条胳膊的红精灵，当伊露娜跑到他身前时，却发现那只是一具尸体。

她跌跌撞撞地跑过去，将那名惨死的红精灵抱起来。"我们已经治愈洛索德尔感染了！我们是没有威胁的！你们为什么要这么做？！"

六名武士的动作停住了，默不作声地面对着伊露娜，那一张张外骨骼的钢铁面孔是那么冰冷。伊露娜忽然哭了，跪在地上号啕大哭。一切都无法挽回了，无论她做什么，无论柯拉尔人要做什么，这一切都无法挽回了……

细小而锋利的锯齿在柯拉尔武士的外骨骼上后背上划开一条裂缝，锋利的骨质刀刃立刻顺着裂缝刺进去。骨刃轻而易举地穿透柯拉尔武士的胸腔，摧毁了他的心脏。

一名柯拉尔武士倒下了，还有其他五个。伊薇尔立刻扑向另一人，这一次，她的目标是对方的脖颈。这副来自她曾经的躯体的武器没有令她有丝毫的失望，骨刃切进合金护甲中，咯咯作响。不到一秒钟，沾着血的外骨骼头盔落在了地上。

剩余的柯拉尔武士们发现了威胁，立刻开始还击，但伊薇尔此时已经杀掉了第三个人。她抽出一把骨刃，将它抛给伊露娜。

"活下去！"伊薇尔大吼着，转身做出防御姿势，准备应付三名柯拉尔武士即将发起的联合进攻。

"我们一起走！伊薇尔！"伊露娜握起插在她面前土地上的骨刃，爬起来。

柯拉尔武士们已经开始攻击了，三人的出手节奏交错开，光刃从三个不同的方向一齐刺向伊薇尔。这样的组合技，即使是光速猎手都未必能挡下来。

"不要管我！必须有人留在这里牵制他们！不然谁都跑不了！"伊薇尔侧身闪避，苍白的光刃砍断了她的左臂。但她立刻回身一刀刺死了那名柯拉尔武士。接下来，她拔出骨刃，刺向身边的第二名敌人，当骨刃穿透对方的胸口时，对方的光刃也刺进了她的小腹。

"伊露娜！跑！"伊薇尔竭力咆哮，"你必须活下去！不择手段地活下去！"

伊露娜转身跑了，她早就没有战斗的能力了。她的身体太虚弱了，连站稳都困难。她看不清任何东西，因为泪水完全模糊了她的眼睛。在她身后，最后一名柯拉尔武士穷追不舍。伊露娜听见了钢铁踏在泥土上的闷响越来越近，灼热的光刃划过空气时嗡嗡的爆鸣越来越近……

虚弱的血肉之躯怎么可能跑得过柯拉尔武士精良的外骨骼动力盔甲呢？伊露娜知道自己跑不动了。她转过身，用力擦掉眼泪，双手紧紧握着伊薇尔的骨刃。

她助跑两步，迎着柯拉尔武士的刀锋奋力一跃。所有的悲痛、失落、无助、恐惧、愤怒、痛苦、绝望……这一刻，她所有的情绪都化作这疯狂的力量。她不顾一切地嘶吼着，不顾一切地将手中的骨刃向柯拉尔武士砍去。

骨刃撞上了光刃，洛索德尔进化的造物，与高等精灵科技的造物碰撞。前者被后者干脆利落地斩断了。柯拉尔武士的光刃刺穿了伊露娜的左侧锁骨，被斩断的半截骨刃冒着青烟，无声地坠落在两人脚下的焦土上。

伊露娜看着自己手中的后半截骨刃，光刃留下的锋利的断面上，映出一抹血红的印记。那是骨刃中央的髓质，它们仍然鲜活着，就像所有洛索德尔生命一样，即使被密封在骨刃内部，也仍然在逆境中存活，一遇到空气，它们立刻蠢蠢欲动地活跃起来。

这就是……不择手段地活下去……吗？

伊露娜用力举起半截骨刃，又同样用力地将它刺进自己的胸膛。她仰天狂笑着，狂笑着将骨刃往自己体内用力捅下去。直到她感觉到，这锋利的东西已经刺断了她的脊柱。

伊露娜笑了，笑得那么狰狞可怖，笑得那么悲痛绝望……

"记住我的话！"伊露娜的喉咙沙哑地低吼，"你们一直在用最残忍的方式折磨着我……总有一天,我会用同样的方式,对待你们的!"

她的呼吸停止了,脸上仍然挂着那么可怖的笑。很快,她的身躯以肉眼可见的速度飞快地腐烂,骨骼破碎,肌肉瓦解,皮肤破裂,成千上万条通体猩红的蚯蚓一样细长的小虫从她腐烂的躯壳中倾巢而出,钻进焦黑的土壤中。

柯拉尔武士急忙扔下伊露娜残破的尸体,光刃武器立刻转换为喷火器。苍白的火焰涌向尸体,柯拉尔武士试图消灭那些危险的小虫,但它们已经钻进了土地深处,消失不见了。

呐喊

人们渴望站在一面不朽的大旗下,为之欢呼,为之疯狂,为之歇斯底里。这是人性中一种很奇怪但永远存在的欲望,曾经如此,现在如此,未来也将如此。

"……享受今天的胜利吧!湮灭之力的子民们!我们的神,带领我们赢得了这场史诗般的战争!"

哈迪斯关掉了全息影像仪,阿玛克斯帝国元首的讲话让他心烦意乱。今天,所有阿玛克斯人都陷入了一种疯狂。他们疯狂地朝天跪谢,歌颂着他们所信仰的湮灭尊主的伟大。

甚至一部分雅典娜人也开始信仰湮灭尊主。在他们看来,灵能女神雅典娜没有力量击败尼德霍格,而湮灭尊主做到了她做不到的事。更重要的是,灵能女神只是一个虚构的神祇,而湮灭尊主却有真人。

现在,阿玛克斯帝国全国都进入了一种狂热的状态,数百亿阿玛克斯人请求他们的尊主发动一场大战,摧垮腐败的银河议会。更糟的是,卡尔好像真的准备这样做了。

一旦战争爆发,凯洛达帝国作为阿玛克斯帝国的附庸,将没有选择的权力。雅典娜人也不得不投入这场对自身百害而无一利的战争中。现在的凯洛达帝国,人口不足 30万,领土只有一座苍穹圣殿,根本没有能力经受第二场战争。

"你为这场胜利做了很大的贡献,海莲娜。"哈迪斯缓缓说道。

坐在哈迪斯身旁的海莲娜摇了摇头。"这还远远不足以弥补我带来的创伤。"

"事情要一步一步来,海莲娜。"哈迪斯轻轻握住他妹妹的手,"我想告诉你的是,我信任你的能力,其他人也如此。所以,我决定把魅影继续交给你。从现在开始,你就是魅影女王了……哦,当然,我的话只是一种仪式的一部分。我知道,你早就是真正的魅影女王了。"

海莲娜抬起头,皱着眉头瞪了哈迪斯一眼,仿佛他开了个不好笑的玩笑。"交给我?你能放心吗?"

"你是我最信任的人,海莲娜。"哈迪斯说道,"只有交给你,我才能放心。"

海莲娜仰起头,重重叹了口气。"我……我想我需要到处走走,思考一些问题。"她说着，双手撑着沙发站起来，向宫殿外走去。

"还有一件事，海莲娜。"哈迪斯站起来，叫住了她。

海莲娜回过头。"嗯？"

"我永远都为你骄傲。"

海莲娜用沉默的目光回应她的哥哥，她轻轻点点头。随后，她长发向后一甩，走出了大门。

战争胜利了，危机解除了，但海莲娜并没有感到喜悦。她的心情，就像自己头顶上那颗被戴森球包裹的恒星一样压抑而沉闷。毕竟，这是她一手造就的灾难，她失去了母亲，失去了自己的家园，失去了太多太多。而现在，她必须背负起这一切，继续去赎她尚未赎清的罪。

"你总算出来了，海莲娜。"海莲娜刚刚从宫殿中走出来，鲁道夫便连忙迎上来。他掏出手机，唤出一幅全息影像，展现在海莲娜面前。"看看这个！"

"这是什么？"

海莲娜看着全息影像中的三维图形，那是一艘小型游轮，流线形的外壳简约而优雅，内部舱室装修也相当精美。可以说，它就是一座在星海中来去自如的豪华别墅。

"我送给你的礼物。"鲁道夫微微一笑，"我想，我们度蜜月时，就驾着这艘船漫游银河。"

海莲娜微微低下头，苦涩地笑了一下。"谢谢你，鲁道夫。"她想要继续维持这样的笑容，但她做不到了，"可是，我请你再答应我一件事。"

"什么事？"

"我们还要再等一段时间，鲁道夫。"海莲娜叹了口气，"我还有一个使命要完成，我必须和我的哥哥一起，领导我的族人回到我们的家园。"

鲁道夫的笑容也凝固了一秒，但他很快又恢复了那张轻松的笑脸。"我可以为你放弃的我的一切地位，海莲娜。你呢？"

"我不在乎地位，我在乎那些信任我的人。"海莲娜缓慢而坚定地说道，"我曾经辜负了太多太多人，这一次，我不想再辜负他们对我的信任了。"她说着，眼中渐渐流露出恳求的目光，"鲁道夫，如果可以……请你多等我一段时间，好吗？"

海莲娜可以看见，鲁道夫的目光中又什么东西一下子破碎掉了，消失不见了。他关掉了全息影像，收起了手机，叹了口气。"我今天上午刚刚向汉斯总统提出辞职，申请提前退役。但总统不仅拒绝了我，还给了我中将的军衔，将我晋升为最高统帅部的参谋。"

海莲娜顿时感觉自己有些对不起鲁道夫。"呃，我不知道我应该安慰你，还是应该祝贺你。"

"海莲娜，我们心里都清楚，现在的星际政治局势。"鲁道夫的声音忽然变得无比沉重。在海莲娜的记忆中，这个风趣幽默的男人从来没有这样沉重过。"你选择为你的祖国效力，我也必须履行我的军人职责。所以……这意味着什么，唉，我不想再说了。"

海莲娜也叹了口气。"我们都拥有太过沉重的力量，我们手上都沾了太多人的鲜血。

也许我们都应该明白,我们已经没有机会去过普通人的生活,也早已失去了拥有爱情的资格。"她说完,抬起头与鲁道夫对视着,"也许有一天,我们都会离开人间的种种争执。希望到那时候,我们仍然有机会相见吧。"

"祝我们好运。"鲁道夫轻轻抬起手,抚摸她的脸颊,"我还是要对你说……我不想失去你,海莲娜。你是我见过的最美丽的女孩,也许你就是银河系中最美的女孩。我爱你,无论我们身处何处,无论我们站在哪个阵营中,我永远都爱你!"

海莲娜用力拥抱了鲁道夫,在他的胸前留下两抹淡淡的泪痕。几秒后,她用力地推开了他温柔的怀抱,转身跑开了。转身的瞬间,她忍不住泪如雨下……

新生

所谓真相,如同被薛定谔关在箱子里的猫,在你看清它之前,你永远不知道它是美好的,还是残酷的。

奥西里斯离开了,他离开得那么彻底,人间再也找不到任何一点关于他的痕迹。

至高秩序的主机重启了,在数百亿个程序的调控下,高等精灵们又恢复了精确而高效的机械生活。银河议会召开了多次会议,讨论如何处理各种战争遗留问题。各国都在为战后重建做着准备。

对于隆施坦恩家族来说,这场战争是有益的。由于天文位置的因素,埃尔坦恩合众国很幸运地避免了尼德霍格带来的灾难。影翼龙族从未进入过这个国家的领土。而现在,埃尔坦恩政府放出了几千亿的重建贷款。十年后,他们将获得几百亿利息。

这一天,汉斯总统结束了一天的工作,在傍晚回到王子城堡。今天,他将与家人们一起共进晚餐,来庆祝这来之不易的和平。

园丁与园艺机器人一起在花园中忙碌着。技工在给机库中的飞船做清洗与保养,厨师在为一家人准备丰盛的晚餐。卡特琳娜在一楼的健身房里做着瑜伽,埃尔文和埃里希在二楼客厅中看全息影像电影。一切都像以往一样,仿佛这场战争从未发生过一样。

尖锐的呼啸声划破天际。埃尔文和埃里希对视了一眼,他们记得这种声音。片刻后,两人飞奔下楼,跑出大门穿过花园。"迅猛龙!是迅猛龙!"他们仰起头,伸手指着天空中那个越来越大的黑点。

刚刚从停机坪走到花园来的汉斯也停下了脚步,望着天空中那个模样怪异的飞行器。健身房中的卡特琳娜也走出房门,一边在天空中搜寻着什么,一边慢步走到其他人身边。

迅猛龙以一个剧烈的反冲来为自身减速,随后又猛烈地下压机头,将机身放平。它几乎是平着摔向停机坪!在即将接触地面的一瞬间又突然打开机腹的反冲引擎来为自身减速。就这样,这架机翼如镰刀的天空怪兽竟准确无误地停在了停机坪正中央。

座舱盖打开,霜龙摘下飞行头盔,翻身跳出机舱,双腿弯曲缓冲落地。他没穿外骨骷，只穿了一件简便的飞行员夹克，牛仔长裤上绑了两个护膝。他走到自己的家人面前，准确地说是盖瑞卡·冯·隆施坦恩的家人面前。

"盖瑞卡？"

埃尔文几乎认不出来他了。盖瑞卡似乎变得更高了，更壮实了，他的脖颈上留下了一条划伤，脸上也有轻度烧伤留下的痕迹。更重要的是，他变得太干练了，太凌厉了！他的目光中透着一抹猩红，锋利得就像迅猛龙的机翼一样。

战火烧尽了这个男孩心中所有的柔软和温情，将他彻底淬炼成了一柄锋利的剑。

"埃尔文，埃里希，父亲，母亲……"霜龙面无表情地缓缓开口了，"好久不见。"

众人惊愕地沉默了一秒，忽然，埃尔文和埃里希一下子扑了上去，紧紧抱住了他们熟悉又陌生的弟弟。随后，汉斯和卡特琳娜也跑上去，将盖瑞卡团团围在中央。

"盖瑞卡！你还活着！我们都以为你死了！"

"你都经历了什么啊？盖瑞卡！"

"天啊！盖瑞卡！你可算回来了！我们担心死你了！"

"对不起，盖瑞卡！我向你道歉！这是我的错误，我不该送你去和海莲娜联姻……"

霜龙……或者说，盖瑞卡一时不知所措。他不知道自己应该先和谁拥抱，也不知道该先回答谁的问题。

"啊……实在是抱歉，我一直没联系你们。我当时也实在没办法联系你们，我……有段时间我被抹掉了记忆，我根本记不起来自己是盖瑞卡。"盖瑞卡尝试用一个干瘪的苦笑来调整气氛，"我要做的事实在太多了，海莲娜……魅影女王让我帮助她找到击败尼德霍格的办法……啊！以后有机会我再讲吧。"

"你只要回来了，就是最好的事了！"盖瑞卡的母亲卡特琳娜用力在他脑门上亲了一口，"对于我们来说，你是比战争胜利更好的礼物！"

盖瑞卡附和着笑了笑，但很快，他收起了笑容。"爸，妈，有一件事，我必须问你们……"

"什么事？"

盖瑞卡思考了片刻。"我是谁？不，我是什么？"

众人被盖瑞卡突如其来的问题搞得莫名其妙，面面相觑，却根本不知道该如何回答。"我是说……"盖瑞卡接着补充道，"海莲娜给我做了 DNA 测序，她发现了……"

说到这里，盖瑞卡敏锐地发现父母的眼神和脸色都有细微的变化。"……我的基因中，有一半是永恒之战时期的'神灵'的基因。之后，海莲娜想办法黑入了家族的资料库，发现我的健康档案中的基因数据都被删除了。"

"我想知道，我到底是个什么样的人？我到底有什么来历？为什么家族中有人要故意掩盖我真实的身份？"

埃尔文和埃里希面面相觑，他们看看盖瑞卡，又回头看看他们的父母，完全不知道这是怎么回事。

汉斯缓缓叹了口气，说："埃尔文，埃里希，你们先回屋吧。这件事，我们应该和盖瑞卡单独谈。"

两人点了点头，意识到这件事的严重性，立刻乖乖地走回了房间。埃尔文还时不时好奇地回过头看一眼，和埃里希小声交谈着什么。而盖瑞卡只是默然地等待着，无论自己的父亲要说出什么，他都会平静地接受。

汉斯又缓缓叹了口气，说："孩子，这件事……如果你知道了真相，你可能会受伤。你真的想知道真相吗？"

"我渴求真相，不在乎真相是怎样的。"盖瑞卡平静地说道，"请你们将事实告诉我。"

"这件事……"汉斯的眉头慢慢锁起来，"还是由你的母亲讲吧。"

卡特琳娜微微张开嘴，但话语却卡在喉咙，说不出口。她的眼睛低垂下来，又思索了片刻，再次尝试讲出那些话，但话语还是卡在喉咙眼。终于，当她第三次尝试时，在盖瑞卡锋利的目光的逼迫下，一句话终于吐了出来。

"这是你父亲提出的一个计划，我是这个计划的执行者。"卡特琳娜缓缓开口了，"隆施坦恩家族的成员拥有一切，除了灵能。你的父亲希望能创造出拥有强大灵能天赋的后代，优化家族的血统。"

盖瑞卡默不作声地望着母亲的脸，用目光示意她继续说下去。

"我服用了一段时间的基因药。之后，精灵族内战的结束引起了国际局势的巨大变化。阿玛克斯帝国的湮灭尊主因此被唤醒，而我借着这个机会，前往阿玛克斯帝国进行了访问。"

说到这里，卡特琳娜低下头，沉默了许久。汉斯见自己的妻子不愿再讲下去，便将话接了过来。"你的母亲想办法让湮灭尊主与她度过了一个晚上，后来，她怀上了你。"

"你是一个原本不应存在的生物，盖瑞卡，但我还是将你养大了。"卡特琳娜缓缓低下头。

"所以，你会有盖瑞卡这个名字。"汉斯接着卡特琳娜的话说道，"这是一句古老的娜迦龙语，意为……人造神！我一直将你视为我们家族未来的希望，我曾一厢情愿地希望你能与海莲娜联姻，为家族产下更多灵能潜力更强的后代。"

盖瑞卡叹了一口气，轻轻摇了摇头。"所以，那么多年来，我在你们眼里从来就是一个'人造神'，一个在出生之前就被设计好了的造物？"他自嘲地笑了一声，"在家这么多年，我却从未展现神的力量……看来我这个人造神让你们失望了啊。"

汉斯沉重地叹了一口气。"对于我们曾经对你造成的伤害，我深表歉意。"虽然他是在真心道歉，但汉斯嘴里吐出的每一个词语都像是国际会议上的发言内容。"我真诚地希望你能原谅我们，盖瑞卡。"

"你已经完全长大了，变得……强大了。"卡特琳娜说道，"无论你想要做什么，我们都不会再阻拦你，也没有办法再阻拦你了。"

盖瑞卡轻轻叹了口气。"我不恨你们。事情已经走到了这一步，单从结果来看，还不算太糟。也许，拥有一半神灵的血统，得到常人无法企及的力量，也是我的一种幸运吧。"

听到盖瑞卡这样说，汉斯与卡特琳娜脸上紧张的表情终于放松了下来。盖瑞卡"呵呵"笑了一声。"虽然尼德霍格的威胁被消灭了，但新的战争很快就会降临的。而我也会去做一些'神'应该做的事情。但在那之前，我们好好享受一下这来之不易的幸福吧！"

旧日的神灵终于败在了凡人的力量之下。一个纪元宣告结束了，新的纪元，已经开始了！

属于凡人的世界，崛起了！

银河之子：崛起

完

后 记

为什么我要写《银河之子：崛起》？

说来也很滑稽……一开始写小说，纯粹是因为自己"脑洞太大"，想把自己的许多想法记录下来。谁知道，久而久之写得多了，想法反而更多了，于是就收不住手了。于是就有了《银河之子：崛起》。

其实，作为一名作家，我的文学功底并不深。我第一次尝试小说创作，是在初中时期。我 19 岁时开始写《银河之子：崛起》，我写到这篇"后记"时，也不过 22 岁。读着自己写的文稿，很多时候也感觉自己笔力不足。

在写这部小说之前，我刚读完刘慈欣著的《三体》三部曲不久，又接触了"Stellaris"这款游戏。当时我就有了一个想法：如果将多个诞生于不同环境、拥有不同的传统、不同的生活与思维方式的智慧种族放在同一个环境下，会发生什么？

很多人说，本书中的不同国度共存的环境是依照现实中的国际环境设计的。其实不然，如果一定要与现实世界类比，本书的背景，更像是大航海时期的欧洲。相对发达的国度统治之下的"文明世界"的比例只占总体的 10% 左右，其余的 90% 都是"蛮荒"的"外环星域"。

我本来的计划是写一部关于各个不同文明之间为争夺星际霸权而展开的明争暗斗，但后来发现，那样一部作品的基调实在太阴暗了，即便我自己这个偏悲观的理性主义者也有点受不了。而且，那样一部作品，很难找到切入点来作为一个故事的开始。

因为我是一个神话爱好者，索性就从自己最熟悉的北欧神话、希腊神话与埃及神话入手，写了一个故事情节类似无数西方魔幻作品，弱者为生存而拼搏，"凡人"英雄拯救世界的"老套的"故事。

《银河之子：崛起》是我创作的第一部能够让我自己感到满意的作品，但它仍然非常不完美。希望在系列的后续作品中，我的文笔能被磨炼得更好吧。

没错，其实"银河之子"系列的主线剧情，我已经全部构思好了。《银河之子：崛起》之后，是《银河之子 2：启示录》《银河之子 3：大陷落》《银河之子 4：神之国》《银河之子 5：寂灭》。这么多的故事，什么时候能写完呢？我也不知道，也许我的有生之年都会用来完善这个宏大宇宙中的各种细节吧。

　　无论如何,希望大家喜欢这一部作品。感谢每一个支持我的科幻爱好者。"银河之子"系列的下一部作品,会在不遥远的将来面世。敬请期待!

小龙

2019 年 8 月 6 日

感谢每一位读者对"银河之子"的支持!

这个故事远没有结束,敬请期待"银河之子"系列的后续作品!

小龙出品,必属精品!